郝景芳

著

Hugo Award
Winning Author

流浪苍穹

VAGABONDS

浙江文艺出版社
Zhejiang Literature & Art Publishing House

果麦文化 出品

目录

星之舞

引子

有这样一群少年，在一个世界出生，在另一个世界长大。

他们出生的世界是规则严明的大厦，长大的世界是散乱芜杂的花园；一个世界是肃静宏伟的蓝图，另一个世界是享乐放荡的狂欢。两个世界在他们生活中一前一后到来，不征求意见，也不考虑感受，只在命运的链条上依次降临，以不可阻挡的冷静将他们的一生席卷。

大厦中建起的，花园中被打碎；狂欢里忘记的，蓝图还记得。只在大厦里生活的，没有那破灭；只在狂欢里生活的，没有那幻景。只有经历了两个世界的转换的少年，才在一夜间看到暴雨坠落，远景消失，荒地里生出大片奇诡的花。

他们因此沉默，接受各方指责。

这是怎样的一群少年，为何走入了这样的命运？这恐怕是需要两百年庞杂往事才能回答的问题。他们自己说不清，很多人也说不清。他们可能是几千年流放者历史中最年少的一群，在不了解命运的年纪被抛入命运，在对另一个世界还茫然无知的时候就被另一个世界裹挟。他们的流放从家园开始，历史的方向他们无从选择。

故事的开始是这群少年归家的时刻。身的远行在那一刻结束，心的流放从那一刻开始。

这是最后的乌托邦瓦解的故事。

船

船将靠岸，灯火要熄了。

船在深空中摆荡，如黑暗中的一滴水，缓缓流入弧形的枢纽。船很旧了，散发黯淡的银光，仿佛一枚被时间陪伴的徽章，留着纹理，模糊了峥嵘。船在黑暗中显得微小，在真空里显得孤单。船和太阳、火星连成一条线，太阳在远端，火星在近前，船走在中间，航路笔直，就像一柄剑，剑刃消隐。黑暗在四面八方包围着，船就像一滴银色的水，微弱地发光。

船很孤独。它在寂静中一点点靠岸，孤独地靠岸。

船叫玛厄斯，是火星与地球之间唯一的联络。

在船诞生之前，这条航线曾经来往喧嚣。船没有见过，那是它前生的记忆。它并不知道，在它出生前一百年，它所在的位置曾被运输船占据，往来穿梭，如河水奔涌，在尘沙里降落。那是二十一世纪后期，人们终于突破了重力、大气层和心理的三重防线，怀着从忐忑不安到得意昂扬的兴奋，马不停蹄地将各种物资运向遥远的梦想星球。竞争从近地太空延伸至火星表面，来自不同国度的士官穿着不同颜色的制服，说着不同语言，在不同的开发计划中完成不同的国家任务。那时的运输船很笨重，灰绿色的铁皮包裹，就像金属制成的大象，步伐缓慢而步调坚忍，一艘接一艘到达，在腾起的赤黄色沙尘中敞开舱门，倾倒机械、卸载食物、送出满舱激情的头脑。

船也不知道，在它出生前七十年，政治化的运输舰船逐渐被商人们的开发船一步步取代。火星基地建了三十年，商人的触角像杰克的豆荚，一寸一寸终于升入了天空，杰克得以登天，带着账单和步步为营的计划，在尘沙中东张西望。最初的经营是实体买卖，商人与政客联盟，获取火星土地经营权、资源交易权、太空产品开发权，用动人的词句将两颗星球相互兜售。然后经营开始转向知识本身，和地球上发生的历史性转变相同，只是将两百年的过程压缩进二十年实现，无形资产开始变成交易的主导，商人摘取科学的大脑，在基地与基地间建立虚拟的屏障。那时的夜空航船，曾被酒宴和合同占满，华丽的旋转餐厅，试图复制地球大厦的翻版。

船同样不知道的是，在它出生前四十年，这条航道开始出现了战斗飞艇。因为种种原因，火星独立战争爆发，各基地的探险家和工程师组成了联盟，对地球的管辖者发起了联合抵抗，他们用宇航和勘探技术，对抗金钱与政治权力。那时的航道上曾架起相连的战舰，如同锁链，抵御侵袭，曾如海潮般浩大，又如海潮般退无声息。小巧而迅捷的飞艇从远方赶来，带着被背叛的愤怒越过星空，冷静而又狂野，投下炸弹，让血光在尘沙里无声绽放。

这些往事，船都不知道。在它出生那年，战争已结束了十年，一切都烟消云散了整整十年。寂静的夜空恢复寂静，航道上不再有任何身影。黑暗冲刷了一切。它在黑暗中诞生。它由消散的金属碎片凝聚而成，孤身面对星海，在两颗星球间往来，在曾经的络绎商道和炮火征途中往来，独自往来。

船走得平静，走得无声无息。夜空中不再有交错的行者。它像一颗孤独的银色水滴，穿过距离，穿过真空，穿过看不见的冰凉壁垒，穿过两个世界无人提起的层层往昔。

船已出生三十年，磨损的外壳刻着时光的痕迹。

船的内部是一座迷宫。除了船长，没人弄得清它真正的结构。

船很庞大，楼梯左右穿梭，房间林立，走廊盘曲错杂。船内有许多间仓储大厅，像一座又一座颓唐的宫殿，气势恢宏，器物堆积，廊柱环绕，角落里写满无人问津。走廊是宫殿间细长的通道，串起居室和宴会厅，起伏交错，如同错综复杂的情节，来回穿梭。船不分上下，地板是巨大滚筒的侧壁，人靠离心力行走，金属立柱是向心的辐辏。船很古旧，立柱雕刻，地板印花，墙上挂着老式的镜子，天花板有绘画。这是船向时间的致敬，是纪念。纪念曾经有过一个时代，人类与人类还不曾分离。

这一次，船搭载了三支队伍，一支是五十人的地球代表团，一支是五十人的火星代表团，还有一支是二十人的少年学生团。

代表团的往来是为了展览会，双向展览。当首届火星博览会在地球顺利结束，首届地球博览会即将在火星正式召开。双方搭载了各式奇异的货物，向地球展示火星，向火星展示地球，让两边的人类重新记起对方的存在。在漫长的隔绝之后，这是双方的第一次全面接触。

学生团的名字叫作水星，他们是一群十八岁的孩子，结束在地球五年的生活，返程归家。水星是墨丘利，是信使，是火星与地球之外的另一颗星球，是沟通的愿望。

战争结束四十年，船航行了三十年。在地球与火星之间，它是唯一的联络。

船见证过几次谈判，几场交易，几项契约，几回不欢而散的冲突，除此之外，它没见过更多。很长时间它都处于闲置状态，巨大的船舱空空如也，房间没有乘客，仓储室没有货品，宴会厅没有鼓乐齐鸣，驾驶舱没有任务。

船长和船长夫人是白发苍苍的老人。他们在船上工作了三十年，在船上生活，在船上老去。船是他们的家，是他们的生命与世界。

"一直没下去过吗？"

船长室外，一个漂亮的女孩小心翼翼地问。

"开始几年还下去，后来上了年岁，就下不去了。"

在她对面，船长夫人和气地微笑着回答。她一头卷曲的银发，嘴角有两道新月般的弧形，姿态优雅，如同一棵冬天的树。

"为什么？"

"适应不了重力来回变化。人年纪大了，骨头就不行了。"

"那怎么不退休呢？"

"加西亚不愿意。他想终老在船上。"

"船上有很多人吗？"

"有任务时，有二十多个。没有任务时，就我们两个。"

"那多久会有一次任务呢？"

"说不准。有时候四个月，有时候一年多。"

"这么久? 那平时岂不是很寂寞? "

"没事。早习惯了。"

女孩安静了片刻，长长的睫毛轻轻垂下，又轻轻抬起。

"爷爷常提起你们。他很想你们。"

"我们也很想你爷爷。加西亚的桌上常年放着他们四个人的照片，每天都看。回去向你爷爷问好。"

女孩笑了，笑容温柔而有点忧伤。

"艾莉奶奶，我以后一定还来看你们。"

她笑得温柔是因为喜欢面前的奶奶，笑得忧伤是知道自己大概很久都不会再来。

"好。"船长夫人也笑着，和蔼地摸了摸她的长发，"你漂亮了，很像你妈妈。"

船长的小屋在船的最前方，紧邻驾驶控制室和平衡球舱。小屋在两条走廊连接处的拐折，常人经过，不易察觉。小屋门前挂着一盏蓝色的球灯，照出方寸间青白的光亮，照在老人和女孩的头顶，如月光一般温柔。这是小屋和火星地面房屋唯一相同的装饰，每每经过门前，蓝光就照出家乡的记忆。门是白色玻璃材质，与两侧的白墙融合在一起，只有门上凸起的雕刻在不经意间提示出质的区别。雕刻是小小的银色飞船，仰首飞行，船尾挂着一串细小的铃铛。飞船下方有一行花体小字：艾莉、加西亚和玛厄斯。门静静地闭着，两侧的走廊长而清静，仿佛向纵深延展至无穷。

加西亚是船长的名字。他和女孩的爷爷是一生的战友。他们年轻的时候是同一个飞行中队的亲密战友，在战争里出生，在战争里飞过十几个年头。他们都是战后火星支柱式的人物，女孩的爷爷留在地面，船长登上天空。

战后的火星曾度过无比艰难的一段岁月，贫瘠的土壤、稀薄的空气、不充足的水源、危险的辐射，每一样都能致命，每一样都是他们必须每天面对的生存的窘境。战前的开发始终有地球供给，大部分饮食来自飞船携带，就像还未降生的婴儿，没剪断与母体营养的连接。而战后的独立就如降生的阵痛，剪断脐带的婴儿，要学习自己行走。那段时期的火星最为艰难，总有些不得不向地球求取的东西，即便最聪明的大脑也无法凭空造出，比如动物，比如有益的细菌，比如石油里有机的大分子。缺少了它们，生存只是维持，终究难以茂盛。船长就是在那个时候登上了船。

那是战后的第十年，很多火星人并不赞成向地球乞求，但他坚持着，作为火星外交的第一次尝试，带着一丝决绝在地球的边缘孤军奋战。他比谁都明白地球的态度：战败的羞辱在此时化为仇恨和幸灾乐祸。可是他不能后退，后退之后就是新生的家园永远的发育不良。

船长的后半生与船写在一起，他生活在船上，向地球发信息，他坚持，他恳求，他威胁，他诱惑，他用火星的技术与地球交换，向地球求取生存的物资。他上船三十年，再也下不到地面上。他就是火星的外交。在他漫漫航行的三十年里，火星和地球有了第一笔交易，有了第一次相互派遣的人员往来，有了第一次展览会和第一批前去留学的孩子。加西亚就是船长，船长就是加西亚。他的身份和他的名字像血肉一样缠在一起，无法再分开。艾莉、加西亚和玛厄斯，这是刻在门上唯一的字。

女孩和船长夫人寒暄了一阵，转身刚要离开，船长夫人忽然在身后叫住了她。

"对了，有一句话，加西亚想带给你爷爷。他刚才忘了说。"

"什么话？您说吧。"

"加西亚说：有时候，宝藏的争夺大于宝藏本身。"

女孩沉思了一下，似乎想问什么，但没有问出口。她知道船长的话必与外交有关，但这样的大事，她不便多问。她点点头，说她记住了，随即转身离开。她的背影轻逸，小腿很直，脚尖略外开，踏在地上像两片羽毛，像蜻蜓点水，像无尘的风。

船长夫人目送她消失才转身进屋，屋门上的铃铛在静夜里轻灵作响。她看着漆黑的房间，无声地叹了口气。房间内很寂静，船长已然在黑暗中安静入睡。他的身体越来越虚弱，刚才的谈话还没有来得及说完，他就因疲倦不得不上床休息。她不知道他还能坚持多少个日子，也不知道自己还能坚持多久，她只知道自从自己跟着他上了船，就已经看到了今天的到来。她早已准备好跟他一起终老在这船上，能活一天，就在地球和火星之间再航行一天。她进了房间，将房门在身后轻轻关上。

女孩叫洛盈，水星团中的学生，十八岁，学习舞蹈。

船的名字玛厄斯，来源于火星和地球的直接组合，形象地说明了飞船的性质，既体现了令人感动的交涉与妥协精神，也是又一个缺乏美感的实用主义名称范例。

船的技术不复杂，构造与引擎保留着战前的传统。太阳能蓄电，圆柱筒旋转获取重力。这样的构造稳妥坚固，但行动迟缓，体积庞大。无论是地球还是火星，战时技术均大力发展，都有能力造出更便捷的飞船，用更短暂的时间相互抵达。但玛厄斯是唯一一艘。三十年过去了，没有谁来取代它。它的迟缓和庞大使它不具备攻击力，因而能达到双方心知肚明的妥协的平衡。它以拙胜巧，以缓慢胜迅捷，以不能胜能。在忌惮与疑虑尚未烟消云散的冰冷真空中，它如一头巨鲸，独自游出缓慢的弧线。它比谁都清楚，对曾经交战过的双方，最难跨越的不是物理的距离。最古朴的，可能是最优越的。

船的内部分成四个区域，对应圆柱体四个九十度的分割。区域与区域有自由走廊连通，但相隔甚远，路径复杂，一般人很少相互往来。三支团体和船员各居一区，同处一船，航行百天，却很少有直接的接触。欢宴不少，但客套居多。

三支团体各有各的风格。火星代表团结束了全部任务，即刻归家，因此情绪愉快，放松至懈怠，不修边幅，以家常的口吻聊美食，聊小孩，聊地球上的诸多奇遇，聊中年的困扰，在餐厅说笑，在久违的食物器皿间如鱼得水，谈笑风生。

学生团举行着最后的狂欢。这二十个孩子从十三岁离家，到十八岁成年，平日里散居在地球各个角落，难得聚首，这航行对于他们，实在是珍贵的团圆。整整百日，他们始终欢聚，饮酒笑闹，在船头的失重球舱玩球，夜夜笙歌。

地球代表团则完全是另一副面貌。代表团的成员来自各个国家，彼此尚不相熟，仍处在相互了解阶段，除了公务餐，只是在小酒吧里谨慎地交谈。团里有政府统帅、知名科学家、工业大亨和传媒巨子。在某种意义上说，他们是相似的人，习惯于被目光包围，在心里疏远。他们穿着简洁，只在袖口透露出奢华，言语听起来随和，但很少谈及自身，压低眼角的骄傲，却让人看出是在压低。

在地球区的小酒吧里，常常可见到三三两两的聚首，穿着薄而镶边的衬衫，低声交谈。酒吧按照地球的习惯布置，幽暗矜持，灯光不明亮，阔口杯里加冰块，薄薄的威士忌波光流转。

"哎，说老实话，你觉出伊万东诺夫和王之间的火气了吗？"

"伊万东诺夫和王？没有。我想没有。"

"观察。你比谁都更应该观察。"

说话的是一个光头中年和一个褐色头发的青年。中年人发问，笑容可掬，下巴刮得光滑，浅灰的眼睛像夏日的海水一样变幻不停。青年说话不多，有时只用微笑回答，卷发盖过额头，深褐色的眼睛藏在眉骨之下，让人看不清表情。中年人叫泰恩，是地球上泰勒斯传媒集团的继承人与首席执行官。青年叫伊格，是随团的纪录片导演，也是泰勒斯集团的签约艺术家。

泰恩口中的伊万东诺夫和王是代表团中俄罗斯和中国的代表，因各自领土问题横眉冷对。代表成员复杂，每个国家背景里都有悠久的冲突，面上没有刺刀见血，私底下却有五味杂陈。泰恩是没有国籍的人。他拿着四国护照，在五国生存，吃六国饮食，倒七国时差。他对这种国与国的冲突总是笑意盎然地旁观，他洞若观火，却不以为然。他抱持着二十二世纪后期最典型的生活观念，对国家一笑而过，对全球化之后仍然遗留的历史问题采取揶揄的不予理解。

伊格明白其中的种种，但他通常不去回应。代表团里充满不同的欲望，这本是再正常不过的事。到火星来的每一个人都有自己想要的东西，伊格也不例外。

"你知道你这一回最好的拍摄题材是什么吗？"泰恩笑着问他。

"什么？"

"一个女孩。"

"女孩？"

"水星团里的一个女孩，名叫洛盈。"

"洛盈？哪一个？"

"黑头发，头发最长的那一个，很白，练跳舞的。"

"可能有印象。她怎么了？"

"她这次回火星，有一场演出。独舞。应该会相当漂亮。你跟着她拍，市场肯定喜欢。"

"然后呢？"

"然后什么？"

"然后……其他理由。你真正的理由。"

"你问得太多了。"泰恩笑了，"不过，我可以告诉你。她爷爷是火星现任的总督。她是大独裁者唯一的孙女。我也是刚知道。"

"……那要不要去和总督请示？"

"不要。尽量别让任何人知道。我不想惹麻烦。"

"你就不怕回去惹麻烦？"

"回去的问题回去再说。"

伊格没有说话，没有说同意，也没有说不同意。泰恩也没有问他，同意还是不同意。这样的共同沉默最好。任何表面的共识都没有达成。伊格没有承诺的束缚，泰恩没有教唆的罪名。伊格默默地晃动着手中的杯子，泰恩笑意盎然地看着他。

泰恩经历过太多次影片发行，知道什么样的卖点能吸引什么样的人群，也知道怎么样的问题该怎么样规避。伊格才刚入行不久，仍然带着浓厚的学院气息，想法很多，但不喜欢随俗。泰恩相信时间的力量，他见过太多这样自以为清高的初出茅庐者，也见过太多最终改变的大彻大悟者。能卖才能活，谁也别想显得骄傲十足。

酒吧里播放着电子爵士乐，悠悠荡荡，遮挡住所有桌上所有的商议与密谈。室内很温暖，领带都松开了谨慎的弧度。没有服务生，饮品从墙上的玻璃桶中选择，自动流淌。屋顶上垂下半球形的彩色玻璃罩，散发幽暗的光芒，笼罩着看上去友好的面庞，和各有所思的头顶。偶尔能听见笑声，相互致以降落前最后的问候。

代表团的目标很庞杂，但有一个大方向，那就是技术。技术就是金钱。整个二十二世纪，知识和技术都是关键词语，是世界各个组成部分相互依赖的根本，是金融体系的新货币形式。技术的国际依赖，就如同曾经的金本位金融，在复杂脆弱的世界关系中维持难以协调的平衡。知识交易开始扮演世间最重要的角色，它冲破战争的隔阂，将火星也纳入其中。人们意识到，火星就是一个科学工程师的农场，知识促其独立，知识也让其有利可图。

一些音乐悠荡着，一些灯光悠荡着，一些笑容悠荡着，一些精明的计算悠荡着。

酒吧很幽暗，墙上挂着旧时代的照片，没有人注意看。新来的客人们不知道，照片背后遮挡着曾经的裂痕。一张照片遮挡着二十年前的一个弹孔，另一张照片遮挡了十年前砸出的一道伤痕。曾经有一个金发雄狮一样的老人在这里大声吼叫，也有一个白发白胡子的老人在这里戳穿骗局。他们叫加勒满和朗宁，是加西亚桌上四个人照片里另外的两个。

所有的冲突都平息了，所有的不愉快都被文档证明为误会，所有的痕迹都被遮挡起来。酒吧还是优雅的酒吧，照片镶在深棕色边纹的镜框里，错落有致，悬挂井然。

还有半个夜晚，船就要靠岸了。聚会即将停息，热烈即将沉寂。船上搭起的宾客的舞台将拆卸，桌上的餐巾和花朵将撤回，枕头和睡袋将收起，屏幕将暗下，灰尘将打扫，仓储宫殿将清空，所有的房间将回到透明清静的状态，只留下光滑的地板和无色玻璃的桌椅板凳，只留下船的赤子之身。

船已经经历了许多次充满与倾空。每一张酒桌都曾围上不同时间的桌幔，每一卷地毯都曾见证不同年代的交锋。船已习惯被倾空，已习惯从无到有再从有到无，从灰白到七彩再到灰白。

船舱的走廊里挂着很多照片，从人类刚发明相机尚不曾向太空移民的时代的黑白照，到战后各自繁荣各自骄傲时代的三维图，形形色色，应有尽有。顺着一条曲折的走廊漫步，抚过灰色的墙面，沿罗马线向前，上下楼梯，人就可以穿梭在许多个不同的年代里，任时间错落。这漫步不会被领到任何时间的终结，因为照片本就不是按时间顺序悬挂。战后会连接战前，2096 年会连接 1905 年，打散了顺序，也就遮蔽了分歧。火星和地球在墙上安居在一起，在多种逻辑中排列出多种循环的历史。

每一次船靠岸，所有的器物装饰都被收进柜子里，只有这些照片不被撤掉。没有人知道，在那些没有任务的日子里，船长会一个人走过每一道走廊，将每一张照片轻轻擦拭。

靠岸之前，灯火辉煌的聚会到了最后一刻。

洛盈从来就弄不清楚这艘迷宫般的飞船的真正结构，只有失重球舱是她心里不变的依托。失重球舱是飞船最后方的巨大球舱，用旋转平衡圆柱筒的反向旋转。球舱外面环绕着一圈观景台，那是她最喜欢的休息场所。球幕舷窗从头到脚，可以直接看到辽远无边的宇宙黑暗。

洛盈从船长室赶过来，一个人快速穿过走廊。观景台上空寂无人，舷窗之外夜空浩渺。她还没走到，就听到球舱里爆发出一阵海浪般的欢呼。她知道球舱里的比赛结束了，于是加快了脚步，匆匆跑到舱边，推开舱门。

球舱里犹如烟花盛放。

"谁赢了……"洛盈拉住离得最近的一个人。

那人还没来得及回答，洛盈就被一个人紧紧抱进怀里。她怔了怔。是雷恩。

"最后一场比赛了。"雷恩声音含糊地说。

他放开洛盈，拥抱上前来的金斯利，两个人狠狠地砸着对方的肩膀。安卡拨开人群，来到洛盈跟前，但还没说话，就被身后的索林揽住肩膀。纤妮娅飘过他们身边，洛盈看到她眼角有泪光闪烁。

米拉开了两瓶吉奥酒，他们一起把酒洒进球体中央，酒化成无数金光闪闪的小球飘浮着，所有人蹬踩球舱壁，飘进空中，悬浮着旋转身体，张开嘴让小球飘进嘴里。

"为了胜利！"安卡喊了一声，整个球舱轰然应和。"为了明天的降落。"洛盈听到他紧接着小声说了一句。

她仰头闭上眼睛，向后倒去，仿佛被无形的手托了起来，躺进浩瀚的星空怀抱。

这是他们最后的夜晚。

火星时间清晨六点，玛厄斯伴随阳光，接近了仍在沉睡的火星大陆，准时与同步轨道上的换乘枢纽对接。枢纽是环形，一侧连接玛厄斯，一侧连接十五架往返地面的航天飞机。

完全对接需要三个小时，船上安眠的旅客还有充分的时间沉浸梦乡。

船一寸一寸地进入中心区域，从前侧玻璃望出去，环形枢纽就像壮丽的神殿，而船就像朝圣的鸽子，飞得舒缓而又圣洁。太阳在身后，枢纽的弧形被照耀得金光四射，明暗分明。航天飞机在另一侧静静地排列着，宛如神殿的卫士，散开成均匀的扇面，左翼连着枢纽，右翼指向火星表面尘风缭绕的红色土壤。

这一刻，船上的一百二十名乘客中，总共有三十五人醒着。这些人或站或坐，在自己的房间或某个人迹罕至的角落看着飞船靠岸。在飞船彻底静止下来的一瞬间，所有这些人均以这样那样的方式迅速而不为人知地回到了自己的床上。飞船从未像这一刻这样宁静。一个半小时之后，柔和的音乐声响起，所有人穿着睡衣揉着眼睛相互问早。整理行装的过程迅捷有序，集合热闹而气氛温和。乘客们互致问候，礼貌地告别，登上不同航天飞机，分散开来。

这是地球历 2190 年，火星历 40 年。

旅店

伊格站在窗边，久久凝视。视野中的火星，有一种风笛的味道。

旅店的房间很清亮。玻璃墙从屋顶到地面，展开毫无阻碍的视野，从脚下一直到天边。红色的大漠悠远沉和，一马平川，像一卷无始无终的诗歌，粗犷辽阔。

这就是您想要埋藏自己的地方吗？伊格在心里问。

他是第一次来到火星，但这片风景他早已见过。在他十五岁第一次到老师家去的时候，老师的墙上就投射着这片恒久的红。他站在门口，看着墙上的砂石，胆怯而心惊，不敢进入。老师坐在高背丝绒椅中，面对墙壁，背对着门口，金发从椅背边缘隐约透出，在夕阳中闪闪发光。屋子里播放着风笛的旋律，音响很好，声音仿佛来自四面八方。画面里的沙漠看上去不动，定睛看来却始终在动。似乎是从贴地飞行的航船上俯拍，速度不快，但石块匆匆掠飞。黑暗的星空是遥远的背景。他在门口怔怔地看着，不知过了多久，画面中突然毫无征兆地闯入一道深沟，他呀地低呼了一声，碰倒了门口纤长的木雕。他手忙脚乱地俯身去扶，再抬起头的时候，老师已站在他的身前，扶住他的肩膀，说，是伊格吗，进来坐吧。他晃眼看了看墙壁，粗粝的沙漠已消失，白墙上只有壁纸隐约的条纹。风笛在屋中空寂地环绕。他恍然间有一点失望。

这段经历，伊格没有对任何人提起，甚至在与老师相处的十年中也极少谈到。这是他和老师的秘密，在两个人之间，有两个世界存在。老师很少和他说起火星。他教他影像技巧，但不再给他看火星的视频。

十年过去，伊格终于与真正的火星大陆相遇了。这一刻，风笛在他的头脑中自动演奏起来。他久久地站在窗边，久久凝视，与自己的少年记忆久别重逢。

洗过热水澡之后，伊格坐进小沙发，伸直双腿。旅店很舒适，让人迅速放松下来。

伊格喜欢独处。尽管他能和任何人和睦相处，尽管他出席影片的活动游刃有余，尽管他为了拍片子要和形形色色的人物打交道，但他还是更喜欢独处。与人相处的时候他总是提着胸口的气息，敏锐警醒，只有回到一个人的状态，气息才落回肚里，才让他放松，重新感觉到自己存在。

他沉入小沙发，微微仰望天花板。他对这里的一切都很好奇，来之前曾做过无数想象，但来之后却发现现实与想象仍有不同。他说不上是现实高于想象，还是想象高于现实，只能说是不同，不在同一个方向上。他从十五岁就开始想象，火星到底是一个什么样的地方，能让老师居此八年，流连忘返。

在他的想象里，这是人类最后一个理想国，远离俗世，智慧发达。他清楚这种想象与地球上的一般评价有多么不同，但不以为意。

他环视四周，眼前的房间和玛厄斯上面的很像：书桌透明，衣橱透明，床柱也透明。透明的蓝色，深浅不同。小沙发也是透明的，似乎是某种充了气的玻璃纤维，曲线两端上翘，能随着身体压力改变形状。对外的墙壁亦是通体透明，他坐在沙发上，就能眺望很远。只有朝向走廊的墙面才是乳白色不透明，隔绝邻居与往来的客人。整个房间就像是一只水晶盒子，连屋顶也是半透明的，磨砂玻璃似的天蓝，能看见太阳悬在头上，曚昽照耀，如同一盏白色的吊灯。

他坐着，思考这透明的意义。从某种角度说，透明是一个敏感词语。房屋是个人的空间，透明往往暗示着窥探。当所有房子都透明，窥探就扩大为集体的注视。他清楚这意味着什么。他可以将此引申为一种象征，一个符号，象征集体对个体隐私的征服，作为一种政治意识的符号，在暗示中讽喻。

这样的角度倒是会极符合地球主流思想，片子也会很受瞩目。地球个人主义思想家等待的就是这样的证据，强有力的、对"天上地狱"大发责难的目击者的证据。这将为他们对火星的攻击提供有力的依据。但伊格不愿意这么做，至少不愿意轻易放弃立场。在他内心，他有自己的好奇。他不相信一个充满精神压迫的地方，能让老师自愿留下来，一留就是整整八年。

他没有告诉任何人他来火星的目的。他不知道有没有人能猜到。

他的师承从来不是秘密，这次能入选代表团，表面上是因为前一年获奖，但他心里清楚，泰恩保荐他，很大程度上是因为老师的缘故。他接受了任务，没有探询，泰恩也没有解释。他知道泰恩和老师交情匪浅，在老师的葬礼上，他曾见过泰恩戴墨镜的光头，从开始到结束。

他轻轻掏出衣袋里的小小芯片，放在掌心端详。老师的临终记忆都在其中，据说是将脑波信号化成 0 和 1 的图像的记载。他从理智上不太相信这种科技，但他从情感上愿意相信。当一个人死去，如果他的记忆还能存活，如果他还能决定记忆归隐的地方，那么死亡的消解就还不算是强大无敌。

伊格肚子饿了，站起身，在墙上找到点餐的屏幕。菜单上有一些奇怪的名字，他随便选了几样。食物送来得很快，只用了六七分钟，墙上的小灯就亮了，一只托盘从黑色玻璃通道里升上来，像是一架微小的电梯，停稳之后，小门向上升起。

伊格俯身将托盘取出，饶有兴趣地打量盘中食物。这是他第一次与火星食品正面接触。在玛厄斯上，地球代表团的饮食原料从地球装载，整个航程都没有任何火星元素。他曾经很多次听说各种各样的传闻，充满海盗故事般的血腥的想象力。有人说火星人吃沙土里的长虫，也有人说他们吃塑料和金属碎屑，林林总总，不一而足。总有一些人喜欢用夸张的口吻描述自己并未见过的事情，从假想的野蛮中获得假想的文明人的自满。

伊格看着手中的托盘，思绪翩飞。他不知道自己是不是应该拍一些神秘唯美的餐桌画面，加一丝丝情调，抛给时尚影媒，让人们对野蛮的想象转化为对异域风情的向往。他知道这很容易，而且时常发生。

他忽然想起老师临终时的话。要有趣，用头脑；要相信，用心和眼睛。他不知道自己该相信什么。他眼前浮现出老师当时的样子，发丝稀疏，整个人蜷缩在高背丝绒椅里，开口已经很困难，却尽力调动两只手在空气中比画，动作缓慢而微微颤抖。

"要有趣，用这里；要相信，用这里和这里。"老师声音喑哑地说。

第一个"这里"，老师指了指脑袋；第二个和第三个，老师一手指着眼睛，一手指着心脏。

伊格当时没有很集中注意力听。只是看着老师瘦长的手指，就像看两只不会转动的风车。他想老师还年轻，五十五岁应当是壮年，但却蜷缩在厚厚的毯子里像个瘦弱的孩子。他想到一辈子的勇毅在此时竟是如此无济于事，心里一片空茫。

"语言是光的镜子。"老师又慢慢地说。

伊格点头，不是很懂。

"别为了镜子忘了光。"

"嗯。我记住了。"

"听。别急。"

"听什么？"

老师没有回答。他注视着屋中的空气，像失去了知觉一样，目光有些混浊。伊格等了一会儿，有些心慌，怕老师就此故去。还好老师又动了动手指，在窗口透进的夕阳中像一座边缘断裂的冰山。

"如果，能到火星，把这个……拿去。"

伊格顺着老师的手指，看到小桌上放着的纽扣般的芯片。伊格被这画面中的冰冷击中了。老师是在安置死后的自己。他用手指指出自己的真正所在，用肉身向记忆告别。他的话语混沌不清却无比平静，这一点让伊格突然觉得很伤感。

当天晚上，老师进入了昏迷，两天后告别人间。这中间他曾醒来一次，想写给伊格一些词语，但只写了一个字母 B，就又颤抖起来，重新不省人事。伊格一直等在床边，但老师最终也没能再醒来。

伊格默默地吃早餐，很长时间都忘了品评味道。当他从记忆回到现实，盘中的大半已消失，剩下两小块圆饼和一些土豆泥似的配菜。他插起圆饼入口咀嚼，但却像是丧失了味觉，不觉得好吃，也不觉得不好吃。

他想把注意力转回自己的影片，以摆脱心里无法抑制的脆弱。也许该拍一场视觉的盛宴，他想，一段巴洛克的舞蹈。毕竟，这里的一切都那么巴洛克，那么流淌。他抚摸桌子，桌子的曲线安慰他的手掌。很多地方初看时并不注意，但越凝视越让他觉得新鲜有趣。桌边缘的玻璃装饰有喷泉的线条，墙上的镜框像上升的火焰，托盘四周装点着雕刻的花朵。这些装饰并不起眼，但却带给屋子一种强烈的巴洛克式的跳动：一种边缘的流动感，细节上的飞天感。许多家具是和墙连接在一起的，桌子、床和衣柜，就像瀑布在山石处拐折，浑然一体，而桌角的弧度则像轻卷的浪花。伊格觉得很有意思。他一直以为火星会崇尚精准锐利的机械美学，没料到却见到这样的柔和质朴，仿佛走入了一片远离现实的山谷溪涧。

伊格掏出拍摄眼镜，戴上，让视线重新在屋中走了一圈，存储。然后将箱子里的小设备一样一样拿出来，立在四周。温度分布记录仪、空气成分测量表、阳光跟踪计时器。小球们活跃着，如同一颗颗苏醒的恐龙蛋。

伊格知道，将重心放在异域的美，会是很讨巧的办法。这里每一点装饰上的不同，在地球观众的眼中，都可以生成遥远而神秘的猎奇式美感。这是让拍摄者和被拍摄的地方拉开足够远的心理距离，像看画一样看待，忽略所有精神冲突。

他并不想一直如此拍摄。如果这样拍，最感到满意的一定是火星官员。他们从到站伊始就向伊格表示了友好的客套，用热情的官方辞令告诉他，他们非常欢迎他的到来，欢迎他将火星的样貌展示给地球，希望他的作品能增进双方友人的美好互信。伊格一直微笑着点头，说是的，他相信火星是一个美丽的地方。他们在机场的走廊边和睦地握手，伊格还用自己的摄像飞行器拍下了这煞有介事的一幕。

在伊格心里，他并不是虚情假意，但也不是完全认可这场友谊。他只是不想在观察很少的情况下，贸然发表态度。伊格不相信任何官员，但他相信一件事：发表看法的机会需要节省。他常常需要在四方游走，因此他知道，面对各种意见，只在最必要的时候坚持，其他时候看比说更重要。

在代表团中，早有不止一人对他即将拍摄的片子发表过意见。美国的查克教授曾经善意地暗示他极权主义的地方是不会让人看到真相的。而德国的霍普曼上校说得更加直接，他说伊格还年轻，最好不要介入太多自己尚不理解的事情。伊格明白他说的是政治。他能理解。他只是一个导演，在代表团中没有介入的地位。不仅是政治介入，就连影像的介入都有问题，影像就是证据，总在一定程度上降低了未来对历史多样阐述的可能性。没有人给他真正的好的建议。在玛厄斯的小酒吧里，往来的身影经过伊格身边，总会笑着拍拍他肩膀，让他加油，然后转过身去，将自己的谈话降低两个分贝。

只有泰恩一直兴致勃勃地给他提出各种积极的建议，将此次旅行看作一个商业契机。

"戏剧性！戏剧性是关键。"

泰恩说这话的时候表情就很戏剧性。他是个商人，虽然总打扮得像是海边度假的冲浪客，但骨子里是最熟练的商人。不能抓住感官是他眼中最大的败笔。只要情节跌宕，其他就不管，自由还是极权，是他心里完全无所谓的问题，哪怕讽刺他本人，他也不在乎。

伊格看着身边的人们，有一种坐于环岛、看车辆匆匆的感觉。对这些态度，他不太在意。他们所针对的都不是他想要寻找的那一点，就像箭矢射偏，无须防护。各方建议就像四面八方收拢而来的绳结，他自己则是绳结中的肥皂泡，绳结越收拢，他越向另一个维度膨胀开来。他对每个人都点头应承，是因为他还没找到他想找的那一点。如果找到，他相信他会坚持。

他跨越九千万公里，飞过黑色的夜空，不是来完成一篇花花草草的命题作文。他想找的是一剂药，能治愈他眼中地球骨髓顽疾的清新的良药。

他不愿意过早下结论。他仍然需要更多信息。他要拍摄的是一个尚未发生的剧本。他要未来来确定现在。他没有结尾，因而无法给开头命名。

吃过早饭，伊格有些倦了。与代表团的官员朝夕相处，他的精神总有些紧。此刻一切都放松了，倦意立刻席卷而来。

他倒在床上，让肢体彻底伸展开，很快就沉沉地睡着了。他做了很长的梦。在梦里，他与老师的背影又一次相逢。他常常梦见老师的背影，坐在高背的椅子里，低声念着长长的让他听不清的话。他总是很想绕到正面，看清老师的面容，听清老师的话，但就是做不到。他在梦里总是做不成事情，他跑很远的路，跋山涉水，跑得精疲力竭，却就是跑不到椅子的正面。

从梦里醒来，已是下午四点。他看看墙外，夕阳在大地上画下长而锋利的明暗线。他知道火星和地球的时间基本相同，因此欢迎晚宴就快要开始了。他躺在床上不想动，闭上眼睛，眼前还有残留的梦境缓缓飘浮。

我会不会像老师一样留在这里呢? 伊格忽然想。他知道自己没有任何留下的理由，可是在一般人看来，当年的老师也没有任何留下的理由。那是十八年前，火星和地球第一次人员往来，老师作为影视界代言人来火星学习新的成像术。可他来了就没有回去，只把必要的软硬件和操作步骤交由玛厄斯带回地球。地球上的媒体一片哗然，谁都猜测不出他的理由和目的。当时他三十七岁，正值事业旺盛的时期，担任制片人的影片获奖连连，在行业内正成为新的权威，与周围人关系良好，没有任何理由逃遁，也没有任何理由背叛。一些报道说他是获悉了火星机密被官方扣押，另一些报道则说他是准备用更长时间学习更多有用的技巧。

那时伊格只有七岁，对一切还懵懂无知，但他同样记得网络上连篇累牍的评论和分析。流言断断续续，一直不停，在老师回到地球那年爆发至顶端，爆发成每天的强行采访和追踪报道。老师始终沉默，拒绝提供任何线索，直到生命的尽头。

整个事件伊格一直旁观，他由此变得言辞谨慎，不再随意猜测事件的原因。他知道任何事情外人都能知晓，只有原因除外。他甚至不轻易预言自己的所作所为，因为他明白，不了解真正的境况，就不可能知道原因。

乌龟一样的除尘器在墙边慢慢地爬着。房间在夕阳中显得静谧。夕阳并不橙红，而仍是淡弱的白，只是从墙壁斜射进来，给每件物体镶上荧亮的光边，和屋顶的透射大有不同。

伊格爬起身来，坐在窗边，轻触床边墙上的静物画。画面消失了，屏幕亮起来，镜面像水波微微颤抖。一个小女孩出现在屏幕上，红格子裙子，白色花边束腰，小草帽，笑容甜美。这是旅店服务的虚拟娃娃。

"您好，下午好，天气很好。我叫薇拉。我能为您做些什么？"

"你好。我叫伊格。我想问一下，火星这里的交通方式。我是说，怎样坐车，怎样订票，怎样查到路线图。"

小娃娃眨眨眼，作处理和搜索，动画精致漂亮。几秒钟之后，她笑了，露出两个酒窝，拉起裙子躬一躬身，裙摆摇摇，像一顶张开的花伞。

"您好，伊格先生。火星的主要交通方式是隧道车，不需要订票，也不需要付费。每所房子附近有小车站，每十分钟经过一个车厢。您可以乘它到最近的大型换乘站，再根据地图选择跨区车次。车站都有路线图，可智能查询。火星城绕行一周需一百五十分钟。"

"明白了，谢谢。"

"您还需要别的服务吗？我们提供城市功能介绍、博物馆索引、购物指南。"

"能不能……能不能查询？"

"哪方面查询？"

"查询一个人的联系方式。"

"当然可以。请问您想查询的姓名或工作室。"

"布罗。珍妮特·布罗。"

"……珍妮特·布罗女士，罗素区、贝塞尔伊达影像资料馆第三工作室研究员，居住地点：罗素区，七经十六纬，一号。您可以给布罗女士个人空间留言，也可以联通她的工作室进行通话。"

"好的。谢谢。"

"以上资料已存入您的客房页面。请问是否需要现在联络呢？"

"不。"伊格仔细地想了想，"先不用了。"

"还需要其他查询吗？"

"让我想想。还有一个人，大概是叫洛盈·斯隆。这一次留学回来的学生。"

"……洛盈·斯隆小姐，罗素区、邓肯舞团第一舞蹈教室学生，居住地点：罗素区，十一经二纬，四号。斯隆小姐的个人空间暂时封闭，尚未重启。"

"知道了。谢谢你。没什么事情了。"

"薇拉乐意为您效劳。"

小女孩的声音像糖果一样跳动，旋转着鞠了一躬，行了告别礼，蹦蹦跳跳着离开了。

伊格坐在床上，将刚刚查到的资料写进随身的电子簿里。他知道这几天的行动有目标了。他心里有一点忐忑的兴奋，不知道等待自己的将是什么样的人和事件。他静坐着沉思了一会儿，将心里的思绪与疑问慢慢理出了头绪。

时间不早了，伊格站起身来。预定的集合时间就要到了。整个代表团将集中起来，去参加火星欢迎晚宴。他换了衣服，略微整了整头发，带上全套的摄像随身包。

临走的时候，他又在墙边伫立了一会儿。傍晚来临，火星城华灯初上，灯光照着街巷，显得很晶莹。早上从飞机上俯瞰的时候，他曾对整座城市的构造感到惊奇。就像一整座水晶城，脉络纤长，结构复杂。一座座玻璃房屋，散落在广袤的平原，小巧而形状各异。屋顶如斜斜张开的帆板，湖蓝色，远处看起来，就像水面切割陆地。丝管隧道将房屋连成密集的网，架在半空，如同交织的静脉。他从空中感到一丝直觉般的冲动。这和他熟悉的所有世界都不同，因为不同，所以令人着迷。

家

从机场出来的时候，阳光晃了洛盈的眼睛。

她五年没有在火星的土地上看到清早的阳光了，几乎忘了是什么感觉。地球的天是蓝的，太阳是温暾的橙红，火星不一样，黑是黑，白是白，没有芜杂，没有遮挡。

机场大厅宽阔明亮，这是在洛盈走后新落成的建筑。她和伙伴并肩走着，一路并不多话。墙壁、穹顶和地面还是一如往常的玻璃，地面上是大理石的纹样。墙面没有任何装饰，除了钢筋铁骨，就只看得见两层玻璃之间隔热气体滚动的颜色，很淡，一丝一缕。从航天飞机上下来就是传送带，每人一个座位，像在工厂的流水线上流动，降到地面的时候就是出口了，身份辨认通道之后，阔达的大厅标志着家的样子。

洛盈和纤妮娅走在一起。她们看着地球使团的样子，不由得微笑了。地球代表团跟在火星代表团之后，走在学生团之前，他们的衣着比火星人华丽，但对一路的流程显然缺乏准备。

首席代表贝弗利先生风度翩翩地走在第一位，但却在指纹识别机面前愣住了，不知所以然，虹膜验定仪像一只触手，从一侧伸到他面前，在离他面孔很近的地方发出砰的一声轻响，完成拍摄，惊得他向后跳了一大步，撞在身后刚刚伸出的放射检测探头上，撞出嘀嘀的叫唤，引起安静的大厅里所有人的侧目。贝弗利先生红了脸，装作气定神闲的样子对别人笑笑，伸出手抚摸了一下探头，没想到探头的叫声更大了，他吓了一跳，前面火星代表团的代表连忙微笑着过来解围。洛盈她们也轻轻笑了，故意不去看他，动作娴熟地拉着行李穿过两旁伸出的一只只触手，甩头摆手像是在跳舞，也像是与电子眼握手招呼。

贝弗利手里拿着首席代表的盖着徽章的授权书，一路走下来，却没有遇到一个检测官员，穿过一路仪器就是出口大厅，他讪讪地站着，不知该把证书拿给谁看。

大厅是扇形，一角是航班出口，对面弧形的一面墙上整整齐齐地排列着隧道车的入口。两条直边上排列着饮食礼品购买机，有新鲜的糕点和水果陈列。大厅中间竖着几面玻璃板，上面画着隧道车错综复杂的地图，像色彩繁复的挂毯，缓慢变换。隧道车入口之间有小屏幕终端，火星代表已经陆陆续续走过去，选择家的终点站。

洛盈和纤妮娅站在出口外，看着这一切，迟疑了好一会儿。

"到家了？"纤妮娅轻轻地问，像是问洛盈，也像是自言自语。

"嗯，是吧。"

"现在什么感觉？"

"没感觉。"

"是吗？"纤妮娅转头看着她。

"嗯。"洛盈点点头，"很奇怪吧？"

"不奇怪。我也没感觉。"

洛盈看着光洁明亮的大厅，说："你说，家的机场和我们到过的那些地球的机场，到底有什么不一样？"

纤妮娅想了想说："名字不一样。"

洛盈转头看着她凌乱的长发，说："回去早点睡一会儿，晚上还有活动。"

"嗯，你也一样。"

学生团互致告别，迅速散开。分别的次数多了，再一次分别也就没有什么伤感的姿态。昨夜的酒还未醒，每个人的脑袋里都还是夜晚星空的画面。机场的光线耀眼宏达，让人没有任何表达的欲望。分手的过程像检测仪一样迅捷。

洛盈跟在学生团的最后，她看到地球代表团的代表们站成一堆，在大厅中央徘徊迷茫。有人兴冲冲地拿起墙边的小食品大吃特吃，还不知道自己的临时账户正在无声扣钱。

火星人快要清空的时候，扇形大厅弧形边中央的自动门滑开了，一行人大踏步走进来，洛盈看见，为首的正是爷爷。他带领着一众叔叔伯伯走到地球代表团面前，向贝弗利先生伸出手，两群人面对面站着，两个星球的手握到一起。火星比地球重力小，火星人的平均身高明显高于地球人，两群人形成不平衡的对比，互相打量着，沉默着，形式化地问候着。

很明显，这不是跟爷爷打招呼的好时候。她看着爷爷瘦高而直挺的身形，默默地转头，按下回家的按钮。

五年以前，火星选派第一批前赴地球的留学生。

议事院在当时曾经为此讨论了很长时间。三个月书面调研，三周网络公众征求意见，三天议事院议员讨论，最后由九大系统总长与总督和教育部长进行最后的投票，在议事院的最高议事厅，面对立国者青铜的塑像，记名投票。对少年教育问题作如此郑重的举国商议，在战后四十年的历史上还是绝无仅有。自从建国教育体系建立，所有的教育者手按着亚森的名字宣誓为创造而教授，已经有很多年没有为少年事宜如此兴师动众。这一次的辩论进行得很激烈，最后六票赞成，五票反对，敲定的小锤砸在金线镶边的主持台上，在立柱高昂的黑色议事厅里留下一连串空旷的回音。少年的命运被写进历史。

其实，孩子们在地球上能经历什么，火星的决策者也不十分清楚。他们本身已是火星出生，对嘈杂的商业社会，他们只有前生的记忆，没有今生的体验。火星的整个国度只是一个城，全封闭的玻璃城市，土地公有，高度智能控制，没有地产买卖，没有走私，没有期货，没有私人银行。在这样的国度里出生长大的孩子，一下子进入市场经济的地球，面对广告爆炸能不能适应，谁的心里也说不清。出发之前，他们给孩子临时上了很多节解释制度的课程，然而现实的严苛可以教，少年的内心成长却永远无法在课堂教授。

坐在回家的隧道车上，洛盈靠着玻璃，内心迷茫而专注。

窗外的风景繁盛而静止。阳光打在蓝色玻璃房顶的边缘，透过树梢，将低矮的叶子印在隧道车顶，印在她的脸上。车厢里只有她一个人，窗外也不见人影。四周安静得像不真实。车厢四壁清透，触感冰凉，空中掠过屋顶，能看见花园里静止的树。

她藏了多日的困惑，这时蒸发到心里。

她不知道自己为什么去地球。玛厄斯上，她发现自己似乎并没有资格。

那是一个夜晚，他们在舷窗前随意地聊天，有人提起当年选拔的考试题，众人响应，七嘴八舌，记忆的拼凑迅速勾勒出测试的轮廓，回忆因共同的分享而欢快蒸腾。洛盈在他们欢愉的声音中沉默起来。她从他们的口中发现，以他们应答的水平和自己当年的应答相比较，自己的成绩离入选一定差了很多。星光耀眼，她在人群中感到羞惭。

她不知道这怀疑是不是真的。如果不是，那么一切照旧；如果是，那就说明她的入选是经人授意的安排。这个结论听起来冰冷。它不仅说明她能力不足，而且说明所谓转折与命运，其实只是有人暗中计划的一切。她以为她抓住了际遇，其实只是际遇抓住了她。

她想到了爷爷。如果有人能够在暗中改变甄选结果，那么除了爷爷没有别人。她不知道这是为什么。没有人提过。如果不是这偶然的触动，她可能永远都不会察觉。

她想回家去问爷爷，但不知自己能否开口。她和爷爷并不算亲近，他只是在父母死后才搬来和他们同住。他给她买糖果，但很少抱她。地球人叫他大独裁者。他总是一个人散步。她不知道自己是否敢于开口。她也想过问哥哥，让他帮自己查。哥哥是她的保护伞，每次在她有了麻烦的时候，都变着方法逗她开心。只不过哥哥是一心前行的人，她不知道他能否理解她想要回溯的执拗的心情。

隧道车在空中滑行，无声无息，像记忆一样飞快地穿梭，穿过阳光，玻璃有闪亮的光斑。她经过了集会小礼堂，林荫道，儿时打闹过的运动场，带滑梯的花园。四周安静得像梦境。偶尔能看到悠闲的女人，推着婴儿在小径上聊天。

她问过自己，为什么一定想知道。起初她只是觉得内心有不安的冲动，以为只是好奇，但后来她发觉，之所以不安，是因为命运。她明白命运的裹挟，但以前没想过人有两种命运。一种是自然的客观，人只能面对和承担；而另一种是人为安排，有原因和目的，有质疑和放弃的可能。后一种命运需要自己抉择。在看清之前，她无法推己前进。

为什么去地球，为什么走？这问题她很多次问过自己，但没有一次比此时更直接。她在地球上走过许许多多路，多得已经难以再被路途的风景打动，可是她不知道为什么去。

车厢里有音乐，大提琴在远方，钢琴在近处，将风景的安静装点得愈加丰盈。慢慢地，家在地平线上露出了踪影。远远能看到阁楼开着的小窗，棕色边框，反射着阳光，在半球形的玻璃穹顶下安详地发亮。

洛盈想过很多次回家的一刻应该是什么感觉，激动、颤抖、怀旧、思乡、微微的忐忑，可是她没想到自己的心里竟是没有感觉。她为这样的不伤感而微微伤感。她穿透五年喧嚣，回到恍若前生的安静，她丢掉了一种叫作思乡的田园情怀，永远地丢了。

隧道车准确无误地停下了。到家了。她看见阳光打在熟悉的红色大门上，她哭了。

门开的一刹那，金色的光芒射入车内。洛盈被金光晃了眼睛，抬手遮住额头。空气里飘着亮晶晶的小星星，空气光华流转。一张金色的长椅停在她面前，通体清透，有气球的质感，圆润光滑，形状纤长婉转。

她望向对面的房子，二楼的窗口开着，哥哥正笑着向她挥手，面容像从前一样昂扬。

她也向窗口笑了笑，抱着行李坐上长椅。长椅升起来，悬在空中，斜向上飘过去。她在空中环视四周，水滴形的花园广场，扇形花畦，伞形的树，球形的玻璃穹顶，深红色房门，橘黄色的梯形信筒，二楼敞开的窗口，窗口下悬挂的摆满花的隔栏。一切都还是儿时的样子。

长椅停靠在窗边，路迪接过她的行李，伸开双臂。她轻轻一纵，路迪稳稳地环抱住她，将她轻轻放到地上，脚尖踏上地面的瞬间，她觉得地面很安稳。

哥哥比五年前长高了许多，更挺拔了，头发不像小时候那么卷了，但是仍然金光闪闪。

"累了吧？"路迪问。

她摇了摇头。

路迪伸出手，在洛盈头顶比画着说："长这么高了。上次见你才这么小呢。"说着在自己腰部比了比。

洛盈轻轻笑了："怎么会？照你那么一比，我岂不是长了三十厘米？"

这是她回家第一次开口，声音有点哑，自己听起来有点不真实。

五年里，洛盈只长高五厘米。她刚到的时候比地球女孩都高一截儿，但离去的时候却不明显了。其中的原因，她自己最清楚：地球的重力太大，火星孩子适应不了，她经历的是一种压抑的成长，骨骼受考验，心脏受重压，软组织浮肿，每一寸生长都是对自己的突破。

"你还好吗？"她问哥哥。

"我？挺好。"路迪笑笑。

"你进哪个工作室了？"

"电磁第五。"

"怎么样？"

"还不错，我现在已经领导一个小组了。"

"是吗？很好。"

"你怎么了？"路迪注意到她的疲倦，捋捋她的头发问，"你还好吗？这几年？"

洛盈低了低头，说："我不知道。"

"不知道，是还好吗？"

"不知道就是不知道。"

"那就是不好啦?"

"也不是。我只是不知道该怎么形容。"

洛盈在地球上住过很多地方,她心中的家园就在那些地方一步步瓦解。

在东亚的一座城市里,她住在摩天大厦的一百八十层。她就读的舞蹈学校在那儿居住训练。大厦是角锥形,是钢铁搭成的金字塔,如巨山耸立,内部构成完整世界,电梯通道沿着角锥的棱边,飞速运转,人潮汹涌,往来如吞噬的飓风,上下穿梭。

在中欧的一处郊外,她住在城市与乡村交界废弃的老房子里。她来此寻找舞蹈作业的灵感。乡野很辽阔,金色麦浪翻滚,野生鸟类翱翔,花开花落如云卷云舒,云卷云舒如海潮涨落。乡野的主人是远方的商人,一年来一次,外人不得擅闯。

在北美的一片旷野,她住在荒原上一片人造风景区的中央。地球官员邀请火星少年来此度假。草原荒僻如歌,枯树零星,天地悬垂,飞鸟孤伶。浩瀚的云海从四面八方笼罩,闪电如天顶倒悬的树枝,树枝如大地凝结的闪电。

在中亚的一块高地,她住在雪山脚下的帐篷群落间。她跟随回归主义者朋友们集结示威。雪山峰顶晶莹剔透,隐身云端,偶然的云开雾散中太阳照耀,金光挥洒。高地上住满世界各地的回归主义青年,喊着激情的口号,与秩序对抗,受秩序镇压。尘土中暴乱席卷,阳光里风景依然。

这一切在她小时候都没有见过。那些事物在火星没有,或者不会发生。火星没有大厦,没有乡野,没有庄园主,没有闪电,没有雪山。在她的记忆里,也没有鲜血。

她在地球上经历了这一切,但她不知道该怎样形容。她获得了无数记忆,但失去了梦想。她走过各种风景,但开始背离家园。

"哥,"她看着哥哥的眼睛,决定开诚布公,"有一件事我觉得很奇怪。"

"嗯?"

"五年前,我好像不应该被选上,是后来换进去的。你知道这是怎么回事吗?"

她说完,等着他的反应。她觉得他虽然不动声色,但是内心在沉吟。他神色没有变,可是好一会儿没有说话。气氛有点怪。她觉得他在思量答案。

"你听谁说的?"他问。

"没听谁说,我自己的感觉。"

"人的感觉很多时候并不准。"

"可是我们聊过。"

"你们?"

"我和其他学生,水星团的学生,我们在回来的路上回忆了当年的测试。我发现他们肯定都比我分数高,他们会做的题目我都没做出来,而且他们都参加过一个面试,只有我没有。我现在还记得当时的情形,记得很清楚,本来一直没有消息,但忽然有一天通知我可以去了,很快就出发,以至于我都没有心理准备。所以我是最后时刻才被换进去的,不是吗?你知道这件事吗?"

她看着哥哥,他耸耸肩,脸上却看不出表情。

"也许是有人临时退出了呢。"

"是吗?"

"只是有这种可能。"

那一刹那,洛盈忽然觉得离哥哥很远。她觉得他什么都知道,只是不想告诉她。他的反应不正常。他故意不动声色,可其实不正常。他应当也觉得奇怪才对,或者至少试图问清楚。可他的神情在掩饰。这是她第一次觉得哥哥离自己这么遥远。小时候他们向来是秘密的同盟,他带着她做各种搞怪的事情,瞒着大人,还从来没有替大人做事而瞒着她的时候。她一下子觉得很孤单。她本以为自己的疑惑不能问爷爷，但至少可以让哥哥帮忙，可是现在，哥哥也不在她身边了。他还知道哪些事呢，她想，哪些事他知道却不告诉她？

"那为什么选上的是我？"她固执地问，"你知道这件事，对不对？"

路迪没有回答。

洛盈沉吟了一会儿，还是决定一口气将问题问下去："是爷爷安排的对吗？"

路迪还是不说话。

洛盈觉得气氛很僵。这是他们第一次这样说话。五年没有回家了，她知道本不应该如此，可是她没料到会是这样。他们都等待对方开口，可谁也没开口，僵在原地，像绷紧的弦。

过了好一会儿，洛盈叹了口气，刚想换个话题，路迪却和缓下来，平和地问她："为什么一定要问个究竟呢？"

她抬起头，声音也和缓下来："就算一个退伍的战士，也总可以问一问战争的起因吧。"

"打都打完了，问了还有什么用呢？"

"有用。当然有用。"

她漂泊了那么多地方，为此失去信仰，难道不应该知道是为什么要去吗？

路迪斟酌了一下，慢慢地说："那个时候你还小。小，而且……情绪化。"

"这是什么意思？"

"爸妈死以后，你一直情绪不好。"

"爸妈？"洛盈听到这句话，忽然屏住了呼吸。

"对。爸妈的死对你影响很大。所以……爷爷想让你换换心情。"

洛盈一下子静了，沉默了好一会儿才轻声问："是这个原因吗？"

"我不知道。我只是说可能。"

"可是，"她有点疑惑，"那个时候爸妈已经死去五年了啊。"

"没错。但你的情绪一直不好。"

"是吗?"

洛盈仔细回忆，但似乎想不清楚当时的样子了。五年前，十三岁。那时候的自己是什么状态，什么心情，她似乎已经忘了。这一切听来恍若隔世。

"也许是吧。"她觉得这个答案听起来还算合理，点点头，决定暂时接受了。

他们又沉默了，不知道说什么好。洛盈看着哥哥。他彻底长成一个大人了。肩膀宽了，身材挺拔了，眉眼展开了，眉毛也不像小时候那样生动活泼地动来动去了。他二十二岁了。加入工作室领导小组做项目了。站在地上不乱跑了，也不再一开口就滔滔不绝没完没了讲飞船火箭和外星人战争了。他懂得沉默了，开始像大人一样和她说话了。

路迪忽然笑了一下，问她："你是不是还有什么忘了问? 给你个机会。"

洛盈愣了一下，恍然明白了他的意思。

她忘了一句话。在小时候，那句话如果不说出来，他会惦记一整天。

"那个长椅，是怎么做到的?"

路迪打了个响指："很简单! 椅子是普通的玻璃膜塑，只不过表面交替镀了镍金薄膜，磁矩很强，只要在院子里生成合适的磁场，自然就能浮起来。"说着，他向窗外指了指，她看到一圈白色的管道沿着小广场的边缘环绕，想来就是简易的线圈了。

"真是厉害! "洛盈赞叹道。

就是这句话。从小她只要一直说这句话，就会有无穷无尽的新鲜的玩具。

路迪笑着摸摸她头顶，平和地嘱咐了几句，下楼去了。她看着他的背影，知道他是在试图唤起从前，只有这样，才能忽略时间的裂缝，让一切仿佛还留在原处。没有什么还在原处，可是人总会用尽一切力量去否认。

哥哥走了，洛盈站在窗边，重新把目光投向窗外。

阳光下，所有物体都显得光影分明。光是金色，影子悠长而深邃。除了新的白色线圈，一切都好像没变，花朵、茶座、隧道车出口。花朵一年年重新盛开，静物抹平很多看不见的往事。她看到从前的自己在窗外，四周没有人，她的影子在跑，穿着粉色的鞋子，梳着辫子，从小路上抬起头，笑得清亮单纯，一边跑一边回头看天，目光穿透窗口，穿透现在她站立的窗后的暗影。

花园很安宁，只有偶尔的细节写着时间的痕迹。她看到信筒背后的传送带上空空如也，干净得如同孩子的皮肤。那里曾经有一个小圆片，是小时候哥哥带着她偷偷安上去的放射性探测器，能在邮件到达时透视出里面有没有大玩具。现在它不见了，狭长的筒壁光滑空净，如同她的远走，如同时间的指针。

下午，当她睡醒的时候，忽然看见爷爷就站在自己的房间里。

他站在墙边，面对着窗外，手里拿着什么东西，没有听见她醒来。她在爷爷身后看着，看着他的背影。夕阳快落山了，照进房间的一边，爷爷站在光线旁的暗处，身形本来就高，伴着落地的座钟，就像一座刻着字的石碑。洛盈熟悉这样的背影。她在地球上很多次想爷爷，都是想起他这样站在落地窗前，望着窗外的远方，身体一半明一半暗，背影沉默，含义不明。

她坐起身来，想趁此机会亲口向爷爷问清楚，自己的远走到底是为了什么。

他听见她的动静，转过身来，面带微笑。他已经换好了晚上晚宴的衣服，黑色礼服正式而挺拔，灰白的头发向后梳得整齐，身披大衣，仍带有军人的模样，不像是已经七十岁的老人。

"睡醒了？"汉斯微笑着来到她床边坐下，深灰色的眼睛很温和。

"嗯。"她点点头。

"路上还好吗? 累不累? "

"还行。不太累。"

"玛厄斯有没有太旧, 不舒服? "

"没有。其实睡得比地球上舒服。"

"那就好。"他微微笑笑,"加西亚和艾莉还好吗? "

"还好, 也让我问您好。"洛盈说着想起来,"哦, 加西亚爷爷让我带一句话给您。"

"什么话? "

"加西亚爷爷说: 很多时候, 宝藏的争夺大于宝藏本身。"

汉斯沉吟了一下, 没有说话, 点点头, 似乎思量着什么。

"这是什么意思呢? "洛盈问。

"……一句老话而已。"

"我们现在和地球是不是关系不好? "

他静默了片刻, 笑笑说:"一直如此吧。"

洛盈想等爷爷继续说明, 但是爷爷没有继续。她也就没有追问。

她想问出心中的问题, 但正在组织语言, 却忽然瞥见爷爷手里的东西, 一下子就怔住了。那是一张照片, 爸爸妈妈的照片。妈妈头发松松地绾着, 戴着手套, 拿着雕塑的刻刀, 脸上有泥土和随意的笑容。爸爸在她身后, 双臂环绕揽住她, 下巴放在她的颈窝, 笑得很幸福。

汉斯注意到她的目光, 将照片拿给她:"你回来的时间正好, 明天是你爸爸妈妈的忌日, 我想跟你商量, 明天我们晚餐的时候, 给他们祝福吧。"

洛盈的心里一沉, 点点头, 从爷爷手中将照片接过来。

"你越来越像你妈妈了。"

爷爷的声音在傍晚的沉静中, 低回深厚, 有一种让人不愿打破的静穆。

洛盈的心情变得复杂起来。手中的照片有一种她不认识的温度，无论是照片里的人，还是递给她照片的手。照片里的爸爸妈妈仍然年轻，照片外，爷爷的目光带着一种复杂的怅惘。他很少露出这样的表情。洛盈静静地看着，照片内外的四个人像是无声对答。父母死去十年了，她几乎忘了上一次这样的相聚是在什么时候。夕阳的余晖几乎已经消失不见，她和爷爷之间仿佛有一种由死亡联系着的特殊的温情。

就在这时，急促的铃音响起来。

墙上的红色小灯亮了，说明是紧急呼叫。汉斯忽然像是从梦中醒来，动作迅速变得硬朗，大步走到墙边，按下通话的按钮。墙壁晃动了一瞬，胡安伯伯的面孔带着肃杀的神情出现在屏幕中。

"能面谈吗？"胡安伯伯一开口就是直冲冲的严肃。

"晚宴前？"

"晚宴前。"

汉斯点点头，面色如常，关上屏幕，转身，出门，拿上围巾，下楼去了。

洛盈呆呆地坐着。整个过程一两分钟，房间里的梦境已然消失全无。

门一寸一寸悠悠地合上，走廊空荡幽深。

她看着爷爷消失的背影，知道自己还是无法开口。她还是向别人求证比较好，相比而言，那样可能更容易一些。不管怎么说，爷爷还是爷爷。他是飞行的战士，永远的行动者。他总有许多事情并不说出来。她也不知该怎么问。她看着手里的照片，坐在床上，在心里反复回忆：五年前的自己是怎样的，爸妈的死又是怎样的。

回归的晚宴在光荣纪念堂。水星团、地球团和火星上的重要官员悉数到场。光荣纪念堂是火星节庆盛典召开的地方，长方形的大堂，两侧各有八根立柱，立柱之间陈列着火星各个重大历史时刻的微缩模型。天顶和侧壁的壁画是投影，可以电脑控制，根据场合更换。

这一晚的宴会厅灯光绚烂，精致却不奢华。侧壁打出百合花的图案，像白绿相间的壁纸。小舞台中央摆着四张贵宾桌，其余十六张圆桌绕成两圈，摆在四周。桌子铺了白色的桌布，火星的布料不充足，这已是极高的待遇。桌上摆了大花非洲堇，两侧的台柱上摆了圣诞红。穹顶上坠下玻璃丝质的彩带，荧亮发光。

菜品传送带在宴会厅左侧，饮食自取，没有服务生。一个角落布置成地球十六世纪乡村集市的模样，摆了硕大的蔬菜瓜果，展示太空农业，显得怀旧却风趣十足。

对地球人来说，这样的晚宴不像晚宴。没有侍者的宴会让一切像是降了一个等级，他们早已习惯穿着尖领衬衫黑色马甲，衣袋里露出手帕边角的优雅的侍者，微笑着弯腰，将红酒及时注入还未清空的酒杯，在每道菜之间换一副刀叉一个盘子，仿佛必须要这样才能体现出自己的优雅。可是这一晚，完全没有这些。传送带画出一道曲线，从墙里伸出又伸入墙里，带着不紧不慢的从容，等待尊贵的客人自己照顾自己。酒从墙上的龙头流出，任客人自取，虽然装饰着图案，却让地球来客想到土气的乡下。贵客们昂着头，故意大声说着自己的国家是怎样布置一场像样的国宴的。

火星没有侍者。在任何地方都找不到服务人员，只有实习的学生和志愿者，没有服务员，没有仆人，没有第三产业。火星的所有人都是工作室的研究员，没有一辈子服务的酒店侍者。晚宴的准备和收尾，由组织者亲力亲为。

这样的背景火星人不会在晚宴上介绍，因此整个宴会厅呈现一种有趣的不理解的错差。几个欧洲人像是不约而同地回忆起现代之前古老奢华的贵族生活，几个亚洲人互相附和着说古代的东方就已经多么懂得礼仪，而几个阿拉伯人骄傲地表示，在自己的国家男人足够强，女人们就有空在豪宅里侍奉宴会。火星人听着，附和地笑着，然后三三两两结伴起身取食，地球人对这种无动于衷的迟钝甚为恼怒，相互交头接耳，连连摇头。

水星团坐了两张桌子，洛盈挨着纤妮娅和安卡。他们享用着从小熟悉的饮料和食物，谈笑风生，庆幸可以不和大人们同桌。传送带上送出了小巧的甜点，纤妮娅跑去端了一大盘回来。众人分食，甜美无比。

"真好吃！"纤妮娅高声赞道，"这才叫烹调！"

他们在地球上吃得不好，纤妮娅一直把地球上的饭菜就叫作食物。

安卡点点头："嗯。不知道是哪家厨师做的。"

洛盈尝了尝，猜测道："可能是老莫莉家。我小时候最爱吃她家的布丁，每次遇到伤心事都让妈妈去买，心情即使再坏，吃一块也能好。"

这样的甜美与空气中隐约酝酿的紧张并不协调。洛盈能感觉到那种紧张。水星团的圆桌距离贵宾桌不远，她的位置又刚好临近交接处，贵宾桌的谈话总是隐隐约约飘进她的耳朵。虽不是每个人的言辞都能听见，但是胡安伯伯的大嗓门总能在一整桌的抑制中突出重围。

"你再敢说一个'没有'试试！我告诉你，我是亲眼看见我奶奶被炸死的。你知道那是什么样子吗？第一秒她人还在卧室里哆嗦，祈祷，说上帝保佑，第二秒就被炸弹炸成了泥。你不知道吧？没听说？这就是你们地球人干的事：轰炸平民！在整个人类的历史上都找不出更卑劣的手段了！"

对方不知道低声回应了一句什么。胡安伯伯的怒气更盛。

"少他妈的撇清关系！我不管是不是你干的，也算是你干的。你再敢说'跟我没关系'，我就把你从这儿扔出去！"他想了想又补充一句，"你知道扔到外面是什么样吗？没来过火星吧？给你讲讲。就这么一下——砰——然后你就炸了，就像一只涨红的八爪鱼。"

洛盈笑出声来。她悄悄回过头，向嘉宾桌张望。在胡安伯伯身旁，贝弗利坐在主宾的位置上，脸色相当尴尬，正在用餐巾不停地擦嘴。

洛盈觉得有趣极了。贝弗利在地球上是大明星，向来都以温文尔雅出名。遇到这种情形，换成别人可能会发怒，但只有贝弗利不会。他穿着复古风格的新式西装，有丝绒和金线镶边，双排铜扣，带着几百年前旧时代贵族的派头，一本正经，保持形象。谁都能发怒，但他不能。

有很长一段安静时间，谁都没再多说什么。当洛盈再次听见胡安伯伯的声音，他比前一次还要激动。只见他从座位上霍地站起来，餐厅里所有人侧目而视，他也不管，只是一字一顿大声地说：

"不——可——能。绝对不行！"

宴会厅里一阵骚动，人们纷纷小声议论，不知道出了什么事情。后知后觉者问身边的人发生了什么，身边的人再问他旁边的人。没有人知道，目睹的人也只是茫然耸肩。胡安伯伯坐的贵宾桌显得尤为尴尬，有人想拉他坐下，但他不坐，有另外的地球客人想站起来，但被身边的人压住了。最后，还是爷爷站了起来。他轻轻拍拍胡安的肩膀，示意他坐下，自己有话说。

"地球客人们，"他举起酒杯，"刚好借这个机会，我说几句话。首先，我们是真的非常欢迎你们到来，往事不追，来者犹可循，我们前方还有很长的未来。双方这次举办博览会，是为了达到互利、共赢、各取所需的目的，所以交涉永远是必要的。我相信最终我们一定能寻找到让双方都满意的结果。你们的要求我们不会不考虑，只不过最终的任何决议我们都需要全体民众通过。这是火星的大事件，我们必须民主。而且，我相信代表团也是民主的，最后的决定也一定是所有成员都满意通过的。这是一个美好的夜晚。此时下任何结论都还为时过早，请让我们放下一切争议，举杯，安心享受我们一起共度的第一个夜晚。"

全场一起举起了杯子。纤妮娅问洛盈他们讨论的究竟是什么问题，洛盈摇摇头，说她也不知道。

其实她知道。爷爷的话就是加西亚爷爷的话，代表团的民主就是要争夺宝藏。她心中隐约的疑惑渐渐连成了清楚的线条，可是她不知道地球人争夺的宝藏是什么。爷爷刚刚的话语太模糊，她无法判断。她一个人低头吃着，静静地思量。

影像馆

在前去拜访珍妮特·布罗之前，伊格先到代表团的首席代表彼得·贝弗利的房间去了一趟。

他没有提前预约，也并不打算采访。他径直来到贝弗利的房间外，敲了敲门。

时间是上午九点半。伊格知道这个时候贝弗利一定已起床，拾整妥当，因为十点将是第一次正式会谈开始。从旅店到会厅需要十分钟。他只想问几句话，三五分钟就可以。

伊格猜想，前一天晚上贝弗利过得不算愉快。他很想知道他回到旅店之后的表情。昨晚伊格的镜头放在台柱上的一盆圣诞红下，他没有声张，但他觉得贝弗利肯定知道。贝弗利是影星出身，是整个星球上对镜头最敏感的人，他一个晚上都用右半侧脸斜对着镜头，微笑，摆出他最标准的完美角度。自从他三十五岁弃演从政，这样的造型已经不知道摆过多少回。伊格觉得很有意思。他很少见到贝弗利这样仕途平坦的人。相貌英俊，世家出身，名校毕业，交游广泛，还不到五十，就蹿升至极高，已经是很多人眼中民主党下一任总统最有力的竞争者。他背后有家族不遗余力的支持，这一次能来火星，据说就是家族动用各种关系，推促而成。谁都知道，能在这样出风头且不危险的场合崭露头角，将是未来重要的政治资本。所以他比谁都重视风姿，重视镜头。正是这一点让伊格觉得趣味十足。他昨晚回来又重放了一下宴会的画面，发现自己几乎喜欢上了贝弗利旁边那个面色暗红的大嗓门。

开门的时候，贝弗利容光焕发，装扮齐整，穿一件浅蓝色的丝质西装，与众不同。他微笑着欢迎伊格，举止依然雅致有礼。

"早上好。"伊格说，"不，我不需要进屋。只有几句话想问。"

贝弗利微微侧头，表示许可。

伊格问道："昨晚，您听到火星总督说的民主问题了？我在宴会后问了一个议事院官员，他说火星议事院决策日常事务和工程问题，但是少数关系到所有火星居民的大的决策，必须得到全民投票通过。这和我们平时听说的火星似乎不太一样？"

"嗯，是不太一样。"

"对这件事您怎么看？我是说，对这种……差异。我们是代议和选举，他们不选举，但民众有直接参政权。"

"差异。"贝弗利点点头，"你说得对，这是差异。值得思考。"

"这一点我能否在影片里表现出来呢？"

"当然可以。为什么不呢？"

"可是这涉及很广泛的观念问题，我不知道在这方面继续挖掘会得出什么结论。"

"没关系。思考的尝试总是比结果重要。"

"……贝弗利先生，我想，您可能并没有完全明白我的意思。您知道，目前普遍的观点并不认为火星是一个民主的地方。所以也许我的片子会带来不小的影响。"

贝弗利仍然微笑着，像是仔细聆听，但伊格注意到，他两次掸去肩膀上落的头发，又把袖口整理了一下。他伸出手拍拍伊格的肩膀，像一位和蔼的叔父。

"年轻人，不要怕引起影响。有影响，才有前途。"

伊格有一点气恼。他感觉不出任何真诚。贝弗利的漂亮话客气得令人难堪。他什么态度都没有给出，或者说根本没有什么态度。伊格猜想他可能根本没有明白自己的意思。

按道理说，贝弗利不应该不知道，在地球上，不管各个国家相互之间怎样竞争牵绊，但都统一把火星作为另一个阵营。就像又一场冷战，跨越苍穹的冷战。火星被说成邪恶军人和疯狂科学家控制的孤岛，说成全面高压政治和机器操纵人类的典范，说成伟大的自由商品经济的对立面，在学者和媒体中间始终有着不可磨灭的极权、残忍、冰冷的印象，就像一台庞大的机械战车，将地球上未曾实现的暴力乌托邦发挥到极致。火星独立战争也被一劳永逸地定性为自杀式背叛，火星早晚要回归或者灭亡。如果贝弗利知道这些而且理解这些说法的影响，那么他就应该明白伊格的意思。拍摄火星的民主就意味着翻案，意味着承认地球的很多说法并不是真的，从而意味着承认自己一方的偏狭和失利后的嫉妒。这不是一件小事。这涉及最基本的立场。伊格想问的就是这个。他自己并不怕引起任何波澜，但他知道什么叫政治正确，作为官方成员，从一开始就有身份的要求。

可是贝弗利只是优雅地说着漂亮话，举止像贵族般大方。

这样也好，伊格想，将来不管我拿出什么样的作品，都不可以说我没有请示。事实上这样的结果对他更有利，作为长时间反体制的回归主义成员，伊格喜欢对地球抛冷箭。

"谢谢您。"他对贝弗利说，"不过我忘了告诉您，我刚才不是采访，没有开摄影机。"

他说完礼貌地退身离开了。临走时，他瞥见房间里美丽的贝弗利太太，正在对着镜子做最后的修饰。她比贝弗利小十岁，也是一个演员明星。他们的爱情从一开始就受人瞩目，从第一个吻到儿子出世，都出现在镜头前。贝弗利比谁都会演贵族，演优雅温良的好丈夫，表达浪漫，朗诵古典诗句。他的婚姻是典范，无论走到哪里都带着太太。伊格见过很多很多演员从政，但他们都不懂得女人选票的重要。贝弗利获得许多女性的拥戴，选票逐年递增，很少锐减，很少分流。他是选举的真正胜利者。

从贝弗利的房间出来，伊格踏上了前往贝塞尔伊达影像资料馆的路途。影像馆不算很远，和旅店一样位于城市的南部。跨两个区，有直达的隧道车。车程约二十四分钟，途经城市最重要的市政厅和展览会堂。

和早上的拜访一样，这一次前往影像馆，伊格也没有预约。他没有给珍妮特的空间留言，也没有和影像馆联系。他不想给她任何暗示，不想在通信屏上委婉而尴尬地提出见面请求，也不想在双方都做了充分准备的情况下进行一场有隔膜的对话。他更希望在她毫无准备的状态下，去看一看她是一个什么样的女人。他不知道她是不是"理由"，他只有见了才能判断。

隧道车上，伊格拿出摄像眼，贴在车壁上，记录沿途风景。前一天晚上他们乘过一次，但路程很近，来不及拍。隧道是玻璃的，上下左右视野通畅。车厢有不同颜色，伊格现在乘坐的是透明的米黄色。他觉得很有意思，就像坐在一滴溶液里，流过蜿蜒曲折的导管，从一个容器到另一个容器。车厢掠过各种各样的建筑，居民房屋和大型公共建筑交替，小房子像是大建筑的卫星，环绕而分散。大建筑常常是环形，中间区域有高耸的穹顶，每一座小房子则直接嵌在一个玻璃半球内，球内是院落花园，种满各种繁密的花草。伊格听说，一般建筑内的大部分氧气都是由这些花草提供的，因此节省很多能源，也省却复杂的机械。车内的小屏幕标注着两边的地名和建成年份。伊格发现，这些房子的造型涵盖了几乎所有风格传统，从文艺复兴式的对称和谐，到洛可可式的繁复华丽，再到东方屋檐长廊和立方体形状的现代主义，整座城市构成一个天然的建筑博物馆，丰富而有层次。尤为独特的是一些曲线形建筑，墙壁的线条像流动的水，柔和感突出。所有的建筑都是玻璃。

路过市政厅的时候，伊格站起身来，拍摄了几张单幅照片。市政厅是火星最重要的场所，各种中央决策都在这里确定。它看上去相当庄严，不算庞大，古典风格，矩形环绕结构，正门在较短的一边，两侧有铜像和金属打造的罗马柱，墙壁是少见的暗金色，配以象牙白色的立柱线条，仿佛斯卡拉歌剧院的改版。

自动拍摄的时间里，伊格不再观望。他拿出随身的记事簿，用简要的符号记录所见所闻。阅读和记录是他永恒的习惯，不论是在家中，还是在海边的战场。

"贝弗利缺少头脑。"

他写下这一句，想了想，又选择了删除。这样说并不客观，也不是他的本意。他知道，贝弗利并不是傻瓜，他很会审时度势，对自己的角色也很敏感，说他缺少头脑显然不恰切。他只是不具备伊格所定义的智能。在伊格的框架里，见机行事不能构成智能。贝弗利是偶像，他的三维虚像出现在每一间超市里，笑容在灯影中闪闪发光，用柔和的语调伴人购物，这些都不需要智能。

伊格想了想，换了叙述的口吻。

"'他并不愚蠢。他只不过是没有思想罢了。'这是两百年前阿伦特说艾希曼的话，拿到今天恐怕仍然适用。我不喜欢贝弗利。没有什么理由。他就像自己捏的蜡人。要求自己微笑，而不是想微笑。有良好迷人的风姿，但仅限于此。他甚至缺少前辈肯尼迪的幽默。这样的人恐怕以前的时代还没有过。虚饰的政客随时有，但这个世纪以前，还没人一出生就这样完全影像化。贝弗利太习惯于虚像出场了，以至于虚像成了真，自身倒成了假象。"

伊格匆匆写下这几句话，车站就到了。他讨厌拍摄政治人物，尽管他知道这是影像产业最大的支撑。他很难在这样的拍摄中保持自己对工作的热情，还不如在街头拍一个说粗话的孩子王。他卷起记事簿，插进上衣口袋，收起拍摄的装备，站到车门口。

车门开了。一座海蓝色的贝壳状建筑展现在眼前。贝壳半张半合，内部看不清楚，一条小路从隧道车出口连通到贝壳入口，入口是一只海螺。

影像馆门口竖立着一面圆形屏幕，屏幕上滚动着照片，显示着几个选项：自由参观、观影、访问工作室。伊格选择了最后一条。几个选项弹出来。他耐心地依次寻找，很快就找到了珍妮特·布罗的选项。

伊格的心怦怦地跳起来。他点击她的名字。一个浅金色头发的女人的照片出现在画面里。照片很大，也很清楚。伊格看了第一眼，就知道自己找对了。这就是曾出现在老师记事簿里的女人。她看上去比老师照片里的略胖一点，皮肤有点下垂，头发也剪短了，但确定无疑，她就是她。她的眼角曲线特别，总是像笑着，嘴巴不宽，但嘴唇丰厚。算起来她今年应该是四十五岁。能看出有些衰老，但脸上仍有一种十分活跃的东西。伊格确定，这就是他要找的珍妮特·布罗。他端详了一阵，选择了访问呼叫。

屏幕显示接通、连接被访者、等待处理。时间一秒一秒流过。

几分钟之后，珍妮特出现在走廊。伊格看着她步态优雅，缓缓地推开大门。她身材微胖，穿了一件白衬衫，外套宽大的淡粉色罩衫，妆容随意，一侧的金发梳到耳后。看到伊格，她有点迷惑，显然想不起他是谁。但她很礼貌，没有将这迷惑表现得明显，而是主动向伊格微笑致意。

"你好。我是珍妮特·布罗。"

伊格伸出手："很荣幸见到您。我叫伊格·路，来自地球。"

珍妮特露出恍然的表情："啊，你是代表团的？"

"是的。我是随团纪录片导演。"

"真的？"

"这是我的名卡。"

"哦，我不是不信。对不起。我只是……只是不知道这一次还有导演。"

"只有我一个人。"

"那真是太难得了。已经很久没有地球的同行来过了。"

"十八年。"

"……十八年？我想想……是，好像是。已经这么久了？真是的。我的记性越来越不好了。"

伊格沉默了一下。他从珍妮特的反应中判断不出什么。她的表情很平和，没有因地球和导演等词语产生特别的激动。他决定再稍稍试探一下，晚一些再将来意禀明。

"我对议事院的长官说，我希望找这边的电影人交流一下。他们就向我推荐了你。"

"明白了。请进吧。"

珍妮特推开门，伸手为伊格引路。伊格边走边上下打量。入口的海螺形状一直深入内部，巨大的拱形走廊弧度流畅，蓝灰色条纹流动着，向内侧旋转。两侧的墙上光影变幻，路线曲折，来回如同迷宫。伊格想了一下，试图与珍妮特攀谈。

"其实，我也不清楚为什么他们推荐你的工作室，他们没有说很多。"

珍妮特笑了："我猜是因为他们只熟悉我们的工作。"

"哦？为什么？"

"因为我们过去有一项技术，他们拿去与地球交易，地球人很喜欢。"

"哪一项？"

"立体全息成像。"

伊格有点兴奋。他本是信手拈来的理由，没想到珍妮特会主动谈到那场交易。他决定将话题延续下去，看看能不能了解更多。

"全息术是你们工作室的技术？"

"对。二十几年了。"

"那我需要向你们致意。你们给了我现在的工作。"

"你拍全息？"

"大部分人都拍全息。平面电影快绝迹了。"

珍妮特笑起来，笑声中有一种真诚的爽朗："那你还是别向我们致意为好。没有全息，你也能有工作。但有了全息，好多人就没有工作了。"

伊格也笑了。他懂她的意思。每一次变革都带来大量遗留在旧世界里的人。从无声电影到有声，从平面成像到立体全息。很多人不是不能学习，只是不愿意。这是个很沉重的话题。越是旧世界出类拔萃的人物，越不愿进入新世界。他们给过去的形式倾注了活的神采，以至于无法丢弃。没人愿意丢弃自己。

"那你们这边的情况如何？"

"我们？两种并行吧。大量会议记录、工业资料不需要全息，成本太高了。"

"哦，这些我们也还有。不过，通常不算在电影范畴。"

"嗯，我知道。你们把能发行的才叫'电影'。"

"难道你们不是？"

"不是。我们纯粹从技术角度定义。只要是一小段光影，我们就算电影。你们是在网络上，按类型发行，但我们不一样，我们是在数据库按个人存储。既然每个人都可能会拍几部有剧情的片子、几部纪录片、几段琐碎的试验、几段工业资料，那么我们就没理由把这些再做细分。"

伊格顺着她的话，小心地试探着问："你对地球的情况似乎很了解？"

"一点点而已，了解算不上。只是个人兴趣，偶尔打听一下。"

"为什么对地球有兴趣？"

"应该……算是种职业病吧。我以前做过一段时间的电影制度史研究。对当下制度虽然没有分析，但一直有兴趣。"

"那你和地球有接触？现在两颗星球还不能自由通信吧？"

"是，确实不能通信。我是看了一些官方带来的介绍片，但大都很笼统，说得很概括，所以我了解得其实很浅。"珍妮特微笑了一下，"所以真的欢迎你来，你能给我讲很多事情。"

伊格沉默了。这几个问题似乎都没有结果。珍妮特的回答总是很正常，太正常了，带着每个讲解员应该有的文雅和客观。友善，却缺少个人痕迹。这不是说她没个性，她的笑容是直接明朗的，性格的活跃也透过眼睛传递得很鲜明，但这些个性却与内容无关，她总能让话语自然地绕开所有私人生活。伊格有点进退维谷。继续兜圈子，有些漫无目的；挑明话题，却似乎显得太过突兀。

他们走着走着，进入了馆内大厅。厅内光线明朗，但折射错落，让视线显得有些复杂。空中悬垂着轻薄的玻璃，打散了空间统合，玻璃形状各不相同，文字和画面交替流淌。硕大的人像不时显现，对空气做着绘声绘色的演说。室内很凉爽，但空气有些闷。

"那些都是资深的影片制作者。我可以带你一一看过去。耳朵里塞上这种小陶片，就可以听到他们说话了。"珍妮特介绍道。

"这些玻璃也都是屏幕？"

"不算是。只是玻璃上镀了导电膜和发光膜。膜很薄，肉眼看不出来。"

"我发现火星很喜欢用玻璃，有什么特别用意吗？"

"用意？你指哪方面？"

"就是……为什么做这种集体安排？"

"这应该算不上安排，而是不得已。我们这里只有沙土，没有黏土，也没有岩石，除了钢铁，就只能提炼玻璃。现在的建筑模式是尼尔斯·加勒满在战时发明的，筑造很简单，拆装回收也容易。"

"原来是这样。可是私密性怎么解决呢？有什么规定吗？我看很多房子并不透明，但我的房间就是透明的。"

珍妮特显得很诧异："你不知道？所有墙壁都是可调的。你房间的服务娃娃真是失职，这些功能都不介绍。玻璃里的离子由电场控制，你调动屋里的旋钮，墙壁里就会增减成分，变成半透明或者不透明。"

伊格的心里掠过一丝滑稽的感觉。他想起自己按照主流观点的揣测，庆幸自己没有照搬。他太熟悉地球的语境了，那一整套符号学和政治学的观察方法都能直接套用。但从昨晚开始，他就发觉了其中的危险性。不仅仅是主观上的色彩，而且是客观上的不属实。他想给地球思维一个信号，没有什么比妄断更危险。玻璃房子就是玻璃房子。没有象征意义，只是纯粹的地理和技术缘故，没有什么不可以。真正的拍摄还是需要下沉，沉到下面，才能贴近真正的语境。

"我之前以为，透明是种特意的安排。"

"这个问题……你可以说是，也可以说不是。透明不透明，取决于光线。"

"什么意思？"

"不管怎么调，总是对一些光透明，对一些光不透明。纯粹的遮挡是没有的。"

伊格想了想，问："这是指玻璃，还是别的什么？"

珍妮特朗声笑起来，眼睛又弯成弧形，边笑边说："你要是在这儿多住几天，就会听说，罗素区有两个人的话既不能当成纯技术，也不能当成纯比喻，一个是瑞尼医生，另一个就是我。随便你怎么理解吧，没有答案。"

她说着，露出一丝不经意的狡黠，让她中年的脸上带有了一丝年轻的跳动。伊格觉得，她年轻的时候应该相当有神采，或者说很有吸引力，不算惊艳的美人，但能让人觉察出一种富有生命力的诚挚。这种东西很难得，也很容易打动人。伊格觉得老师爱上她并不算稀奇。他忽然有一种实话实说的冲动。

"布罗女士，有一件事情我需要坦白。请你原谅我这么长时间才说。刚见面的时候我真的不知道该不该说，会不会太过突然，我怕惊扰你的情绪，但现在我觉得可能是时候了。"

珍妮特渐渐收敛了笑容："你说吧，什么事？"

"我是阿瑟·达沃斯基的学生。我是代表他来的。"

不出伊格所料，珍妮特的表情凝固了，就像听到上古的声音，遥远而不真实。他看着她。他们面对面站着，在空旷的大厅里像两尊雕像。玻璃上的人物都在说，都在动，只有他俩是静止的。伊格注视珍妮特，珍妮特注视他们之间的空气。

过了漫长的一分钟，珍妮特长长地吸了一口气，轻声说："到我的工作间来吧，咱们坐下说好吗？

"……那一年，我二十七岁。我没有结婚，但有一个可以考虑的人选。那个男孩在追求我，我没有特别喜欢，也没有特别不喜欢，只是一直试图拖延着，心里犹豫。后来，阿瑟来了。起初我对他没有任何感觉，只是作为官方接待，给他讲解技术，根本没有放太多心情进去。直到后来有一天，他邀请我一起拍片子。

"阿瑟是那种……慢慢吸引人的人。他总是有各种奇思妙想，总是想办法让生活显得不一样。这一点你是他的学生，你应该很清楚。他起初只说想试验新的技术，看看自己有没有掌握，我觉得这很正常，就答应帮他。后来我才知道，这只是他更长远计划的第一小步，他的核心根本不是在技术，而是在于实现他头脑中那些想法的真实表达。他入迷了，对一步接一步的拍摄计划深深入迷，而我也就是在那时对他着迷了。

"我不知道你是否清楚当时的背景。在地球上，阿瑟或许很成功，但是随时得为自己下一部片子的卖出操心。但在我们这里不是这样。我们每个人的收入都是固定的，按照年龄发，不论任何工作室，也不论工作成绩如何。我们的作品都提交到全公开的数据库，谁都可以看，也就不存在让别人掏腰包的问题。这些都对阿瑟很重要。他有访问者津贴，不必担心生活。而且他发现他终于有一个机会可以不管发行问题，只管将自己的想法呈现出来。他或许已经积攒很久了，全息的技术也已经学会，于是一发不可收，每天沉浸在创作中，就像一个生活在异域的幻想者。

"我喜欢阿瑟这种燃烧的热情。他也……他也喜欢我。他就像一块黑色的陨石，猛地砸入我的生活，这种情形从来没有过。我们每天用各种方式拍摄，尝试新的技巧，剪辑片子，然后去他旅店的房间看书，讨论，做爱。他最喜欢光与影的问题。要画流动的空气与阳光，这是凡·高的一句话，也是他最喜欢的。他说火星的天和地球的不一样，他喜欢在阳光里看到星星。

"阿瑟不想走。到这里三个月，他就该走了，可是他申请推迟。又过了三个月，他还是不想走，就让别人把技术带回去，他留了下来。我们就住在一起了。"

珍妮特手中拿着浅口玻璃杯，可是一口都没有喝。她一直叙述得缓慢而平静，有时望着伊格，更多的时候望着窗外。珍妮特的工作室在资料馆二层，面向正南，阳光安好。窗外有一排低矮的棕榈树，树顶刚好与房间的地板齐平，远处是一座清真寺式的圆顶建筑。阳光打在珍妮特的侧脸，随她脸部的起伏碎成小块。她的脸比十八年前衰老松弛得多，但脸上有一种回忆的光，清楚地与过去连通。

伊格坐在小圆桌的对面，手中也拿着杯子，杯子里是一种浅红色的饮料。他静静地听着，眼前能看到那个时候的老师，陨石般迅速、直接。这和病榻上的老人不一样，但伊格知道，这就是老师没有错。

"有一个问题，我一直疑惑。火星这边为什么允许他留下来？难道不怀疑他的目的？不怀疑他是窃取技术的间谍？"

"是我做的担保。我，和我的父亲。我父亲是当时的信息系统秘书长。他用他的职位做担保。是我求的他，他是个心软的父亲。"

"那你们结婚了吗？"

"结婚？不，没有。想过结婚，但最终没有。"

"你们住哪儿呢？"

"阿瑟的旅店。他没有身份，不能分配房子。"

伊格沉默了一下，他不知道接下来该怎么问了。他想问这八年里都发生过什么，也想问老师最后离去的理由。老师什么都没讲过，就像一个话语的黑洞。他在心里组织语言。

就在这时，珍妮特却先开口问了："告诉我，他现在还好吗？"

伊格怔住了。他原本打算将事情问清楚，将老师在地球上的十年也简要描述了，再告诉珍妮特最后的结局。可是她先他一步开口问了，将一切直接推到结尾。他看着她专注的脸。她问得貌似稀松平常，但无论是声音还是表情都不自觉地绷紧了。她的微笑凝固在脸上，就像越吹越薄的气球膜，静静地张紧，自己给自己拉扯，就等伊格的一句话，将气体彻底放出，或者将气球扎破。她没有催他，也尽量不显得急切，但她的屏息凝神给伊格更多无形的压力。伊格明白他不能撒谎，也不能不回答。

"他死了。"

"啊？"

"老师死了。肺癌晚期。半年前的事情。"

珍妮特愣了三秒钟，突然开始哭泣，肩头颤动，泪如泉涌。她用双手捂住嘴，眼泪不停地流出来，像一条没有尽头的河。她尽力不哭得大声，但这强忍更加剧了眼泪的喷涌不息。她连续不断地哭，仿佛没有任何东西能让眼泪止息，整整一个上午的礼貌矜持化为烟云，她的脆弱在颤抖中暴露无遗。她仍静坐着，但姿态中有一种让人不忍看的颓然。

伊格感到很难过，但又不知所措。他对女人的哭泣没有经验，不知怎样劝慰，也不觉得他能够劝慰。她有理由哭泣。他看到所有的压抑都在这持续的流淌中倾泻出来。他给她递过纸巾，看着她。他知道他今天什么都不能问了，芯片的事情也得改天再说。他陪她坐着，坐了很久，坐到她终于不哭了，渐渐安静下来。他陪她度过了生命中最漫长的一个中午。

临走的时候，珍妮特带伊格来到一个小屏幕前，操作了几下，屏幕上显示出"注册成功"的字样。她递给伊格一个账号和密码，告诉他回到房间可以用此登录，进入数据库，察看火星上所有电影资料。

"阿瑟的片子都在。你找他的名字。"

珍妮特的声音有些喑哑，仍然带着哽咽。她眼睛红肿，脸也显得浮肿了，头发乱乱的。但伊格觉得她很美。没有什么能比真诚的情绪更让一个人显得美。珍妮特今年四十五岁了。她在许多个日子坚强得体，但是在今天失去了最宝贵的希望。她在内心一直期待他有一天会回来，这期待让她孤独却坚强开朗，但是今天一切都结束了，伊格让它结束了。

老师死去了，但世界不因此停转。火星和地球，不因为失去一个幻想者而改变运行。

二十二世纪的地球是一个媒介主导的世界。媒介产业成为经济支柱。虚拟影像与个人网络改变了社会结构，改变了人与世界的关系。实体制造业经济进入瓶颈，IP 经济扮演救世者的角色。"你就是网络。"这是 IP 经济最动人的口号。每个人都贡献一份知识，将全球连成网络，用交易智慧创造无限的商机。人人交易，一句话就能变成一组商品。这是无源的水，无本万利，是新的网络协议带来的新的变革，它让每一个思想、每一幅画、每一个笑容都成为世界的财富产出。人们出售，人们购买，人们藏起自己的作品，再鼓动别人花钱去揭开。任何话语，在网络中交易就有收入，也只有通过网络交易才有收入。网络交易是瞬间的交易。资本的力量超过国家。三大传媒集团在世界范围延展触角，生意广泛，扩张成帝国，推动各种话语的交易，从中牟利。两百年前的论述依然有效：投资媒介为利润，与价值无关。

另一方面，二十二世纪的火星也是一个媒介的世界。火星的媒介不是经济，却是所有人生活的方式。它是一个静态的电子空间，与工作室相合，像巨大的溶洞，让每个人将创作放置进来，再随意捡拾采撷他人的创作。它给作者版权的记载，分清归属，但不给金钱回报。给与拿都是义务，金钱由另外一种方式统一配给。

地球的媒介，伊格比谁都清楚。他知道它是怎样瞬息万变又如潮般强大，他知道怎样将藏宝盒的盖子画得挑逗，让人掏钱去发掘里面的东西。他知道这些。他必须知道。然而对火星的媒介，他还远远不了解。在他的感觉中，它就像一只静静潜伏的巨兽，在黑暗中生存，等待人们虔诚的献祭。他不知道它和人们的关系，谁能控制谁，谁又听命于谁。它无疑让创作者的生存不再艰难，但它也阻止了创作者的财富荣耀。

老师是叛逃者。伊格终于确定这件事。他是一个大胆的爱人和自觉的叛逃者。这两颗星球的两百亿人中间，他可能是第一个。他穿梭在两个世界，看着它们隔绝深远、各自运行、相互远离、相互不知。

从影像馆出来，伊格顺路来到邓肯舞团第一舞蹈教室。同属罗素区，舞蹈教室并不远。他按照电子地图，步行两条通道，穿过一片商店区，就看见那座菱形建筑。建筑只有一层，玻璃墙透出女孩们的身影。

舞蹈教室外有一圈步行小径，小径和墙体之间种着兰草。伊格走到一个不受注意的侧面，站在小径上，向室内遥望。

洛盈·斯隆。他看到了她。他在玛厄斯和欢迎晚宴上都见过她，一眼就认出了。她一个人在教室的一侧练习，其他的女孩由老师带领，在另一侧统一压腿。

他看着她的动作，静静观察。他没有掏出拍摄设备，只是静静地看着。他查过她的资料，现在想见到她本人。他看到洛盈在教室里独自跳着。很长一段时间，她都在练习同一个动作。一连串小跳，接一个多次旋转的大跳。纯黑的练功服让她显得白而纤瘦，黑色的长发整齐地盘在脑后。她偶尔停下来，到墙边喝水，然后站着看外面，站一会儿再回去。

伊格确实希望确定一个拍摄对象，不知道她是不是那个合适的人。他接受了泰恩的建议，但却不是为了泰恩的理由。他对一个公主的绯闻逸事没有兴趣，但他看到了她的档案，看到了地球上一些事件的记载，让他产生了很大的好奇。那些记载是干枯简要的，然而其中透出的张力却给人一种奇异的震撼。他想象着这个女孩，猜想这张力从何而来。她看上去是那么淡静，就好像一只纯净的小瓶子，完全看不出身上容纳的那些截然对立的思潮，就像安静的瓶子却装载下海浪汹涌。

下午的阳光照在舞蹈教室另一侧，长而芜杂的兰草在玻璃上投下影子。洛盈的练习结束了，她开始坐下脱鞋子，解开脚踝上的带子，将舞鞋缠好，放进包里，然后抬起头微笑着和另一侧的老师告别。

伊格在远处徘徊，暗自思量着待洛盈出来怎样与她打招呼。就在这时，舞蹈教室正门外的小路上，匆匆走来一个男孩。他瘦高而俊朗，骨骼分明，肩宽，穿一件类似制服的半长风衣。他向室内张望了一下，看了看纽扣上的时间，站在小路上等候。伊格闪入树丛后的阴影。几分钟之后，洛盈背着包走出来。男孩向她笑笑，接过她的包，两个人没有说话，并肩离开了。

伊格看着两个少年的背影，有一点好奇。他看到一种简单的安宁，但无法判断他们是否是情侣。他们没有亲昵动作，但也没有彬彬有礼的疏远，只是默契地笑笑，然后一起走着。他们给人的感觉很舒适，和这城市的气息相类似，不急迫，也不魅惑，有一点点漫不经心，直来直去。它和伊格习惯的世界很不相同。他住在一个由娱乐工业兴起的城市，处处有飞一般的速度、谜一样的关系。他习惯了匆忙与魅惑。因此当他来到这里，看到人们悠闲地散步，坐在街上聊天，一种强烈的差异的气息便扑面而来。他看着两个少年的背影，心生好奇，开始假想洛盈的童年，假想这里安宁的社交。他访问的打算落了空，转身踏上来时的小径。

回城的车上，伊格想起影像馆的展厅。当时展厅里有一片片大大小小的晶体方块，散开在空旷的地上，里面有动态场景、立体的人物影像，往来穿梭，形象鲜活。方块侧面的金属牌写着场景出自哪部影片。此时，伊格想起它们，忽然有一种荒谬的感觉。他发现自己和那些影像小人是一样的，他就在一个晶体盒子里，不但此刻在，而且来火星以前也在。

书房

洛盈和安卡肩并肩地走着。他们决定不坐舞蹈教室门口的隧道车，而是直接步行到换乘大站。他们都喜欢步行。

步行管道在隧道下方平行的位置，细长悠远。走在玻璃管道里，就像走过一个麻烦，两个人的距离被推近，方向约束成同一。管道大约三米高，底部距地表约有半米，能从透明的地面看见红色的大地。路旁培养基里种着星星点点的鸢尾花，中间是两人宽的小路，四周风景尽收。他们肩并肩，但谁也没有接触对方。两个人的手都插在衣服口袋里，步调一致。洛盈的外衣是舞蹈队的队服，安卡的风衣是飞行中队队服。洛盈到安卡下巴的高度，侧头就看到他直挺的脖子，感觉到他肩膀肌肉的起伏，安卡则能看到她清瘦的侧脸，闻到她头发柔和的淡香。

洛盈把心里的事情与安卡说了。这是她第一次把这件事告诉别人。她本打算永远瞒着水星团的朋友们，被权势安插进来，这样的事情让她在朋友面前感到难为情。她从小最不愿意受身份照顾。

"大家会笑我吗？"她小声问安卡。

安卡笑笑："你以为我们就多有天赋吗？"

"你们毕竟是正规选拔的。"

"一个考试而已。"

"你不会觉得我是借助爷爷权力的占便宜者？"

"别傻了，"安卡说，"你就是你。"

洛盈有一点心安了。安卡永远有一种大事化小的力量。他平时说话不多，不喜欢说任何大道理，严重的大事和琐碎的小事到了他这里都是没事。说着说着，她也就觉得真的没事了。她想，是自己小题大做了。安卡听她说着，并不多问。这是他们之间的默契，谁有了话就说，没有说的事情，对方也并不多问。安卡有事和她说时也是一样的。他们习惯如此。

"纤妮娅说你昨天晚宴之后晕倒了，"安卡问，"后来没事了吧？"

"没事了。"

"怎么回事？"

"没事。就是刚回来，太累了。"

"那你今天就不应该练了。"

"可演出只有二十天了，我连重力都还没有找到。"

洛盈说的是实话，她对这次的演出一点信心也没有。前一天下午她试着练习了一会儿，晚宴之后就晕倒了。对突然转换的重力进行适应要付出比她想象更多的体力。她的独舞是这一次展览会的重头戏。以火星孩子天生的骨质轻疏、平衡感强，配以地球环境的负荷培养，又是轻盈跳跃为主的项目，很容易挑战人类体质的极限，这一切都是令研究者感兴趣的重要问题。她是他们最好的标本。地球人将她视为地球悠久舞蹈历史的活体展示，而火星的孩子们则早就好奇地想看地球归来的少女有什么不同。她看得到那些目光，在议会大厅的中央，在她走入舞蹈教室的时候，在她的影像出现在街角的大屏幕上的时候，她都能看到那些等待的目光，灼热、好奇、审视、不以为然。

她不想告诉安卡，她今天的训练相当不顺利。不仅空中姿态控制不好，就连起落点都没有把握。身子轻飘飘的，地球上习惯的力量都消失了。膝盖和脚踝疲惫不堪，脚踝尤其酸痛，就像讲述过多的往事，失去张力。重力转换根本不是件容易的事，地球人都需要身体训练，走路都得套上沉甸甸的金属鞋子。但她却几乎是即刻开始了练舞，在适应走路之前适应舞蹈。

"你们中队今天没有事情了？"她转换话题，问安卡。

"有。"

"那你来找我，岂不是有麻烦？"

"刚回来，没事。"

"你不是说费茨上尉超级严吗？"

安卡笑了："无所谓，大不了开除，也没什么。正好刚吵了一架。"

"怎么了？"

"小事。口角。"

洛盈心里轻轻一动，探询着说："我以为你一切顺利呢。新衣服都做了。"

"不是给我做的。我是刚好赶上了。不光我们队，整个空军十一支队都做了。"

"为什么？最近有活动？"

"不是。是今年飞行系统整体预算增加了百分之五十。空军跟着加了。"

"为什么？"

"说是和谷神星有关。"

洛盈沉吟了好一会儿问："……和地球有没有关系？"

安卡也沉吟了一会儿，然后点点头："我觉得有。"

他没有继续解释，两个人都沉默了一会儿。洛盈的担忧越来越鲜明，这已经不是第一次听到类似的消息了。安卡的飞行中队是空军第五中队，平时是工程飞行队，只执行卫星运输和空间巡航，但是一旦遇到问题，即可迅速改装配备，获得强大的战斗力。洛盈小时候见过一架运输机在快速机械改装中变成一架战斗机，形貌大变，五分钟就能开火。那时她才七岁，惊讶得合不拢嘴。她好像看到平稳运行的生活下面，还有另一副看不见的隐秘面容。

她不知道安卡的消息在多大程度上预示着战争的危险，她不希望开战。她在地球上度过了最重要的一段生命，重要程度不亚于在火星上的童年。无论如何，她不希望看到那里被战火侵扰。无论谁胜谁败都不想看到。

坐上隧道车后，只用了短暂的几分钟，洛盈家就到了。安卡陪她下车，在门口向她告别。两个人站在小径上，洛盈看着安卡。他的眼睛是蓝的，常常带着散漫的心不在焉。她看到他鼻梁上有一丝细叶，伸手替他拿掉了。他抬起手摸摸自己的鼻子，看着她，笑了一下。

"回去早点休息。"安卡叮嘱她。

洛盈温顺地点点头，说知道了。

"别想太多了。"他补充了一句，"你还是你。"

然后他和她告别，转身上车走了。洛盈一个人站在花园里，静静地又望了好一会儿。

她知道，他是那种大事说成小事的人，什么事要做就做，最不喜欢夸大，如果他说和费茨上尉发生口角，那么多半是很激烈的冲突。出了什么事呢，她静静在心里思量。

有一些话，她和安卡之间从来没有说过。

她还记得五年前在地球上第一次踏出航站楼时是怎样的情形。那时迎接她的是潮水一样轰鸣的引擎。她后退了三步，目瞪口呆。地球的天空穿梭着大大小小的私人飞机，从天顶到地面，往来穿梭，飞快凶猛，机翼掠过摩天楼，惊险地交错，相互擦身。她抱着她的行李，像在洪水中抓住一块礁石。天空是灰色的，不是她熟悉的暗蓝，也不是风沙中的橙红。一切都在轰鸣，音量忽大忽小，广告画四处闪烁。千百人像潮水，步履飞快而匆忙，从她身边经过，快得像呼啸的幻影。其他孩子都向前去了，伙伴在叫她，领队的地球官员也在大声叫，但她就是走不动，僵在原地，紧抱着行李，听着焦灼在一起的各种声音震耳欲聋。路人撞了她，行李掉在地上，仿佛山石轰塌。

那个时候，一只手从前方伸过来，捡起她的行李挎在肩上，拉起她的手，拉着她往前去。他没问她为什么害怕得发呆，只说了一句，咱们得快点，前面都走远了，就开始拉着她，在人群里穿梭，辨别牌子上的指示，越过人群寻找领队的身影。他看上去很镇定，专心致志，眼睛锐利地四下张望，嘴里偶尔冒出一两句判断的话。他们很快就顺利地跟上了队伍，大约只有两分钟，他拉着她的手，将她安全地带进了新的世界。那一天他只笑了一下，但是从那天起，她心里就只有他一个人的笑容。她没告诉过他，也不知道他对她是怎么想的。

花园里绽开的花朵宁静繁茂。非洲菊越来越茂盛，大叶子在她脚边蔓延，几乎要将花畦边的小径遮盖。

洛盈推开家门，一阵激烈的谈话声立刻扑面而来，打断她的思绪。她仔细分辨了一下。谈话声来自小客厅，里面似乎聚集着不少人。

她怔了怔，起初没有明白，但听了几个词，就意识到屋里在谈什么。她的心跳加快了，静悄悄地走到小客厅门口，站在门的一侧，屏息听屋里的声音。这是她第一次偷听大人讲话，心里带着怕被发现的忐忑和因习俗而产生的愧疚，小心翼翼地站着，不碰任何东西。

屋里的声音大部分她都熟悉。从爷爷搬到她家之后，这些叔叔伯伯就常到家里来。一个大嗓门是鲁瓦克伯伯，他是水系总长，一只耳朵是聋的，交谈时总是侧着头，声音极大，却最怕别人看出自己耳背。说话很快的是拉克伯伯，他是档案馆馆长，总是很严肃，引经据典，出口成章，懂得太多以至于说明白的太少。另外沙哑的声音是兰朗伯伯，他是土地系统总长，能用普通语言说出让洛盈一个字都听不懂的话，数字和字母交替蹦出来，像调错了频率的机器人。当然，还少不了胡安伯伯。他的声音一听就听出来。他是飞行系统总长，这种场合他一定在。

"……我说过一万次了，最关键的不是现在，而是将来。"这是胡安伯伯。

"我也说过很多次了，五十年内他们实现的可能性在 5 个 σ 之外。"兰朗伯伯说。

"那也还是有可能啦？"胡安伯伯质问。

"只能说不能排除。"兰朗伯伯说。

鲁瓦克伯伯像喊着说："按照概率学！任何事都不能彻底排除！猴子都能敲出一篇莎士比亚！我们不能因为这种小概率就什么都不干了！！"

"那也得看是什么问题！"胡安伯伯毫不退让，声音相当严厉，"可控核聚变，再小的概率也不行！只要有百万分之一的可能发展为聚变发动机，就不能给他们。别说什么你负责，你负不了这个责！你真的以为他们是满肚子友好？你真以为他们是来谈友谊的？我告诉你，我们今天把聚变给他们，他们明天就开着飞船打回来。"

"那你说怎么办？！"鲁瓦克伯伯也有点急了，"他们就是咬死了不给我们合龙枢纽的方案，难道我们就不开工了？谷神星的水怎么办？还要不要水了？我们千里迢迢把一个星球运来了，难道就停在这儿？全散伙？没水就渴死？！"

"直截了当啊！"胡安伯伯立刻接口，声音反而平静下来，"有威胁才有一切。"

拉克伯伯一直没有说话，这时站出来，像是打圆场，缓解压力。

"鲁瓦克，差这一项真的就不行吗？他们不是已经同意给电控制那项了？能不能……另外那一项我们能不能自己想办法？"

"想……当然能。谁都能想。"鲁瓦克伯伯的声音也沉了下来，虽然仍然大声，但沉郁了许多，"可你让我到哪儿去弄数据？我们有河流实验室吗？有河流吗？我需要真正的湍流冲击数据。现在连蒙特卡罗都做不了。这是工程。没有数据，什么都不敢保证。"

小客厅里沉寂了三秒钟。无声、冗长的三秒。像气囊充满、即将胀破般的三秒。三秒钟之后，洛盈听到了爷爷的声音。

"胡安，不动武是原则。"爷爷简短而低沉地说，"现在也还没必要。对方既然还没说非要聚变技术不可，我们没必要自己先提。先当作没有这件事，谈谈再说吧。他们也不一定就想要这个。"

胡安伯伯的口气略微松动了一点："可是我们自己总得有个底线共识吧？"

"共识就是不动武。"爷爷顿了片刻，又和缓地补充道，"当然，你口头可以随便说。这你知道。"

片刻的安静之后，洛盈听到他们站起身的动静。沙发吱吱地轻叫，衣裤摩挲，鞋踏地板铿然有力。她连忙蹑手蹑脚地退回到门厅附近，装成刚进门的样子，对着穿衣镜脱舞蹈外衣，换家里的便服，装作凝神看着镜子里的发型。

屋子里的大人们出来了，先是鲁瓦克，然后是并肩的拉克和兰朗。鲁瓦克最高，高挑得像是衣帽架子，将身后矮个子的兰朗衬托得更加瘦小干枯。兰朗胡须稀疏而乱蓬蓬，但眼睛很灵活，让整个人显得很精干。拉克是最和蔼可亲的一个，他天生一副充满忧患的学者相貌，眼角向下，嘴角有严肃的纹路。洛盈听哥哥说过，鲁瓦克伯伯是工程师中的将军，兰朗伯伯是数学天才，拉克伯伯是语言学大师。他们都是战后火星重建的功臣。她看着几位伯父，尽量甜美地露出笑容，就像刚刚回家，像平时一样打招呼，心里怦怦跳。她生怕自己出口的声音发颤，但好在几个人都心事颇多，谁也没有特别注意。他们顺次走过她身边，朝她笑笑，拍拍她肩膀，祝贺她回家，然后穿衣戴帽，匆匆离去。

经过她身边的时候，拉克伯伯简短迅速而略带抱歉地说，她前一天写的邮件他收到了，但是没来得及回，他这几天都在，她可以直接去办公室找他。洛盈连忙说谢谢，谢谢。

最后一个走来的是胡安伯伯。他有着暗色皮球一样的脸，和圆圆的系不上皮带的肚子，活像木版画里八百年前的印度香料商人。他是个粗壮的胖子，动作却灵活。两撇胡子弯弯地翘着，眉毛又黑又浓，头发弯卷。这些特征让他显得有趣，容易给人豁达的第一印象，能够轻易遮挡眼睛里锋利发狠的目光。他刚出客厅的时候还一脸肃杀，但看到洛盈，便立刻咧开嘴哈哈地笑起来，就像她小时候，一见面就把她抱了起来。

"哎哟，小白兔回来了。快让我看看。"他举着她转了一圈又放下，"怎么还是这么轻啊？在地球受虐待了？还是不好好吃饭？"

"我……我跳舞。"

"跳舞也得好好吃！胖一点跳舞多好看。"

"那就跳不高了。"

"跳不高怕什么。跳那么高干什么？想吃什么就吃什么。不知道吃什么就来找我。我跟你说，你胡安伯伯可是个艺术家。昨晚的甜点吃了没？吃了几块？好吃吗？"

"两块。好吃。"

"那就是我做的。开饭前放进烤箱里的。"

"您还会做甜点？……胡安伯伯，昨晚我听见您说您祖母……"

"你也听见啦？"胡安朗声大笑起来，笑声里听不出一点阴翳，这多少乎出洛盈预料，"小兔子，我跟你说，谈判呢，总得有一个吓唬人，一个扮好人，你爷爷总爱扮好人，我就只能去当那个吓唬人的。这可是不公平，我早就跟你爷爷说了，改天我也得扮一回老好人。"

胡安伯伯爽朗地笑着，拍拍肚子，叫她改天一定去他家吃饭，然后离开了。

洛盈看着他的背影，心绪起伏不定。她在他转身的一瞬看到他的表情又变得严肃，步伐很大，以精确的直线走上车，上身丝毫不晃。她记得从小他就喜欢逗她，抱她坐在他胖胖的肚子上叫她小白兔，用络腮胡子刮掉后的楂儿扎她，最喜欢问她长大以后想怎样。

她现在知道长大想怎样了，长大就是想了解话语背后的东西，而不只是话语本身。

门廊静了下来。她转过头，哥哥和爷爷站在小客厅的门口，两人低声交谈。走廊尽头是透光的落地窗，暗红色的地面在逆光中近乎棕褐，曼陀罗的花朵泛出点点银白。他们好像在争执，但声音很低，洛盈听不太清。她看到爷爷的脸色铁青，非常严峻，她很少看到爷爷这样的脸色，在她的记忆中，似乎只有一次在屏幕上，爷爷在议事院大厅平定一场骚动的时候，严峻的脸色和今天有些类似。那个时候爷爷大踏步走进门，拉开椅子坐下，一句话都还没说，但看着爷爷的脸色，全场都静了。

"……原则也不一定是最后的界限。"哥哥似乎说着。

"是最后的。"她听到爷爷说，"既然是原则，就是最后的界限。"

她在这一刻终于证实了自己的担心，这是一场山雨欲来的危机：如果谈判破裂，战争随时可能重新开始。而地球人要的，是可控核聚变。

回到房间，洛盈的背包滑落在地上，她整个人也跟着坐到地上，让身体放松。对她来说，这是一个漫长的下午。大人们的话语粗疏、简略、技术化，但是足够勾出脉络。她心神不宁地换衣服、沐浴，坐在浴缸里，出神地思量，水蒸气充满头脑四周。

她已经很久没有听见过这样直接的政治讨论了。小时候她对这些很熟悉，大人们常常聚在她家，喝咖啡，喝很多很多很苦的咖啡，精神矍铄，将墙壁映满地图。但她在地球上很少遇到这样的场合，除了最后一年的回归运动，剩下的大部分时间她都生活在充满娱乐氛围的轻飘飘的环境中。轻得如同香槟，充满悠扬的气泡。

她很久没遇到今天这样浓缩咖啡般的讨论，不仅仅因为她在地球上远离决策者的住所，而更是因为氛围。与她在地球上遇到的政治决策者相比，火星的叔叔伯伯们明显有一种极为宽泛的严肃感，她时常听到他们说宇宙责任，或者人类终结，而地球的政治家却似乎从来没有提过。她在地球上能听见某国政府向世界银行申请破产保护，某国元首亲自拍摄电影促进旅游，某国外交部出面购买某国债券若干，就像一个个企业，为运转而经营，但是似乎很少听到那些在火星常常听到的新闻：移动某颗星球，建立人类生存新模式，统合人类文明成果，计算模拟人类历史有误差，诸如此类。她常常有一种倒置的错觉，猜想如果宇宙的异类看到这些消息，会不会以为前者统领两千万，而后者统领两百亿。

她今天听到这些话已经觉得很遥远。她小时候曾经对这样的宏伟心潮澎湃，但在地球上，她却突然将这激情失去了。没有人劝说她，但她只是不再信了。她见到一个大得多也混乱得多的世界，一下子迷惑了，似乎没有什么人类等着他们改变，也没有什么文明将希望寄托于他们。曾经的宏伟变成一种假想的伟大错觉——仿佛对着一幅幻景，斗志昂扬。

她知道这意味着什么：这意味着迷失。毫无疑问，今天来到她家的叔叔伯伯是火星人生的楷模，是科研、工程、探索、开发的佼佼者，是火星所有严肃光荣路径的顶峰，可是她不知道，从他们身上，她如何能看清自己未来的方向。

她闭上眼睛，向温柔的热水里缩了缩。床头旁边，屏幕上个人空间里的注册界面正亮着，像一个幽幽的幻影，透过浴室玻璃照在她脸上。她不去看，但她能感觉。

她知道她应该做出抉择了。她需要迅速在一个工作室里注册自己，获得一个身份的回归。这是每个火星成年人必要的一步，只有有了工作室，才有身份号码，才有未来生活的个人空间。所有的工作，所有的出入证明，所有的钱都在这个号码所确证的个人账户内。她现在还未将它激活，它沉寂着，就像她还不存在，还没有从地球回归。

可她不想选择，就像打完仗的人不想工作。

火星的工作室在多数情况下是一个人终生的归属，会有一些人转换，但是大部分人会在一个工作室里工作一辈子，一步一步上升。洛盈不愿意如此。尽管她知道这是一条必然的曲线，人人如此，可是在地球的五年里，她搬过十四次家，住过十二个不同的城市，做过七种职业，身边换过五群不同的伙伴。她早就不知道该如何决定一个一辈子的所在。她不能再接受单一，也开始讨厌一切等级。小时候觉得天经地义，现在只觉得是约束。她不想这样，可她没有办法说服自己。

　　注册界面亮着，她迟迟不去点击。

　　屏幕旁边的窗台上摆着各种色彩甜美的小物件，边走边唱的电子钟，草莓形温度计，稚气的机器娃娃，橙色和草绿的玻璃灯。洛盈看着它们，几乎不记得自己喜欢过那些东西，但它们清楚地静立着，保留着十三岁女孩的全部世界。

　　洛盈从浴缸里出来，在烘干室里烘干，换上睡衣，在洗净后的暖香里获得自我安慰的勇气。她看着镜子里的自己，像看着一个陌生的女孩。她头发披散着，白净的脖子显得过于纤细，看起来很脆弱，和自己的期望并不相同。她期望自己能够更加坚强而清醒，知道该怎样生活，怎样选择，能够沉思地、清楚地、坚定地生活，不要像镜子里这样迷惘而苍白。

　　她将头发盘起来，静静走出自己的房间，穿过楼道，想去找爷爷。

　　昨天爷爷说过，今天是爸爸妈妈的忌日，他们要一起晚餐，献上祝福。可是她到各个房间看了一圈，发现爷爷不在，哥哥也不在，餐厅里有食物，在烹调机里温热地等着。

　　她看着那透明的盘子和空荡荡的餐厅，在心里叹了口气。爷爷终究没能完成自己的提议。她不能怪他，他是总督，刚刚谈判的危机如此赫然在目。

　　她没有吃东西，转身出了厨房，穿过静谧的楼梯，一个人来到二楼爸爸的书房。

她要一个人去和爸爸妈妈说说话，问问他们生活该怎么选择。

爸爸妈妈死的时候，她只有八岁，很多事情不懂，很多事情虽然懂，但如今已经忘了。她在地球上曾一度刻意关闭自己的回忆，关闭得久了就真的无法打开了。她为了让自己坚强，隔绝了与旧日的联系，而今坚强得太久了，旧日的大门却敲不开了。

推开门，她看到房间和五年前离开时一模一样，保持着十年前爸爸妈妈活着时的样子。这是爸爸生前读书、妈妈生前雕塑的地方，也是爸妈和朋友们喝茶讨论的房间。桌上还摆着茶杯，小勺放在碟子上，好像一段茶会刚刚结束，笑语未散，人还会回来。桌子、架子上有零散放置的工具，操作台上还有未完成的雕塑。一切都是精心维护过的，仔细避免了每一丝死者的倾颓。整个房间完美无缺，只可惜维护得太好了，窗台和边角都太干净，一尘不染，一眼就看得出没有活人的气息。

错落的书架像一座建筑。它们是爸爸的设计，高高低低、横竖交错，线条笔直，将细密的字搭成空中楼阁。夜晚已来临，书架成为看不见细节的暗影。整个房间凝注着往昔的岁月。人不见了，但记忆还在。洛盈记得，爸爸妈妈的生活一直与艺术相连，那些日子她还小，可是那种记忆在心里，一种气息，艺术的、交流的气息。

她沿着墙边慢慢地走，看房间里的一样样东西，拿起又放下，回想着父母从前拿着它们的样子。

在靠墙的一张小桌上，她看到一本纪念册，打开着立在桌上，里面是父母大幅的合照，在半月形的桌上肃穆地立着，像是没有装饰而清静素洁的灵台遗像。

她拿起纪念册，一页一页翻着。有爸爸妈妈儿时的照片，课堂上的奖项，舞会的合影，科研和艺术创作记录。他们年轻的时候都是活跃的人物，爸爸编排历史话剧，自导自演，场面看上去宏大壮丽，在社区的小剧场，用投影做背景，带领着身后大群稚气未脱的十几岁的学生，脸上写满深沉与决绝，像要奔赴刑场。妈妈一直喜欢绘画和雕塑，少年时代参加比赛的一幅作品现在还挂在社区博物馆的大厅，有照片为证。他们后来虽然都选择了工程工作室，可是他们的爱好一直持续到生命的尽头。

看着看着，洛盈想起来，小的时候，她最经常和妈妈相处的地方就是她的雕塑间。

她忽然在空气中看到了妈妈，就站在一座架子旁边，黑色的长发编了辫子盘在头顶，眼睛很专注，端详着她，细细打量，充满情感，然后迅速回到操作台前，双手紧张而敏捷地敲打，目光凝在泥土上，手里的刻刀画出细节的轮廓。她看到自己戴着蝴蝶结坐在椅子上，手里抱着娃娃，好奇地看着妈妈，被空气里的热情感染。

然后，她又看到了爸爸，就坐在她们身旁，坐在其中一个架子上，穿着一件棕色衬衫，一件毛背心，一条腿踩着一旁的椅子，胳膊支在另一条腿上，手拿着笔，对着空气比比画画，面带看得清一切似的敏锐笑容，讲述着一段历史。旁边还有其他大人，男男女女，都在说着某些历史，某些激动人心的艺术与意念。她不懂，可她听着。

这画面将她的回忆勾起来，头脑中封存的往事开始一点一点复苏，随着文字和夜色，流淌到周围的空间。她发现很多画面她并未忘记，只是一时不曾想起。

在一页纸上，她突然看到这样一行字，顿时心里一惊：

"从这一天起，阿黛尔正式成为没有工作室的人。"

是在说妈妈。

妈妈怎么会没有工作室了呢？她连忙看看日期，是自己六岁的那年。由于没有其他说明，她不知道发生了什么。她向前翻，翻到生平事件列表，发现妈妈的记载果然到她去世前两年结束。此后由于没有注册任何工作室，资料和事件都断了，像一出戛然而止的未完的戏剧。

原来妈妈也不愿注册啊。洛盈心里想着，有了一丝甜美的酸楚。在死亡隔绝的生命两端，她找到一丝延续的灵魂。她觉得自己的困扰不孤独了，其中似乎蕴含着千丝万缕父母的影响和遗留。她的漂泊和因漂泊而产生的不安这一下也显得不奇怪了，她绕了一大圈，最终回归到妈妈的路上。

可是妈妈是为什么呢？她想不明白。她的困扰很明显是自己被地球的生活方式改变了，可是如果妈妈也经历了和自己一样的挣扎，最终选择了不归属，那又是为了什么呢？

她很想再多看一看妈妈的资料，可是纪念册上没有更多了。她将它端端正正地放回桌上，转过身，想去旁边的书架上再找其他资源。

就在这时，她借着月光，看见月牙桌旁暗处摆放着一束白色的花。花是百合花，包装是素净的绿色绒纸，摆得不显眼，在月光照不到的地方，她刚才进来时没有看见，现在突兀地闯入眼帘。

她走过去，拿起花束，花下面有一张卡片，卡片是爷爷的笔迹，上面只有三个字：

"原谅我。"

她心怦怦跳了起来。

原来爷爷已经来过了。虽然没能一起晚餐，可是已经来过了。

她反复地看着那张卡片，感觉很奇怪。在月光的萤亮照耀下，卡片显得苍白，黑色硬挺的钢笔字赫然醒目。

她猜想它的意义，但完全没有头绪。爷爷做了什么需要父母原谅的事呢？爷爷那天看着父母的照片，明明是那样慈爱而悲伤。

"原谅我。"

她又看了看那三个字。突然好像被电流击中了。

她头脑中出现了下午在门厅里爷爷说话时的脸色，那一瞬间，她的心脏仿佛停止了跳动。她突然想起来自己是什么时候看到过爷爷从前的录像的。是在临走以前，临走前两个月。她想在小客厅看电影，忽然触动了刚刚播过的另一段片子。是爷爷和整个骚动议会大厅的镜头。她看到了爷爷冷峻的脸，他走进大厅，镇住所有骚动的人。她还没看清，爷爷就出现在客厅门口。她连忙将录像关上。

过了一个月，她就被通知要去地球了。

展览会

旅店的大玻璃直接转化成屏幕。一整面墙接收幻灯机的投影，光洁平滑，图像清晰。伊格将房间变成了放映室，不拍片的时间，一直沉浸在屋子里，在老师的遗作中浮沉。

老师的片子让伊格浮想联翩。他没有见过这样的电影。老师就像一个孩子，抛出许许多多个问题，每一段片子都是一个问题。他似乎完全不再管套路的技巧，也不藏包袱，只是一次次把最直接的情景摆出来，把每一个让他自己觉得微妙的设置摆出来。

伊格看着老师的片子就像看着一本日记。老师并不讲述自己的生活，但却用点点画画的镜头记录了八年的思维。每一个镜头都是语言。其中有大量不完整的片段，归类在"未公开"的目录下，就像一个人在日记中随手画下的闪念。完整的片子有二十部，或长或短，都未命名，仅以序号编排。

在一个片子开头，他拍了一个女孩，一个漂亮的穿粉裙子的女孩，镜头从左到右、从头到脚将她拍得很清楚。一个画外音说：请抓紧看，这将是我们最后一次看到她。说完，镜头忽然一个俯冲到女孩的身上，画面转黑，让人觉得是跟着进入了她的身体。从此之后，观众一直作为被封锁在内部的灵魂看一切，但是却时刻都能意识到"自己"的外貌，时刻都能想起女孩的样子，就像有一个虚拟的罩子，罩在镜头外。女孩后来又做了一系列事情，庸常的小事，但所有的庸常都变得遥远了。镜头舒缓却幸灾乐祸，极清晰地表达了一个有自我知觉且尚不能看透的人，是如何被困在自己筑起的罩子里。

老师对每一种表达方式的探索都可以用精确来形容。

来火星之前，伊格曾经质疑自己的职业。拍电影越来越成为一个没有技术含量的工作。随着三维技术到来，随便什么人都可以做导演，不仅仅能拍自己的家庭短片，而且可以拍一整部长剧集，场景立体真实，还能带有温度、湿度和气味，让人戴上眼镜就能身临其境，走入其中。于是电影人的注意力纷纷转移了，不再多考虑画面的呈现技巧，而是只把重心放在曲折的情节上。然而老师却用自己的方式告诉伊格，最好的呈现方式不是最新的，而是最独特的。

老师仍然拍二维的片子。二维的局限成了优势。他拍了一个人，年少的时候突发奇想，想每天临睡时给自己拍张照片，记录人生变化。他真的这么做了。开始还需要用备忘钟提醒，后来却成为吃饭闲聊洗澡之后自然而然的每天的习惯。有一天他工作后回家，没事做，就决定看一看已拍过的照片。他端出饭菜，倒上酒，坐在黑暗里，拿着遥控器，在墙上一张一张播放。他的视线跟着电影，盯在墙上，一张一张滑过清晰的头像。起初看不出差别，但放着放着人就老了。照片放到此时的他，却并没有停下来，而是一直向后放过去，人一点点变老，到一张老态龙钟的照片戛然而止。紧接着，画面突然切回这个人，他仍然手持遥控器坐在暗处，只是人已老，倒下死去，饭菜仍留在桌上。镜头停留在此处，一片寂静中有死神的气息。

老师也拍过一些三维的片子。在这些片子里，他用那种全息立体技术精确放大细小的感觉。他拍了一个有一点神经症的人——不停地注意到自己手上的老茧，总有想把它们撕掉的冲动。为了不把自己弄伤，他试着让注意转移到其他地方，结果，墙壁里自动烧水的由弱渐强的咝咝声让他神经备受折磨。于是，他开始羡慕所有注意不到自己手部皮肤的人。这导致他开始对别人手部特别注意，并被这注意所苦。整个片子要观者走入立体环境，主人公敏感的痛苦变得异常庞大。片子特意安排两个工程师坐在一旁，说一项硕大工程就要失败、星球遇到危机，可是却让人感觉，相比而言，还是切身的苦痛，还是手上的老茧更真实、更令人苦恼。

伊格不能很快看完所有的片子。他把不用外出的时间都留在旅店，但仍然看不了很多。他发觉老师始终在质疑人和生活的确定性，在他的片子里，他把日常生活拆解又重组，一切表象似乎都是不稳定的，可以流动，也可以扩大或散失。在这样的过程中，一些意义消解了，一些结论怪诞地凸现。

伊格开始明白老师留在火星的理由了。所有这些片子，所有这些尝试性的故事和场景，在地球的环境都无法获得出路。老师感兴趣的始终是生活的消解，而这兴趣没有人需要。人们需要的是生活的指点，而不是生活之外的指点。在网络上，最容易成交的是满足人需要的片子，比如给人一个孤独时可以交流的幻影，比如含有香水味、血腥味的，携美女与人搏斗并有神秘启示的，这些都是全息电影的最大优势。仇恨社会的发泄电影也有相当多的支持。很少有人会买老师的片子，不管它们实际上是否奇妙，它们也难以在交易中生存。

老师的所有片子都存在数据库里。他走后，他的空间一直由珍妮特管理。

对于数据库，伊格搞不清楚它的完整样貌与结构，但他已知道它无比庞大。他几乎是直奔主题，直接搜索到老师的个人空间。但他在到达空间的路径上，曾经瞥见如千年古树的枝杈般繁茂的旁支分叉。他知道它存储了许多许多记忆。如果每一个在火星生活过的人都有自己的空间，那么空间个数至少有几千万。再加上几十万个工作室空间，不停更新的综合公共空间、展览空间、互动空间，整个数据库就是另外一座火星城，巨大的虚拟城。一个人的个人空间就像他的家，城市公告牌就是广场，家中存放作品，广场滚动出公告，邀请其他人去欣赏。正如千年古树，叶茂枝繁。

伊格没有对整个数据库多加漫游，一方面是没有时间，另一方面是因为珍妮特的请求。

"请保守秘密好吗？"珍妮特给伊格密码的时候，诚恳地说，"除了阿瑟，我们从没有给外人进入的权限，里面有很多自由的东西，开放，但是重要。作为管理员，我不应该越过职责。但你是阿瑟的学生，我希望你看到他的遗留。他的片子，还有他生活过的世界。"她低头看着自己的双手，声音仍有哭后的沙哑。"除了我自己，我希望还能有一个人帮我记得。阿瑟的八年都在那里，我怕哪天我也死了，这世上再没有人知道。你什么都可以看，片子也可以带走。但请保守秘密，好吗？"

"好的，我保守秘密。"伊格郑重地承诺。

他不会告诉别人的。他从来就没有和谁提起。老师把人生最重要的一部分留在了这里，他将用缄默把这段时光继承。老师留下了片子，珍妮特为他敞开空间，这都是他所得到过的最珍贵的馈赠。他想在这个世界慢慢环游，理解老师寻找到的东西，寻找老师留下与离开的理由。

在伊格看来，地球上无可阻挡的庸俗化正是二十二世纪的症结。知识的平民化从二十世纪就开始全面笼罩世界，但那个时候还留有一些古典时代的尾巴，还有一些人为了伟大高贵的思想智慧而活，可是到了二十二世纪，一切伟大都消散了，根本没有人再追求这些，人的目光和理想缩短到不能再短的程度。没有至高智慧的追求，整个文明就开始庸俗。这是属于所有人的痼疾，包括他自己。他带着疑虑来到火星，不知道老师是否在这里找到解答。

从一个人的角度，一个世界是一个房间。他可以一生住在一个房间，也可以推开一扇门，进入另一个房间。有时想起走出屋子会觉得可怕，但有的时候，进门出门只是转换的一瞬间。从空间的地图看，一个人比房间小，但是对人自身来说，一个房间只是生命暗流的一部分，在时间的地图上，人比房间还辽阔。

从表面上看起来，地球和火星的创作生活没有太大差别，创作、公开、争取他人欢迎，但是没有谁比伊格更清楚其中的真正差异。地球上也有公开发表作品的空间，表面看起来也对人人民主，然而那是一种超级市场式的瞬时空间，每一部作品进入交易区，都像一瓶牛奶，需要迅速找到买者，迅速被人从货架上提走，否则就将过期，退回原厂。三天，或三十天。交易，或死亡。每个仓库都期待零存储，每个买卖人都关注新鲜货。如果短暂的交易时间内无人问津，仿佛作品就会腐坏变质。理论上讲，一部作品可以静静地置于货架上，直到有人发现，但实际情形中，这种情况永不会出现，没有当场的交易，就没有浪费成本的保存。阿多诺曾说，写作的希望不是对世界有影响，而是某天、某地、某人能完全了解他写作的原意。但这种希望在他死后两百年，最终被证明只是幻想。

在这样的瞬时买卖里，容不下对至高智慧的追求。伊格在这样的超级市场里生存了七年。从十八岁到二十五岁。他试图追求高邈的思想，为此不惜与整个大市场隔离。他的片子属于某种特殊的小型卖场，类似于高价的有机水果卖场，与工业品相区别，购买者坚定。他只在这里出售，也只在这里购买。他有固定的小圈子，就像一棵堪萨斯南部受雨露滋养的树，结出的苹果不多，但有特殊的乡愁和气味。这是他一贯的风格，也是泰恩有意的安排。泰恩从一开始就提携伊格，给他做计划，劝告他稳定的圈子才是出售的关键。

尽管如此，伊格在地球仍需要四处奔波，坐在高楼顶端、轻质合金的高级办公桌旁，对每一位可能的赞助商阐述自己下一个计划，夹着新口味的香烟，不谈艺术，谈自己的市场份额。他每周两次到网络见面站与网民见面，化为虚拟人，摆出造型，兜售自己的所作所为。这是他久已习惯的生活，甚至占去了比创作更多的时间。

现在看来，这一切在火星都是不必要的。他们不愁生存，不考虑发行，不用做广告，不用求利润。这是一种什么状态，伊格几乎不能想象，但他能感觉到这种生活的巨大吸引力，至少对他来说，衣食无忧，心无旁骛，整日只谈创作与理想，实在是比什么都理想。

伊格想等片子全看完，再约珍妮特好好谈一次。他以一个叛逃者的眼光看周遭的世界，心中开始困惑丛生。他觉得老师的离开并不自然，就像一个只身到荒野流浪的人，伐木砌石，修建篱笆，却在木屋落成的那天回到城市。一个世界刚亮起，就在另一个世界中隐去。

这是为什么？他想。难道房间之间，是一道旋转门？

这一天早上，伊格照例来到会展中心大厅。

会展中心是火星最高大的建筑，也是召开博览会的主要场地。地球展品均在此展出，代表团和火星的谈判也在这里的中央会议室。会展中心构造特殊，五层的建筑像一座金字塔，最下面一层是宽广的大厅，上面每一层缩小一圈，到了最高的第五层就只有一个会议室了。此时此刻代表团正在会议室谈判，地球的各色货物摆放在一层，火星居民在其间流连。

没有展览会的日子，会展中心大概用作一个科学技术博物馆。火星通常的房屋立柱都会添加不透明的色彩，以遮挡其中运行的机械结构和电路设施。但会展中心不同。大厅里矗立着许多根粗壮的柱子，每一根都是透明的，裸露着内部结构，仿佛是内容特殊的水族馆展柜，又仿佛在透视仪上看到的生物体骨骼。每根柱子旁边有展示牌，介绍柱内设备的技术与功能、开发人、演化年表。基本上，房屋所有必要的保护和控制都由这些电路完成，从加温隔热，到宇宙射线粒子屏蔽，再到水循环与空气循环，墙体本身起到天地的作用。伊格拍摄阅读，从中了解不少。

通常，早上伊格会先尽职尽责，在会展大厅拍参观者，再拍交谈场面，然后就按照自己的心愿，到城里其他地方四处参观、闲逛，拍他眼中新鲜有趣的画面，拍火星生活。谈判的内容没有多少有趣的地方。双方都反复陈述着相同的话，希望陈述得多了，对方就能接受。每天的例行通报都是：双方友好地交换意见，就关键性问题展开讨论。熟悉谈判的人都知道，这意味着又是一天的各自重复，无实质进展。地球代表团在表面的虚张声势之下隐藏着混乱，某国代表的意愿常常被另一国代表阻挠，伊万东诺夫说过的话，王会站出来否定，自身达不成共识，暗自争斗，远不像火星一方言辞整齐划一。这几天地球上经济危机，技术股大跌，各国都受影响，因此都期待利用火星技术让自身从危机中走出，但同时都忌惮他人做同样的事情。这些伊格不感兴趣。他每天在会展中心消磨的时间不会太长，通常是例行过场，迅速离开。

这天早上不一样。这天他刚刚戴上拍摄眼镜，就远远地看见了洛盈。她穿着便装，和另外两个女孩走在一起，身旁带着两个十三四岁的小男孩。

伊格兴奋起来。对他来说，这是个难得的机会。他确定他很想拍这个女孩，但不想跟踪。他有猎犬般的敏锐，但也有木头般的执拗。他不愿意偷拍，即使偷拍让人更敏锐，他也不愿。他三天前去舞蹈教室采访拍摄了她一次，但还没在舞蹈教室之外的地方见过她。她每天都要训练，难得出来，更难得让他遇到。他不知道今天是否有机会交谈。

洛盈今天穿了深灰色的舞蹈长裤。不是练功裤，而是宽松柔软的阔脚长裤，垂感很好。短上衣外面，套着一件长而宽松的无袖罩衫，和长裤一起摆动，看上去随意而舒适。

伊格远远地端详，想从外表摸索这个女孩的个性。她今天头发松松地夹着，像是她的衣服一样，随意而飘忽。她看上去有点心不在焉，对自身和周围的一切都不太在意，跟其他人走在一起却说话不多，头脑仿佛处在另一个世界。他不知道她是一直这样心不在焉，还是这一天特别有心事。他只觉得她迷惘的样子很特别，迷惘得很好看。

洛盈走在几个孩子中间，并不主导方向，由人挽着，好像向哪边都可以。她的步履很轻，和身边蹦蹦跳跳的红头发的女孩形成鲜明对比。

伊格向她们走过去，和她们保持一定距离。他启动眼镜，以长镜头跟随她们的脚步。

三个女孩走得闲散，大多是跟着两个男孩的步伐。伊格认识其中一个。鲁奥·贝弗利，贝弗利先生的儿子，代表团中唯一一个小公子。此时他站在各色物品前，用毫不掩饰的炫耀口吻指指点点。另一个男孩圆圆胖胖，比鲁奥高出半个头，看上去很憨厚，但脸上带着明显较劲的倔强，似乎总在寻找反驳鲁奥的理由。

鲁奥似乎处于下风，有点不高兴，撇着嘴大踏步往前走。白衣男孩连跑带跳地跟过去。

"托托，别乱跑！照顾客人！"洛盈旁边的红发女孩在他们身后叫道。

伊格觉得很有意思。他喜欢拍摄生活里的普通人。喜欢拍他们的骄傲自得、不屑一顾、争强好胜和一惊一乍。他每天在展览会穿梭，都能看见不同类型的火星居民。人们对现场展品的态度通常各不相同，又都迥异于地球人的态度。这是让伊格觉得最有趣的地方。

伊格跟上他们。

当几个少年来到健康产品展台前，名叫托托的男孩指着一只离子壶问道："这是什么？"

鲁奥一下子来了精神，说："这叫离子壶。它可以根据你的体质，配制出最适合你的离子饮料，选择最合适的元素搭配，保证最充分的营养。还有配套电子探针，可以随时检测你的身体酸碱度、微量元素浓度，让你的体液总保持在最健康水平。"

托托笑了起来，圆鼻头被脸颊挤住："真是蠢人的说法！"

"托托！"红发女孩使劲拍了他后背一下，叫道，"怎么能这么说话呢！"

托托嘟着嘴分辩道："本来就是嘛！人的酸碱度和离子水平都是可以自我调节的呀。要这玩意儿干吗？"

鲁奥说："这你就不懂了。专家说过，人自己调节总是会上下波动，达不到最佳的水平。"

托托反问："波动怎么了？本来就应该波动的呀。"

鲁奥摇摇头："你太高估自己了。我亲自试过呢。我家有最新型号的，我有一个月没用，就是觉得疲劳和感冒都不容易恢复。"

托托咧开嘴笑起来："那是当然！你用惯了这玩意儿，还能自我调节才怪呢。"他兴致高涨，眼睛眯成两条缝，"我们老师早说过，地球人最爱唬人，这叫制造欲望。"

伊格在心里一凛。他没想到托托会蹦出这样大人的词语。他说的一点错都没有，商品的精髓在于欲望，当欲望满足就制造欲望。谁能造出新欲望，谁就能立于市场中央。这道理没错，只是从托托的口中说出让人觉得颇值得思量。这说明火星的教育从很早就开始讲述商品经济的弊病，他不知道托托能懂得多少，是仅仅记住了口头的标签，还是真的早慧。

鲁奥说不过托托，脸上一阵尴尬，把头扭到一旁。他很想学他的父亲，永远在脸上保持涵养，但却只学会一本正经，没学会见不同的人说不同的话。他脸庞很窄，两只眼睛离得有点近，不高兴的时候五官都紧紧拉成直线。他是商品社会的理想产物，笃信广告就像笃信真理，以为基于卖家的考虑都是为了买家。

"那你们是什么？"他不甘心地辩驳道，"你们是压抑欲望，是毁灭人性！"

"胡说，"托托也恼了，"明明是你们制造欲望！"

"是你们压抑欲望！"

"是你们……"

"好了好了，"红发女孩连忙将两个人打断，嗔怪着说，"都是有教养的小绅士，这么吵像个什么样子。你们让洛盈姐姐评评理，看谁说得对不就行了。"

她说着拉了拉洛盈的手臂，希望她挺身而出，平息争吵。

洛盈这才从心不在焉的散漫中走出来，看看她，又看看身边的两个男孩，平静地说了句："欲望？一个地方有一个地方的欲望吧。"

红发女孩想了想，似乎觉得这个答案太模糊，怕两个男孩又吵起来，就顺着她的话问道："你在地球上也为购物疯狂吗？"

"不疯狂，但也常常买。"

"每个月买鞋子？"

"差不多吧。"

"没穿坏也买？"

"嗯。"

"为什么啊？"

"不为什么。你要是去了也一样。"

"那为什么啊？"

洛盈拍了拍她的手，说："在舞团的时候，买东西是种娱乐。就跟咱们开舞会一样。"

"啊？真的吗？"红发女孩的兴致慢慢高涨起来，不再管两个男孩，开始顺着自己的兴趣问下去，"这怎么能一样呢？难道他们那儿买东西和咱们这儿不一样？"

"不太一样。"

"怎么个不一样？说说，说说。"她怂恿洛盈，"你上次说要讲地球的事，一直没讲呢。你当时在舞团是怎么样的？你们平时没有舞会吗？"

"有，但不是咱们的舞会。"洛盈说，"他们那儿的舞会，都是不认识的人。临时认识，临时跳跳舞。事先也不用邀请舞伴。我们也去，但不是每个星期固定的时间。有的时候连着两三天一直喝酒跳舞，也有的时候两三个星期不去。舞团的女孩子喜欢买东西，没有什么安排的时候，她们就去买东西，我有时候跟她们一起去，有时候不去。什么事一旦习惯了，就没什么理由了，每个星期都去的话，要是哪个星期没去就很别扭。

"他们那儿买东西确实和我们这儿不太一样。我们不是大部分东西都直接订货吗，他们不一样，他们大部分东西都是以很漂亮的方式摆出来。商店和公园是一体的，就像一座小山一样，走廊上上下下像迷宫，还有华丽的小火车，一路穿山越岭，路过商店，一边走，一边就能看见衣服鞋子玩具摆得像童话里的场景，你忍不住就买了。男孩和女孩约会也多半会去买东西。我刚到那儿的前两年住的大厦其实就是一个大商场，也是一个城市，跟咱们这个中心形状差不多，金字塔形，不过有两百层高，我们住在一百八十层，在五十层训练，二十层吃饭，一百二十三层跳舞，每层都能购物。你要是去了，可能比我买的还多。"

"两百层啊！"红发女孩张大了嘴叹息起来，"那得有多高啊！"

鲁奥在一旁，听得很得意，嘴角露出一丝浅笑，仿佛这壮观是他的功绩。

"那你后来不住了吗？"红发女孩又问。

洛盈摇了摇头："住了两年就搬走了。"

"为什么啊？"

"后来不在舞团待着了。"

红发女孩还想继续问，但洛盈又显得心不在焉起来。而两个男孩又开始向前走了，于是女孩们也跟着继续漫步。伊格对洛盈产生了更强烈的好奇，他准备在合适的时机上前攀谈，暗自在心里准备着问题。

没过多一会儿，伊格就又听见两个男孩的争执声。

"……这个可厉害了，"鲁奥又恢复了神气的声音，"以前的 IP 指纹只能保证网络传输监控，管不了手头交易，所以电子书黑市猖獗。但这个新的生成器能把源代码直接写进书里，只要一阅读，不管你是怎么得来的，都会自动发射信号，给作者的网络账户里交钱。这样就彻底确保了 IP 经济的版权问题，使得市场稳定有序。"

托托皱起眉头："IP 经济是什么？"

鲁奥歪着头笑了，用很有教养的语调说："就是从传统工业到创意工业的伟大飞跃呀。"

托托不太明白："那为什么看书得付钱呢？"

鲁奥白了他一眼，似乎不屑于回答这样的问题。

他轻轻拿起旁边一个小卷轴，展开成书大小的一页，对托托说："你看这个！最新型个人电脑。不仅重量轻、体积小，使用便捷，而且超级防水，你甚至可以在游泳池里使用。"

托托说："真逗。谁在游泳池里用电脑呀？"

鲁奥不理他，继续说："把它塞在口袋里，走到哪儿都可以使用，超长时间的微电池，还有红外、微波和光纤等等各种接入网络的方式，超强抗屏蔽，地铁里也能上网。"

托托更加不解："这是干吗？难道你们地铁里没有终端？"

"终端是什么？"

"终端就是终端啊。我们这儿车站、博物馆、商店里都有。"

"你说的是公共电脑吧？那可不一样。公共电脑没有自己的文档，怎么工作啊？"

"怎么不能工作？登录个人空间不就行了？"

鲁奥和托托都有点恼了。他们相互听不懂，都被这场没有头绪的争论弄得莫名其妙。

这一次是洛盈主动站出来打圆场："托托，地球上和我们这里不一样。他们并没有中央服务器。地球太大了，人也太多了，他们是把个人电脑连成网络的。"

洛盈说得简单又朴素，轻描淡写，不经意间把巨大的差异抹平。

伊格知道她说的是准确的，火星和地球的差异就是中央服务器与个人电脑，是数据库与网络。但她轻描淡写地把这件事归因于地域与人口，使得争论好像不再必要了。但实际上，这种差异涉及很多复杂的方面。比如电脑商的利润问题：地球上的电脑平均每三年就更新换代一遍，如果像火星一样装进建筑，不方便淘汰，那么电脑公司的发展从何而来呢？比如技术和责任问题：在地球上，谁有如此的力量运营这样一套系统呢，政府还是公司，谁又有这财力和能力呢？还有更为关键的思想背景问题：地球上的主流媒体一直以个人的原子化为骄傲的传统，如果用这样的中央服务器将大家统合起来，不知道思想家们又会有怎样激烈的批评呢。

这些问题他不知道洛盈究竟是不清楚，还是有意忽略。若说她是不懂，那么她就是刚好找到了最简单的答案；如果她清楚，那就是不想和男孩们提这些问题。他看着她素净的眉目，思量着她的想法。他想也许是时候过去打招呼了。

刚好这时，孩子们开始晃晃悠悠地走向一旁的饮食区。

伊格跟上他们，在自选餐台旁走到洛盈身边。洛盈看了看他，微微点了一下头。

"早。"伊格主动打招呼。

"早。"

洛盈不像是想要谈话的样子，但也没有拒绝。她的招呼打得平淡，但自动走得慢了些，落在其他孩子后面，这就给了伊格开口的空间和机会。

"她们是你以前的朋友？"他指指前面的女孩。

"嗯。邻居。"

"火星人不搬家吧？"

"从来不搬。"

"那就是很多年的邻居了？"

"如果我没走，就是十八年。"

"那彼此很了解了？"

"如果我没走，是很了解。"

"现在呢？"

洛盈没有直接回答，而是指着那个红发女孩说："吉儿最大的梦想是做设计师，将来能设计一件最美的婚纱。"说完又指了指旁边一直没有说话的蓝衣服的女孩，"普兰达的愿望是写诗，写出像拜伦一样的好诗，刻成经典。"

"那你呢？"

"我想做一个植物学家，一个伟大的植物学家，发现花瓣和颜色的秘密。"

"真的?"

伊格不知为什么，轻轻笑了出来。或许是因为她脸上过于严肃的表情，或许是因为这个听起来很严肃的梦想。他想和她再多聊一些儿时的话题，不希望他的镜头仅仅是绯闻八卦。他希望自己的声音和语调就像是家常的谈话，而不是带有窥探目的的侦查。

洛盈好一会儿没有说话，从架子上取下一只苹果，拿在手里掂量。伊格也随手取下一杯巧克力奶油。他们慢慢踱到付款处，手滑过机器，付了钱，走到墙边的一只小圆桌旁站定，离其他孩子的距离不远不近。洛盈一直看着他们，见他们寻她，便抬手示意了一下。

"那么，你现在的伟大理想是什么?"伊格轻松地问。

"我没有伟大理想。"

"不想做一个伟大的舞蹈家吗?"

"不想。"

"为什么? 你们这儿有这么好的条件。"

"好吗?"

"不好吗? 你们有那么安定的生活，不用考虑销路，有空间，还有工作室。"

洛盈忽然沉默了。伊格本想等着她回答，但等了好一会儿都没有声音。他有点奇怪，看着她的脸色。她的样子有点低沉得过分，超出了迷惘和心不在焉的限度。起初他见她不想说话，以为只是神思飘离，但后来发现，她的沉默像是一种压抑，像是情绪糟糕到不行，却隐忍着没有作声。他不知道她是从哪个时刻开始变化的。刚才的她还不是这个样子。

"你怎么了?"他问，"我说错什么了吗?"

"你没错，"她面无表情地说，"是这一切都太好了。"

"这是什么意思?"

"没什么意思。"

"你觉得不好吗?"

她抬起头，眼睛亮亮地看着他，说："问题不是好不好，而是你不能认为不好。这……你能明白吗？"

伊格愣了一下，不知该怎么回答，她的眼睛里似乎克制着悲伤，而他完全看不清这种悲伤的来源。他思忖着答案，她的眼睛盈盈地在他脸上转了片刻，但没有等他回答，就说了声对不起，起身跑出去了，连其他孩子都没有来得及打招呼。他们很奇怪，在后面叫她，又转而看着伊格。伊格知道，她是不想让他们看见她的悲伤。他百思不得其解。

这一天的后来，伊格也开始心不在焉起来。他最后在展览会大厅转了一圈，重新拍一遍全景，就离开了。

展览会的会场与地球的风格大相径庭。展厅布置得毫不花哨，展品规规矩矩地摆放在陈列台上，旁边是标准的展板介绍，就像是博物馆，而不是展销会。地球筹备组带来了可拆卸的探险山洞和极速体验场，但发现展厅不够高，难以布置。他们不远万里带来了炫目的布景，能应对任何包围和宣传轰炸，但却无法应对没有包围和宣传轰炸。高耸的华丽展台摆放不开，只拼搭了一半，像是蜷缩着蹲在地上。光电地毯卷一半铺一半，看上去很委屈。宣传画一张铺满一整面墙，因为太大，近看上去像是怪脸。一切都是打了折扣的，因为这折扣，两边都无法讨好。

档案馆

当洛盈和纤妮娅肩并肩坐在瞭望塔上，头顶已是繁星闪烁，夜空璀璨得令人难以逼视，银河自左向右，划过整个天穹。瞭望塔看得到火星城大半个全景，灯火星星点点，就像地上的星空。她们坐在两片星海中间，铁架的楼梯在脚下一路延伸。她们在这里坐着，终于有了一种远离家园的幻象。

"我起初也想过最简单的可能性，就是爷爷确实觉得这次的学习机会很好，私自动用了权力，照顾我进入。"

"你觉得可能吗？"纤妮娅看着她，漂亮而上翘的眼角流露出一丝讽刺，"我要是总督，就把自己的孙女从团里换出去。"

纤妮娅学体操，她们是仅有的两个学习身体运动的女孩，洛盈的疼痛，纤妮娅都知道。

洛盈摇摇头："当时我想，组委会可能也不知道我们不好过，而是真的希望我们能学到些新东西吧。"

纤妮娅低声说："希望吧。"

纤妮娅永远不怕得出冷冷的结论。可是洛盈只是不愿意。她不是不能想到那些可能性，只是不愿意那么想。她也不知道为什么，就是不愿意。她知道这是自己的弱点，很多实际的事实被自己潜意识回避。她就是不想接受自己只是活体实验品的想法，这一点，她远远没有纤妮娅现实和坚强。

"回忆起这件事之后，我也不这么想了。不管组织者是不是知道地球的艰难，这也不是爷爷送我去地球的理由。我看到那段录像之后不到一个月，就被换了进去，这也太巧合了，不可能是真的巧合。"

"这点我完全同意。"

"所以现在最大的问题就是，如果爷爷是怕我了解到更多东西，那么他怕的是什么。"

"这应该不难猜，他就是不愿意让你知道，是他处死了你爸爸妈妈。"

"不是处死，只是罚他们去采矿。"

"也差不多了。火卫二那边的矿船不是经常出事吗？"

"其实我现在也不确定那段录像是不是就是对爸妈的处罚。我当时并没有听清，而且就算听了，当时可能也不懂。也许就是模模糊糊有爸爸妈妈的名字，而且是片段。"

"那他们也担心你了解到更多。"

"如果只是爷爷这样，我倒也不奇怪，但我难过的是，哥哥大概早就知道，只是和爷爷一起瞒着我。"

"说不准，你哥哥连你爸妈为什么被罚都知道。"

纤妮娅的话触到了洛盈的心。她今天约她出来，就是想让她帮自己想想，有什么样的过错会使得一个人被罚到卫星上采矿，从而导致死亡。她们俩刚才已经想了一会儿，都没有头绪。她们从小见到的处罚就很少，被罚在车间劳动，不允许提交作品已经是很大的处罚了。火星的生活宁静安详，罪过和冲突都鲜有发生。洛盈实在想不出爸爸妈妈会犯什么样的大错，他们一直是那样热爱生活，档案空间里也没有任何不良记录。他们从小就获得各种嘉奖，唯一的一次处罚，就是致命的处罚。他们只干了不到一年就出了事故。她不知道发生了什么。她想来想去，妈妈最大的过错似乎也就是不注册了。

她望着夜空，轻轻地问："你说，不注册，是一种罪过吗？"

纤妮娅自嘲地笑了一下，说："如果是的话，我宁愿也受罚。"

"你也没注册？"

"没有。"

"我也没有。"

"好像大家都没有。"

"真的？"洛盈愣了一下，"我还不知道呢。其他人也拖着呢？"

"都拖着呢。安卡不是还差点离队吗？"

"啊？什么时候？"

"你不知道吗？"纤妮娅有点惊讶，"从回来第一天就和他们上尉闹翻了。据说当时晚宴之后，他们有任务，包围地球使团旅店，在上空飞行示威，安卡拒绝了。士兵拒绝命令，长官还能不发火？结果后来几天都没有好过，有一次他差点就走人了。"

"这样啊……"洛盈喃喃地说。

从别人口中听到安卡的消息总是有一点奇怪的感觉。她其实对他的事情知道不多，常常是他人给她转述。听其他人说起的安卡和她自己记忆中的安卡感觉不一样。她总觉得他是那种看一切事情都很随便的人，可是在地球上，他就在一次吵架后脱离过队伍。她常听纤妮娅说起一些事情，纤妮娅似乎知道每个人的状况。

"说不准，不注册真是个大错呢。"纤妮娅忽然说。

"嗯？"

"其他的小过错，偷个东西、占个便宜什么的，只是一次性的，其他人都知道是错的，不会影响太大，简单处罚一下也就罢了。但是观念革命就不一样了。观念革命总是对现有生活方式的挑战，如果观念革命蔓延得广了，很有可能威胁秩序，所以说不准，拒绝工作室的统领就是个很大的错误呢。"

洛盈没说话，纤妮娅的话让她想到在地球上回归主义者朋友们说过的一些话。

"当然，"纤妮娅补充道，"我也只是瞎猜的。"

"我今天在想，"洛盈说，"我们这个世界的最大问题就在于你不能觉得不好。每一个人都必须选一个位置，必须按照现有的模式生活。我想想觉得非常可怕。如果真的像你所猜的，不注册就是大罪，那就说明人连脱离这个系统的自由都没有。这是多可怕的一个世界。"

纤妮娅没有回应，转而问她："你是回来以后才开始这么想吧？"

洛盈点点头。

"我也是。有时候我觉得这样很难受，好不容易回来了，却看什么都看不过去。"

洛盈想了想说："一个人要是能够只按一种方式生活，按直觉生活，其实是件挺幸福的事。"

纤妮娅笑了："我怎么记得这是咱俩四年前说过的话？"

洛盈也笑了："我就是背那时的话呢。现在早不说这种煽情的话了。"

她们现在已经很少说这样总结人生的话了。见到的困扰太多了，就不能用总结来形容了。那时候她们是说地球人，说得轻松感慨，远远不像今晚这样抑郁。

纤妮娅忽然侧过头看着她问："你现在最想做什么？"

洛盈脱口而出说："出去。"

纤妮娅笑了起来，细长的眼睛眯着，点点头说："果然一样。"

洛盈抬起头，摸摸头顶坚硬冰凉的玻璃穹顶，说："可惜再也出不去了。"

四座瞭望塔是城里最高的建筑，像四座守护神像，静静矗立在城市的四个方向。她们喜欢这里，因为这里能碰到火星最高的穹顶，能直接望到外面，能触到生活里触不到的城市的边缘。夜空繁星明亮耀眼，没有大气层的遮挡，星海灿烂而恒常。

"所以才想出去啊。"纤妮娅说，"你有没有在地球上跟人争论过，说火星的治安有多好，道德水平有多高？我反正说过。可我昨天才想明白，我们这里为什么治安这么好，根本不是火星人天生都高尚，只是因为谁都出不去。所以你无处可逃。他们早晚会抓住你，所以你不能犯错。"她忽然有点悲伤地看着洛盈，"你无处可逃，所以你只能这样生活。"

洛盈没有回答。纤妮娅的栗色长发一如既往地凌乱而随意地散开。

她们已经很久没有讨论过生活方式的问题了。刚到地球的时候，她们曾经很热衷讨论，看到每一处新鲜的职业和场景，就长长久久地品评一番，在其中找到一些道理，并宣称自己要过怎样的生活。然而从倒数第二年开始她们就很少说了，生活能让她们决定的实在很少，所谓各种生活方式，能被人自己决定的实际上都很少。

但不管怎么说，她们是见到过那些不同的生活方式的。

火星的生活方式沿袭了悠久的传统主义。每个孩子都会经历类似的过程：六岁去课堂，九岁参加公益劳动，十二岁开始考虑未来方向，十三岁拿着自选课手册兴奋不已。他们可以在少年时期到各个工作室选修，修满学分之后，选择喜欢的方向开始实习、做论文、做工作助手，然后每个人都会挑选一个工作室进入。他们也会去商店、车间、矿场做工，但那是各自工作室实习的一部分，完全义务劳动，积累经验为主。谁也不会做无关的事情，谁也不会脱离。每个人都会有一个永久工作室，一个号码，一个存放工作的档案空间，一条一辈子线性的路。

然而在地球上，与洛盈迁徙相关的，是她看到的做各种事情的人们。她每到一个地方，就被一群新的同伴裹挟，他们从来不和任何地方签长期合约，只是偶尔做餐馆侍者，偶尔写文章，偶尔运送一两票货物，偶尔四处奔波赚点小钱，偶尔替政府做义工，偶尔做些非法的买卖，偶尔把自己的智慧所得卖到网络上。做一件事，得一天钱。他们在各个城市间辗转，坐在航空港吃快餐，在旅店的大厅聚会，用刚刚拿到的钱买烟，跟着刚认识的人去做生意。他们的职业像眼神一样暧昧，刚刚擦出火花，就迅速转移方向。

那是一种叫作不确定的迷人生活，和他们从小习惯的柏拉图式的创造花园强烈地对抗在一起，像两股激流，凛冽地席卷她的生活，在她心里碰撞，暴风骤雨。

于是，他们在地球经历的是两种相反的适应过程：生活手段上适应更原始的不方便，生活方式上适应复杂。火星的城市运行远比地球发达，然而火星的生活方式远比地球古老。

在洛盈看来，火星的人们有着日神似的清醒，而地球上的很多人都有着酒神似的狂欢。火星人从十岁起就了解了亚里士多德的逻辑、汉谟拉比法典、雅各宾派和大革命的复辟以及人类历史艺术性的展开。人们坐在自己的书桌前，站在共同的咖啡长桌前沉稳地讨论哲学，讨论宇宙意志在精神历史上的体现，讨论文明的更迭以及自觉意识对人类历史的推动作用。他们最崇敬伟大的智慧及艺术与发明。每个火星人最常问自己的问题就是，为什么要这样做，这样的所作所为在文明进程中有什么样的价值。

而地球人不是这样。

洛盈在地球上学会的第一件事就是狂欢，她跟着舞团的女孩子们和她们的朋友们喝酒，吸一种介于毒品与烟叶之间的迷幻的药物，在飘飘欲仙的幻觉中感受神光的照耀。她听着他们说笑话，大声唱歌集体摇摆，相互之间不问来由不问去路，只是共同享受身体释放，他们互相亲热地拥抱，凭兴趣和感觉做事情，做完就忘记，将一个人的身体的美阐发到极致，说自己就是宇宙，幸福的一刻就是宇宙的永恒。她很快学会了这一切，跟着他们大笑，四处胡闹，从来没有问过他们为什么这样做，这些事情在人类历史上有什么作用，她知道在那样的激情沉醉中，这种问题是不合时宜且没有意义的。

火星有酒，但很少有醉。几乎所有水星团的孩子都遭遇到这样生活的震撼。他们无法回避地遇到这样的问题：生命的存在是为了伟大的历史与杰作，还是生活本身就是全部的意义？于是他们迟疑了，在人群中沉默，在狂欢时醒着，在学习时醉，在几乎一瞬间什么都不信了。

洛盈无论如何都想知道自己被送去地球的真正原因。她不希望被人安排。以前可以顺理成章接受的所有安排，现在已经不能够了。她要知道这一切是否合理。

奥林匹斯山的诸神，她默默地想，你们可曾知道有那么一群孩子会为了你们的清醒与狂欢困惑寻找，摇摆挣扎？

去拉克伯伯的办公室之前，洛盈坐在隧道车上想了很久。她故意选错目地，选错了两次，绕了一大圈才回来。如果不是这样，差不多五分钟就能到，因为隧道车总是自动优化，按照目的地选择最优线路，让人连犹豫和考虑的时间都没有。

她犹豫了好一阵，犹豫到底要不要继续查找下去。

她觉得自己正在小心翼翼地走向边缘，走向平时生活里遇不到、只在这转换的错差之间才感受得出的问题。她现在仍然是一个不存在的人。她没有注册，没有账号，没有系统身份。她是一个站在这个系统之外的心存挑战的人。"不注册。"她轻声念出这个简短而决绝的句子。这是一个了不起的罪名吗，这是挑战了这个世界的存在秩序吗，这是值得爷爷将爸爸妈妈流放远方而害怕自己知道的理由吗，为什么系统会如此在意一个九位数的号码呢？

她在地球上听过一些故事，一些被称作机器大时代的故事，人们讲述的时候充满恐慌，说在那个世界里，机器系统笼罩了所有人，囚禁了所有人，把人们只当成其中任意使用和消灭的零件，人的自由权利与尊严统统被压制得不存在了。他们说火星就是最好的例子。她很害怕，不为人知地颤抖。她害怕他们的恶言恶语。他们从来没有到过火星，可是他们说得头头是道，好像比她还了解。后来听多了，她习惯了，不再害怕恶意，但却开始恐慌他们说出的是真相。她问自己，如果周围世界真是由邪恶的统治组成，她又该如何呢？

洛盈想问的东西很多，但大部分她不敢直接去问。地球上很多人都对她说，爷爷是独裁者。他们说得言之凿凿，声情并茂。可是这些话她不敢问，也不想问。她身上流着爷爷的血，疑惑无法化作直面质询。

在她童年的记忆里，爷爷就是火星的守护者。她心底并不相信爷爷是独裁者，只是回来的若干细节让她疑惑丛生。爷爷是军人出身，是战争年代最后一批飞行战士，是战争的幸存者、胜利者、承担者。他战后转为工程飞行员，驾驶采矿船，往返于火卫星和火星之间，去木星勘探，去小行星采水，去火卫星建立基地，先是参与科研与飞船试飞，然后领导整个舰队和飞行系统的技术开发，独行大半生，中年以后才进入议事院，从议员做到长老，六十岁成为总督。洛盈小时候见过爷爷每天俯首书桌，彻夜读书，或者彻夜长谈。有时即使他们全家到爷爷家做客，他还是会被其他显赫的大人从餐桌上叫走，一去就再不回来。他个人空间的容量相当于一整个学校的内存。洛盈不觉得他是独裁者，如果是，那这独裁者也未免太操劳了。可是另一方面，又有各种各样的事件在她心里冲突，让她不能够确定。比如她的远走，比如爸妈的死亡，比如数据库的运行方式。

她想弄清楚这些事，这是她内心无法回避的疑问与推促。

隧道车像一滴水珠一样在光滑的管道里滑行，气体在车厢外包裹，连杂音都没有。洛盈小时候并不知道家园是这样安静的一个地方。没有高速运转的电梯，没有人声鼎沸，没有汽车，也没有飞机。只有精致小巧的房屋、玻璃大厅、花园和小径，只有自动售货的小商店、咖啡馆，无人售票电影院，水珠一样流过管道的透明的隧道车。只有学习、工作、沉思、交谈的人们。没有呐喊，没有半醉半醒时赤裸的狂欢。没有噪声，只有安静。

洛盈绕城市坐了整整大半圈，从光驶入暗，又从暗驶入光，看明暗交织的光线让车厢模糊了边缘，最终，她还是下了决心，按下孟德斯鸠档案馆——拉克伯伯的工作地。

她需要知道答案。她虽然不愿面对显得荒谬的现实，但更害怕永远未知，永远没有结果。对生活的怀疑是所有恐慌中最最逼人的一种。她不能在悬置中让生活若无其事。

拉克伯伯掌管整个火星档案中心。他比谁都熟悉那些身份的数字。它们是一个个蜂巢，组成密密麻麻的人的阵列。拉克伯伯坐在它们中间，像是与它们已融为一体。面前是一张古老的书桌，桌面隐隐有裂痕，但擦拭得光洁，物品摆放得一丝不苟。

"坐吧。"

拉克指了指书桌前的椅子。洛盈轻轻坐下，背不自觉地挺直。

"我看了你的信。我明白你的意思。"拉克说。

洛盈没有说话，心里忐忑地等着。阳光刚好照在她的眼角，她看不清前方。

"你真的想查吗？"

洛盈点点头。

"可以。"拉克说，"不过，日常生活中有很多事情，不一定要样样追溯。"

"知道和不知道是不一样的。"

"没有什么不一样。"

"不一样的。"

"多了就没什么不一样了。"

洛盈看着拉克伯伯。他瘦长的十根手指交叉，双肘支在书桌上，也相当严肃地看着她。他说话时不动声色，但表情非常凝重。他的背脊很直，头像顶着水罐一样端端正正，但不知为什么，她觉得他的姿势像是在祈祷。双手交叉，支在桌上。他的眼睛里有一种苦涩，隐秘却清楚，透过圆片眼镜，透过双手，透过他们之间隔离的书桌上方的空气，到达她面前。她觉得他是希望她能看见的。拉克伯伯从来不是一个轻易流露情绪的人，不像胡安伯伯，他从来不大声愤怒，也不大声欢笑。他的面容永远是根雕一样的古老、缺少变化。如果他流露出一丝无奈的苦涩，那么定然是希望她能看出他的意思。他的脸瘦长，颧骨分明，头顶的头发已经稀疏，灰白的颜色带出思考过度的焦灼。他没有起身，仍然在等她最后的回答。

"我还是想查。"

"好吧。"拉克点点头。

他站起身，在墙上轻抹，屏幕保护的壁纸消失，一整面墙的四方形金属小格显露出来。不是真的金属，却惟妙惟肖。咖啡色小门，金色镶边，每一个拉环下方有一张白色小卡片，让人有伸手就能拉开的错觉。整整一面墙，从屋顶到地面，密密麻麻，洛盈坐在对面看着，有一种眩晕的感觉。拉克熟练地察看卡片上的标注，沿墙走了一会儿，对一个小格轻轻点击，输入了几个口令参数，墙后立刻响起微微的运转轰鸣的声音。

很快，一张电子纸从墙一侧的缝隙里掉落出来。

拉克拿起纸，递给洛盈。洛盈像捧着一碗水，小心翼翼地接过，目不转睛地看着。纸上是当年的试卷和成绩。透明的玻璃纤维上，字体清晰得令人难受，像细细的小刀，随着向上的滚动翻页划破空气。

她看了很久，最终抬起头。纸上的结果她之前已然心里有数，此时只是正式确定。

"拉克伯伯，为什么会换上我？"

拉克微微摇了摇头："我可以给你提供事实，但不能提供原因。"

"我想知道那个孩子是谁。"

"哪个孩子？"

"就是那个原本应该去地球的孩子。那个和我交换命运的孩子。他是谁？"

拉克犹豫了一下，说："我不知道。"

"不可能，您肯定知道。您是当时的主考官，您怎么可能不知道？"

洛盈有点激动，脱口而出，说完又觉得自己显得太不礼貌。她不喜欢这样的自己。总是在疑问中迷失。她把头转开，让自己默默平静了一下。

拉克伯伯眼神中的怜悯之色越来越浓，甚至有一丝悲伤。

"即使我知道，"他说，"我也不能告诉你。你可以查自己的档案，这是你的权利。但你不能查别人的，我没有这个权利。"

洛盈低下头，看着自己的双手。办公室的座椅是老式扶手椅的造型，后背很高，两侧的扶手也很高，线条起伏像张开的手，人在里面坐得很深，仿佛被怀抱。以洛盈此时的心情，她需要这样的怀抱。当悬着的石头落下来，落进大海，就激起海底深处的海啸。

"拉克伯伯，"她抬头问，"所有其他人的档案都不能查吗？"

"不能。"

"连家人的都不能？"

"不能。"

"我们不是号称每个人的档案空间都透明公开吗？"

"是，但有两个前提：自愿，或者法律规定。你自愿发表的资料和作品都可以公开，你希望获得通过的政策提案必须公开，你作为工作和管理者的财务收支必须公开，但除此之外，你有保留隐私的权利。每个人都有，档案馆也有。总有很多档案不会公开，最终成为历史记忆，这在任何一个时代都是一样的。"

"那我连爸爸妈妈的档案也不能查吗？"

"如果是他们没有公开发表的，那么是的。"

"我曾经尝试查我妈妈的档案，可是所有公开的档案都停止在她去世前的最后两年，她从工作室退出的时候。我完全不知道她后来发生了什么，就好像那两年不存在一样。"

拉克目光悲悯，但声音冷静："对此我也很遗憾。"

"怎么会这样？"

"公开的部分一般是她工作事务的自动记录，她退出了工作室，没有记录很正常。"

"也就是说，一个退出工作室的人，在系统看来和死去是一样的是吗？"

"可以这么说。"

洛盈沉默了。窗外的光线斜射进来，冷静地切割整个墙面，阴影中的小格仿佛无限深海。她知道拉克伯伯是准确的，他说的每一句话都是准确的。准确得令她绝望。

"这就是注册的意义吗？"

"不完全是。"

"那注册的意义是什么呢？"

"是分配物资。公平、公开、透明地分配物资。保证每个人应得的钱输入他的账号，不多不少，不错漏也不隐瞒。"

"可是我们的钱不是按照年龄分配的吗？与注册和工作室有什么关系呢？"

"那是生活费。只占系统资本极小的一部分。那一部分确实与注册无关，只按年龄输入。但等你长大了就知道，在一个成年人正常支配的所有资本中，生活费用只是次要的一部分。他的绝大部分经济活动是研究经费、创作成本、制作费用、购买和售卖的付出和所得。所有这些资本流动都在工作室的框架之内流动，工作室只是使用，最后还回归总体。只有这样才能做账目统计。没有注册的账号，系统不允许金钱输入。"

"自己一个人搞研究不可以吗？"

"可以。但是你只能使用你的生活费，不能申请公共资助。一旦开了系统总收入向私人输入的缺口，那么违规操作和聚敛财富就会像无法遏止的河水，决堤而出。"

"但是，如果不要这些钱，那么不注册就不是什么大罪吧？"

"对。"

"不会被流放？"

"不会。"

"那么我的爸爸妈妈怎么会死呢？"

洛盈终于鼓起勇气问出这个问题。她轻轻咬着嘴唇，心怦怦跳，嘴唇因紧张而略微发干。拉克并未像她以为的那样会对此惊异。他仍然静静地坐着，身体端正，面容声音都没有变化，仍然平静低回，像是早对这个问题有所准备。

"他们死于一场不幸的飞船事故。对此我也很难过。"

"我知道。但我不是问这个，我是问处罚他们的原因是什么。"

"我说过，我只能回答事实，不能回答原因。"

"可总要有个罪名吧？"

"罪名是威胁国度安全。"

"什么安全？怎么威胁？"

"那些并不在罪名的名称之内，我无法说明。"

拉克仍然严肃静默地坐着，只是声音越来越低。洛盈和他对峙着，仿佛有一条看不见的绳子横亘在中央，两人都在拉，但谁也不能挪动一分。她忽然觉得有点委屈，喉头微微发堵，可是终究忍住了，没有哭。拉克默默地递过一杯茶，她摇了摇头，没有伸手。

她有点伤感地看着拉克："拉克伯伯，您能不能告诉我一件事？"

"什么事？"

"爷爷是独裁者吗？"

拉克没有直接回答。他看着她，像是在思量她提问的理由。但他并没有问。

他只是沉默了一会儿，然后如教科书一样地冷静回答，声音在黯淡的阳光里有一种古董般的不真实："这个问题要从定义上讲。从《理想国》开始，独裁者的定义就没有发生太大变化。一个人如果可以任意地立法、执法，不受约束和监督地决定国家政务，那么可认为这是一个独裁者。"他顿了顿，"让我们来看你的爷爷：你爷爷不能随意决定法律，法律由审视系统的长老拟定；他不能随意做出决策，各系统有自制权，内部决策由系统自主，而跨系统的总体决策需要议事院全体协商，星球决策有全民公投；他也不能不受监督，我们有数据库的记录，他的一言一行、每一笔金钱开销都清晰可见。这样，你觉得他是独裁者吗？"

"那为什么我不能查爷爷的档案呢？我也监督不可以吗？"

"那不一样。"拉克缓缓地说，"所有人都有私人的部分，属于记忆的部分。那一部分是海下的礁石，而我们有权监督的不过是海面的航船。职务以外的资料，没有人有权利刺探。"

洛盈咬了咬嘴唇，拉克的话就像他背后的方格海洋一样，她看不见底。

"这些档案库里到底都记了些什么？"

"记忆。时间的记忆。"

"为什么地球人没有这样的档案库？"

"地球人也有，你看不见罢了。"拉克越来越耐心，声音也越来越低缓，"你到过地球，就应该发现了，我们的档案给我们减少很多麻烦。当一个人从一个工作室转移到另一个工作室，他不用准备任何身份证明材料，也不用转移居留证和银行账户，什么文件都不用，只要工作室点击确定，一切都在自动传输。你不觉得这很方便吗? 这也保证我们能建立一个人真正的信用记录。"

"是，没错。"拉克伯伯是对的，她明白。她在地球上曾经抱着厚厚的公证文件从一个办公室到另一个办公室，用那些文件说明自己，介绍自己，转移自己，证明自己就是自己，接受每张办公桌的盘问，回答流水账似的问题，被质疑包围，被表格淹没。还有经历过的一次又一次的骗局，目睹各种伪装。他是对的，完全对。可是这不是自己想问的。

"我想问的是，我们为什么要每人有一个号码，一个静止的空间，一个工作室的身份? 我们为什么不能流动，随心所欲，随时随地忘记过去，改变自己? 我们为什么不能自由自在?"

"你可以自由自在，也可以改变自己，没有问题。"拉克伯伯的声音低缓得仿佛有一点神秘，"但是你不能忘记过去。"

落日的阳光几乎已经和地面平行，大片的阴影让房顶显得越来越高。拉克的身影依然瘦长而直立，灰色的西装坎肩，白色衬衫，没有装饰，袖口和领口的金黄色扣子扣得整齐。他透过黑框眼镜悲悯地看着洛盈，似乎想告诉她很多东西，但是什么都没有说。他的双手已经在书桌上平放，瘦长的手指就像古老的鹅毛笔，静静平摊。洛盈第一次注意到四周的柱子，古希腊神殿的石柱一般，青白色竖直的线条，庄严神圣，隐去了其中飞速运转的电路控制。书桌也是木头的颜色，看不出是玻璃，桌上的笔筒有隐隐约约的人工花纹。房间充满历史感，就像拉克伯伯本人一样。

咖啡馆

火星的咖啡是一种代替品。合成咖啡因，很香，不太苦。有各种浓度和添加物可供选择，提神醒脑也是一个选项。咖啡馆很宽敞，没有侍应生，自助咖啡机嵌在墙里，厨房里有厨师烘烤茶点。咖啡馆是专门的聊天场所。旅店和一般人家都有咖啡机，和咖啡馆没有太大分别，来咖啡馆的人通常都是会友或商谈。因此咖啡馆的声音环境做了特殊处理，悬挂吸声材料，用植物做隔断，桌椅也摆得疏远，给每一桌足够私密的谈话空间。

咖啡馆在街角的黄金位置，从落地窗望出去，左侧的服装店、右侧的油画店和正前方灌木簇拥的露天剧场都看得清楚。街上有各种塑像，这条街是厨艺学大道，塑像是历代杰出的美食厨师。火星上几乎每一条街道都由杰出人物命名，科学家、工程师、画家、美食家以及服装设计师。所有的街道上都有塑像，有些是高大严肃的站立的塑像，也有些是诙谐幽默的动作的瞬间。这条街上的美食家的塑像格外生动，几乎每一个美食家都摆出不一样的造型，或站或坐，人的雕塑被食物雕塑包围，留下永久的味觉的瞬间。

一些孩子跑跑跳跳，从咖啡馆外经过，坐在伞形的树下吃水果。道路中间的圆形空场上，有四个少年在演奏弦乐四重奏。几个女孩子正在打开路边的玻璃盒子，将自己做的娃娃放进去展出。这些都是工作室课程的一部分。落地窗前人来人往掠过，步履匆匆像一阵模糊的风。

珍妮特约伊格在这间咖啡馆见面，因为这里离影像馆很近，是她和阿瑟第一次约会的地方。她的咖啡没有动，眼睛看着不存在的远方，静静地聆听。

"……差不多这就是大概了。"

伊格把他能想到的都说了。

"他……没再拍片？"

"没有。"

"也没接受过采访？"

"也没有。老师一直是个谜，对谁都没解释。"

"跟你也没说过？"

"偶尔说过一两句，但我那时还小，通常不大懂。"

珍妮特叹了口气："阿瑟这个人是这样，像牛一样。自己想做的事就一门心思做，不管别人怎么看。"她说着看看自己的双手，手指交缠，声音低下来，"那么他至少和家里人解释了吧？"

　　"家里人？你是指……"

　　"他的妻子和孩子。"

　　"没有。他和妻子早就离婚了，一直没在一起。后来的十年，老师都是一个人过。"

　　珍妮特抬起眼睛："十年？……阿瑟什么时候离婚的？"

　　"很早。我也说不太清楚。大概在老师三十二三岁的时候吧。"

　　"你说他来火星之前已经离婚了？"

　　"是啊，那是肯定的。你不知道？"

　　珍妮特用手捂住张开的嘴，好一会儿才说："不，我不知道。"

　　伊格很诧异。怎么可能八年不知道。他小心地问："老师他没说过？"

　　珍妮特摇摇头，有些心不在焉，像是一下子陷入了回忆，望着地面，眼睛困惑而无焦点，肘支在桌上，十指紧紧交叉，两次想要说什么但都只张了张嘴。

　　伊格安静地等着，没有打扰。

　　过了好一会儿，珍妮特深深吸了一口气说："阿瑟没说过。不过不是他的问题，是我的问题。"她顿了顿，"是我一直不想知道，或者说不敢知道。阿瑟刚来的那年，我们还没好，我看到他随身的一张照片，是他和一个女人、一个小男孩，我问他那是不是他的妻子和儿子，他说是。我问他离家这么久不怕家人着急吗，他说他们现在并不好。我没有问什么叫不好，只以为是感情不好，我笑着说不好也该回家啊，他说嗯，会回去的。后来……后来他没有走，我们好了起来，我就再也不敢提起这件事了，我怕一提起来他就该走了。每次他对我说，珍妮特，有件事我得说，我就问他，你要走了吗，他说不，我不走，我说那就什么都别说了。后来他也就不说了。阿瑟本来就是石头，别人问的事都不一定说，我不问，他就更不说了。他沉浸在他的剧本里，我就在旁边看着他。就这样一年一年过下去，我一直不让自己想太多。我的心其实一直都悬着，怕他哪天说走就走了。越是这样，我越不敢挑明。我一直有直觉，他不会永远留在火星的。我只是想一天天推迟这个日子，推到不能推为止。所以当阿瑟最终说要走的时候，我甚至都没有奇怪。我很难过，可是不奇怪，我觉得那是必然要来的一天，只是早晚问题。"

"你以为……"伊格斟酌着表达，"老师是回去和妻子团聚了？"

"是。我是这么以为的。"

"老师没有。他和妻子是彻底分开了。"

"我也……我也这么想过。"珍妮特的眼睛又有一点红了，"我一直希望他还能回来。他说过他去处理一些事情。我以为他是去处理……处理这件事了。"

珍妮特抬起头，对着斜上方眨了眨眼睛，没有让眼泪流出来。她将头发向后捋，深呼吸，勉强向伊格笑了一下，情绪渐渐平复下来。她已经到了中年，不想让自己再显得脆弱，尤其是在一个年轻的后辈面前。她今天本已做好充分的心理准备，从一开始就很低沉，保持冷静，没有高扬的上升，也就没有起落的痛苦。伊格心怀尊敬地看着她。她的脸色不算好，有点憔悴，皮肤显得暗淡，眼睛下面的眼袋突出。可以想见这几天的状态，悲多喜少。但她保持着坚强。她的头发还是整齐地梳过了，身上的条纹棉布衬衫虽然简单，却有着熨烫过的妥帖纹路。伊格知道，很多年一个人生活，会得到一种习惯性的独立，无论在多么混乱的思绪状态中，都能够凭惯性照顾好自己。珍妮特没有结婚。她给老师留着空，一直留着，直到这空永远无法补上。

"其实，老师是想回来的。"伊格缓缓地说。

他这么说不是为了安慰。他确实希望给珍妮特一些安慰，但不会故意说安慰的话。他说的是真话，他了解老师的最后时光，老师一直到死都怀念火星。越不说，越怀念。

"只是他的病一直没治好。他差不多这十年都在治病，但最后还是扩散了。"他不知道这些情况能不能让她的悲伤减少一点，"我猜想，这病才是老师回到地球的理由。他到地球不久就开始治疗了。激光，纳米手术，化疗。也许他是在火星就发现了，但不想让你担心，就没有说，想回到地球治好了再回来。毕竟地球的医学在有些方面还是有优势的。可惜最后没能治好。"

"这不会的，"珍妮特摇摇头，"他临走时体检很正常。"

这点伊格没料到。"真的吗？"

"是真的。如果有大的病症，是不能上飞船的，宇宙辐射很危险，对正常人都有伤害，对病人更不行。如果他查出肿瘤，我们就不会让他走了。他走的时候是通过了检查的，是健康的。"

"是吗？……"伊格皱皱眉，"那也许正是路上的辐射致癌了。这就无法考究了。"

他沉默了。他本以为这就是老师离开的理由了，但她的话去除了这种可能。他还是什么都不知道。他本以为珍妮特能告诉他答案，却没想到她还需要他来讲述实情。他和珍妮特各自抱有一种合理的猜测，但他们各自将对方否决了。这成了真正悬置的问题，线索断了，他不确定还能否连上。

他沉默了好一会儿，被空气里的沉郁笼罩，不想说话。穹顶像一把伞，将他罩在散射的阳光里，光如雨丝。中央的餐台旋转着，自动钢琴弹奏着增加忧伤的曲调，琴键自己跳动，就像有一个看不见的弹奏者。盆栽的叶子恍惚了伊格的视线，有一两个片刻，他好像真的看见一个穿燕尾服的身影，坐在钢琴前，背对着他，若隐若现。

过了好一会儿，他忽然清醒起来，想起此行最重要的事还没有说，连忙凛身坐直，正色道："差点忘了，老师有东西给你。"

他从包里取出老师的遗物，一把女人用的梳子，一只有他头像和名字闪烁的小徽章，还有他一直随身带着的电子记事簿，在棕色光滑的圆桌上摆成一排。

"嗯，这是我的。"珍妮特点点头，依次抚过那些小物体，"这是……他的通行证，我给他办的。这是他的日记，他从地球来就带着。"

"我见过你的照片，"伊格说，"在老师的记事簿里。……嗯。他没有再带妻子的照片。他带着的是你的。"

珍妮特低头凝视，用手指轻轻触摸那些物件，触得很轻，温柔摩挲。

"还有……"伊格说得越发缓慢，斟词酌句，"老师临死时将头脑电波转换为数字信号，输入了芯片。也就是说，老师将记忆储存了。他让我带到火星来，留在这里。我想应该将它给你。老师什么都没说，但我猜这恐怕是他真正希望的埋葬方式。"

他掏出那个一直带在身上的微小圆片，托在掌心，郑重地拿给珍妮特。

珍妮特的嘴唇颤抖了。她伸出手，手指也在颤抖。她的手碰到伊格的手掌，又缩回来，仿佛他托的是一团火，让她无法靠近。她望着那芯片，浮肿的双眼又充盈了泪水。

"阿瑟他……什么都没说？"

"没有。所以我不知道该做什么。"

"他是不是死得很痛苦？"

伊格不知道怎么回答。他想了想，说："不能算痛苦，只是虚弱得太久了，说不出话。老师在最后清醒时曾经写了一个字母 B，我想那是你的名字。"

"B？"珍妮特抬起头看着他，嘴唇突然冷静了，"不，那不是指我。他从不称呼我的姓。他若写我的名字，即便是缩写，也只写一个 J。"她一边摇头，一边确定地说着。她没有显出不高兴，而是像忽然弄明白了一件事，声音平稳起来："我知道你应该把这芯片拿到哪里了。是的，这是阿瑟的风格。"

伊格凝神听着。

"我先跟你说一件事吧。"珍妮特说，"他走的时候带走了一样东西。一般人都不知道。他走之前曾经去过信息系统的光电工作室，那是数据库的硬件核心维护中心。我们的数据库原理是单原子控制，用单个原子带电的跃动当作 0 和 1，存储信息，能存储相当海量的信息。阿瑟从他们那里得到了基本方案，带回了地球。"

珍妮特说着，说得简洁又清楚。那一刻，伊格像被一道电流击中了。他突然明白了整个事情，所有难解之处都连贯起来了。他得到了让拼图完整的那块眼睛。是的，这才是理由。这才是老师离开的真正理由。他不是像珍妮特想的那样，回去的时候顺便带上一项技术，而是为了这项技术才回去的。老师留下来是因为这个宽广的空间，离去也是为了它。他希望将它带回地球，将数据库的存储方式带回去，给地球造一个山洞，一个静态的山洞，一个能贮藏所有奇思妙想的山洞。他认为地球缺少足够的存储技术，无法做到如此海纳的容量，因此怀着执拗的劲头，多次恳求，向火星研究室要来了电路方案，满怀希望地踏上了回程的飞船。他对珍妮特说，他去处理一些事情，希望处理完了就能回来，他说的就是这件事。他在地球上不声张，不解释，不接受采访，想来就是因为携带了如此珍贵的火星技术，不能让地球人随便知道。也许他是做过承诺的，也许那承诺正是他得到方案的前提。只是他没想到自己得了癌症，一去就再也没能回来。

这样就都解释得通了，剩下的唯一疑惑就是老师在地球上到底做了什么。

伊格几乎是在闪念之间想到了泰恩。他几乎可以完全确定，老师一回去就找到了泰恩。他和泰恩是老相识，和泰勒斯集团渊源颇深。他希望那技术能由泰勒斯集团承接，因为世界上再找不出第二个机构有如此的覆盖面，有如此的实力和影响。二十二世纪后半叶，当网络超市全面超越实体超市时，泰勒斯便占据了世界企业头名位置。老师想推行技术，一定会找泰恩。除了泰恩，还有谁有这样的能力呢？

大剧院

洛盈等着哥哥的时候，心里有潜伏的海浪。无论如何，她也想听哥哥说说爸爸妈妈。

哥哥每天早出晚归，在家里几乎不见身影。她到他的工作室找他。他不在办公室，同屋的人说他去了加工车间。她于是来到车间，在休息室默默地望着。

操作车间她进不去，车间和休息室由坚硬的钢化玻璃隔离。巨大的车间宏阔清洁，墙壁透明露出里面的电路，门厚重紧锁，隔离墙由绿色线条分割成一扇扇小窗。窗里的哥哥正戴着防护帽和眼镜，亲自操作流水线的运行。他身旁有两个助手，比他年纪大一些，却听着他的指挥，在一旁协助，负责细节和质量察看。路迪动作娴熟，指挥若定，一个人站在整整一排高昂的机器前，像驯服一条巨龙，指挥它用灵巧强大的手脚替自己完成头脑中的蓝图。巨龙蓝白相间，一节一节很狭长，切割金属、吞吐纤维，一端是三座水缸似的原料口，另一端是轻盈吐出的气泡似的金色长椅。

那长椅洛盈很熟悉，回家的第一天就是它迎接她的到来。

回家几天，洛盈知道得最清楚的事情就是哥哥的生涯规划：实验研究员、工程团队领导者、议事院议员、系统长老。这是火星上获得显赫地位的最顺畅的路。哥哥正在开始他的生涯。他从小成绩出众，嘴角常带着骄傲的笑。到目前为止一切顺利。一切都刚刚开始。

电磁第五研究所是阳光系统下属工作室，火星的大部分日常能源来自太阳的电磁辐射，因而电磁研究一般都纳入阳光系统之下。屋顶的电路板、城市边缘围绕的天线、每栋房子的粒子磁屏蔽电路都是阳光系统的研究所得。火星将墙壁和屋顶开发为通透的，玻璃壁内部总有看得见看不见的电路，改变这些电路，可以产生局部强磁场，路迪就是借助这一项加紧开展自己的项目研究。

洛盈一个人喝了两杯果汁，在忧伤的彩色液体中回忆小时候的事。

她想起他们曾经说过的一生的梦想，她想的是在有阳光的窗子里和心爱的人并肩读书，而哥哥想的是带着喜欢的女孩去宇宙中远航。她不想走而哥哥想走。但是到最后她去了宇宙，而他扎扎实实地在家园生根成长。她再也没有和他提过儿时的梦。

杯子净了，哥哥终于出来了。

他看见她，有点讶异，摘下防护帽，揉了揉乱蓬蓬的金发，点点头，来到她身边坐下，显得情绪不高，有点低沉，眼睛红红的，看上去很疲倦。他从墙里接了一杯咖啡，拿了两块饼干，喝咖啡喝得过快，呛到了，咳嗽得很急。洛盈等他停下来，平静了，才轻轻开口。

"哥，你还好吗？"

"还行。照常。"

"我看你今天显得有点累。"

"没事。"路迪摇摇头，"你呢？训练怎么样？"

"一般吧。"

两个人沉默了一下。路迪等着洛盈开口。她犹豫了一下，看了看身旁忙碌运转的车间，拿起哥哥的杯子，起身又去给他接了一杯咖啡，轻轻地调好糖，放到他面前。

"哥，我去见过拉克伯伯了。"

"嗯？"路迪有点诧异。

"他证实了我的问题。"

他明白了，低头喝咖啡，鼻音浓重："嗯。"

"你当时就知道对不对？"

他没有说话。

"你也知道爸妈的死因对不对？"

他还是没有说话。

"告诉我好不好？"

"真的是一场意外，"路迪没有表情地说，"事故飞船的技术负责人后来也被处罚了。"

洛盈被哥哥疏远的距离感刺伤了，心里有点难受，换了一种方式，直白地看着他，问："哥，爷爷是独裁者吗？"

路迪皱起了眉头："为什么这么问？"

"因为别人都这么说。"

"谁说了？"

"很多人。"

"地球人？"

"嗯。"

"地球人的话你也信？很多话都是偏见。"

"也有些不是。"

"不是偏见，就是无知。这你知道。"

"我不知道。"

"你应该知道。"

洛盈看着哥哥，他的眉头微微皱起，表情很严肃，眼睛直率地看着她。

"我也以为我知道。"她低头小声说，"可是爷爷下令禁止了火星的抗议革命，对吗？"

这是她在跟随回归主义者抗议示威的时候，他们告诉她的。他们是怎样知道的她不知道。地球人似乎知道很多火星的事，她都不知道。就像火星也知道很多地球的事，地球人也不知道。他们曾经一起坐在帐篷里，围着篝火，互相给对方讲述有关对方的新闻。到后来，传闻和真相混合在一起，谁也不再知道到底什么是真的。

"那些本来就应该禁止，"路迪很慢却很坚决地说，"火星不像地球，那些事情太危险了。"

"是吗？"洛盈也慢慢地说，"可爸爸妈妈就是因此而死的，不是吗？"

"你别瞎猜。"

"可还能是什么别的理由呢？不注册本身不构成处罚，但是观念革命、引起大规模不服从工作室的反抗情绪就要受到处罚了对吗？"

"这又是听谁说的？"

洛盈不理他，继续说："他们的自由思想挑战了我们周围的整个秩序，因此被处罚对吗？是爷爷亲自处罚的，是不是？是系统容不下革命，难道不是吗？"

路迪仍然冷冷地说："你想事情别总这么浪漫。"

洛盈闭上了嘴。哥哥和小时候的哥哥不一样了。小时候的他最喜欢读热血激昂的革命历史，给她讲文艺复兴、法国大革命、二十一世纪中期的无政府主义革命，他眉毛飞扬，说话很快，手里的笔就像剑一样上下翻飞，脸上写满憧憬。那些年轻先辈在人类年轻的历史上所做出的年轻的革命，让他目光遥远，热血沸腾。他曾说所有的规矩都是为了让人打破。他那个时候只有两个梦想，一个是远航，一个是革命。

"那你告诉我是怎么回事。"她也冷冷地说，"你当时就应该告诉我，不应该瞒我。为什么你们不肯告诉我，要绕这么大一个弯子？为什么你们都以为我会想不开呢？"

"有些事你就是想不开。"

"我可以。"

路迪没有与她争执，而是似乎想尽量快地结束谈话，语调带着点倦意："你要是能想开，现在就别纠缠这些问题了。眼前那么大的事摆着，我没有心情，等完事再说吧。"

"眼前？什么事？"

"谈判的事。"

洛盈这才想起危机还在眼前："谈判还是谈不拢吗？"

"嗯。"

"他们咬死了要聚变技术吗？"

"还没确定。但反正不是那么容易放弃。"

"那我们怎么说？"

"也没定呢。"路迪停了停，嘴角突然露出一丝嘲讽的笑容，露出些许猎人端着枪打猎似的欲望。"要是依着我，"他说，"就支持胡安伯伯。先发制人，最根本。"

"胡安伯伯主战？"

"对。"

"他的祖母不是死于战争吗？"

"这是两码事。战和战不一样。胡安伯伯不是想学卑鄙的地球人搞屠杀。他只是想占领月球基地。迅速，不伤亡。然后控制或摧毁所有地球在轨卫星。这就等于控制了地球。这和屠杀不一样。他当然不是想屠杀。"

"怎么可能迅速又不伤亡呢？"

"可能的。"路迪非常肯定地说，"你以为我们这些年的飞行研究是白做的吗？你不知道我们投入了多少。桑利亚斯和洛奇亚中心一直在高速运转。地球那群商人从来没有一天像我们这么投入。我们的飞机即便不用聚变发动机也比他们的好得多。不是我夸张，以我们现在的制导和激光，两个星期之内，完全能拿下月球基地，几乎不会遇到抵抗。"

两个星期，洛盈听到这个词心里一沉，什么样的战斗能两个星期就结束呢？

她想起地球上的老房子，他们在那里也曾说过两个星期的话。"两个星期，我们就能拿回一切了，"莉莉露塔姐姐就是这么说的，"两个星期我们就能拿下，还给神，还给还没有堕落的世界。"她那时甩着硬而卷曲的金色长发，眯着眼睛，吸着塔米安水烟，躺在旧沙发上，双脚翘到沙发背上，神情和哥哥很像。"相信我，两个星期就够了。"

他们是虔诚的异教徒，信自然神，认为富商霸占土地是对大地的亵渎，洛盈跟着他们，夺下一片庄园，又迅速又成功。但两个星期之后，她和莉莉露塔，还有她的朋友们待在一起，被困在孤零零的大房子里，面对水和食物的断绝，面对高音喇叭的威胁和武装车辆的包围，等待柏林的朋友用飞机来救援，却不知道柏林的郊外正包围着同样一群等待救援的攻击者。他们最后全都被捕，连牺牲都没有就草草收场，关进监狱三个星期，混乱得有些滑稽。这已是最好的结局，只有滑稽没有死亡。洛盈从前不信两个星期的允诺，此后更不信。她信一次有计划的突袭能成功，但她不相信从此没有变本加厉的反扑和对战。

"打起来就停不下来了啊。"她说。

"那还是因为不够强。"他答道。

她看着哥哥，这一点他和小时候也不一样了。

"有什么办法可以不战呢？"

"除非谈判成功。"

"我们非要那两项技术不可吗？"

"差一项都不行。这是移山填海的大事，人命关天的。"

"我们非要移山填海不可吗？"

"你在说什么啊？"路迪忽然恼怒起来，站起身，将杯子撂在桌子上，声音开始烦躁，"我们不是'非要'，我们是'已经'。我们已经走到了这一步，不能停下来了，你难道不知道吗，我们已经运来了谷神，一颗星星，它现在就在我们头顶上飞着，我们为此赶走了一个小镇的一万人。我们怎么能撒手不干了呢？我们怎么能停呢？"他说着，越说越悲伤，声音都开始颤抖，"朗宁爷爷为什么要走，如果不是为了'移山填海'，他为什么要走？他如果不走，怎么会死？朗宁爷爷死了你知道吗？他还没出太阳系就死在飞船上了。他岁数那么大，不该走的。可是他走了。他死了！"说到这里，路迪忽然长吸了一口气，停了下来，平静自己。再开口的时候，他的声音又变得冷静："我们已经开始了，不能停下来了。无论如何也不能停下来。无论什么代价。"

洛盈的心底如炸弹炸开，一片空茫。

"你说什么？"

"我说朗宁爷爷死了。"

"什么时候的事？"

"昨天。"

洛盈愣愣地看着哥哥。他有点低沉，眼睛红红的，看上去很疲倦。

她完全被这消息震得傻了。朗宁爷爷死了。他死了。白发白胡子爱笑爱讲故事像圣诞老人一样的朗宁爷爷死了。他怎么会就这样死了呢？

洛盈被死讯带回到久远的时空，她整个人静了下来。

回家的前半个月，她是躁动的。内心的疑问和追索让她始终忐忑，如骑了奔驰的烈马。然而突如其来的死亡的讯息让她一下子被真正海浪一般的记忆包裹了，陷入蓝色的时光里。她坐在房间的窗台上，靠着敞开如海贝一样的大窗户，让那些由奔跑和银铃般的笑声串起的旧日的画面在窗外的花花草草间重演，像看到电影一样看到往昔。

朗宁爷爷是她最亲的长辈。父母视她如掌上珍宝，然而父母去世得早，除了一些像格言似的只言片语穿透了时间留在她的心里，其他的记忆都模糊得像梦境。然而朗宁爷爷不一样。他在她八岁到十三岁情绪最低落的那段时间一直在她身边给她讲故事，听她说她的害怕与失败，带她看书，用波澜壮阔的自然与命运将她带出那段孤独得近乎自闭的生活。他精力旺盛，神情爽朗，兴致勃勃，比爷爷更让她觉得亲近。

"人总是要死的啊。"

朗宁爷爷曾经这么安慰她。他没有一丝一毫想要掩饰她父母死去的事实。她那时已经长大，大到足够懂得死懂得孤独懂得爱，她所不懂的只是这些事情的原因，但她懂得它们的感受。朗宁爷爷是唯一一个以郑重其事的口吻像对大人一样同她谈这些事的人。

"人总是要死的，那也没什么。古老中国认为人就是气体凝成的，几十年又散去。古印度一派宗教认为人只是宇宙之光的一个瞬间的窗口。古希腊的古老传说也用神灵西列诺斯的嘴嘲笑人类说，对人这样朝生暮死的可怜虫，最好的事是不出生，次好的事是干脆早点死去。他们都是在直面人的短寿，短短几十年，无论再怎么努力延长，和宇宙天地神明比起来都是微不足道像一道瞬间的光。但这恰恰是生命的全部瑰丽所在。所有的生命力，所有的执着，所有的意志、抵抗和拼命努力的绝望姿态，都正是因为这种没有结果的速朽才有震撼的壮丽。想想看，一个人像闪光一样出现又消失，不留痕迹，但他竟然在这短暂的缝隙用简单朴素的灵魂凝结出比他生命漫长得多的事物，留在这个世界上，替他活到永久。这是多么多么神奇。哪怕只是在闪光的片刻做出几个姿势，也是宇宙中最神奇的事了。

"这就是我们为什么要创作。几乎世界上所有民族的哲学都是从人的这种速死的特性中升华出来，给出解答的，而这就是我们的解答。我们用创作刻下灵魂。

"所以，"朗宁双手握住她瘦小的肩膀，目光包容一切，"不用为你父母的死太过悲伤。他们活得那么闪亮，留下了铭刻他们灵魂的那么好的作品，还留下了你，他们已经完成了最好的生命。你应该高兴才对。"

这些记忆里的句子让洛盈泪如雨下。这是她十一岁的时候朗宁爷爷对她说的话，在她懵懂的心里种下种子。如今回忆起来，她是如此感激他，怎么能想到一个六十几岁的老人会如此认真地和一个十一岁的女孩子说这些话，谁都以为她不会懂，只有他相信她会，而她真的懂了，七年以后终于懂了。

他告诉她关于生和死的事，而如今是他死了。他将生的一闪化成孩子心里的话，然后他死了。

三天后，洛盈到新落成的大剧院进行试演。

她从未像此刻一样认真对待自己的舞蹈，因为她突然重估了创作的意义。她之前对它惶恐疲倦，为了荣誉孜孜以求，她从来没有像此时此刻一样严肃地看待它。它是她的创作，是她走过地球的大街小巷，采集两颗星球的花朵凝成的样子。它有着简单朴素的形式，远远算不上复杂完美，但它是她五年的生命。她许多次摔在地上，又爬起身来，就是要像从体内抽出一只气泡一样将灵魂抽出，捧在手心，在浑圆的舞台上让它挥散到整个空间里。

她没有告诉过别人，她在地球的第二年从舞团退出就是为了它的创作。她们那个时候生活很好，很简单很快乐，没有人管束，老师们下了课就走，她们只有十三四岁却活得自由，随便和男孩子出去约会，拍了舞蹈的全息视频卖到网络上换了钱就可以买衣服。周末出去玩，接富人宴会的约请，排舞助兴赚很多钱，有时给电影客串集体演员。她们的生活奢侈欢愉，如果没有特别的理由，她可以在那里欢快地过上五年。

可是那种生活无论如何都让她觉得缺了点什么。

她起初以为只是不适应，但在第二年的一个夏夜，她突然明白，是朗宁爷爷对她说的话已经开始沉淀发酵，融入了她的血液。于是她离开了，告别了大厦，踏上了远方。

她忽然发现，她可以怀疑家园的一切，可她忘不掉它种在她心底的创作的神圣。

这一天是地球代表团参观的日子。

大剧院对火星来说，算是非常宏阔的建筑了。外形是波浪托举着一朵莲花，波浪是走廊，莲花是演出大厅。大厅内部是椭球形穹顶，由于形态高昂，厅内光线异常明亮。中央是圆形舞台，天顶悬挂着雪球似的聚光灯，座位环绕一周。

洛盈她们到场的时候，路迪正在带领地球代表团一行人四处参观。他已经做了几天准备，今天穿了一套很笔挺的深色制服，显得肩宽腰挺，领口和袖口有镶边，胸前绣着金色的名字。洛盈她们站在代表团外。吉儿一直扬着下巴，跟着人群专注地望着。

洛盈站得很远。她明白吉儿为什么将试演选在今天。

"一般的环绕式剧场很难解决的问题就是：演出时，演员只能朝向一面的观众。通常的办法是旋转式舞台，但我们的设计是移动式观众席。"

路迪说着，向右侧的控制室打了个手势。随着他的话语，大厅内的观众座位开始缓缓移动。原本环绕一圈的座位，开始渐渐聚集向一侧，其中一部分座位沿着椭球墙壁慢慢地上升。墙壁的弧度在座位背后形成和缓的上升坡，一些座位渐渐爬升到了相当高的位置，悬在壁上，像气球制成的浮雕。代表团中有女人发出低低的惊呼。洛盈微微地笑了。

"我们的座位表面带有很大磁矩，用墙壁引导座位，就像用磁铁吸着铁钉在桌上行走。理论上讲，我们的座位可以停留在整个天穹壁的任何位置。各位可能会质疑这种技术的安全性。这种担忧大可不必。首先，火星的墙体电磁技术是城市建设的关键，经过了几十年考验，磁力很强，相当可靠。其次，即便是真的出了问题，发生座位的脱落，也没有关系。我们有另一套独立运行在地板下的磁场，可与座位产生斥力，尽管作用力不大，但足够在落地之前减至安全速度。"

路迪说话时始终面带微笑，双手时而上扬，时而在身前摊开，头发随头的转动自然甩动。他是火星少年演讲比赛第一名，从小就懂得如何在众人面前讲话。

他一边说，一边领着代表团慢慢向前走，声音开始渐渐飘远："……在声音处理方面，我们在穹顶内表面镶上微孔层……"

吉儿见路迪要离开了，慌忙推促洛盈踏入舞台，自己跑向一旁的控制室。

今天洛盈穿了吉儿给她设计的舞裙。这是她的试演，也是吉儿裙子的试演。吉儿的紧张程度比她有过之而无不及，由于路迪的存在，吉儿的脸比洛盈还红。

吉儿的裙子只用了一周就做好了。当时她到洛盈家找她聊天，说起洛盈的舞蹈，她问她舞蹈的题目是什么。洛盈说是《荧惑》——火星在古老东方的名称。她说故事是取材于古代东方的神话，一个女孩子被天空代表战争的灾星笼罩，一生坎坷，最后在炮火的尘烟间升入天空，化作天边的云霞。吉儿一听就拍手叫起来，说这次的裙子非她莫属。

洛盈起初没有在意，不知道她说的非她莫属是什么意思。但是一周后，当她看到那裙子，她忽然被感动了。那真是一件漂亮的裙子，如云如霞，恰如她的舞蹈。"它能在触摸中变色，"吉儿说，"那是皮埃尔研究所的一种新材料，用特别细的半导体丝织成，压力能使细丝中配位场变化，对光的吸收频率就会不同。"吉儿一本正经却又宛若无知，一边说一边吐吐舌头笑着。"你别问我什么是配位场，我也不懂，是皮埃尔说的。反正就是一触碰就变色，你跳舞的时候，颜色能跟着你的动作变化。"洛盈抚摸那柔软的衣料，感激地看看吉儿，心情也随着衣料柔软起来。

她和吉儿、普兰达从小一起长大，一起玩布娃娃，一起上儿童课堂，一起参加社群聚会。她俩今年也都是十八岁，刚刚选好工作室，过着一种洛盈已经不再拥有的如水、如一条直线般的生活。吉儿选了服装设计，普兰达选了诗歌。吉儿从小喜欢各种娃娃衣服，普兰达十一岁就能写十四行诗。她们每天托着下巴露出甜美的笑容，幻想自己的作品在数据库中的引用率升到第一。

洛盈看着她们，心中总会波澜起伏。

舞台直径约五十米，平时平置在与走廊平齐的高度，演出时可以升起或降低。地面绘有圆形环绕的五角星图案，五个方向有象征五种自然元素的几何图形。线条边缘由发光纤维包络，在夜晚可以亮起。少年合唱团正站在舞台一侧，夏娜老师指挥孩子们唱着普契尼的《托斯卡》测试声音混响。

剧场静谧下来。洛盈走到舞台中央，站定，双手交叠，让衣袖完全垂下。室内空气宁静，衣袖轻垂，像半透明的清水，边缘处有绵长的流云纹样，零星点缀着镂空的小花，长摆顺着身体铺展，腰线恰到好处。

洛盈静立着，向剧场的出口望去。代表团已结束主体的参观，一条长龙摇摆着走向出口，伊格和泰恩说着话，跟在队伍的最后。伊格穿着严肃的深色套装，身材高挑。路迪一身制服。泰恩穿着海蓝色的丝质衬衫，领口敞开，丝面泛光，夹在路迪和伊格中间，显得悠然亮眼。

音乐响了。

先是四小节预备拍，然后聚光灯亮了。

明亮的蓝白色瞬间打在洛盈身上，她被耀眼的光芒包裹，明亮的大厅都暗淡了起来。她双手在身前交叉，足尖一点，向前做了三次跨跳。裙子在身上很轻柔，几乎感觉不到重量。下摆很长，轻轻荡起来，边角处像是弥散在空气里。她改变动作和姿态，皮肤与衣袖相触的地方有格外幻化的亮光。当舞步一一流淌出来，她回头看到飞扬的裙裾，颜色均匀流转，从橙红到淡紫，像滞留在空中的霞。

音乐飘动，舞步飞扬。旋转，跃动，上升，三周跨跳。

她全身心地进入舞蹈，进入这些年走过的所有地方。她就是那神话中的女孩，在战争笼罩的土地上穿过各种敌对的目光。她走了很远，路过的风景最终化成自身。每一处阳光明媚，每一处大雪封山，每一处在生命的短暂一瞬闪现在她眼前的房屋河流，所有的一切化成自身。她在这些片段的画面中被它们塑造了。不是她创造了它们，是它们创造了她。它们在每一个角落迎接她，每一个时刻拥抱她，它们一片一片将她从空无中塑造成形，她只是将它们呈现出来。建造，每时每刻不停地建造。她眼前掠过所有那些美丽动情的笑容，舞团女孩带着她喝酒狂欢的真挚欢乐，莉莉露塔姐姐给她讲神话时的眉眼生动，回归主义者围着篝火相互取暖穿越隔阂的大笑，还有吉儿热情拍手说出的非我莫属。所有这些，所有融合的这一切。

她忘情地跳着，在那些笑容中舞动。脚踝有些痛，可是她顾不得那许多，只是尽力跳着，旋转，旋转，旋转，让裙子在身边绕成变幻莫测的光。

大鼓声中，她完成最后一个腾跃，落下来，单膝跪在地上，衣袖如面纱垂下。

音乐声停。全场寂静。

她微微喘息。眼角有泪花，静静地低着头。她不知道朗宁爷爷在天上的灵魂能不能看到她的表演。她只想说她尽力了。

"太棒了！真是不同凡响。"

她忽然听到几声清脆的掌声在空旷的剧场响起，她抬起头，看到泰恩响亮地拍着双手，正从场边向她走来。他的额头在灯下显得格外光亮，笑容可掬，走到她面前做了一个老式的大幅度的躬身礼。

"果然是火星的小公主，森林里的小仙女。真是太遗憾了，在地球竟没有看过你的演出。"

洛盈心疑地看着，不明所以。

泰恩的声音跌宕起伏。但洛盈看到，他的眼睛很冷静，有一点笑意，但也有很多复杂的东西。她猜他有所求，否则不会这样不吝惜溢美之词。

果然，泰恩语调不变，话锋一转，问："请问你身上穿的裙子是出自哪位天才之手？"

洛盈指了指吉儿。

"啊！原来是这位小美人，"泰恩展开双手说，"请问你有没有兴趣让地球人也了解到你的杰作呢？"

吉儿兴奋地睁大了眼睛："真的？真的吗？那太好了！我这就告诉……"

洛盈忽然打断了吉儿。她在一瞬间明白是怎么回事了。她知道吉儿想说的是我这就告诉你我的账号和作品代号，你立刻可以去下载。她明白吉儿有多么希望有人能引介她的设计，那能给她的作品记录加上不少点数。可是洛盈忽然不想让泰恩这样直接地得到它。她在电光石火的一刹那想到，这也许是一个谈判的好机会。

衣料也是技术，只要是技术，就能最终被谈判，被交易。而如果交易成功，说不准可以取代聚变发动机，成为两颗星球最终协议上签下的名称。那样战争就不必了。

洛盈静静地站着，在心里悄悄估量这个突如其来的避免战争的机会成功可能性有多大。无疑，它是一项很有吸引力的技术，每一处都仿佛透明，但每一处实际上都不透明。她觉得地球上的女孩子会喜欢，因而泰恩会喜欢。时尚的技术也是技术，而时尚是泰恩重要的利润来源之一。

至于泰恩的势力能不能影响到整个代表团，她想了一会儿，觉得他可以。泰恩在地球上掌管着一道壁，比火星的玻璃更厚、更透明的一道壁。无形的壁。泰勒斯集团是地球最大的网络市场运营商，无数人在泰勒斯的网络中娱乐、交易、获取资讯、看新闻、找朋友、出售智力、购买信息。无论是谁，用一张薄薄的屏幕，就可以进入灯光灿烂的网络交易平台。这是一张像大气层一样的壁，覆盖全球，跨越国界。从总统到教徒，都需要用它兜售自己。再没有什么比它更被各国分享了，因此也再没有什么人比泰恩更能影响每个地球代表了。

她看着泰恩的面孔。他的笑脸曾出现在每一座网络社区的入口。他的鼻子有一点钩，微笑起来嘴巴很扁，总体看起来并不丑，显得很聪明。她知道，如果她想找到一个人影响谈判，那就非他莫属了。除了泰恩，还有谁有这样的能力呢？

工作室

与洛盈和吉儿约定的时间是上午十点。地点是罗素区布居榭服装工作室。

这天天气难得地好，无风无沙，星空深邃，阳光灿烂，宁静安详。

伊格和泰恩同行，二人坐在隧道车里，各自望向窗外，谁也不说话。伊格不清楚泰恩的心思，但他对泰恩的不满和怒气仍未消散。隧道车平稳迅疾地行驶，房屋阡陌滑过伊格眼前，但他什么都没有看见，只是回想着前一个晚上不愉快的对话和自己最后摔上的房门。

"所以你其实什么都没有做？"

说这句话的时候，伊格腾地从座位上站起，心底无名火起。

"……对。"

"连地区性尝试也没做？"

"只给了纽约影评人协会的资料库，还有伦敦皇家艺术学院。"

"是给，还是卖给？"

"卖给。卖芯片成品，不卖方案。一个卖了九百万美元，一个是七百六十万英镑。"

"所以你倒是赚了大钱了？"

"大钱算不上。这价格可不算高。"

伊格一瞬间哽住了喉咙。他盯着泰恩。泰恩看上去面无表情，陷在沙发里，三根手指夹着高脚杯，眼睛淡然地看着杯子。伊格恼怒了，他想起老师临死前缩成一团的身子和珍妮特泉水般的眼泪，心里刺痛。画面的错差让他的想象分裂开来。他不知道泰恩怎么能如此冷静，如此漠然，就像事不关己，说什么都无所谓。他隐忍怒火，希望把交谈继续下去，但脊背的肌肉开始僵硬起来。

"你就这么利用老师用生命换来的东西？"

"我没有别的办法。地球和火星不一样，一些东西没法推广。"

"利润，是不是？"

"……你不要看不起利润。泰勒斯是一个很大的集团，全球有几百万员工。"

"你在一个卖作品的人身上能赚多少钱？"

"一美分。"

"一美分你都不愿意割舍？"

"一美分？你知不知道全球每年制造多少个一美分？"

"可是你已经有各种商店、公园和广告收入，为什么就不能舍弃一部分呢？你知道，一个开放的艺术空间对所有人都有好处。"

"是吗？你以为别的创作者也这么想？"

"真正的创作者应该这么想。"

泰恩嘴角露出一丝略显讽刺的笑。他晃了晃杯子，抬眼看着伊格。

"看来，"他说，"阿瑟是把他的幻想遗传给你了。"

伊格一下子火了起来。他一句话也不再说，拿起外衣，重重地拍门而出。他内心的骄傲被泰恩一头冷水泼下，感到了一丝被触犯的痛楚。

他不能忍受泰恩的态度。泰恩以一副旁观者清的姿态，像掸烟灰般轻易掸掉老师的希冀，这让伊格觉得非常痛恨。他将老师的梦想说成幻想，等于是将他的选择说成不切实际的幼稚。伊格不愿意这样。他能看到老师只身一人、怀揣芯片跨越八千万公里黑色的星海，踏上孤独的不归路，也能想到老师在夜晚望着火星，珍妮特在同时望着地球，中间隔着无际的真空。他能看到这一切，他不愿意将它们看成毫无意义，用一句话就将一切打入虚空。那就好像一个人推着黑色大石逆坡而上，艰难走过漫长的山路，却被山顶的一个指头轻轻推倒，轰然滚落。

伊格相信老师的选择。真正的创作者应当欢迎这样一个空间。是的，他的收入会减少，但他应该知道，有这么一个环境，他的受众可能会增长十倍。不会花钱去买的人也会去看，这等于给了作品更宽广的生存空间。真正的创作者在乎的应是有人在乎自己的创作，不应当是别的。这难道不对吗，难道是幻想吗? 伊格在空寂的走廊大踏步走着，心里大声地质问。利润，为什么只能想利润，为什么把不想利润的都叫幻想，你只知道扩张，扩张成无人阻挡的帝国，迷恋纸上的数字，你以为这才叫理解世界吗，你有什么资格去批评? 商人，你只是个商人。

伊格一边走，一边觉得喉头隐隐哽咽。他已经很久没有恼怒了。平时他总是自以为了解现实运作的种种机理，不会恼怒。然而这一个晚上，压抑了很多天的情感倾泻出来，让他的内心起伏，冲动不已。

就在这个时候，泰恩在他身后叫住他。

"伊格，等一下。"

伊格站住，扭头，面部僵硬，他不知道泰恩要说什么。他看到泰恩站在自己房间门口，一只手撑着门框，似笑非笑，走廊的壁灯照得他脸庞阴晴圆缺。

"明天的商谈你还去吗？"泰恩问。

"去，当然去。"伊格回答。"说好了的。为什么不去？"

是啊，当然要去，他在心里想，为什么不去呢。

他忽然冷静下来，在心里笑了。这是个大好机会啊，他想，怎么能不去。明天我也可以去阻挠你的计划，不是吗？阻挠你的大好商机，揭穿你，然后再轻轻松松嘲笑你全都是幻想。这样的机会怎么能放过呢？他忽然觉得豁然开朗，内心平静下来，稳步走回房间。这一夜他睡得多梦而辗转。

第二天清早，伊格很早就起来，进入数据库，找到吉儿和普兰达的个人空间，细细浏览。数据库是一座自由的仓库，只要找到工作室，所有作品和信息都能看到。他看了她们的简历、习作和自我陈述，心里沉着而充实起来。他甚至看到了吉儿衣料设计的全部技术参数，只要他告诉泰恩，那么这一天的商谈就不再必要了。但他心安理得地守口如瓶。他答应过珍妮特要保密，而且他根本就不想让泰恩成功。他要用事实辩驳他。

这一天天气格外好。隧道车平稳地行驶着，车厢里没有人说话。车窗掠过教堂和尖顶别墅，广场灌木整齐。窗外阳光灿烂，星空深邃，无风无沙，宁静安详。

伊格看了看泰恩，泰恩若无其事地朝他笑笑。

其实，前一天晚上的争吵不是从一开始就上演。伊格是抱着恳谈的心情来到泰恩房间，泰恩最初也是难得的严肃。他们低声交谈，情绪沉郁，怀着对故人的共同怀念度过了最初的半个小时。泰恩回忆了他和阿瑟从童年开始的友谊。阿瑟大他四岁，两人家庭近切，同校学习，同行工作。阿瑟常带他去滑雪，还在他的毕业典礼上给他开香槟。他俩是很好的搭档，阿瑟担任制片人的几部电影，泰恩都是出品人，庆典拿奖，网络大卖。

后来阿瑟前往火星，前因后果没告诉别人，但都告诉了泰恩。对火星的状态，泰恩比伊格还了解。在阿瑟的指点下，泰勒斯的全息技术水平超过任何一个传媒集团，因此才能在市场立于不败，泰恩从心底感谢阿瑟。他们是一生的朋友，可即便是这样，他还是让阿瑟的最后十年成为幻梦。

上午十点，伊格跟着泰恩准时踏进工作室。

工作室给人的第一印象是丰满而色彩充盈。艺术气息不算浓厚，但各种布置相当随兴，很有灵感突发、随手安置的舒适感。左侧墙上挂着巨大的画框，画面多是人像和信手涂鸦。右侧墙上七扭八歪地挂着大大小小的徽章，有奖章，也有纪念品。几个人形塑像站在室中央，穿着华丽或奇特的未完成的衣饰，裸露着不同肢体。地上散置着七彩透明的坐垫，形状各异。阳光透过米黄色的玻璃墙均匀铺开，室内显得温暖而明亮。

伊格他们进屋的时候，屋里已经聚着几个孩子了。洛盈、吉儿和普兰达坐在最大的一只圆形充气垫上，正在看书。普兰达在左侧，洛盈坐在中间，红发的吉儿原本趴在她俩身旁，见到伊格和泰恩，坐起身来，脑袋靠着洛盈肩膀，好奇地打量他们。普兰达面容淡静，看不出什么。她有浅金色的头发，脸色极白，大约有着纯粹的盎格鲁-萨克逊血统。

伊格和泰恩坐在给他们准备好的小沙发上，面对着女孩子们。对面的墙上有一些错乱纷杂的词语，刚进屋时伊格以为是无意义的概念拼图，但坐定了却发觉那是一句完整的话：

我们的愿望，就是最大自由度。不仅是抽象概念，而且要表现为合适的机构与教学。

——费耶阿本德

伊格觉得很有趣。阳光斜射，墙壁光洁，词组错落，句子的拼贴如一阵疾风。

伊格微微低头，看到洛盈膝上放着电子相册，相册里显示着东方的山与竹林，青翠碧绿，大概是她在地球上的照片，正给吉儿展示。她身边放着一本合上的书，他瞥见书名——《西西弗斯的神话》，略感诧异。这书的名字和他昨晚头脑中滚石者的形象不谋而合，让他觉得颇为巧合。他抬头看了看她，她没有看他。

泰恩从攀谈开始。他看到洛盈的相册，便开始问洛盈地球上的生活。

"你在伦敦和巴黎都住过吧？"

"住过，不过都很短，各住了几个星期。"

"那你去'梦幻之旅'玩过吗？伦敦、巴黎都有，上海也有。你是不是住得离上海比较近？"

"不太近。听说过，但没去过。"

吉儿靠在洛盈肩头好奇地问："梦幻之旅是什么啊？"

洛盈答道："梦幻之旅，是泰勒斯集团的骄傲，梦幻般的主题乐园，融飞船、森林河流、时尚舞台和美食于一体，占地极广，一次旅程就可以体验一部电影、一场传奇、一种人生。"

"哇，"吉儿叫道，"那你怎么不去？"

"我？……"洛盈摇摇头说，"我忘了。"

伊格听着，心微微一动。洛盈把广告宣传词背得流畅，却把实际的诱惑拒绝得轻描淡写，这让他感觉有共鸣。若不是见证过梦幻之旅的巨大感召力，他不会知道其中的落差的张力。在地球上，梦幻之旅宛如梦幻，大多数女孩子要么去过，要么去不成，很少有人像洛盈这样，无动于衷。

洛盈的神色显得安静而固执，她似乎并无意在这样的闲聊上耗费时间，而是用轻而直率的语调直接开口道："泰恩先生，吉儿的设计不仅可以做舞蹈裙，还可以做各种衣服裤子。衣料本身很轻薄，编织也疏松，透气性不成问题。"

"嗯，"泰恩微微笑了，"看得出来。"

"它的变色是一种内禀性质，在不同光源下能有不同变色方式。"

"很有意思。"

"它的加工也不困难。"

"很好。不过先等一下。"泰恩笑了，笑着将身子前倾，"我完全相信，这是一种极有才华的设计，如果能代理是我莫大的荣幸。只不过……我想知道，你们的期待是什么呢？"

"期待？您指哪方面？"

"比如，期待我们的付出？我们的代理方式？"

洛盈轻轻地笑了一下，像是让泰恩放心，大度地说："没有什么特殊的。只要官方渠道正式交换，其他都没有什么。在地球上的事宜我们不插手，完全由泰勒斯负责就可以。"

"也就是……知识产权彻底转让？"

"您可以这么理解。"

泰恩点点头，将身子靠回沙发背。他像是很满意，但又像是在思量。他面带笑容，不动声色，但伊格看得出他笑容里带着一丝怀疑。他在思考洛盈的目的。这是泰恩的过人之处，他从不低估坐在他对面的人。尽管洛盈只是一个小小的女孩，但泰恩还是在心里认真计算。他看不出洛盈图的是什么，所以不轻易表态。伊格知道，泰恩的一个原则就是给对手他应得的好处，这是他持续盈利的方式。当对方宣称什么都不要，他就会比任何时候都仔细思考。他认为这样的人一般分成两种，对局势完全无知或者背后有更深的隐藏，以后者居多。所以他并不随便承接好处。

泰恩不急，他像小学校长看着学生那样笑着，试图在轻松中让交谈继续。他开始问洛盈业余的喜好，问吉儿平时的课程。他的鹰钩鼻子让他在某些时候显得很锐利，在另一些时候显得别有用心。

"这么好的作品，你有没有给它起个名字？"他问吉儿。

"没……还没有。"

"那我们来帮它起一个吧。叫《缥缈》如何？缥缈……如夜空，刚好和火星对应。广告词可以这么写：让衣袖带你飞上天，看凝固的旋律，流动的绘画。你觉得如何？"

吉儿明显不熟悉任何广告的语言，大概是第一次听到这样的溢美之词，脸一下子红了，像一只圆滚滚的小苹果："您真的觉得这么好吗？"

这个时候，伊格知道，他必须要说些什么了。

阳光从宽阔的墙壁射进屋子，洒在整个温暖明亮的地板上，远处的孩子们开始吃甜点，工作室一角的咖啡吧台飘出阵阵动人的奶酪香气。房间里的空气显得异常甜美，甜美得有点讽刺，有意无意中模糊了所有背后的差异，似乎每个人都安享着相互赞美的言辞，希望推动局势走向一场华丽的时装盛宴。吉儿在欢笑，被泰恩小心描绘的前景说得心花怒放，洛盈在她身后静静地坐着，不插嘴也不评论。她的脸庞在阳光里显得异常白净，连嘴唇也有点发白。伊格看着她，她的黑眼睛像往常一样若有所思。他不清楚她的动机，但是他不愿意看到泰恩按照计划，一步步将女孩拉成盟友，变成利润。

他站起身，清了清嗓子，决定介入谈话。

"吉儿，"他向吉儿笑笑，"可以这么叫你吗？……谢谢。我想冒昧地问一下，你们平时发布的作品谁都可以定做吗？"

"当然啦。"吉儿眨眨大眼睛。

"我也可以吗？"

"可以吧。……我不知道。我当然觉得没问题。"

"那你能不能帮我定做一件呢？"

"好啊，好啊，太好了！我现在就帮您量尺寸。"

吉儿欢快地跳起来，跑到旁边的柜子里找出卷尺。伊格站起身来，抬起双臂，左右转身，让吉儿从各角度替他测量，肩宽、臂长、胸围、腰围。吉儿十分认真，数字读得精确，一边测一边念念有词，将记下的数据输入电子小本里。两个人动作迅速、全身投入，仿佛有默契。剩下的几个人略显诧异地看着他俩。他们被这两个人突然的热情打断了思绪，谁都没有说话。

伊格一边让吉儿测量着，一边微笑着尝试和普兰达攀谈。他用眼睛指了指她膝上的诗集，轻简地问："你喜欢写诗？"

普兰达轻轻点点头："嗯。写得不多，但很喜欢。"

"那你觉不觉得，自己的作品静静地陈列着，等待，有一天忽然被一个懂它们的人看到是一件幸福的事？"

"当然，当然是。这是全部的幸福。"

伊格点点头，没有再说什么。普兰达瘦长的面颊带着一种清静的稚气，严肃得十分可爱，双手在膝头深蓝色的裙子上显得苍白瘦弱。他读过她的诗，充满寻觅，孩子气，但能看到真诚。他看了看泰恩，泰恩也看着他，嘴角挂着倨傲的笑，像是完全无动于衷。

"好了。都量好了。"吉儿收起卷尺道。

"谢谢。什么时候能拿到呢？"

"两天就行。我去画出图纸，把图纸和参数拿到加工车间，很快就能好了。"

"这衣服要多少钱？"

"不贵，不贵的。"吉儿像辩白一样连忙摆手道，"工艺不难的，原料也不罕见。皮埃尔说了，这种薄膜和细丝他们工作室平时都做得很成熟，只是做衣服对他们来说太小儿科了，平时才不做。"她说着不好意思地笑了一下，仿佛生怕他收回要求，"您放心，不贵的。"

他笑着看看她问："你喜欢有很多人定做你的设计？"

"当然！"吉儿说，"我现在的引用率很低呢。"

"那你知道你的衣服到地球上会有什么命运吗？"

"命运？"

"你的这种新材料绝不会被很多人定做，只能有很少的人穿。"

"为什么？地球上不是有很多人吗？"

伊格故意用讲故事的语调说："泰恩会把它藏起来的。一般人谁都不知道它是怎么做的，也买不到。他只会生产很少很少的数量，然后把它卖得很贵。"

吉儿果然迷惑起来："为什么？"

他微微笑道："我先问你，你们的价格是怎么定的？"

"原料，还有机器加工时间啊。"

"我们那儿不是这样。我们那儿由他说了算，他想定多少就是多少。"

"这怎么行呢？"

"只要有人买就行。"

"可是定那么高，怎么会有人买呢？"

"会有的。"伊格的语调充满迷惑感，他自己都觉得好笑，之前他并不知道自己还擅长给小姑娘讲大灰狼的故事，"他不用物美价廉，也能用其他方式劝人购买。"

"什么方式？"

"他不让其他任何公司生产，再故意把价钱定得极高，只让一小部分人能接触，这样就人为造出等级差异，然后它就变得荣耀无比，成了身份地位的象征，之后就有人抢着买了。这就是泰恩经典的方式。"

"可是这样不公平啊，"吉儿认真地说，"人人生而平等啊。"

伊格笑了："话是这么说，可是你想想，要是人真的平等了，谁还总是想一直买？差距才是动力。就是要让一些人总是买不到，人们才总想买。泰恩会假装这种衣服代表一种人格，穿了它你就能获得一种奇妙的人格，高级的人格，充满思想的人格，变成火星的小公主。"

"可这不是真的！"这次插话的是普兰达。

"没错，我也知道不是真的。"伊格笑着，继续着，心里有一种控诉的快感，"可是好多像你们一样的女孩都信以为真。她们跟着他的指挥，除了衣服饰物什么也不想，内心空虚，头脑中只有不断买名牌，还以为这就是灵魂。"

"够了。"这时候，让伊格没想到的是，洛盈忽然站起来，打断他们，"伊格·路先生，我认为您说得太夸张了。地球上的女孩子爱买衣服没错，但我不认为她们失去灵魂。"

"你毕竟是女孩子。"伊格从容地说，"你有你的角度，泰恩有泰恩的。吉儿，我跟你说，你不是最看重引用率吗，那你一定会失望。泰恩根本不会把你的设计拿出来让大家欣赏。他会把它当成一种战略武器，私人武器，制造等级差异的武器，他用这样的办法控制女孩们，从她们身上不断地赚钱，这样他就能获得无比的权力。"

"怎么能这样！"吉儿大声说，"这是坏的！我不能给他！不能帮他这样。"

洛盈却显得异常固执。她的黑眼睛直直地望着伊格："不会这样的。我相信这项技术在地球上会得到分享，泰恩先生不会利用它的。"她说着望向泰恩，"我相信这一点。"

伊格有一点诧异。他承认自己的话说得浅白而夸张，但他认为它们并不虚假。谁都知道消费的宗教和等级，这些事在二十二世纪根本不算什么，商人的战略都已经众所公认，这些战略本来就是商人的骄傲，他们称为消费心理。至少泰恩自己就从来不在乎。

"不会这样吗？"他反问洛盈，"那我们问泰恩先生自己好了。"

他也看着泰恩，他相信泰恩会证实自己的话。泰恩这个人不撒谎，不会因为别人的讽刺而撒谎。

如他所料，泰恩轻松地点了点头，说："会的，我是会制造一些等级，不过，我不觉得这有什么不公正。"他神态悠然，从容不迫，仍然靠在沙发上，仿佛在旁观一场与己无关的戏剧，在看过之后随意给些点评。

"你怎么这么无所谓？"吉儿恼了，"我偏不给你！"她拉起洛盈的手说："我们不给他好不好？"

伊格的目的达到了。他这一天唯一的打算就是阻挠泰恩的商业车轮，让他知道有很多创作者其实更在乎价值，而不是利益。他的目的都达成了。可是，他却无法高兴起来。因为他在成功的那一刻，看到了洛盈复杂的眼睛。

洛盈没有说话，只是一直看着他，眼睛里有一种说不清的埋怨的神情，又带有一丝疲倦，一丝无助。她的睫毛黑而长，在额前长发的遮掩下，仿佛山谷里的细草，在泉边无声摆动。她一句话都没说，只是静静地咬着嘴唇，眼睛里隐约写着：你为什么这样，你什么都不知道。伊格心中一凛。他问自己是否真的什么都不知道。她的眼睛像一泓冰凉的水，让他恼怒的斗志冷却下来，他不知道这水下面是什么。他忽然有点迟疑。

洛盈低下头，拍拍吉儿的手，温柔地点点头，沉默地坐下了。

展室

洛盈疾步向前走。向家的方向，但不是径直。她凭直觉行走，注意不到脚下，漫无目的，心思不在路上。每一条小路她都熟悉，完全无意识也不会迷路。

她走得很专心，没有注意到身后跟随的脚步。

失败了，她想，为什么呢，是自己将一切都想得太简单了吗，是这计划原本就不可行吗？是不是早应该跟吉儿把一切讲清楚呢？可是讲清楚又有用吗？伊格为什么突然站出来阻挠呢，他不是泰恩的朋友吗，为什么要那样出言讽刺呢？难道其中有什么误会吗？也许本来就是自己的异想天开吧，想用一朵花挡住军舰，用裙摆阻止战争。这样的幼稚想法，面对男人们的世界，也许本来就是异想天开吧。

她拐上一条岔路，再穿过步行街，绕上一条小径，又穿过小广场，踏入社群中心花园。层层叠叠的绿意一下子将她包围起来。此时接近正午，花园几乎无人，小槐树搭起的走廊曲折迂回。花园很静，绿意如水，让她一下子清凉下来。

"洛盈小姐！"

身后突然传来叫她的声音。她站住了，转过头，从树的转弯处跟上来一个身影，是伊格。伊格匆匆几步，歉意而小心地说："不好意思，我刚才在路上叫过你，但你走得快，路上人又多，你没有听到。"

洛盈看清楚是他，点了点头，没有说话。二人面对面，空气有些尴尬。

"我想……"伊格说，"刚才我是不是引起了你的不快？对不起。我想我不是故意的。我可能没弄清楚……"

"算了，"洛盈简短地说，"也不全是你的事。"

"你很想促成交易？"

"嗯。"

"为什么？"

洛盈反问道："那你又为什么反对呢？"

"因为我真的不认同他的商业垄断。"伊格回答，"难道你认同吗？"

"不是这回事。"洛盈没有心情和他讨论。

伊格却似乎很想将谈话继续下去："你在地球上也喜欢买泰勒斯旗下的时装吗？"

"很少。"

"但是你周围有很多女孩喜欢吧？"

"是。"

"所以你对他的商业帝国还是很有好感？"

"不是这么一回事！"

洛盈静静地看了他一会儿，又重复了一遍："根本不是这么一回事。问题不在于商业不商业，而在于火星和地球。商业怎么样？不商业又怎么样？商业不商业有什么关系？"

"没关系吗？这可是两颗星球人们整个生活的差异。"

"有吗？我不觉得。"

"没有吗？你应该比我清楚才对。你们这里的每个女孩子都在讨论创作，看重作品，地球上的女孩子全都追随衣服，生活就是不断买衣服，这难道不算是差异？"

"那又怎样呢？"

"商品拜物教，把人的本质抛向物欲的表层。"

"不是这样的。"洛盈有点累，她非常不喜欢这样的对话，"你能不能别说这些术语？"

"你觉得不对吗？"

"不是。只是术语是一回事，生活是另一回事。买衣服和设计衣服有什么本质区别呢？你以为吉儿她们天生就都是艺术家吗？不是的。她们和地球的女孩子其实是一样的。人都是一样的。"

"没错，人都是按环境生活的。"

"不是那样。或者说不仅仅是那样。你知道她们为什么喜欢衣服吗？是希望自己有个性。虽然按环境生活，但都希望自己有个性。不管做衣服还是买衣服，实际上是一样的。她们无法选择她们生活的世界，那个世界的运行方式也与她们无关，她们只是过她们自己的生活，她们生在那个世界，但追求个性，如此而已。"

她说着，认识的那些女孩子的笑脸又一一浮现在眼前，相似的笑容，羞涩、骄傲、忐忑、渴求赞美的混合。她们在不同的世界里按照不同方式生活，但她们兴奋和失落的样子是相似的。她记着那些笑脸，那就是她的舞蹈。她不想和他辩论，又开始低着头向前走。

她不想再说话，但伊格却锲而不舍地跟了上来。树枝很低，树叶几乎垂到两个人头顶，树影在两个人脸上都投下斑驳不定的明暗。他们好一会儿没有说话。

"你在地球上的舞团是很时尚的类型吧？"

"是。"

"上一次我听你说，你只在舞团待了两年？"

"对。"

"为什么？"

"因为地球的老师都是花钱聘的，教完课就走，没有人管出勤。舞团的艺术总监也不管，只要住宿协议不签了，随时可以离开。很多人都来来去去。我不是主角，差我一个没关系，马上有人补。"

"我不是问这个。我是想问，你为什么想走？"

洛盈没有回答。

"是因为不喜欢大厦的喧嚣？"

"不是，大厦还好。"

"那是因为不喜欢舞团里的氛围？"

"也不是，我很喜欢那些女孩。"

"那是为什么？"

洛盈斟酌了一下，说："因为我还是想创作。"

"哦？创作？那我上次问你想不想当个伟大的舞蹈家，你为什么说不想呢？"

"我想创作，但不想伟大。"

"舞团不能创作吗？"

"能。只是她们习惯按订单排舞。而我想跳一些自己的东西。"

"我懂了。'创造，就是赋予其命运一种形式。……创造，就是生活两次。'"

洛盈忽然站住了。伊格微笑，却郑重地看着她。加缪的句子像一把小锤，轻轻敲开她完全不想交流的思绪。她不知道伊格也对这些句子如此熟悉。

"'人是维系这个世界的唯一主人。'"她轻声说。

"'与这个世界相联系的是对另一个世界的幻想。'"伊格念出下句。

洛盈的心和缓下来，对他轻轻笑了笑。她好像忽然不那么焦灼了。

"你回到火星应该是如鱼得水了？"伊格问，"可以自由创作。"

"也不是。"

"为什么？"

"因为……"洛盈低了低头，"我不想注册工作室。"

"哦? 有什么不满吗?"

"算不上不满。"洛盈停了片刻，又想起了妈妈，"只能说是对周围世界的怀疑，对一种一辈子按部就班的生活感到不适应。你可能不知道，我们这里的工作室虽然不禁止，但是很少有人会转换。总是一层一层，从学徒到大师，一辈子在一个工作室坐电梯上升。如果我没去过地球也就罢了，可是我去过。你清楚地球上大家是怎么生活的，随便来来去去，做各种各样的工作。我习惯了那种生活，流动的、尝试的生活，不愿意再活在一个金字塔里。"

"我懂了，"伊格用开朗而总结性的语调说，"你从小生在火星，所以认同崇高的严肃，但是又去过了地球，习惯了变化。所以你虽然表面上替双方辩护，但是实际上哪种都不信。"

他的话在洛盈心底激起一股暗涌的伤感，她知道他说的是对的，因此她觉得心里有点疼。她的问题就在于此，哪一种都不能笃信，于是融入融出都是困难，在地球想家，在家想地球。这是她的问题，也是她所有伙伴的问题。

她看着路，转而问他："你为什么想知道这么多呢?"

"因为我想了解你。"

她站住，正在筹措回答的话，忽然不经意瞥见他书包带上夹着的纽扣眼睛亮着绿灯，这是正在摄像的标志。

她一下子愣了，突然有一种像是上当的感觉，心嗵地向下沉，眼睛里悄悄涌起了泪水。她原本不想多说话，可是以为他愿意听，就慢慢地放下防备一点一点说了，她说得不算多，可是每一句话都是内心的敞露。可是他原来只是为了拍一段镜头。

"可我不想被你了解。"

她的语气很莽撞，可是她觉得他比自己更莽撞。他想了解她，可她凭什么要被他了解? 他很好奇，他说话尖锐讽刺，他是一个探究人心的导演，他带着审视与猜谜似的智力乐趣。可是这就能了解他们了吗？她和她的伙伴们。他们切肤的困扰，他们年少的隐忧，他们因为穿梭两个世界而生成的真真切切的疑惑与不安，他能了解吗？就算想了解，又能了解多少呢？他始终是站在河对岸的，他说的都对，可他不疼。他是旁观者，旁观者永远都不疼。所有的问题都是生活者的问题，一旦旁观，就再也没有任何问题了。

"你以为，"她的眼泪在眼眶打转，但没有落下来，"两种都不信是什么好玩的事吗？"

她说完一个人跑了，留下他站在花园，看着她远去的背影。

睡醒的时候已是夜晚，洛盈躺在床上，回忆白天的事情。

她的心情仍然有一点不平静，一觉醒来，白日里的花园和小径还是历历在目。

她默默地问自己，为什么对两个世界的比较如此敏感，以至于不能正常生活，又如此想从其中找到共同的东西。她知道人有一种能力叫作适应，如果她只是简单地去适应，那么一切会好过得多。只是社会制度不同，就按照这不同去生活就好了。

可是她总觉得那样会让自己不安。她也说不清是一种什么样的东西在心里隐隐推促着，让她总是忍不住将两种生活不仅仅当成制度安排，而是当成整体的哲学。

她记得地球人总说他们是自由的，并且为此骄傲。她尝试了他们自由的滋味，相信他们没错，也在内心爱上那种漂泊。可是她记得，小的时候他们在火星的课堂上也听说过，火星人才是自由的，衣食的保障让他们有免于拍卖自己的自由。他们说当人不得不靠拍卖自己的思维来换取生活收入，那么人必定会被生存的挣扎所奴役，说出的话就不再是自己的话，只是钱的意志，只有在火星，人才自由。她还记得小时候熟识的莱昂·热罗姆十九世纪的油画《拍卖奴隶》，那画面是如此"动人"，以至于在地球上她久久不敢在网络上销售自己。

如今走过两个世界，她不知道哪一种是更大的禁锢：是分配衣食的系统，还是为生存斗争的贫困。但她知道人们都是爱自由的，越是看上去差异，越是骨子里共同。

"自由！生活就是艺术，而艺术的本质是自由。"

她忽然听见了妈妈的声音，温柔的、充满热情的声音。这是妈妈在她五六岁的时候说过的话。

她的心一瞬间温柔起来了。她记得妈妈一直很宠她，各种艺术生活都带着她一起体验。那时自己还穿着粉裙子，被妈妈抱在怀里，在书房听笑语盎然的大人们说话，看窗口射入瀑布一样的阳光，穿过书本，照在大人们神采飞扬的脸上。有的人滔滔不绝，也有的人始终沉默微笑，但是每个人身上都流淌着一种不受约束的不羁的气息，妈妈在他们中间笑，眉眼生动婉转，眉间有自由的味道。她觉得那像是一个异域的世界，她只是小娃娃，但她在那里很快活。

"你知道吗，你是随光一起降生的孩子，你的降生就是一场神奇的艺术。"

妈妈曾对她说过这样的话。

那个时候她还那么小，还不能明白妈妈的意思，她只是歪着头坐在妈妈膝盖上，看妈妈眯起来的眼睛，知道她喜欢自己，因而内心十分骄傲。她那时大概只有四岁。

回忆一点一点流进心里，她记不得任何连贯的情节，但她记得那些闪着光的话语和片段。它们沉睡在她记忆的深海，很多年不被意识的探照灯照亮，但它们从未消失，在越来越多的搜索与思量中，冰层一寸一寸融化，海水泛起波澜。

窗口透进夜晚纯白的月光，床在窗边，和窗台连成一体。窗外框的四周都种着常春藤，枝条绕花栏蔓延，垂下长而柔软的天然帘幕。窗口像夜晚的贝，月光像天堂的神谕。

夜色温柔，她忽然又想去看看爸爸妈妈的房间。

她爬起身，套上一条裙子，从床上跳下来。

穿过寂静的楼道，她重新来到爸爸的书房。

书房里还是和上次看到的时候一样，干净恒久，只是她一眼看到，摆花的位置上花已经不在了。

房间回到平时正常的空净状态。月光下的屋子像空寂的舞台，夜晚像一场无人的戏剧。洛盈慢慢走到舞台中央，顺着墙沿走动，在书架搭成的背景中，用没有人听得见的声音念出寂静的独白。"爸爸妈妈，你们听得到吗？"她默默地说，"我现在才发现，我记得你们的话。我到过地球了，学会一个人上路了，我以为忘掉的东西原来都记得。"

四周无声无息。没有回答。

不知不觉，她重新来到月牙桌旁。桌脚边上已经空空荡荡。她在四周看看，也没有什么新的东西。摆花的位置平平凡凡，没有塑像，没有装饰，没有隐秘的暗门。

除了两串数码。

洛盈忽地俯下身子，银白色的月光照亮地板边缘的包络线，两串用小刀刻下的数码微微反光，清晰可见。她有点紧张，仔仔细细地看。第一串是九位字母，第二串是十三位字母与数字的组合。

对这两个长度，她非常敏感，那是个人档案空间登录名和密码的长度。

她跳起来，从架子上找来纸笔，跪在地上，一个字符一个字符地抄录下来。然后站起身，顾不得头发上沾的灰尘，跑到墙边的登录端，进入自己的数据空间，再从自己的空间出发，搜索纸上炭笔写下的登录名。她的手轻轻发颤，用一个指头慢慢敲击。

妈妈的名字。她点击进入。

眼前的屏幕瞬间转为一个房间。这是空间的三维形式，她忙去门边取来立体眼镜。档案空间可以布置为二维或者三维，二维方便浏览，三维有直观印象。工作室与论文往往用二维，私人界面和艺术作品常常用三维。在立体空间里，作品有全息记录，电子日志可以做成书的样子，可以用声音播放，也可以刻在山壁上，看上去昂然不朽。

这是一个石壁环绕的房间，和火星处处轻灵透明的墙壁与球形穹顶不同，倒是很像洛盈在地球上到过的文艺复兴时期建筑，长方形的厅堂，线条笔直，青灰色巨大岩石砌成的墙壁，高昂的平顶有壁画，四边有石膏雕刻的繁复的天使。房间不算宏阔，但顶天立地的巨大窗扇在廊柱之间透出光，让室内的光影显出纵深的延展。房间里铺着地毯，错落着壁龛和展台，妈妈雕塑的三维影像就在这些展台上，雕塑做成展览，呈现出神秘而永恒的姿态，整个房间带着一股来自异星的远古气息。

洛盈的心剧烈地跳动起来。

这是妈妈的记忆之库。

她开始在房间慢慢走动，手轻轻触摸那些凝固在塑像里的灵魂。那些身体有扭转的线条，双手向天空伸着，肌肉紧张，仿佛永恒地求取着永远求不到的东西。虚拟阳光从竖长的窗口倾泻而下，白光洒在雕塑身上，让它们看起来像悲剧中定格的角色，在展台上让悲哀永驻。

她拿起一只花瓶，古色古香的长颈阔肚，仿佛古埃及或玛雅文明似的文物。

端详了一会儿她发现，花瓶上面刻写的是妈妈的日志，自动显示成仿古的花体。

"小盈是天使，带来光。"

她看到这句话，目光一下子定住了。

"有时候人以为很懂生活了，但是一道光仍然能让你质疑一切。人永远不能真的掌握生活，所谓的理解应该是一种无穷无尽的自我反诘。交流，交流是灵魂。老师的到来无论如何都是一件重大的事件，小盈出生的这一年，终将载入火星的史册。"

我出生的那年，洛盈想，也就是十八年前，那一年发生了什么呢，老师又是谁呢？

她的心怦怦地跳着，仿佛在虚拟空间都能听到，穿透深沉的寂静在房间里震动。她仔仔细细地看着，妈妈的日志优美却含糊，没有明确的说明。旁边有一只瓷碗，又有一只盘子，每一件文物上都有一两句简明清丽的句子，像悠长时光的蜻蜓点水。

她很想细细地将每一篇日志都看一遍，直觉告诉她，她接近了一段从前不曾知晓的往昔事件。但就在这时，展室敞开的门外面似乎突然响起了什么声音，似乎是有人刚从外面登录了。她心微微一跳，抬头犹豫了一下，将盘子放下，踏出门外。

塔

伊格看到洛盈的时候，吃了一惊。

他站在一片从未见过的虚拟广场上，正在逡巡，不知接下来的去向，就在这时，他神奇地看见洛盈，从广场一侧的灰色大门里走出，红色的裙子在石壁映衬下显得十分亮眼。

他不知道这是哪里。他来到这里，是因为在老师的一篇日志里发现了一个超链接。

"我们常常在这里发表观点，跨越距离，这是最好的时光。"

老师这样写道。他看到"这里"二字的色泽与周围有些差别，将手放上，身边的世界就迅速变换了样子。他来到这里，但不知这里是哪里。

眼前是一片空旷的矩形广场，暗灰色巨大的石板铺地，带长廊的石砌建筑环绕在四周，长廊里能看见庄严的雕像。广场空无一人，中央有一眼干涸的水池。四周的建筑线条尖锐，肃穆阴郁，四角有尖顶塔楼，如同诸神傲然低视。人站在广场中部，立刻感觉孤立而渺小。广场一端是一条细长的出口，夹在左右两侧险峻的建筑中间，显得明亮发光。另一端矗立着一座高耸的教堂式建筑，同样是哥特式风格，正面窄而狭长，拱顶轻捷，大门紧锁，飞扶壁如剑锋，直插云霄。他起初想向教堂走去，可不知为什么，心里对另一侧的出口更为惦记。他边走边回头，出口外的光像是奇异的吸引，他越是背向它，越是觉得它明亮。他走到一半，改变了主意，转身向对面，走向另一端出口的小径。

而就是在这时，洛盈走了出来。

他一下子站住了。洛盈也站住了。

两个人面对面，好一会儿不知道该如何反应。

最后是伊格先动起来，点点头向她打了招呼。

"你怎么会在这儿？"

"你怎么会在这儿？"

伊格想了想，觉得此时此刻应当坦率一些："我是从我老师的空间连过来的。"

"老师？"

"我老师从前来过火星，十八年前。在此住了八年。我因此认识了他的爱人。"

"十八年前？"洛盈忽然低低地惊呼了一声。

"嗯。"伊格回答，"据说那是战后第一次有地球人到火星。"

洛盈没有说话，睁大了眼睛，轻轻咬着嘴唇看着他，脸上写着惊奇与一点点迷惘。

"这里是什么地方？"他问她。

"我也不知道。"

"那你是怎么来的？"

"我是从我妈妈的空间过来的。"她仍然睁大眼睛，"我妈妈……也提到过老师。"

"你妈妈？她叫什么名字？"

"阿黛尔。阿黛尔·斯隆。"

伊格皱了皱眉，他没听过这个名字。他想了想问："你认识珍妮特·布罗吗？"

"当然认识。"洛盈说，"她是我妈妈最好的朋友。"

"真的？"伊格脱口而出，"就是她给了我进空间的权限。她是我老师的爱人。"

这样就很明显了。洛盈妈妈提到的老师，多半就是他的老师。他看到洛盈惊奇地张开嘴，不知道其中有什么更深的渊源，于是小心翼翼地问："那你的妈妈在哪个工作室？"

"起初在水电第三实验室，"洛盈轻声答道，似乎也因这突如其来的发现内心紧张，"但生前最后两年没有注册任何工作室。"

"生前？她去世了吗？"

"是，我爸爸妈妈都去世了。我爸爸生前在光电第一工作室工作。"

"什么？"伊格一下子呆了，"你爸爸在光电实验室？"

"是，被罚以前一直是。"

"什么被罚？"

"被罚到火卫二上面去开矿。"

"为什么？"

"我也不知道。"

伊格越来越紧张："那他们是因为这个而死吗？"

洛盈点点头："是。矿船事故。"

伊格呆立了半晌，久久无言。洛盈问他是怎么了，他很长时间不知道该怎么说。头脑里一片纷杂，思绪像万千飞舞的雪花。洛盈的父亲死了。他在光电实验室。他因受罚而死了。老师的死和洛盈父母的死交会在一起，他不知道其中是不是有必然的因果，是不是一张小小的芯片带来了这样大的悲痛的结局。他内心涌起深深的巨大的歉意，如果是老师的索求导致了洛盈父母的受罚，那么他真的不知道该如何面对面前这个柔弱的女孩。她看上去如此纤细，却是在这样的死亡中孤独地成长。他忍住心底的悸动，将自己来火星的初衷和这些天的发现逐一作了简要说明。

"就是这样。"他最后说，"我的老师带走了你们最最核心的数据库存储方案。他叫阿瑟·达沃斯基。"

洛盈怔怔地呆立着，大眼睛一眨不眨，写着强烈的震动，过了很久才喃喃自语道："是这样吗？"

伊格点点头："我不知道该说什么，也许该替我的老师说声对不起。只是对不起可能也没有用了。"

洛盈完全没有回应，只是显得茫然而悲伤："是这样吗……"

"你没事吧？"

她使劲摇了摇头，什么都没说，但表情显得很复杂，他不知道她是不是哭了，虚拟空间能传递人的表情动作，但没有液体。他想说两句安慰的话，但是像面对珍妮特一样觉得力不从心。他默默上前，一只手握住洛盈的肩膀，心底觉得一阵酸楚。

"为什么是这样……"洛盈喃喃地说。

是啊，为什么。伊格内心感到无法抑制的悲凉。为什么天地如此辽阔，却容不下几个志同道合的朋友。

"欢迎前来，我的朋友！"

就在这时，一个洪亮的声音忽然响起来，伊格和洛盈都吓了一跳。

"是第一次来吗，我的朋友？"

他们循声环顾左右，发现声音来自广场一端的出口。从教堂的方向看，广场如同鱼腹，尽头的出口就像鱼嘴，长廊在出口两侧，如细牙交错，出口外的远处透出白光的海洋。白光狭长而耀眼，人却始终看不出其中任何物体轮廓。从这白光旁的一侧，一个白发苍苍的老人自回廊里走出来，身材高大，声如沉厚号角，脸膛红润，笑容明朗。他伸开双臂，迎向他们，双手阔大，显得粗厚有力。

"朗宁爷爷！"

洛盈突然叫起来，显得很激动，迎上前去，想要和老人打招呼。伊格也跟着她走过去。

老人却显得像是不认识洛盈。

"欢迎你们，我的朋友。"老人说，"请原谅我还不认识你们，我来这儿只是第二天，对人们还不熟悉。不过你们放心，要不了几天，我就会认识每一个人，认识每一个前来的人，只要你来过，我就不会忘记。"

"朗宁爷爷？"洛盈呆呆地愣了。

"我是这里的守卫，塔的守门人。叫我守门人好了。你们是来看塔的吗？"

"塔？"洛盈喃喃地说。

"当然，我们的塔。为人引路是我的职责。我愿意为你们效劳。"

"朗宁爷爷，您为什么会在这里？"洛盈仍然固执地问。

"我为什么会在这里？"老人脸上露出笑容，"自从我死了，我的记忆体就到这里了。"

伊格一惊，脱口而出道："您……"

"是的。"老人爽朗地笑着说，"我死了。你别问我为什么会知道自己死了，我也不知道为什么。你是在和我说话，但也不是在和我说话。我是我的记忆体。我的记忆体不能理解，但是能按照我的方式对答如流。我虽然死了，但还能完成我的守护，很多很多年。"

"朗宁爷爷，你不认识我了吗？我是洛盈啊。"

"小姑娘，别哭，别哭，遇到什么伤心事了？"

伊格看到洛盈的眼睛越发悲伤了，但老人还是慈祥地笑着，认不出她。他端详着老人。老人的笑容出奇地明朗，肚子圆圆的，银发一丝不苟，声音充满圆号般的洪亮厚度。

伊格心底升起彻骨的寒冷和敬意。他不知该如何面对眼前讲话的身影。他是在与一个已经封闭的灵魂对话，亲眼看见灵魂的安息与笑容灿烂融为一体。他似乎看到一具冷寂平躺的躯体，生命力完全消散，但遗愿飞出体外，伴随着记忆在电路里运行。电路里电子秩序冰冷，但电路外的笑容有永恒的温度。他不认识这个老人，但他能感觉到洛盈的悲伤。电子程序能唤起温柔的情感，但却不能理解，不能聆听。

"谢谢。"伊格对朗宁说，"我们愿意参观，但贸然闯来，不知道规矩。还请您多包涵。"

"没关系，年轻人。不要顾虑太多。在塔的面前没有规矩。"

老人开始带着他们向前走，伊格看看洛盈，她平静了一点，低落地跟在他们身旁。

"你们想要听一些关于塔的介绍吗？"

洛盈只是看着老人不答话，于是伊格点点头说："好。愿意听您介绍。"

"塔是理想的心脏。是广义语言的统合。"

"广义语言？"

"对，广义语言。"老人平和地说着，目光仿佛意味深长，"每一种呈现都是一种语言。感知、逻辑、绘画、科学、梦境、谚语、政治理论、激情、心理剖析，所有的这些都是对世界的呈现。所有呈现都是语言。只要我们还关心世界的样貌，我们就要关心每一种语言。语言是世界的镜子。"

"语言是光的镜子。"

伊格忽然想起老师临死前说过的话。他深吸了一口气，心里暗暗悸动，隐约感觉到此时此刻和老师的死亡瞬间有着隐秘的联系，他仔细聆听。老人继续着河流般的话语。

"……每一种语言都是一块镜子，每一块镜子都照出一个特殊的角度。每一种镜像都真实，但每一种镜像都不够真实。你是否了解自由主义和集体主义的争论？理性和非理性的争论？你知不知道它们各自在什么样的尺度上呈现了真实？它们又是什么样统一体的不同映象？这就是关于镜像的主张。它尊敬一切镜中之影，但不崇拜任何一种，它试图在语言之间穿梭，用镜中之影构造出世界真实的样子。"

镜中之影。伊格在心里重复。语言是光的镜子。

"从影像推测光源？"他问。

"对。前提是要相信：有真实存在，碎影能拼成真实。"

"别为镜子忘了光。"伊格点点头。

他们慢慢走到了狭长出口的面前，白光的海洋已经近在咫尺，通道的前段尚依稀可辨，深入的部分就什么也看不清了。白光像一团盈盈的雾气，依稀有荧亮的光点闪过，迅疾滑行，让整段通道显出一种旋涡般的荧彩。

老人笑笑，一只手指着通道里的白光，一只手在身前伸出三根指头。

"每个时代有每个时代的症结，在我生活的时代，最大的症结是不可分享的事物阻止了可分享事物的分享，是需要争夺的物质束缚了精神的交往和自由，是各种镜子里照出的图像支离破碎，还不能彼此对照与拼搭。人们长久地忘却了世界，只记得镜像，却忘了被映照的物体。人们自负而躁动，各自抱持着碎片，相互隔绝。这就是我们为什么需要塔。"

老人的声音上下起伏，厚重的胸腔共鸣带出吟唱般的韵律，句子似乎普通，但悠远波动，听上去仿佛有种诗的味道。

"走吧。"老人还在笑着，用厚实的手掌拍拍伊格和洛盈的背脊，温度透过电缆，仿佛传到伊格真实的身上，"穿过这条通道，就是塔了。去看看塔吧，就在前面。"

伊格看看白茫茫的前方，又看看老人："您不一起过去吗？"

朗宁笑着挥挥手："我不过去了。我的引路就到这里。只能到这里。"

伊格向前望去，向前走去。洛盈没有跟上来，他回头看看，她仍然在老人身边，似乎还想唤起老人的记忆。他轻轻叹了口气，回到洛盈身旁，拉起她的手。她的手指柔软而冰凉，在他手里抽动了一下，但没有拒绝。她跟着他一起走进通道，偶尔回头看一下，但没有停下。通道里白光笼罩，但地面坚实，没有踏入虚空。白光充满一切，前方没有尽头。两侧已没有廊柱和塑像，整个空间仿佛脱离现实，变成一条抽象的光的隧道。

他们缓慢而慎重地走着。忽然，一个句子出现在眼前，清晰、冷静、强烈，仿佛一阵光，投射到眼底，继而投射到脑海和心底。来不及做太多的逻辑推演，句子如印刻般射入心里，文字并不迅猛，也不刺眼，但却有一种稳而肯定的力量。

理论是我们的发明；……我们用猜测、猜想、假说创造一个世界：不是实在的世界，而是我们自己试图捕捉这个实在世界的网。

——波普尔

伊格被一种震慑感所笼罩。更多的句子很快从四面八方显示出来。

感觉和建筑在感觉之上的思想是些窗户……哲学家的职务是尽量使自己成为一个平正的镜子。

——罗素

对于哲学来说，真正的困难在于观察和思考的个人在时间上和空间上的多样性。但解决的办法很容易用语言来表达，那就是：我们所知觉的多样性只是一种现象，而并非实在。

——薛定谔

伊格觉得，自己走进了一条混淆时间空间的隧道。一个个句子交替出现，在白光里亮起，就像映在墙上的画，不逼人注视，却让人难以移开目光。

在语言和习俗里，在政治的宪法和宗教的教条里，在文学和技术里，积淀着无数代人的工作，……每一个人都尽其所想或尽其所能地向这种精神索取。

——齐美尔

他们越走越快，句子越来越多。人名跨越两颗星球，三千年的时间，极端迥异的领域。一些人名伊格听过，一些没听过。他注视，阅读，记忆，感觉。所有的句子都像和朗宁的话缠绕在一起，和老师的话缠绕在一起，且彼此缠绕，就像无数根质地不同、色泽迥异的丝带环绕彼此螺旋上升。他沉浸在句子里，融进了白光的通路，失去了方向，失去了距离的判断。突然，当出口来临，一片清晰开阔的天地闯入视野，他像从梦中恍然惊醒，眼前的景物似乎有刀锋般锐利的边缘。他只记得走出之前的最后一句话：

美是"一"的永恒光辉透过物质现象的朦胧的显现。

——普罗替诺

他看着前方，呆呆地站着。洛盈在他身边也呆住了。两个人没有说话，定睛并肩站立。视野里是一片荒野，荒野中央飘浮着一座巨大的圆筒形建筑。荒野并不奇特，是地球上干旱内陆的常见图景：一望无边，杂草星星点点，土地灰白而干涸，视野通达，天空有低沉的云，层次丰富，变幻莫测。风景不奇特，在地球上很多区域都可见到。奇特的只有空中的建筑。伊格从第一眼见到就无法收回视线。圆筒上窄下阔，上连天，下触地。它看起来并不坚固，形状似乎每时每刻都在发生变化，筒壁仿佛由云雾构成，凝聚在一起，却随时在旋转流淌。筒壁上张开伸向四面八方的通道，形态各异，有机械手臂，有数字，有音符，也有水彩线条。所有通道在圆筒里汇成云雾，在圆筒外向各个方向延伸，旋转四散，尽头消失在空气里，好像进入了另外的世界。

伊格惊呆了，久久地凝视着，心中如电光石火般澄明起来。仿佛空中降下一股冰凉的水，所有的疑惑在那一瞬间被水流冲散。他看着悬在天地间庞大的柱体，看着拼盘般井然有序、万流归宗的云和通道，清清楚楚地读到了云雾体身上铭刻的五个字母：

B-A-B-E-L

巴别。塔的名字是巴别。语言之塔巴别。将所有广义语言融合、将科学文艺政治和技术都容纳的精神之塔,只能是巴别。人类第二次建筑巴别塔,第二次尝试通天的野心。语言的转换与相互沟通。巴别。塔的名字是巴别。巴别的开头字母是B。

伊格伸出双手,高举过头,向天空久久扬起。他闭上眼睛,在心里呐喊,没有任何声音,但他听到轰鸣。老师,他向天空大喊,这就是你想要埋葬自己的地方吗?这就是你的遗愿吗?你想要留守在这里,留守人类语言的统一,像朗宁一样,做一个领路人,是吗,老师,这就是你的遗愿吗?如果是,我愿尽一切努力帮你达成。他在心里一字一顿地说。他觉得有风吹过面颊,他知道那不是真的,在虚拟空间里无风无沙,但他愿意相信那是真的。

荧惑

风吹过内心,虚拟的沙地扬起尘土。洛盈望着天空,一望无际的荒野,漫天席卷的流云,悲伤与震撼交织而上,如提琴在天堂奏响,她无法形容内心的感觉。她见到了巴别塔,这是她第一次见到巴别。巴别。语言之塔。世界之塔。不同世界的语言,不同语言的世界。数字环绕扶梯,词语飞升,颜色铺成通天的翅膀,旋律空灵恢宏。

塔在空中旋转,从虚无中来,向虚无中去。全身散发着无法言喻的光芒,无一处发光,却无一处不明亮。只有塔所在的地方是亮的,暗淡的符号组合在旋转交融中发亮,塔就是光芒。在光芒中有图像时隐时现,有人和风景交织着旋转在空中,在字母和公式之间隐隐穿插,仿佛世界与世界彼此交融。

洛盈在塔的脚下越过死亡。她看到朗宁爷爷的笑脸,像一轮冬日里的太阳。他不会死了，他已经死了，不会再死。他在塔的脚下得到安宁。他牵着她的手带她来到这里，在这里她领悟他的意思。"关心世界的样貌，碎影拼出真实。"她还不懂这话语确切的含义，但她会记住，像她记住十一岁时他说过的话。

她看着旷野无边，尘沙席卷，忽然明白了爷爷和他的朋友们守护的是什么。爷爷，朗宁，加西亚，加勒满，在荒野起飞，守护的就是这虚拟的塔，虚拟却比真实更真实的塔。每个世界都有自己的神话，火星也不例外。她在地球上读过很多神话，东方西方，热带寒带，从宇宙发源，到文明产生，神话也就是历史。当她穿梭过不同的世界，她发现一个世界的神话总是一个世界专有的。东方神话总是独来独往的仙人，西方神话总是种族聚居的巨人。她起初不明白这种灵魂性格的差异，但是后来，当她真的看了东方云雾缭绕的险峻山峰，也看到了西方宽广连绵的草地森林，她才明白这是多么自然而然的事情：高山配独行，原野配族群，这是苍天和大海的馈赠，所有的神都是家园的神。

火星的神话是专属于荒漠的神话。那是在风沙中起飞的翅膀的神话，那神话新鲜、粗粝、荒野、迅急，没有一丝一毫青山秀水的浪漫，也没有一寸一分幽暗丛林的神秘，只有直冲冲的飞行，扬起尘土，穿过沙粒，激起爆炸，迎向太阳，拥抱沙漠，刚劲从容，像铁一样坚硬，像鸟一样轻灵。在地球的巨大舰艇面前如飞蛾扑火，悲壮而决绝。爷爷和他的伙伴们就是这样的神话，荒漠中央的塔是他们旷野的源泉。

洛盈无声地哭了。没有眼泪。一个世界总是一片土地与其天神的整体，只有穿过不同世界的人，才是失去这整体的人。

演出的日子到了。

全场灯光缓缓暗下，一只只淡金色的座椅慢慢地顺着墙壁上升，停留在不同高度。穹幕全黑，亮起一点一点的银白色星星，让整个剧场悬在无边的太空。鹅蛋形穹顶的一端出现太空中拍摄的地球，另一端出现红色的火星，由远及近，逐渐清晰。一颗星球是蓝绿色外观加白云缭绕，另一颗星球是赤红色土壤与坑洞山岭。两颗星球在两端，如庞然大物相呼应，观众座椅夹在中间缓慢漂移，像无足轻重的宇宙尘埃，纤细而随波逐流。整个剧场黑暗庄严，音乐从四面八方鸣响升腾。

洛盈在后台准备登场。火星。荧惑。她在心里轻轻地念着。

红色的土地，夜空中的家园。

她的第一个火星是在地上仰望却看不清轮廓的亮点，是唇齿间清晰而头脑中模糊的印象，是无法追溯的儿时回忆，是努力回忆和努力克制回忆的每一个黄昏。

她的第二个火星是书本里陌生的讲述，是影像中的另一个世界。是数字和真空中爆裂的鲜血，是连绵不绝压抑如雷的斗争；是人们声音里的战栗，是孩子们好奇的探询和邪恶的幻想；是古老的战神，古老的敌人。

而她的第三个火星是能透过阳光和星光的窗子，是推开窗看到的小广场，是小广场上扇形的草坪，是草坪上白色的小花，是小花背后铺开的隧道车，是隧道车连接的玻璃房子，是玻璃房子绵延铺成的晶莹城市，是女孩设计创作长大嫁人安家选择的唯一的国度。是俗世的生活，简单的家。

火星。荧惑。一千八百天的分离。红色的土地，夜空中的家园。

洛盈在后台缓缓地伸出手，手腕在胸前相并，指尖滑向两边。黑暗无边，袖口的暗金色若隐若现，如同银河穿梭在原野的夜空。黑暗的剧场里响起若隐若现的风声，阿拉伯号角从远方飘来，牛皮鼓和清灵的木琴低低地打着节拍。老人在海边讲述千年的传奇。鲜血与光荣在唇齿间战栗，死去的灵魂在风中飞扬。号角淡出，东方的竹笛开始飘旋，回忆穿过星空，戏剧登场。这已经是太熟悉的旋律，洛盈记得住乐曲的每一处起落，每一个隐藏的装饰音，也背得出曲中讲述的神话与现实。

竹笛收拢出一个气口，洛盈跃出，在第一声大鼓敲响的时候右脚踏在舞台。

这终于是她自己的舞蹈。当世界消失，黑暗中剩下自己一人。两颗星球的画面化成独舞。她记得住自己路过的每一个国度。这是她的命运，她灵魂的旅程。她不能再融入家园的规范，却永远记得家园的梦想。她将那梦想刻入骨髓，将所有国度装入自身。

当每个世界她都不能融入，她愿像爸爸妈妈和他们的老师，流浪在心里，遥望家园。

在洛盈跌倒的一刹那，她听到一声低低的惊呼。没有听清方向，也没有来得及分辨声音，她只知道在倒地之时，一个人的双手从身后撑住她的肩头。

这一天不适合舞蹈。从踏出的第一个小节，她就觉得脚上的触感和平时不同。太轻飘了，无法用力踏地板，速度不够，每一个音符都轻微落后。她知道在平转后会有绚烂破空的鼓乐合鸣，而她必须在那一刻准确腾空做七周旋转，于是她在脚趾上暗暗加力。但在腾空的那一刹那，她感觉到脚趾突然不听使唤了，成功在空中完成了飘逸的旋转之后，她跌落在舞台，右脚吃不上力，一阵剧痛，全身倒在地上。

全场大灯亮起，一阵光芒晃得她睁不开眼睛。她看到伊格在自己身后，紧抓她的肩膀。很多人从场边如潮水涌来。

病房

伊格和路迪并排，坐在病房外间的小沙发上，等候洛盈手术结束。病房已经拾整妥当，打扫得干净明亮，病床在里间，柔软的被褥已铺好。为了让病人安眠，病房的墙面调成乳白，金属立柱也漆成柔和的淡绿，仪器设备打造成低矮的柜子，外表饰以花纹，以免造成病人不必要的紧张。

伊格和路迪很长时间没有说话。路迪感谢伊格在洛盈倒地时施以援手，伊格说没什么。此后两个人便找不到话说。伊格看着这个小自己几岁的金发少年，能感受到他的焦虑和担忧。路迪沉默地坐着，没有很多神经质的小动作，但伊格注意到，他的双手交叉，相互攥得很紧，指节因为挤压显出青白的颜色。他在担心他的妹妹，他身上流露出一种近似长辈的职责感。伊格自己也在担心。他在洛盈摔倒的时候，距离她最近。他清楚地看到她足尖点地却没撑住身体，脚趾在地上弯折。他心里明白，不出意外这应是骨折。他只是希望伤势不严重，通过术后休养就能恢复，不会影响今后她的翩然舞动。

时间过得很慢，病房里压抑而沉闷。

突然，门开了。

伊格和路迪同时站起身来。门开得迅疾而锐利。进来的并不是洛盈，也不是医生，而是两个穿制服的年轻官员。走在前面的一个和路迪相识，进来之后用眼神向路迪招呼示意。

"您就是伊格·路先生吧？"他径直问伊格，声音客气，但面色如冰。

"是，我就是。"伊格点点头。

"我叫卡森。"官员自我介绍道，"是审视系统一级监察员，负责罗素区安全和秩序。"

伊格没有说话，等待他继续。

"有几个问题希望您配合回答一下。"他停了一下，看了看伊格又继续说，"今晚演出时您为何出现在舞池旁，而不是观众席？"

伊格在心里估量着他的问题，谨慎地回答："我是摄影师，希望能拍到近距离的画面。"

"您的行动是否得到过允许？"

"是我同意的，"路迪插话道，"今晚的现场调度是我负责。"

卡森看了他一眼，没有理他，面容依然冷峻，继续问伊格道："您当时是否进入过舞池？"

"没有，我一直在场外。"

"那您离舞者最近时距离有多远？是否超过一米？"

伊格皱皱眉："这是什么意思？你们怀疑我……"

"是。我们怀疑你对洛盈小姐实施某种影响，造成事故发生。"

卡森坦率地承认了怀疑，他身后的助手在电子记事簿上做着记录。伊格倒吸一口凉气，没有想到会有这样的事情发生。他非常坚决地予以否认："没有，绝对没有。我一直在拍摄，直到看到她跌倒才跑过去。"

路迪也试图为伊格辩护道："他的确是摄影师，我是检查过他的仪器设备才让他进去的。我想可能是误会了。他应该没有理由妨碍演出，更没有理由加害小盈。"

卡森死死地盯了伊格一眼，走到路迪身旁，对他耳语了几句。路迪脸色变了，皱了皱眉，疑惑地看着伊格，就像在看另外一个人。他闭上了嘴，什么话也不再说了。

卡森重新回到伊格面前，清了清嗓子说："刚才的问题我希望你能再重新考虑一下。现在我想再问你另一件事。你是不是登录过洛盈小姐和吉儿·佩林小姐的个人空间？"

听到这个问题，伊格本能地感觉到事情变得严重了。他点头承认："……是。"

"你去做什么？"

"去看了看她们的日志。"

"还有呢？"

"没有了。"

"你还去了什么地方？"

"……"

"你为什么会有数据库的账号？据我所知，所有地球代表都只有使用宾馆服务的权限。"

"……"

"你是不是受人指派盗取技术信息？还是有什么企图？"

"……"

卡森的一个个问题如同冰冷掷来的锥子，尖锐紧凑，直指目标。伊格无法回答。他无法解释自己如何获得浏览的权限。他不知道如实回答会有什么后果。他答应过珍妮特要保密。没有她的允许，他不能说。他只能以沉默应对，在心里找寻办法。

伊格内心紧张，但还未失去基本的判断力。他知道情况看起来很糟糕。他不仅到过洛盈的空间，还曾留言向她道歉，这说明他们之间至少有过冲突，为针对他的怀疑提供了佐证。他只是想就老师的问题说几句安慰的话，但语焉不详，让人猜疑。至于更严重的间谍指控，他清楚自己更是百口莫辩，他去查看过吉儿的设计参数，还到过数据库的核心象征巴别塔。他的初衷只是好奇，但他知道这理由太过单薄。没有人能给他做证，他的行迹太可疑，即便珍妮特替他解释，他也难逃密探的怀疑。他的掌心渐渐出汗。

就在这时，门又开了。

这一次进来的是一行人，为首的是第一天晚宴上见过的黑红脸膛的矮胖官员，后面跟着另外两个火星官员，然后是泰恩和德国的霍普曼上校，走在最后的是贝弗利和火星总督汉斯·斯隆。

一行人进了屋子，病房立刻被占满，火星和地球官员自动分开到两侧，谁都没有开口，气氛紧张，如同积云压低的夏日。

"伊格·路先生，"汉斯打破僵局，平静地问道，"我想你已经知道我们的疑问了？"

伊格点头："是的，我知道。"

"那你能否为你的行为提供一些解释？"

"……不能。"

"是谁给你权限让你进入数据库的？"

"……我不能说。"

汉斯停了一会儿，似乎在给伊格修改答案的机会。他专注地看着伊格，目光平稳，并不带恐吓或逼迫，相反却带着隐约的期待。伊格没有说话。

"那么，你能不能解释一下你在数据库漫游的理由？"

"我……对这个空间很好奇。"

"只是好奇？"

"只是好奇。"

"为什么好奇？"

伊格还没有回答，一旁站着的黑红脸膛的胖子就大声嚷起来："趁早别跟他扯皮了！纯属浪费时间。间谍怎么可能说实话呢？我早就说了，他绝对是来干扰投票的！"

"胡安，"汉斯低声喝止，"先别急。"

伊格有点茫然："什么投票？我不知道。"

"少来这套！"胡安气愤地喝道，"你少给我装蒜。在这儿也没有别人，我就把话挑明了说。你们就是猜到我们的民众不会同意将聚变技术交给你们，所以想潜入，对投票动手脚？对还是不对？你们这帮伪君子！"

"不不不，你们误会了，"贝弗利连连摆手，又是耸肩又是微笑，"我们绝对没有这个意思。伊格·路先生的行为是他自己的私事，我们都不知情，更没有指示。"

伊格能看得出来，贝弗利没有说出的意思是"他和我们没关系，如果你们要处置，别牵连到我们"。不过，在此时此刻，他已经无暇理会贝弗利的托词了。他在思考其他的事情。聚变技术几个字在头顶回旋，嗡鸣不已。他之前知道他们在谈判这个，但此时却嗅到一丝别样的气味。

汉斯又一次止住胡安："不要急，所有的路径都有记录。"

他说着转头寻找最初进来的卡森，卡森会意，立刻将助手的记事簿呈交上来。汉斯低头察看，看完交给胡安。汉斯的表情还是一贯不变的平和，不动声色。胡安看完，有点不甘心地点了点头，小胡子翘起怀疑的弧度。

"好，我收回我刚才的话。"他口头让步，但目光仍步步紧逼，"可就算你没到过投票场，也不代表你没有企图。我看你还是早一点坦承为好。我不希望事态扩大，如果你始终抵赖，而最后我们又查到了什么，我们不排除一些惩戒的措施。我问你，你是不是想要窃取某项技术？"

"不是。"伊格说，"我能要什么技术？"

"你不要，有人想要。你们谈判不成，就想要暗自窃取，是不是这样？"

"请您不要随意猜测。"

"你没有向地球传送信息？"

"没有。"

"可是有记录显示，你下载了大量数据。"

"那都是些影片！"伊格有点急了，"你们可以去查！你们不是什么都能查吗？你们把我账号下下载的所有数据拿去查就是了。那些都是电影，都是我的老师阿瑟·达沃斯基的电影。我说的都是实话。下载自己老师的电影有错吗？"

他被咄咄逼人的盘问激得有一点被动，有点急躁，无法做到完全的处变不惊。他对老师的电影有天然的捍卫情绪，它们不是政治阴谋，尽管从一开始就与政治相关。他意念纷纷，头脑中回响着技术、谈判、交换、聚变等等词语，夹杂着空气里一触即发的阴谋政治论调，他一下子反应出这是两颗星球对抗的烈焰。他突然意识到其中蕴含的对抗的张力。他回想起洛盈当天的话：这不是商业不商业的问题，这是火星和地球的问题。他这才明白了洛盈的情绪和担忧。他开始回忆这二十几天来的所作所为，心思纷繁。他头脑很乱，没有注意到，汉斯听到他的话，若有所思，将路迪叫到跟前，悄悄耳语了几句。

胡安不为他的激动所动，仍然像一只胖而警醒的刺猬，冷冷地绕着他说："我们会查的，一定会查。这点你放心。现在是下一个问题，你必须如实回答。你到塔那里去做什么？"

伊格有些心不在焉："好奇，只是好奇。我说过了。"

"你知道塔是什么地方吗？"

"知道一点。"

"一点？你倒真是谦虚。什么叫一点？知道一点的人能径直找过去，不费半点周折？你敢说你之前没有做过充分调查？谁会相信？你分明是早有了解，蓄谋已久，受人指使，特意前去，就是为了到我们的核心区进行破坏！是不是？是不是被我说中了？"

"当然不是。简直是无稽之谈。"

"那你到底是为什么过去？！"

胡安的怒喝像一声惊雷。伊格感觉喉咙发干，嘴唇麻木。

胡安像一团火球，步步紧逼："而且你还去了两次。第一次你说是好奇，那么第二次呢？又有什么解释？"

伊格面对胡安的逼视，不知道该如何解释。他没有把老师的事情告诉珍妮特和洛盈以外的人，现在也不清楚该不该讲。他第二次去是完成老师的遗愿。珍妮特帮他将老师的记忆埋葬，只有她能证明他的清白。可是这是隐秘的活动，她逾越了她的权限，他的坦白将会给她带来不必要的苛责，他想起洛盈的父母，心生胆怯，只能闭口不言。他看看汉斯，汉斯也在看着他。汉斯这一次没有再阻止胡安，看得出，他也很关心这个问题的答案。伊格沉默着，其他人也都沉默。病房里的空气仿佛凝滞了，每个人都怀疑地看着他。泰恩环抱双手，默不作声。贝弗利皱着眉头，站到火星一侧汉斯的旁边。胡安的目光威吓是屋中唯一熊熊燃烧的火。

就在这时，门又开了。

众人的目光一下子汇聚到门边，只见洛盈出现在门口。她高高地坐在一位医生的肩头，一袭纯白的病服，面色苍白，静如止水，脊背很正，脖子立直，虽然看起来很虚弱，但是从出现的一刹那，就有一种让人无法忽视的洁白的力量。她的右脚上套着一只金属丝制的长靴，左脚裸露，端坐在医生肩上。医生身材中等，肩膀宽阔，站立得很稳定，双手揽住她的小腿。

"是我让他去的。"洛盈静静地说，声音轻而镇定。

"小盈……？"路迪脱口而出。

"是的。是我。"洛盈说，"是我邀请伊格先生到我的空间，又给了他去塔的链接。"

"……为什么？"

"没有为什么。"

"小盈，你知道你在说什么吗？"路迪的声音严厉而充满狐疑，"这是个严肃的问题。"

"是的，我知道。"洛盈既不看伊格，也不看路迪，只看着胡安的眼睛，"我很严肃。"

洛盈的声音淡静得没有一点感情，轻缓冰凉，在静得过分的房间里像一根刺破空气的针。所有人都看着她。除了伊格，每个人都被这变化弄得措手不及，疑窦丛生。然而没有人出声质询，洛盈纤弱清瘦的身体似乎让人不忍质询。大家都沉默着，等她给出更多的解释。

天台

洛盈在病房门口听到了屋内的争吵。瑞尼医生推着她的轮椅，她静静地坐着，聆听屋内追捕般的质问。她迅速明白了争吵的症结。房中的对话像小锤子，打在她的胸口，一字一击。走廊漫长而黑暗，深夜无人，空气寒冷干燥，漫过身体，她微微战栗。

胡安伯伯是在搜索细节，在攻击，在扰乱，在迫使伊格承认阴谋，在试图寻找引起冲突的蛛丝马迹，在为开战制造理由。胡安伯伯一直没有放弃动武的主张，他甚至想直接攻打，但他缺少的就是理由，强大而不可置疑的理由。细节就是理由。在形势面前，不需要严谨。一个人的一个错误能引起很多事，这个人是谁，错误是什么，倒不很重要。所幸伊格没有向地球传输任何数据，但凡有所输出，阴谋必然成立。

她坐在轮椅里，紧紧抓住轮椅的扶臂。她还没有脱离手术后的虚弱，双手指尖无力。当胡安抛出他掷地有声的诘问时，她的肩膀不由得抖动了一下，仿佛胡安伯伯的声音有质量，直接穿墙抛在她的身上。

她的心里纷乱芜杂，但不知该怎么办。她不愿让伊格被无端质疑，不仅仅因为伊格的老师也是妈妈的老师，更是因为她不愿看到任何无辜的指控。

这时，一只手从她身后揽住她的肩头，沉厚有力，掌心温暖。她在这温暖中镇定下来，回头感激地看了一眼，瑞尼医生的面孔在黑夜中显得很宽容。她心里慢慢有了一个主意。

"瑞尼医生，"洛盈极轻细地说，"你能帮我一个忙吗？"

"当然。"瑞尼答应了，话语温和而肯定。

"你能……抱我进去吗？抱得高一点……"

瑞尼听了，平和地点了点头，没有问为什么，俯下身，右臂撑起洛盈双腿，左臂扶住她的腰，将她抬起到他的右肩上，高高抱起。洛盈察觉出一种难得的有人可依靠的坚定感。瑞尼身材中等，但肩膀和手臂稳定有力。洛盈起初心慌，坐稳了就不再害怕。她很久没有这样被人抱起了。上一次还是五六岁。自从父亲去世，她就没让别人抱过她。她坐在瑞尼肩膀上，双脚轻悬，右脚刚做完手术，没有任何触觉，左脚凉凉的，在走廊的黑暗里足尖颤抖。

她小心翼翼地推开门，克制心里的慌张。屋子里的大人们齐刷刷地把目光投在她身上，她觉得全身僵硬，屏住呼吸，靠气息支撑自己。她看到每个人脸上都混杂着复杂的表情，从担忧关怀到不理解的疑惑，如同探照灯，从四面八方照在她的脸上。

她讲了自己想好的话，如她预料，她得到了更大的质疑。

"是的，我知道。"她说，"我很严肃。"

"可是总要有个理由吧？"哥哥皱着眉凝视着她，"难道你以前认识伊格先生？"

"是的，我认识。"洛盈轻而宛如害羞地说，"我认识伊格先生，而且……我喜欢他。我从地球上就喜欢伊格先生了。我喜欢他拍的电影，他的文章。所以这次我让他来我的空间，又让他去参观塔，因为塔是妈妈带我去过的地方，我想带我喜欢的人去。这就是全部过程，你们可以去查，我也到了塔，从妈妈的空间过去的。就是这样。"

她说完，看到屋子里一片尴尬的表情。大人们面面相觑，衣袖发出唏嘘的摩擦。她故作严肃，以求将真正的严肃消解。她扯出莫须有的情怀，以抵消莫须有的罪名。大人们沉默了，没人知道该怎么处理一个女孩子的甜美追星。胡安伯伯的脸黑里透着红，一阵阵阴晴不定。洛盈望着他，满含期待，她知道，从小他就耐不住她的撒娇。

很快，胡安清了清嗓子，表示一切都有记录，可以继续调查，不必过早下定论。

既然他这样说了，其他人便再无异议。僵局暂时消解。显赫的人物一个跟着一个走出房间，脚步轻重缓急，各怀心事。爷爷和哥哥想留下来照顾她，洛盈推说自己太累了，让他们明天再来。伊格虽没有说话，但在出门前感激地望了她一眼。

洛盈在瑞尼肩上静静地坐着，坐得颈项僵直，姿态凝滞。直到所有人都离开了，房间里空无一人，万籁俱寂，她才如卸下千斤重担，轰然跌落。瑞尼医生伸开一直僵持的手臂，接住她柔软倒下的身体。

走廊长而空旷，黑漆漆带有安抚的温柔。走廊尽头是弯月形的玻璃，透出遥远的淡蓝色灯光。瑞尼推着洛盈，顺着走廊慢慢前行。洛盈说不想睡，瑞尼医生便推她出来散心。黑暗的走廊包裹两人的身影，轮椅的车轴发出有规律的咔嗒声。

"谢谢您。"洛盈轻声说。

"没什么。"瑞尼医生声音和缓,"现在想去哪儿?"

"不知道。随便去哪儿都行。"

他默默地推着她,上电梯,再上电梯。从开始到现在,他始终没问她什么。他们转过一个弧道,穿过一间休息室,绕过一座陈列着怪兽般巨大仪器的储藏厅,最后到达一扇精巧的拱门。

瑞尼打开门,推洛盈进去。

那一瞬间,洛盈以为自己又回到了玛厄斯。门缓缓开启,夜幕降临。她仿佛被直接推进了星空,推进一片无限而温柔的茫茫宇宙。

这是一片极宽广的天台。迎面是完整的弧形玻璃墙,屋顶的电池板向两侧让开,让玻璃墙不露痕迹地一直延伸到头顶。墙面如椭球体,淡静而极端通透,让人仿佛无遮无拦地置身于旷野,视野辽阔。医院临近城郊,天台高于一般律筑,风景尽收眼底,近处屋舍俨然,远处星罗棋布,无垠的荒原平和静谧,尘沙偃旗息鼓,天地寂寥,远方的山脉在暗中隐约起伏,像黑色沉睡的兽。天台布局极简,地面光洁,一条蜿蜒的浅水池从脚边穿过,除此再无其他。洛盈面对夜空,深深地呼吸,她没有料到医院还有这样斑斓的一个天地。

"这里差不多是城市的最南端。从这里看出去,可以直接面对大峭壁。"

瑞尼医生在她身后解说。他的声音低缓,和夜色配合得十分恰切。

洛盈望着玻璃外,许久都没有说话。大峭壁像一柄黑色的剑,在远方横陈,黑夜席卷她的全身,她的焦灼慢慢卸下。星空笼罩一切,无遮无拦,就像回到了舞蹈现场,以宇宙为舞台,对着横亘在两端的星星:地球蓝绿相间,火星红橙粗粝,横眉冷对,距离最近,却仿佛最远。群星在四面八方闪耀着,既明亮又黑暗,无垠无边,宇宙中央跃动着孤单的自己。

洛盈闭上眼睛,轻轻靠向站在一旁的瑞尼,心里的困扰在夜色中慢慢流淌进空气。瑞尼给她的感觉很安全,那种依靠是她已遗忘很久的父辈的依靠,就像一棵秋天的树,茂盛而内敛,成熟而平静。他的动作始终得体稳定，像一把手术刀，简洁而又准确。

过了很久，她终于开口。天台宽阔，她听见自己的声音如蜡烛细小的火苗。

"医生……"

"叫我瑞尼就可以。"

"瑞尼……医生，我会在这里住很久吗？"

"应当不用。"瑞尼医生回答得平稳而坚决，"只是普通趾骨骨折，很快就能恢复。"

"我以后还能走路吗？"

"当然可以。不用担心。"

"那跳舞呢？"

这一句洛盈问得很急，不是因为心情急，而是怕迟疑了便问不出口。她觉得瑞尼医生回答之前犹豫了一下，只是一下，具体有多久她无法估量。

"现在还不好说。先观察一阵子吧。"

"……这是什么意思？"

瑞尼又沉默了片刻："你的主要问题不是骨折，而是腱鞘炎。炎症很严重，我不知道你是不是运动过量。跳舞……也还是可以，但我建议你停下来，以免将来造成更大的伤害。"

洛盈心里一沉，这是什么意思她比谁都清楚。瑞尼的话说得明确而克制，很显然，他不想太刺激她，也不想表现得像个强势的家长，但他的意思已经足够清楚，话里的隐含也已经足够明白。他的答案洛盈自己也能猜到。自她听到腱鞘炎这三个字，心里就有了自然的解答。炎症永远比冲击更厉害，永远不坏却也永远不好。对依赖关节细微运动的人来说，严重的炎症就是梦魇。若不想落下终身残疾，最好的办法就是永远退出。

瑞尼的宣判在夜晚如同落入水的铁球，一直砸到水底。洛盈心里的感觉不是错愕，而是扬起的风沙沉降下来。

事实上，她早预料过这个结果。在地球上，她曾经有许多次难以起跳，面对三倍于火星的重力，腿脚像绑上铅石，难以抬动一寸一毫。那时她常常想，早晚有一天，双脚会承受不住这场与重力的战争，早晚有一天会败下阵来。她想过两种结局，一种是没来得及回家就不能再跳了，一种是咬牙熬过那些年回到火星彻底飞翔，但她唯独没想到这样一个不是时候的结局——她终于回家了，却不能再跳了。她刚刚远离那个庞大的重力场，刚刚能够舒展轻盈，就再也不能跳了。她刚刚结束咬牙坚持的日子和日子里的希望，就没有福气再受那些受过的苦了。舞台落幕，草草收场。星与星之间有时有些许火光，但转瞬即逝，只有沉寂留下。自己那么努力地跳着，想越过无法穿越的距离，那么努力，可还是无法成功。磨得脚踝超越了负荷，但还是够不到天空。伸出双手，用尽全身的力气，却还是无法连接两颗星星。最终还是跌倒，最终只能放弃。重力无法超越，距离也不能。

只不过，为什么连个像样的谢幕都没有呢？洛盈仰起头，看着穹顶外的银河。我什么都接受，但只是想跳完一曲啊。她扬着头，流出泪来，眼泪从眼角滑到耳朵，没有声音。它们很温暖，润湿了僵直整晚的脖子。这一下终于了无牵挂了。她想。

瑞尼医生蹲了下来，单膝着地，抬起头看着她，看到了她的眼泪。他戴着圆框眼镜，目光透过镜片，显得温和而包容。他没有说劝慰的话，只是轻轻将洛盈的脚抬起来，扶住她腿上套着的金属细丝编成的靴子。

"这是特制的鞋子，脚部固定，腿部的金属丝连着微传感器，传感器连着微电极，可以把你脚踝及以上的神经活动传到鞋子上，控制行走。这几天可以先用这个走路，但大概得适应一段时间，需要很小心。"

他说完，让洛盈试着活动一下。她抬起右腿，膝盖没有问题，小腿肌肉收缩也很正常。她试探性地动了动脚腕，发觉尽管脚上仍没有感觉，但鞋子跟着金属丝，活动得相当自如。

"能控制？"

"可以的。"

"那就好。一般人最开始都不太灵活。"

洛盈苦涩地笑笑，她能控制，还是托跳舞的福。跳舞的关键就是控制，不是绝对的高度，而是让脚尖在对的时间出现在对的位置，不高也不低，是让每一小块肌肉都接受控制，不过度绷紧也不随便。她看着小鞋子，感受轻细的金属丝将自己包裹，将细微动作如实传达，像敏感又忠实的情绪，将神经传导译成动作。瑞尼一直蹲在一旁，静静地看着，不多问也不催促。

"瑞尼医生，"洛盈一边活动一边轻声问，"你是神经科医生吗？"

"就算是吧。"

"我一直不知道，"她问，"到底是人的脑细胞多，还是天上的星星多？"

瑞尼微微笑了："还是星星多一些。人的脑细胞只有一百多亿，但银河系的恒星就有三千亿，银河系外还有上千亿个星系。"

"那么如果每颗星星是一个脑细胞，整个星系是一个大智慧，它应当比人聪明多了？"

"除非星星与星星能够通话，就像脑细胞之间传递荷尔蒙，否则不可能产生智慧。这很困难。星星离得太远，又隔绝真空。"

瑞尼说到这里顿住了。洛盈也沉默了。瑞尼的话像夜晚的谶语，在天台的空气里空旷回响。

"瑞尼医生……"好一会儿，洛盈抬起头来。

"怎么？"

"今年您多少岁？"

"三十三岁。"

"那您还记不记得，在十八年前，也就是您十五岁的那一年，火星都发生了什么？"

"十八年前……那就是火星二十二年是吧？"

"是。"

"那一年是发生了一些事。"瑞尼的声音有一丝意味深长。

"您还记得?"

"一般人都记得。"瑞尼说,"那是个很重要的年份。地球历 2172 年。我们说的和解时代的开端。"

"和解时代?"

"是。你应该知道地球和火星曾经彻底隔绝过一段时间吧?战争的前二十年,地球阵营还有基地在火星上,为地球阵营运送的物资常常被火星阵营掠取。但后二十年,随着地球阵营从火星表面撤离,开始天空轰炸,火星基本上就处于孤立状态了。所有的物资都需要自己制造,包括食物、水和衣服。这听起来很难,但必须做到。如果做不到,就没有现在的我们。

"战后的前十个年头,地球和火星还是完全隔绝,一些人认为不应该向地球人低头,但加西亚坚持主张,不该为了恩怨断送长远前景,他那个时候三十三岁,成为首任外交大使。我不知道他是怎么做到的,只知道他做到了。火星十年,玛厄斯开始运行,运行了两年之后,双方有了第一笔交易。我们用一项芯片技术换来了地球上一批含氮化学品,开始了重新往来。再后来是十年的物资交换。双方用资源和技术相互对换,就像最原始的以物易物,相互提防。一切都在玛厄斯上进行,没有一个火星人下到地球上,也没有一个地球人来到火星上。这样一直持续到火星二十二年,也就是和解时代的开端。当时我们曾经报道了很久,作为一段历史的结束和另一段历史的开始。"

"那一年是第一次有人来?"

"对。主要是学习技术。这算是火星的主动让步,让地球人先来,保证他们的生命安全,让他们派代表,学习火星的先进技术。这一步火星是冒了相当大的风险。我们唯一能与地球抗衡的就是不断更新的技术,如果让地球学到了精华,很难保证他们不会借以对火星构成威胁。然而当时的决策者认为,总要迈出第一步,如果双方人员永远不相往来,最终吃亏的还是火星,地球可以独立生存,但是火星依旧很难。结果十八年前，第一个使团到访，一共十个人，学习五项火星技术。"

"其中有影像技术？"

"对，那是当时很重要的一项交流技术。有一个人执意留了下来。"

那就是妈妈的老师了，洛盈在心里想，他也是伊格的老师。他不是雕塑家，但是他跟爸爸妈妈谈了艺术。他勾起了爸爸妈妈少年时代的艺术梦想，为他们带来了地球上的自由气息，带来了流动的观念。他和他们在书房讨论观念的历史，试图统合两个星球的不同生活方式。书房里永远留着他的气息，他的影像，他的话语。他的到来正伴随自己的降生，所以妈妈才说她是光，降生伴随着交流的到来。

如果不是他，妈妈爸爸不会死。如果不是妈妈爸爸的死，她不会去地球。而如果不是去了地球，她不会想要追寻往事。一切都早已写好。在出生十三年之后，她注定踏上这场寻找往事的旅程，这是她的命运，与生俱来的命运。

她望着星空，开始寻找黑暗背景中那艘银色的孤单的船。船上有孤单的船长，独自一人，生存在两千万与两百亿不理解他的人之间。它已经生活了三十年，接近路的终点。星空浩渺，什么都看不见，她只能想象它的样子。她想象加西亚一个人走过宴会落幕的走廊，身影因年老而迟缓，停在船舱最前方，隔着落地舷窗望着火星上他热爱却再也无法回归的城市。

她开始怀念玛厄斯上无忧的日子。那时她也如此坐在群星的怀抱中，时间夜夜静止。她和伙伴们在船舱里跑来跑去，坐在球幕舷窗前喝吉奥酒，大声嘲笑玛厄斯破旧。他们跳入无重力舱，扭动身体，辗转腾挪，享受动用每一小块肌肉而不受束缚的舒畅，看小小的皮球在身旁飞来荡去。他们踢动，转动，飞动，抹着汗笑，互相拥抱，大口大口喝酒，不睡觉。那时她是那么想家，那么想回家，以为回到家就可以远离一切不安和困扰，然而现在却发现，只有那古旧的船舱才是安稳的根源。她在那里过得简单纯然，也只在那里过得简单纯然。那里没有恐惧。没有人和人的对立，没有人和世界的对立，也没有世界和世界的对立。

"瑞尼医生，您和我爷爷很熟吗？"

"还可以。"

"那您能不能告诉我一件事？坦诚地告诉我。"

"什么事？"

"爷爷他，是不是独裁者？"

"为什么这么问？地球人说的？"

"嗯，是。"洛盈点头回忆，这是她第一次将这段往事讲出来，"第一次是在一个盛大的国际会议，好像叫什么人类未来研讨会，我和伙伴们作为火星的代表被列为嘉宾。是在一个灯火辉煌的大厅，坐满西装革履的人。大厅历史悠久，据说是几百年前激昂的革命年代传出革命宣言的地方。屋顶很高昂很肃穆，画着宗教壁画，就像有神在云端俯视。

"我们当时全都小心而快懦，端正礼貌地坐在椅子上，想做好火星仅有的代表。会议一直平稳而枯燥。各种知名学者上台演说，讲的多半是我们不懂的内容。我们听得费解又无趣，刚想找借口告辞，却忽然有一个教授谈起了火星。

"'先生们，'他说，'我要说的是，尽管奥威尔先生在《一九八四》中的警告、赫胥黎先生在《美丽新世界》中的警告，以及卡夫卡先生在一系列杰出作品中的警告是如此鲜明有力，但人类还是在一步步实现着他们的预言。人们生活在盲目中，就像两百年前的电影《矩阵》。一个机器时代正在来临。系统对人的统治不是一句虚言。一个强大有力、将人类当零件一样卷入的自动系统正在生成，并且正在向人类步步逼近，将人类吞噬和裹挟。它常常伪装自己，扮作美好的花园让人看不出真相。可是，不管其外貌是恐怖还是甜美，其本质都是一样的对人性的杀灭与奴役。火星就是我们最好的例子。各位先生，我请你们设想一下，如果不是有这样的机器系统辅佐，单凭一个居心叵测的独裁者，怎么可能维持住那样疯狂而持久的背叛，让那些有头脑的人集体背信弃义，放弃生存，走向灭亡？'"

瑞尼这时轻声插嘴道："他知道你是谁吗？"

"我觉得他知道。"洛盈说，"我看到他的眼睛有意无意地朝我扫视了一下，似乎还微微笑了笑。但他没有停下来，继续富有激情地说：'所以，先生们，我请你们永远记住这一点，我们时刻要警惕身边可能出现的一切将人纳入巨大独裁系统的细小的苗头。所谓人类的未来，就在这样的警惕中。火星的悲剧不能在地球重演。'

"我当时觉得很冷，嘴唇肯定发白了。纤妮娅从一旁抓住我的手。她的手也很凉。我看着全场观众，像是看到一片没有五官的人头的海洋。灯光明亮得刺眼，声音好像从四周袭来。我感觉很害怕，只有习惯还支撑着自己直挺挺地坐着。那恐怕是我记忆中最漫长的一天了。"

瑞尼等她静下来，温和地说："不用太在意他的话。如果一个教授在这样的场合故意刺激一个小女孩，那他绝对不能算是一个绅士。"

"我现在已经没事了，"洛盈回身望着他，点点头，"这样的次数多了，也就习惯了。我想他也不是故意攻击我，而是在说的时候有一种揭露真相的快感。其实，我并不在乎他是否恶意，我只在乎他说的内容。我想知道他说的是不是真相。"她抬头看着瑞尼，"瑞尼医生，是爷爷处罚的爸爸妈妈吗？"

"是。"

"爸爸妈妈的罪名是出卖火星吗？"

瑞尼没有正面回答，却蹲下来，单膝蹲在她的身边，透过眼镜传递出一道和暖的目光："事到如今，追问他们的罪名已经不是关键，关键的问题是，你的爷爷想让你去地球了解什么？"

洛盈有点讶异："了解什么？"

"你爷爷的内心深处其实赞同你爸爸妈妈所讲的东西。但是他是总督，他不能赞同。"

"赞同……什么？"

"经济自由和生涯流动，这是你爸爸妈妈所希望的，但他不能赞同这一点。如果赞同了，数据库的统一和经济的统一就要面临危机。他明白火星经济统一的必要，但他也知道，一个人生存环境的自主很多时候确实是精神创造力的重要条件。他是总督，他什么都不能表态。这你能明白吗？"

"那么……爷爷心里觉得哪种制度更好些呢？"

"这不是好不好的问题，而是我们能否选择的问题。当初战争的胜利就在于能把所有知识汇集到电子空间，集中决策，强大快捷。电子空间比我们的国度更悠久，和平后的政治和艺术都建立在这一基础上，这不是怎么选择的问题，而是历史路径的问题。你爷爷清楚，历史路径无法选择。在那一年的教育论证会上，你爷爷站在主张派出学生的一方，对留学投了赞成票。你可以想到这是为什么。他的一票至关重要，不仅仅因为你爷爷是总督，而且因为当时的形势非常均衡，讨论很复杂，赞成和反对不相上下，你爷爷的一票几乎是最后决定。而你们的团名也是他定下的，墨丘利，你应该明白，沟通之神，诸神的信使。"

"爷爷……让我去地球，是想让我理解爸爸妈妈的观念？"

瑞尼仍然没有直接回答，只是轻轻叹了口气："他说过好几次，你像你妈妈。"

洛盈想起刚回家的那个黄昏，鼻子忽然一酸。

"瑞尼医生，"洛盈很轻很轻地问，"爷爷到底是个什么样的人？"

瑞尼停了一会儿，慢慢地说："你爷爷……是个心里的负担太重的老人。"

洛盈忽然忍不住了，眼泪流了下来。很多天的内心疑虑也在这一刻顺着眼泪一起流出来。很多很多天的眼泪，一千八百个日夜的分离与忧虑，随着紧张的卸下，慢慢流淌出来。

"瑞尼医生，您了解很多往事吗？"

"不很多，"瑞尼回答，"只是每个人都有些他自己了解的特殊的事情。"

"您能给我讲讲吗？"

"今天太晚了。如果你想听，改天给你讲。"

瑞尼揽住洛盈的肩膀，用力拍了拍。洛盈靠着瑞尼的胳膊，眼泪在安宁博大的夜晚静静地流，她很久没有这样流泪了。她在眼泪中像告别舞蹈一样告别困惑，像面对脚伤一样面对从前的死亡。她看到天，看到地，看到遥远的永别了的星星。

瑞尼一直在洛盈身后站着，搂住她的肩膀，将她的头靠在自己腰侧，缓缓安抚她的后背，直到她最后平静下来，才轻轻拍拍她手臂说："回去睡吧。明天，一切就都好了。"

离开蓝色海洋般的天台，瑞尼推洛盈返回病房。夜深人静，悠长的走廊显得清寂笃深，墙壁上有白色壁灯，但光芒微弱，只为走廊增添些许神秘。轮椅慢慢滑着，滑过白天忙碌的实验室、仪器室、手术室，转过弯道、穿过楼梯，路过沉睡的房间。

当转过最后一个转角，病房马上就到的时候，两个高高的黑影突然闯进眼帘。

洛盈惊声叫起来，两个黑影被她的惊叫吓到，也叫了起来。瑞尼迅速打开灯，乳白色的顶灯亮起来，洛盈在不适应的光亮中看出来，面前站着的是安卡和米拉。

"怎么是你们？"

"我们来了，看屋里没人，不知道你是不是还没做完手术，就等了一会儿。"米拉笑着解释道。

"没等多久。"安卡说。

洛盈心里柔柔地暖起来，轻声问："你们怎么也不开灯？"

米拉咧开嘴笑道："我们互相讲小时候的故事，关着灯有气氛。"

安卡没说什么，蓝眼睛和洛盈对视了一下，眼睛里溢出笑意。

"这个还热着，吃了吧。"

他从身后的地上捧起一个盒子，端给洛盈。

"是什么？"

"老莫莉家的布丁。"安卡仿佛不经意地说着什么偶然碰到的小物件，"就离我家不远，演出前就买了。"

"你不知道刚才找地方加热有多难，"米拉插话道，"我们赶了好几个地方，总是眼看着一家店在眼前关门。两次都只差这么一段。"他说着用手比画着一米的长度，笑得很认真。他皮肤棕黑，圆圆的脸像一只小熊。

洛盈对米拉笑笑，心里如水荡起涟漪。她看着安卡的眼睛，安卡没有转头，也看着她，眼睛还是她熟悉的清透。他还是没说什么。但什么话也比不上心里记得。她说了，他记得了，这比什么都重要。

她伸出手，从盒子里取出小盘子，叉起仍然温热的布丁，咬了一小口，清甜而入口即化。她笑着拉他们也一人一块，他们推说不要，说那是女孩子才吃的东西，她说不行，今天一定得听她的，她偏要他们尝尝她的品味，他们这才一人叉起一块，一口吞了下去。夜色如水，灯光照着忘却时间的笑脸，无人的走廊寂静悠长，话音泛起回声，回旋着有了一丝家的味道。

夜的单人间

伊格站在旅店的房间，面对通透的墙，仰头看外面深黑的天穹。三个月亮能看见两个，星光不像平日那样耀眼。起风了。他听不见声音。他看见沙的颗粒敲到外墙面，像是就要有一场暴风雨来袭。

夜已深。然而伊格仍无睡意。他疲倦，却不能安眠。自从医院回来，他就徘徊在房间，一个人面对苍黑的夜空，或站或坐，与自己交谈，与天对话。他从未如此全方位地质疑自己。在地球的几年里，他拍片相当顺利。他曾认为自己已经找到了未来的路线，剩下的只是前进和战斗的激情。可是火星的旅程让一切发生了变化。

伊格反对大商业已经很久了。他继承了许多反主流前辈的对抗精神，对抗内容同质、包装相似、题材老套的"大超市"电影，制造自己的"小超市"电影。他把主流商业电影制作者叫作工人，因为他们每个人只负责一个小小的环节，对整体情节几乎毫无把握，对重复性劳作并无反感。他几乎从不踏入"大超市"的交易场。他嘲笑那些为了卖得好价钱而谄媚讨好的作品，就像嘲笑货架上用动物模型刻出的饼干。他鄙薄那些盲目跟风、头脑混乱的买家，就像鄙薄十八世纪浮华空洞、只知攀比的贵族。他为反抗而创作，对千篇一律本能抵触，对形式有精确的把握，对极端的与众不同充满好感。他针对赤裸的金钱崇拜，针对空洞的魅惑人心的大话，他认为自己做到了正义，为少数人的苦难讽刺多数人的愚蠢。

所有这一切都曾是伊格坚定的生活，然而此时此刻，他却不得不面对自我根本的质疑。他走过红色荒芜的土壤，这里的一切改变了他的想象。他临走才想起这些，因为只有此刻，他的反躬自省才显出完整的面容，鲜明的意义。

他第一次如此清楚地意识到，自己的所有行为都没有真正反抗商业，而是从另一个方向加强了它。他并没有打破商业带来的买卖逻辑，而只是另外又制造了一套可供买卖的商品。他以孤独的狼做象征，自以为就是自由的狼，却没有发觉，狼是假的，象征才是真的，象征意味着模仿，模仿意味着消费。他讽刺泰恩的话语反击到自己身上，和说出口时一样沉重。他也是一个商品拜物教的创造者，他创造了一套语言，这语言与泰恩的诱惑没有什么分别。他从来没有背离过商业社会的真正模式，他促进了商业，促进了更多符号化的追随。他忠实的跟随者买他的作品，买他的纪念物。他拍摄了很多穷人，用他们的影像让富人更富有。他从云霄的大厦里要钱，拍大厦外孤单的影子。拍大厦外孤单的影子，再将生成的钱还给大厦。如此循环，周而复始。他拍摄的人看不到他拍摄的片子。他从未想过将自己的影片分享公开，尽管他在火星觉得这很好，但在地球，这狂放的念头是不合逻辑的。

伊格看着自己。玻璃里的黑影瘦长萧瑟。他回想自己的整套语言，想分析它是如何映照出世界的光，结果让他气馁。他从形式上完美地走到大商业的对面，可他没有想过世界的光。他隔离在自己习惯的语境语言里，没有尝试过语言的沟通。他高兴自己的呈现与大众不同，却没有在乎不同呈现之后是否有更深的景物。他不去看大超市里的作品，不用那里的语言，他和他的追随者们以此为骄傲，作为彼此身份的验证。可他没注意世界的光，始终关注的是镜中的像。他从没有问过自己，如果只是作为一种镜像的对立面，自己的镜像还算不算独立之存在。他以为语言和语言无法兑换，也不需要兑换。

镜像只在光的意义上才能互通，语言也只为了世界才需要交流。

伊格将双手撑在玻璃上，看着窗外。此时已经是后半夜，黎明已不远。风一阵大一阵小。一时安宁，一时又有碎石攻击。静夜包裹在头上脚下，像远处波涛暗涌的深海，黑色的山峦勾勒出大地悲怆的线条，质朴，而且深沉。

交流。交易。一组被主次颠倒的事物。最初的交易是为了交流，现在的交流是为了交易。当交易不需要，交流也就被忘记。语言的隔绝是合谋的创造，带来利润，带来仇恨，带来假想的身份认同，带来由此产生的种种购物的欲望。交流损失了，交易却生长了。

只有关心世界的人才关心交流。伊格想起了洛盈，想起她说的人的相同。这个柔弱的女孩身上充满迷惘，她的寻找中仍然有彼此冲撞的东西，可她在冲突的时候忘掉言语，在面对编织成网的矛盾时，高高扬起下巴，坚强得像个公主。他惹她哭了，可她救了他。

伊格看着窗外的星空，群星如神明光芒闪耀。在地球上，他从未见过如此明亮的夜空。地球厚重的大气遮挡了视线，夜晚的霓虹又太过夺目。他几乎不了解星空。他只按想象勾勒出样子。

远远近近的斜屋顶像巨鸟的翅膀，在天幕中留下黑色剪影。远处的幽蓝隧道交错纵横，如画布上随手画出的线条，莹亮、纤长。风沙似乎越发强烈了，他仿佛看到它们在风暴的裹挟下轻轻颤抖。

　　伊格打开屏幕画面，调出这几天收到的地球新闻。新闻无声无息，画面中却有千百人挥舞旗帜拥挤呐喊。这是地球上这一个月以来的经济危机。他早就有所耳闻，但今天才理解它的意义。这是话语经济的危机。地球的智慧股在几天内崩盘，原因无他，只是话语的代理商一层层变得太过复杂，一句话可以被包装多层出售，一个想法也可以注册成庞大而空虚的商品。人们不再为智慧本身而购买，人们买了却不拆开，转手再出售。智慧在这一次次转手中升值，却也贬值，价格升了，被人关心的价值却降了。这是无本的买卖，无水之源，许多次交易打造金光灿烂的包装气球，直到某一天，一根针突然捅破，一句话的泄露就带来所有包装的崩盘。世界震动，人们走上街头，奔跑呼告，抗议示威，汇集成洪流，情绪翻滚。

　　伊格做了决定。决定将数据库继续向地球推行，将自己的创造公开，至少在自己身上，让老师的努力前行一步。他想要建立一个公共话语空间，每个人对自己的思考负责，没有人用自己的语言营利。巴别。这是多么大的梦想和野心。当人们开始在语言中统一，塔就接近了天堂的高度。地球的媒体已经彻底地商业化了，甚至不再有任何对买卖的质疑。权力和文化资本达到了最大的默契，前者铺路，后者鼓吹，一同收获利润，相互保卫。质疑被摆上货架，讨论和谄媚靠包装竞争。伊格决定要有所行动。他还从未做出过类似的决定。他不知道这是不是就是他想找的答案，但他知道，老师曾有他没有的沉默的勇气，从梦想者到行动者，步履维艰。

　　他回到床边，躺倒在床上，手臂和双腿伸开，轻触墙上火焰边框里的风景。风景消失了，薇拉出现。她仍然像他第一天见到的时候，穿一件花裙子，眼睛忽闪，笑得甜美又单纯。他说出账号和密码，期待她笑

173

着点头，伸出手开门，可是她没有，她迷惑地摇着头，摇着头，仍然摇着头。伊格明白，他的账号被注销了。自从他的行迹引起了注意，他就没有可能再一次进入系统。他最后和巴别说了再见，永远没有机会再浏览工作室的内容。

他躺在床上，眼睛向上瞟，看着视野里倒转过来的薇拉，试图和她说话。她不变的甜美笑脸和悲伤的夜晚无法契合。他从屏幕想象画面背后的空间，从空间的门外向门里沉默凝视。九大系统，无数的空间。阳光系统、空气系统、水系统、生物系统、土地系统、信息系统、审视系统、艺术系统、飞行系统。多么简单而原始的名字，就像九条粗壮的藤蔓，带着田园牧歌式的怅惘，在虚拟的世界里交缠生长。在这个世界里，每一种语言都能被阅读，就像是图书馆。曾经是谁说过的，如果有天堂，那么天堂一定是图书馆的模样。他抬手旋转镜框边的小球。房间墙壁玻璃从无色变成淡绿色、淡黄色、淡红色、淡紫色。再转，回到透明。他重新看到天边密布的星河，星光灿烂，如神明在头顶照耀。

伊格看完了老师最后一部片子。老师旁白说，那是一个古代东方寓言的翻拍。那个寓言讲一个人到另外一座城市，看到那里的人走路美妙，便想学习，学了很久都没学会，想回家，却发现自己的走路方式已经忘记了。老师说，这是所有寓言中最最悲伤的一个。之所以悲伤，是因为真实。

伊格静静地躺在床上。窗外的风停了。他想起火星没有雨，更没有暴风雨。没人会想到风暴，风暴只是他的幻觉。他仰面无声地躺着。遥远的地方传过来第一线阳光，清晨快到了。他不知不觉睡着了。

作为开始的结束

伊格最后一次见到洛盈是代表团离开的前一天。此时距离演出已过去了三天。洛盈仍然住在医院里，由瑞尼看护她的起居。代表团即将结束全部行程，展台有条不紊地撤除，人员收拾妥当，整装待发。伊格抽出上午短暂的时间，独自一人赶到洛盈的病房。

这一天，作为对地球人的送行，火星的大部分地方显得温情十足。街上挂起了两个星球模样的小气球，会展中心挂上了色调柔和的丝带。空旷的展厅布置成了宴会大堂，为了最后一晚的公告会和酒会，火星作了隆重的礼仪陈设。街上的屏幕播放起双方首脑友好的微笑。没有人知道，这温情背后，曾有怎样的危机四伏。洛盈的病房远离尘嚣，感受不到这种微妙的忙碌，只像每一个平常的日子，一如既往地安闲，一如既往地阳光灿烂。百合花的边缘亮起金边，舒缓的音乐弥散在空中，时间凝止，空气温柔。

伊格在洛盈的床边坐下，两个人都没有太多表达。伊格向洛盈郑重地表示感谢，洛盈说不必，她也没做什么，他曾两次在她倒下的时候撑住她的身体，这已是令她感激不尽的帮助。伊格对他之前的莽撞表示歉意，洛盈笑笑说，没关系。伊格说他有一点点东西要给她，洛盈抬起眼睛，好奇地问是什么，伊格从包里拿出一颗芯片，插入随身带着的立体眼镜。

洛盈坐在床上，戴上眼镜，走进一个熟悉的空间。熟悉，却宛如异域。那是时间的彼岸。她看到大剧院，看到参观的人们，看到她自己。她在影像中走入奇妙的与自己相遇的旅程。这许多年，她从来没有这样看到过自己的舞蹈。乐曲是熟悉的乐曲，舞步是熟悉的舞步，连周围的气息都带着熟悉的潮腻的味道。她的身影在舞池中心，全然投入，成为视线的焦点。她真正的自己成了旁观者，慢慢地，一步一步，走近舞动着的另一个她。近在咫尺，几乎能触到皮肤。她很想伸出手，但最终还是忍住了。她知道没有人能看见她。她进入了真正的戏剧，在这出戏中，观众才是主角。尽管身边的所有人都看着舞动的那个她，但她清楚，旁观的自己才是舞台真正的核心。她看着另一个她。她没见过自己，而她见过。她觉得她的舞动似乎就是为了让她见到。她就像一个透明的魂魄，和其他人一同站在舞池边上，驻足观赏，直到曲终人散。她心安了。演出终于完整了一次。

洛盈摘下眼镜。伊格坐在她的床边，平静坦然地看着她。她呆呆地坐了好一会儿，慢慢适应屋里太过明朗的阳光。

"感觉还可以吗？"

"谢谢。真的谢谢。"

他笑了。"不用客气。喜欢就好。"

"我从来没看见过这样的自己。"

"我也没有。"他说。

两个人都静静地坐着，很长时间没有说话。

伊格心里想的是泰恩的暗示。那是他在玛厄斯上对火星公主的猜度。按照泰恩的原意，伊格无论如何应当制造一些与洛盈有关的罗曼史，不管是模糊暧昧还是电光石火。可以想象，最后的相隔整个夜空的生离死别，配上她的身份，她漂亮的脸庞充满哀愁，她轻盈的身体裹在半透明的长裙里，将会成为诱惑力十足的经典画面，足以在网络畅销。他没有付诸实践。他确实遇到了暧昧的画面，她说她喜欢他，可是那一切却与泰恩的设想大相径庭。他想着这一切，觉得非常讽刺。他不想告诉她这些，只是将真实的画面送给她自己收藏。

洛盈的心里旋转的是对记忆的思量。她这几天的脆弱在这一刻重新找到了一点点坚强。她开始重新估量记忆的意义。曾经常常有人和她说，有了自己的影像，就有了过去的时光，可以常常拿出来温习、怀念，生活在其中。她曾经也是这样觉得，觉得记忆是为了打开过去。然而今天，当她在影像中见到立体真实的自己，她忽然发现，记忆的意义是关闭过去。她的记忆化作一种实体性居所，因此她便可以放心地变成另外一个样子。她不必再怕改变，不必担心弄丢了过去，否定了昨天。曾经的自己已经获得了生存。因此她可以安心上路了。

伊格和洛盈安静地交换了目光，各自带着各自的心事，不知如何开口，于是便不开口。

伊格最后笑笑说："你放心，你的所有镜头都在这儿了，我一点都不带走。"

洛盈不懂他让她放心什么，但她看到他诚恳的面容，点点头笑了。

两个人又匆匆交换了一些对展览会的看法，带着明显友善而浮光掠影的态度，没说很多。洛盈的脸庞白皙，睫毛长而黑，伊格的脸孔瘦削，卷曲的头发遮住额头，让原本深陷的眼眶更显得幽暗。

洛盈想了想问："明天一早你就走了吧？"

"对。"他点点头，"清早的飞机。今天下午的新闻发布会和晚上的宴会我都必须到场，所以，走以前可能没有机会再过来了。"

"嗯。一路平安。"

"回去以后还能联系吗？"

"不知道，"洛盈说，"爷爷说星球间通信正在商谈，但不知有没有结果。"

"我想，我之前可能对很多事都有误解，不知道还能不能有机会向你们询问。"

"希望可以。我不懂的地方也太多了。"

然后，他们平静地互道再见，谁都没有提恐怕永远不会再见这个事实。上午的阳光和暖，他们不约而同地感觉，打破这和暖并不令人舒服。他们和气谈话，友好告别。伊格起身告辞，在病房门口回身点头。洛盈看着伊格的背影，脚步决绝，像看着一只小帆船驶入茫茫的大海深处。

第二天清晨，洛盈在天台上目送代表团离开。路迪陪着她，一起坐在清早的阳光里。

一望无际的红色土壤上，阳光投下泾渭分明的影子。土地被齐整地切割成一半暗褐、一半金黄。笔直的线一寸一寸滑过粗粝的砂石，如同为雕塑掀开丝绸的帘幕。远处峭壁嶙峋，边缘处锐利得刺目。

清早的恬静让人忘记言语。洛盈和哥哥坐在难得的闲适中，良久无言。

洛盈过了很久才想起真正的大事："最后的决议是怎么样的呀？我还不知道呢。"

路迪轻快地笑了："对我们很有利就是了。"

"怎么说？"

"首先是两个水利专家留下了，教我们必要的合闸技术。其次……我们的代价也不多。"

"他们没要聚变发动机？"

"没有。他们放弃了。"

"为什么？"

路迪露出狡黠的笑容，说："因为我们的聚变技术要求发达的核裂变废料处理技术和海水处理技术。地球上核电最强的是欧洲，但海水处理掌握在美国人手里。他们不愿意技术相互公开，都怕未来利益遭受损失。中俄两国如果合作也能掌握，但不知道为什么，似乎互相忌惮，因而相互攻击，其他小国代表更不愿意让大国得到聚变技术，日后成为他们生存的威胁，所以最后全团放弃了。"

"那他们要什么了？"

"他们要了两项，剧院墙和隧道车。隧道车他们已经觊觎很久了，前两次也都谈过。主要是地球充满摩天大楼，如果能用隧道车实现楼间交通，会比汽车飞机便捷许多。至于剧院墙，主要是我和一个叫泰恩的家伙私下联络的。"

"泰恩？"洛盈恍然，"那天参观……"

路迪扬了扬眉毛，笑笑："是，是我安排的。我虽然想打仗，但爷爷不想打仗，那我只能帮着想想办法。没想到一试就成功，泰恩看来还挺有影响力，出乎我预料。我本来以为他只是一个娱乐人物，但看来低估了他。昨天听说这一次地球经济危机很大程度上和他有关系，我不知道是什么情况，也懒得管，但能用这么小的一项技术顶替核聚变，捡了个大便宜，何乐而不为呢？"

洛盈听到这里，心里动了动。

"那胡安伯伯呢？"

"暂时肯定不会有发兵动议了。"路迪笑了笑，"不过你知道，外交关系这种事……"

他没有说完，笑笑顿住不说了。路迪今天改换了普通的棉布衬衫，这些天第一次没有穿制服。他坐在一个砂石墩上，说得兴味盎然又轻描淡写。他双手搭在膝上，一只脚像是跟着音乐轻轻踏着拍子。洛盈静静凝视着他生动的眉眼。此时太阳已经升到正面，十分耀眼，他的金发开始闪闪发光。洛盈看着他，在熟悉中感觉到一种疏离。哥哥已经再也不是小时候的哥哥了，她也不再是小时候的她。她不知道这是不是流浪到地球最大的损失。政治是哥哥最好的归宿，但她不知道自己的归宿在哪里。

与此同时，伊格在航天飞机的座舱里扣好安全带。他凝视着窗外，平坦粗犷的大地反射出金色的光芒，圆坑和碎石一直铺到遥远的天边。在机翼一侧，白色狭长的登机楼像一座桥，在飞机和城市之间搭起最后的联络。桥有金属的骨架，弧度优美，一条条金属长管相互拼搭，缝隙整齐，透出内部的玻璃，在阳光的照耀下闪闪发光。机场是井然有序的机械的运动场，一座座登机楼向四面八方延伸，形态各异的飞行器在精准的位置上沉睡。

飞机缓缓启动了。联络消失了。飞机向上腾起，轻巧地切断与母体的勾连。

伊格看着机场送别大厅，能看到珍妮特在玻璃的一角。她没有和送别的官方团队一起来，只是独自一个人，默默地站在航站楼的角落。伊格看不到她的面容，但他能猜到。珍妮特穿着白色宽松的裙子，也许正是她年轻时送别老师穿过的裙子。伊格想象着老师的心情。十年前，那时那刻，他也许就像现在的自己，坐在飞机的舷窗边，看着航站楼玻璃后面的白色身影，挥手作别，心里想着下一次来访。他那个时候应该也像自己一样志向踌躇，而自己也许也会像老师一样，以为还能回来，却终将一去不返。伊格开始理解老师后来对火星的感情，越是绝望地知道自己永别了，越是在心里念着，希望能回去。

珍妮特帮助他埋葬了老师的记忆。从那之后，伊格就没有进入过数据库。他不知道老师现在好不好，是不是也和朗宁老人一样平和喜乐，在永恒的智慧之塔中完成永恒的守候。他也许也一样容光焕发，也许还能常常和珍妮特聊天对答。伊格看不到这些了，但他希望如此。

泰恩坐在伊格身边，看着手中屏幕上的文件，迅速处理，偶尔抬头。伊格知道，这一次他是最大赢家，谈判得到的剧院墙技术将极大地装点他的"梦幻之旅"，成为体验式观影模式，为全球二十个城市带来不菲的利润。他考虑过吉儿的衣服，但最终还是选定了剧院墙。

"你为什么不和洛盈交易，却和她哥哥交易？"伊格问他，他知道不是因为自己。

泰恩微微笑笑："因为我能看出那小子想要的是什么。那个墙的技术归他负责，如果和地球谈成了，接下来的这些年就会有稳定的团队和项目经费。这小子很有野心，想迅速往上爬，能当这种负责人是绝好的机会。我们各取所需，皆大欢喜。但至于洛盈……我只能说我没法理解。"

在泰恩的语境中，不求自我利益最大化的人就不可理解。他精通各种经济学效用函数，但其中没有不求利益最大化的函数。他洞悉各种情势动态，但他坦承，洛盈和阿瑟他不能理解。他对此不以为意，不能理解的人很多，他不求理解所有人，只想理解能理解的。他为阿瑟尽了他所能做的，请最好的医生，住最好的房子，像最好的朋友一样看望他，但他没打算去理解。伊格知道，自己并不能责怪泰恩，他只是时刻按自己认为对的去做，按自己的公式做着精准的决定，计算每一种可能，将结果优化。他不认为这世界上有其他意义，也就不会去理解意义的追寻。

泰恩有一句话伊格觉得自己得承认。当谈判的结果公布，泰恩笑笑说，斤斤计较才是稳态的根源。伊格承认他是对的，代表团成员为利益各不相让，只有泰恩给他们共同的好处，他们都依赖泰恩传播形象，依赖形象获得选民的信任。这一次智慧股大跌对每个国家的研究员和知识购买者都是强烈打击，只有泰恩不受太大影响。他只是市场的维护者，向买卖双方收钱，但不参与买卖。他早预见过这种大跌，也就能预见大跌之后各国政府对自己的更强的依赖。火星之旅是他拓展生意方向的最好机会。他从一开始就抱定了与火星合纵，不管右派查克教授多么主张地球各国连横。

除了泰恩，这一次还有一个人很高兴，那就是贝弗利。他将是泰勒斯的新一代主题公园的形象大使，主题公园以火星和环保为主题，贝弗利也将借在火星的经历将自己的优雅传遍全球。贝弗利并不知道发生了什么。他和泰恩各取所需，战事的危险悄然过去。

伊格不想理会这些。他知道算计有算计的哲学，整个世界就建立在这样的哲学上，他现在已经不会为此过分操心。他要关注的事情变了，他想要汇集天下的镜子，重新整合破碎的光。老师的记忆已安眠，遗愿正等他延续。世界仍然有某种精神等待他靠近，也等他收集。他望着窗外越来越小的城市，在心里悄然说了声再见。这是他十五岁见过的星球，也是他二十五岁铭记的星球。他想他不会忘。

金色的大地悠远沉和，一马平川，视野中的火星，有一种风笛的味道。

"哥，你看！"路迪正在说话，洛盈忽然轻声打断他。

路迪站起身，转向窗外。天空仍是幽深的暗蓝，一架银白色的巨型飞机盘旋着升上天空，飞行速度极快，机翼反射的光芒在头顶一掠而过，如同一点流星，从大地落入天空，滑出完美弧度，迎向太空里看不见的古老飞船。

　　洛盈头脑忽然一片空白。她知道自己和地球的全部联系在这一刹那终于都切断了。从此，地球正式成了记忆中才能出现的词语。她的一部分生活结束了，另一部分生活刚刚开始。她不知道未来会怎样，生的使命该去哪里寻找。天空繁星闪烁，辽阔的土地一片寂然。

云之光

引子

"瑞尼医生，当年战争的动力是什么呢？"

"应该说是……自由。"

"种族自由吗？"

"那倒不算。我们至今不能算是一个真正的种族。"

"那是阶级自由？"

"也不是。当时参与战斗的有各种各样的阶级。"

"那是什么自由呢？"

"生活方式的自由吧。"

"就像美国的独立？"

"有一点。但不全一样。"

"可是地球人说我们没有自由，他们才有自由。"

"你觉得谁更自由呢？"

"我说不清。自由的定义是什么呢？"

"你对它的定义是什么呢？"

洛盈咬了咬嘴唇，忧伤地看着瑞尼，说："我不知道。这是我生活最大的困扰。"

书

在火星上看火星，火星城市是远古巴比伦的空中花园一样的地方。与巴别的梦想相似，空中花园的梦想也在火星的城市中绚烂地复兴。整个城市是一个巨大的整体，房屋线条流畅，层层叠叠，平台和廊柱相互连接，此起彼伏，玻璃的穹顶下到处都可以见到盛开的鲜花和繁茂的草，绿意盎然，晶莹剔透。

火星的城市布局有漂亮的几何结构，像用尺规画出的一连串图案，在阳光下浑然一体，闪闪发光。在空中俯瞰，最突出的就是每个社群中央的中心建筑，零星散布在整个城市，像沉睡中蛰伏的巨人或收翼的飞鸟，以不同的姿态遥相呼应。它们通常远远高于四周，如同中世纪每个城镇中央都有的高大的教堂。小路在它们周围环绕，向四周延伸开去，三角与圆相互内切，条幅似的步行街构成四散的光线。民居常常是六角形的院落，相互比邻，一重一重绵延连续，铺成浩瀚的海洋，齿形小路在它们门前滑过，延伸到下一个社群。

整个城市不存在视觉上的中心，北面有一串小塔矗立，南面有一排庞然的斜面，西面有大片牧场，东面有九座巨型圆柱形水塔。隧道车凌驾于连绵的屋顶之上，从高空俯视，如同一幅光滑无阻滞的曲线之画，繁密设计却毫不纠缠。

这样的城市是对数学的敬意。发达的古代文明多半崇尚数学。苏美尔文明数学高超，发明了沿用至今的六十进位，埃及文明的金字塔就是几何的巅峰，而希腊文明更是相信数即宇宙，数的和谐代表了宇宙真正的美。火星是荒漠里画出的城市，从无到有的梦想，大地上的几何就是无限接近的柏拉图的饼干。

火星与古代文明的另一点相似之处就是天文学发达。暴露在几乎无遮挡的太空里，他们的目光从一开始就面对深邃幽黑的宇宙苍穹。夜空即白日，黑暗即光明。他们理解夜空，就像山川的居民理解山，海岸的居民理解海。

数学与天文是火星人的灯塔，每个火星人都知道它们的重要。只是他们的精神核心与古代文明完全不同。他们并不用天文学来猜测神的意志，也不用数学接近神的恩宠，他们只是热爱精确，热爱对宇宙恰如其分的真实的表达。这同样是一种神的观念。他们是一个没有神的种族，只有一种客观精简的准确感，才能让他们共同信任并深深依赖。

这样的内部逻辑一般人已经很少提及了。但是瑞尼始终心知肚明。

他是一个写史的人。

在地球上看火星，火星不是真实的存在，只是抽象的荒芜，在书本间低调铺陈。洛盈只能在图书馆里见到它。在无人问津的图书馆，在高昂的木头书架间找到它，打开书页，看它和宇宙爆炸、罗马帝国、蒸汽机车混在一起，画在字体密密麻麻的烫金词典中央，表面荒僻而粗糙，切去一个角，露出一层又一层的地质构造，一旁标着数字，用箭头指出它身体每一个坑洼的来源，像展示解剖标本一样展示它最内部的伤疤。

展示的书页静静陈列，时间在书架间灰飞烟灭，种族在大雁的归途中迁徙，兵器相击，机器疯狂运转。厮杀、叛变与光荣，泥土与血液混合，字里行间喧嚣，历史混杂，在阳光下安静的图书馆里化成一碰就碎的尘埃，脆弱，灰暗，无人问津。世界在细小的字里变成数，变成抽象的面孔，变成不存在的幻觉。洛盈的火星在其中。她从它怀抱里出生长大，可它在书上变成漫画般的灰色尘埃。

那同样是对客观的崇拜，一种冰冷而傲慢的客观，用客观的声调讲话，讲出审判，不容人抗辩，也不留羞耻的空间。它告诉洛盈，看，这就是你的世界，一个简单而荒芜的东西，一颗灰色的丑陋的尘埃。

这些讲述一般人已经很少留意了，但洛盈一直默默注意。她是一个寻找历史的人。

沙漠宫殿的一个角落，洛盈坐在轮椅里，纤细的身影就像宫殿威严城墙上栖息的一只小鸟。

理论上讲，洛盈是火星的公主，但她却不像古代的公主那样前呼后拥。她不能像赛米拉斯公主一样愁容满面地叹息说"生活真无聊"，也不能像冰美人褒姒一样对珍宝摇头不屑一顾。没有人为她建起浩大的城池，也没有人给她点燃远处的烽火。她是孤独的公主。她的兄长和祖父正在议事院激烈地讨论工程政策，而她的朋友正在各自的工作室里进行艰难的回归。

如果在古代，她应该是坐在阳光照耀的蔷薇花园里，露出甜美撒娇的微笑，向身边忠实英俊的带剑护卫懒洋洋地讲述自己多年游历的奇遇。可她不在古代。她活在最现实的火星。她面前是医院天台的一处小小的浅水池，人影稀少，地面是光洁的磨砂玻璃，绘有乳白和米黄色的大块菱纹，直径三米粗的立柱撑起一面辽阔的巨型玻璃墙，地面沿墙有控制灯，明亮温暖都得由自己开启操作。

她身边没有骑士，只有瑞尼医生偶尔的陪伴。她每天独自来看落日。如果没有病人，瑞尼就来陪她一起。

看落日的习惯在地球养成。火星的落日直接简洁，白色的太阳在黑色星空中沉入地下，没有云霞的缠绵，没有从暖到冷一道道光的消失，只有周遭的事物一点一点沉入暗中，遥远的群山在余晖中变成深色的剪影，深广磅礴，厚重温柔。虽然与地球不同，但洛盈仍然喜欢。她看落日的时候会变得安静，连回忆也会安静。

瑞尼有时会坐在她身旁，背靠着巨大的玻璃墙，听她慢而犹疑的回忆的讲述。

"第一次听到别人说爷爷是独裁者的时候，我的第一反应是震惊和感觉受到侮辱。不仅仅因为爷爷是亲人，人有一种维护亲人的本能的尊严感，而且更重要的是，爷爷一直是火星的英雄，我能想到他被地球人称为敌人，但没想到他被称为冷血的暴君。这二者是不一样的。被地球人称为敌人不妨碍爷爷做火星的英雄，但如果他是暴君，那就是火星的敌人了。"

"你信哪一种呢？"

"我不知道。我一直留着疑问到现在。谁都没敢问。"

"为什么？"

"因为一种可笑的害羞和恐惧感。我怕当面被告知我不希望听到的真相，既不能否认，也不想承认，怕那个时候自己不知道该怎样反应。"

瑞尼顿了一会儿说："这并不可笑，一点都不可笑。"

洛盈看着瑞尼，轻轻抬了抬嘴角，露出一丝感激的笑。她并不熟悉瑞尼，但她敢于告诉他这些，是因为他的包容。她觉得瑞尼身上有一种她期望获得的深厚的沉静。他很少急躁，向她解释事情的时候平静宽容。偶尔她有气恼与悲伤，他便为她拆解事件背后的前因后果，让她的动容慢慢化解在自然而然的漫长河流中。那样的拆解让人觉得淡定，如同雪山上的树不随风坠落。

洛盈觉得，瑞尼并不像一般的医生，倒更像是一个作家。她时常看见他在窗口写作。一张长方形小桌，除了笔记本和台灯空无一物。他长久而专注地思考问题，手撑在紧闭的嘴上，偶尔抬起头，圆片眼镜对着窗外，微微反射着远方的光。她觉得如果有一个人可以包容她的疑惑，那么就非瑞尼莫属了。当她想诉说一些事情的时候，最希望对面的听者所具有的品质就是波澜不惊，他也许不必指导什么，但是他不会教训什么。

"早在我到地球的第二个月，就有一件事让我感到很诧异，猝不及防。"

洛盈停了停，陷入回忆的画面。到地球的第一年，是她最困惑的一年。

"刚到地球时，是我的舞团帮我联系租的房子，在角锥大厦九十层，房间很大很舒适，房东是一个独居的老太太，富有而文雅。那是我的第一个房东，我小心翼翼地保持礼貌，老太太人很客气，我最初度过了一个月宁静的时光。

"在第二个月的一次晚餐上，我提到火星上的生活，老太太忽然大为惊异地问：'你是火星人？'

"我很奇怪地说：'是啊。您不知道吗？'

"'不知道。'她说，'我知道你是舞团的。但是我们从不问房客的

背景。'

"她解释完,忽然做出了让我很诧异的反应。她一边说一边开始动情起来,眼里露出慈爱而悲伤的目光,拉着我的手,以一种前所未有的热切关心我的各种生活琐事。

"她从那天开始待我格外好,常常将我像孩子一样揽在怀里,给我买很多好吃的,还带我出去给我介绍地球。我不知道这突如其来的好意的原因,但我很感动,看到自己的身份能够引起这样友好的关怀,心里隐隐为自己的血统骄傲。

"直到有一天,她一句无意的表达突然让我明白了这变化的真正理由。

"那天她看着我,无意中喃喃地叹道:'这么好的一个孩子,怎么生在火星了呢?'

"我顿时很惊讶。我即使再小,也能听出话里的意思。

"我连忙问:'您为什么这么说?'

"她慈悲地看着我:'听说你们从十岁起就被政府逼迫做童工了是吗?'

"那一刻,我全身的血液开始冰凉下来。我忽然明白了老太太慈悲的目光是什么含义。那是一种对从乞丐团和孤儿院的悲惨命运中走出的孩子特有的怜悯,因为同情他的出身和生存环境的恶劣,露出一种热情善良、却无意中高人一等的慈善。我忽然不知道该说什么好。以我在火星十三年的成长所学,我一直相信火星是一个比地球更先进更发达更美好的文明,怎么在她的印象中突然变成了乞丐团和孤儿院似的地方,竟然让人一听就能怜悯到如此的程度。我不知道是哪里出错了。

"后来我搬离了那个房间。房东太太的好意让我觉得难以面对。我在日记里记下了那些好意,在心里记得感激,但我觉得我没办法面对那种怜悯。"

洛盈说完,低低地看着自己的双手。她小时候以为自己最害怕面对的是他人的敌意,可是后来她慢慢发现,她更难面对的是怜悯,是一种当自己并未索取而对方主动倾情授予的怜悯。

瑞尼一直凝神听着，并未插嘴。

看她停下，他双手交叉，想了想问："我猜，她说的是选课实习吧？"

"是。"洛盈点点头，"我也是到第三年才反应过来。就是指这个。我当时很想再去找她解释清楚。只不过那时已经在地球的另一边，再也没见过她了。"

"她可能也已经忘了。"

"是。这样的事，只有我自己心里记得清楚。"

洛盈又停下来，想了一会儿接着说："其实这件事我自己也不能说想得很明白了。我只是明白她话语的缘由，但却不知道该怎样评价。我不喜欢她的话，但我不能不承认她的话有她的道理。

"还有一次，就是关于创意大赛那一次。"

创意大赛。洛盈停下来，在心里默念了一次这个词。她忘不了这个词。

创意大赛是火星孩子最重要的比赛，每三年一次，涵盖所有十四岁到二十岁的少年，不限形式、不限题材，只比创意。每个小组提交一样作品，只比哪一样作品想法最为新奇，实现最为巧妙。好的技术和创意有可能被直接选作国度未来的重点项目加以实现。

创意大赛总是能吸引所有女孩子的目光。她们小时候都曾热情洋溢地盼望它的到来。除了王子公主的爱情童话，她们最大的心愿就是能登上创意大赛的舞台，不管是作为选手，还是作为端花环的仙女姑娘。那些姑娘用长裙扮成希腊女神，用郑重的口吻宣布金苹果的归属。她们坐在屏幕前，坐在牧场边的栏杆上，手托下巴，想入非非。她们全心全意盼着自己能登上舞台的那一天。那段时光像水彩画一样简单欢乐、方向单一。

那是她带到地球上的第一个气球，也是最早破掉的一个。

"这算是我在地球遇到的又一次冲击吧。"洛盈停了一会儿又继续说，"出发去地球的时候，我还对那种荣光无比倾慕。我身上带着一个小本子，在本子里画下插图和杂乱的标注，打算一路走一路学，学到新东西带回火星参加创意大赛。那愿望就像个气球，在我行李后面飘着。在地球上的第一年，我还确实认真将小本上的计划一点点付诸实施。我学着用网络，在网络上搜寻新颖奇特的产品，不懂原理，但记下说明。我还曾偷偷跑到大学的课堂，混在学生堆里，记下似懂非懂的概念，以备不时之需。

"就在一个大学里，我的气球破了。

"当时我和教室里一个女孩说话，那个女孩比我大几岁，在课上抽着烟，有一种不在乎的饱经世事的神态。我想向她询问一个化学名词的概念，她回答了，反问我这么小为什么就想学这个。我解释了，那个女孩开始饶有兴趣，问我们为什么参赛，获胜者有多少奖金，我说没有奖金，她便问获胜的作品能卖多少钱，我说不能卖钱，也不能提个人，但能获得更多向他人展示的机会，如果能被用上纳入城市建设，那是无上的光荣。

"听到这里，那个女孩哈哈两声，轻轻巧巧地笑了，问我：'既然这样，这种比赛就是纯粹做贡献咯？'

"我愣了愣不知怎么回答。

"那个女孩一扬头靠在椅子上，笑吟吟地望着我说：'你们真有意思，难道政府这样无偿地榨取智慧，你们都不知道维护自己的权利吗？'

"我呆住了，不明白她说的话是什么意思。我起初是迷惑，进而是微微的惶恐。我只觉得那只五彩气球开始突然泄漏，这让我感到万分气馁，可是我无法阻止，无能为力。"

她看着瑞尼："瑞尼医生，为什么事情总不像是我们最开始以为的那样呢？"

瑞尼坐在洛盈身旁，双手交叉支在膝盖上，像是想了一会儿该怎么解释，眼睛眯了一下，似乎在空气中寻找某个焦点，好一会儿才缓缓地说："这些事呢，有的时候是这样：一个文明中生活的人看周围的事情，是一件事又一件事，分立的事情，但是另一个文明看过来的时候，总是喜欢从政权看这一切，从政权的角度解释这个文明中的所有事。"

"那应该这样解释吗？"

瑞尼又顿了一下："只能说，通常情况下，这个文明当中的人不会这么想。"

洛盈望了一眼窗外的夕阳，夕阳带着天边遥远的忧伤。然后她转过头定定地看着瑞尼医生的眼睛。瑞尼的眼睛深暗，银色的镜框被夕阳点亮。

"瑞尼医生，您知道怎么才能进入档案馆吗？"

"你想进入档案馆？"

"是。我想查一些以前的资料。关于我的家，关于爷爷，关于爷爷的父亲。"

"你的家人没有给你讲过吗？"

"没有。父母死的时候我还小，哥哥又很少和我谈这些。"她迟疑了一下说，"至于爷爷，我并不敢问。"

洛盈想问的东西很多，但大部分她都不敢直接去问。地球上很多人都对她说，爷爷能做总督，是因为他的父亲已经是大权独揽的独裁者。传位于子是从古至今所有独裁者的共性。他们说得言之凿凿，声情并茂。可是这些话她不敢问，也不想问。她身上流着爷爷的血，疑惑无法化作直面的言语的质询，面对爷爷，她无法开口。

她期待地看着瑞尼，轻轻咬紧了嘴唇。

"从程序上讲，"瑞尼平静地回答，"有两种途径。一种是持历史工作室的授权书，声明查找资料乃研究所需，向档案馆提出申请。另一种是由有资质的人开具授权声明，授权一位私人代表临时或长期进入，代其查询。"

"什么人是有资质的人呢？"

"总督，各个系统最高长老，以及审视系统的三位大法官。"

洛盈黯然了一下，这些人都是她现在不想直接去质询的人，他们也很难给她授权。

"那我恐怕是进不去了。"她低声说。

瑞尼沉默了片刻，过了一会儿说："其实，我也有资质。"

"您？"

"是。"瑞尼点点头，"你爷爷给了我长期授权。"

"我爷爷？为什么？"

"因为他知道我在整理一些历史资料，需要查找相关往事。"

"您写历史？"

"对。"

"您不是医生吗？为什么写历史呢？"

"业余时间一点业余兴趣。"

"您和我爷爷有很紧密的交往吗？"

"不能算很紧密，只是当年答应你爷爷一些事情，他作为回报答应了我的请求。"

"什么事情呢？"

"工程上的一些事。"

洛盈有些好奇，很想问个清楚，但看到瑞尼并没有想要继续解释下去，知道有些不太好问，也就住了口不再问了。瑞尼比她想象中离她的家族更近，似乎也知道更多她所不知的往事，这让她没有想到。

"那您能给我写一份授权书吗？"她酝酿了片刻，凝目注视着瑞尼，"您临时委托我去一次可以吗？一次就行。"

"原则上是可以的。"瑞尼看着她的眼睛，但没有立刻答应，而是缓缓反问道，"不过，你有没有想过，为什么一定要追寻往事呢？"

"想过……一点点吧。"

"为什么？"

"我想，还是因为想找到自己。"洛盈搜索着近日来所有内心的思量，尽可能坦率地说，"哥哥曾说我没必要对往事太执着，可我心里就是放不下。我想知道是什么决定了现在的我，如果是周围的世界，那么是什么决定了这个世界。如果我不了解那些往事，那就不能对未来做出选择。"

"我懂了。"瑞尼点点头，"这个理由我接受。"

洛盈轻轻地松了口气："这么说，您同意了？"

"是的，我同意了。"

洛盈感激地朝瑞尼笑笑，瑞尼面容温和。她没有继续询问，瑞尼也没有继续说下去。安静将他们笼罩起来。瑞尼推着洛盈的轮椅又向一旁挪了两寸，让她继续沐浴夕阳的光。太阳在群星的围绕中一寸一寸消失身影，虽然没有晚霞，却有极简朴的壮丽。火星就像孤独的情人转过脸颊，依依不舍却毫不停留，告别光的温暖，将光留在身后。洛盈好像在空无边际的大地上看见了一阵如烟的前尘往事，如同影片在荒原上奔腾上演，她在那幻影中见到最后一缕光芒。

当光最终消失，洛盈轻声问："瑞尼医生，我一直想问，历史真的可以写吗？我越来越觉得，每个人都能写出一套听起来正确的历史。"

"没错。"瑞尼说，"可是正因为如此，才值得写。"

"那我们将来也会被写进书里吗？"

"会的。所有人最终都会写进书里。"

瑞尼推着洛盈走到了天台的边缘，天台最终进入了完全的夜晚。在星光的照耀下，天台能看到最广阔的大地，粗犷荒芜，绵延几千公里。火星的山川峡谷都有比地球宏大得多的尺度和陡峭得多的线条，就像这里的城市和夜空，直接朴素，无遮无拦。

瑞尼正在写作一种尝试性的历史。

写史有很多种方式，编年史、纪传史或者事件史。但瑞尼写的不是其中任何一种。他不知道该怎样为自己的写作命名，或许应将其叫作词语史。他的主角不是时间事件人物，而是抽象的词语。他不很在乎叙述的客观数据感，也不认为单独的人物能够表达他所关心的问题，他更希望用一种逻辑的线条将这些时间事件和人物串联成真实的剧目。他们在无意中演出，却意外地获得连贯。

目前他正在写作的是自由史。他曾写过创作史和交流史，这一次他要写的是自由，自由的历史。

对于自己生活的国度，他心里的态度很复杂。十年前的事件仍然在心里留下作梗的记忆，但他知道，国度缔造者的初衷并不是让这个国度成为一架自动运行的机器。他们拼着性命舍弃地球供给，离开那个地方，求取独立和精神财富数据共享，只有一个诱惑，那就是自由。若无这信念的支撑，以寡敌众的战役必然坚持不到最后。现在的国度有现在的问题，但曾经的初衷曾经很单纯。

瑞尼每天用很多时间阅读和写作。他在医院的工作不忙，只是神经科研究员，不是正式的诊疗医生。他研究神经系统和生理力学结构，开发新的医学仪器，但他不属于固定实验室，也没有自己的工作小组和项目经费。日常经费让他做不了庞大的项目，因此得不出大的结果。这局限与孤伶的坏处和好处都很明显。坏处是没有前途，好处是给了他大把工作之外的时间。他每天花很长时间独自散步阅读、雕刻写作。

从他住的公寓到医院有三公里，坐隧道车一分钟到达，但他每天步行往来，在路过的街心花园里坐下，坐在长椅上观察对面的树。花园中树木茂盛，自然的奇妙让他爱上形单影只。他不是拒绝与人交往，只是日常生活中没有几个可以让他随时交往的人。而他不让自己过于在意这件事，是因为不喜欢陷入想到这件事之后必然产生的一道苦涩。

他写作，这件事给了他很大乐趣。它让他生活中大部分苦涩的时刻变得容易度过。久而久之，他对写作有种依赖。只有陷入在广博庞杂的历史资料库中，他才能够心无旁骛且坚定地度过每一个包含寂寞的日子，别无他求。他是一个受过惩罚的人，在很多方面无法有更多索求。

196

瑞尼喜欢词语的游戏。他将它们从生活中摘出，种到纸上，围绕着它们搭建起人的舞台。词语和词语的更替直接带来生活面貌的更替，这已经成了他的一种习惯。他从小就有这样的习惯。他童年时有一套词语的玩具，对他思维的形成影响深远。在他孤单的儿童时期，那套玩具曾给了他无限丰富的想象和陪伴的时光。

瑞尼的父亲是沉默的退伍老兵，瑞尼是独子。他在战后的第七年出生，母亲在他四岁时离家，瑞尼没能看清她的长相，即使在梦里也看不清。瑞尼的父亲是个宽容豁达的老实人，没有抱怨什么，只是坐在檐廊下的地板上对四岁的瑞尼说：事情与事情不是人与人的距离，它们有自己的地图，远近不差分毫。父亲将金属碗碟摆成战略沙盘，坐在晨昏线里低声唱歌，从此对瑞尼很少管教。他和妻子的离别化成那个年代的每一场离别，在悲伤之后的注视中，蜕变成以星星做音符的抽象的乐谱。小瑞尼从此在无人管束的环境中自生自长。

对瑞尼的成长影响最大的是那套玩具。他童年一个人玩耍，坐在自助厨房的光滑地板上，一个人建起城堡和舰船大炮。那是一种普普通通的拼搭玩具，包含各种形体搭块，就像建筑材料，可以相互勾连，每一小块写着一个词语，帮助识字。瑞尼从两岁到十一岁与它们相伴。他惊异于它们的奇妙特性，词语与词语靠彼此支撑。"勇气"是一根长长的直杆，看上去很漂亮，他可以将它与"单纯"相连，能搭成小塔，但当他想把塔楼建宽建大，他发现他就只能让"勇气"平躺，否则它一定会碍事，其他各块材料都难以平稳插入。他端详那些词语的形体，尝试各种组合拼装和多重用法。对幼小的他来说，这神奇而有趣。他投入的精力不亚于作业和家庭。它在他内心化为一种独自的游戏。即使当他长大以后，他仍会看到那些词语。坐在讲台下听演讲，会看到台上站着一座城，伸出一根"附和"，挂着许多根"嘲笑"，为的是挡住城市里的慌乱，以及七零八落不成样子的知识。

他慢慢地长大，内心的游戏化作一天比一天沉静的思量。他想过很多次该怎样记述这个国度曾经经历的那些岁月，想过记录亲历者的口述，想过用数据和图表分析和比较，也想过做一年一年最繁密的细节编撰，但他最后还是选择了词语。在他看来，只有围绕词语，才能看得清其中每个人的选择和挣扎。

历史能不能书写，瑞尼不轻易下结论。他知道历史取决于注视的眼睛。目光决定声音，眼睛决定嘴。

历史在浩繁的书中总有水的面貌。在一些线性史观的人看来，历史就是河流奔涌，一直向前，仿佛有神挖好命运的终点和人的去路。在他们看来，火星的存在是一种人类以前从来不曾实现的精确社会主义，是科技达到一定发达程度之后的必然变革，是乌托邦梦想的第一次真实呈现，是时间箭头上全然的崭新。而在一些循环历史观的人看来，历史只是瑰丽的喷泉，外表华丽内部空虚，水喷射后又跌回池底，故事只是反复重演没有尽头。在他们眼里，火星的故事不过是历史上重复了很多次的探险、开发、独立、巩固统治的重复，人们开发了新世界就造反，而造反的人们重新变成压制的老爷。而在一些虚无论的人看来，历史永远只是现实的边角，现实是寂静的深海，人们能看到的只是表面翻起的白色浪花，看不到的无数细节才是构成主体的海底洋流。他们相信各种事件的偶然性，不相信后世的解读，他们认为只是实际上一个叫斯隆的人在偶然的时间进行了一次偶然的谋杀，却被后人误解为长久酝酿的必然的历史因果。最后，在彻底丛林法则的人看来，历史只是虚空中许多条交汇的喷流，相撞斗争，生存毁灭，强者延续，弱者消失。他们认为历史是真的，却没有任何宿命，没有规律，只有实力和实力相互碰撞，不涉及任何哲学和社会体制，只是当火星本土的军事实力强大到足以战胜地球军队，战争就开始了，实力就是结局。

不管真相如何，瑞尼相信，在所有存在中，水滴最难说清水的面貌。

瑞尼喜欢读书。读书的好处是让孤独的人不那么孤独。

如果说年复一年的独自生活并未引起瑞尼太多的自伤和愤懑，那是因为他在历史中其他写史的人身上找到了相似的共鸣。不是指精通经院神学、为了神的荣耀记述人间功绩的经典史家，也不是指从荷马开始由小说家延续、对公众抒发史诗浪漫主义传奇的吟唱诗人，而是指古代东方一类特殊史家，个人化写作，孤独而失意，严肃客观，却充满自身痕迹。在他们身上，瑞尼看到自己的影子。

而洛盈喜欢读书，对她来说，读书是一件不孤独却又孤独的事。

洛盈从小就清楚，她的名字已经因为祖辈的作为而注定与整片土地的命运相连。但是她不知道这种相连究竟是一种荣光还是一种苦涩。她读书里其他公主的故事，发现她们都比她单纯坚定得多，因而都比她幸福得多。

她读到过基督山身边的埃黛，父亲是一个光辉的英雄，除了异族的蛮横无理和小人的出卖，什么都不能损害作为民族统帅的父亲的永恒。她也读到过苏拉身旁的范莱丽娅，面前的罗马独裁者昏庸无耻、残暴地迫害奴隶，而对面起义的角斗士领袖却勇敢正义，英俊健壮，因而自己可以毫不犹豫地加入反抗暴君统治的队伍。然而无论是忠诚还是背叛，她们都激情决绝，因而显得那样迷人。她能想象到她们嘴里的台词，"哦，父亲，无论遇到多么大的阻挠，我都永远爱着您"和"不，暴君，无论遇到多么大的阻挠，我都要推翻你"。

可是她自己却没办法做到这样。她不是古代公主。她活在二十二世纪现实的火星。她不清楚自己身边的世界是什么样的世界，因而不能决定自己的态度。这种感觉让她孤独。她觉得犹豫与困惑的面孔注定不美，可是她想对事实忠诚，就不得不对态度犹豫。

她在公主的书中没有找到共鸣，却在一些行路人的书中找到了。

"沙漠给人留下的最初印象，只不过是空荡荡和静悄悄，之所以如此，是因为它根本不喜欢朝三暮四的情人。自己家乡的一个普通村庄也会避开我们，如果我们不为它而舍弃世界的其余部分。不进入它的传统风俗，不了解它的冤家对头，就不会理解它为什么是某些人的家乡。"

是的，她就是这样。她在离家之后才懂得了家乡的意思，家乡也因此避开了她。她现在才明白，只有在小时候她才真正拥有火星。那时她年复一年过着同样的生活，并不知道任何其他方式的解读。她沉浸在家乡的风俗里，对它的冤家对头毫不宽厚，从来不朝三暮四，甘心为它舍弃整个宇宙。只有在那时，家乡才是真正的家乡。她明白这字里行间的意思。当行路者写下这样的句子，他就已经注定从家乡远离。

洛盈合上书，端详着书深蓝与橙的封面。

风。沙。星辰。

她念出那几个字，念出火星全部的财宝。

晶

吉儿来找洛盈的时候，她有点心不在焉。她在吉儿进门的一刹那将正在阅读的瑞尼的手稿悄悄塞入被子底下，若无其事地拿起床头的一本画集。她不想和吉儿谈自己的追寻，不是有什么需要隐瞒，只是不知该怎样解释。

阳光初升，吉儿的神情像往常一样活泼欢愉。

"你这两天好不好？"吉儿说话抑扬顿挫。

"还好。"洛盈随口答着。

"已经能走路了？"

"略微能走几步。"

吉儿的脸上露出些微失望的神色，洛盈能看出来。其实她可以不必住那么久，瑞尼说过，她的趾骨愈合得不错，接下来可以回家养伤了。

但她只是自己不想走，她还想问瑞尼很多事情，也很留恋在医院的天台上对着落日读古老的书。这样安静沉淀的时光回家就不一定再有，她留在这里，就像是远离尘嚣。

吉儿心里藏不住话。

"你知道吗，创意大赛要开幕了！初赛就在下周。已经都组好队了呢。本来以为你已经可以出院了，我还给你报名到我们组了呢。我和丹尼尔、皮埃尔。"

这几句话提醒了洛盈，她想起几天前和瑞尼的对话，不由得一时间思绪纷扰，一串首尾相连的片段涌进脑海，如同洪水冲决了隘口。

"怎么了？"吉儿见她发愣，有些奇怪，"创意大赛啊。你难道忘了吗？"

"啊，没有。"她连忙摇摇头，"怎么会忘呢？"

吉儿于是开始兴致勃勃地叙述。她坐着静静听着，心不在焉。

"……我们刚定好了小组名字。以后每天下午都在换乘广场集合讨论。每个组都设计了旗子挂出来。我们组的旗子是莉莉设计的……我本来想……可是，丹尼尔说……等过几天，你脚好一点了，也跟我们一起去讨论吧。我们可以一边讨论一边吃点心。"

吉儿兴致勃勃地说着，声音飘在空中，显得很遥远。洛盈不想参加，她无可抑制地想到她在地球上听到的说法：极权制度用教育统治巩固。可是这一切无法向吉儿解释。

洛盈叹了口气。吉儿活泼的面孔让她心情复杂。吉儿正坐在窗台上，兴趣盎然地讲述他们准备过程中的各种细节场景。洛盈看着窗口。窗外阳光正好，吉儿逆光成为一幅暗色的剪影，在明亮的窗口里显得轮廓清晰。她撑着窗台的胳膊圆滚滚的，蓬松的头发有几丝飘飞起来，莹白色的太阳从她身后送出光芒。洛盈忽然觉得很累，地球的记忆似乎变成了一种忘不掉的习惯，她什么都怀疑，神经紧张，内心不安而无法摆脱。

她轻轻摇了摇头，问吉儿："你们准备做什么东西参赛？"

"再做一件衣服!"

"什么衣服?"

"还是用皮埃尔的新材料做的衣服!他研究的材料有一种能产生光电效应,跟我们的房顶差不多,我准备用它做一件能发电的衣服。丹尼尔懂得微电路,能把导线嵌入衣缝,把电流引出来。我来画设计图!这种材料虽然没有上一次给你做的轻软,但是能做一件类似盔甲的衣服,雄赳赳气昂昂。"

洛盈点点头:"听起来似乎不错。"

"是很不错!丹尼尔和我已经把设计图纸都画好了,要不是皮埃尔这几天在医院,早就开始实验了。"

"皮埃尔怎么了?"

"他爷爷病了,他得在医院看着。"

洛盈心里一紧:"是吗?"

"嗯,"吉儿歪了歪脑袋,"说到这个,我也该去看看呢。他爷爷也在这个医院。"

她说着跳下地,拍了拍洛盈的胳膊,急匆匆地就要往门口走。刚走到门口,又想起什么,忽而转过身来,眼睛忽闪忽闪。

"对了,差点忘了说,这周末还有一个大聚会,你也来吧!"

"什么聚会?"

"就是我们所有小组的聚会啊!给初赛打气加油的!"

"你们不是每天都在聚吗?"

"那当然不一样了。这次是野餐会,吃完还要在小礼堂跳舞呢。"

"那我肯定去不了了。"洛盈摇摇头,"你们好好玩吧。"

洛盈知道吉儿说的聚会是什么形式,她不想去参加。他们从小每天都在一起,一起上课一起玩,一起假扮战士,一起进工作室,然后还要在每一个节日一起举行大聚会。在聚会上,他们会继续上次没做完的游戏,会拿彼此的往事取笑,会敏感地察觉到某人和某人跳舞时神态有异并因此大肆起哄，还会约好下一次聚会的安排。

她不是不喜欢这样的聚会，只是仍记得另一种形式的聚会，完全属于陌生人的聚会。那时夜空亮着闪电，停机坪簇拥舞厅，临时停靠的小飞机像休息的鸟群，疲惫的男男女女在彼此间穿梭，迷人的微笑里觥筹交错，不问姓名就拥抱，转身之后各奔东西。每一次的新面孔，每一次的介绍，每一次自顾自的摇头晃脑。散落的灵魂临时碰面。从此不再回归。幽深漫长的走廊里堆满了各国杂物，斯里兰卡的镜子、泰国烟斗、德国手杖、墨西哥弯刀。漂泊的孤独。

瑞尼合上屏幕，向汉斯家慢慢走去。他没有坐车，一边走一边慢慢思量。刚刚合上的录像仍然在他心里，混合着他原有的一些思绪，一些问题呼之欲出。

录像是汉斯拿给瑞尼看的，希望他看后能给他一些意见。录像中的画面是虚拟合成的动画，水流是地球的水流，山岩是火星的山岩。瑞尼觉得他能明白汉斯给他看这些录像的意思。汉斯虽然没有明说，但那意思是很明显的。

瑞尼边走边思考着一会儿见到汉斯要说的话，小路像思绪一样在脚下蔓延。

瑞尼知道，汉斯是一个念旧的人。他了解他些许过往，知道他是那种能将年幼时一个许愿或者好朋友的一个理想记住一辈子的人。这样的人瑞尼见得不多，每一个都让他印象深刻。他们往往像铁一样沉默，也像铁一样坚硬而执着。汉斯是同龄人中间仅有的仍然在坚持工作的人，其他人死的死，病的病，还能站直了身子神态威严地听取各方意见的人，除了汉斯，就再也找不出第二个了。是他心底念着的一些东西在支撑着他，支撑了这许多年。

在汉斯最好的朋友中，加勒满是唯一多年与他并肩战斗的人。他们一起从战时的飞行队走出，从战后重建的第一天就相伴左右。那些年朗宁东奔西走，加西亚长年待在船上，只有加勒满四十年如一日，在汉斯身边，像一只怒吼的狮子寸步不离。如果说汉斯是戴克里，那么加勒满就是马克西米安，只不过这个奥古斯都完全没有与总督秘密分裂的意思，更不曾培植恺撒，只是数十年如一日，与汉斯并肩战斗在这座城市的不同侧面，战斗在与风沙相搏的没有硝烟的战场上。没有对方的支持，他们谁都走不到今天这一步。

汉斯和他的同龄人是火星整个国度建设的承担者。他们的三十岁伴随着这个国度的诞生，它像一个婴儿，在之后的四十年一寸一寸成长。加勒满是技术派的建筑师，城市构造的设计者。他在二十二岁的时候给出了第一张玻璃房屋的设计图，后来成为火星房屋最核心的构造原理和城市基础设施的基本蓝图。他们的城市在此基础之上建筑、构造、扩张，围绕着不变的技术核心衍生出无穷变化的艺术形式和丰富瑰丽的微小细节。这是一个由理念诞生的城市，加勒满在头脑中画下了水晶的空中花园，带着山谷里的人们最终走出战争的黑夜。

在汉斯所有的信念当中，加勒满和他的城市规划是极重要的一个。汉斯参与了大部分建设工作，从年轻时作为普通飞行员奔走四方采集资源，到年老时作为总督主持工作签署一项又一项完善方案，他为这座城市付出的心血不亚于加勒满本人，他为它与他人战斗，用自己的生涯捍卫它的完整。

瑞尼知道，让汉斯做出放弃现在这座城市的抉择比什么都难，尤其是在现在这个关口，在他连任两期的总督生涯走到终点即将平静卸任的最后关口，这样大的决断绝对是一种两难。

当瑞尼走进汉斯的书房，汉斯刚刚关上一段加勒满的录像。瑞尼看到了录像的最后片段。那是四十年以前的录像了，加勒满正是脾气暴烈的年岁，无可抑制的热情透过年轻的脸在光滑的墙壁上，在傍晚老人宽大书房的空气里，熊熊燃烧。

窗外夕阳西下，窗里背影孤独。

瑞尼站立了片刻，轻轻咳了一声。汉斯转过身来，看到瑞尼，默默点了点头。瑞尼在桌边坐下，汉斯给他倒了一杯清茶，又在墙上按了几下。片刻之后，一壶酒和两个小菜从传送道里缓缓升上来，汉斯打开小门，端出来，放到窗边的小方桌上。

　　"那些录像我看了。"瑞尼说。

　　汉斯给瑞尼斟了酒，凝神听着，但没有说话。

　　"他们的模拟方案我也看了。"

　　"怎么看？"

　　"我觉得困难的地方在于两点，一是气体，二是水温。"

　　汉斯点点头，等待瑞尼继续说下去。瑞尼沉吟了一会儿，在心里斟酌表达方式。汉斯的目光貌似平静沉稳，但瑞尼却看得出，其中有一种像在手术室门口等待医生出门时那样暗暗隐藏的期待的神色。很显然，他心里有期冀。

　　"气体问题是最难的。"瑞尼说，"在开放环境保持气体比在封闭环境难一万倍。"

　　"气压会太低？"

　　"是。不过这还不是最关键的。最关键的是气体比例。人是一只和周围保持气压平衡的水球，周围气体变了，人的体内立刻会变。氧气的比例不能太低，否则大脑会出现异常；另一种气体必须是惰性，否则会扰乱身体反应，元素又必须常见，因此非氮气莫属；二氧化碳不能太多，否则会引起窒息；水汽含量不能变化太大，因为人体对于湿度很敏感。总之，必须几乎复制地球大气，在逃逸速度这么低的地方，这不是一件容易的事。"

　　瑞尼说着，似乎看到自己的身体伸出千丝万缕的细线，和空气紧紧连接，就像一株植物离开地面，根须带满土壤。他一直对那些将人类抛到宇宙各个角落的奇异幻想敬而远之，不轻易为其激情所打动。他并不把人看成雕塑一样的独立的形体，而是看成一层膜加上里外两边的气体。人并不是随便扔到什么环境都能生存的，离了环境，人连定义都将失去，就如同一只水母，离了水就没有形状。

汉斯的神情略略有一分松弛，可以看得出，这个答案让他感觉稳定而愿意接受。

他点点头，没有加以评论，转而问道："那水温呢？"

"这个恐怕也同样困难，"瑞尼说，"如果不能保持水的流动状态，形成真正的大气循环，那么一个所谓开放的生态环境就是没有意义的。不管怎么选择地点，火星夜里的零下温度都是无法否认的，河流必然结冰，甚至白天都来不及化冻。如果要用人工办法加温，那么可以想象，能量耗费会是巨大的，最后的结果不会比现在的城市更好。"

"也就是说，开放方案获得成功的可能性不大了？"

"不能说没可能，只能说非常困难。"

"我明白了。"

"当然，"瑞尼补充了一句，"我只是粗略估计，还没有可靠计算。"

"没关系。"汉斯缓缓地说，"我只想了解一下。最后的结果也不是我能说了算的。"

瑞尼迟疑了一下："现在进行到什么阶段了？"

"仍然在立项申报，提交技术细节评估和可靠性分析。还没到议事院评审。"

"这一回是议事院公投还是全民公投？"

"还没有决定。"

"您倾向于哪种？"

"也还没决定。"汉斯说，他停顿了片刻又补充道，"这个决定我必须慎重，这恐怕是我唯一能做的了。"

瑞尼被汉斯话语中隐隐透出的淡而深的苦涩微微触动了，好一会儿才点点头说："我明白。"

瑞尼明白汉斯的意思。汉斯希望留在这座城市，可是他没有多少机会贯彻这种愿望。

汉斯已经不是战士了，他是总督。战士可以为了好朋友的理想做决定并呐喊，但总督不可以。总督并没有权力推行个人的决断，他的作用就像法庭的大法官，主持政策讨论的公正秩序，判断在何时应以何种方式将讨论继续，但是他不能够自行定出讨论的结果。他想了解基本的技术原理，也只是像法官想了解案件。

这些天，方案的争论越来越趋于白热化了。自从谷神星开始在头顶环绕，未来城市的规划就已经纳入了议事日程。起初还只是概念设计，但自从和地球的谈判一步步推进，概念就一步步化为了详尽的规划报告。按照火星议事的惯例，所有的提案要先在数据库的提案界面公布研究成果和可靠性论证，然后经过自由辩论，最后经由议事院或全民公投得出结果。

现在竞争最激烈的两套方案是迁居方案和驻留方案，前者主张搬入山谷，制造开放的生态环境，而后者主张留守在现在的水晶盒子里，将谷神星的水降为绕城的河流。两套方案都有其道理，也有其困难，旗鼓相当，拥护的热烈程度不相上下，而汉斯的职责就是主持这场辩论，如果放弃城市、选择新居的方案最终获得了通过，那么他也没有办法加以更改。

"其实，"汉斯的声音忽然低沉了一些，"我找你过来，是想拜托你一件事情。"

"您说吧。"

"我想请你有空的时候在周围听一听大家的意见。"汉斯说得很谨慎，"了解一下人们的倾向，应该能对抉择有些帮助。"

"好的。"

"只是别太刻意。"汉斯犹豫了一下，"你知道，这样并不应该。"

"我懂。"瑞尼说，"您放心吧。"

汉斯点点头，没有再说什么了。瑞尼看得出，汉斯非常为难。在他内心有两种倾向正激烈斗争。一种是维护自己和挚友的心血不在晚年化为荒芜的个人愿望，一种是维护程序正义不受私人左右的系统愿望。他两种都看重，两种都不愿意轻易妥协。

汉斯有权决定最后投票的方式，因此可以选择对加勒满和水晶城最有利的方式。理论上讲，选择哪种投票取决于事件本身的属性，不应当由结果倾向决定，可是一般人都能看出来，精英长老组成的议事院和全体公民的整体意见往往会有角度的出入，总督如果对此看得分明，就可以在法律允许的框架之内按照希望的倾向选择方式。这样的选择很微妙，往往直接影响最终决策。汉斯以前一向轻视这样的手段，可是这一次，他终于低头想借助于此了。瑞尼有一点难过。他清楚汉斯一向多么在乎程序正义，火星民主就是方案民主，方案的无偏狭一直是保持城市运行的核心精髓。

瑞尼觉得，汉斯的最大尴尬就在于终其一生都在做着不愿却不得不做的决定。

他看着对面的老人。汉斯默默自斟自饮，褐色微卷的头发向后梳得整齐，胡须浓密却开始斑白，嘴角有皮肤下垂的纹路。他这二十年样子都没有太大变化，但细看就能看出，他的皮肤每天都在衰老，眼睛下方和脖子上的皱纹越来越多。当时间想要证明自己，铁做的身躯也阻挡不住。

"其实，"瑞尼尽量让自己显得轻松地说，"您或许不必太苛求自己，顺其自然吧，即使最后不尽如人意，加勒满总长也不会怪您的。"

汉斯抬起头看着窗外，望向远方，像是望着一段过去，又像是望着某种悲观的未来。夕阳照着他的面孔，让皱纹显得光影分明。他沉默了一会儿才开口，声音缓慢，带有一丝微弱的倦意。

"我这辈子遗憾的事情太多了。"他声音低沉地说，"这一次我只怕还是一样。"

"您也是没有办法。"瑞尼说。

"我几乎送走了我所有的亲人和朋友，"汉斯忽然转过头，看着瑞尼，"所有的。"

瑞尼无言以对。老人的目光凝注，深褐色的眼里流动着不轻易表露的潜藏的怆然，如同深海，只有表面风平浪静。他的意思瑞尼能听得相当清楚，可是却不知如何回应。

"也许，您当时早点退休就好了。"

"你原来也这么劝过我。"汉斯说，"你可能早就觉得奇怪了，这个位子有什么好坐的，既然不符合心愿，为什么不肯早早退休。我自己也知道，早点退下来是好的，五年前也许根本不该连任，可是我就是放不下心。"汉斯说到这里，声音忽然有点波动起来，像是被一股突然涌起的巨大情绪推动，几乎有些悲伤了，"我放不下心啊。"

你能明白吗？他用这样的目光看着瑞尼。

瑞尼也注视着汉斯，注视这个迟暮的老人自己和自己搏斗。他叹了口气，点了点头。夕阳不动声色地在远方照耀。老人的蹙眉和脸上的线条在夕阳里僵直。汉斯仍然控制着自己，没有显得动情，但一股近乎悲壮的无可奈何从他的身体里不可阻挡地散逸出来。

过了好一会儿，空气渐渐地和缓了下来。

汉斯放下酒杯，慢慢从茶壶里倒出半杯已冷的茶，恢复到平日里的从容深静。情绪像茶一样冷了下来，汉斯手撑额角，渐渐回到平常的话题中，开始谈数据库制度讨论形式的改革，谈土地系统前一段时间提交的调研报告，谈塞伊斯陨石坑的山形地势与前景设计。瑞尼静静地听着，偶尔插一两句简短的询问和分析。

最后，瑞尼告诉汉斯，洛盈似乎对历史往事很有兴趣。他没有说她想去档案馆，只说她想知道家族的历史。

"她都问什么了？"

"问了过去的生活。"瑞尼说，"还问了战争的起因。"

"那你怎么说？"

"我说得不多，但答应给她看相关的书。"

汉斯点点头，低缓地说："你看着办吧。如果她想知道，告诉她也是应该的。这孩子长大了，早晚有一天会想知道过去的事。"

瑞尼点头答应了。他知道汉斯对洛盈比对路迪更担心。他们又交谈了几句，他起身向汉斯告辞。汉斯送他到门口，拍拍他的上臂，目送他离开。瑞尼走到楼梯转角又回头看了一眼，汉斯的身形重新恢复到平日的肃穆。片刻的动容已从面容上消失，老人还是一如既往的庄严稳定。

信

洛盈想叫安卡陪她去档案馆，有他在她身边，她会比平时有更多勇气。不管最后查找到什么样的历史，他陪她一起寻找，就比她一个人的追寻好过得多。

她坐在病床上，登录个人空间，打开信箱。出乎意料的是，信箱里有六封未读邮件，这并不寻常，住院这些天，她平均每天只收到一封信。她快速地扫了一下发件人名单，大部分来自水星团，蓝色条纹的信箱列表在病房墙面百合花的围绕下显得清冷而耀目。

她从最早的一封信开始读，是纤妮娅群发给水星团的群体消息。

亲爱的兄弟姐妹们：

写这封信可能有点突兀，但我想我说的情形是我们每个人共同面对的。

最近创意大赛开始了，估计每个人身边都有各种组队邀请。我不知道你们怎么看这个比赛，我是觉得其中浮现的一种精神亢奋很值得我们抵抗。那是一种相当虚荣的热情，对于奖项、对于在众人面前出风头的荣誉看得过于重要，以至于很多孩子变得很功利，不去想真正的智慧，只想着怎样压过别人赢得好评，似乎拿奖就是生活最大的意义。我想这是我们这个世界比赛太多的缘故，平时生活里充斥着大大小小的比赛，数学演讲戏剧辩论，它们的功利让人忘记了真正的思考，因此离智慧越来越远了。地球上比较实际，人们的好大喜功也远比我们这里小很多。

所以我想说，让我们发起一场观念革命好不好？我们可以抵抗创意大赛，拉起旗帜与其对立，或者发表演说批判这种虚荣和功利。你们觉得如何呢？具体的形式我还没有想好，只是提一个建议，供大家讨论。

纤妮娅

洛盈看着信，愣了好一会儿。

她想起自己前日里的回忆与怀疑，感觉到一丝共鸣和些许犹豫。纤妮娅明显和她感觉到了相似的问题，只是她质疑统治者和统治方式，纤妮娅质疑少年人的不纯动机。她不知道该不该回应表示赞同。纤妮娅的批评是有道理的，但至于一场观念革命，她心里迟疑。她想起了爸爸妈妈，在内心猜想如果是他们会如何决定。

第二封信是米拉对纤妮娅的回应，同样是群发给每个人。

我不赞成革命。不想参加比赛不参加就是了。我也不想参加，但没必要闹什么革命。热血少年全都虚荣，没什么大不了的。

米拉

紧接着是龙格的回应，与纤妮娅意见相同，与米拉相反。

赞成，早该这样了！纯粹是被利用了。那么纯洁的热情就这么傻乎乎地被一帮当权派利用了，白白地给他们付出那么多智商。早该革命了，让人醒醒！这疯狂的系统让人完全变傻了，榨取智慧就像吸血一样。

龙格

　　洛盈感觉心脏剧烈地跳了跳。她最怕的就是这个。她怕自己发现这个系统的恶劣，怕最终走上与它战斗的路。如果它真的恶劣，他们就不得不战斗，可是战斗就意味着与爷爷敌对，她不愿如此，不知该如何面对。看着那明晃晃的文字，她只觉得心里五味杂陈。

　　她接着往下点，下一封信是索林对龙格的劝慰。

　　龙格，我们没必要完全按照地球人的思路。地球人骂我们，多半有战败的历史原因和猜忌。大人们也不都是压迫者，他们设置这些赛事，初衷也还是为了我们好。

索林

　　下面紧跟着一封龙格的反驳。

　　为我们好？笑话。所有的设置都只是为了他们自己好。说得好听，最理想化的教育。可什么是理想教育？分明是培育系统的零件和效忠者。包括让我们留学。你们以为我们去地球是什么好事吗？别天真了，实话说，我们就是人质，是谈判交换的押金和筹码！没有押金，他们换不来资源。说什么为我们好，全是借口！

龙格

　　洛盈吃惊极了，她不知道龙格怎么会得出这样一个结论，是有证据，还是他的臆测。如果他说的是真的，那么其中涉及的可能的事情将牵扯出一大片她从前想都没想过的事，他们的身份将一下子从留学生变为政治人物，不仅仅是她自己，就连他们其他人的出走也都成了一种动机不纯的授意。这几乎不像是真的，太像是某种阴谋论的危言耸听。

她心里没有主意，头脑一片空白。她看着屏幕发呆了好一会儿，几乎是木然地点开了最后一封新邮件。

这终于是一封与水星团无关的邮件了，发件地址是玛厄斯，发件人是伊格。

洛盈：

脚上的伤好些没有？我现在在玛厄斯上，与繁星为伴。

冒昧给你写信，是想探询一些事情，希望不要见怪。

我想你已经知道，我的老师阿瑟·达沃斯基十年前临走时带上了你父亲给他的火星数据库存储的电子学方案，但你可能不知道，他希望能在地球推行的数据库计划因为种种商业原因没能如愿，最终遗憾地死于地球。这一次我来火星，一部分原因就是想了解老师的遗愿，并继续他的梦想。我是一个电影创作者，我了解一个稳定、负责任的公共空间的重要，所以我愿意延续老师未完成的事业，给创作一个空间，至少将一部分自由的艺术汇集起来，不必从属于纯商业的逻辑。（你知道，在地球上，无法卖出就是死路一条。）

这几天我发现，这件事比想象中有更多阻力，不仅仅是商业原因，还有更复杂的社会原因。我原本以为这是一个艺术领域的问题，政治上不会有太多干扰，但当我尝试向一两位政府官员描述我的计划，我发现他们的第一反应都是不赞同，理由很模糊，但态度很鲜明。后来我才明白，对于政府决策者，创作不是艺术问题，而是就业问题。他们每日担心的就是失业，而网络市场作为全球最大产业，一直是稳定的就业来源。每一个创作者，都能制造一批宣传人和经纪人，如果这些需要不存在了，如果所有发布和欣赏变得像火星一样简单，那么大规模失业一定会发生，而失业引发的社会恐慌会威胁每个政府统治。

我想我对火星的考察还是太短了。与整体生活有关的问题涉及方方面面，牵一发而动全局。我不知道在火星上到底有多少人从事创造性工作，那些非创造性的工作，那些重复劳动和必要的服务都是如何分配的，又是如何被激励的。这些工作构成地球生活的主体，我想在火星也不会完全不需要。如果创造性工作可以靠荣誉来激励，那么这些重复性工作的激励又是什么呢？冒昧地向你询问，因为你和我一样理解地球，你知道地球上金钱的力量。

希望你身体康复，回家的生活宁静而满足。谢谢。

你的朋友 伊格·路

洛盈读到最后一句，突然感觉内心一阵不平静的悸动，她直接点击了回复，匆匆敲入一段话：

伊格：

很高兴收到你的信，也谢谢你的祝福。但是不，我并不宁静，也并未满足。我甚至在内心深处羡慕你，因为你仍然在做着行动的计划，也仍然拥有行动的可能，即使有困难，也仍然在路上。可我连方向都没有。

你的问题，我不确定。它或许有标准答案，但在我看来，最简单的答案就是人们没想过。你也许不能想象，很多事情怎么会被当成情感上的天经地义。那些事情如果不是我们到过地球，我们自己也不会怀疑。

火星上好多工作都是由十几岁的少年完成的，比如在街边看店，比如在矿场开车，有些是课程的要求，但也有些完全没有任何回馈和好处，你会奇怪拿什么做激励，可是实际上根本不需要。参加的学生都是自愿，报名还往往盛况空前。如果在地球上，很可能会被批评这是统治者廉价利用他们，但实际上很多学生觉得那是很好玩的事情，比上课好玩。没有人因此挣钱，也就没有人想以此挣钱。

就像我们的一个比赛叫作创意大赛……

洛盈迅速而顺畅地敲下一大段文字，但写着写着突然停下来，写不下去了。

她写到这里忽然意识到自己给出了什么样的评价，写的时候只是情绪流露，写出之后才感觉到这话语之间的种种复杂的地方。实际上，她给出的答案是人们的无意识，是系统运行下的盲目和不思考，而这本身是一种指责和批判，它与龙格的观点是一致的。她不知道自己能不能信任这种看法。她重新回顾了一下水星团的信件，觉得自己这样的回答太孩子气了，毕竟即使在水星团，分歧也如此大，又怎么能假设人们都是一致而盲目的呢？

她慢慢平静下来，停了笔，将草稿保存起来，决定搁置几天想得更清楚再继续回复。

她算了算时间，代表团离开十几天了，旅程刚刚起步，前方尚有八十多天航行在等待。她看到那条航船在远方越漂越远，带着内心的使命漂向一片真正的海洋。航船孤独而缓慢，但航线指向前方。她又从头读了一遍伊格的来信，被信中隐约低回的理想气息拨动了心弦。她看到他在路上，在做一件他认为他的世界缺少、但却必要的事情，这种相信有一种力量，有一种方向确定感，而这确定感使人安心。她回头看自己这十天的生活，似乎刚好形成对比。她不前行却不安定，不满足于现实，却不知道它缺什么。周遭世界在她身旁绕成看不见的云，旋转着将她包围，却不被视线抓捕。它隐隐透着不寻常，可她的目光无法穿透。她像一只水缸里的鱼，睁大眼睛却只能转来转去。

她怀念玛尼斯，它在黑夜里往来，如玻璃上滑落的一滴水，虽然只有群星做伴侣，却心无旁骛，从来不会失去方向。他们曾戏称它为卡戎，冥河的渡船，可是现在想来它却是最生机勃勃的地方了。

她想等瑞尼回来，再问一问瑞尼。

瑞尼晚饭后来到台球俱乐部。他习惯于每周来两天，周三和周日，这是他难得的与他人交流的机会。

火星上严格笃信《旧约》的人已经不多，科研生活的时间表也不太刻板，但大多数人还是延续了祖先们七天记日和周日休息的古老习惯，从周一开始工作到周五，将周日当作与人相聚娱乐恳谈的时间。女人们会集中到某一家给孩子做吃的，男人们会分散到各个俱乐部，活动一下手脚，享受片刻身体对抗的乐趣，再和其他研究领域的男人交换一些新闻和社会信息。除了游泳池和高尔夫，火星上各种体育场馆都不缺乏。

在周日的俱乐部里，总会有一丝消息涌动的气氛。人们能见到一些熟悉的老面孔，听到一些变换的新话题。有的时候有得意扬扬和盘托出的夸耀者，有的时候有话语模糊暗中较劲的对抗者，也有的时候有工作不顺面容灰暗的满心怨气者。就像巴黎某伯爵夫人的小客厅，燕京某个人来人往的小茶馆，北海道男人们下了班先去喝上两杯的某小酒店。

男人们互相见了面，按照一套习惯的方式打招呼，然后在有意无意间传递出亘古不变的新闻话题：听说某某人又升迁了，听说某某人十分器重某某人，听说最近有某某重大变革，是个谋求闻达的好机会。

"听说马丁最近升了实验室主任？"

"岂止！他当上了他们研究所三个中心之一的中心主任，管五个实验室呢。"

"他怎么升得这么快？"

"还不是因为当初跟的导师好。听说他导师最近升了系统长老之一，做的课题已经铁定是下一批火星重点项目了，他很器重马丁，好几个重要环节都让他拿去模拟了。结果他的引用率一下子就上去了，超了好几个前辈。"

"原来如此。难怪上星期看他容光焕发的。"

"所以说啊，人还是得跟着项目走。"

说话的男人坐在休息区，穿着西装坎肩，擦着球杆，眼睛望着正在进行的比赛。一个男人略微秃顶，另一个男人有蓬大的络腮胡子。小圆桌上摆着咖啡与茶点。两个男人都是一副随便而无所谓的样子，好像只是有一搭没一搭地提起一些他们根本不在意的小事，举止文质彬彬，嘴角却挂着只可意会的微笑。瑞尼和他们是从小到大的老相识，在他们身旁坐着，身体靠着柔软的椅背，球杆在手里竖直支在地上，含笑听着，并不插话。他很少说话，没有人会觉得奇怪，也没有人会关心他是否有话说。

　　两个男人还在闲聊。

　　"这回你觉得有戏吗？"秃顶男人问。

　　"难说。我希望有戏，不过难说。"大胡子回答。

　　"你们实验室参加方案了？"

　　"参加了。我们是山派，做岩壁内电缆铺设方案可行性检验。你们呢？"

　　"我们算是河派。其实我自己是倾向于山派，但我们实验室的头儿是个老顽固，始终不信人造大气，带着我们硬是承了一项河道底运输管设计优化模拟。我觉得挺没意思的，不过要是批下来的话，经费倒是不少。"

　　山派与河派是人们口语中对迁居方案和驻留方案的称呼。迁居方案的目标是战前人们住过的陨石坑山谷，而驻留方案则是要在现有的城市周围挖掘河道。

　　"哈！那咱俩算是对着干了？"大胡子笑道。

　　"是啊，看谁运气好吧。"

　　"真是赌运气了。这一个项目要是赶上了，能做半辈子呢，什么都不用愁了。不过，看样子情况扑朔迷离啊。"

　　"嗯，祝我们都有好运吧。"

　　"那是不可能啦。"大胡子又笑了，"怎么样，再开一盘？"

　　两个人站起身，接替了刚刚结束一盘战斗的另外两个男人，站到台球桌两侧，姿态优雅，互相做了一个请的手势。一个人挺直了身体擦了擦球杆顶，另一个人用三角框架摆好红球，将一颗一颗彩球精确地摆到各自的位置上。开球的人俯下身子，清脆的击球声如同在寂静的酒会上拔开香槟的木塞，激起一片赞叹。

退下来的两个人也同样开始了闲聊。他们坐到刚才两个男人坐着的位置，也接了两杯咖啡，松了松领口，和瑞尼笑着打了打招呼。一个是戴着眼镜的老者，面容温暾木讷，却很慈祥，另一个是与瑞尼同龄的瘦高个，额头很宽，眉毛上下飞舞，神情相当愉悦兴奋。

"你上回说你家水管漏水，修好了没有？"年轻人问老者。

"修好了。我后来把碗柜后壁卸下来了。"老者的声音很轻。

"碗柜能拆就是好。早知道我们也应该装可拆的。"年轻人两道眉毛扬了起来，"我家那个小的整天往边角里掉东西。他一边爬，我们得一边跟在他屁股后面捡。"

"几个月了？"

"一岁了。刚会走，但还走不稳，最是麻烦的时候。"

"都一岁啦？时间过得真快啊。"

"可不是吗，老大都到我腰这么高了呢。娜娜也都识字了。"

"那可够你忙的啦。"

"是啊。"年轻的呵呵地笑起来，"你倒是解放了啊。儿子还常回来吗？"

"不啦。去年生了小孩就回来得少了。"

"我说，这回要是迁移了重新选房子，你可以搬得离儿子近一点，要不然一个人太寂寞了。"

"其实也还好。"老人说，"习惯了。"

两个人声音一高一低地聊着。和刚才那两个男人的对话搅扰在一起，回荡在空中，绕成云烟。瑞尼远远地看着，心里想着汉斯的请求。他对自己的任务心生愧疚。在这样的对话中能了解到什么，他没有多少信心。火星的城市在汉斯心里是一座城，但在日常人心里只是生活的背景。迁徙与否的困扰化成工作室的机会、搬迁选房的机会、出人头地的机会，化作各种可加利用的机会，就不再是一个整体，而变成了千万细小纷争的情绪碎片。一个项目变成千万个，左右都有人得益。水晶城是否瓦解，从谁的话里都看不出形势。

瑞尼隐隐感到，汉斯的忧虑在成为没有方向的闷雷。两种方案的对抗都消失了，最后的抉择不管如何，墙上加勒满的录像都已经在具体真实的生活碎片中烟消云散了。

这些对话瑞尼一直很熟悉。研究室的进展和预算，妻子家务的困扰和儿女的趣事，房屋的保养维修和重新设计。这是一种丰满而实际的生活，工作、家与房子，一个男人一辈子可以操心的充分的日常生活都在这些对话里拉开帷幕。有野心的男人会努力做到学术顶尖和议事院高位，没有政治兴趣的男人则安安稳稳地享受一切，工作室、家和俱乐部，三点一线的生活宁静安稳。不少人都懂园艺，在自家后院除草种树，给孩子搭秋千，改装电路设置，与两百年前的地球小镇生活别无二致。他们的生活费随年龄增加，虽然永远算不上奢侈，但总是够花的，慢慢地上升还给人一种抵抗衰老的充满希望的错觉。

瑞尼对这一切熟悉无比，但他自己并不加入谈话。他没有这些内容可谈，没有项目，没有妻子和儿子，也没有房子。他没有所谓正常人的生活，因此没有谈资。他的匮乏是一条清晰可见的因果序列，由一点可以推出另一点，由缺乏一点可以推出缺乏另一点。

瑞尼在十多年前，自己刚刚加入工作室的时候就因为事故受到了处罚，五年不得申请工程和研究拨款。仅仅过了一年多，女朋友就离开了他选择了另一个人。按照火星规程，单身汉可以分配单身公寓，但是永远没法选择自己的房子与花园。

而后时过境迁，他不是没有机会东山再起，将一切弥补回来，只是经过了这么一回，他突然失去了对这些事情的兴趣。他的禁令早已过期，他完全可以再战，但他对组合团队像打仗一样竞争项目感到漠然，宁愿自己一个人用日常材料做些简单的实验。他也完全可以再找一个女朋友，可是他对两个人相互牵扯、争夺主动、在对方面前表现自己感到厌倦，对第一个女朋友，他有一种自己也看不明白的惶惑，但是在发现这整个过程是怎么回事之后再重复一遍，他就有一种刻意演出的感觉了。他看着两个复杂、各有所思、并不了解的个体坐在一起相互表达自己的爱，他觉得多么盲目，实在不够真实，因而实在不能忍受。他希望遇到一个人能先承认两个人的陌生与距离，然后再说相处，可是他没遇到过。

他不喜欢追求与被追求的游戏，就像不喜欢工作室每年预算的战争。他发现一切都取决于动力，当人的兴趣已经转移，各种竞争的技巧就成了没有意思的冗余。

瑞尼从小到大就一直处于这种不够主动的状态。他既不曾成为楷模，也不曾挑起反叛。他从小孤独地成长，一直不引人注意，说话很少，活动也不出风头。他和其他孩子关系不错，但从来不曾拥有群体号召力。他在孩子群里相安无事，偶尔和别人打架，但不曾与谁结仇。他在人造小山和小河的运动场上，沉默地做着各种器械运动，就像一颗灰色的小彗星，掠过黄沙场地和五颜六色的金属器材。他不爱说话，常常有人将他忽略过去，很少有人去想他的心里是不是也复杂多变，阴晴圆缺。不爱说话的孩子总有这样的危险，人们可能和他相处几年，对他仍是一知半解，不是不能了解，而是以为没有需要去了解。

瑞尼的内向不是自闭，也不是精神层面发展落后，而是像很多内心丰富、思维流畅却不爱说话的小孩一样，他能够敏感地区分出说出的话和没有说出的话。这仍然是词语游戏在内心的遗留，他在心里有自己的城堡，因而外界的表达就成了永恒的表面的言不及义，让他宁愿回到自身。

瑞尼已经早过了交流有困难的儿童时代，已学会泰然地与人相处，学会在零零散散的日子来到俱乐部，和其他人分享闲散与安居的常人话题。他并非一定需要别人陪伴，只是不想让自己因离群索居而失去真正对人的了解。

他在人群中坐着，默默回想汉斯、加勒满的历史与这个国度的命运。

当瑞尼回到医院的时候，时间已晚。他来取一些书回住处，本以为所有人都休息了，却没想到一推开门，就看见洛盈坐在他办公室的等候小客厅里，一个人看书。

"洛盈？"他有点诧异地招呼她。

洛盈抬起头，向他微微笑笑。屋里的顶灯没有开，只点亮了圆形茶桌上摆放的花瓶状台灯，角锥形的光晕成为屋子里唯一的光源。绿色叶片让灯光在书页上柔和地摊开，洛盈的脸颊被侧光照亮，鼻子显得细瘦，眼睛看上去很明亮。

"您回来了？"她向瑞尼打招呼。

"你在等我？有事吗？"

"嗯，"洛盈犹豫了一下，"其实不能算有事，只是想问一两个问题。"

"哦？什么问题？"

洛盈顿了一会儿，似乎在让自己的话平静："我们周围的人，是为什么工作呢？"

"你指什么人？"

"就是指周围的一般人，工作室的人，爸爸妈妈和孩子们。"

瑞尼想到刚刚见到的俱乐部的男人们。想到他们的兴奋、愤怒和精打细算，他们的笑容和愁苦，他们的努力和不如意。他们在每一个周日的俱乐部娱乐，在每一次娱乐时交换的话题，在每一场话题中出现的儿子女儿和职位晋升。他们的眼睛，眉毛，声音，举止。他们投入的理智与情绪。他默默地想着，看到那种围绕在身边的家庭的生活。

"为了，"他慢慢地说，"一种丰满的生活。"

"所有的人都愿意工作吗？或者说为了理想工作？"

"那倒不是。不会有那样的世界。"

"那么人们是为什么呢？那些枯燥的工作，如果不是像地球那样为了尽量多挣钱，那谁会去做呢？"

瑞尼想了一下，谨慎地说："首先呢，我们枯燥的工作并不太多，生产大部分已经由机器代劳了，服务业又很少。"瑞尼说着，来到屏幕前，调出一本资料册，查了查，说，"仅有的必不可少的重复劳动大概只占所有工作的……百分之九，大部分是兼职。动机来源多半是预算争夺。一个工作室需要自行安排其中的各种职务，无人车间一般需要有人监控，输出的产品需要有人提供维修，这种情形多半是轮流，也有个别工作由专人负责。一个项目的完成直接影响到下一年的预算大战，一旦出现什么闪失或遭到抱怨，整个项目就可能会拿不到经费。这涉及整个团队的存亡，谁也不会掉以轻心，不管有没有兴趣也得做。"

"预算大战很激烈吗？"

"岂止是激烈，"瑞尼平静地说，"几乎可以说是惨烈。每年年终的预算争夺就是各个工作室最大显身手的时刻，总是提前几个月就开始策划、铺垫、游说和组合。火星的资金总是很有限，这一点不比地球。你可以把整个火星看成一个精确规划的大企业，计算每一笔投资的可能产出，计算回报，计算一切不够理想的结果，精确到秒和元的小数点后三位。其实包括创造性工作在内的绝大部分科研都受这种推动，不完全依赖兴趣。"

他说着，又想到山派和河派那两个打台球的男人。他们的生活如此自然，在俱乐部与后院合纵连横，拉拢各种最有利的工作室组合，为年终准备。洛盈听着，面容有点迷惑，睁大了眼睛，像是听到了一段奇异的生活。瑞尼对这样的反应不奇怪。她的父母死得早，她自己又去了地球，懂事后的这些年没接触过这些事情是正常的。预算大战在少年人上学的时候还没体现，却是成年人工作之后最重要的生活组成。

"为什么争夺要预算呢？"洛盈想了想问。

"为了拿到大项目，在人群中获得一个受瞩目的地位。"

"那很重要吗？获得瞩目？"

"重要不重要？"瑞尼笑了笑，"我只能说，它若不重要，历史上的很多事就不会发生。"

"也就是说，我们这个世界不是完全建筑在蛊惑与盲从上了？"

瑞尼停顿了一会儿，内心有一丝凛然，他思量着洛盈问话的意义，考虑了片刻。

"任何世界都不可能完全建筑在蛊惑与盲从上。"他平缓地说，"一个世界能运行，必然建筑在欲望之上。"

洛盈点点头，没有再问什么，眼睛望着窗外，像是在思量。

好一会儿，她起身告辞，瑞尼送她回去。他们默默穿过漫长的走廊，一路各怀心事，谁也没有说话。走廊静悄悄的，黑暗中的玻璃墙反射月光，映出影影绰绰的他们的倒影，看上去如同岁月本身，没有尽头，没有声音，没有陪伴，只有影子在身旁不离不弃。他们慢慢走着，听着鞋跟与楼梯发出碰撞，各自思索，都不想打破这种安静。

在病房门口，瑞尼叮嘱洛盈早点休息。洛盈点点头，静静站住了，但没有立刻进屋，而是轻声问瑞尼：

"瑞尼医生，您觉得人们幸福吗？"

"幸福？"

这个字眼的丰富含义微微打动了瑞尼。他犹豫了一下，点点头说："是的，我觉得他们是幸福的。"

他认为他们是幸福的，或者说，他觉得他必须这么认为。

"为什么？"

"因为他们有所求。"

"那样就是幸福吗？"

"不一定是幸福，但却是一种幸福的感觉。"

"您自己也一样吗？"

瑞尼沉默了一下："不太一样。"

"哪里不一样呢？"

瑞尼又沉默了一下："我对项目不是特别有兴趣。"

"您不是说他们那样是幸福的吗？"

"我只能说，我觉得他们是幸福的。"

"那您自己以什么为幸福呢？"

"清醒。"瑞尼想了想，静静地说，"以及能够清醒的自由。"

洛盈回屋了，瑞尼看着关上的房门，回想着她的问题。是的，他想他是幸福的。目前的生活虽然孤寂，但他内心觉得安定。表面看上去，他似乎是被动地接受了命运，接受了处罚、独身和政策来安排自己的命运，但是实际上，在其中真正起作用的还是他的自我选择。任何人的命运从某种程度上说都是自己的选择，他选择了不去选择，这就是一种选择。他没有理由抱怨或不满，因为有选择就需要有承担。自由与孤独本就是双生动物，他选择了无人约束的自由，就必须承担无人关照的孤寂。

告别瑞尼之后，洛盈一个人进屋，看着窗外黑夜的荒原，打开音乐，播放出倾盆大雨的声音，看着远方。

雨声壮丽，笼罩天地。洛盈双手贴着玻璃，远望着夜幕里的大峭壁。夜色晦暗，只有遥远的谷神在头顶映成圆盘，两个月亮都见不到身影。大峭壁像一道黑色的分水岭，将天与地在视线尽头划开，天上群星璀璨，地上辽远漆黑。峭壁看起来既近又远，与城市之间坦荡无物又遥不可及，就像是夜的刀刃，刀身锐利狭长。音箱里的雨声显得很真实，仿佛隔着一道玻璃敲打她的身体。

她想着这一天听到的事情，内心荡起冰凉的涟漪。眼前的玻璃仿佛释放出强大的光，将人的喜怒哀乐都笼罩在它的光里。她觉得生存空间这个词并不虚假。他们没有金融，没有旅游服务，没有交通督导，没有审查身份文档的官方办公室，而这一切都是因为他们住在这样一座水晶盒子里，生活的一切能够统一安排。若想让地球效仿，除非也搬入如此统一的盒子，统一给每个人生活费。她不知道该怎么给伊格回信，他带着昂扬热烈的社会热情，走向一场看上去不可能实现的盛大变革。

她打开信箱，正在犹豫该说什么，忽然看到一封新邮件，动画图标闪闪发光。

信来自安卡。

小盈：

　　出院的具体时间告诉我一声。我请了一天假，接你出院之后，下午可以陪你去档案馆。

　　最后几天了，小心照顾自己。

安卡

那一瞬间，洛盈的心里安宁下来。宁静的字在黑夜里温暖地照亮了房间，所有的担忧、阴谋、革命、历史和理论上的争执都远去了，只有静静的字在黑暗里温暖。她忽然很累。

<h2 align="center">膜</h2>

出院前的清早，洛盈造访了另外一间病房。

皮埃尔的爷爷和她住在同一间医院。同一个社群的病人多半都住在同一间医院。她很容易地从患者名单册上查到了他的病房，来到住院部二层，重症特护病房。这是医院最好的病房之一，远离喧嚣，门上挂着绿色叶子形状的小牌子。房门敞开着，洛盈悄悄站到门口。室内很宽敞，墙壁被调成了半透明，空气里浮动着花香，像海洋一般安宁，让人很容易忽略其中的抑郁。

皮埃尔一个人静静地坐在床边，侧脸被淡弱的阳光照亮，头发有点长，卷卷地贴在额头上，露出眉毛，发梢在阳光里显得有些透明。他一动不动地坐着，坐得像一尊无色彩的雕塑。他过了好一会儿才看到洛盈，有点忙乱地站起身，给她推来一张沙发椅，但没有说话。洛盈笑了笑，坐下，和他一起看着床上昏迷的老人。老人的面色很安详，稀疏的银发散在枕头上，脸上的皮肤疏松地垂着，皱纹像是被抚平了，连同时间、活力与峥嵘一同被抹平了。洛盈不太清楚老人具体的病症，也没有问皮埃尔。她陪他静静地坐着，看着床头环绕一圈的微小的仪器。脑波检测仪一直在闪，体征测量屏上一排绿色图案缓慢跳动。数字不是生命，但告诉探视者生命还在，虽然看不见，但它还在。

"是吉儿告诉我的。"洛盈轻轻地说。

"吉儿……"皮埃尔像是无意识地重复着。

"你自己注意身体，创意大赛那边不用着急。"

"创意大赛？"皮埃尔愣了一下，神情还是有点涣散，"噢，对，创意大赛。"

洛盈看着皮埃尔的样子，心里有点难过。她知道皮埃尔也是独自跟爷爷长大，祖孙二人相依为命许多年。他连兄弟姐妹都没有，老人一旦撑不过去，他就将孑然一身。她想起他小时候的样子，瘦弱、羞涩、易怒，抱着爷爷的大腿，目光警觉。他不和谁说笑打闹，但见到欺负别人的小孩，会像小刺猬一样弓着身子冲过去，不说话，只一个劲儿挥动小拳头。他一直是执拗的小孩，就连此时看爷爷的眼神，也执拗得令人难过。他瘦弱的脊背弓着，头发贴着脸，眼睛低低地朝下看着，情绪在身体里绷紧。

洛盈回家以后只见过皮埃尔一次。她对他所有的记忆都停留在五年前那个尚不如自己高的男孩身上。她听说他现在成绩很出色，已经在课堂里完成了好几项研究成果。以他的年纪这算是绝无仅有了。

过了好一会儿，皮埃尔忽然带着一丝歉意，转过头来面对洛盈。

"对不起，应该我去看你的。"

"没关系，我早没事了。你这里比较忙。"

"这边也没事了。"皮埃尔摇摇头，"你告诉吉儿，我过两天就过去。

我要亲自去盯着真空溅射才行，别人不了解的。"

洛盈本想劝皮埃尔先照顾爷爷，别想那么多，但看到皮埃尔的认真，便点点头说："好，我回去就告诉吉儿。"

皮埃尔转头对着病床，像是自言自语似的继续说："别人都不了解的。硅基纳米电薄膜、硅量子点、多孔硅集成电路、氧化硅超晶格，这些他们都会说，但他们都不真了解。我们的光，我们的电，谁都会用，但是谁都不是真的懂。"

洛盈有一点不明所以，等了好一会儿，才迟疑着问："听吉儿说，你是又做了一种新薄膜？"

皮埃尔转头朝她笑笑，眼神有种淡然的悲伤，声音倒是平和："也不是很新。我早就想把光电板推广到更轻软的材料上了。"

洛盈点点头，没有再说什么。她又陪他坐了一会儿，见没有什么需要做的，便站起身来，告辞离开。

他起身送她："你什么时候出院？"

"一会儿就走了。"

"今天？"他有点惊讶，"那我去送送你。"

"不用，我没问题。"

"没关系。我还有一件事想跟你说。"

"什么事？"

"待会儿去你那儿说吧。"

洛盈犹豫了一下，点点头同意了。他们说了告别，他目送她出门。

她在门口轻轻转过身，回头看了一眼浅蓝的病房。皮埃尔恢复了默坐的姿态，瘦瘦的身体前倾，双脚蹬在沙发椅的脚垫上，身体静默却情绪涨满而全身紧绷。病房无声无息。

回到病房时间还早，阳光洒满房间，百合花一如既往地平静悠然。洛盈坐在窗边吃早餐，面向窗外，该带走的东西已经包裹好，放在一边叠得整齐的床上。

安卡是第一个走进病房的人。

他站在敞开的门口，轻轻敲了敲门，碰响了门上的风铃。洛盈回头，见到是他，勺子停在空中，一时忘记拿起，也忘记放下。安卡朝她微微笑着，没有说话。阳光打在他的头发上，让他整个人显得很明亮。他今天穿了质地疏松的运动上衣，不像穿制服那样笔挺，却显出肌体的线条。洛盈一瞬间不知道要说什么好，只是看着他，他似乎也没有话，和她就这样面对面安静地相互对着，阳光隔在中间，安静飘摇。

片刻之后，安卡身后出现了米拉、索林和纤妮娅。安静打破，屋子一下子热闹了。

"这两天休息得怎么样？"纤妮娅微笑着向她走过来。

"还好。"洛盈从怔然中醒来，连忙应道，"没什么事了。已经可以自己走路了。"

为了证实自己的话，洛盈说着，站起身来，演示性地绕着房间走了一圈，笑着给他们看，并且抬起丝制小靴子，解释其中的道理。她轻轻环绕和转身，借此挡住脸颊，不想让谁看出自己的局促。她没有望向安卡，只是静静地转身。

回到床上之后，纤妮娅坐到她床边，两个男孩站在一旁靠着窗台，几个人开始聊天。纤妮娅细细地询问洛盈腿脚的感觉，恢复状况，肌肉的痛感和病状，和自己的情形加以对照。她说到一半抬起腿，轻轻将裤管拉到膝盖，露出纤长的小腿，一条厚厚的纱布赫然环绕在脚踝周围。洛盈心底一酸，没有说话，用手轻轻摸了摸。纤妮娅仍然每天训练，下个月还有她的汇报表演。

洛盈问他们最近几天都在忙些什么，几个人互相看了看，无一例外地给出写报告的答案，三分无奈，七分嘲讽。

"要说写呢，能写的事情也多。"米拉说，"但是这么个写法实在让人头疼。你不知道，就报告的关键词问题，我就和阿萨拉奶奶争执了不下三天。她反复说我给出的关键词不规范，将来在数据库里供人搜索会很困难，我前前后后改了五次。"

"为什么？难道我们的报告将来要作为学术论文？"洛盈诧异地问。

米拉耸耸肩："可不是吗！所有报告都得当论文写。"

洛盈睁大眼睛，说："我以为报告只是心情和回忆呢。"

"我也这么以为的。"米拉笑了，"可是人家是等着咱们学有所成的。咱们是人家的投资，投了那么多，不回报怎么行。"

洛盈觉得，她连舞团编导和辅导都不想做了。只要不回舞团，就没有人能催促她交报告。孑然一身的人总是最自由的人。米拉的笑容很可爱，像一只棕色皮肤的小熊。他一直是最散漫贪玩的人，睡觉能睡得像冬眠一样长久。洛盈以前一直以为他是严肃不起来的，可是现在他也开始严肃。他们的世界变了，只有临时的才是可以肆意的，一辈子的事情永远无可抵御。

"对了，"洛盈忽然想起来，"信里的事怎么样了？"

纤妮娅笑了，眼里混合着兴奋、叛逆和对严肃刻板不以为然的傲气神情，带一点神秘地说："定了。我们要发动一场观念的革命。上个月我们不是谈过你父母的事情吗？不管他们是因为什么被处罚，至少给我们做出了表率。他们敢于挑战规矩，我们也应该如此。"

"观念革命？"洛盈倒吸了一口气，"那要干什么呢？"

"第一件事，就是弄清楚龙格的话。"

"啊，对。"洛盈说，"这件事我也很惊讶。他为什么这么说？"

纤妮娅压低了声音："你还记不记得第三年……"

就在这时，病房门上的风铃响了，纤妮娅立刻住了口。他们一起回头，看到路迪和吉儿站在门口。路迪一身制服，手里拿着一个大文件夹，吉儿梳着辫子，端着一篮水果。他们两个走进屋之后，可以看见站在后面的皮埃尔。

"怎么样了？"吉儿一边跑进屋一边兴冲冲地问。

"还好。"洛盈连忙含笑回答，"还好。"

洛盈把水果接了过来，放在一旁的床头桌上。吉儿先拿起一个橘子给洛盈，又拿起两个苹果递给一旁的纤妮娅和米拉，最后又拿起一个橘子给路迪。其他人都欣然接了，路迪却摇摇头，说不用。吉儿的脸有点红，洛盈见状伸出手，把这个橘子也接了过来。路迪始终没有注意吉儿，却一直用好奇的目光打量着纤妮娅。

路迪看着纤妮娅，吉儿看着路迪，皮埃尔在他们身后看着吉儿。洛盈觉得这局面很微妙。路迪虽然是第一次近距离见到纤妮娅，但看得出来，他的眼光坦率而充满兴趣。洛盈知道，每当哥哥看到让他兴奋想研究的事物，眼光就会变得如此跃跃欲试。纤妮娅此时却浑然不觉，吃着苹果和身边的索林低语。

气氛显得不同寻常地平和。除了吉儿，没有什么人说话。阳光很明亮，温暖在病房里环绕着。一切顺理成章地进行着，亲切的看望，温和的关照，明亮的灯光，大而圆的病床，淡绿色的地板，嵌入墙壁的百合花。路迪帮洛盈查看了一下她的行装，确认没有忘记的东西，然后就站在一旁等待着。气氛呈现出一种刻意维持的波澜不惊。

"皮埃尔，"洛盈终于开口打破安宁，"你刚才说有事跟我说，什么事啊？"

皮埃尔一直站得很远，直到这一句问话才吸引了目光。他神情漠然地站在门边，并没有走上前。他环视了一下众人，眼神显得很遥远，头发仍贴在额头。众人的目光搭起一道看不见的通道，洛盈和皮埃尔分站在两端。

"那天你演出的时候，"皮埃尔轻声问洛盈，"有没有觉得什么地方不正常？"

洛盈回忆了一下："是……是有一点点。"大家的目光凝聚了，洛盈略微迟疑，才慢慢地回忆道，"那天演出的时候，一直觉得太轻飘了，仿佛身子比平时都轻，脚踏不上力量，所以赶拍子很困难。试演时还不是这样的。'"

"轻一点不好吗？"吉儿问。

"不好。跳舞最重要的是踏地板，身子轻飘，就使不上力，结果我拼命用不适当的蛮力，就没保持住平衡。大概是我演出前训练过多了，腿脚过于疲劳。"

她说完，试探性地看着皮埃尔。

皮埃尔点点头，像是印证了什么事情："不是训练的问题，是衣服的问题。是衣服产生了托举力，就像穿了降落伞。"

"天哪！怎么会这样？"吉儿叫道，"是衣服有什么问题吗？该不会是我害你受的伤吧？可是洛盈你不是试演过吗？"

洛盈探询地看着皮埃尔，又拍拍吉儿的手，像是安慰她似的说："不会，应该不会是你的问题。我穿着跳过好几次了，裙子很薄，没有问题的。"

她看到，皮埃尔的神情有点奇怪。

"平时是没问题，"皮埃尔冷冷地说，"但是那天晚上剧院地板的磁场打开了。"

洛盈心里蓦地一沉。

"哦！"吉儿恍然大悟似的，"皮埃尔，你那衣服的材料会受磁场影响是吗？"

"不是。"皮埃尔很坚决，"我的材料完全不受磁场影响。磁矩是零，我测过的。"他说到这里停下来，咽了口唾沫，喉结一鼓一鼓，像一条溺水的鱼，"但是有人在裙子上动了手脚。"

洛盈心里的不安越来越强烈，轻声问："你确定吗？"

皮埃尔点点头："演出当晚我就在手术室门口把裙子要回来了。我当时就担心是材料的问题，所以回来做了检测。结果我发现，裙子表面有一层磁矩很显著的镀膜。"

他又停了下来，将眼睛望向路迪。这一下，屋子里所有人都听懂他的意思了，吉儿也从他的眼神中看懂了他的怀疑。洛盈觉得，在那一刻，再没有比皮埃尔那内向轻细的声音更洪亮的话语了。空气一下子尴尬起来。

"你是在怀疑路迪哥哥吗？"吉儿喃喃地问。

皮埃尔没有回答，将目光缓缓转向吉儿。

"你凭什么怀疑路迪哥哥？"吉儿生气地大声说，维护似的站到路迪面前，"分明是你自己的材料不好，是你不好，凭什么瞎怀疑别人？"

皮埃尔盯着吉儿，像是不理解似的眉头皱了起来。吉儿的反应显然是他没有想到的。他蕴蓄的对抗情绪松动了，像是受了闷头一击。

洛盈内心非常紧张。她看着路迪，希望他能在这个时候站出来说些什么。她被空气中的僵持笼罩了，几乎忘了讨论的是她的问题。她觉得皮埃尔不应该用这样的方式与路迪对峙，倒不是她内心捍卫哥哥，而是清楚他的指责会让吉儿更快地与他对立。吉儿想讨好路迪，这时的女孩是不顾道理的。洛盈看着皮埃尔觉得很难过，她看得到这一刻皮埃尔眼中的失落和惶恐，因而同情他，也同情吉儿。她希望路迪能站出来面对质疑，坦率解释，她的脚伤过了这么多天其实她已经不太在意了，但她希望哥哥是个诚恳而有担当的人。

"我没有瞎怀疑。"皮埃尔对吉儿说。

"你有。"吉儿抢白他。

"我没有。"

"你就是有！"

直到这时，路迪才终于开口。

"他没有。"他说得非常缓慢，眼睛只看着洛盈，仿佛并不受吉儿和皮埃尔影响。他的脸色有些尴尬，但仍然靠墙站着，制服仍然笔挺，双手仍然插在口袋里，神情仍然镇定而试图显得不动声色。"是我不好。"

吉儿一下子静了，呆呆地张开嘴。

路迪看着洛盈说："对不起，是我自作主张了。"

"哥，"洛盈不知该说什么，"你什么时候……"

"我拿你的裙子去常规检查，检查之余，给裙子镀了一层膜，和剧院长椅外表原理一样，几个纳米厚，感受不出，但能在磁场中产生微小的托举力。"

路迪看都没有看其他人，语调比平时更平静。他神态举止都保持镇静，仿佛这不是考验诚实的时刻，而是考验镇静的时刻，而他应该做的仿佛不是认错，而只是保持镇静。说到这里，他顿了一顿，又补充了一句："对不起，是我多此一举了。"

"多此一举？"纤妮娅突然冷冷地插嘴道，"你知不知道你在说什么啊？"

路迪转向她，静静地问："怎么了？"

纤妮娅冷笑道："这是多此一举那么简单吗？这是无所谓的小问题吗？你知不知道，洛盈可能以后再也不能跳舞，甚至险些不能走路了？你怎么能这样不当回事？"

洛盈看着纤妮娅。纤妮娅的样子傲然而耿直，像是故意与路迪过不去。洛盈能看出，让她觉得愤愤不平的与其说是路迪犯的错误，倒不如说是他的镇定自若和仿佛不以为然。

"我只是希望减轻一点小盈的重力。"路迪说。

"重力！又是重力。"

"是我想错了。我以为重力小会跳得高一些。"

"你没有常识吗？跳舞又不是跳高。"

"我以为跳得高些会有好处。"

"是吗？"

"我以为是。"

纤妮娅没有回答，嘴角闪现出一丝清晰的嘲讽，似乎还有一声不可听闻的叹息。她环视了一下四周，脱下长外衣，露出鹅黄色的短上衣和棉柔长裤，大概是体操训练的日常服装。她轻轻活动了一下手脚，手腕上的镯子丁零作响。

"从你们送我们去地球，就是跳得更高这句蠢话。你不是想知道怎么样才能跳得高吗？"纤妮娅凝视着路迪，"我来告诉你。"

她说完，自顾自地在病房的空地中做起了轻快的小跳，边旋转边跨跳了三步，嘴角微微上扬，问："这样算高吗？"

不等回答，她又轻垫两步，跳起来双腿伸平在空中。落下来稳稳站住，又重复刚才的话："这样呢？这样算高吗？"

没有人回答。

"你不知道。"纤妮娅平静地说，"其实我刚才跳的高度比初学的小朋友都不如。但他们不在这里，你就不知道。你们说更高。更高。把我们送到地球上为了让我们跳得高。可是比什么更高？比一只青蛙，比蚊子，还是比什么仙女座的外星人？别傻了，你知道都不是的。人要跳过的，不过是人的高度。"

路迪紧紧地盯着她的面孔，好一会儿才问："你想说什么呢？"

"我只是想说，你们只想着让我们跳得高，从一开始就是。可小盈受的那些苦、忍不了的不适应，你想过吗？为了所谓的高度，人的感觉痛苦不痛苦就无所谓了吗？"

洛盈坐在病床上，远远地望着纤妮娅的脸，心怦怦跳动。纤妮娅清冷悲伤，二位脚点地，一动不动，颀长地站着，像一只白色的孤单的仙鹤。

洛盈看着这一切，心情比谁都复杂。话说到这份上，她知道这已经不是简单的事故的问题，也不再是她一个人的问题，实际上不管路迪这一次有没有推波助澜，她的伤和退役都是或早或晚的事情。她们本来就比所有人付出了更多的身体调整，腱鞘炎早已十分严重。这些都是多年的遗留。起初她们带着期望和任务，只是一心想以自己贴近高度，不想辜负重托，而到了后来当她们开始质疑为何如此的时候，伤已经很多，不可恢复了。

洛盈知道纤妮娅的意思。她和路迪争吵并不只是为了这场事故，而是在争论更为压抑的问题。别傻了，纤妮娅说，人要跳过的，不过是人的高度。

屋里的气氛紧张而压抑。纤妮娅压住骄傲。吉儿压住委屈。路迪压住挫败感。空气压住紧张。洛盈不知该怎么办，他们在争的是她的问题，可是她却是最不想让他们争执的一个。

就在这个时候，瑞尼推门走进房间。

瑞尼推门看到一屋子的孩子，微笑着点点头，问他们早上好。看到他，洛盈忽然感觉一股可以依靠的力量到来了。瑞尼稳定瘦削的侧脸、刮得干净的下巴、平稳有力的双手、无框的圆边眼镜在那一刻都似乎是一种她可以寻求支援的安宁。

"瑞尼医生，我可以出院了吗？"洛盈慌忙问。

"可以，没问题了。"瑞尼笑着说。

"你不是还要再带我去做最后一项检查吗？还需要吗？"

"不用了。今天早上我做了透视光片，愈合状况良好。定期复查就可以。"

"那我们这就走吧。"

洛盈说着站起身来，开始穿外衣，整行装，查看剩下的物品。其他人陆陆续续也站起来，扶着她，帮她拎东西，帮助瑞尼整理房间。

一时间，争吵的尴尬被细碎的忙碌取代，相互之间谁也没有看谁，房间充斥了"这个水杯带不带走"之类的问答。很快，东西就全都整理好了，他们陆陆续续走出门，上午的阳光才正和暖。路迪走在最前面，吉儿在他身后，皮埃尔跟着吉儿。米拉他们四个跟在后面，洛盈最后一个出门。

跨出门框的一刻，安卡走在洛盈身侧，用手臂紧紧搂了一下她的肩膀，走在前面的人都没有看见。她抬起头看他的脸，他没有看她，眼睛面对前方，但轻轻微笑了一下。那一瞬间洛盈能感觉自己心里突然沉降下来的稳定。

"下午……? "他用别人听不到的声音小声说。

"两点，三号站? "

"嗯。"

他们很快分开，安卡和米拉他们走到一侧，洛盈走到路迪他们等待的另一侧。

瑞尼医生走在最后。他从洛盈的眼睛里读出了房里的尴尬，因而一直没有说话，温和地站在一旁，看着他们陆陆续续离开了，他也跨出门，走到洛盈身边。

"这个是答应你的。"

他递给洛盈一个叠好的信封，用红色的带标记的金属薄膜封口，那是个人信息印证，一般最郑重的授权声明才会使用这样郑重的身份证明，如同鹅毛笔时代的红色火漆。

洛盈看了一眼，就心知肚明。她感激地抬头看看瑞尼。

"谢谢您。"

瑞尼微笑着摇摇头表示没什么，叮嘱她自己要小心，然后就站在楼梯口，目送他们一行人离开。洛盈下到转弯处向他挥手告别，瑞尼也向她挥挥手。

洛盈在下楼前最后又转头看了一眼这个住了将近二十天的病房，心里涌起一股不舍。她知道，走出医院就是忙碌繁杂的另一片天地，再也不会有这样从世间抽离似的隐修的日子了。这段日子是如此清幽，似乎庞杂喧嚣的十年时光都在眼前纷纷飘落，尘土各归其位，水波不再汹涌。她不清楚未来等待她的是什么样的命运，但她想她一定会怀念这里。她站了好一会儿，才一晃一晃地走下漫长的楼梯。

送走洛盈，瑞尼回到自己的书房，开始一项全新的工作。他开始写这座城市作为城市本身的思想和历史。一座城市首先是一座城市，然而它最后被人记住的往往是它作为历史艺术舞台的历史，几乎很少有人会在意它作为城市的历史。

雨果曾经说，在印刷术诞生之前，人类的思想用建筑表达。而瑞尼觉得，在航天术诞生之后，人类的思想又一次开始用建筑表达。

地球上可居住的大部分土地都已经经历了太多次建筑的覆盖，新的建设无论如何都要在原有的基础上见缝插针，即使是大片推倒重来，历史也已经让从前存在过的所有房屋像幽灵一样萦绕在新建筑的周围，密密麻麻全是幻象，如同习俗让一代代新生儿在不知不觉中臣服，带上四处袭来的烙印。想要彻底清空一片土地重新开始是不可能的，以毁灭古迹为代价的建设从一开始就带上了杀戮的幻影，即使建成，也不再是单纯的新鲜。

从另一方面，地球上的建筑对地域的依赖性已经越来越小，建筑密集到相互夹击，却与土地失去了联系。大地上的各种资源基本上已经从土里连根拔起，在地表运行了不知道多少个周期，散布到世界各地，只跟随金钱流转，再也不能反映山川的高低起伏。地球上的建筑越来越趋向于同一，大都市的雄伟大厦，郊区的富豪花园，走到哪个角落都看不出差别，建筑只反映生活阶层，不反映自然地理。

然而太空里却是一片空无，一切的建造都从零开始。自人类将双脚踏入太空至今的两百五十年间，各种各样奇异的构思就不曾停止地诞生在黑暗荒芜的虚空里，建起一座座地球上难以想象的空间花园，形态奇妙而迥异，运行机理复杂而不断更新。

它们仍然与天地紧紧相连，从天空呼吸，由地底给养。太空的资源还没有完全开发，建筑就像打井一样深入自然深处，就地取材，借助地势，按照环境的样子塑造自己的样子。无论是在地球同步轨道上运行的环形城，月亮上的蜘蛛城，还是火星上的山城和水晶城，几乎都像生在环境里的植物一样无法与四周割开。

当人类经历了对自然图腾的宗教崇拜和征服自然的工业理想之后，

这种与自然融合的宇宙之路成为人类思想与建筑共同的第三大发展阶段。建筑是沙土里开出的花，这是加勒满年轻时最著名的话。

火星的城市是沙子的产物。钢铁、玻璃和芯片硅是火星赤红土壤最丰富的产物。他们用第一样做骨架，第二样做血肉，第三样做灵魂。整个城市从沙土中提炼凝华，退去粗糙的外表，凝成晶莹的傲立，就像大地深处涌动的一股潮水，突破地表厚重的层层覆盖，在星球表面喷涌成泉。

玻璃在人类文明的早期就已有闪现，腓尼基人从沙土上发现了闪亮亮的珠子，埃及人和中国人几千年前就制造了玻璃器皿，中世纪将彩绘玻璃当作给上帝的贺礼，现代工业用玻璃看到了宇宙，二十世纪之后突然时兴的玻璃幕墙和建筑师柯布西埃更是将这种材料作为建筑元素的种种功能开发到完善的程度，因此与其说火星是开发了新的天堂，不如说是延续了人类文明千百年的悠久传统。

火星的玻璃用得与众不同，它利用了火星的环境，利用了它的贫瘠与恶劣。火星大气稀薄，温度寒冷，房屋建造便采取了最简单的吹玻璃的形式，即向温热半流动状态的玻璃里吹入气体。它立刻鼓胀成型，在冰冷的太空中迅速冷却，几乎不用太多支撑，内外压差自动撑起穹庐饱满的结构。在这样的大形态之下，房屋细部构造可以进行任意雕琢，平板刻花镶嵌拉丝，所有玻璃加工工艺，此时用来都得心应手。它将空气和花草全部拢在自己体内，将寒冷与真空完全隔绝在头顶上方。

这座玻璃之城是人与自然相互依存的共生理想的现实凝结。火星的房屋就像人的衣服一样不离不弃，人和花园像鱼和水一样紧紧相连。房屋的气体多半由花园的植物过滤，城市的气体发生场只做必要的补充；房屋的生活用水都在自家房屋的墙壁间来回过滤循环，只有少量的弃液才输入城市的中央处理管道。一套房子连同院落与人构成微小的生态圈，构成休戚与共的整体，构成归宿。最初的城市就是一套宅院，后来的延伸都是它的复制，它是细胞，基本却完整，它是晶格，虽小却无穷。现在的城市千变万化，大半民居选择了古代中国式的建筑思想，屋舍在四周，花园在中央，头顶是透明的穹庐，外部局限，内部却有着惬意的开敞。而天然的拱形房顶和穹庐又常常借用罗马风格的端庄，人们在穹顶内印上壁画，或者从顶端伸下线条，连接希腊风格的花纹立柱，仿效却不庸俗。

这样的建筑中，膜是非常重要的思想。火星的所有建筑内部都是镀膜的，通过镀膜和改变玻璃添加物，能让墙壁和屋顶行使各种功能：墙上的四分之一反射膜将屋子里的红外线反射在屋内，为房间自然保温；热阻丝膜是直接的暖气；光电膜可以用来做显示屏幕；巨磁矩膜可以利用磁力引导物体。这不仅仅是一些实用的辅助工具，更是一种生活方式：器物和房屋浑然一体，人的移动不再需要器物的跟随。

这是一座现代演绎的金字塔，在荒地上建起辽阔，从平原上指向夜空。

所有的这些就是加勒满的哲学。利用所有自然条件，将恶劣变成珍稀。第一座宅院是他的设计，经人们采纳之后，迅速衍生出一座一座又一座。他带领众位设计师规划出城市的构造，由院落开始，到社群终结。这一段历史距今只有五十年，然而在相当大一批人的心里，它已是历史的全部。他们生在这座城，长在这座城，从睁眼就是它稳定后的样子，仿佛它已稳定了千年，仿佛加勒满的哲学已是深刻的定律。

当人们开始抉择是否摒弃这座城市，瑞尼静静地旁观，心里带着三分大幕即将落下的悲凉。如果人们决定弃城，他不会感到奇怪。加勒满在房屋构造的原理上奠定了太深厚的基础，以至于后人只需要一遍遍复制，设计无关大局的边角就够了，不再需要寻找，也没有机会再获得实质性的突破，这让他们意气难平。他们越是羡慕加勒满，越是希望自己也成为加勒满。他们也需要扬名立万，需要增加创作的点击量，需要在巨石上刻下自己的名字。他们早已开始寻求新的设计，掀翻旧城创立新城。这不是雨果所谓的人群反对宗教，自由对抗规矩，而只是一些希望自己变伟大的人掀翻已经变得伟大的人。

徽

安卡在陪洛盈去档案馆的路上跟她说了革命的真相。

他们并肩坐在隧道车里，安卡靠着车厢壁，一只胳膊搭在小桌板上，撑着额头，长长的双腿伸得很直，神态放松而洒脱，清冷的蓝眼睛像冬夜的湖水般波澜不惊。

洛盈侧头问他："今天早上纤妮娅说的革命是怎么一回事？"

安卡微微笑了："什么革命？不过是排一个话剧而已。"

"话剧？"

"嗯。一个喜剧。演地球和火星。你还有台词呢。"

"啊？我一点都不知道啊。"

"放心，没几句。"安卡露出一丝揶揄的笑意，"你和我都属于站在后排跟着唱评论的。很容易。不是一会儿唱一句'哦，这真是太妙了'，就是唱'真伟大啊真伟大'。等你再歇两天过去跟着排两遍就会了。"

"这样啊……"洛盈松了一口气，"我当是什么革命呢，还白紧张了半天。"

"只是名字叫《革命》而已。也算是响应一下创意大赛了。"

"创意大赛？这是为创意大赛准备的吗？"

"不是参赛，只是在决赛庆典那天演个节目。"

"不抵制了？"

"用参与来抵制。"

"原来如此。"

洛盈点了点头，也放松地笑了。她起初以为他们筹划的会是一场惊心动魄的大事件，心里一直有点紧张，听到现在的答案，才长长地出了一口气。

一场革命到底好还是不好，自从收到信，她就一直在琢磨。她觉得自己的追问还远远不够，不知道这个世界是不是应当反抗，哪一点最应当反抗。她猜测了纤妮娅话语的很多种可能，猜测他们策划了什么样的秘密活动，猜测那些活动的后果和爷爷与哥哥的反应，整整一个中午忐忑不安。可是现在，当安卡给了她实际的答案，她不由得哑然失笑了。她发觉各种思量都不如现实有创意，只是一个叫作《革命》的喜剧而已，这不是最好的方式吗，还有什么比这更妙呢? 她低下头，放松地笑了。

"其实创意大赛我还参加了呢。"她笑着对安卡说。

"嗯?"

"吉儿把我加进他们小组了。"

"哦。"

"其实我本来不想参加的，只不过吉儿太热情，我没好意思拒绝。"

"你们做什么东西?"

"听说是一件衣服，能发电的衣服。皮埃尔精通光电和薄膜，好像是能把我们的屋顶技术引到轻软的材料上，能让衣服发电。"

"是吗?"听到洛盈的叙述，安卡忽然坐直了，神情认真起来，眼睛里闪过一丝快速的光，迅速问道，"什么样的材料?"

"我都没看见过呢。"洛盈摇摇头，"据说是做一件透明的盔甲。"

"有意思。"安卡若有所思地说。

"怎么了?"

"现在还说不好。"

安卡似乎不想把自己的思量说出来，但洛盈看得出他的心被调动了。他看着窗外想了一会儿，手指在小桌板上轻轻敲打像是在估算着什么，好一会儿才重新开口。

"你能不能帮我问问皮埃尔，其他人可不可以也借用他的技术?"

"你也想用?"

安卡点了点头，但没有解释。

"好，我问问。"洛盈答应了。

洛盈看到安卡的脸上浮现出那种她从前很熟悉的找路时的冷静的兴

奋，这种神情让他整个人显得锐利发光，焦点精确，这种神情她已经很长时间没有见到了。

隧道车停下了，洛盈重新把注意力拉回到此行的真正目的。这已经是她第二次来到档案馆，心情和上一次已经大有不同。

她在门口听了一会儿，凝视着档案馆整整一排灰色立柱和两侧矗立的塑像。它们像是有生命的灵魂，表情或思索或呐喊，威严却宽厚，仿佛欢迎她的到来。她深吸了一口气，静静跨进门，内心安定。从回家至今的一个多月时间里，她听到了太多事情，此时的她已不像最初开始探询时那样忐忑惶惑，已经不再犹豫是否应该追问下去。她已清楚地知道，既然已经走到了这一步，那么接下来就不是该不该走，而只是该怎样走的问题。

拉克站在门厅等着他们。他仍然像往常一样严肃，站得笔直，像接待正规来宾一样和安卡与洛盈都握了握手，身着黑色套头毛衣，黑色长裤，虽然不是礼服或制服，但一样的平整肃静。他凝视了洛盈片刻，面容沉静不动声色。他从洛盈手中接过信封，轻轻拆开，静静读了，又轻轻折好放回信封。洛盈略有点紧张地望着他的脸，他没有过多表情，只是点了点头，正规而平静地向她做了个请的手势。

"这边来吧。"他说。

洛盈略略松了口气，和安卡并肩跟上拉克。可是这时拉克却停住了，客气地向安卡做出止步的示意。

"很抱歉，"拉克低缓地说，"我不想分开你们，但一封委托书只能授权一个人进入。"

洛盈和安卡对视了一眼，洛盈想再向拉克争取一下，但安卡拉住了她。

"这也是规章，"安卡低声说，"我在这儿等你吧。"

洛盈迟疑了一下，点了点头。没有安卡在身旁，她一下子觉得孤单而不安定了很多。拉克严肃耐心地在一旁等她，她匆匆跟上，穿过一道带虹膜和指纹检测的封闭的玻璃门，进入一条短而空无一物的通道。通道是纯灰色，没有任何挂画或装饰。

穿过通道，拉克在紧闭的金属门前将手滑过，输入口令，又拨动三处开关，两扇厚实的金属大门无声无息地向两旁敞开。洛盈的呼吸屏住了，眼光随着门的开启进入光的缝隙。渐渐地，一个林立着浩瀚书架海洋的大厅在他们眼前拉开帷幕，她贪婪地四处环视，房间大概是圆形，书架的海洋向任何一个方向都看不到边际。每一只书架约有三米高，棕色金属质地，高耸而坚硬，排成整齐划一的密集的阵列，如同待命的军队静静蛰伏。

"你想查什么人的档案呢？"拉克站在门边问她。

"爷爷。"洛盈说，"如果可能，还有爷爷的父亲。当然还有我的爸爸妈妈。"

拉克点点头，带她向大厅西侧一片区域走去。她觉得他早已知道她的选择，提出问题只是一贯严谨的必要程序。他带洛盈在主要的通道上走着，走得沉和稳定，目的明确。

洛盈扫视着掠过的一切。高昂的架子在身旁如同高墙，有微缩照片镶嵌，一个个笑容如同一粒粒发光的纽扣嵌在书架两层之间的隔板上，匆匆滑过，有如一墙微缩的世界。

"拉克伯伯，"洛盈轻声问，声音回荡在宏阔的大厅里空鸣作响，"所有火星人在这里都有档案吗？"

"是。所有人都有。"

"为什么我们要这样费力呢？不是有数据库的虚拟存储了吗？"

拉克没有停步，回答得很平静，声音沉缓而坚决："无论什么形式的存储，都不可能太过依赖，尤其是不能单一依赖。你如果问问地球上为什么早就有各种电子货币，却仍然需要瑞士银行，就可以理解了。"

"这里存储的有实物吗？"

"有些人有，有些人没有。"

"什么样的实物呢？"

"本人或者继承人自愿向档案馆捐赠的物品，或者历史事件现场的遗留物。"

"与身份地位没关系？"

"没关系。"

"我的爸爸妈妈有什么东西留下来吗？"

拉克忽然停了下来，站定了静静地看着她，眼神变得和缓了，不再那么礼貌得疏远。这一刻，洛盈第一次觉得看到了她小时候的拉克伯伯。

"事实上，"他说，"他们的遗留，是你的责任。如果有一天你找到了，随时可以递交过来，只要你愿意。"

洛盈低了低头，心中升起一丝微微的窘意。拉克伯伯的暗示她明白，寻找家人的遗留是她的事情，可是她却一直拉着不相干的人追问，好像他们比她更了解她的家似的。她望了望拉克伯伯的脸，他的眼神写着忧虑的关照，没有说出的关照。洛盈觉得，拉克嘴角和眉心的纹路越发深刻了，或许是常年忧虑造就的，即使平静如水的时刻仍然刻在脸上，仿佛脸是经久的岩石，而不是易逝的海滩。他显得比他的年龄更老，在周围巍峨书架的映衬下，像是整个人都融进了周围照片的海洋。

"拉克伯伯，"她心里有一丝不情愿的忧伤，"我知道您说的是对的，外人的说法并不能取代我自己对家人的判断和继承。但是有一些事情我还是想问。如果不问，我永远做不出判断。"

"比如说呢？"

"比如说，爷爷杀过很多人吗？"

"不比其他战士多，也不比其他战士少。"

"是爷爷禁止了火星的示威革命吗？"

"是。"

"为什么？"

拉克没有回答，静静闭着嘴。洛盈忽然想起，拉克伯伯只回答事实，不回答原因。

她低了低头，没有再问。拉克沉默了片刻，又开始带着她向前走。

他们继续前行，一路穿过层层叠叠的金属书架与头像，穿过定格的笑容和死者的生命，穿过火星所有存在过的灵魂。洛盈看着那些头像，目不暇接。他们都有着同样的年轻鲜活的面孔，无论现在是仍然健康还是已逝去数载，在图像与书架的世界里没有区分。人名按照音序排列，抹平历史、抹平身份、抹平年龄与差异的个性。所有的人都毫无差异地在架子上获得一个位置，仿佛原本就是这架子的一部分，只是化入世界几十年，再魂归故里，各归其位。

每个小头像上方有一个盒子，盒子正面的电子纸上滚动播放着文字和影像。洛盈匆匆掠过，看到熟悉的社群，看到儿童课堂的教室，看到野外荒芜的矿场，也看到木星和宇宙苍穹。文字多半细致，包含生平方方面面。她的眼睛从一处跳到另一处，只觉得有无数的细节进入脑海，环绕飞旋，拼凑成人的形体。她不知道这些细节是否真的能代表一个人，多少细节的拼凑才能真的凑出一个人的样子，而这个样子和其本人又是什么关系。

"拉克伯伯，"她轻声问，"您在这里工作了很久吗？"

"三十年整。"

"这么久？您不是之前还做过教育部长吗？"

"那段时间是兼任。"

"您很喜欢这里的工作吗？"

"是的。"

"为什么？"

"不为什么。"拉克一边走一边缓缓地说，他用手抚过旁边一排架子上的照片，说，"对你们来说，这是无法理解的事情。你们总是很想先看见所有东西，然后用充分的理由论证为什么选择一样事物，为什么喜欢它。但是实际上，如果一件事你做了一辈子，那么它就成为你生命的一部分了。

你不用选择，就会喜欢。我可以负责任地跟你说，我熟悉这里的每一个架子，可以径直找到你想找的每一个人。我熟悉这里就像熟悉我自己，在我在任的三十年里，这里没有任何混乱和资料违规泄露的事发生，也没有一个人被当作草芥般对待。这就是我的生活。它是一个堡垒。无论外面发生了什么，你都可以在这里找到以前的灵魂，不受影响。"

洛盈看着拉克，他的背影沉寂而笔直。她那一瞬间忽然很羡慕他，他在说着一件他能充分肯定的事情，而她搜肠刮肚也找不到任何能那么肯定说出的话。他的肯定是他用几十年的时光换来的，他说得无比平静，可是她知道，他说出了就没人能反驳。这就是力量，话语真正的力量。

他们终于停下了。拉克站定在一个架子前，从第四行取下一个盒子面板上的电子纸，递给洛盈。洛盈看到上面的名字，心怦怦地跳了。

汉斯·斯隆。

整整一行都属于斯隆的名字。她看到在爷爷的盒子两旁共有五个印有同样名字的盒子，从理查到汉斯，再到康坦和路迪，最后是她自己的。没有她妈妈的名字，因为所有的存储都按照出生时的姓，不考虑婚姻。她怔怔地接过拉克递过的那张半透明的薄薄的纸，心里因忐忑而有些恍惚。

她向下翻了翻，纸张的开端写着言简意赅的生平历史。

"你自己在这里看，"拉克和缓地说，"如果有什么事，我就在我的办公室，你可以按门边的蓝色按钮找到我。"

拉克离开了，空旷庞大的厅堂剩下洛盈一个人。她怔怔地仰起头，这时才赫然发现，大厅的穹顶是如此像她在地球上见过的万神殿，高昂、肃穆、辉煌，半透明的拱顶在浅白色阳光的照耀下透出庄严的色彩，宛如高踞云端。无疑这是仿照人类早年的神圣建筑，只是它不再是神的庙宇，而是供奉所有灵魂的人的高堂。

汉斯出生在安其拉峭壁下一艘废弃的矿船中。火星西经46°，南纬

11°。地球历公元 2126 年，火星历建国前 30 年。

汉斯的出生伴随着母亲的死亡。当时二十六岁的飞行员理查·斯隆携二十五岁的妻子汉娜·斯隆飞行穿越安其拉峡谷，准备返回十六号营地迎接生产。不料，一场突如其来的沙暴阻止了他们的飞行，理查·斯隆的飞机遭飞沙袭击，出现机械故障，不得不迫降峭壁之下，以无线电与卫星通信连接，等待基地救援。救援始终未到，随着时间流逝，汉娜·斯隆的预产期越来越近，救援机仍然不见踪影。理查多次向基地呼叫，向各方求取支援，但始终未能获得明确答复。（基地通信记录显示，在理查被困的五十一小时之内，曾与基地成功通话十四次。）

救援被各方推诿，理查被告知导航系统有技术争端，而救援风险尚未获得法律说明。理查以通话机来回交涉，情绪越来越急躁。汉娜的身体渐渐无法支撑，腹痛后产下幼子，大量出血而昏迷，几小时之后不治身亡。理查眼看怀抱里的妻子的身体一丝丝变凉，生命逐渐从体内流走，无能为力，哀声痛哭，由悲转怒。他为刚刚出生的儿子取名汉斯，以纪念其死去的母亲汉娜，为其擦净身体，裹入自己的飞行服，以仅有的清水喂其饮入，以自身体温为其保暖。父子二人蜷缩蛰伏于矿船一角，继续不懈呼叫，等待救援船到来。汉斯与母亲因生而永别。

（以上片段由理查·斯隆战争三年口述记录整理而成。此后四十四年至其去世，理查始终未曾对此事再加以回忆说明。）

救援船最终到达的时候，理查滴水未进已超过四十八小时，出现明显消瘦脱水症状，然而他拒绝救援人员扶助，自行进入救援船就座，回程路上拒绝回答医护人员一切提问，拒绝与他人一同就座，也拒绝除正常饮食外的一切医疗护理。

"当时他将婴儿交到我的手上，"四十年之后，当时救援船上的见习护士洛雅·伊莲回忆道，"就自己一个人坐到角落里去了，他的眼睛一刻也没有离开我的手，死死地盯着新生婴儿和我的动作，每当我转过头，就能看见角落里那种混合着深情、痛苦、阴鸷的燃烧的眼神。他的脸色极为灰暗阴沉，只有那双眼睛是发亮的。我有时一不小心回头遇上它们，总是忍不住哆嗦一下。看得出来，他很关心他的孩子。有一次我给他换尿布的时候手滑了一下，包孩子的毯子滑开了，看上去好像孩子滑了下去似的，他一下子就站了起来，猛烈得吓了其他人一跳。我当时还奇怪，他既然这样惦念，为什么不过来帮忙关照，偏要坐得那么远。现在回忆起来，那实在是很正常的。他是怕自己当时的心情影响到孩子。其实这种想法是没有道理的，心情又不像气体会扩散，只不过我只能说，要是我是他，在那种时候也会一样的。

"他在角落里坐着，谁也不理，怀抱着妻子的尸体，握着她已经变硬变紫的手掌，就好像她只是躺在他腿上安睡。我当时就在暗暗猜想，在那个山坳下究竟是什么样的情形，漫天风沙是什么感觉，原本期待的幸福在怀里一点点变成僵尸又是什么滋味。我觉得那情形很可怕，但我当时毕竟只有二十一岁，没明白它到底有多可怕。"

救援船属于"带你回家"紧急援救公司火星第三分公司。当飞船降落在十六号营地三号船坞，理查自行下船，未与任何人招呼，直接闯入援救公司总部，将其首席执行官打伤，紧接着又在其行为尚未引起广泛关注的情况下，赶到 UPC 电脑技术公司，将其总裁菲利普·利德杀死。随后他又赶回援救公司带走儿子，开始逃亡。

三个月之后，战争爆发。

"我知道爷爷是战争初年出生的，"洛盈讲到这里，忽然停下，有点黯然地说，"但以前我不知道爷爷就是战争的起因。"

"事情有点奇怪啊。"安卡微微皱了皱眉问道，"为什么你曾祖父要去杀死一个电脑公司的总裁？"

"我阅读的时候也觉得奇怪，就仔细查了查这部分。情况有一点复杂，不是很直观。主要的问题是商业争端。当时正赶上'带你回家'公司飞船导航软件换代升级，一切活动都处于停滞当中，原因是救援船的操作系统都由 UPC 公司开发提供，援救公司嫌升级费用高昂就私自破解，结果电脑公司启动预设木马，将其系统彻底停掉，索要极高罚金。

"出事的那天，救援公司曾经给 UPC 打过电话，通报了紧急状况，要求一次临时系统授权，UPC 拒绝了，怕临时授权变成再度破解。我曾祖父曾亲自打电话到电脑公司，希望从中调停，但电话始终没有接到任何负责人手中。起初曾祖父以为这是接线员不负责任，并未将怀疑的矛头指向 UPC 高层，然而当他将怀着满腔报仇的愤怒殴打救援公司执行官的时候，那人却告诉他，实际上 UPC 总裁早已听见他的电话，而正是他本人下令不予授权。其中的道理不难想象，曾祖父当年属于'沙里淘金'芯片制造公司采矿冶炼部，而'沙里淘金'是 UPC 最大的竞争对手，两家公司作为供货商正在争夺一笔订单，而曾祖父正是去安其拉峭壁背后考查新建矿场的地理可能性。其中的商业利益和私人情绪的细节恐怕没有人完全见证，但曾祖父听人说，利德总裁当时说了句'生小孩算什么，这可是三千亿欧元的大事'，于是彻底被激怒了，立即改变计划，去了UPC。"

"情况听起来很复杂。"安卡沉默了一会儿说。二人之间的空气有些凝重。

"是很复杂。"洛盈点头，她几乎将所有看到的内容背诵在心里，从小到大，她从没有为背诵什么东西花这么多气力，"但更复杂的在后面。曾祖父杀人之后，逃亡了一周就被人抓住，而被捕一周之后又被人从关押的山洞里救走，推举为联军首领。"

"什么联军？"

"就是后来与地球战斗的反叛军。"

"那是些什么人？"

"都是普通人。有各个基地的飞行员、工程师、科学家，什么人都有。"

安卡没有说话，默默地思量着。

"关于这部分争论很多很多，我没有办法全看完全记住。战争的理由说什么的都有，在爷爷和曾祖父的生平之下列了很多页。"

安卡点了点头，说："看上去，这不是偶然的爆发。你爷爷的事件可能是偶然的，但反叛军肯定不是。我觉得他们是早就等待这么一个事件了。"

"我也这么想过。"洛盈说，"可是我并没有完全想明白，这样一个偶然事件和大规模爆发的战争之间的结合点到底在什么位置呢？"

"似乎……"安卡沉吟了一下，"有两个地方很重要。一个是两家电脑公司的斗争，一个是之前的版权争端。从后来的数据库角度，我觉得后者更像是理由。当然也可能两条都是。"

"大概是吧。可是你觉得这样两条就够开战吗？我一直不明白，这些版权商业之类的事情能引起一场战争吗？这可是战争，不是别的事情啊。"

"这就是大事了，我们挺难判断的。"

洛盈的情绪突然有一些波动，她用了很大努力让自己的记述不太情绪化，尽可能客观叙述所读，可是说到这里，她还是突然涌起些许忧伤。"其实我不想这样追问，曾祖母的死亡我难过得很，我也很想像其他人那样只想着家与亲人，可是我没办法，我不得不问。如果不问这些大问题，我就不知道曾祖父的行为是不是对的。他为什么要带着大家走到这个新世界，这样的反叛到底对还是不对。"

安卡默默伸出手，揽住她的脖子，捋了捋她的长发，温和简省地说："别想太多了。问题不是哪个世界，而是无论如何不应该把两个活人留在风沙里。你曾祖父只是做了他想做的，后来的战争也不是一个人能够左右得了的。"

安卡吻了吻洛盈的额头，洛盈看着他湖水般的眼睛，一瞬间涌起些许泪水。她将头靠在他的肩膀上，任内心情绪起伏。她仿佛能看到那座峭壁，顶天立地，赤红色外表粗糙，迎风兀立，大风中卷起的尘沙像一层剥落至粉碎的面具，呼啸着扬起至半空，遮天蔽日，去除一切矜持的收敛，带着赤裸裸的凶猛的欲望袭击天地间的一切渺小的生灵。碎片像疯狂的军队只剩集体的灵魂，风沙旋转环绕包裹着废弃的旧船。船里坐着还不知道命运的相互依偎的两个人，像自己现在和安卡这样相互依偎，靠体温彼此取暖，仍相信虚假的希望，忍受寒冷饥饿与临产的剧痛，依赖对新生儿的甜蜜期冀和救援来临的温暖期冀支撑彼此，相互说一切都会好，掩饰内心焦虑，对仅有的食物和水互相推托，构筑得救之后的梦想，对未来的天翻地覆尚一无所知。那是两个人最后的依偎。

洛盈的眼睛被泪水模糊了。她安静着没有哭，让眼泪转来转去又慢慢转回心底。

"我们还能有机会再去当年的遗迹看看吗？"

她坐直了，轻轻地问，期待地看着安卡。

"不知道。"安卡犹豫了一下说，"可以向龙格他们采矿组打听一下，看看那边还有没有矿场。"

"你们中队不会往那边飞吗？"

"不会。现在的训练基本上都不去峭壁以南。"

"那私人飞过去行不行呢？"

"那恐怕更难。"

"纪律太严？"

"是一方面。"安卡摇摇头，"但不是最关键的。最关键的是技术问题，比纪律问题严重。"

他说着，双手开始比比画画，做出各种手势模拟各种飞行器的形态。他的手指很长而骨节分明，就像飞机的骨架和翅膀，姿态飞扬。

"飞行许可证我倒是能拿到。不过最小的飞船也有五个隧道车车厢那么大。"安卡用手比画出面包形状的船舱，"至少得三个飞行员同行，两个操控，一个监管电机匣。而且贴着地面飞，可能也过不了山岭。"

"贴着地面？不能飞高了？"

"地效飞行器。飞高了气流可就不够了。"

"可是航天飞机……"

"那是另一码事。"安卡摇了摇头,"航天飞机其实是火箭,不靠气体托,而靠喷燃料。大型航天飞机一般情况是不能开的,除非有任务派遣书,飞一趟火卫二什么的还有可能。而飞行员自己也不能完全自主,必须要地面设置和导航,飞机半自动运行,不可能私飞。至于小型航天机……"

洛盈等着,但他忽然停下了,似乎在犹豫要不要继续说。

"怎么了?"

"小型航天飞机就是战斗机。"安卡继续道,声音还很冷静,但嘴角带上了一丝苦笑,"那是三百六十度喷气式动力,个人操控,功能强悍,我们平时也完全可以自己开,只不过,费茨给我那架是坏的,我现在还改装不起来,缺的东西太多了。"

"为什么给你一架坏的?"

"他说是为了让我显示一下在地球学到的本领。"安卡嘲弄地笑了一声,"不过其实是因为我和他吵的那一架。回队的第一天晚上本来要给我一架好的,但那一晚上过去,第二天就给我找来一架报废掉的,让我修。我也不想和他争,现在正想办法呢。"

"他怎么能这样呢?"洛盈说,"你可以投诉的。他这绝对不是秉公办事。"

"秉公办事?"安卡不以为然地笑笑,"从来就没有秉公办事这回事。"

"那你回来以后还没飞过?"

"没有。每天只干机械师的活儿。"

"你在地球上不是改装过飞机吗?不能仿照着来吗?"

"完全不一样。"安卡说,"地球的飞机升力靠大气,速度正比于重力除以气压开根号,火星大气只有地球上的百分之一,所以同样的飞机在火星上必须达到地球上速度的六倍,才能不掉下来,这样就是上千公里每小时,除非是极强悍坚固的大家伙,否则没戏。火星上的发动机和地球上的原理完全不一样,火星上的飞机发动机是飞机的唯一升力,功率和能量转化效率高得多，结构也复杂得多，我就算搞懂了，一些阀门的改造也不是手动能完成的。"

洛盈叹了口气，充满同情地看着安卡。

好一会儿，她轻声说："你知道吗，我开始怀念你原来那驾老马了。"

安卡笑了，看着她的眼睛，似乎在说他也是的。

"我当时就这么说过，"他自嘲地笑着说，"你还不信。"

安卡在地球上曾带洛盈飞行。那和她平时自己乘坐的出租小飞机完全不同，他改装了一架淘汰掉的破旧战斗机，去除了一切战斗设施，干净得只剩动力，改成私人座驾，私自翱翔。尽管飞机在云里颠簸得像五十岁的驴子，但那飞行高度比一般小飞机不知道高了多少。她一落地就呕吐不止，他哈哈大笑，她怪他不说清楚。他说她早晚要想念那驾飞机，她说她才不会，永远也不会。那时她没想到永远这么快就过去了。

她还记得那个黄昏，她胃里翻江倒海，但心里因惊喜而战栗。她是第一次见到那样的云彩，斑斓的晚霞从脚下铺到天边。当时的夕阳很大，远远地伫立在前方，橙红色柔和灿烂，云朵光华流转，一道一道松软地相互旋绕，颜色过渡毫无痕迹，从白到金再到橘红和深紫，质地蓬松柔软，如同进入神殿的繁复华毯。云朵与云朵之间露出小块深蓝色的天空。安卡坐在她前面，一边驾驶，一边挥手指着窗外，她在他身后紧紧抓住他的衣裳，靠着他肩膀，瞪大了眼睛，兴奋得喘不过气来。

那天的云可真是漂亮啊，洛盈想，以后可能再也见不到了。火星没有云，即使能飞，也看不到云了。偶尔一次就成了唯一一次。他们飞过那一次，就只有那一次了。

安卡忽然伸出手抚了抚她的额头，说："别想啦，没有了。要是自己能飞，我早就飞了。"

洛盈看着他，心里有点沉。她知道他说的是实话，他比她更想飞，若他说不能飞，那就是真的不能飞了。安卡斜靠着身子坐着，一只手搭在身前，一只手搭在她座位背上，笑容平静，却写着清晰可见的不甘心。

那种不甘心让人难过。她轻轻叹了口气，不知该说什么好。

"对了，"她轻轻转换话题，"我还找到了一只徽章。"

"什么徽章？"

"曾祖父的徽章。"洛盈转而问他，"你还记不记得战争年代火星的徽章？"

"记得。是鹰吧？沙漠之鹰。"

"是。不过我今天才知道，那不是曾祖父最初设定的徽章，那是打到一定程度之后由联军其他统帅决定换的。"

"那你曾祖父的徽章是什么？"

"一只苹果。"

"苹果？"安卡哑然失笑。

"是。"洛盈伸出手，摊开给安卡看，"就是这个。"

安卡轻轻拿起那只黄铜色做工精巧的小物件，迎着光仔仔细细端详。

"档案里没有很多说明。我也不知道曾祖父为什么设定这个。"

"确实有点……"安卡停了一下寻找词汇，"不同寻常。"

"你第一反应想到什么？"

"帕里斯和三女神。"

"有可能。"洛盈点点头，"隐喻战争的开端。用特洛伊的血流成河映照现实。"她说到这里，顿了顿，低头看着自己的手，"不过这不是我的第一反应，我先想到的是另外一个故事。"

"哪个？"

"伊甸园的故事。"

"你觉得，苹果是比喻人向神的反叛？"

"不是。"洛盈轻声说，"我没想那么宏伟的意义。实际上我说不清地球是不是能代表伊甸园，火星的反叛又有什么意义。我只是一瞬间想到一句话，想象一个男人对身边的女人默默在心里说：为了你，我宁愿堕落。"

安卡没有说话，搭在洛盈身后的手臂轻轻搂住她的肩头。

"爷爷没有妈妈，"洛盈接着很轻很慢地说，"爸爸没有妈妈，我也失去了妈妈。也许我家族里所有的女人都要在年轻的时候死去……"

"别说傻话。"安卡低沉而坚决地打断她，"那个年代每三个人就死掉一个，死人太正常了，什么也不能表示。"

"可也许这就是命运。"

"胡说。这是不幸的巧合，不是什么命运。"

洛盈望着安卡，他的表情少有地严肃。她鼻子忽然一酸，心里觉得难以形容地脆弱。她也不知道为什么自己会说出这些悲观的话，她只是觉得，在听到如此悲伤的故事之后，只有一个无限悲伤的未来才能让自己觉得心情平衡。她第一次觉得如此疲倦，如此不想前进，如此无能为力。面对那不可抗拒的早晚要来的命运，一个人用尽全力也是无能为力。人那么容易就不存在了，就像风吹沙子一样容易。她趴在安卡肩头呜呜地哭了。安卡什么都没说，将她的头揽在怀里，手臂沉稳地抱紧她的后背。

他们久久地坐着，坐在空寂雄伟的走廊一个不起眼的角落。一整排宏伟的青铜雕像在他们两侧延伸，如栩栩如生的神明俯视，在灰色高耸的立柱间站成永远的谜。走廊延伸到看不见的尽头，古希腊字母刻着大写的"命运""诗"与"智慧"。天地肃静，四下里人影皆无。

石

出院的时候，洛盈以为自己短期之内不会回到医院了。可是当她在档案馆无意中读到瑞尼的一段往事，一段瑞尼没有告诉她的关于他自己的往事，她决定还是要去当面问问。

在出院两天后，她又重新推开医院的大门。她对这段往事关心，不仅仅因为它是瑞尼成为医生的理由，而且因为它与爷爷相关。实际上它是他们整个联系的核心，因为这件事，瑞尼才转而研究神经医疗，才可能为自己治病，也是因为这件事，瑞尼才与爷爷相识，获得他的友谊与信任，才有出入档案馆的特殊资格。因为他们的渊源，爷爷才将她托付与瑞尼，瑞尼给了她授权的信件，这背后的原因种种，现在终于有了一个结合点。

这个将瑞尼与她家联系起来的关键的事件竟然是一个错误。洛盈觉得非常值得思量。这到底是谁的错误，她说不清，看起来其中并没有居心叵测的恶人，可是瑞尼就是受到了整个人生的重大损失。

洛盈读了瑞尼的档案。他年少时在很多系统的实验室里都选过课，从机械中心到古典哲学研究室，最后在十八岁选定方向时选择了仿生工程，二十岁进入仿生工程中心的制造实验室，在那里研究动物、机械、结构与行走。

就在他进入实验室的第三年，一辆矿车出事了。一辆仿生采石车在试运行中自燃并爆炸。尽管没有人员伤亡，但损失十分严重。调查组在一片黑漆漆的残骸中搜索，慢慢缩小范围，最后将事故原因归结到一处传感设备漏电。这是一个很难定性的事件，残骸烧焦，元件融化，连成黏糊糊的一片，任何检验已无处下手，精确测量更是不可能完成。因而，究竟是元件设计失误，加工失误，还是装配失误便已无从考究。

就像每一次重大事故之后必然经历的那样，一场责任事故追究调研会在不确定中召开。经过三天从早到晚对整个系统上上下下几十人的详细询问，经过另外三天议事院专项调研小组和总督的商谈，最后的结果出炉，瑞尼一个人被处罚了。

"他们怎么能确定是您的错误？"洛盈问瑞尼。

"他们不能。"

"那他们为什么罚您？"

"因为出了事总要惩罚某个人或者某些人。"

瑞尼将雕刀放下，说得很平静，不起波澜。事情过去十年多了，他并没有想到还有人会翻出来详加询问。他看着洛盈，她的脸上露出一种真正替他难过的关注神情，微微皱着眉，认认真真感到困惑，这让瑞尼很感动。这些年问他此事的人很多，有一些是怜悯，有一些是客气，能够真正去思索他的困境的人还是寥寥无几。

　　"该是谁的错误就罚谁，怎么能随便定一个人呢？"她接着问。

　　"问题就在于，在当时的状况下，非常难以确定精确的错误来源。"

　　"我看到您的自我辩护报告了，您不是很有理由地认为设计没问题吗？"

　　"是。"

　　"那后来为什么撤销了呢？"

　　瑞尼沉默了片刻。他回想起当年的情景，一幕一幕仍历历在目。

　　"我这样给你算一笔账吧。当时的情况是，无论如何都要处罚，但问题就是究竟该处罚多少人。如果是设计问题，只处罚我一个，但如果是加工管理不当，就要处罚一串人。"

　　他是事故矿车元件的设计者，他设计的传感器是采石车腿上的关节。问责大会那一天，采石车涉及的两大系统负责人庄严就座，议事院议员主持，审视系统专员在一侧坐成一排。墙上播放着加工流程记录，一台模拟样机在会场中央静静匍匐，与会者围绕在四周，就像猎人围着一只被捕的兽。瑞尼坐在后排，听调查负责人陈述调查报告。各种分析和指示在身边盘旋，他小时候的习惯又开始上演，从词语中听出词语，词语与词语在心里拼搭。

　　火星的问责是最重要的事。每一次实验失败和事故之后，严肃问责和事故重现都到了苛刻的程度。瑞尼曾想过这件事的深意，它不仅来源于工程项目必需的严谨，而且来源于系统制度运行的必要要求。火星的系统是政府也是企业，所有人的生存依靠它的安稳。重要的是质量保证。在一个由系统全权领导的垄断的生产团队中，没有争夺顾客的市场、没有其他企业竞争，如果再没有严苛的问责制度，那么就很容易将疏忽和错误包庇，质量就不可能有保证。火星的资源少得可怜，为了节约高效，工作室的竞争只在方案阶段比拼，一旦立项，便只有一种方案化成生产，此时的团队便要全权负责。这种"系统等于全行业"的现实带来双重含义。一方面，系统和系统里的每一个工作室会像任何团体一样试图保护自己的成员；另一方面，系统作为公民在某个领域的全权委托人，要负责像法律一样替公民做出公正裁决。这就赋予系统负责人双重身份，既要对外，也要对内，既是带领者，也是管理者，既要保护，也要惩罚。即便有审视系统，这种双重性也依然存在。

责任。这里面的关键词就是责任。若只对团队负责任，那就只要对未来的生产做最大程度的优化，但若对整个外部和全体国民负责任，那就要不计后果按照事实公正行事。在当时的情况下，如果追究管理疏漏，要惩罚从上到下各个环节的不严谨，则必然使得人员损失，生产出现停滞，对工程本身不利，尤其当时项目的领导者是该领域最最权威宝贵的专家。

责任。对内责任和对外责任。瑞尼在内心估量着这个微妙的词。一个审查员将他叫起来，问了他一些话，他仍然在琢磨，没有听全，只听见最后一句。

"……你觉得你是否负有责任？"

"责任？哪种责任？"他几乎是本能地反问。

是对事实的责任，还是对生产的责任？

审查员又说了一些话，他还是只听见最后一句。

"……你的领导有责任对你做出妥善处理。"

"这又是哪种责任？"他问。

是维护制度严明的责任，还是维护系统稳定的责任？

当句子与句子首尾相接，拼搭成环环相扣的塔基，他不知道该把钢梁插到哪里。双重含义让责任分裂。横置或者纵插带来截然不同的结果。他就像一个小孩踌躇地拿着积木，在头脑中走来走去，打量各种可能的样貌。

没有人理睬他的反应。讨论和决议继续着，数据和表格依次出现在墙上。审查员、工程师和议员面色严峻，时而辩论，时而低头私语。瑞尼看着他们，觉得十分遥远。头发和胡须化成来回摇晃的画影，他心里隐隐知道，最后的决定快要浮出水面了。

两天后，总督汉斯亲自造访瑞尼的小屋。汉斯还没有开口，瑞尼就明白了。汉斯手持自己年轻时的战斗勋章，亲手戴在瑞尼松散的灰色衬衫上。他说他是代表自己送上歉意与谢意。徽章上写着捍卫家园。不是捍卫真理。

瑞尼被处罚了。最后的事故原因被定为设计疏漏，这是惩罚人数最少的方案。在当时矿石开采的紧要关头，项目需要大量人手，负责人负责着只有他能负责的关键技术。瑞尼相信自己的设计没有问题，可是他没有争辩。设计有没有问题不是当时最重要的问题，最重要的问题是责任。当残骸将线索烧成一团乱麻，议事院需要选择处理事故所要遵循的方向。他们选择了维护系统稳定的责任。珍贵的人员保全了，下一步的生产就能迅速继续。处理总会朝向对生产最有利的方向，这个道理瑞尼看得明白。

汉斯坐在瑞尼对面，低头叹了口气。瑞尼看着汉斯，忽然有些同情他。他看得出这个结果也不是汉斯所愿，但他仍然来到他的小屋，摘下自己用身躯挣得的荣誉。

瑞尼被免除职务，不能工作在工程一线实验室了。汉斯让他自己选择去处，瑞尼知道这是他的歉意。瑞尼有一个少年时的朋友在萨利罗区第一医院做神经科医生，于是他选择到那里，从工程传感转向医学传感。他看得明晰，心里并不怨恨。在钢梁交错的复杂铁架上，怨恨也同样无处可插。他只是偶尔觉得荒凉，就像儿时一个人坐在空旷的器械森然的操场。空旷本不稀奇，森然也不稀奇，只是当一个人的空旷与系统的森然相遇，他的内心才有这种荒凉的感觉。

事实上，瑞尼并不太在乎工作的地方。他那时刚好在工程一线待得倦了，换一个地方，换得些许读书写作的时间，对他并不是坏事。他在医院待得平稳，汉斯偶尔来看他，他们渐渐成为不为人知的忘年的朋友。他说他想写历史，汉斯就给了他私人的授权。

"那您不觉得不甘心吗？"洛盈轻轻问。

"所谓不甘心，"瑞尼笑笑说，"是一个人没做到自己想要或者适合的事情。一块铁没能参与制造钢筋铁架会不甘心，但如果本身是一块砂石，那就没有什么不甘心的。"

他说着拿起自己桌上的一小块土黄色的砂石，在手心里掂了掂。

"不是每个人都愿意成为铁架子，"他说，"我还是喜欢雕塑。"

洛盈将那颗坚硬粗糙、外形不规则的小石头从瑞尼手中拿起，攥在手中静静地看着。她坐下，双手趴在他的写字台上，头枕在手上，一会儿看看手中的石头，一会儿看看瑞尼。她似乎还想要说些什么，但想了想最终没有说。两个人身后，沙雕的狮子望着他们。

一小时之后，洛盈轻轻推开排练场的门。

那是一座弃置的大型仓库，黑色高昂的铁架，灰色旷达的地面，空荡荡的大厅，角落用废旧架子搭起一座简易的舞台。阳光在空旷处稀薄地洒开，几十米见方的场地中央空无一人，墙边的器物堆积没有人注意，灯光将全部焦点汇聚在视线尽头的小小的舞台，有人在台上对台词，有人在台下奔跑匆忙，矩形框架上垂下帘幕背景，帘幕上绘着漫画式夸张的王宫和宝座。两个角色正在舞台中央一唱一和，声音一高一低，一快一慢，在空中飞旋着上升，被周围剧务调度的阵阵喧哗围绕，在穹顶来回反射荡起悠远的回声。

洛盈慢慢向舞台走去，长长的影子拖在灰色地面上像孤单曳地的长裙。

"洛盈！"

雷恩最先看到她，笑着向她招呼。他脚步匆匆地走向道具区，向她眨眨一只眼从容致意。他穿一套黑色燕尾服，手里却抱着一个巨大的纸箱，额头有汗珠。礼服让他显得身影修长尊贵，可是箱里却堆着各种杂物和工具，好像一个优雅的伯爵正在享受苦力的幸福。

"才来？"米拉在舞台一角朝洛盈挥手笑笑，"你迟到啦！"

米拉坐在靠近舞台前边缘的一侧，面前像摆摊似的摊开一块棕色破布，上面放着若干打碎的玻璃片，颜色各异。他显然是演员，但此时没有他的戏份。他托着下巴观赏演出，神态悠然，一脸满不在乎的笑意，关注着身边的一切，不时跟身旁的剧务扭头聊天。

"来啦？"索林向洛盈快步跑来说，"先熟悉一下环境吧。"

他吻了她面颊两下，笑着拍拍她的双肩，关照地问了问她的恢复状况，然后迅速向台上做背景的歌队指了指，告诉她她的位置。他是导演，面孔瘦而干练，一顶帽子压低束住头发，和洛盈说完话，又大步流星跑向控制灯光的金斯利的一边。

洛盈向台上望去，歌队在主角背后，站成两侧遥相呼应的两道弧形，以黑白两色长袍彼此分隔，像两道现实之外的天使之墙。安卡穿着白色长袍，正站在左侧歌队中央，手捧唱词，她看他的时候他也在看着她，眼睛穿过人群望向她，微微点了点头。他高挑的身材显得引人注目，眼睛在舞台深处显得清楚明亮。

她悄悄走上前去，这是她第一次参加排练。

在舞台左侧的上台阶梯前，阿妮塔正抱着一个大铺盖卷，候场等待。她向洛盈笑笑，虽然腾不出手打招呼，但用眼睛向洛盈的右脚示意。

"脚好了吗？"她轻声问。

"好了。"洛盈点点头。

阿妮塔的头发今天梳高了，显得很精神，脸上化了夸张的浓艳的妆，一眼就知道是扮演阔太太，阔气而神态凌厉逼人的富家太太。

"真是一团糟呢。"阿妮塔向台上笑着努努嘴。

"怎么？"

"大家都随便瞎演。"

"不是有剧本吗？"

"是有，但不知道是第几个版本了。"

"你演什么？"

"一个律师。我的老本行。"

阿妮塔的专业是法律，洛盈点点头。她指指她手中的铺盖卷问："那这又是什么？"

"尸体。"阿妮塔笑道。

洛盈吃了一惊，还想再问，但阿妮塔伸出一个手指表示自己该上场了，便抱着铺盖卷踢踢踏踏地爬上小梯子，背影摇晃却坚决有力。

洛盈跟在阿妮塔后面，也爬上了舞台。她顺着台边悄悄溜到后排的歌队中，站到安卡身旁，凑过去看他手里的唱词，安卡把歌本递到她眼前。她看过去，发现果然如他前日所述，唱词实在是简单得不能再简单了，通篇只有一句话："哦，这真是太妙了！"白纸上一行行重复这句话，只是标出了语气、音调以及他人的台词，以便知道何时如何开唱。她看看安卡，安卡眉毛挑了挑，笑了一下，似乎在说"就是这么回事"。

他们的目光一起投向舞台中央，刚刚上场的阿妮塔正在开始独白，似乎是一个寡妇，在诉说丈夫死后的哀愁，铺盖卷已经展开摊在地上，一个僵硬的人形玩偶，用黑色颜料画着粗重的眉毛和胡子。阿妮塔扮演的寡妇起初愁眉苦脸，为生计发愁，忽然和旁边一个人说了几句话，顿时变得喜笑颜开，拍动双手，兴奋地围绕着舞台走来走去。

"哦，这真是太妙了！"安卡和白歌队一起唱了起来。

随后拥上来一群商人模样的西装革履的人，手里挥舞着文件，大吵大闹，阿妮塔从容不迫地与他们应对，做出叼着烟卷的雅致姿态，搔首弄姿，言语却咄咄逼人。两个苦工模样的人不停把那个人偶搬上搬下，阿妮塔不停举起它，向那些商人挥动它的手。

这一次，洛盈找到了门道，在唱词上标注的地方，准确地跟着周围人一起唱了起来：

"哦，这真是太妙了！"

她慢慢投入舞台里，忘却了周围的世界，仿佛舞台变成了真正的现实。这是她第一次看剧本，很多地方忍俊不禁，有时候不需要看唱词，就自然而然地想要蹦出一句："哦，这真是太妙了！"在他们对面，黑歌队一直在唱"真伟大啊真伟大"，在与他们不同的场合发感叹，形成遥远的关照，相邻的对比。

剧情在慢慢发展，以一种不为人知的速度从荒诞滑向现实。洛盈起初一直在笑，但看到最后却一点也笑不出来了。她渐渐觉察出其中的苦涩，隐隐逼人，演到最后甚至有一丝惊心动魄的感觉。她的声音有点哑，从舞台上，她第一次看到可能的真实赫然逼近。

当彩排告一段落，洛盈迫不及待地坐到舞台边，急切地问其他人："最后一段是怎么回事？"

纤妮娅站在旁边，平静地答道："这就是那天没来得及跟你说的，龙格发现的东西。"

"他到底发现了什么？"

"龙格看到了他妈妈的一段工作记录。他妈妈是外交档案管理员之一，一直负责记载各种谈判交易往来的细节流程。龙格发现，三年前火星购买乙炔和甲烷的谈判僵持了几个月，迟迟谈不下来，地球人一直怀疑其中有诈，怕火星人拿到货物后耍花样将其引爆，以造成一场突袭。毕竟是可燃的东西，他们不敢掉以轻心。谈判从一月持续到六月，僵持不下，然后戏剧性的事情发生了：七月十二号我们到北美度假，七月十八号他们签了协议，八月一号火星开始返航，八月十号我们度假结束返回各自学校。这些事我们自己自然不知道，但这样的时间顺序，如果是巧合，你不觉得太不可思议了吗？"

"所以龙格得出我们是人质的结论？"

纤妮娅点点头。

洛盈喃喃地说：“……进而推论，这五年我们都是交易的人质，而留学只是一个幌子。”

纤妮娅轻轻握住她的手：“说这些怕你不爱听，但真的很可疑。如果这是真的，那么你爷爷把你换进去就有另外的意思了，很可能跟你爸爸妈妈的死亡都没有关系，而只是想展示总督的孙女也去了，让我们其他人的家长放心，看不出其中的危险。”

“危险……”洛盈感觉一片空茫，“如果有危险，就让我和你们一同承受。”

“然后追认我们为英雄。”

“这太可怕了。”

“我们也希望这不是真的。”索林在一旁插嘴道，“所以才把以前的剧本改了，加上现在这个结尾，想试探一下大人们的反应。如果不是真的，他们只会有些莫名其妙，如果是真的，那么他们多半会被激怒。”

“不是针对你爷爷。”米拉在一旁适时地补充，“而是追问整个决策组。很可能这不是你爷爷的意思，而是不知什么人的主意。”

洛盈默默点了点头，心里有些发慌。又一次听到对爷爷的怀疑和指控，将她多日里的忧虑推向了高峰。她不想让人看出来，又不想找借口逃离。她想寻找安卡，可是这会儿他恰好不在。

她转过头，把话题转向其他：“那其他部分呢？”

“都是我们的经历改编，你应该也能看出来吧？”

“阿妮塔那部分我看出来了，是指她当时提的‘死人版权’的事吧？”

“是。”阿妮塔笑道，“我当时就是图个乐子，可谁知道，这两天我听说地球上美国一个州已经有人正式提议立法了，内容和我当时提的基本一致，早知道我就应该当初为这个想法注册一个版权了，现在早就成小富婆了，也给他们开一个‘外星人版权’先例。”

“这想法不错！”索林说，“那要不把这段也排进去？”

"得了，"阿妮塔说，"你这导演怎么也不嫌麻烦，这两天加了多少东西了！"

洛盈微微快活了一点，接着问："后面的那段是指龙格那一回吗？"

"没错。"阿妮塔点点头，"这也是为什么我们把这剧叫作《革命》，那一回可是实至名归的革命，不演都可惜了。"

"那回也不是真革命吧？不就是一群小青年热血冲动凑到一块儿吗？也没干什么啊。"

"革命不就是这么回事吗？"阿妮塔俏皮地笑笑，"不然你以为革命是什么？"

洛盈也轻轻地笑了，刚刚绷紧的情绪终于慢慢放松下来。

"什么时候演出？"

"决赛那天。还有一个多月。"

"好。接下来的排练我都可以参加了。"

"不用太当回事。"索林神情轻松，消瘦的双颊露出神采奕奕的笑容，"我们就是玩。这是跟其他人最不一样的地方。想来就来，不用当成负担。"

洛盈答应了。伙伴们随意舒适的氛围让她慢慢有了依恋的归属感。他们一直在微笑。即使怀疑也在笑。这让她安心，内心的紧张沉入心的湖底。她清楚他们没有显露在脸上的是什么，也清楚他们为什么没有显露。对周围的嘲笑和不以为然遮挡了内心追问的焦灼，他们质疑周遭，但没有用愤怒的方式。这一切让洛盈也放松下来，开始和他们一起忙碌，穿梭在废弃铁架的高台上，用丝巾编织谎言，坐在地上对悲伤微笑。她抬头看天，午后的阳光在灰黑的仓库洒下透明的彩虹，尘埃在飘浮，清凉如冰。

排练结束时，安卡叫住了洛盈。他在排练到一半的时候不为人察觉地消失了踪影，好一阵子没有出现，洛盈心里正在隐隐纳闷，他忽然从门口现身，悄悄插回歌队。他没有解释什么，照常歌唱，直到排练完全结束，他才在众人身后将洛盈叫到一旁。

"你昨天不是帮我和皮埃尔联系了吗？"他说，"我后来又给他发了信。"

"嗯。说得怎么样？"

"还不错。我今天中午就是和他去了实验室。"

"去做什么？"

"去看了他的膜技术。我想我能用上。"

"用到哪里？"

"飞机改造。昨天不是跟你说我的飞机现在不能飞吗？我觉得如果能将他的光电膜镀到飞机翅膀上做能源动力可能会有比较大的帮助。不过还不确定，需要实验。"

"皮埃尔答应你了吗？"

"答应了。他那方面没问题，但现在的问题是得找个方式实验，我不想让费茨知道。他肯定不想看我另起炉灶。"

"那怎么办？"

"你能不能，"安卡看着洛盈的眼睛，"帮我再申请一个创意大赛的小组？我们中队不让参赛。创意大赛参赛小组通过初赛就有权申请使用各种实验室和加工厂，也能掩人耳目。就是不知道还来不来得及。"

"理论上讲，初赛以前都可以组队，不过……明天就是初赛了。"

"我知道，是太难了一点。"

"没关系，"洛盈轻声而坚决地说，"我一定试试。"

"嗯。"安卡点点头，"那就靠你了。"

洛盈笑了一下表示没什么。她当然愿意帮他。这个世界上，她最愿意的事情就是能够帮他做些什么。她喜欢看他有所寻找，他的专注是她心里的踏实。

"那你准备怎么实验？"

"组装，然后试飞。"

"可靠吗？会不会很危险？千万别太玩命了。"

"没事。"安卡的嘴角浮上一丝笑意,"别的事也就罢了,玩命的事才要做。"

安卡的声音在空旷的大厅里回荡。众人捧着东西已陆续回家,他俩是最后走出仓库的两个。出门的时候洛盈轻轻关上仓库厚重的大门,铁与铁碰撞发出一声闷响,仿佛响在人的心上。

第二天早上,创意大赛罗素区初赛在社群儿童课堂举行。

儿童课堂是社群里孩子最喜欢的地方,初赛定在这里,参赛不参赛的人都欢喜鼓舞。这天少年们一大早便涌进课堂,像湍急的潮水一样,迅速将小空间塞得满满的。每个社群虽不大,满足年龄的少年也有几百,三三两两散开,很快就充满整个场地,一时间只见人头攒动。

这一天的课堂色彩很鲜明。赛场并不铺张,没有搭台子,也没有移走游乐设施。只是桌椅都涂画过了,到处充满神话插图,旗子挂得花花绿绿,墙上滚动播放着参赛者宣传。儿童课堂原本是综合性教育场所,各种设施齐备,从乐器画架到光电演示实验,其中的桌椅台面是比赛的天然展台,不需要特别布展,只需要收拾起平时的文具。少年们从清晨就开始布展,各式各样的小物件摆在托架上,像难得见世面的新兵,雄赳赳气昂昂孤零零呆愣愣地等待检阅。

洛盈夹在人群中,一阵熟悉的味道涌上心头。她离开火星很早,参加的自由选课不多,也没进过工作室,很多童年记忆都留在儿童课堂。抬头看看,许多片段仍然像是飘在空中。墙边留着她合唱牧童歌曲的声音碎片,书架旁留着她手指摩挲的轻浅痕迹,桌子上留着她不小心滴上的柔和颜料,空气里留着她裙子的色彩。她看到她自己,单纯的自己,她从五岁到十三岁的大部分时光都在此度过,那些记忆在视线里一点点复苏,如同脱水的蔬菜在浸润中重新饱满。

几位温柔美丽的老师在场地里慢慢巡游,她们是初赛的评审小组。一大群少年围在她们身后,跟着转来转去,就像贵族女子身后拖着的层层叠叠的裙摆。评审小组的意见在结果评选中会占相当大的比例，因此每个小组都提早做了准备，用各种各样的新鲜方式，试图在短暂的作品介绍中给老师们留下完美的印象。

"……二十一世纪的服装大师洛马妮阿斯曾经借用现代舞蹈的思想，将衣服定义成人的身体与空间的关系，而我们的设计正是试图将这种思想延续……"

吉儿绘声绘色地说着，双手在身前舞动。演说词她写了整整一个星期，前一天晚上还在磕磕绊绊地背诵。

"……人们对衣服的概念通常只是保暖和装饰，对空间和自然的态度是隔离和疏远的。但我们都知道，人的精神目标就是要打破习以为常的思维定式，在观念上不断革新。我们制作这件盔甲，就是这个目的。它能够将阳光转化为电能，不仅适合制成宇航服和采矿服，而且更是带来了一种全新的观念——我们的身体不仅能躲开自然，而且能真正拥抱自然，利用自然……"

吉儿的笑容甜美，声音流利自然，充满抑扬顿挫，可见是下了一夜功夫。她不时看看洛盈，洛盈则在人群中朝她点点头。在她旁边，丹尼尔穿着一件淡蓝色的滑稽盔甲，挺胸抬头，不停变换造型，做出古希腊雕塑的动作。

洛盈看着吉儿，想起地球上她住过一年的老房子和那些异教徒房客。她和吉儿在一起待得久了，发现"革新"是吉儿的一个口头禅，听起来仿佛每天都有新思想、新主意、新热情，而这和地球上的老房子的房客们不谋而合，那个时候他们也习惯说革新，每天都说革新。他们不断追求新的享乐方式，行为做派前卫，穿奇怪的衣服喝奇怪的药，不屑于大都市，总说要创造全新的不同的生活。洛盈参加他们的怪异聚会，和他们一起夺取富人的庄园。他们在衣服里插花草，将城市大厦里的自动扶梯拆下来架在窗口当滑梯。吉儿说革新，老房客们也说革新，可是他们没有谁曾经想象到对方的生活。

老房子里有一位袋鼠大哥，是她在地球上认识最久的人。他是个和善的光头中年人，从来不穿房客们那些奇怪的衣服，也不参加他们在街上的集会。他在博物馆上班，扮演雕塑，据说是艺术家们为了挑战传统雕塑概念而特意招募的。有时候，他会在下班时偷偷把博物馆里的动物头像搬出来，摆在广场上，吓唬那些城市里出生从来没见过野生动物的人，第二天早上再搬回去。他还曾经暗自在一座高楼门口铺了一段水泥，印上交错的皮鞋印和动物脚印。洛盈不知道他每次是如何逃避追查的，只知道他每天嘻嘻哈哈，过得十分悠然。

洛盈一边回忆，一边跟着其他人继续往前走。吉儿已经讲完了，跑过来抓住洛盈的胳膊，另一只手平复着跳动的胸口，额头微微闪着汗珠，大眼睛露出探寻的目光。洛盈笑着点点头，捏捏她胖胖的小手。

在她们前方，花花绿绿的展品簇拥着评审老师，新鲜有趣的小物件层出不穷，掌声和惊叹声此起彼伏，老师们身边围绕的孩子越来越多。

洛盈注意到，普兰达和另外两个女孩子做了一幅漂亮的双面画，画布半透明，一个沉思的女孩在正面，一个低头散步的男孩在反面，从任意一边都只能看见一个人，但星星和月亮却是双面可见，都发着光，照在画面两边，不知是什么材料。

一行人终于经过了所有展台，站回大厅中央，清点着刚刚记录下的所有作品。

珍妮特老师捧着记录册，环视全场，嗓音清亮温和。

"还有没有漏掉的没有展示的作品？"

大家安静着，彼此相望。

"现在有一百一十二个小组，如果没有漏掉的，今天的初赛就到这里了。"

珍妮特老师又问了一遍，在她身后，已经有老师准备收起记录册了。

洛盈决定开口了，心里有一点忐忑。她决定铤而走险，这是她唯一的机会。

"还有。"

洛盈听到自己的声音，在喧闹了一个上午终于安静下来的会场显得异常轻柔恬静。她向前走了一步，克制怦怦跳的心脏，故意不去看其他所有参赛的孩子，只是望着珍妮特。她慢慢走到展厅中央最宽大的一张桌子旁边，伸出手非常轻非常小心地将桌面上环绕一圈的展品微微挪动，腾出中间一小块空荡荡的区域，露出深蓝色光滑的丝绒桌布，然后从口袋里掏出前一天从瑞尼那里拿来的小石头，摆在台子上那一小小的空区。土黄色的砂石，形状浑圆，表面粗糙，看上去迟钝，被其他展品遮掩。她将它摆好，看着珍妮特。

"这是……？"珍妮特有点困惑地看着她。

洛盈笑笑，指着小石头说："这就是我的作品。名字叫作《孤独》。"

老师们相互看了一会儿，围观的孩子也都沉默着面面相觑。在颜色绚丽技术复杂的建筑和机器人中间，石头的原始粗陋像不合时宜的话一样，不能被周遭的环境接受，在桌上显得格格不入。洛盈坦然地看着所有人，这样的寂静正是她所预料并等待的。

沉默了几乎一分钟后，珍妮特老师缓缓地说："这个……想法很不错。"

她转动胖胖的身体，转而面对其他孩子，试图用最自然的语调说："洛盈做得不错，她的作品是一个提醒，我们的比赛不一定非要用高科技。大家也可以再拓展一下思路。"洛盈松了一口气，她知道珍妮特是好心，感谢地朝她笑笑。

比赛终于全部结束了。众人开始整理收拾，会场重新开始喧闹，笑声和逗趣的声音伴着比赛结束的轻松愉悦一点点飞扬，彩色的旗帜从墙上撤下，和刚挂上时抖落出同样洒脱的意气。忙碌和拥挤占据了整个房间，孤独的石块重新消失在人们的视野，就像从未出现，从未引人注意。

离开的时候，吉儿揽着洛盈，悄悄地说："你都不告诉我！你是怎么想出的？"

"想出什么？石头吗？没有怎么想啊。"

"很有创意耶！"

"是吗？"

洛盈微笑了一下，心里只想着四个字：格格不入。她捏着那块石头想到瑞尼，想到她和她的所有伙伴，心里很是有些难受。她其实想过什么都不带来，然后指着空气说这就是作品，叫《梦想》，但是想了想，觉得那样更加悲观，最终还是放弃了。她并不觉得自己有创意。如果说她曾经跟袋鼠大哥学到什么，那就是不认为自己有创意。她有心情，但她不觉得那是创意。

在那天上午，她看到过一件她觉得当真有创意的作品。那是一只大大的、薄薄的空心玻璃球，里面套着小一号的另一只玻璃球，再往里面，还有一层一层又一层相互嵌套的透明球面，直到细致得分辨不出。每一层球面上都有形状不同的绿地，有房屋，有滑梯，还有工厂。最外面一层的内壁上，像在天空中倒挂同样的迷你世界，能看到细微的小人做着各种动作，头朝下脚朝上。整个大球悬挂在半空，世界一重重，绿色的大地一层一层透过晶亮的玻璃，十分引人注目。洛盈不知道他们是怎么做到的。她只是定睛看着它，看着一重一重宛如穿入无限的球面，看着尺度迥异却构造相似的世界，看着天穹般笼罩着却倒悬的最外层空间，觉得自己也似乎被倒置了，抛进无垠的宇宙深处。

翼

从二十一世纪中叶开始，私人小飞机就成了地球人出行的主要交通工具。城市越来越宽阔，楼宇越来越庞大，地面交通越来越不堪重负，天空就越来越被带翅膀的小车占据。在地球上，飞行是一件复杂的事。对孩子是梦想和刺激，对少年人是追女孩的手段，对成年人是一种身份象征，对老年人是不停抱怨却不得不依赖的代步工具。对社会学家是新组织形态的诞生，对政治家是领空纠纷，对环保主义者是大气破坏的罪魁祸首，对商人是解救经济衰退的金石良药。对所有人来说，它都是新时代的象征。

中学生上学、大学生冒险、明星度假。每个人胃口迥异，飞机成为一件复杂的东西。为了高速，需要新型固体燃料；为了稳定，需要翼尖失速平衡器；为了达到不同高度，需要燃烧配比控制器；为了不与其他飞机相撞，需要精密全球导航仪；为了适应各种气流，需要智能探测调控器；为了避免人的疲劳造成失误，需要集成全自动驾驶仪；为了远程通信和召开电子会议，需要高清显示屏和信号接收机；为了防止袭击，需要自动导航炮弹；为了生存，需要广告；为了不死，需要自动弹射伞；为了做爱，需要可放倒的柔软座椅。飞机变得造型千奇百怪，材料五花八门。

当简单变成复杂，简单就被遗忘了。就像小孩子知道吃饭睡觉可以活，大人却说人必须要很多很多才可以活。从复杂回到简单需要很强大的耐心。

"人只要吃饭就能活。"米拉说。

索林低着头，面前摊开着图画杂乱的电子纸："可是我们已经没什么能减的了。"

电子纸上，歪歪扭扭的字迹标注着各种部件名称，一些部件上画上了大大的叉子。三个男孩围着这张薄纸，低头专注地商量，洛盈坐在他们旁边的铁架子上，双脚轻轻晃着。男孩们想对火星的小飞机进行一次全面改造，将采矿护航战斗和运输的功能都去掉，高度和速度也以能飞为标准，用最少设施达到最精简的目的。

这已是创意大赛初赛后的第七天了。初赛通过，小组正式成立，实验计划可以被列入议事日程了。安卡将自己的飞机改造计划告诉了伙伴，得到出乎意料的积极响应，洛盈想去山谷中寻找从前遗迹的念头也得到了很多支持，好几个人跃跃欲试地想要和她一起去。龙格提出租借一条采矿船，纤妮娅主动组织和召集，索林在导演话剧的同时开始导演秘密行动。洛盈能够理解这样的反应，毕竟在困囿于玻璃盒底每日为总结报告奋斗的日子里，一场追寻往事的冒险出行有着无可比拟的激动人心的力量。几个核心成员开始每天聚集，讨论实际方案，洛盈自己的追寻慢慢扩大为对历史的考量和对天空的渴望。

"我觉得我们的思路反了。"安卡斜靠在一旁的柱子上，低声说。

"什么意思？"索林抬头看看他。

安卡说："我们一直从飞机出发往下减，所以觉得什么都必要，但实际上我们可以从空无开始往上加，只加最必要的东西。"

"从空无开始？"索林皱皱眉。

"也不是空无，是从空气出发。"

洛盈坐在他们三个人对面的铁架子上，双脚碰不到地，轻轻地晃着。三个男孩已经专注地讨论了一个晚上。

他们的工作间在排练仓库的一个角落，孤零零的小屋子像一只大号信筒，环绕大厅的铁架子在身前划过，棱角分明，只留下一小片三角地。夜晚已经来临，无人造访，大厅很空寂，黑洞洞的，只有这个角落亮着灯。男孩们搬了几只箱子，随意地坐着，又写又画，播放盒投影到墙上，各种飞机照片一张一张播放着。

安卡背靠柱子，一只脚交叠在另一只脚前面，看着索林说："说到底，我们什么飞行任务也没有，只不过是想飞到峭壁不掉下来。所以可以干脆放弃传统飞机，只留下翅膀，机身精简，发动机也可以不要了。这样可以最大限度减轻负载。"

索林诧异了："发动机？这怎么可能不要？就算用太阳能当能源，发动机喷气也不能不要吧？要是不喷气，靠什么做推力呢？即便翅膀能振动，也得要平飞速度啊。"

安卡摇摇头说："平飞速度是飞机为了逆风升力才需要的，我们如果无所谓航向的话，完全可以顺着风飞，像一些昆虫。"

米拉问："顺风? 不是算过吗，升力不够啊。"

安卡说："总升力和机翼面积正相关，我们可以把翅膀尽量做大。大气稀薄升力小，但单位面积上的摧毁力相应也小，我算了一下，翅膀可以做到比地球上大几倍。"

米拉有点怀疑："可是翅根撑得住吗? 弯矩会很大吧? "

安卡耸耸肩："不知道。我就是这么想了想，行不行我也说不好。"

索林轻轻地点了点头，对米拉说："我觉得值得一算。翅膀的支撑找到合适的力矩点应该可以。最关键的是升阻比，得找到合适的机翼形状，还有合适的风。我估计还是可行的，咱们这儿空气密度虽然低，但很多地方风很大。"

洛盈一直没说话，抱着自己的小画板，随手涂涂画画。索林的两只眼睛离得有点近，但炯炯有神。米拉有棕色的皮肤、圆圆的脸和乱蓬蓬的头发。安卡身子站得不直，鞋子也没有穿好，但靠着柱子显得人很修长。她不太听得懂他们的讨论，但她听到了安卡的话：飞机只不过是材料和风的舞蹈。这让她忽然领悟了一件事：在谈论飞行之前要谈论空气，在谈论行动之前要谈论周围。

夜晚很安静，洛盈看着男孩们和穹顶外的月亮。他们和她一样，在地球上已经习惯在天空行走。她看着他们觉得很放心，尽管还没有一点头绪，但她总觉得什么事情只要他们想做，就没有做不成的。她不知道为什么自己有这样的信念，也许因为已经习惯于跟他们一起漂流，也许因为她喜欢看他们思考时眼睛里燃烧的热情。

男孩们开始热烈地讨论起来，讨论倘使顺风飞行需要什么样必不可少的条件和设备。听上去有各种不切实际且不可克服的困扰，但他们一个地方一个地方细细地琢磨，竟然也疏通了大部分阻挡的障碍。只剩下几个小地方，像顽疾和瓶颈钳制，如鲠在喉。

"洛盈，你还记不记得档案里对当地地形的具体描述?"

索林忽然抬头问洛盈，三个人都停下来看着她，显然是他们遇到了有争论的分歧问题，需要可靠的外界资料。

"记得，"洛盈看着他们，"只是原本就讲得很少。"

"都说了什么？"

"说那是一处拐弯的山岩，直上直下高耸入云，山壁在大风时会吹落许多砂石。"

"风会很大？"

"会相当大。"

"但那写的是风暴时的状况吧？"

"是。"

"那平时呢？日常的风怎么样呢？"

"档案里没写。"洛盈迟疑了一下，"不过好像山壁上有很多风洞，还有风蚀的沟壑。"三个男孩相互看了看，索林向安卡点了点头，安卡在电子纸上写了几个字。

"你知不知道它的具体位置和路线？"安卡写完抬头，温和地问。

"不知道。但肯定距离营地并不算太远，因为当时有一句话我记得特别清楚，说如果当时派出救援船，那么半个小时就能开过去。"

"救援船能一直开过去？"

"能。"

"那我们的船也能开过去没问题了。"安卡对米拉说。

米拉点了点头，看得出来，这是他的一个很大的疑惑，听到解答，放心了很多。

"那我们还造什么飞机呢？"米拉想了想问，"直接开矿船过去呗。"

洛盈摇摇头，说："我找的山谷虽然在地面上，但其他各种遗址本身都在山岩上。"

"山岩上？"

"是啊。"洛盈肯定道，"以前的营地不都是在山岩上吗，我也很想去看看。"

"是吗？"米拉显得很诧异，"我怎么不知道？"

"你不知道？"洛盈也有些诧异，"我以为大家都知道。"

"我不知道。"米拉转头看另外两个人，"你们呢？"

"我也不知道。"安卡说。

"我好像听说过一点点，不过不多。"索林微微皱皱眉，说，"现在想想确实有些奇怪。那段历史我们的课堂上讲得真的很不详细，战争倒是讲得很多，但战争以前那段时间我还真没什么印象。"

"……似乎是。"洛盈想了想承认道。

"那你是怎么知道的？"米拉问。

"我也忘了……也许是爸爸妈妈在我小时候给我讲过。说不清，就是一直有印象。"

"那具体地形你能说得上来吗？"安卡问。

"我知道是一个山谷，人们住在岩壁上，其他的……我也没什么印象了。"

"你能查一查或者打听一下吗？"

洛盈刚想说爸爸妈妈死了那么久，不知道还能和谁打听，就忽然想起了瑞尼。她觉得他一定是知道的，他写历史那么久，手里的资料应该是最详细不过了。她点了点头，答应说应该没什么问题。

安卡点点头，将地上的电子纸拿起，注了几个字，又从头到尾扫视了一遍，总结说："今天差不多就到这儿吧。我们刚才的问题已经解决了不少，现在还差两个最关键的，一个是地形，一个是翅膀的控制，现在一时也不可能有答案，我们都回去查查，有什么结果随时发信联系。"

"什么翅膀的控制？"洛盈不由问道。

"一个最最核心的技术问题。"安卡解释道，"我们不是想把翅膀做大吗，这样虽然能利用气流，但也带来一个严重的问题：翅膀的活动会非常难控制。实际的湍流气体无法预测，因此程序难以设计，就算设计了也很可能不适用。机身精简了，程序操控就尤其困难。但又不能不控制，不控制翅膀，就谈不上借气流一说了。"

"这样啊……"洛盈喃喃地说。

她不懂编程，不知道这里面具体的困难，但她能从安卡的语调里听出这问题的严峻。所有的现有设计都是人们在千锤百炼的反复修改中留下的最有利的精髓，任何的修改都要面对各种附加的麻烦。她不是工程师，但她懂这道理。她看着男孩们，他们的面容因问题而严肃，因严肃而俊朗。他们看得到问题，但问题让他们精神熠熠。她走在他们身旁走出夜色笼罩的空旷的仓库，心里忽然有一种这许多天不曾有过的踏实的暖意。

洛盈和瑞尼约在昆虫实验室，这是她向他提出的请求，她说她想知道昆虫的飞行原理，他便欣然允诺，带她来到他从前上学的昆虫实验花园。

瑞尼年轻时在这里待了三年，学习生物运动感受器和压力传感。在火星，很多机械车都是仿造爬行昆虫的构造，用细长灵活的肢体采矿，在碎石遍地的粗粝土壤上健步如飞。他在这里研究昆虫的四肢运动，转变为电子机械，应用到工程设计。

实验室有一大间温室花房，种了很多种珍贵的稀有花木，铺成高低错落的人造丛林，养着蜜蜂、蜻蜓、螳螂、蜘蛛和各种甲虫。洛盈刚一迈进来，一只蜻蜓就停在她的头顶，她大声叫起来，蜻蜓颤动着飞走了。她怔住了，呆呆地站着，思绪飘飞，完全被眼前的一切镇住了。她几乎从没见过这样的景象，每一朵花都散开金灿灿的花蕊，每一个角落都有藏匿的小虫不时跃出，每一双翅膀都扇动着一份鲜艳的诱惑。满眼郁郁葱葱，蝴蝶上下翻飞，大花朵绽开像女孩的裙子。这一切她不仅在火星上没见过，在地球上也没有见过。她在地球见过花店，见过草原，却没见过这样丰饶自在的动物的花园。

"真美。"她轻声叹道。

"是很美。"瑞尼说,"当初我就是为了它才选了这个专业。"

"这些都是在火星繁育的吗?"

"是。最早期只从地球引入每一样各十对,所有剩下的都是在这里繁育的。"

他们站在一丛花中间,瑞尼轻轻从一朵花上捏起一只蝴蝶,放在洛盈手心里。洛盈细细端详,蝴蝶安静地趴着,纤细的小腿快速颤动。她想摸摸它,伸手过去它就飞了。

"瑞尼医生,"她仰着头问,"昆虫为什么能飞呢?"

瑞尼又捏起旁边一只小蜜蜂,将它倒转过来,胸部展示给洛盈,说:"看到翅膀振动了吗?这就是最基本的动力。只不过不同的昆虫有不同的方式,蜜蜂是靠翅膀扭转改变翅间所夹空气的夹角,而蜻蜓是靠两对翅上下拍击,产生小的涡流。"

"和鸟一样吗?"

"不太一样。"瑞尼说,"鸟的翅膀并不振动,而昆虫的翅膀很少扇动。"

"昆虫的翅膀怎么控制呢?"

"基本上都是靠翅根肌肉扭转,它们的翅膀很轻薄。"

洛盈低下头。小蜜蜂在瑞尼手中无望地挣扎,肚子弯到胸前,细细的小腿蹬来蹬去,盔甲似的嘴巴不停地抖动。瑞尼一松手,它踉跄着飞到空中。他又伸出手,一只蜻蜓飞过来,落在他的手上。

瑞尼看着它微笑道:"说句题外话。我觉得现在人太依赖数值模拟了,什么东西都拿去给计算机算算,却很少在观察。这跟古代正好相反。"

时光默默流淌,一个下午很快流过去了。黄昏的时候,洛盈在心里酝酿了片刻。

"瑞尼医生,"她突兀地问,"人们以前是不是有一个时段住在山谷里?"

"嗯?"瑞尼愣了愣,但还是平和地答道,"是啊。确切地说,是一个巨大的陨石坑。"

"那是什么时候的事?"

"一百年前吧。"

"为什么我们很少听人提起？"

"因为对它的评价很复杂。"

"为什么复杂？那是什么样的地方呢？"

瑞尼沉默了片刻才回答。他的话语悠缓，像是在空气里画出一幅虚拟的古画："那时人们还没有玻璃房子，除了舰船直接改造的铁皮驻扎营，大部分居住在山洞和地下掩体。尽管山岩寒冷又缺少光亮，但能够相当强有力地遮挡宇宙射线，对人来说，生存和安全永远是第一位的。你可以想象，当时的房间相当简易粗糙，以一个小洞连接外界，土黄色的墙壁只经过粗糙打磨，以电炉取暖，白日也要开灯。而即便是这样，那种房屋也不容易建造。所有的建筑作业都要在山岩上完成，很多机械车难以攀登，因此许多工作都要人们手工完成，相当辛苦。而一旦毁坏，重新开掘就要很久。生活物资也多半等待地球供应。"

"地球人和火星人住在一起吗？"

瑞尼回头看着她笑了笑："那时还没有火星人，所有人都是地球人。"

洛盈心里微微一动，她咀嚼这话里的意思，如同一个古老的谜语。

"那个山谷在什么地方？"

"大峭壁中间，赤道以南不远。"

"现在还有当年的遗迹吗？"

"应该还有，只要没被战争损毁的应该都还在。"

"我们还能去那儿看看吗？"

"这恐怕很难。人们已经很少再去了。"

"自己去也不行吗？"

"恐怕更难。"

"瑞尼医生，"洛盈顿了顿，悄悄捏了捏一直带在身上的黄铜的苹果，小心翼翼地问，"当年到底为什么打仗呢？"

瑞尼看着她的眼睛，反问她："我想，战争的起因你是知道了吧？"

“是。”洛盈点点头，“但我想问的是目的。起因是起因，目的是目的。”

瑞尼点点头表示明白：“最主要的目的，是一种全新的社会构成。”

“就像我们现在的城市？”

“可以说是。不过只是雏形和内核。现在的城市运行是经过三十年战争慢慢发展出来的。”

“起初的内核是什么样的呢？”

“数据库。一切的核心就是数据库。发展一个运行于数据库之上的城市。倒不是用它来计算城市运行，而仅仅是存储。存储城市里每一个人的发现，每一点新的探索，自由分享。保护所有人思想的自由。”

“可为什么非要独立不可呢？在原先的营地不能做这样的事情吗？”

“不太可能。因为这涉及整体经济的改变。换句话说，这样的城市要求所有精神探索的完全公开，不参与经济，也就是说，彻底将物质生产和精神生产分开成两个截然不同的领域，完全明晰，这在历史上是第一次。”

“也就是说，精神的产物不参与买卖是吗？”

“对。这正是当时的人们提出的宣言。”

“这样到底是好还是不好呢？”

“恐怕没有答案。”瑞尼说着又将眼睛转向暮色笼罩的天边，“起码在最初自发开始这场行动的一组人心里，这是一种信念。是信念，就很难以好还是不好衡量。”

“那是一种什么样的生活呢……”洛盈轻声自言自语。

瑞尼没有做正确与否的评价，但他简明扼要地讲了一些历史的选择，讲了洛盈的爷爷和他的朋友们年轻的生涯。他说得并不详细，因为他觉得历史事件的流程远远不如其中人的姿态的片段更打动人心。

瑞尼曾读过很多战争结束前的文献，结果不可避免地被其中云霞般的热情打动了。那是一个带着点不切实际的生动的年代。沙地里的理想国。在干涸的世界里挖一眼清泉。那个年代的许多工作不需要激励，让沙地开花，这样的想象本身就鼓舞着许多人。

战争的初期，反叛军仍然驻扎在山谷里，和地球驻军的山谷只是遥遥相望，唯一的区别是反叛军更靠近峭壁边缘，接近大平原。这是因为尽管当时一半粮食物资来自与地球驻军对地球运送物资的争夺，但反叛军仍然需要开辟种植养殖园地。那时的科学技术是突飞猛进的，或许历史上还没有哪个时代曾在如此大的压力下汇集如此多智慧的头脑。反叛者本身都是科学家，因不满于原先营地之间的各种知识壁垒而冲开束缚。那些壁垒来自政治和商业，与他们无关，而他们只知道，在生存条件如此恶劣的火星，如果他们不能自由交流彼此的发现，如果探索的所得不能共享，那么所有人都寸步难行。他们建起信息平台，只为了发展，那个时候还没有艺术、没有工艺装饰、没有政治投票和后来的一切。

战争孕育了一代人。他们生于此，长于此，很多人也死于此。汉斯、加勒满、朗宁和加西亚都是战争的孩子。他们都做过飞行员，但都不只是飞行员。他们成长在形势最为艰难、人们的信念最为动摇的年代，他们是信念的继承者。

战争后期是汉斯和伙伴们登上舞台的时期。汉斯是健壮的小伙子，和新婚妻子一起飞翔，二十二岁即成为飞行员训练指导。他的父亲那时仍然健在，作为火星统帅正进入黄金时期，放射性疾病带来的形容枯槁并未影响老人的精神矍铄。加勒满那个时候正意气飞扬，金发冲冠如狮子一般咄咄逼人，而正是他的建筑设计最终让反叛军下定走出山谷的决心。风度翩翩的加西亚活跃地四处演讲，那个时候已经展现出多年以后外交官的潜质，用锐利的言语让数据库的理想活在人群中。而诗意的朗宁则连续发表了一系列文章，将哈贝马斯的交往理性转化为才华横溢的激情阐述，延伸到整个城市建设的方方面面。

那是所有的理想最为丰盛的年代。瑞尼知道，不管现实如何，当时的人们曾经那么真实地伸出手，向天空求取。

离开昆虫实验室的时候，洛盈忽然很想跳舞。

她已经很多天没有跳舞，内心被更关注的事情占据，身体也一直处于休养状态。她以为自己已经告别了舞蹈，无论腿脚，还是心境。今天是她受伤以来第一次有了舞蹈的欲望，想活动全身，想跳起来转起来进入完全投入的生命状态。她说不清是为了什么，也许是为了所见的翩飞的蝴蝶，也许是为了天边的峭壁，也许是为了听到的冲开束缚的历史，也许是为了飞行。她在昆虫实验室的门口驻足，回头望着玻璃门后绿荫丛中翩飞的翅膀，身体里沉睡了很久的冲动又开始游走了。

她告别瑞尼，来到已经熄灯的舞蹈教室，没有开灯，映着已经亮起的城市蓝色的街灯缓缓舒展手脚。压腿，站基本脚位，对着镜子连续旋转。她踏着厚实的木地板，觉得心里很踏实。地板是忠实的舞伴。它托着她，她用足尖寻找它的触感。

她跳着，思绪跟着身体起伏。

她知道，二十二世纪的舞蹈哲学很繁复，人们将舞蹈理解成人与空间的关系，有很多相矛盾的潮流。有人主张用身体语言制造新的符号，也有的人认为舞蹈正是要反对加在人身上的种种符号……但对她来说，她想的远没有这样深奥而复杂。对她来说，舞蹈不是和外界的关系，而是和自己的关系。她想过很多次跳舞的目标在哪里，最后的结论是控制。项目组让她学跳跃，发展人类体能高度，但是她觉得准确远比高度重要。最难的不是更高，是让脚尖刚好到达某一个位置，不高也不低。

她将腿轻轻踢到与腰同高，又收回，向后踢去，静静立住。

学舞之后，她才发觉人对自己身体的了解是多么有限。人并不去想怎样坐，怎样站，怎样动作行走不摔倒。那些动作其实很深奥，然而人依靠本能，不用有意识地随时控制。这多么神奇，就像身体本身有生命。身体有很多更为久远的记忆，那些习惯，理智的意识甚至从来都不了解。

突然，她的心里划过一道光。

她的思绪飘回前一晚，飘回铁架高悬的大厅，飘回男孩们的争论中间。那时所有的努力都缺少关键的一环，就像一幅拼图缺少人物眼睛那一块，一切都有了，就是画面没有。

现在她知道缺的是哪一块了，就是翅膀的控制。

翅膀的控制也许不需要大脑，只需要身体的本能。

船

决赛的日子到了。

决赛是轮流承办，这一次轮到了阿辽沙区。阿辽沙中心体育场周边很早就装饰一新。整个广场被打扮成了地球上浪漫主义时期的风格，古典而华贵。比赛现场欢腾热烈，穹顶显示出云上的宫殿和舞动的天使，交响音乐响在四面八方。轮滑少年们从各个高台上起跳，在空中做出花哨的翻腾，落地后绕场挥手，接受一浪高过一浪的欢呼。

观众席很兴奋。能到现场看决赛是一项殊荣，只有每个社群的优秀选手才有此良机。所有的孩子都很期待，因为吸引人的不仅是比赛，更是比赛之后大大小小的舞会和派对，这是结识其他社区少年的最好机会。这一天，所有人都盛装出席，女孩们拎着裙子，扬着脖子，男孩们甩开制服下摆，摆出十足的派头。不能来现场的孩子们多半凑到一起，聚在自己的社群，买上零食和饮料，给自己的伙伴们远程助威。

后台也很兴奋。吉儿是最后被选中的颁奖少女之一。她在后台紧张地照着镜子，不停地问身边的女孩自己的头发乱不乱，头上的花环歪不歪。一想到待一会儿就要在炫目的光亮中走到那么多人面前，她就紧张得手心出汗。她一直在背诵上场流程，不时拉住洛盈，让她帮她看看背得对不对。她们身旁乱作一团，女孩们化妆、换衣服、跑来跑去，不时传出"谁看见我的项链啦"之类的尖叫。洛盈几乎听不见吉儿的声音。

"你怎么不化妆？"吉儿问洛盈。

"已经化好了啊。"洛盈说。

"就这样?"吉儿吃惊地拉开洛盈两只手。

"就这样。"洛盈笑笑,"我只是歌队。"

洛盈穿一件白色的长裙,从头到脚没有装饰,只有肩膀上有一朵并不明显的花。她的长发散着,额头上带了一条金线,没有梳任何发辫。眉眼也几乎没有修饰,素面朝天。吉儿觉得不可思议,好容易上场,却如此轻率。洛盈没有多做解释,没有说她的角色只是在后排烘托气氛,更没有说他们在演出之后需要迅速换装,因此打扮得越简洁越好。第二个理由无论如何不能让吉儿知道。

今天的话剧是第三个节目。洛盈心里一点都不紧张。她觉得他们今天的表演不是演给任何其他人,而是平静地表达自己。这样的时候,人不会紧张。

他们的节目跟在两个开场歌舞之后,算是正式演出的第一个节目。候场的时候,洛盈从后台的缝隙看到光彩夺目的体育场穹顶,如同宇宙深处的星云。她站在水星团伙伴中间,他们也没有什么紧张的感觉,谁都不多话,只是偶尔低声再叮嘱一下退场的诀窍。该他们上场了。

"女士们,先生们,最杰出的少年们,"一片烟花雨中,主持人教育部长深沉的声音响起来,"……让我们一同庆祝这场思想的盛宴!……创造是我们的光荣!……"

狂欢开幕,戏剧登场。

全场灯光打在米拉一个人身上。他穿着一件棕色破旧的衬衫,戴一顶破了的尖顶棕色小帽,脚上是黑色宽口皮靴,露着大脚趾,用一根小木棍挑着一个布皮小包裹,一副失意落拓的邋遢模样。他朝前走两步,又退后两步,挠挠头发,向空中唉声叹气。

——我是一个可怜的流浪汉,怀揣着才华与梦想没有人懂得,我曾经有一番惊天伟业的志愿,但却在现实的撞击中被击得粉碎。哦,宇宙,你为什么对人这样不公平？我原本该是伟大的癌症攻克者，现在却成为一个永恒的流浪汉。哦，我犯了什么错！

追光灯照亮舞台左侧，照出流浪汉第一段回忆。米拉的第一个替身明显是个新学生，穿着一件系紧领口的白色衬衫，双手捧着一份文件激动地站在一个胖胖的中年人身旁。中年面容庄严，显得很高大，学生在他身边毕恭毕敬。

——欢迎你加入我们的实验室，我们实验室有着最好的历史，创新是我们不懈的追求。我们的宗旨是，不断追求新的技术思想和永恒的真理，随时保持聪慧活跃而进取的头脑，努力让我们的实验室永远走在人类探索的第一线，永远杰出！

黑歌队的声音悠扬地响起来："真伟大啊真伟大！"

——老师，这真是太好了，我非常赞同您的话，而我想我的工作就非常符合您所说的。

——哦？什么工作？

——您看，我把咱们的生产流程优化了！我一来就仔细观察了流程图，在这里加了这个反馈程序，一下子能把生产时间缩短一半呢。

——做这个干吗？

——不好吗？这样我们的成本和价格都可以降低啦！难道不是有助于我们获得预算吗？

——傻孩子，你真以为预算要靠这个来争吗？真是不谙世事的人啊！预算要靠伟大宣言来争取，你难道不知道吗？有精力不要做这种没用的小事，要放在壮丽的蓝图上啊！

黑歌队的嗓音又亮出来："嘿，真伟大啊真伟大！"

左侧的灯光暗下，米拉身上的追光灯又亮起，他踩在一条带轮子的小船上，做出费力划桨的样子，边划边向天地诉苦。

——哦，我那时可不知道，我想出的办法实验室早就有人想出来啦，只是他们都没说，因为成本高、价格高，申请到的预算也会高，可以拿去做别的，这么简单的道理我怎么当时就没想到呢？我只知道把结果公布了，却没想到会惹恼他们，而他们竟这样不留情面，把我赶到另一个大陆上！哦，我真是天下第一等不幸之人！我一定要记住教训，坚持理想，在新大陆上重新开始我的人生事业。

小船忽忽悠悠地往前走，划过一片星空，慢慢开到舞台右侧。右侧灯光亮起，米拉的第二个替身换上一件漂漂亮亮闪着银光的连体服，头发立得像刺猬一样时髦，站在另外一个中年人身旁，像之前的学生一样毕恭毕敬，这一次的中年人眉眼更加凌厉，头发抹得油光锃亮。

——欢迎你，年轻人！我们欢迎一切好的创意和改进，这能够帮我们带来更多的利润。哦，利润！宇宙中最神圣的名词，你反映了人类与社会总体的福利！我们要更多的交易，更多的协商，更多的合约，更多满足他人需要的供给，我们造福自己也造福他人！

这时，洛盈和她的白歌队第一次开口了："哦，这真是太妙了！"

——老板，这真是太好了，我非常赞同您的话，而我想我的工作就非常符合您所说的。

——哦？什么工作？

——您看，我把咱们的生产流程优化了！我已经仔细观察了公司的流程图，在这里加了这个反馈程序，一下子能把生产时间缩短一半呢。

——哦，这真是太好了，成本能减少很多呢！

——还有价格！

——不，价格不变。

——啊？为什么？降价不是有更多人买吗？

——非也，非也，年轻人，你以为癌症药的需求和价格有什么关系吗？价高人们就不买吗？真是不谙世事的年轻人啊！你能降低成本当然好，可千万不要干涉我们的利润。我们的利润，那就是社会的效用啊！让我们用尽力量降低成本吧，这样就有百分之百的利润和社会效用了。

白歌队大声唱着："哦，这真是太妙了！"

右侧的灯光暗了下去，米拉又一次出现在大家眼前，只是这一次他坐下了，衣服变得更加破旧，面前摊开一块破布，上面散放着碎玻璃。他做出叫卖的样子，一边向四面八方转头，一边向观众讲述。

——我看到他们，心里感到愤愤不平，他们的药本来能以八分之一的价格销售，可他们就是不肯，于是我把他们的药品成分和制作流程偷拿出来，自己开始找人生产，卖得便宜多了！这也不是我的错，不是吗？可是我没想到他们这样气量狭小，看到我抢生意就恼羞成怒，连摆摊都不让，赶得我到处跑，你们看看，这块布都破成这样了！要不是遇到一个好心的律师姐姐收留我，真不知道还有没有饭吃！

米拉把目光投向舞台中央，一束白光从天顶投下，照出一块圆形区域，阿妮塔扮演的富贵女子站在中央，被从天而降的光芒映着显得很神圣。第三个米拉替身站在她旁边。

——我是一个苦命的寡妇，哦，我的命运如此不幸，年纪轻轻就变成孤家寡人，失去生活的依靠。我的丈夫是一个作家，一个了不起的伟大的作家，至少我之前一直这样相信。可是他还没来得及赚来足够多的钱就死去了，这个狠心短命的人哪，他怎么舍得这样抛下我一个人孤苦伶仃？

这个时候，阿妮塔转身面向米拉替身，这一次的男孩穿着干干净净的旧衣服，吃着白面包，像饿了很多天似的大口吞咽。阿妮塔怜悯地摸摸他的脑袋。

——你说你改进了前人的技术？

——是啊，我把前人的生产流程优化了。

——那以前的专利人同意你这样改吗？

——他肯定同意，为什么不呢？他的方案能被引用，才有延续的生命力，怎么会不同意？

——哦，你说得真是太好了。这真是了不起的哲学！你从思想上解决了我的疑虑，现在我终于有出路了。你想知道我的计划吗？其实很简单。我想提出死人版权的概念，活人能保护版权，死人为什么不可以呢？我要让每个希望分析引用或提到我老公作品的人都要付给我一笔费用，我老公一定会同意对不对？死去也能有收入，这让他死了也有生命力！

白歌队不失时机地在旁边煽情地唱道："哦，这真是太妙了！"

接下来，舞台上突然闯进很多人，上上下下穿梭不停，阿妮塔抱着尸体玩偶，不断按手印、签合同、谈生意。有人抗议说收费就不再分析他的作品了，阿妮塔眨着眼给他们出主意，让他们将授权再转手卖掉，转手次数越多越有人获益，再把已故的作家代理权全都拿出来拍卖，最后可以弄成版权衍生品市场，简直媲美金融市场，能让许多人发家致富。

白歌队越唱越欢愉："哦，哦，这真是太妙了！"

在混乱一团的舞台上，小乞丐似的米拉从人堆里钻出来，两手空空，被人遗忘，重新背上自己的小包袱，茫然四顾，又看到孤独空寂的小船，再次登上船，又慢又默然地划，划了一会儿重新回到舞台左侧他出发的大陆，阿妮塔和其他人消失在暗中。

他垂头丧气地来到一个小酒吧似的地方，和身旁的一个人诉苦，讲了之前的所见。那人对他的所说很感兴趣。

——等等，你刚才说什么？

——我说我的改进和创新没有人理睬。

——不是，不是这句，是之前那些。

——我说他们把一部音乐分成几个篇章，分别卖出引用权，就能挣很多，还在音乐学生里打广告，学生们想毕业考试就需要买很多故人的成果产品。

——不错，不错，真是好主意啊。我也可以这样嘛。一篇文章分成好几篇，自己引用自己的结果，不但发表数能变多，引用率也能提高啊，实验室主任一定满意。对，向学生打广告也是好主意，让我辅导的学生都得引用，这办法我怎么没想到？太好了，这一下我的成果排名一定能节节上升，用不了多久就能成为实验室最年轻的杰出领军人物啦！

沉寂了多时的黑歌队终于又亮出嗓音了："真伟大啊真伟大！"

身边人陷进未来的憧憬和自我陶醉中，米拉又一次被忽略了。他叹了口气，重新划上小船，又一次在两块大陆之间徘徊游荡，只身一人，漫无目的，漫无方向。这一次划船的时间似乎格外长，没有话，从舞台左侧到舞台右侧花了很多时间，一片寂静。

这一次舞台右侧还是聚着很多人，一群人围着一个人，问东问西，问长问短。那个人被问得左支右绌，看到孤身一人的米拉，眼珠一转，上前拉住米拉的手。

——这位年轻人，你是从另一个大陆来的吧？那太好了。你是最公正无比的。现在这些人怀疑我们公司的矿物保健品有害元素超标，我怎么解释他们也不信，你来证明一下吧，帮我把这个鉴定结果念给他们听。（低声）你说话他们一定信，事成给你一百块！

白歌队像是配合他，也低声神秘地唱："哦，这真是太妙了！"

米拉却摇摇头，像是不明白他的话似的。

——你应该把配方和检验手段直接公布啊。干吗搞这套？

——那怎么行？这是商业机密。

——在我们的大陆上都是公开的啊。

——不行，不行，公开了生意还怎么做？

这个时候，周围的人听到米拉说的，纷纷大声喊起来：公开，公开！调查，调查！他们把米拉推到最前面，高举着双手冲向男人背后纸壳做的大楼，高叫着要透明、要革命的口号，散出如雪片般满场飞扬的纸片，纷杂的声音叫着财务造假了！税务有问题！米拉在人群中被冲撞得跌跌撞撞，衣裳更是破破烂烂像丛林里的小孩，背上不知道什么时候落上两片纸板，左右忽闪。很快，兴奋的人们举起一面写着"革命"的大旗，将米拉抬在手上，冲向舞台中央的空场，乱作一团，人们并没有方向，声音也很快淹没在巨大的噪声中再也分不清词句，只看见有人奔跑，有人和其他人莫名其妙开始打架。米拉在人群的手上倒手几次之后，再次被人遗忘了。他飞了起来，飘到半空中，在钢丝带动下，两块硬纸板像翅膀一样扑扇扑扇，他变成了永不上岛的小飞侠。一道追光打在他身上，像孤独的光点。

飘了好久，他忽然坠落下来。观众席发出自然的惊呼。但米拉并没有摔到地上，而是落到一张张开的网里。他茫然地看着两旁，只见两侧站着两队严阵以待的严肃人物。

在全场亮起的大灯下，观众第一次发现，这张网原来一直都在，一直在米拉所划的小船的背后，在舞台深处隐匿。

米拉坐在网里，像坐在一张吊床上，脸上的表情懵懂无辜。他呆呆地看着两侧的人，那些人却没有看他。两侧各有一个领头人物，像是在谈判，各自高扬着脖子，无声争吵。两个人中间有一只巨大的天平，左右摇晃，上面已然放着许多砝码。谈判显然陷入僵局，一方怒气冲冲地向己方的天平盘子上又加了一块砝码，天平向他们歪下去，另一方却满不在乎地将他们刚加的砝码吹弹落地，天平又歪回另一侧。两边的人一言不合眼看要打架，一位领头人挺身而出，冷静地止住局面，向另一位领头人指了指坐在网上的米拉。那一位心领神会，点点头，面不改色地走到米拉身旁，将他拎起来抛向天平。在钢丝的带动下，米拉在空中翻了两个跟头，扑通一声坐到天平托盘上，天平一下子歪了，稳了，停了。两侧的双方都非常满意地笑起来，握了握手，友好地拍着肩膀，交换了两麻袋鼓鼓的物品。

这时，黑歌队和白歌队第一次同时开口唱道："真伟大啊真伟大，哦，这真是太妙了！"

这一幕让现场分外寂静，大部分观众都静静地看着，仍然期待情节继续推进，然而让所有人失望的是，剧情突然急转直下了，所有水星团演员和邀请来的群众演员突然从四面八方一拥而上，在现场像跳集体舞一样跟着音乐绕着圈子跑，跑了两圈以后簇拥起米拉，又以迅雷不及掩耳的速度呼啦啦地消失在后台，留下空寂寂的舞台和傻眼的观众。

剧目就这样虎头蛇尾地收场了。观众报以稀疏的掌声。只是演员不以为意，他们甚至没有出场谢幕，舞台迅速被接下来的演出和激动人心的颁奖转移了注意。

水星团迅速退至后台，穿过嘈杂拥挤的候场演员和工作人员，卸下舞台装扮，以默契的速度各自离开，悄无声息地穿过后门，走小路，径直来到早已等候多时的龙格的矿场。

一进入矿场，洛盈就看到一艘破船躺在中央，像一条饥饿的大鱼张开着嘴。

这一天从早上开始，胡安就有一种不安定的感觉。

上午，他检阅了最新型号变形战机的试运行，结果很满意。这一批战机已经研发了好几年，中间经过起起伏伏各种失败，到如今终于可以规模生产并且编队了，胡安心里有种石头落地的踏实，进而是一种澎湃的雄心。他为这一天已经默默准备了很长时间，其间的努力只有他自己最清楚。

早上，当飞行中心的金属门在他面前缓缓拉开，他看到比他雄伟很多的崭新飞机整整齐齐地排成阵列，像一排高昂的穿铠甲的忠诚战士，银色边角在阳光的照耀中闪烁着光芒，他心里有一种无法言喻的波澜壮阔。他仿佛看到一段历史的大幕在眼前拉开，无声无息，但即将惊心动魄。他清楚，在人类的历史上，还没有哪支舰队能够超过眼前这支。他已经开始书写历史了。

检阅之后，他来到监控中心。理论上讲，对城市运行的监控不属于飞行系统职责范围的事情，但是胡安坚持扶植飞行系统下属的一个工作室研究更高性能更精细的实时监控，目的很明确，为将来的舰队巡航系统打基础，也为有可能的侦查和反侦查奠定技术支持。他们的监控中心也有一整个房间能看到城市各角落的屏幕，像审视系统的控制中心一样。

这不完全合乎制度，但胡安利用自己的地位一直维护。

这一天，他总是隐约感觉有什么地方不对，检阅的时候没有发现问题，检阅之后来到监控中心。

新投入的蜂式电子眼正在试运行，传来城市各个重要地点清晰的图像。乍看起来没有什么不对的地方，人们或悠闲或忙碌，像平时一样守着自己的位置。胡安默默地审视着，城市的东、南、西、北。有三架运输机在城东起飞，另有一辆矿船正在通过城南的十二号出口。

胡安的目光忽然凝聚了，迅速叫人将十二号出口的画面拉大。他觉得有什么不对劲。矿船出城本是正常的事情，每天都有各种采矿和考察的船只出城。但就是有某种细节让他觉得异样，也许是因为矿船的外观，也许是因为画面里说话的少年人的面孔。

画面推近了，近得能看见对话双方清晰的脸。胡安对电子眼很满意。他觉得屏幕中的男孩有些面熟，但不确定自己什么时候见过。他正在迟疑，就看见了洛盈的面孔。她低头从矿船里出来，站到刚刚说话的男孩旁边，甜甜地笑着与出口的管理员对话。

"打开监听。"他低声而明确地命令道。

研究员点点头，打开监听。

"我们知道了，谢谢！"

胡安只听到了尾音，洛盈清雅而甜美的声音回荡在控制室的空中，然后他看到他们重新钻回船里，矿船像一只上了年纪笨拙的恐龙开始缓缓起步爬行，穿过正在升起的隔离门。

胡安立刻呼叫了汉斯。他报告了所见，声音干脆而严肃。

"您说您不知道这件事？"

"不，我不知道。"汉斯说。

"那需不需要我调查，或者派人去追？"

汉斯考虑了一下，和缓地说："先不要。我查一下，你等我的消息吧。"

汉斯的头像消失在屏幕，让胡安诧异的是汉斯并没有显出太多惊讶或紧张。胡安坐在控制台前，手支着下巴，皱着眉头，心里觉得无名气恼。他不知道这些小孩有什么理由出城，他不在乎这些，他在乎的是安全规定的实施不力。如果这是一起私自驾船的逃离，那么就说明城市的防护仍然非常松动，简直太松动了，漏洞多得如此简单就能攻破。这是什么样的纪律和安全。他捶了一下桌子，越想越觉得气恼。

暂时等等。他看看桌上的命令按钮，不知道汉斯为什么还能如此不以为然。

对火星的大部分成年人来说，这一天只是平静无奇的一天。尽管少年们沉浸在一触即发的兴奋中，但忙碌的大人却并不过多地被这种空气感染。

环绕城市整齐排列的射电天线阵列不知疲倦地工作着，数据像蚕吐丝般连绵不绝地输入存储中心，再流过计算中心，织成密密麻麻的图片，一张一张铺在研究员的档案夹中。研究员奋笔疾书，与数据赛跑。他们在心中催促自己快，快，重大发现就在这些数据里，要快些挖掘出来。新仪器新设备新方法让他们回到了旧时代，回到了资料浩如烟海却纷繁复杂的前科学时期，他们在心里盼望自己生出一双慧眼，于是把头埋得更低。

建筑在城市四周的分子流水线兢兢业业地运转着，电子一个接一个，穿过精心为它们打造的微观隧道。分子和分子跳集体华尔兹，舞伴来回交换。工程师手托下巴，坐在屏幕前，无心分享它们的欢乐。他们的档案夹里存着不计其数的控制论、工程管理、分子理论著作，想要把任何一门掌握精通，都要不吃不喝研究几年。他们在心里叹息自己生不逢时，难以再做出重大改进，于是不断奋发进取又退缩，没事的时间研究美食解闷。

城市决策者们也在辛勤忙碌着。九大系统的领导人频繁碰头，商讨着火星战后历史上最大的政策走向。他们面容严肃，带着充分的信心和责任感，举着历史和精心模拟计算的未来数据图，激烈辩论。新的工程项目起始在即，关键技术处于突破前沿，最高决策开始缓慢浮出水面。

农场里，母牛忙着闷头吃草，偶尔抬起头来，深沉地望着玻璃穹顶外的太阳，忧郁地摇摇头，鲤鱼开始习惯大片新品种的水草，看着池塘边人来人往，不再激动，见怪不怪。适应是生活的诀窍，这道理它们都懂。

这是个平静无奇的日子，工程师们都在忙，孩子们都去看比赛，老师都去看着孩子们。这是个逃跑的好日子。

沃伦·桑吉斯是土地系统一名普通研究员。他天赋不高，野心不大，工作只求混过，对于全局没有好奇。这一天对他来说注定是个不平凡的日子。这是他轮值看守矿船出入口的日子，他第一次成功约到了心仪已久的姑娘玛莎，也将是他第一次因为过失受到惩罚。在他按动按钮打开三层密闭的城门时，他并没有料到这个小小的动作会有什么样的后果。他只想着屋里的姑娘，忘了屋外的一切。

矿船在黄沙上空缓慢地漂移，船里弥漫着浓郁的饭菜香。

这是一艘几近退伍的早期矿船，土黄色船身如同移动的沙丘。在战后建设的黄金年代，它和战友曾经做出不可磨灭的贡献，全城一少半重金属出自它们的铁钳。那个时候矿船外出一次常常要工作几天，因此舱壁厚重得像小城堡，舱内厨房厕所一应俱全，设施虽然简陋，却细致周到。

现在的船舱变成了宴会厅。舱内结构被拆分得七零八落，空间开阔，前后一览无余。固定仪器用的铁架子卸了下来，横置在地上，船员卧室推掉了，房间隔板铺在铁架上方，搭成两张大桌子。绸缎桌布有长流苏，原本是地球博览会上展台的幕布，展会结束后一直堆在展览中心，无人看管。桌上色彩纷杂，每只盘子都来自不同人家，形状花样各异。没有带盘子的人就拿来了菜刀、酒杯、调料罐，大杂烩堆在一起，鲜艳拥挤，如同流动卖艺的大马戏团。龙格盗用了一张外出实习许可证，只想偷偷借用，再偷偷还回。

船舱里喧哗一片。起哄的笑声一阵接着一阵。酒瓶子相互撞击，清脆泠泠，噼噼啪啪的气泡在玻璃杯里雀跃。液体偶尔洒到桌布上，晕开成一朵花。

当艾娜端着最后一个菜上桌，宣布午宴开始时，吉奥酒早已喝光了五六瓶。男孩子们欢呼着起身，收拾牌局，收拾酒瓶，迅速把餐桌规整得煞有介事。

"呜啦！"

一圈玻璃杯举过头顶，像海潮般一涨一落。

风

狼吞虎咽的午餐开始，只要有争抢，食物永远不够。艾娜的厨艺比从前又大有精进，按她自己的话说，回到火星，除了做做饭也没什么好玩的了。麦粉黄金糕、牛肉蛋白面、烤胡萝卜奶酪饼、什锦蔬菜配鱼肉蛋白丝、海藻沙拉、坚果青笋、阿斯拉苹果塔，还有玉米鸡肉蛋白茸汤。香气四溢，笑声混合着呛了酒的咳嗽声弥漫在宴席上方。

这次出来的一共是十二个孩子，四个女孩、八个男孩。围着桌子一大圈，坐得歪歪斜斜。男孩们跷着脚围坐在桌前，女孩们一边聊天一边削水果吃。小舷窗外，可以看见一成不变的黄土砂石。大船走得挺平稳，如果不仔细辨别，甚至感觉不到它在移动。

"你们的报告是不是都拖着呢？"阿妮塔问。

米拉反问她："怎么？你交啦？"

阿妮塔笑道："早着呢。所以我才问你们。你们要是都还没交，我就踏实了。"

"谁有空写这些啊？排戏都累死了。"索林说。

"着什么急？"米拉说，"还不知道还用不用写了呢。"

阿妮塔奇道："这是什么意思？"

米拉笑起来："咱们这么私自出逃，要是被抓住了，估计得先写三万字的认错报告，再罚两个月劳动，之后的事情谁还说得准。没准儿就能拖过去了。"

洛盈看着纤妮娅拿盘子把梨摆好，端到大桌子上，男孩们发出一阵此起彼伏的赞叹。她眯起眼睛，规律的机器嗡鸣将她包围起来。这才是自己人，她想，虽然她那么喜欢吉儿她们，但却和她们那样的不同，和她们在一起，她觉得自己和周围并不相容，但和这船上的人在一起，这种感觉就会消失。这是为什么，她问自己，该怎么来形容这一切呢？

他们一路向南，午后的太阳开始偏西，饱餐之后空气更显慵懒。船舱壁上挂着早年使用过的机械手臂，棱角分明的手指攥成拳头，摆出古董特有的庄严面貌。竖直的循环水管有些漆皮已经剥落了，能听见汩汩的水声有规律地流动着。下午的船舱很暖和，屋顶上破旧的换风机像一张咧开大笑的嘴。

安卡和龙格在船头驾驶，一个伸臂指点，纵横开阔，一个拨转旋钮，迅捷如弹钢琴。安卡掌握航向，一直留在船头，龙格只是控制仪器，每隔一小会儿才跑到控制台前，察看一下老式仪表盘上跳来跳去的指针。

"你们说，这演出能有什么结果吗？"龙格从控制台回到桌边，开始切入正题。

"难说。"索林说，"据我的判断，大人们很可能沉默以对。"

"我觉得也是。"龙格说，"肯定不会公开说什么，可是私下里估计会找我们。"

"那我们怎么说？"

"还能怎么说？实话实说呗。都是实际经历，有什么不好说的。"

"不是这个意思，"索林说，"我是想问，如果大人们问咱们是不是有什么打算，咱们怎么说？"

"也实话实说呗。就说咱们不打算与他们合作了。"

索林没有回答，沉默地看了看其他人。

船舱里的气氛慢慢变得凝重起来。洛盈不明白龙格的意思。龙格一向是深邃而尖锐的性格，说话喜欢夸张，她拿不准他所说的不合作是指何种程度的不合作。龙格靠窗坐着，手指在桌上交替敲着，神情坚决而充满不屑一顾的傲气。大家都沉默着，互相看着，只有纤妮娅站起身，站到窗边龙格的身旁。

"这个问题也是我想问的。"纤妮娅半天没有开口了，这时候看着大家缓缓开口道，"我们接下来有什么打算没有？"

"你是说……"洛盈轻轻地问，"什么打算？"

"革命。"纤妮娅说得很明确，"一场真正的革命。"

"不是说演戏就是革命了吗？"

"那其实不是我说的。"

"是我说的。"索林向洛盈解释，又转头问纤妮娅，"可你当时不是赞同了吗？"

"是，但我一直说这只是一个阶段。"

"那我们还要怎么样呢？"洛盈问。

"打破一些东西，"纤妮娅说，"那些已经越来越僵化的东西。"

"没错，"龙格说，"我已经受不了了。周围那些人，一个比一个厚脸皮。什么手段都用，讨好上级，投机取巧，专对着系统长老口味搞研究。功利，彻头彻尾堕落于功利。"

"可是，"索林说，"地球上不是也这样吗？"

"没错，但地球人好歹表里如一。既然骨子里功利，就说自己功利。不像咱们这儿，说得比谁都好听，'人人追求创造和智慧'，可是骨子里还是全是功利。虚伪至极！"

"不都是这样吧。"洛盈说，"还是有不少人是真的活在探索的云端里。"

"我可是一个都没见到。"龙格说,"我现在根本就不信还有不功利的人。"

"我觉得你是被地球上的理论影响了。"索林说。

"你能找着一个不是为了自己的利益和权力做事的人吗?"

"总还是有的。"

"那都只是表象。"

"那你怎么看那些每天沉浸在实验室的人呢?"索林问。

"求好名声,背后都有目的。"

洛盈轻声插嘴道:"我们为什么要争这个呢?争这个有意义吗?"

"有意义,当然有意义。"龙格说,"我们要做的就是承认功利,扯下周围这层遮羞布,把什么嘴上华丽的意义都揭穿。"

"你是说回到地球那样只剩下金钱交易的方式吗?"

纤妮娅替他答道:"起码是把这种功利公开化,省得装模作样,谁都难受。"

索林看着纤妮娅的眼睛:"你赞成龙格?"

"是,我赞成。"

"那你认为我们该做什么呢?"

"首先是让人流动起来,让身份流动起来,房子也该允许流动,像风一样。现在这个样子把人永远束缚在一个地方,表面上没有竞争了,暗地里不知道有多少背后斗争。"

"可是你知道,火星的自然资源不够让人随便争夺啊。"

"总是这一句话,说了多少年了。"

"纤妮娅,"索林似乎有三分忧心地看着纤妮娅,"你太偏激了。"

纤妮娅紧闭着嘴也看着他,不低头也不回应,长发搭在一侧,露出细长的脖子。

片刻没有人说话。好一会儿,米拉慢吞吞地插嘴道:"我觉得吧,总是什么人都有,这也没什么大不了的。"

"那是麻木了。"龙格说。

米拉微微皱着眉，很认真地歪头想了想，却没有说出什么。洛盈觉得心里有很多话，只是一时又不知该从何说起。龙格和纤妮娅在窗边，一个坐着一个站着，姿态比谁都肯定，动作虽并不僵硬，身上却闪动着一丝金属的味道，空气都变硬了。

"嘿，龙格！"

就在这时，安卡忽然从前方传来一声呼唤，打断了正在磨出火花的对话。

他将身体转向船舱，向所有人招手道："你们也都来看一下，我们可能到了。"

大家呼啦一声站起身来，凑到船舱前部，看着窗外的视野和屏幕上的导航图。

从前窗望出去，他们发现，矿船正在通过一道相对比较狭窄的山谷，绕行一道山崖。大船在山脚蹒跚，火红的峭壁陡而高，仰头望不到顶。阳光照亮了整个山崖，凹凸不平的石块下，阴影如同弯月洒满整幅壁画。他们将头贴在窗边，看着两侧耸入云霄的大峭壁，有一种缓缓驶入另一个世界的潜伏的激动。等高线画成的导航图上，矿船是一个小红点，在两组密集的曲线之间的夹缝一分一分移动。

"你看是不是这里？"安卡指着屏幕问龙格。

龙格点点头。

安卡转过头看着洛盈："我不知道这是不是你想寻找的地方，就我们能找到的资料，大概只能定位到这里了。"

他正说着，矿船已经通过了隘口，阳光像一道快速拉开的大幕，洒满了船舱，照在每个人头顶。他们连忙将眼睛投向窗外，那一刻，所有人的眼睛都定住了。

眼前是一块漏斗状的开阔地，藏在群山之中，四面八方都是环绕的高地。巨大的斜坡千沟万壑，宛如冰川河流的冲刷。尽管一滴水也没有，但千年风沙侵蚀，表层土壳飞逝，坚硬的玄武岩剥露出嶙峋的造型。山岩无遮无拦，直直地冲入天空，大约有几百上千米。他们的飞船在山谷的入口，悬在谷底，如同一只微末的小虫，贴着山岩滑行，抬头仰望。棕灰色的圆形陨石坑如同放大了数十倍的古罗马斗兽场，向天地敞开，威严磅礴。

火星的北半球是平原，南半球是群山峻岭，南半球的平均海拔比北半球高出四千米，六千米高的峭壁横亘在赤道附近，像刀疤切割星球温柔的脸，在陆地中央凌厉地突兀着。少年们看得呆了，他们从来没有进入过南半球的山岭，尽管从小在火星生活，但是他们只见过地球的山谷。地球上的任何地质结构与火星相比，都像公园的小山小湖般精致可爱。珠穆朗玛峰只有奥林匹斯山的三分之一高，科罗拉多大峡谷也只有水手谷的九分之一长。火星没有那些秀美的山，处处尖锐粗粝且大刀阔斧，火山口和巨大的陨石坑连成一片，如同沧桑的旅人，沉静赤裸，苦难写于面庞。

谷地里完全没有人的痕迹。尽管查到的历史告诉他们，这里曾经是探矿的热门地点，但仅仅看着空旷的山谷和静默的熔岩，看不出一丝曾经繁忙的印记。这里的出入隘口曾是千百艘舱船出入的驿路，山岩上曾经居住数万人，营地密布，生产曾在此大规模运作，然而现在什么都看不出。他们都努力寻找房屋飞船和被人弃置的遗址，然而除了隐约可见散落山崖的金属碎片，没有任何完整的遗留。风沙摧毁了一切，地表只剩砂石覆盖流淌。天地轻易将烙印抹平。仅仅四十年过去，大地已然恢复亘古的肃穆。

然而，他们还是怔住了，震撼了，确信他们寻找的就是这里。

他们看到了山洞。沿山向上延伸至很高的山洞。它们和一般风蚀的洞没有太大差别，但洞口能看出明显的塑造和雕凿。洞口的形状不是自然的千奇百怪，尽管已被尘土覆盖了大半，但仍然可以看出人工的痕迹，曾经的造型。他们呆呆地望着，沙土之下隐藏历史。他们好像都看到了人来人往的画面，仿佛有神奇的手在空中扫净荒寂的洞口堆积的碎石，拂去门窗的尘沙，让死寂的场景又开始缓缓复苏。他们看到有人在那些山洞里进进出出，有飞船在头顶来来去去，有一整座山的城市在大地与天空间忙碌，静静铺陈。

飞翔的时刻终于到了。

矿船在和暖的南坡山脚下停下来，阳光正是灿烂。

三个男孩打开舱门，第一批走出船舱。氧气瓶、头盔、通信耳机、应急工具包，一样一样带在身上，传感电极背上固定好，踏出舱门，测定风向，迎着光将翅膀展开。一切都很顺利，他们很快将足底小发动机的高压气体排出，螺旋桨转起来，迎着风向上升腾。

所有人都屏住呼吸看着他们，看他们安安静静地升入半空，大家不约而同兴奋地欢呼起来。

洛盈静静躲在大家背后看着，觉得有些不寻常。她盼这一天盼了很久，但当这天终于来临，却好像和平日里的每一个时刻没有什么不同。阳光照在身上，像空灵回旋的歌声。飞行化为梦幻般的真实，平静地降临，仿佛寻常而悠远的微笑。她觉得空气安宁得奇异，透过氧气面罩，半空中的男孩像故事里的精灵。

男孩们顺着山坡走向，慢慢上浮。索林的弹性最好，脚踝左右扭转，借风一纵一纵；雷恩的动作舒展，每个转换都无棱角；安卡总是先完全顺风向上，翅膀靠近岩壁才锐利地转弯，每每有惊无险。他们的身影在巨大双翼的映衬下显得细长，随着风悠悠地飘荡。

他们飞了。他们在自己的翅膀带动下飞了，飞在红色天空耀眼的阳光下。他们飞起来了。那一瞬间，洛盈开始激动。

这是他们最终的实验。没有机舱，没有座位，没有发动机，保持着人类对飞翔的最初幻想，只要两对翅膀，一对足底的螺旋。他们的翅膀有发电的巨大潜能，发出的电能让翅膀高频振动，如同一只巨大的蜻蜓。

翅膀靠轻质合金软杆连在身上，没有破空的速度，只是随风飘扬。

他们抖动翅膀，让它们迎着风向。火星有奇特的地理。阳光的照耀下，大地表面可达到十几摄氏度，但夜间温度骤降，又能下降到零下一百摄氏度。冷热分布鲜明，空气流动便迅速。太阳直射的山岩会在日间快速升温，暖空气随坡爬升，可以形成有力的上升流。午后的山风厚度最高，明亮的光芒中，稀薄的分子轻佻地蒸腾。在这样的地形下，稀薄的空气也成为可借力的风。

风速随高度增加而加快，飘到半山腰，男孩们的上升速度明显加快了。为了安全，他们减弱了螺旋桨和双翼振动，让身体匀速坠下来，落到地面，跟跄了几步，稳稳地站住了。

众人呼啦啦一下拥了上去。无声的欢呼荡漾在空气里。几个人还未来得及收拢翅膀，其他男孩就大跨步跑到他们身旁，搭上他们仍然支开的双臂，敲打他们的头盔。洛盈能看到面罩下绽放的笑容，如同天空。

"呜啦！"

这已经是他们今天的第二次庆祝。声音无法向外飘扬，却在耳机里响成一片。

男孩们迅速换装，相互帮着系好装备，第二批飞行者又上天了。他们总共做了六个人的翅膀，轮流飞，轮流做保护。

"嘿，女孩们，有人想现在试试吗？"

耳机里传来索林的声音。洛盈还在犹豫着，纤妮娅站起身来，活动手脚。她双手相握，伸长到头顶，踮起脚尖左右踢动，然后又撑住后腰，转动胯部，前后俯仰。她向洛盈笑笑，跳动着向男孩们跑过去，头盔露出她上翘的眼角，也宛如一双展开的翅膀。

洛盈望着她的背影，谷底风起，一阵细沙在面罩前翻滚飞过。第二批尝试者比第一批更容易找到经验。玛厄斯的记忆仿佛又回到每个人身体里，他们似乎又回到了失重球舱，玩了许多次的姿态记起了，凭空借力旋转身体，靠扭动获得弹性，靠压缩后伸展以达到平衡的姿态。男孩们甚至开始回忆当时的队形，二人躲闪，二人防御。纤妮娅在他们中间穿梭，像灵动的钢片琴穿梭在管弦队列里。他们像是又回到了那时的夜空。如果不是那时的夜夜笙歌，现在也不可能这么快掌握控制的要领。自由的血液和空气在阔别几个月之后再一次将他们包围。

起伏的山脊上，阳光和阴影凌厉地分隔，一半黄一半黑，如同半面浓郁的妆。

正当洛盈呆呆地出神，安卡忽然出现在她身边，伸出手微笑着问她："想不想一起飞？"

洛盈抬起头，安卡像邀舞一样，左脚踏在身后，一手平举，一手打开在身侧。

她笑了，轻轻地说："你等我一下，我去拿裙子。"

吉儿做的裙子自从演出之后就没有穿过，洛盈在船舱里静静地举着，好几次想放下，但最终还是决定穿上。她小心地系好带子，再把四肢的金属丝重新扣好。

当洛盈再次走到阳光里，舞者的状态回到身上。她将手交给安卡，他托了她一下，将她向空中送去。

起飞的瞬间，洛盈摇摆了几下。山谷里的风轻快，压力传感器的触感因此轻柔而充满变化。翅膀比她上次试验的时候大了许多，起初控制得有点僵硬，但渐渐顺了风，便轻松起来。把全身交托给身后的气流，让风领舞，忘掉方向，就解放了身体。

安卡在洛盈斜后方，用二人间隔的空气做引带，洛盈调整翅膀方向和螺旋桨的角度，跟着他的肩膀穿越每一处过渡。每一个动作都比在地面上缓慢许多，就像精心排演的慢镜头，整齐划一，姿态精致。她心里忽然很安定，安卡与风在身后，她不再觉得忐忑不安。她开心起来，想起从前训练结束后关掉灯，甩着手脚像木偶一样随意跳动，窗口透进对面高楼闪动的巨幅广告，楼宇间灯火流动，正如此时悬在天中。

在空中跳舞，这正是她的想象。是她向安卡他们建议，翅膀的控制也许不需要程序，不需要计算，只需要身体的本能。像行走和舞动一样借用身体的本能，用肌肉控制，像一只真正的蜻蜓。

瑞尼的小鞋子帮了她，它的神经传感被他们用来让翅膀与身体连接，放大每一个动作。

洛盈轻轻地飞着，眯起眼睛，眼前渐渐充满幻象。她觉得自己伫立在无边的荒原上，风左一阵右一阵，沙中卷着笑语莺歌。她一会儿看到地球上舞团女孩的笑颜，头戴璀璨的宝石，在云端巧笑嫣然；一会儿又听到老房子女孩的呐喊，穿着草编的衣服，手捧古老的盾牌；一会儿又看到吉儿和普兰达她们，坐在果壳般的风筝上，在空气里画房子，惊叫着脸红。洛盈想抓住画面，但风却吹得太快，转眼消失在天际。她觉得每一阵风里都是一个人群，可是她自己却不属于任何一群。她能感觉风从四面八方吹来，将她向四面八方吹走，可她却一个人站在原地，无法被风带走。她不属于任何一阵风，也不知该怎样吹过他人。她已经不是一个能被风带走的人，风吹得越多，她越不愿意只追随其中一阵。她愿意飞，但只想独自去飞。

她感受着慢慢偏斜的下午的阳光，用两对翅膀的角度承接空气。她能感觉安卡在身后始终保持不远不近的距离，忽然很想就这样一直飞下去，永不落地。

"好像有人来了！"

突然，一声叫喊划过耳机，如闹铃般突兀。

"就地降落！能回到船里就回到船里，回不到船里先在山岩上躲一下，待一会儿我们来接你们。"

是龙格的声音。洛盈来不及多做反应，就跟着安卡降到山壁上一处平台，收起翅膀。

他们不知不觉中飞得高了，比其他组合都高很大一块，一时来不及降到地上，只好在山岩上临时落脚。这是一个废弃洞口前的小平台，还能看到一侧早已断裂塌陷的楼梯遗迹。他们坐在地上，向下望去。米拉和索林降落到比他们低得多的一个洞口，其他人都已顺利撤回矿船，矿船开始启动，向更贴近山壁的一个角落悄悄驶去。

很快，他们看到一艘形体庞大的地效飞行船缓缓从进入的隘口露出头来，银白色，带红棕色条纹，火焰徽章闪闪发光。它速度很慢，像是在搜寻。

"这是……我们中心的船。"安卡低声说。

"你们中心的？那怎么会在这儿？"

安卡摇摇头，表情困惑而严肃。洛盈不由得开始佩服龙格的敏锐。

沙

大船在山谷里缓缓逡巡，贴着山岩的下边缘绕大圈子，离他们越来越近。

安卡和洛盈靠平台上碎石堆的掩护遮挡着自己，尽量让山下看不到。大船并没有伸出看得见的探测眼，不知道内部有没有探照搜索。从他们的角度已经看不见龙格的矿船了，或许是也已经找到合适的掩体，隐在了看不见的角落。他们不知道这船是为什么来，目的地又是哪里，只是凭直觉认定谨慎些不被发现最好。

"是不是来找我们的？"洛盈问安卡。

"不知道。"安卡说，"应该不是。我们出来得这么顺利，应该还没有引起搜寻。"

"嗯，"洛盈点点头，"我也觉得凭我们不至于这么兴师动众。"

安卡沉吟了一下："那倒说不定。"

"如果我们被发现了，跟他们回去，是不是也没什么大不了？"

"说不好。"

"今天已经很好了，飞也飞了，遗迹也看到了，大不了就回去。"

"还不知道这船的目的。一多半不是为了咱们。能不被发现，自己回城是最好的。"

"嗯，先等等看吧。"洛盈向下小心地张望。

太阳已经西沉，山壁上的光影变得分明而凌厉。大船由北向南在山谷里转了多半圈，经过他们脚下，没有停留，继续向西行驶，在中部靠西的位置停下，船头伸出一支天线，三百六十度旋转了一周，又收回船舱。船停留在空场，有片刻无声无息。洛盈靠着安卡，那短暂的片刻显得分外漫长。傍晚的风开始凌乱，地面的细碎砂石卷在风里，敲打船身，成为那片刻天地间唯一的动态。

过了不知多久，大船开始重新启动，缓缓离开了。洛盈轻轻松了口气。夕阳打在大船的尾部，在船前的灰黄的沙地上投出长长的影子，像一柄贴地搜寻的黑色的利剑。

起风了。不是午后温存上升的风，而是冷却的空气混乱而强大的湍流。

风在山谷卷起了漫天黄沙。这一阵风并不算太猛烈，只是从平地上旋转着扬起波澜。石头开始沿着山坡滚动，碎沙擦过身体两侧，如同战火中奔逃的人群，红尘扑打着面罩。安卡护着洛盈向山洞内部移动了一些，两人躲在石堆避风的一侧。有时有一阵猛烈落石，安卡便举起手臂护住洛盈的头顶。

洛盈靠在安卡肩膀之下，忽然觉得，曾祖母一直到死前，心里一定都并不恐惧。

"洛盈，安卡，米拉，索林，你们都还好吗？"

漫长得像过了一辈子般的半个小时之后，洛盈终于又听到龙格的声音。

"我们还好。"安卡迅速弹起身,"你们在哪儿?"

"我们刚才钻到另外一边的通道里去了,那边有一大片天地。详细的事情以后再说。现在我们来接你们。你们能飞下来吗?"

他们向下探身,看到龙格的矿船又摇摇摆摆地出现在视野里。暮色已然昏暗,矿船模糊如暗黑的巨影。安卡和龙格交涉了几句,做好开舱迎接的准备。

准备停当,洛盈深吸一口气,跟着安卡向矿船跃出,然而一瞬间就觉得狂暴的沙冲到身体上,尚未来得及分辨,身体已经倾斜。她一阵眼花,甚至来不及害怕。

接下来的一分钟混乱而眨眼即逝。猛然缠绕双脚的气流,赤红色的沙子,风中的撞击力,巨大的气流,无法控制的翅膀,倾斜的抛掷,颠倒旋转的天地,迎面而来的赤色山崖,揽住她腰部又松开的手,瞬间托举的力量,一片空白中双脚坚实的触感和双手本能的抓牢。

清醒过来的时候,洛盈发现自己半匍匐在山坡上,紧抓着突兀的石头,翅膀在身后无望地振动着。安卡匍匐在她身边,以近似的姿势蹲靠着。砂石从他们身边扑簌地滚下。

星

沙在身边飞逝,洛盈不敢抬头。

山岩不算太陡,双脚有踏足之地,她知道自己还可以支撑很长一段时间,只是她完全没有把握这一阵风什么时候才能过去。她知道沙暴的威力,所有在火星出生长大的孩子都知道。她侧过头看安卡,安卡向她点点头。他的眼睛在暮色中有着深暗大海般的颜色,眼神仍然冷静。洛盈用一根手指关掉了翅膀振动,静静地伏卧着,等待风过天晴。

"听得到吗?"耳机里传来安卡的声音。

洛盈向他点点头，想回答，却发觉咽喉发干，说不出话。

"你向右上方看，"安卡说，"一块凸起的大石。你上得去吗？"

洛盈顺着指点，目测了一下距离，只有不过二三十米，但要穿越斜坡。她有点紧张地攥了攥手指，尽力朝安卡笑笑，回答道："应该没问题。"

于是安卡先起身，再扶她立起身子，向斜上方移过去。他们每一步都小心而缓慢。洛盈横着脚步向右移动，不敢直起身体，一直手脚并用，双手先抓住稳定的石块，再用脚将重心推动过去。安卡跟在她左后侧，并不扶她，只是小心翼翼地保护，若见到一阵猛烈的落沙就按她趴下。他们一步一停，短短一段斜坡走了很长时间。安卡先攀上石台，然后探出双臂，将洛盈也拉了上去。

洛盈惊魂未定，坐着沉静了好一会儿，才清了清嗓子，小声问："我们现在下不去了是吗？"

安卡指指飞旋向下的沙粒说："天太晚了，风向已经变了。现在往下飞就是找死。"

"那怎么办？"

"待会儿我和龙格商量一下吧。"

洛盈探着脖子向山下张望。矿船仍然停在谷底原处，而他们已由于风的裹挟，落在了更靠近山谷入口的东侧。矿船远远看上去更像一只笨重的海龟，在地面缓步向他们爬行。风沙仍在眼前如橙黄大幕席卷，温度下降得很快。他们距地面约有三四十米，岩壁陡峭，直接跳落肯定是不行的。安卡一直对着通信话筒喊话，不知道船里的人能否看到他们。无线通信器十分简易，通信距离只有几十米。起初一直没有回答，直到矿船开到他们脚下，耳机里才传出龙格的声音。

"你们怎么样？还好吗？"

"我们今天恐怕下不去了。"安卡明确地告诉龙格。

"氧气还够吗？"

安卡低头看了看氧气瓶上的示数："够。到明天中午没问题。"

"待的地方呢? 安全吗? "

"还可以。我刚上来就看了一下，是一个废弃的小山洞，里面还有空间。"

"那这样吧，"龙格说，"你们在上面凑合一晚上，我们明早想办法接你们下来。"

"其实我们还好。"安卡说，"你们可以回去，明天早上找人来接我们就行。"

"你是信不过我吗? "龙格笑道。

从耳机里，洛盈能想到他咧开嘴的模样。

"怎么会? "安卡也微微笑了。

"那就别废话，我们就在你们下面等着，有事叫我们。"

"行。"安卡也干脆地答应了。

"那不好意思了。"洛盈轻声说，"害你们也回不了家。"

"我可不想回去呢。"这一次是米拉的声音，"好容易出来玩一次。"

"米拉? 是你吗? "洛盈连忙问，"你平安回到船上了? "

"是我。"米拉的声音也同样传出笑意，"回是回了，平安倒说不上。"

"怎么了? "

"扭了脚。"

"刚才他和雷恩几乎是滚下来的，"龙格替他解说道，"好在没摔断腿。"

"救护了吗? "洛盈心急地问。

"包上了，"米拉仍显得满不在乎而充满笑意，"没事了。"

"你说你，"安卡突然揶揄着插嘴道，"哪次出来不挂点彩回去? 还记得巴塞罗那热气球那次吗? "

"哈哈，"米拉开心地笑起来，"那能怪我吗? 突然下大雨能怪谁! 天生倒霉。"

"咱们可是一块摔到地上的，怎么就你断了腿呢? "

"你那次在东京不也摔骨折了? "

"那能一样吗？你起飞时赶一次机场地震试试。"

"改天。"米拉说，"改天咱们再去奥林匹斯山飞一回，我一定能比你飞得高。"

"你也就说得轻巧。"安卡回应道，"全太阳系最高峰，那可不是闹着玩的。"

"你小看我。我早想过了，要把火星都走一遍。水手谷不是还没去过吗？还有贺拉斯大盆地，估计得有这个盆地的一百倍大。"

"行啊。"安卡笑道，"你敢去我就敢去。"

夜幕降临了。洛盈坐在小平台的地上，听安卡和米拉你一言我一语，望着太阳在西山背后隐去最后一丝光芒。她环抱膝盖，轻揉小腿，刚刚下落时磕疼了的腿和膝盖现在开始发痛，神经一松懈，疲倦和疼痛就席上心来。她看着安卡，安卡说话的时候面含笑意，但一直没停下手里紧张的忙碌。他将挡在洞口的碎石一一刨开，大石头搬不动就过回着挪开小石头，直到有一个能容人出入的洞口。

这大概是一个风蚀的山洞，比他们下午飞的地方更靠近山谷入口。山壁在这里转向，风路狭窄，气流长期画出强而急的曲线，巨大的岩石之间便形成平稳的空洞。洛盈随安卡进入洞内，漆黑一片，暗弱的星光只透入朦胧的一丝，完全照不到洞内。洛盈顺着墙壁摸索，能摸出曾经人工的痕迹，有墙上的格子，有沿墙环绕一圈的水池，有坍塌损毁的桌椅。墙壁比一般的岩石细致许多，尽管比不上城市建筑光滑，但显然已经经过打磨。

安卡不再和大船通话，为节省电能将远程通信暂时关闭，为即将到来的夜晚做准备。他将一对刚刚收拢折叠的翅膀重新展开，固定在洞口，做最简单的防护，然后坐下来，开始动手改装设备。

"太暗了，"他尽力将飞行电动机对着星光，"这可怎么办……"

"你要做什么？"

"我想把一只翅膀拆开，连到蓄电池两端，翅膀脉络是很好的导线，可以用作热阻，夜里也能保保温。"

"你会改装电路？"

"不太会。不过好在这飞行器是我们一块儿动手做的，还知道一点。"

"那你能想办法改一改这个吗？"

洛盈说着，将飞行防护服外的舞裙脱了下来，交到安卡手里，让他分辨出它的形貌。舞裙原本拿在手里就轻薄如无物，这时在黑夜里更觉得像捧着一团云霞。

"我想，"她解释说，"这好歹是发光材料织的，不知道能不能点亮。"

安卡摸了摸边角，在黑暗中点点头："我看行。你等我一会儿。"

他说完踏出洞口，带着一只蓄电池和洛盈的裙子，借着月光俯身尝试。从洞口望出去，安卡单膝蹲在地上，黑色的身体轮廓锐利分明，只有头顶有些微银色的光边。

洛盈忽然觉得很冷，情不自禁地打了个寒战。空气温度大约早已经降到了零度以下，只是她刚才一直紧张着，无暇顾及，这时才发现寒冷早就潜入了。他们都只穿了紧身的太空防护服，没有任何特殊保暖。她猜想山洞外一定更寒冷，安卡的身形又许久不动，开始担心起来，生怕他就这样凝固成一尊黑色的冰雕。

就在她刚想起身去查看的时候，安卡终于重新钻回了山洞。

"好了。"他向她笑笑。

他捧着她的裙子，它在他手里亮着，淡而柔的光晕呈半球形，像一只会发光的贝壳。它的颜色仍然会变化，在他的手中微微流转，随着他小心翼翼的步子一起一伏，舞台上的华美惊艳在黑暗里化为低吟浅唱似的柔和，颜色也显得更加清透了。

安卡将这盏临时的孤灯放在房间中央，两个人借着它淡弱的光环视了一下整个屋子。这明显是一间客厅，靠近内墙的一侧有一张只剩下一半的砂岩打磨出的桌子，剥落得只剩一半的墙体还残留有挂衣帽的钉子。倾颓的萧索勾勒出曾经的休养生息。

"好在是在这里，"安卡拍拍墙面，从断层细细观察，"墙体保温仍然有一层，还有辐射防护层。如果真是掉在野外了，还不知道这一夜能不能熬过去。"

"那我们还需要保暖吗？"

"你现在冷吗？"

"有一点。"

"夜里还会冷很多。"安卡说着开始翻动翅膀，"来帮我一下。"

他将两片翅膀展开，翅膀太大，狭小的空间撑不开，展得歪歪扭扭。洛盈起身帮忙，两个人小心地把两张翼片弯成弧形，支在头顶，两端撑在地上，像孤岛上用树叶搭成的棚子。安卡抱来另一只蓄电器，盘膝坐到翼根一侧，将繁复的电路接头重新排布，从翅脉里拆出两股导线，连成简易的环流。过了一会儿，暖棚开始微微发热了，也有些许亮光透过半透明的薄膜和翅脉散逸出来，和孤灯一起照亮漆黑的夜。

安卡环视了一圈，看看没有什么问题了，终于松了口气坐下来。他俩并肩坐在地上，安卡问洛盈还冷不冷，然后一手揽住她的肩膀。

"我们把电都用了，明天还能飞吗？"洛盈问安卡。

"先管今天晚上吧，"安卡说，"大不了明天早晨把翅膀都挂出去晒晒。"

在两个人的相互依靠中，小山洞变得温馨可人，薄翼暖罩，透明帷幕。砂石也褪去了森严的外表，变得温厚沉和。月光照亮洞口边缘，清亮如水。防护服从头到脚紧紧包围，让两个人隔着数层衣料，连手指都不能相互接触，但他们身上加入的特殊的压力传感却能将所有触感放大，不仅放大地面石头的粗糙，也放大彼此的支撑和碰撞，让相互的依靠有了非常奇特的敏锐感觉。洛盈将头靠在安卡肩上。

"龙格他们都很仗义。"洛盈轻轻说。

安卡点点头："是。他们担心把我们丢下，万一回来找不到就很危险。"

"米拉也很重情义。我看他是我们这些人里最快乐的一个。"

"嗯。"安卡微微笑了，"他快乐得只能用没心没肺来形容。"

"纤妮娅就不一样，她一直不快乐。"

"我不了解她。不过我觉得索林说得对，她有点偏激。"

洛盈侧过头："你看出索林和纤妮娅有些暧昧吗？"

"有一点。"安卡笑笑。

"不过看上去索林并不赞成纤妮娅的主张。"

"大概只有龙格是完全赞同吧。"

"龙格也很极端，最近一直在说人都是功利的。我觉得我不太同意。"

"龙格实验室有一个非常压迫人的老头，似乎人品不太好，仗着自己掌握一个项目，龙格刚回来没几天就被打压过好几回。可他们实验室其他人都对这老头很巴结。"

"是吗？这我还真不知道。"

"嗯，好像龙格以后根本不打算在那里工作下去了。"

洛盈叹了口气："说不清为什么，我们好像很多人都有些难以融入回去似的。"

"是。"安卡有几分自嘲似的笑了笑，"都有些……自视过高。"

"你赞同他们说的革命吗？"

"不太赞同。"

"为什么？"

"没用。"

"你是像米拉一样，对革命不信任？"

"还不太一样。"安卡想了想，"我不是说革命本身，我是觉得什么都没用。"

"这是什么意思？"

"嗯。他们说所有的问题都是问题，不过制度怎么改都一样，问题都还在。没用。"

"这……我倒没想过。"

"那你怎么觉得？"

"我还是希望能够有些什么行动的。虽然不知道什么方式更好。"

"是吗？"

"上一次地球代表团里不是有个导演吗？他后来写信给我，说他觉得火星的方式能够改变地球的症结，准备努力将这种方式推行。我觉得他那种坚定感很好。不管结果怎么样吧，他的那种理想主义的感觉让人觉得有方向。我也希望自己是按照某种信念去观察，去行动。那会让我觉得很踏实。"

"那你赞成他们的提议了？"

"也不是。"洛盈想了想说，"他们说的都太模糊了。只有一种燃烧的热情，可是到底该做什么，我觉得好像什么都没说呢。"

安卡眼睛望着微小篝火般的裙灯，说："你不觉得很微妙吗？一个地球人想用火星方式拯救地球，一群火星人又想用地球方式拯救火星。"

"嗯。"洛盈点点头，"其实这就是最困惑的地方。这两个世界到底是什么关系？我们从小就听说地球早晚要向火星过渡，说地球一旦知识丰富到一定程度，就一定会自发地要求汇总交流，就像火星上一样。可是地球上似乎正好反过来，说火星只是城市太原始，等到复杂了就一定会变成地球。到底谁是谁的原始阶段，我现在完全迷惑了。"

"我是觉得，这都是理论家的话。无论哪一种。"

"也就是说没有谁好谁坏吗？"

"差不多吧。当初战争这么打了，就这么发展了。没什么好坏之分。"

洛盈也望着轻透如霞光的淡淡灯火，似乎透过黑夜看到幻影，轻声说："这也是我不能很轻易赞同龙格他们的一个重要原因。不管好不好，在历史上，我的爷爷和他的朋友们都是为了这个系统付出了无比的心血的。我不愿意就这样简单地反对他们。"

"我听说过。当时的人们还是很理想化的。"

"是。我读了一些加西亚爷爷的演讲和朗宁爷爷的文章。他们那个时候并没有考虑到把人都统一约束起来，他们只是说数据库是一种对正义和交流的理想。人类的知识是共同的财富，每个人都应该有权利去接近、去选择，就像有权自由和生存一样。还说只有沟通才能保证不同的信念都能生存，不必互相杀戮，而数据库就是最好的对信念自由的保证，让人能真正发表观点，不必被生活收买，对政治的意见也可以确实被大家听到。"

"他们那时可能没有料到，仍然有那么多人虚伪地说话。"

"他们也许能想到，但是仍然有希望。那真的是一种理想主义。"

"嗯。"安卡沉默了一会儿，然后平静地说，"这种理想主义我就没有。"

洛盈看看他面罩后的侧脸，不知道该说什么。安卡的平静让她有一丝意料不到的伤感。

她本想说些劝慰的话，说出来却变成："不知道风还刮不刮。"

安卡看看洞口，站起身，伸手拉洛盈也起身，说："去看看吧。"

他们来到洞口，洞外似乎风已停，狂暴了整个黄昏的风沙已渐渐尘埃落定。夜晚显得很宁静。龙格的大船略微挪动了位置，更靠近岩壁旁的山坳，但仍在视野里。

安卡从洛盈身后环绕着她，他们靠着山壁抬头仰望。月光从一侧照过来，为两个人的身体都勾出银边。头顶的深色夜空繁星如海，群星并不闪动，灿烂恒久。繁盛的景观抹平了身份，除了银河，其他天体结构看不出太大差异。无论是亿万光年外的吸积黑洞，还是近在咫尺的麦哲伦星云，都一样的细微闪亮，看不出暴烈，看不出历史，看不出星的生与死亡。只有丝网一样的密集灿烂，在两个人头顶静静铺陈，冷静却温暖地抚慰着地上内心惶惑的仰望。

"你认识那些星座吗？"洛盈问安卡。

安卡摇摇头。

"那你能找到地球吗？"

安卡又摇摇头。

洛盈遗憾地笑笑："要是泽塔在就好了。"

"估计他来了也不认识。"安卡说，"他学的是宇宙学，据说一颗星星也不认识。"

洛盈忽然很想轻轻地哼起以前唱过的歌。当风波尘埃落定，安稳的渴望便回到身旁。星光和歌声一样，飘忽却让人安定。空气传不了声音，她在心里清唱。

"我挺喜欢古代那些说法的。"安卡忽然说。

"嗯？什么说法？"

"说一个人死了就变成天上的一颗星星。"

"这我也喜欢。过去的那些人，老去死去消失的那些人，我一直觉得他们就是星星。据说银河系里三千亿颗恒星，差不多刚好是活过的人类的数量。"

安卡笑了："这种说法可有麻烦。人越来越多，星星可不变多。"

"但是这样想很有趣。"

"嗯。确实。"安卡点点头，"如果人只是投身到世上，完成一段任务又回到天上，生活会好过得多。"

"是。会好过得多。"

他们看着夜晚的山谷，想起傍晚和米拉说起的未来的旅程，开始不由自主地筹划未来。安卡说他确实期待去看奥林匹斯山，很想知道在那样的高度之下飞行和仰望是什么感觉。洛盈最想去的地方是北部平原上的河道网以及赤道南边的拉维海峡。

"也许我们有一天还可以到别的星星上去，像谷神镇的人一样。"她轻轻地说。

"谷神的近况怎么样？"

"已经平安出了太阳系，一切都顺利。"

"那下一批远航者是不是也快开始甄选了？"

"估计可能性不大。"洛盈摇摇头，"而且下面几批出去的都是资深宇航员和专家，想轮到我们，也许还要十年二十年。"

"那也没关系。有可能就有希望。"

他们开始在话语中酝酿各种方案，念着遥远的名字，就像念着寻常街道。多少公里，多少时间都不太清楚，只是任由言语驰骋飞向没有希望的希望。遥远的天边，陌生的星球一个接着一个亮起来，带着简笔画一样的抽象在他们头顶摇来晃去。

夜的深沉悠荡起洛盈很长时间没有找到的思绪流淌的感觉。在医院养病的那些日子，在她独自一个人在夜晚的天台上读书的日子，她曾很多次沉浸在这种平静如水的力量中，它是一股在暗中潜伏流动的皮肤之下的海潮，曾给她勇气，曾带她寻找方向。

头顶的星光如时间的钻石，突然一瞬间唤醒了她埋在心底的记忆。她无比顺畅地——比自己想象的还要顺畅地——背出一段她当时从书中读到的、那么喜欢的文字：

"谁献身于他的生命时间，献身于他保卫着的家园，活着的人的尊严，那他就是献身于大地并且从大地那里取得播种和养育人的收获。最终，那些推动历史前进的人，也就是在需要时会奋起反对历史的人，这意味着一种无限的紧张和同一位诗人谈到过的紧张的安详。但是，真正的生活是在这撕裂的内部出现的。它就是这种撕裂本身。就是在光的火山上翱翔的精神，是公平的疯狂，是适度的精疲力尽的不妥协。对于我们来说，在这漫长的反叛经历的边缘回响的不是乐观主义的公式——我们的极度不幸使这些公式有何用？——而是勇气和智慧的话语。这些话语靠近大海，是相同的道德。

"在思想的正午，反叛者拒绝神明以承担共同的斗争和命运。我们将选择伊塔克、忠实的土地、勇敢而简朴的思想、清晰的行动以及明晓事理的人的慷慨大度。在光亮中，世界始终是我们最初和最后的爱。"

轻而清楚的声音在耳机里飘荡，如同内心独白，洛盈慢慢地背着，安卡认真地听着。夜色空灵寂静，他们沉默了很久，不愿打破那个时间两个人心里同时升起的朴素的坚决。他们不想说话，所有语言都是多余的。亿万年的山谷和废弃的往昔在他们脚下静静铺展，是他们那一时刻那一瞬间最好最好的依托。

回到洞里，他们用了很久才真正睡着。身体相互依靠，动作相互传导。只要有一个人稍稍动一下，靠着他的人就会情不自禁笑起来，笑意传回去，更加止不住。他们好几次就要睡着又醒了，反反复复折腾了很久，笑得太累了，不知怎么就都睡着了。

晨

安卡起身的时候，洛盈立刻就醒了。她一向睡得很轻，当肩上一下子少了力，神经便立刻清醒起来。

她先是看到远方的山尖亮着，然后看到洞口的轮廓金光闪闪，于是她知道天亮了。她合上眼睛再睁开，再合上再睁开，让自己彻底醒过来。她悄无声息地爬起身，转头看看四周，发觉安卡已经出了山洞，洞内旷达而寂静，洞口边缘的土地被晨光照亮，像一道温暖的墙。洛盈轻轻地站起身来，掀起翅膀一角，也跟着钻出山洞。

安卡站在洞口右侧面，单手揉着腰，默然地看着远山。天色仍不十分明朗，他的侧影修长，半身隐于暗中，半身对着日出的方向，面罩反出微弱的光。

他看到洛盈，轻快地笑笑，悄声说："外面冷，出来瞎跑什么。"

他没有赶洛盈回去，而是伸开手臂，洛盈站过去，他从背后环抱住她。

"你在看日出吗？"洛盈问。

安卡点头说："嗯。我好几年没看过了。"

洛盈轻轻地叹了口气："我从来就没见过真正的日出，在地球上去过大海，但刚好遇到云。"

白昼的气息一点一点降临。天空仍是一成不变的苍黑，但目光及处，可以看到光芒一丝一丝繁盛起来。太阳一丝一丝爬升出了山峦，但仍然藏在一个山尖背后，见得到明亮，却望不到真正的光源。山谷褪去一切夜的伪装，沟壑延展，尘埃裸露，像一个蜷缩沉睡的孩子，忘却了前日里的所有暴戾。清早的风亦是宁静的，洛盈看到腰带上的丝质细边微微扬起，却感觉不到风吹身体的触动。光开始华丽，金色与黑色随山岭起伏交替，大片山谷都恢复了平日里的黄褐色，光影的锐利边缘画出一条又一条丰满流畅的曲线，勾勒出从天到地磅礴倾泻如高山大河般的繁复线条。

"你看。"洛盈忽然指向山岭。

"什么？"安卡顺着她指尖的方向。

"山岭。阴影边缘，是有形状的。"

"你是说……"

"这是人工雕凿过的。"

"怎么会？"安卡边说边紧紧盯着，"不过确实是……"

在他们所面向的南面和西面的整个山谷沟壑此时在初升的太阳的照射下，呈现出一棵奇异的巨大的树的图案，由天向地的倒立的大树，高山上的瀑布般的坑道是粗壮的树干，低处逐渐四散分岔的千沟万壑是繁茂的树枝，地势浑然天成，但每一处连接和边角都有人修饰与雕琢的痕迹，去除了粗糙的不连贯，让整座山成为一幅完整画面。清早的阳光里，每一个洞口都黝黑浑圆，镶嵌在错落的枝条间，俨然是秋日硕果累累的丰收。那些枝条间的洞口也明显经过了打磨，比周边不相干的边缘粗糙不一的山洞平滑很多，大小也一致，远远看过去，真的很像一枚又一枚饱满的果实。金黄而辽阔的峻岭，黑色的巨树与枝条，在广袤无人的天空下，有一种沉静却震撼人心的冲击力量。洛盈和安卡看得呆了。

光芒一寸一寸移动，他们谁都没有说话，目光跟着阴影前行，随着太阳渐渐升高，看阴影逐渐向山坳里下沉，树的形状在视野中一点一点消失，从树根到树梢。最后的片刻，洛盈忽然指着山脚惊叫起来。

"那是……一个 H 和一个 S！是爷爷的笔迹。"

"你是说，这些是你爷爷……"

"是，一定是。"

"如果是这样，就可以解释了。是他开飞机过来的，从空中雕的。"

"你还记得那只苹果吗？"

"嗯。"安卡点点头，"所以，这是纪念？"

"也许。"洛盈心里弥漫起一阵激动，"不过我忽然想起另一种意义。"

"什么意义？"

"我们昨晚不是说过火星与地球吗？"洛盈说，"我在想，也许一个世界与另一个世界都是苹果，也许谁和谁都不是先后关系，也许只是一根根枝条，从同一树干出发。"

"因此世界就是苹果。"安卡说。

他们站着，站了很久，直到太阳升得很高了，明亮的清晨彻底降临。阳光穿过尘埃，洒满山岗，消失的轮廓在他们头脑里流连。

洛盈头脑中忽然又回旋起一些埋在心里的词句。她也不知道这两天为何记忆力如此好，仿佛那些词句她从读到的第一刻起就已经埋藏了下来，只等这一天破土而出，长成大树。在这样的夜晚和清晨，它们就像悲伤的眼睛里分泌的泪水，自然而毫无阻塞地流淌出来。她轻轻开口，低声背诵。

"一个共同的遥远的目标把我们和我们的兄弟联结起来，我们就是这样生活。生命教导我们，爱并非存在于相互的凝视，而是两个人共同展望一个方向。只有连续在同一根登山绳索上，朝着同一个峰顶攀缘并去那儿会合的人才称得上是志同道合。"

安卡看着她，眼睛里露出一丝微笑，眼中的表情却很安静："这还是昨晚上你念的那本书吗？"

"不是。"洛盈摇摇头，"这是《风沙星辰》。"

"风沙星辰？"安卡重复道。

"嗯。风，沙，星辰。"

天大亮之后，他们两个将用过的蓄电器重新连接到翅膀上，翅膀平铺着展开在洞口，迎向太阳，贮存新一天的能量。

安卡将远程通信打开没有多久，就听到龙格的声音，问他们听到没有，睡醒了没有。洛盈探头向谷底望去。破矿船正慢吞吞地朝他们驶过来，摇摇摆摆，不慌不忙，带着一如既往的天塌下来也不担忧的神气，一点点驶离夜里停留的山坳，开到他们脚下。

米拉的声音抢先响在耳机里："你们晚上冻死没有呀？没吃没喝吧？我们晚上可是开宴会了，做了一个南瓜蛋糕，冰箱里还有吉奥酒，听着音乐，打了半夜牌。唉，金斯利，咱们还干了什么来着？……"

"美死你，"安卡也不生气，"小心鼻子长得把天窗顶破了。"

龙格仔细问安卡手头的设备状况。待到大船开到山洞正下方，他们看到海龟壳一样的舱顶打开了一个小门，龙格的脑袋像小豆子一样露了出来，额头光亮，向他们摇晃着一块不知道哪里来的小旗子，指着船舱后部伸出的长杆。

"能看见那网子吗？"

"能。"

"你们能自己飞下来吗？"

"够呛。"

"那你们能跳到那个网子里吗？"

安卡目测了一下距离和网兜直径："太小了，也太远了。"

"那你打算怎么办？"

"等一会儿我扔下一个蓄电器。你接着点。"

"行。没问题。"

"你悠着点，"安卡向龙格笑道，"不行就让索林控制。"

"又不信我了是吧？"龙格又咧开嘴大笑了。

安卡开始忙碌，洛盈看着他，不知道自己能帮上什么忙。前一晚，她并未担忧这一天的启程。但真正要出发的时候，她才发现事情并不像她想象的那样简单。昨天他们起飞时有脚下喷出的压缩冷气，但今天气体都差不多用光了，而他们也不能滑翔起飞，山洞位置不够高，又不够长，助跑速度无法达到。

洛盈惊讶地发现，安卡在拆掉一双翅膀。薄膜被小心翼翼地从导线翅脉上撕了下来，柔软坚韧的导线却不扯断，而是精心谨慎地拧成一根长长的绳子，在地上弯弯曲曲盘成厚厚的一团。然后他将一只蓄电器连接在绳子一端，像海船上的水手将绳子末端迎风抛出。矿船尾端伸出一只厚棉网做的装石头的网兜，左右摆动着，稳稳地将蓄电器接进船舱。

然后安卡把绳子中部绕到了自己腰上，和腰带连在一起，接着，当洛盈正不明所以，他又走到她身边，隔上十米把绳子系到洛盈腰上，稳稳地扣上打了结，然后在两个人背上各连上一对翅膀。昨晚他们拆了一对翅膀做暖棚，今天早上又拆了一对拧成绳子，因此两个人的四对翅总共只剩下两对。

"一会儿你看着我，"安卡向洛盈解说道，"像我那样跳下去就行。"

然后，他站在洞口的小块空地上，朝龙格挥了挥手，龙格会意地做了个明白的手势。地上的矿船末端升起一根坚韧的旗杆，绳子的一端固定在杆上，矿船开始缓缓开动。

这时，安卡开始轻巧地助跑，跃出平台，跟随着矿船的方向，向斜前方坠落。他经过洛盈身旁时，笑着说了一句："你刚才说，连在同一根绳索上的人是怎么样？"

十米的长度几乎瞬间经过，洛盈还来不及惊呼，就下意识地跟着跳了出去。跃入空气的那一瞬间，她的头脑一片空白。她向下坠落，同时向前滑行，谷口两侧的峭壁像巨浪似的扑面而来，她飞速坠落，大地越来越近。她估计不出距离，也不敢乱动，觉得自己就要死了，地面就在眼前。然而下坠很快变缓了，风鼓起背上的翅膀，像有一只隐匿的手在空中托住他们的身体。洛盈的心平缓下来，慢慢适应了，觉得不是那么可怕了。她低下头，看到旗杆上延伸出的那条长长的线，拉成风筝的细绳，斜斜伸入天空。她成了一只风筝。

洛盈伸展了手脚，不再担忧，跟随着腰上的牵引，让自己在山谷中飞驰。细线跟着矿船，上下起落，在岩壁的夹道欢送中悠荡着离开。谷道不深，倏然即逝。山谷的纹理还没看清，金黄色的V形谷口便冲到眼前。

"今天带你们走这边，"龙格兴奋地说，"这是昨天我们躲船的时候发现的路。"

他说着，船已经穿过谷道，转入一片他们前一日并未经过的开阔之地。之后又是一条谷道，说不清行驶了多远，船突然转过一个方向，经过一个急弯，安卡和洛盈擦着山岩飞了过去。

"你不会小心点吗？"安卡喊起来。

"你知道刚才那是哪儿吗？"龙格没有理会安卡的指责，大声说，"我们在那里看到一块石碑，写着安其拉峭壁。"

"天哪！"洛盈迎着风，艰难地惊呼道，"就是这里吗？"

"是，"龙格说，"这就是你要找的地方！"

洛盈在空中回过头，远远地注视这个她只来得及扫一眼的地方，她爷爷出生的地方。那是一个山谷，谷里有一块巨大的石碑。她瞬间经过，它在她身后很远了，看不清细节，远望过去和每一处峡谷与峭壁没有区别。它在那里伫立着，如亘古流传下来的姿态一样伫立着，赤红陡峭，不记得新生，不记得死去，不记得由此而起的战争，也不记得人类献上的敬意。她不断想回头看，却渐渐看不见了。它就在那远方，离她渐行渐远。

她终于见过了安其拉山谷。

接着，龙格的声音又指向另一片区域。

"你们一会儿注意看右边。"他提前预报道。

安其拉峡谷被彻底甩在身后，他们恍然闯入一片空场。

这也是一片谷地，只是比昨天的盆地更为宽广平坦。这片谷地与昨日的荒原如天壤之别，一座精致、崭新、面孔森严的金属环形建筑坐落在中央，如蜘蛛匍匐，脚紧紧扎入土壤，钢铁外观由白与银灰构成，四周由一片形貌各异的飞行器环绕，建筑与飞行器身上都有火焰纹章。

"安卡，"洛盈惊呼起来，"这是……"

安卡出奇地沉默。

"你们看得出这是什么地方吗？"龙格仍然兴奋地问着，"反正我们都猜不出来。从没听说在这儿还有这种地方。一定是个神秘之所，我们回去可以好好地探听一下。"

安卡仍然一语不发。

"你们有什么想法吗？"龙格仍然在问。

"没……没有。"洛盈替安卡回答，心里渐渐发沉。

矿船仍然迅猛地行驶，没有给人担忧的时间。洛盈还在思量，新的预警又传来了。

"到平原了，要小心。"

索林的提醒刚说到一半，他们的视野便瞬间扩大至无穷。

洛盈只觉得腰上一阵托举，人被推向斜侧面。速度突然变快了，方向也突然变乱了，飞扬的绳子拉得更紧了，洛盈在风中扬起远眺的眼睛。

天幕悬垂，四野无边，金色大地和天空一样辽阔。晨昏分界的长线尖锐地延伸到星球尽头，黄沙在天与地的交界腾起滚滚烟尘。远方的城市能看到了，一点点接近，阳光普照下无数圆形透明穹顶闪着光，在荒原上宛若燃烧的云，泛着光在黄沙的海洋上璀璨发亮。蓝色的隧道车线条蔓延缠绕，边缘模糊，像要飘到天上。

在那一刻，城市成为沙漠里的一口井，环绕着绿色的希望，吸引所有目光。洛盈忽然开始懂得火星人探险的动力了。她从小就看着身边许多兄长和叔伯一次次远行，他们斗志昂扬地冲进矿石堆，他们跑到木星去，他们操纵飞船在真空里做出花哨的动作，都不仅仅是为了生存。他们的出发都是因为身后有这座城，这座透明的轻城。它是温暖，是明亮，是安全。它在沙漠里蕴蓄着阳光的力量，在干涸里蕴蓄希望。只要他们透过漫漫风沙隐约看到它的边角，就有勇气继续飞行。只要坐在寒冷荒芜的沙地里看着遥远的它，他们就仍能坚持战斗。洛盈不知道爸爸妈妈遇难之前是否看到了它最后一眼，她想，如果看到了，那么痛苦也会少几分吧。

这是洛盈第二次和安卡在广袤的大地上翻飞起舞。上一次是面对火红的夕阳，俯瞰着城垣般的云，而这一次是在苍黑的天穹下，遥望着云朵一样的城。洛盈觉得自己也变成了云朵，不需要操控，不需要猛力，只是飘来飘去，忽左忽右，跟着风飞向遥远的地平线。

狂沙飞舞，洛盈心里一片空旷，翅膀在风里迎风飞扬。

火星没有云。黄沙腾起滚滚烟尘。议事大厅里聚集的人们焦急地望向远方。

大厅是矩形加半圆形的平面构造，地面玻璃有大理石花纹。矩形的两边各立着四根雕花立柱，立柱高耸，按希腊神庙的石柱塑造，立柱之间伫立着巨大的铜像，铜像背后悬挂着战旗。半圆形小厅安放着金色的讲台，讲台上雕刻着圆形火星徽，下面用七十五种语言写着"火星，我的家"。

讲台背后的圆弧墙体是巨大的屏幕，此时，屏幕中显示着阳光下的沙地，四艘体形庞大的舰船庄严列队，严阵以待，银白色外壳反射着点点光芒，正在做启航前的最后准备。天边翻腾着云霞般的黄沙。

汉斯站在讲台上，用沉静的语声镇定台下人群的紧张。人群的低声交谈一刻不曾停止，时而涌动如压抑的海水，时而翻腾如躁动的浪花，鞋跟来来回回敲击地面，清脆的声音像密集的鼓点。

聚集的人们沉溺于焦虑，以至于对屏幕上的画面失去了敏感。当天边的黄云翻滚着越来越近，没有几个人及时意识到这意味着什么。脆弱的母亲们聚在一起，用小手帕擦眼睛，父亲们一遍一遍上前与汉斯对峙，敦促更全力有效的大面积搜索。

一直等到灰褐色的矿船近到咫尺，孩子们飞舞的身影已经清晰可辨，大厅里的父母们才渐渐明白过来，呼啦啦地聚集到屏幕前。

大厅里出奇地寂静。一种不安的沉默笼罩在空中，没有人想打破。人们渐渐张大了嘴。

这种寂静一直延续到孩子们雀跃地闯入。他们的笑声一路由外到内，在大厅里回响，分外清晰尖锐。

"……你刚才是怎么开的？喝醉了吧？"

"你有没有大脑？风横着吹，我要不是那样开你们不就掉下来了吗！"

他们进来的时候大步流星，眉眼兴奋得像要飞到天上，一边走一边摘下头盔面罩，使劲甩动头发，如同一阵风带来一阵晴朗。然而他们很快看到了厅内的父母，声音立刻降低了，脚步迅速变得小而谨慎，搭持的臂膀松开来，身形也不由自主地立正了。

厅内的肃穆如同一道不动声色的墙，温柔地卸去所有风的武装。他们停下来，站在大厅中央，面面相觑，谁也不再说话。大人们围站在两边，有的母亲急着上前，却被更沉得住气的父亲拉住手臂。厅内凝固着透明的僵持。

这时，汉斯站在讲台上清了清嗓子，用钝刀般的声音划开空气里的不安。他目光沉静，直挺的鼻子也如一把刀，压住发丝和皱纹带出的疲倦。

"首先，我们很高兴你们每一个人都能平安回来，"他郑重其事地对孩子们说，"你们的才华和勇气已经在这次出行中得到了充分的验证。但是，我也想请你们注意你们的行为对其他人的影响，这次完全没有通报过的不够负责任的旅行让你们的父母和老师非常担心。"

汉斯特意停下来一小会儿，看着他们，又看看他们的父母。厅里鸦雀无声，他注意到很多人的手指都轻轻捏紧。

"从一个聪明的少年成长为成熟的成年人，最重要的事情就是要学会为自己的行为负责。"汉斯继续说，"这一次的行为触犯城市安全法令，不正规私自出城，盗用许可证，造成当事人人身和国度安全的巨大威胁，如果不是及时返回，则后果不堪设想。这样的任性妄为即使是少年学生也应给予处罚，作为对未来理性公民的必要教育，一定程度的处罚是理所应当的。

"但是鉴于参与此事的所有少年都来自地球留学考察团，而留学过程中的一些事件尚未得到妥善说明，导致少年心理有了较大不平衡，因此我宣布：对少年人只处以隔离一个月接受指导教育，免去其他应有责难的处理。

"同时，我希望借助这个机会，刚好对一些历史事件做出说明。在两年前的地球火星交易中，水星团的学生的确在不知情的情况下被当作了谈判的人质。这是我们的过错，在此我向所有成员致以最谦卑的道歉。"

汉斯说完，在台上向所有孩子鞠了一躬。所有台下的人都目瞪口呆，包括大人和孩子。在之前，水星团设想过这件事的各种可能结果和对抗，但没有想到这一幕。

"可是我希望你们相信，留学本身不是一笔政治押金。我希望你们能相信。"

汉斯看到孩子们开始窃窃私语，正如他所预料的，质疑蔓延开来。他当作没有看到，继续平静地说："在这次事件中，相关的成年督导必须负起相应责任，接受处罚。首先惩罚的是阿鲁区出境口值班员沃伦·桑吉斯。他由于工作懈怠，未能履行自己的职责，造成不应出境的人员出境，因此从即日起，责其转至矿船贮藏中心，进行全职维护修理工作，期限待定。

"第二位需要接受处罚的是萨利罗区第一医院的瑞尼医生。他协助少年掌握了历史、仿生学、生物传感的关键信息，并且知道少年的计划，却未能起到良好的指导、监督、劝阻作用，属于严重失职。本应从重处罚，但鉴于最后并未出现重大事故，所以减轻处理。我宣布处理决定：责令瑞尼医生离开现在的实验室，调到档案馆，辅助管理员看管历史档案，未经批准不得再担任科研和教学职务。即日起开始实施。"

汉斯说完，环视人群，目光在洛盈惊愕的脸上停留了一会儿。然后，他从大厅侧门迈步离开，没有再回来，将少年爆发的骚动和家长的关心、责骂全部隔绝在身后。

作为结束的开始

洛盈最后一次来到医院的天顶，是瑞尼正式离开的那天早上。瑞尼的大部分个人物品都已经搬走了，只是最后到医院收拾一下零碎的小物件。

洛盈一直跟在他身后，走过来又走过去，像前两天一样，总想说点什么，却总说不出什么。瑞尼把一些他不用了的小标本给了她，她拿在手里，呆呆地站着。

"瑞尼医生，"她高声开口，但当他转过身来，她的声音又一点一点细弱下去，"没……没什么……"

最后，还是瑞尼主动打破僵局。他微微笑着对洛盈说："关于调动的事……"

"对不起，对不起，对不起……"洛盈不住地鞠躬，长发在白净的脖子两侧一上一下地甩动。

"其实真的没事。"瑞尼稍稍提高了声音，盖过洛盈的道歉，"这次你爷爷又是让我自己挑的地方。我没有什么不满意的。"

"爷爷说我们离开当天他给您打电话了是吗？"

"是。"

"爷爷问您什么了？"

"他问我知不知道这件事。"

"那您说什么？"

"我说我知道。"

"可是我没有告诉过您啊，"洛盈急道，"您为什么要这样替我们顶罪呢？"

瑞尼平静地笑笑："可是我知道。"

洛盈忽然怔住。她呆呆地看着瑞尼，瑞尼仍然面色淡静平和。

这一天，瑞尼带着洛盈最后一次走上天台。天色还早，天台空无一人。朝阳洒满光洁的地面。流水潺潺，不为人事所动。

洛盈站在墙边，望着远方的峭壁。那一抹狭长的火红在这一刻显得非常不同。洛盈知道，在峭壁后的某个地方，一个叫作林达·塞伊斯的普普通通的陨石坑正在安静沉睡着。它隐藏在群山之中，已经平凡地睡了千万年。风来风去，它在风里获得形状。它目睹过风夷平山丘，水散逸到太空，火山熔岩凝固成冰冻的石块。它原本和其他数千个陨石坑一样，沉默而黯淡，但在这一刻却变成洛盈心里的一只眼睛，镶嵌在千山万岭中，目光明亮，遥望星空。因为它的存在，群山被点亮了。

"瑞尼医生，我还有最后一个问题。"洛盈仰起头，看着瑞尼宽阔的额头，轻轻地问，"为什么有的人离得很近，却并不亲切，有的人并不常在一起，却仿佛很近？"

瑞尼推了推眼镜，微笑着看了看她，又指着远方的天空说："你在那边见过云吗？"

洛盈点点头："第二天清晨见到了一丝。"

瑞尼说："是的，火星上只有一丝。不过那一丝就是解释。"

"什么意思？"

"云其实是流体，小水滴在空气中隔绝得非常遥远，各自自由行走，但是由于它们之间有着相同的尺度，因而能散射同样的光。因而它们之间有光，看上去就像一个整体。"

原来如此。洛盈想。是的，相同尺度，之间有光。原来如此。

她已经发现他们真正的共同在哪里。回家的三天，她一直在想，为什么他们觉得自然的事情其他很多人并不认同。她回想起黑暗的舞台，大船上的争论，寒夜里的山洞，橘色暖棚，飘荡在空中的明亮笑声，她似乎能看到那样一种寻找和不妥协在每个人头顶升腾。洛盈明白，这是成长的烙印。在那些复杂得超过想象的世界里游走，这是他们唯一坚实的支撑。那一段混乱的共同度过的时光，就是他们相互认同的全部来源，是坚固的背景，是事实，不需要任何其他假设。

洛盈默默地放下心来。她找到了她想找的方式，不必固定不变，不必舍弃自由，但也不用担心远离，不会没有温暖。他们已经有了相同的尺度，有了光。

她曾经清楚地看见自己，因而可以告别自己。现在她又清楚地看见了伙伴，也因此可以安心地告别伙伴。她不再害怕远行的孤独，因为他们是云，有光就是一体。他们是一棵树上生成的种子，风吹向四面八方，却流淌着同样的脉络。

晨光明媚，万籁俱寂，整个城市在苏醒。洛盈和瑞尼站在阔大的玻璃前，迎着朝阳，站成两个黑色的暗影。

洛盈看着瑞尼的侧脸，猜想他对她的想法究竟了解多少。有的时候，她觉得他只是陈述最简单的事实，但也有的时候，她觉得他一直知道她想问的是什么。

瑞尼今天穿了便装，一件浅绿色条纹的白衬衫，一件灰色棉布夹克，双手插在口袋中，安稳地站着。他默默地看着远方，线条严谨的嘴不露太多表情。和第一次到这里来时一样，瑞尼给洛盈的感觉仍然是像一棵树，动作很少，却始终保护在头顶，就连他的声音也像是一棵树，笔直而温和。

清早的宁静曾一度被打破。一个精神病人冲进来，猛力敲打墙壁，一群医生和看护随后赶到，拥进天台，熙熙攘攘地将那个人推搡出去。有人呵斥，有人柔声安抚。整个过程迅速而喧闹，如同一阵大风，吹来冲突又吹走故事，空寂留下来，愈加空寂。

离开之前，洛盈期待地抬头问瑞尼："瑞尼医生，以后我还能去找你吗？"

"以后我就不是医生了，"瑞尼和气地笑笑，"处罚规定上说，我不能再教学。不过似乎没有禁止访问，你想来就随便来吧。"

洛盈笑了。

她茫然地看着窗外，清楚她的一部分生活结束了，另一部分生活刚刚开始。她不知道未来会怎样。她看着窗外，辽阔的土地一片寂然。

风之翼

引子

流亡总是在回家的一刻成为真相。

在洛盈离家的一千八百个日夜中，她从来没有发觉自己已被家园流放。家园在她心中是一种想象，她只想到它的温暖，它的记忆，它的宽大的胸怀，可是她从来没有想过它的形状。想象按照她的心情取舍，就像气体围绕在她身旁，气体和人没有冲突，她和家园也没有裂隙，她和它之间的距离，仿佛只是物理距离。

在她离家之前，家园没有自己的形状，它是比她大得多的存在，她在其中，天上地下都是它，她看不到它的边际，也看不到它的界限。在她远离家的时候，家园也没有自己的形状，它在遥远的天尽头，与异乡的天空相比，它是太小的存在，只在天空闪耀一点，没有细节，也没有轮廓。这些时刻的家园都是面色温润的家园，无论太大还是太小，都没有棱角峥嵘的地方，没有与人皮肉相擦、擦出白色骨头的时刻。她总可以浸入家园，不管是全身浸入，还是全心浸入。

可是所有的错差都在离家久远后回家的那一刻暴露出来。那一刻，裂隙变成真实存在，看得见，摸得着，清楚得就像一个人与另一个人的距离。她就像一块拼图，从家园的版图上跌落，以为游走一圈还能拼回原处，但归家的时刻才发现版图上已无自己的空隙。她的形状和她曾经留下的空缺不相吻合，不能嵌入。她只在那一刻才真正失去了家园。

洛盈和伙伴们注定无法归家，他们乘坐的船在两个世界之间的拉格朗日点上永恒振荡。永恒振荡，就是不能皈依。他们的命运，因此成为流浪苍穹。

路迪

咖啡时间到了，议事厅的门打开，路迪第一个走出来。他大踏步走到墙边，接了一杯冰水，大口灌了下去。

议事厅真是太小了，他想，又挤又憋闷，当年也不知道是怎么建的，自然采光和换气都一塌糊涂，座椅也僵得跟死人一样，坐上一早晨，不发疯才怪。这房子少说也用了三十五年了吧，这么老的房子还不重建，真是无法理解。说什么纪念意义，根本就是一成不变的官僚主义。想纪念还不容易，留着展览就行了，何苦一直要用呢？根本是个托词，他们就是拒绝改变。看看这周围，什么都是用了好多年的，老房子、老式饮水机、老掉牙的播放设备，到处都飘浮着老气味。

他觉得这一招倒是挺管用，这么多人挤在一个昏厅里，本来就脑袋发闷，再用这些气味来感染，不跟着老人们的思路才怪呢。这帮大叔大婶，办事永远是一个样，犹犹豫豫，婆婆妈妈。都到这种节骨眼了，天时地利都有了，还有什么好犹豫的呢？这样保守、拒绝改变，根本哪里也去不了。还想什么探索宇宙的深度，简直连门都没有。我刚才怎么没有更直率一点呢，态度还是太温和了，早就应该硬朗些。

一杯冰水下肚，一股清爽的沁凉沿着周身游走，路迪站直了身子，长出了一口气，耳朵尖的热度退去了些。

议员们陆陆续续从厅里走出来，结伴来到长桌旁，取用餐点和咖啡，三三两两站在一起谈话。对议员来说，咖啡时间往往比议事时间还重要，这是真正交流的时间，所有的组合、所有的相互支持都是在这样的时间开始萌芽的试探。理查森议员和查克拉议员经过路迪身旁，没有朝他看，低声交谈着朝休息厅的另一端走去。暗金色的地面纹理像一条地毯，静静铺陈到休息厅暗色大门之内，两个人的身影很快消失，看不清举动。

看着他们的背影，路迪低头寻思，刚才在议事厅里，自己是不是显得太傲慢了呢? 当时理查森议员对他说话, 他却把头扭到一边, 假装去听苏珊议员, 是不是太明显了呢? 不知道理查森议员有没有注意到, 会不会很介意。其实他当时只是下意识的动作, 并非真想挑衅, 但现在回想起来, 不敬的成分还是很明显。他不喜欢理查森议员的话, 他是最顽固的河派, 从情感到理智都不相信人能胜天。路迪的热情和激进曾被他嗤之以鼻, 这让路迪颇为耿耿于怀。

一会儿弥补一下吧, 他想, 毕竟是前辈, 公开场合这样不敬并不恰当。他倒不是怕理查森议员记恨, 而是不喜欢自己的不沉着。一个人的记恨永远只是一个人, 但自己的不沉着却会得罪很多人。微笑作战是种境界, 他跟自己重复这句话。

路迪又喝了一杯水, 身体觉得舒畅了许多, 躁动的情绪也平稳了许多。

这时候, 弗朗兹议员走到他身旁, 点头朝他微微笑笑。弗朗兹议员是个秃头胖子, 四十几岁, 天生一副老好人的面相, 但路迪知道他很尖锐。他始终没有表明他的立场, 在整个辩论中一直属于双方都要争取的中间派人士。路迪有一丝微微的紧张。

"刚才的讨论觉得怎么样? "弗朗兹笑着问他。

"这个嘛……"路迪回忆了一下刚才的僵持, 谨慎地回答, "我觉得取决于怎么说了。往好处说, 就是双方都很明白对方的观点, 基本不存在误解。但往坏处说呢, 就是其实大家早就互相明白了, 一直很明白。"

弗朗兹哈哈地干笑了两声, 问他: "你来议事院多长时间了? "

"两年半了。"

弗朗兹点点头说: "刚才我听你的新议案了, 很有意思。"

路迪的心跳加快了, 但语声尽量保持着平稳: "谢谢, 承蒙指教。"

"你现在有时间吗? 我还有几个小问题。"弗朗兹问。

"当然, 没问题。"路迪说, "非常荣幸。"

弗朗兹迅速收敛了和悦颜色, 单刀直入地问: "你刚才说, 按你的方案可以方便升降, 是这样吧? "

"是。山地居住的一个很大不便就是上下交通。"

"你提出的方案是磁性隧道车？"

"不是隧道车，只是磁性滑车。"

"这和之前的方案有什么不一样的地方？"

"不用建隧道。这是最大的不一样。就像房屋可以试图各自独立一样，滑车也可以不依赖隧道，独立行驶。这在路线控制上方便很多，也省却很多建造成本。"

"但是，如果我没理解错，你的方案要求地面磁场，是不是？这难道不需要建造成本吗？"

"是需要，但这点恰好可以满足。我考察过，火星的山岩磁场相当强，如果采掘后以电路加以规范化，可以提供很好的交通地面材料。为什么会有这样的磁场尚不明确，可能和当初的形成机制有关，而我之所以赞成山谷方案，一个重要原因也是可以利用当地原材料，大大节省开支。"

"可是这和电梯相比又如何呢？谁都知道，直上直下是最省力的交通。"

"但那先得打穿山体。要打直上直下几百米，而且不止打一条，要打很多条电梯井才行。"

路迪说着微微笑了笑，欠了欠身，带弗朗兹来到一个登录终端前，进入自己的操作目录，调出几张线条画。画面是手绘的，从各个角度绘制出高大山岩，斜斜的山壁上，从上至下排列着一长串洞口，每个洞口都按照现在的房屋样式安装了墙面门窗，看上去就像是将城市直立起来嵌进山里。在洞口与洞口之间，房屋与房屋之间，一条条镶轨道的公路纵横阡陌，从山脚延伸至山脊，一辆辆假想的半球形车厢在小路上悬停或滑动，如同贴在山壁上的一粒粒扣子。

这是山派方案的改良和细化。山派方案简单而直接：在赤道附近选一个大的陨石坑，启用废弃多年的战前洞屋，坑底成湖，岩壁居住，水聚拢在山谷，水汽上升而降雨，植被繁衍，生态圈形成。路迪的草案将整个场景绘制得更加丰富，画面十分动人，尤其是每座房子的四周都画上了高矮不均的树木，小车厢沿着磁场控制在树底随意穿梭，更给场景平添了几许动人的勃勃生气。

路迪说着，注意观察弗朗兹。弗朗兹的脸上看不出表情。路迪觉得这就是好信号。弗朗兹是少数几个让路迪佩服的人，他的时政文章发表得很多，虽然年轻，但说话已经相当有分量。在议事院，路迪只是普通的议事代表，说话机会很少，工作也一直很琐碎，但他早就对上上下下的一百六十多位议员了解得清清楚楚。他知道如果赢得一个像弗朗兹这样的人物的支持，将会对整个方案的推动有多么大的帮助。

弗朗兹没有说话，低头将屏幕上的计划书向下翻了两页。

路迪看着他，各种情绪在心中旋转。他非常清楚，方案进行到这个阶段，相互比较的就不再是哲学思想和理念，而是一些实际问题，比如电力如何配给，供货如何运输，社区规划是否可行，以及必不可少的每一步的预算。技术层面的问题与资源效率比任何价值原则都更有说服力，当每一方都试图论述自己的方案是为了最多人的最大利益，只有计算能够说话。路迪非常明白，他需要抓住机会，如果他的技术能给某一方案提供帮助，就等于这种方案给他自己提供了帮助。

他静静地站着，注视着弗朗兹，心里暗自翻涌。他会赞成吗，会不会带着信任他的人站到自己这一边呢？

这是一个合纵连横的过程，谁取得同盟，谁就取得胜势。议事院中，强烈的保守派和强烈的激进派都属于少数，有相当大一批仍介于中间，前后犹豫。仅从目前的人数看，支持留城的保守派占据优势，但中间人士有不少似乎更倾向于激进的迁移。激进派赌的就是他们的态度。路迪在山派只是小兵，然而他从头到脚都是激进的。他看着弗朗兹，弗朗兹看着屏幕。弗朗兹看得越久，路迪就越对前景产生信心。

等待很忐忑，但不是无限漫长。

弗朗兹浏览了路迪的整个计划书之后，缓慢地抬起头，问："你能不能带我去看看你们的模拟实验？"

"现在吗？"路迪有点讶异，但心中狂喜，"当然可以。随时都行。"

傍晚，路迪回到家，径直来到爷爷的书房。

汉斯一个人站在窗前，低头查看一本厚重的资料。在他身后，密集的书架探出一列，硬皮镶金边的厚书整齐地码放着，像一面顶天立地的碑。路迪没敢发出太大声音，他知道爷爷读书的时候最不喜欢被人打扰。而且他从小就知道，那些书本身就意味着肃静，它们是这房子真正的守护人。它们是话语，是高渺的理想，是准则，是爷爷对人的判断。火星的纸最昂贵，只有极少的书能被印刷，也只有极少的人能保有这么多凝结的文字。路迪知道自己可以骄傲，但必须尊重它们。

汉斯听到路迪进来，转过身，将手中的书放下。

路迪没有走近，只是站在门口轻声说："爷爷，我回来了。"

汉斯点点头，问他："下午的后半段，你提前离开了吧？"

路迪承认："对，我带弗朗兹议员去看模拟实验了。"

汉斯没有责备的意思，但也没有赞许，平静地问："他怎么说？"

"他很感兴趣，"路迪说，"我的方案他认为可行。除了可以减少隧道建设的成本，还可以更完备地利用能源，磁化道路可以直接利用山壁上布置的太阳能电池板，将来还可以利用高山流水的势能。而且……"

"我知道。你们的方案我了解。"汉斯轻轻地打断他，又加了一句，"你动作很快。"

路迪顿时止住了。他看着爷爷，想从汉斯的表情看出他是否富含深意。但是汉斯的脸色很平淡，几乎没有任何情绪的流露。路迪沉默了片刻，屋子里好一会儿没有声音，显得有一丝尴尬。

前一天晚上，汉斯告诉路迪，这一次还是采用议事院投票。谷神的决策和地球交易都是由议事院投的票，这一次仍然延续这个传统。汉斯说这次只是投工程方案，从意义与可行性方面做出抉择，对未来生活方式暂不作任何规定，但路迪知道，工程方案就将决定以后所有的生活方式。他当时没有质疑，但是从那一刻就开始酝酿相应的最佳决策。汉斯说他动作快，实际上是他思维很快。

"爷爷，"默默面对了好一会儿，路迪觉得这沉默有些不舒服，想要打破这寂静，"恕我直言，您是不是不想迁移？"

汉斯没有回答，而是反问他："为什么这么问？"

"因为您知道，如果进行全民公投，很多年轻人会希望迁徙，要一个大的历史机会让自己崭露头角，而议事院以上了年岁功成名就的人为主，他们自然会倾向于保留现有局面，以有利于自己的地位。让议事院投票就是有利于驻留，不是吗？"

汉斯又没有直面回答，仍然反问他："这是你自己的抉择理由吗？"

路迪微微窘迫了一下。"是。"他点头承认道，"这也没什么不好意思承认的，我觉得大部分人都是为了这个。"

"是，"汉斯轻轻点了点头，"但我想这不影响最后的结局。"

"不影响吗？我觉得会影响。"

"你今天看到了，即便是议事院投票，你们也还是有很大机会获胜。"

路迪又一次观察汉斯的表情，想看出是否有那么一丝讥讽或者感伤，可是他什么都没有看到。汉斯看着他就像看着一本书，有关注也有观察，只是没有内心情绪的流露。不知为什么，路迪对爷爷有了一丝胆怯，他觉得自己计划的所有步骤爷爷都看得清楚，但爷爷的意愿他却看不清楚。他建议爷爷延长讨论时间，汉斯没有表态，只说知道了，会仔细考虑。

路迪退出房间，一个人伫立在走廊。他不知道爷爷是不是也会焦灼，他能察觉自己的焦灼。即使在心里，他也有点回避自己热衷迁徙的真正理由。他已经计划了很多未来的场面，无论哪一个都有自己站在山岭上指挥建设的场景。他几乎已经无法接受它们不能化为现实。可是无论是表面还是内心，他都为这种个人的野心膨胀感到羞愧。小时候他以为自己会一心为公，以为自己会纯粹客观地评论天下事。今天是他第一次坦诚自己，坦诚自己的欲望。他不知道这是因为下午的初战告捷，还是因为爷爷话里平静的力量。

他心绪纷杂地站着。走廊的另一端，传出两个女孩子甜美的声音。那种甜美映衬着他长长的影子，让影子看起来像一柄生锈的铁棒。夕阳西沉，他不知道是谁更不合时宜。他没有心思谈天说地，但还是习惯性地走向洛盈的房间。

门没关，他刚到门口就看到了吉儿。

"路迪哥哥！"吉儿扬起声音欢快地招呼他。

路迪朝吉儿点点头打了个招呼，转头问洛盈："你今天觉得怎么样？精神好不好？"

他注意到，洛盈的头发梳了上去，发丝有些许凌乱，额头有汗，显然是刚出门回来。

"好。"洛盈很淡地笑了一下，说，"我一直都挺好的。"

"才不是呢！"吉儿推着她的手臂，对路迪笑道，"她现在整天都怪怪的！照我说，她是害了相思病啦！"

吉儿说着，咯咯地笑起来，说的是洛盈，但自己的脸也有点红了。

路迪的心动了动。他觉得不是没有可能。这个年龄的女孩，这件事是最有可能的。洛盈近来的状态让路迪有些担心。她有时会一个人抱着膝盖长长久久地坐在窗边，什么事情也不做，问她怎么了她也不说。有时她又会突然消失，不提前打招呼，问她去哪里也不说。从她回来，已经一个月过去了，他正开始有点担心。他想，要是相思病也还好，至少她的状态就可以理解了。

"你别瞎说，"洛盈轻声对吉儿嗔怪道，"没有这样的事。"

她说得并不十分专心，仿佛连反驳都没什么兴趣。

"还不好意思承认呢！"吉儿眨着眼睛看路迪，"路迪哥哥，你可要好好问问她，我才不信什么事都没有呢。你看她一整天忙忙碌碌的，做这么大的东西，显然是做礼物呢，这不是相思病是什么？"

顺着吉儿的手指，路迪注意到房间窗边凌乱堆积的一堆材料，从硬纸板到金属托架再到各色丝带，有些散置，有些已经拼接，形状和性质仍然看不出来，但能看出拼接的东西体积不小。路迪不知道这些东西是什么时候出现的，至少他是第一次见到。

"跟你说了不是礼物。"洛盈轻声否认。

"那不然是什么？"

"只是一个活动的宣传板。"

洛盈的态度引起了路迪的好奇，她的声音带着明显的遮掩，他不知道为什么这样。

"什么活动？"

"水星团的一个纪念活动。"

"你们不是被隔离了吗？"

"只是一个月而已。马上就到了。"

"是谁发起的活动？"

洛盈似乎察觉到路迪口气中明显的暗示意味，于是直率地回答："不是哪个男孩，你们别瞎猜。只是纤妮娅发起的一个讨论会。我做的也真的不是礼物。"

"纤妮娅？是上次去医院看你的那个女孩？"

"是。"

"她是练体操的吧？她发起什么讨论会？"

"是练体操，但她一直喜欢看各种经典论文。"

"什么经典？"

"就是一些……"

"路迪哥哥！"就在这时，吉儿忽然插嘴叫道。

洛盈和路迪将目光转到吉儿身上，她却又好像不知道该说什么似的脸红了一下。

"天不早了，"吉儿想了想说，"我该回家了。"

"好，"路迪满不在意地点点头，"常来玩。"

"路迪哥哥，"吉儿没有立刻站起身，手指向一边，"你能帮我拿一下那个吗？"

路迪转过头，发现是一盆很大的花，他看着很熟悉，却叫不上名字。

"是咱们家院子里的花，"洛盈解释道，"吉儿喜欢，我就送她一盆。"

路迪感到有些头痛，却不好说什么，只得陪吉儿起身，端起来送她下楼出门回家。他很想和洛盈借着这机会好好谈一次，但打断的话就像吹散的烟，想再聚起来就难了。他明白吉儿的意思，但却有点气恼。他回想着纤妮娅的样子，仍然觉得记忆十分鲜明。很少有女孩在见面第一次就给他留下如此鲜明的印象。她的眼睛上翘，像一对鸟的翅膀，高傲的样子显得很有风情，身材玲珑有致，有一种毫无修饰的天然。他对她说什么看什么并不感兴趣，但他对她本人很好奇。这些话他平时是绝不会直接问洛盈的，这些天也是第一次有机会提起。路迪跟着吉儿出了门，回头的时候看到洛盈抬头望着窗外天边，若有所思。

"路迪哥哥，我听说你在推广你的磁座位方案是吗？"吉儿甜美地问。

"嗯。"路迪应着，心不在焉。

"太好了，"吉儿开心地笑了，说，"我在想，能不能把将来的上升座椅设计成 C 形，顶篷上垂下彩色的纱幔。"

"可以吧。"路迪含糊地说着，没有什么兴趣讨论。

"那能不能在座椅护栏下吊一个小平台，种满花呢？"吉儿接着欢快地问。

"随便吧。"

"那能不能在每家窗前加一个停车等候区？"

"那有什么用？"

"方便男孩在女孩窗口等着她嘛。"吉儿歪着头，笑眯眯地说，"也许是没什么用，但光考虑有没有用多没趣，人总要有些创意嘛。"

创意。路迪有点无奈地看着她，在心里叹了口气。

他觉得他知道火星最伟大的发明是什么了，不是数据库，也不是聚变发动机，而是小机械系统。程序操控，运行便捷，一台小机械就可以进行物品的完整装配。同样的东西，根据输入图纸的不同，可以很容易组装出不同式样。起先是为了孤立的小工作站准备的，后来发展延伸，被加勒满应用到房屋建造上，被泰勒用到衣服生产上。路迪想，女人们总以为外观换个花样就叫创造了，动不动把什么换个颜色、加个蝴蝶结就号称设计，要么就把座位弄得像鸡蛋壳一样，理念上的事却一点也不关心，这叫什么设计呢？真亏得有小机械，给她们多少乐趣，随便改改样子，整天都有事干。

女人，他想，总得给女人们找点事干，要不然这世界非乱了不可。

晚上八点半，路迪来到唐璜酒吧。这是最近这段时间议员们晚上都喜欢来的地方。他照常在晚饭后散步过来，推开酒吧仿古的小门，先站在门口环视一圈。理查森、沃德、弗朗兹和胡安都在。他在心里点点头，感觉很愉快。他们都在。

唐璜酒吧不大，但很受欢迎。它有一个好处就是有比较大的长条酒桌，不像其他多数酒馆，只有三三两两的凳子绕着隔得远远的小圆桌。长酒桌旁围着一圈人说说笑笑，四周环绕着的折线形吧台让其余的人随意走动，站着边喝边聊。酒吧的灯光不算明亮，酒也只有普通的四五种，但是整个墙壁的显示与装潢却有一种充满诱惑的饱满之感，在幽暗中涌动着一种跃跃欲试。

路迪在长桌侧面找了个位置坐下，倒了半杯酒，很快加入众人的谈天说地。他斜着身靠着椅背，将椅子向后仰，一条腿向前抵着桌边。有人大声说着白日里不好说的各种逸闻，他不时跟着大家哈哈大笑。坐在他身边的是个面红秃顶的中年人，说话有点结巴。他看到在长桌另一侧，弗朗兹正在低头和旁边一个男人商量着什么。理查森则站在长桌背后的吧台边上，看着手表，像是在等人。

路迪看到，胡安正在向自己这边移动。他黑而圆的脸微微泛着酒气，一边移动位置一边和经过的人打趣，笑声洪亮爽朗，拍动对方肩膀的手厚实有力。胡安远远看了路迪几眼，路迪从中看到一丝清楚的示意，却装作没有注意。胡安眼中的凌厉也一闪而过。

"你那次要的绝对是鳕鱼! 我记得很清楚。"胡安对经过的一个微醺男人大声说。

"没有的事! "那个男人大笑着反驳道，"我两年没吃过鳕鱼了。"

"不可能! 我明明记着。咱们打赌吗? 可以去问露西。她当时在场。"

"赌就赌。赌什么? 我自己的事我还不记得吗? "

路迪与身边的秃头男人交谈，可是几乎没有听进去多少。他端着酒杯，环视四周，陷入自己的思绪。两年来走的每一步和最近的计划一股脑涌上心头，在觥筹交错的喧闹间随着酒精来回摇晃。

路迪来到议事院两年了。对议事院，他的感觉很复杂。他喜欢议事院，但他在那里经历了巨大的心理落差。他曾梦想一步登天，但进入现实才发现，没人听他说话，没人拿他提前毕业、功课全优的成绩当回事，没人因为爷爷的身份高看他一眼，没人打算为了他的优秀修改标准程序，甚至没人真的觉得他优秀。议员们有自己的得意的历史，有自己专注的事情，不会在一个小辈身上花太多的注意力。他第一次被人冷落了。这让他在第一年就有了一种从天堂跌落谷底的巨大的挫败感。

路迪对现实接受得很快。尽管不甘心，但他还是第一时间将自己摆回到渺小的位置。他在数据库中一一浏览了每个议员的资料档案，背景经历、学术成果、所有曾经的提案、投票意向、来自民众的反馈和投诉记录，以及他们的政治倾向和政治性格。在他心里，议会的结构就像一幅山脉连绵的三维地图，开始一点点清晰，呼之欲出。他能大致不错地看出酒吧里谈话的格局，推断正在交谈的双方筹措的大体方向。他开始操作所有他曾经以为自己永远不必做的事。这些事情他没告诉过任何人，甚至没有告诉爷爷。

谁说我没遇到过挫折呢，他默默地想，有谁知道我的挫折？好多人整天愁眉苦脸，就像天塌了似的，其实还不过是那么点事。他们以为考试不过就叫挫折，真是荒唐。生活唯一的挫折就是理想和现实的差距，连理想都没有的人也好意思说挫折。

他仰起头，将一杯酒灌下肚，再低头的时候，胡安已经坐到了他的身旁。胡安仍然大笑着，一只胳膊压到他肩膀上，朝他也举起了酒杯，就像和刚刚碰杯的每一个人一样。路迪能感觉胡安沉重的臂膀，但他尽力做出轻松的笑容和他碰了杯。

"你今天来得正好。"胡安低声对路迪说，"刚收到一条消息。"

路迪像听到什么笑话似的仰头大笑了，然后低下头，不动嘴唇地问："什么消息？"

胡安侧头，仍然笑着说："地球那边已经确定要在月球上建新的防御基地了。"

"哦？难道他们有所察觉？"

"肯定是。"

"那您的意思是？"

"尽快行动，不能拖了。等他们建好就晚了。"

"明白了。需要我做什么吗？"

"我再给你消息吧。"

胡安从路迪耳边抬起头来，像是刚刚讲了什么不入流的笑话一般大笑着拍拍路迪的肩膀，路迪也配合地显出窘迫的神情，像一个不谙世事的毛头小伙。胡安很快站起身来，又开始和周围其他人说笑，胖身体摇摇晃晃地向吧台走去，不由分说站到一个高个子对面，与那人大声攀谈起来。路迪低下头思量起来，仿佛酒醉一般半晌无言。

新的工程组织开始浮出水面，无论是谁都能看得出，整个火星都将面临全新的阶段，无论是自然环境还是社会构架都会变，就像一台重新组装的机器，每个人都在考虑自己将要获得的新的位置。

路迪不知道未来的火星会向什么方向发展，但他知道他们正在创造历史。有目标地改造一颗星球，这还是第一次，不仅是火星的第一次，也是人类的第一次。所有事情都变化而动荡，未来充满可能性与不确定。路迪觉得内心澎湃。他知道参与这场变革也许将成为罪人，但未来的人一定因为不能参与而深感遗憾。这样的时期需要强有力的领导核心，谁在这整个过程做出重要贡献，谁就能站在未来政治舞台的中央，就像走过战争年代的爷爷和他的同伴们。路迪清楚，他已经做好准备。

纤妮娅

纤妮娅对这个世界抱有戒心。她清楚自己有时戒心得过分，似乎对什么都不相信，这样也并不太好，只是她无法不如此。她觉得自己和洛盈刚好相反，洛盈总是对什么都过分相信，相信一些根本不可能为真的虚无的好意，对事实视而不见或拒绝承认。纤妮娅宁愿多保护自己一些。她不相信爱情，就像她不相信那些大人物是为了全体公民的福利而工作。

路迪找到纤妮娅的时候，她正在画集会的标语。她起初没注意到他，当她抬头看到他，他已经站到了她的身旁，她想遮挡手底下的东西已经来不及了。

"你继续画，我不打扰你。"路迪试图轻松地朝她笑笑。

"有事吗？"纤妮娅看着他。

"没事。"

纤妮娅狐疑地咬着嘴唇，并不相信。

"你画的是什么？"路迪问她。

"宣传牌。"

"现在难得看到有人用手画画。为什么不直接出电子图？"

"电子图不好看。"

纤妮娅很简单地回答。她没有说出真实理由。她不希望在集会之前在数据库里留下任何信息或痕迹，无论是在公开空间还是私人空间。在她看来那都是一样的。只要是在系统里写下的资料，管理系统的人就有办法看到。按规定他们不应该窥探，然而她不信任他们。

"宣传牌是用来宣传什么？"路迪仍然微笑着，双手插在裤子口袋里。

"你怎么知道我在这儿画画？"纤妮娅反问道。她不清楚路迪的意思，也不清楚他知道多少，这让她觉得不安全。

"我若说是路过，你相信吗？"

"不信。"

路迪笑了："好吧，我承认。是小盈说过你们有时候下午在这边见面。"

"她还说什么了？"

"什么也没说。真的。我问她你们计划什么她也不告诉我。"

"那你是来干什么的？"

"我就是想来看看你。"

路迪很直率地看着纤妮娅的眼睛，目光里燃烧着收敛的暗火。纤妮娅也看他片刻，嘴角忽然浮现一丝讥诮的笑意。她能看出他在试图使用一种惯常的征服女孩用的表情，这让她觉得滑稽。她不想做他的堡垒，也不喜欢看他跃跃欲试准备冲锋的模样。

她又低下头，重新拿起画笔，在纸上描绘。她没有什么绘画基础，只是在一排写得很大的字母旁边做花边的修饰。字母写得凌厉，像一排举枪的兵士。

"'不自由，毋宁死。'"路迪站在她身旁念道，"为什么画这个？"

"为一个读书讨论会。"

"讨论什么？"

"讨论我们到底有没有自由。"

"你觉得我们没有自由吗？"

"还没有讨论，"纤妮娅冷冷地说，"我怎么会有结论？"

"你怎么定义自由呢？"

"自己决定命运。"

"可是命运的偶然性是人永远克服不了的，人往往什么都决定不了。"

"只要不被人为阻挡就可以。"

路迪说得饶有兴趣，一只胳膊撑到了桌子上，斜着身子一边看纤妮娅的画一边看着纤妮娅。这是一个小换乘中心的街心花园，两张宽大的玻璃长桌和环绕散置的立方体小板凳是集会和绘图极方便的设施。路迪的金发闪闪发光，但纤妮娅并没有抬头。

"对了，"路迪忽然想起来，"上次在医院，你说到的关于留学的意见，我替你们向议事院提交了提案报告。"

纤妮娅警觉地抬起头来："你提了什么？"

"我说你们觉得留学过程中的很多不适应造成了心理痛苦。建议留学组织委员会重新全面考查评估，重新制定留学方式，增加提前的准备和心理辅导。"

纤妮娅又低下头："你并没有明白我的意思。"

"那你是什么意思呢？"

"我的意思在留学本身。根本不在于这些细节。"

"你是说根本不应该去吗？"

"你可能无法理解，我们只要见到了另一个世界，再怎么调试也没有用。就是回不来，就是不喜欢那种……"她想了一会儿措辞，"那种很僵硬的东西。"

"我能理解，"路迪微笑着说，"技术官僚主义。"

"对，就是这个。"

路迪点点头："这个我也讨厌。"

"是吗？"

"当然。我不止一次写过文章反对现在的系统构造。"

纤妮娅抬起头来，双肘支在桌上，侧头对着路迪，琢磨了片刻说："那就实话告诉你好了，我们这次的讨论会，实际上是想发起一场运动，想反对这种官僚主义。让房屋和工作室身份流动起来，不要让人总僵死在一个地方。"

"哦？"路迪的眼睛亮了起来，显得饶有兴趣，"这是件好事啊。"

"你这么想？"

"当然。当然是件好事。"路迪说得非常肯定，"也算我一个吧。有什么可以帮的，我一定帮你们。"

纤妮娅迟疑了片刻，最后还是点了点头。她猜测着路迪的内心，不知道他有几分是当真和他们想的一样，又有几分是为了接近她而故意表达的一片热情。她想了想，觉得即使是后者也没有什么，并不算太过分。他们的目的就是唤起更多人支持，有一个人支持总比没有好，更何况他还是洛盈的哥哥，总督的孙子。如果他承认他们行动的合理，那么他们肯定会做得更加理直气壮。这样思量再三，她的戒心慢慢消退了些许。她没有表示什么欢迎，但当他伸手帮她翻动展板的时候，她也并没有和他斗嘴，没有拒绝。

第二天，纤妮娅将这件事告诉了洛盈。她们在去房屋登记办公室的路上，边走边聊。

洛盈对哥哥的殷勤并没感到惊奇，但对他开明的态度却觉得没有料到。

"我记得一个月以前哥哥还是很反对我偶尔提起的革命呢。"洛盈回忆道。

"我也不清楚他怎么想的，"纤妮娅说，"他只是说他也讨厌技术官僚。"

"那倒是可能的。"洛盈点点头,"哥哥一直有点不甘心让上级压着。他也说过现在的部门设计得不好之类的话。"

纤妮娅和洛盈慢慢地走着,向罗素区社群活动中心的方向。这天不是周末,活动中心人影稀少,非常寂静。一连串圆形房间,在周日成为美术俱乐部、美食俱乐部、社交舞俱乐部,而没有活动的日子静静空着,从关闭的玻璃窗能看见室内每处未完待续的安宁画面。她们经过活动中心,顺一条笔直的大路向南,大路中央有树和草坪,两侧是枝叶遮挡的两条小径,极适合步行。

"你哥哥还说他想帮我们。"

"是吗? 怎么帮?"

"他没说。只是说能帮尽量帮。"

"这倒不错。"

"不过我不知道他是不是就这么随口一说。"

"这倒不用担心,"洛盈俏皮地微微笑道,"就算他是随口一说,也是为了接近你,然后为了以后能常常接近你,就不能轻易反悔,也就不是随口一说了。"

纤妮娅脸红了,拧了洛盈胳膊一下,嗔怪道:"让你说。"

"吃亏的可是我,"洛盈边躲边笑,"你要是和我哥好了,我还得叫你嫂子。"

"谁和他好! "纤妮娅争辩道。

"你不喜欢我哥吗?"

"我谁也不喜欢。"

"索林也不喜欢?"

"不喜欢。"

"为什么?"

"我早跟你说过,"纤妮娅说得很坚决,"我根本不相信爱情。"

"你才多大啊?"洛盈看着她笑了,"就懂得相信不相信爱情。"

"我就是不相信。我信龙格说的，人都是功利的，说什么爱不爱，其实都只是自私，为了自己，有所企图。"

"那你觉得我哥有什么企图？"

"我不知道，"纤妮娅说，"很多东西不是那么直接。他可能是为了一种虚荣心，从来被别人捧着习惯了，难得遇上一个不熟悉的人，就想要挑战、征服，为了证明自己。"

"那也不坏啊，至少说明你有魅力。"

"哪里是魅力，只是两种可能，要么是一时冲动，要么是他太爱自己。"

"你怎么就这么偏激呢？"洛盈捏捏她的手，"索林说得一点都没错。"

"是你想得太简单。"纤妮娅说，"我就问你，你很信安卡的感情吗？"

洛盈一下子怔住了，片刻后才笑笑："怎么又说起我了？你觉得安卡不可信吗？"

"不是他不可信，是感情不可信。"

"你听说什么事了吗？"

"没有。只是想问，你能确定他在乎你吗？他说过吗？"

"没有。"

"那你能确定他是个相信感情的人吗？"

"我觉得他是。"

"这只是因为我们熟悉他所以信他。可这什么也不能保证。"

"那还要有什么保证呢？"

"什么保证也不可能有。"纤妮娅耸耸肩说，"这就是问题。很多人的所谓爱情只是两个人面对面时情绪一动，过后就不拿它当回事了。"

"你哪儿来的这么多理论？"

洛盈仍然做出不以为然的样子，但声音并不那么自信。她低着头看着小路，抿着嘴不说话了。纤妮娅侧过头看看她的脸，用手在她眼前晃了晃。洛盈转过头来，笑了一下，纤妮娅也笑了。两个人静静地走了好一会儿，心里都有一丝沉沉的疑惑不决。纤妮娅也不确定自己这样到底对不对。她觉得自己的问题是什么都想看透，而洛盈是什么都不想看透。她没法做到什么都看透，而洛盈又做不到彻底不看透。这局面她们不说，但她们都清楚。是不是该相信一回呢，纤妮娅问自己，相信无私的好意和某种程度的真心。

"不管怎么说，"洛盈看着脚下，像是读到了她的心里话似的说，"我还是想相信。而且我也希望你能至少相信一回。不管对方是谁吧。"

纤妮娅沉默了一会儿，浅笑了一下，说："希望吧。"

房屋登记办公室在活动中心二层。相当宽大的办公室只有一个中年女人坐在里面，显出一种过于空旷的萧索。办公室平时是无人值班的，只有预约了时间才有临时工作人员，因而设施和生活用品都十分简省。一个圆形房间，正中央横着一张长方形桌子，女人端坐在桌后，桌面光滑空净。

"是谁要登记？"女人满面笑容地问，她的眼睛透过眼镜上方，从洛盈看到纤妮娅，又从纤妮娅看到洛盈，带着七分礼貌和三分怀疑，来回打量。

"我们想给一个朋友申请。"纤妮娅答道。

"他自己怎么不来？"

"这……"纤妮娅看看洛盈，"这是我们想送他的礼物，他还不知道。"

女人笑了，像是笑她们年轻不懂事："小朋友，这我可没法帮你们了。我们这里是不能由他人代办的。需要本人的指纹签署协议才能生效。要不然设这个办公室干什么，数据库里登记电子信息多快啊。既然来现场，就得本人来。"

洛盈和纤妮娅面面相觑，她们没有想过这个问题。

"那么，"洛盈想了想，"我们能不能先代他申请，确定之后再带他过来？"

"其实我们只是想帮他盖一个很小的房子。"纤妮娅补充道。

"嗯。"洛盈接着说，"我们自己动手也可以。我们已经去了房屋建造办公室，材料都预约了，式样也选好了，他们说得先到您这里登记选址，只要登记了他们就能建。"

"您就帮我们一下吧。"纤妮娅又说，"这个人帮过我们很大的忙。"

"拜托您了。"洛盈说。

女人一直专心地听着，眼镜摘下来拿在手里，表情宽容却带着几丝无奈，想插嘴却没有说出什么，一直到她们都停下来充满期待地看着她，她才将双肘支在桌上，双手摊开，酝酿了片刻措辞，非常委婉地开口。

"不是我不想帮你们，"她说，"可是我们也需要指令才能登记。我最多想想办法。你们能不能带来这个人的婚姻登记文件？"

"这个……"洛盈顿时为难了，"恐怕没办法。"

"那怕是不行了。我们只要收到婚姻办公室的文件，就可以登记。但没有可不行。"

"他没有结婚。"

"没有结婚？"

"嗯。"

"那要房子干什么？他不是应该有单身公寓吗？"

"有是有，但是太小了。以前他有实验室和活动室，没什么关系，但是现在连这些都没有了，我们觉得他的自由空间实在是太小了，希望帮他建一座稍稍大一点的房子。"

女人张了张嘴，又露出那种宽容而无奈的神情，似乎不知怎么回答，便随手从桌上找了张空白的纸，一边说一边画下一张粗简的电路图。

"我不知道该怎么跟你们解释，"她仍然很和蔼，"我只能说……其实我们的办公室就跟这个电阻一样，或者这个二极管——不好意思，我是学电路的，我只知道这个，或许这么比喻不够严谨——我们的功能就是接收到上一个办公室的文件，再发送到下一个办公室去，就像传递电子。一个电阻是不能自作主张的，不能自己私自造一个电子。那是电源的任务。如果自作主张，一切就都乱了。所以实在很抱歉，我真的帮不了你们。"

这番通俗而诚恳的说明像一针冷凝的注剂，说完，空气立刻冷了下来。

纤妮娅咬了咬嘴唇，还想再说些什么，洛盈拉了拉她的手，摇摇头道："算了。"

她又转头对着桌边的女人："谢谢您。那您知道我们该去找谁比较有用吗？"

"我看，"女人想了想，"你们还是去婚姻办公室问问吧。想办法帮他结婚是正事。结了婚房子自然就有了。"

洛盈和纤妮娅穿过宽敞空寂的走廊，无心观赏墙上的宣传画。婚姻登记办公室就在同一座楼另一侧拐角的地方，她们跑着踏过转角线条柔和的台阶，抱着试一试的打算，遭遇到两扇冷静锁紧的门。婚姻登记办公室里没有人。她们没有预约，这里没人很正常。她们只是想碰一碰运气，但运气没有造访她们。她们透过玻璃门向房间里张望，人造花搭成的白色装饰台靠墙伫立，远端的墙上挂着许多装在镜框里的照片。

这时，一个年老的女人从楼上走下来，经过她们身边。

"您好！"洛盈叫住她，"请问……请问您知不知道这个办公室……"

她说着看了看纤妮娅，不知该怎么继续。

老太太和气地笑了，显得非常热情，布满皱纹的嘴抿着问："怎么了？"

纤妮娅替洛盈说完下半句："请问您知不知道这个办公室是不是也可以帮忙寻找结婚对象？"

老太太好奇地打量着她们："你们……？"

"不是……不是我们。"纤妮娅连忙说，"是一个朋友。"

"哦，"老太太点点头，"那他怎么不去交友派对？每周末都有的。"

"他，他似乎不大喜欢。"

"哦。那我帮你们想想啊。"老太太显得非常认真,"他是哪个工作室的?"

"他现在没有工作室。"

"没有工作室?"老太太皱起眉头,像听到一件不可思议的事情。

"嗯。他在档案馆帮忙。"

"这样啊。"老太太想了想说,"小姑娘,凭我的经验,我不是说绝对不可能,只能说非常非常困难。"她停了一下又加了一句,"非常困难。"

老太太的目光让她们有一点窘。纤妮娅看看洛盈,洛盈也看看她。

下午晚些时候,当她俩向罗素区第一医院走的时候,纤妮娅将刚才找到的一丝温情又忘记了,重新回到早些时候一直坚持的冷而坚强的不相信。她平时就总在相信温情与不相信间摆荡,而不相信让她在多数时刻觉得更安全,没有期待也就没有失望和困扰。她又变成平时的自己,认定情感背后总有着各种实利的目的。

"你还没听明白吗?"她问洛盈,"所谓稳定婚姻,不过是这么一套房子而已。"

洛盈情绪也有点低了,虽然仍然说着:"我想还是不尽然。"

纤妮娅一边说一边能感觉心里的凉意:"你说人们为什么不离婚?还是因为离不了。就像我们原来说过的治安好的问题,根本不是什么道德素质高。我们这里离婚率低,也根本不是因为人们全都比地球上的夫妻更爱彼此,更重视家庭,而是因为只有这么一套房子,离了婚就有一个人得搬到单身公寓,就是这么简单。"

老太太的话在纤妮娅心里留下相当强的冲击,她从前尽管模模糊糊也有一些印象,但是从来没有这么明晰。一段婚姻,一个家庭,一份盟誓,根本不像小时候相信的那样神圣而坚不可摧,且不说地球上习以为常的非婚状态,即便是在火星,这样的经济利益也让其中美好的温情大打折扣。老太太说曾经有夫妻为了解决问题,两对夫妻互换配偶,各自离婚再分别结合,家庭还是两个,房子还是两座。这里面还有多少是爱情，纤妮娅不知道。她觉得自己的摆锤已经重又摆回不信的一边。

医院很快要到了，掩映在一排低矮的圆锥形松树背后，洁白的墙面，轻简的造型，有一种朴素干净的威严。她们停下了脚步。纤妮娅仰起头，试图寻找洛盈向她形容过的顶层的小房间。

"我们的计划，瑞尼医生知道吗？"她轻声问。

"应该不知道。我什么也没提过。"

"我还是觉得这么个小礼物实在不够。我们应该争取一些更实际的事情。"

"可是你也看到了，"洛盈叹了口气，"我们能争取什么呢？"

纤妮娅还想说什么，可就在这时，她们忽然看到一样物体从楼顶坠落。定睛看去，是一个人。她们顿时捂住嘴，惊骇地睁大了眼睛，所有声音都哽住了咽回肚子，心狂跳不止。眨眼之间，那个人消失在视野，落入树丛背后，地面传来闷声一响，如同地震。在短暂得来不及反应的片刻之间，一个人像一只被抛落的包袱落到地上。结束了。

那一瞬间，纤妮娅一下子觉得心里压抑得很。她哆嗦了一下，转过头看着洛盈发白的嘴唇，知道她和自己想到了同样的回忆。

她们愣了一会儿，惊魂未定地向事发地跑过去，有很多人从医院中拥出，围在四周。在一片血肉模糊的扭曲中，洛盈呆呆地站住了，她轻声告诉纤妮娅，死者她见过，就是她上个月偶然在天台遇到的发疯的患者，那时他曾拼命敲打玻璃。

瑞尼

这一天是火星四十年的第二百七十二天，也是瑞尼三十三岁的生日。

这一天清早，瑞尼像往常一样，起得很早，开动除尘器将大厅和小厅都打扫一遍之后，站在二层的阅览室向外远眺。这里是档案馆除大厅外他最喜欢的地方。它正对着背后的草坪，目力所及皆是宁静安然。他站在两排高高的架子中间，面对窗口，头顶能感觉耀眼的阳光。他没有调节玻璃的透光度。清晨的明亮很清透，雕花立柱沐浴在光里。这种光亮让他内心安稳，能感觉生活仍然有亮度。

来档案馆是瑞尼自己的选择。写史很多年，他对这里已经非常熟悉。拉克馆长是他尊敬的人，他上了年岁需要助手，而瑞尼需要内心的宁和。

资料室的窗口瘦而长，玻璃能上下滑动，窗框上悬着少见的布窗帘，高高地卷在顶上，绿色穗子垂下来，和楼下四四方方的草坪连成一体。因为是生日，许多往事比往常更容易浮上心头。他在窗边比平时伫立得更久，回忆如潮水将他包围。他出神地看着窗外，没有注意到身后洛盈的到来。

"瑞尼医生。"洛盈轻轻叫了一声。

瑞尼转过头，看到洛盈，她穿了一条黑色的裙子，皮肤显得很白。

"你怎么来了？"他微微笑了。

"来祝您生日快乐。"洛盈也走到窗边，柔和地说。

"谢谢。难得你记得。"

瑞尼真心觉得感谢。他很久没听人祝福生日了。除了洛盈，他也想不起还有谁会来看他。他在各种俱乐部认识的球友闲暇时总在家陪子女玩，不会来看他这样一个老光棍儿。他不喜欢组织聚会，也没有招待人的地方，因此已经好多年一个人过生日，将这一天当作和其他每一天没有分别的日子。能有人记得，实在是一种惊喜。

"你最近怎么样？"他问洛盈。

"挺好的。"洛盈浅浅一笑。

"在忙什么？"

"在忙一件大事。"洛盈说着顿了顿，微笑着好一会儿没有说下去，似乎在用拖延增加神秘感，脸上带着几分俏皮和浅浅的志得意满的神气。她停顿了一会儿才反问道："瑞尼医生，如果您有机会重回工作室，您觉得医院好些还是机械研究室好些？"

瑞尼愣了一下："为什么问这个？"

"因为我们在帮您联系工作室，现在很有希望。"

"帮我联系？"

"是。上周我们已经问了伽利略区和沃森区两间医院，昨天还问了土地系统下属的一个探测小组，向他们介绍了您的技术，他们都对您的研究蛮感兴趣的，有可能能接受您呢。"

听了这话，瑞尼觉得有一丝尴尬，不知如何回应。

"谢谢你们了。"他说，"不过这恐怕不太可能。"

"为什么？"

"因为我的档案冻结了，不能转。"

"可是当我们去和这些工作室谈的时候，他们显得很有兴趣，您的技术应该能为他们带来声誉和经费，他们如果同意接收您不就可以了吗？"

瑞尼摇摇头："没有那么简单。档案冻结了，不转过去就不可能注册使用他们的设备，也不可能申请经费，没有用的。"

"那如果我叫爷爷给您解禁呢？"

"才刚一个多月，作为总督，怎么能这样出尔反尔？"瑞尼温和地微笑看着洛盈。

"那么，"洛盈像是料想过他的答案，仍然不放弃地问，"如果我们发起运动，号召废除这样的档案和工作室制度呢？"

"嗯？"这一下，瑞尼真的愣住了。

"我们想过了。这样的制度是不合理的。档案把人锁住了。如果一个人想转变自己的工作室，需要档案管理的批准才可行，如果档案不能转，就什么都不能做。这样就让工作室的负责人和系统长老有太大的权力了，谁都不能不听他们的。再加上实验室经费往往取决于是不是在一个大工程中担当任务，就造成人人依附上级，争取被指派工作的局面，于是就造成整个国度的问题，让社会开始僵化，失去活力，技术官僚主义统治了所有人。"

瑞尼安安静静地听着，看着洛盈清秀的面孔。她慢慢地说着，说得认真而一字一顿，脸上因为严肃而带着相当可爱的神气。她和两个月前刚刚从地球回来时有些不一样了，那时候她的困惑多于坚决，面容显得犹豫，而现在已经明确多了，有一种坚定的细微的亮光在眼睛里闪烁。她似乎比刚回来时更清瘦，也更白，可能是身体不适应再加上没有露天晒太阳的缘故，但是她眼中的亮光却让她整个人显得很有精神。她的语声慢而柔，认真地将她原本不熟悉的话语说得流畅自然。瑞尼不清楚她的理论都是来自何方，但他能看到在这些孩子身上速度惊人的学习能力。

"你们在尝试改变制度吗？"待她停下来，瑞尼问。

"是。可以说是。"

"可是你们想没想过，任何制度都有它的理由。"

"您是指什么理由？"

"历史的理由。还有自然限制的理由。想要公平分配，总要有所限制。"

"这些我们想过。可是我们觉得不能为了这些理由就无视它的缺陷。"

"任何制度都不可能做到完美无缺。"

"但是现在的系统有严重缺陷，它要求个人跟从系统，不愿意跟从的就无法生存，它将不服从的人囚禁，甚至逼人发疯死去。前天下午，我们就亲眼见到一个人从高楼上跳下来死掉了。"

瑞尼心中一凛："这是哪里的事？我怎么不知道。"

"没有报道。"洛盈说，"而这个人您也见过。就是上一次我们在医院天台上见到的砸玻璃的那个精神病人。"

"是他？"

"您认识他？"

"认识。认识很久了。"

"真的吗？"洛盈吃惊道，"那您知道是怎么回事吗？我们去打听，但谁都不肯说。我们猜想他一定是想要突破加在他身上的种种束缚。您熟悉他吗？"

瑞尼没有说话，陷入长长的沉思。这个消息在他心里唤起一种料想不到的空茫之感。许多年大起大落的烽烟往事一股脑涌上他的心头，让他一瞬间五味杂陈，觉得人世间的变换和命运实在难以捉摸。他真的没想到这个人会死去。人的幸运与不幸总是难以预知，甚至难以确定。这样的事情总是对人有很大影响，在死亡面前，争与不争变得很无味。

他默默叹了口气，对洛盈说："非常谢谢你们，但你们不用替我操心了。我需要你们的友谊，但也只需要这个。我现在挺好的，真的不想再争什么了。"

洛盈似乎有些不解，又有些不甘，犹豫了一下，点了点头，但还是说："瑞尼医生，我尊重您的意思，但我还是想劝您再考虑一下。我知道您很恬淡，可是恬淡不代表软弱，您是个好人，有很多东西本应能得到的。"

瑞尼笑了一下："谢谢你。我会考虑的。"

洛盈低了低头："只是觉得，一个好的世界不应该剥夺像您这样的人的权利。"

瑞尼心里忽然很感动。他没有期望这样的关怀。当他主动向汉斯表示愿意承担他们的过错时，他并没有觉得这是什么恩惠，而只是觉得孩子们想出去玩并不是什么错事，为了这个处罚影响他们一辈子，并不是一个合适的结局。他那个时候计划得简单，没有料到能获得这样的关心。他不知该怎么表示。他已经太久没有表达过感性的情绪了。

他想了想，转而问洛盈："最近出什么事了？为什么突然变得这样激进了？"

"您觉得我很激进吗？"洛盈反问道。

"一点点而已。"瑞尼说，"我只是记得上个月你还在质疑革命。"

"是。"洛盈承认道,"但是这些天我开始越来越在乎行动的意义。我现在觉得生活总需要一些行动,否则就会没有方向。在当时您给我看的一本书中,有一些句子我最近反复琢磨,觉得很喜欢。'我们中的每一个人都应生活在历史中或违背历史剑拔弩张。在一个人终于诞生的时刻,必须留下时代和他青春的狂怒。'我希望能够做一些什么,我们现在实在缺乏目标,这是我们仅有的觉得有意义的事情。"

"这很好。"瑞尼肯定地点点头。

洛盈望着他:"瑞尼医生,平心而论,您不觉得目前的系统太固化、太不自由了吗?"

瑞尼没有正面回答,而是反问她:"你还记得你跟我说过的地球上人与人之间的距离吗?人和人的陌生、孤独、相互不信任?"

"嗯,记得。"

"其实这世界上只有两种系统——固体和流体。固体的特点是结构稳定,每个原子都固定在自己的位置上,原子和原子之间有着强大的力和纽带;而流体的特点是自由来去,相互间独立,任何小颗粒之间都没有固定联系,也没有力。"

"您是说……"洛盈想了想,"自由和情感不可兼得?"

"有时很多价值都不可兼得。"

瑞尼清楚,火星就是名副其实的晶体。城市如晶格般平均稳定,每个家庭一所房子,每家的建筑和花园都差不多大小,房子排成串,像一格一格的周期项链。他们几乎从不搬家,小孩子在父母的房子里长大到自己结婚,领取自己的房子后在另一个地点安居。一生两所房子,人就像长在土壤里。社群是最重要的结构,是一个小孩成长的全部世界,他睁眼看到的所有人,就是陪着他成长的所有人,是他成年选择后将伴随他一生的人。城市随着人口逐年扩张,可是新扩张出的居民区有着和老城完全等价的相似面容。同样是一串串房子,同样是宁静而均等,尽管每所房子形态各异花样百出,但合在一起却形成统一的整体。五百万人口平均而分散，城市看上去没有结构的中心。因为稳定，所以固连。

"可是您不是说过有云的存在？既有联系，也有自由。"

"云……"瑞尼点点头说，"但那需要外来的光，不可持续。"

"我不知道。"洛盈低下头说，"我只是觉得，如果您是如此不争，那么生活的方向又在哪里呢？如果什么都看开了，难道不会有一片虚无的感觉吗？"

"我吗？"瑞尼低头想了想，没有直接回答，而是指向阅览室另一端。

瑞尼带着洛盈穿过层叠排布的书架。老式图书暗红色的书脊整齐地列着，烫金书名送出异域的气息，木浆纸因储存得久远而发黄，像生活在古老时空里的古老的人。阳光从一侧斜射进房间，屋子显得异常安静，星图在屋顶上以不可察觉的速度旋转，提示着不可捉摸的时间。瑞尼像穿过包裹生活的重重虚像走入现实深处，面对收藏在记忆库存里的朴素的话语。他们静静地走着没有说话，鞋跟敲出房间里仅有的声音。

瑞尼径直来到一排标有"地球经典"的书架，指着架子上一本书说："这是你刚刚提到的那本。"然后从它旁边的位置小心翼翼地取下另一本小册子，翻到他熟悉的一页念出来：

"'……使我感兴趣的是怎样才能成为一个圣人。'

"'可是您不信上帝。'

"'是啊。一个人不信上帝，是否照样可以成为圣人？这是我今天遇到的唯一具体问题。'

"'可能是这样。但是，您知道，我自己跟失败者休戚相关，而跟圣人却没有缘分。我想，我对英雄主义和圣人之道都不感兴趣。我所感兴趣的是做一个真正的人。'"

他念完合上书，心里像从前的每一次一样有风沙席卷。他眼前能浮现书中人面对的黑色大海，也能出现这个星球广袤粗犷的大漠黄沙。它们是他的方向，他一直很清楚。他能看到在大地上匆匆经过的人，从黄沙中凝聚成形又散落成灰，来往繁忙，喧嚣拥挤，他走在他们中间，他们的狂喜与悲痛将他包围。他看着他们的面容。在他心里，他们穿什么衣服遵照什么风俗拟定什么制度做什么事都是不重要的，重要的是他们是否停下来用眼睛、面孔和身体互相面对。这是他真正感兴趣的东西。

"一个真正的人？"洛盈喃喃地问道。

"是。"瑞尼笑笑，"这就是我想做的。"

"可什么是一个真正的人呢？"

"就是一个能与他人面对面的人。"

洛盈琢磨话的意思，没有再问，凝神思量着，她纯挚的黑眼睛像两湾深深的泉水。她伸手接过他手里的书，轻柔地抚摸着书皮，庄重而仔细地端详着。

"《鼠疫》。"她念出声。

"鼠疫。"瑞尼重复着，"就是哪里也去不了。"

洛盈翻开第一页，念出第一行："……用一种囚禁生活来描绘另一种囚禁生活，用虚构的故事来陈述真事，两者都可取。"

瑞尼没有再解释或说明。洛盈自己低头阅读，目光凝注，轻轻咬着嘴唇。

瑞尼知道，在这样短的时间里她不可能读到多少，自己也不可能说清楚多少，而更多的隐藏在宇宙深处的生存的真理更是他自己也不可能完全领悟的。他在心中默默思考着洛盈所说行动的意义，也反问自己是否太过于不行动或者避免行动。在一些遭遇到现实打击的时刻，他也曾经这样问自己，质疑自己的所为是否偏离了生活真正恰切的方向。通常情况下，他对于行动有种悲观的看法，在永恒无尽的深海中，他觉得孤舟的漂流好于弄潮的英武。但是在另外一些时刻，他会为这种静思默想所经历的旁观的苦痛而深感自责，洛盈问的是对的，这正是他心中矛盾之所在。

忽然，一阵音乐打破了两个人和书架的寂静，有人来访了。

"啊。"洛盈放下手中的书，"到时间了！"

"什么?"

洛盈四下寻找着钟表,叹道:"时间过得这么快。"

瑞尼仍然不明所以,洛盈示意他跟她出来。

他们穿过二楼环绕的走廊,转过立有天使塑像的楼梯转角,沿宽阔呈扇面的大台阶一直往下,来到档案馆大门。洛盈停下来,平息了一下呼吸,向瑞尼神秘地笑了。然后她按动墙边开门的按钮,看黄铜色的厚重大门缓缓沿弧线敞开,向门口伸手示意。

瑞尼顺洛盈的双手向外望去,定睛看时内心吃了一惊。他看到一群孩子朝他笑着,边笑边欢快地招手,在他们面前,他从前的雕塑如威严的军队排成一支浩浩荡荡的队伍。列在中间的是那头他雕了接近一年都没有完成的雄狮,不知道被谁将尾部粗略完成了,虽然算不得准确完美,但也符合了整体的身体结构。狮子庄严雄壮地蹲在中央,土黄色粗糙的外表带着酋长的沧桑,身上挂一条军人般的绶带,在四周一众形体较小的塑像的簇拥之下,像一个献礼的来自异国他乡的客商,铜铃般的眼睛仿佛也有了神采。瑞尼从来没发现,自己的雕塑还可以如此炯然生动。大大小小的塑像排成整齐的队伍,在中央顶着一块绒布的旗子,上面缝着一行大大的斜体字:生日快乐。

没有风,绶带却仿佛在飘扬。

洛盈已经站到了少年中间,跟着他们此起彼伏地叫着"生日快乐"。有人解释说怕瑞尼一个人搬不了这么多东西,他们就将他所有的作品和工具搬来了,让他在这里也有个消遣。各种声音搅在一起,在明媚而炽烈的阳光下闪闪发光。有两个少年头上系着布条,手里拿着铲子,载歌载舞。另外一个少年仿佛指挥狮子和其他动物前进的将军。

瑞尼不知该说什么好,说什么都似乎不能表达心中的感觉。他已经很多年没有这样温暖的记忆了。

他被一种久违的生命力打动了。

瑞尼出生在火星一个不同寻常的年份。火星七年。分岔之年。他今年三十三岁，每当他去了解回顾三十三年前那场分裂，内心就会唏嘘不已。他知道，在汉斯几十年的选择中，火星七年的那场分裂就是最不情愿的抉择之一。

火星并非一直是一个固定的世界，最初的缔造者只是选择了数据库，并没有想好任何一种社会面容。理想化的人们设想了一个纯粹自由自在的世界，随意发现新世界，随意向数据库投放成果，随意取用他人的成果，自行获得生活费。然而在建国第七年的整顿中，世界注定的运行规律却推促着人们走向另一端，选择了一个稳定、条理化、效率优先的构造。

通常情况下，当一台仪器的设计越来越完善，加工越来越精细，系统内的热运动就成了噪声和能量浪费的最大来源。对一个社会也是一样。随意来去的世界固然听起来喜人，但是在实际生产的时候一定会造成大量的社会资源损失。因此那一年，系统在城市里结晶，自由的随机运动被压制到了最低，系统开始由层层叠叠的级次和一个接一个的部门链条重新整合，或者换句话说，系统官僚化。

那一年的决策并没有进行全民公投，而是在议事院中由全体议员投票。什么样的事件启动全民公投是相当微妙的事情，那一年在任的总督理查·斯隆最终批准只由议员投票。汉斯和他的伙伴们都是议员。他们曾对此展开激烈辩论，几个好朋友几乎都不喜欢为了效率强行牺牲自由，朗宁和加西亚对此坚定不移，而汉斯和加勒满认为理念对现实需要妥协，投了系统方案的赞成票，朗宁和加西亚投了反对票。那一年的投票很激烈，最后的结果竟然相差不多。理论上讲议员是由各个系统最积极参与建设与决策的人物构成，这些人通常正是赞成系统整合的支持者，本以为改革派会大胜，可最后的结果两方竟然不相上下。官僚派取得了微弱优势，一个以工作室为单位的电路形系统设置为统筹和管理提供了最大的方便。没有人能说得清，在当时的情境中，汉斯和他的伙伴们起了什么样的作用。

面对这样的局面，所有人个性的差异都被鲜明地摆上桌子，不同的人最终做出了不同的世界选择，进入或者远走，道路由此不同。

汉斯不喜欢系统化。他喜欢整合之前自由组合团队和跨领域研究的方式，但他也明白，部门化与流程化无论在哪个年代都是提高效率的最可靠方式。他最终选择了赞成系统化。他留在系统内，专心飞行，以丰富的战斗经验和对偏远地带的考查赢得了同伴的信任，十年后升至飞行系统总长。

加勒满是房屋方案的设计者，战争年代已有了全火星皆知的设计成果，改革后他没有退出系统，而是进入土地系统玻璃研究室，科研与政论双手肩负，将他的研究室带为火星顶尖的实验室，他自己也随后成为土地系统总长。

但朗宁和加西亚却没有这样平静地接受现实。朗宁不喜欢新学校对人的高针对性培养，他永远是一个杂学家，找不到精确的位置，因而退出了一切管理和政治工作，以挂名的闲职往返于各个小星球之间，与谷神建立了深厚的交往情谊。而加西亚虽不喜欢系统的管辖，但没有完全退出，他在系统里仍然坚持了两年，以为这两年就能学会与官僚合作。然而他不能。他不愿在系统里生活，也受人排挤，于是主动提出承担当时没有人愿意去做的建立地球外交的任务，从此远走天际。

这些事件在后来有了或多或少当事人不曾预料的结果。汉斯做到了火星的总督，然而系统的权力设置却引起儿子的反对，以致最后他不得不下令处罚。朗宁的漫游到最后化为永远的流浪，再没有一个角落容得下他那孤傲的身影。加勒满主持的系统需要谷神，于是他只能让朗宁带着故事终老在星空。加西亚终身生活在玛厄斯上，再也回不到地面。他为火星打开了一扇窗，却为汉斯的儿子带来远方反叛的意识和最终的死亡，又将他的孙女送上精神终生流浪的旅途。

那一年对瑞尼也是决定性的，因为加西亚决定为与地球沟通而努力。

当三年后加西亚终于敲开地球的大门，与地球建交的时候，地球提出的第一个要求就是释放战俘。于是瑞尼的母亲离去了。她听到这样想都不敢想的好消息，欣喜若狂，将刚刚三岁的瑞尼放在地上，就踏上了茫茫不回的归家之旅。

每当瑞尼整理资料的时候，这些或远或近的往事走进他心里，都让他在内心暗自唏嘘。他凭窗眺望，内心叹息岁月的一个时刻和其他时刻如河流分支一般的悠远影响。城市在大地上脆弱而晶莹地展开，人在岁月中的身影化成张开臂膀表情凝结的剪影，一步一步，走出无法预料的分岔命运。

瑞尼从档案馆出来，踏上通往贝塞尔伊达影像资料馆的隧道车。

他在车上看着档案馆，问自己选择留在这里是不是对的。他想了很久，还是肯定了自己。有时候瑞尼觉得他对过去的人和事更熟悉，那些场景和物品一直存在于他的生活中。那些路灯昏黄垃圾缠绕的青石街道，青铜雕像高高耸立的伦敦古老桥头，虽然在另一颗星球，却和档案馆角落里红色的小圆桌相互映照，仿佛比身边的景物更亲近。那些人始终在他身边，让他相信静默而持久的思维并没有错。

他很久没有去贝塞尔伊达影像资料馆了。曾经有那么几年，他每年都会去两次。这几年慢慢淡了，疏远了，去得少了，该纪念的人也没有纪念得那么频繁。只是他仍然牢牢地记着乘车的线路，即便换了始发站点，也依然轻车熟路。他出门前通信联系了，现在珍妮特应该正在她的工作室静静地等他。

他不知道见了她该从何说起，每年他们见了面第一句话都不知道该从何说起。珍妮特比他年长十二岁，可是因为一些人，他们被连在一起，成为忘年的朋友。这些渊源他们不用说，因为确定无疑，所以从来都不用说。

瑞尼没有和洛盈讲过，他曾是阿黛尔的学生，和她在社群雕塑室学习雕塑课程三年半。那三年半对他来说，是最最重要的三年半。

瑞尼见了珍妮特，心里很有些发酸。自从地球来的年轻人带来了阿瑟去世的消息，她就像一夜之间苍老了好几岁。人的信念总是能支撑人的精神，而人的精神总能支撑人的年岁。珍妮特曾经十年始终保持活力，可是现在，皮肤一下子松了，嘴角出现了无法消失的纹路。

她看见他仍然保持非常亲密的友好态度，虽然那态度中带上了一丝忧伤。她引他到自己的工作室坐下，为他泡上一杯茶。他也不客套和遮掩，寒暄过后，直接把洛盈叙述的他们的革命计划告诉了珍妮特。

不出瑞尼预料，珍妮特一下子沉默了，眼睛望向窗外空中某个空无一物的地方。

"十年了。"瑞尼叹了一句。

"嗯。十年。"珍妮特说。

"有时候我觉得我看见了历史。"

"……"

"那种热情和正直，非常相似。"

珍妮特将目光收回，低下头，将自己茶杯中的茶一饮而尽，然后抬起头不胜悲伤地凝视着瑞尼，长长地叹了口气道："如果你都觉得看见了历史，那你说我呢？"

洛盈

当死亡在面前降临，洛盈和纤妮娅想到的是同样的记忆。那是地球上一个可怕的瞬间，在她们当时尚幼小的心里，那个瞬间一直存留了很久。

那是一个公共假日，人们都涌去海边度假，城市里人丁稀少，水星团十来个伙伴们好不容易凑到一起，从世界各地飞到曼谷，租了一艘廉价的运货小飞艇，在城市半空中漫无目的地飘着。运货飞艇速度很慢，摇摇晃晃也不稳当，但船舱很宽敞，让他们舒舒服服地围坐一圈玩扑克。洛盈盘腿坐在船尾，男孩们边笑边吵，舱内的气息懒散而欢愉。舷窗外是钢筋铁骨的高楼，他们飞到楼中央的高度，有阳光闪烁在楼身边角。

那样一个慵懒的下午就被一个偶然的瞬间划破。当时洛盈随意地向窗外瞥了一眼，刚好就看到那个坠楼者。其他好几个人也看到了，手中的动作都停下了。那是一个男人，张牙舞爪地从他们飞艇边上一掠而过，衣服被风兜了起来，脸僵成一种扭曲的姿态，如一幅凝固的歪曲的版画强烈地映入他们眼帘。洛盈吓了一跳，趴到窗边，想看个究竟，可是下面一片黑漆漆的深渊，什么都看不清楚。在城市，楼顶看不见地，街道看不见天。洛盈吓坏了，身旁的索林揽住她，轻轻盖住她的眼睛。

几分钟之后，他们从网络上更新的讯息板上看到，那是一个自杀的药剂师，据传能制出抗击 KW32 病毒的特效药，被投资者普遍看好，纷纷把钱压在他身上，身价一路飙升，可是预报的结果一拖再拖，投资者的经费大把花出，他却迟迟拿不出令人满意的成果。他的身价曾经达到市场顶点，但在自杀前两天却已跌到谷底，让无数投资者被深深套牢。投资者怨恨丛生，他终于扛不住压力。讯息板在死亡讯息下登出颜色温暖的友情提醒：投资要谨慎，对于一些太前沿的研究不要轻易掏口袋，否则很容易空手而归。

那是他们第一次见到那样的死亡。那天晚上，他们在外面逛了一夜。先是在临街的小酒馆待到半夜，然后开始一直走一直走。街道本就清静，夜间更是人影全无，连路灯都稀少。龙格把自己的衣服脱下来给洛盈穿上。接近清晨的时候他们很饥饿，找到一间难得的没有打烊的小店，胡乱吃了些东西，小店里独自喝酒的男人和胭脂散乱的女人带着奇怪的表情看着他们。他们谁也没有再提白天的事件，但每个人都很压抑。他们心里清楚，没有人比他们更明白研究是怎么回事。研究是运气的试错，不是必然有回报的投资，谁也无法在这样一张时间表的管网里安然生存。

那个时候，他们无比怀念家园。他们知道家园的研究和探索没有这样的紧迫压力，因而以为家园里绝不会出现这样的事情。可是他们错了。

当回忆降临，洛盈赫然发现，它降临在一个她决然料想不到的场合。她还没来得及细细梳理过去的一切，现实就和记忆砰然重叠，强行从她的记忆库中调取了一幅画面，赋予它新的含义。这一切都超出她的预期。

洛盈对家园的预期是什么呢？她没有期待它像黄金的伊甸园一样富饶，繁花似锦，她知道它贫瘠、狭小、危险，时时刻刻走在生死存亡的边缘，每个人都必须谨慎地节约物资，她一直知道这些，但是她曾经幻想家园是一个安宁的地方，是一个让内心踏实的地方，是一个没有地球上那些危机的地方。她记得在家园每个人都有吃有穿，可以完成兴趣和梦想，没有压榨到分秒的工作，可以自主分配时间。这一切在记忆里是多么闲适，多么自由。可是现在，周围似乎突破了她的记忆。它不像想象中那样简单安逸，它依然有许多竞争，许多无形的管束，许多不得不遵守的压制，它甚至将每个人约束在电路一般的节点上，动弹不得。在它的体内依然有死亡，有明争暗斗，有正直的人因为偏见而得不到幸福。这是一个什么样的世界呢，为什么它也像另一个世界那样让人生存得那么艰难？

瑞尼医生说他想做一个与他人面对面的人，洛盈想，那么我呢？

瑞尼医生不是一个行动者，洛盈不确定自己应不应该是。她犹豫着接下来的行动还要不要参加。这是一个很大的抉择。最初她不想参加，后来想参加了，道具都帮忙做了，现在和瑞尼医生谈过，又有些不想参加了。

洛盈坐在窗口，望着天空，两种选择在心里交错占据上风，很长时间做不了抉择。目睹的死亡像一柄划破生活幕布的小刀，记忆之库被划开巨大的口子，许多片段像破闸的洪水一样倾泻而出，她坐在世界之外看自己彷徨。

她回想着自己上一次参加集体运动的时间，那是和地球的朋友们一起行动的记忆。她跟着的是回归主义者，一群极端环保主义者，因为环保而热衷于各种古老生存方式，试图拆毁现代都市。在二十二世纪几乎所有未开化的原始民族都接近消亡的日子里，这样的热衷带有一种很极端的猎奇的信仰感，因为太稀少，所以极端神秘而富于吸引力。他们都是很年轻的人，在世界各地发起各种各样的抵抗活动，抵抗日益变成不可阻挡的大城市运动。那个时候，地球上的城市越扩越大，将零散居住的人们全部笼络到一起，集中居住，减少交通耗能。这本是应对能源压力的举措，但回归主义者却不赞同。

"只是欲望无限罢了！"他们说，"完全不需要的。"

那时他们坐在高原的帐篷前，围着篝火，洛盈仰头听着。

"建造那样的超级城市要消耗多少能源？"一个大男孩给她讲解，"维护荒僻了的环境又要花多少代价？从前那种一个个简单的小镇多好，零星分布，那是最好的方式！说什么小镇满足不了生活？人们为什么非要从小镇跑到大城市？还不是因为欲望无穷！欲望是一切的堕落。地球原本就是天堂，但人跟着欲望堕落，你看现在已经把地球毁坏成什么样子了！"

洛盈似懂非懂地点点头。

"我们要趁自己还有一点纯洁的血，与一切欲望至上的奢靡对抗，拆掉他们的梦。"

他们总是义愤填膺。

"我们要示威，要拆毁那些坏建筑，回到自然，喊出愤怒，发出我们的声音。"

洛盈想了想问："你们和政府谈谈不可以吗？"

"我们可不信任他们，"他们笑笑，"你是独裁者的孙女，你信任政府，但我们不。"

当洛盈问这些问题，她其实已经不在乎答案。那时她已经跟着他们长途跋涉来到了空寂无人的高原大陆，在亘古恒常的雪地阳光里用铁锅煮菜，坐在帐篷门口仰头看难得一见的星星。她不清楚他们的目的，但她跟着他们摇旗呐喊。她像一个单纯去玩的孩子，不问前路与方向，只是兴奋地向前跑，没有彷徨。现在想想，那些日子多么沉醉而幸福。那些她曾经快乐地全心投入、无须多想的日子，跟着那群坚定而热情的理想者游行示威、摇旗呐喊的日子，在现在的她看来，是多么幸福。那一次他们最终因为破坏高地上的飞机场而集体被捕，在三日拥挤的拘禁之后遣返各国，以一个不够漂亮却轰轰烈烈的结尾为行动画上句点，在混乱中大笑着离别，从此各奔东西。

想到这里，洛盈忽然跳下地，光脚跑到墙边的屏幕前，打开邮箱。

伊格：

你还好吗？

之前你提到的行动进展得如何了呢？很敬佩你的行动，希望你一切都好。

今天想问问你，你知道不知道地球上的回归主义者们的近况呢？他们又发起过什么行动或者有什么新的宣言吗？他们现在好不好？我曾经和他们一起行动，现在有些挂念。

谢谢。

洛盈

自从地球代表团来访问之后，两个星球已经恢复了通信。洛盈将这些写下，点击发送，看着远去的信件图案呆呆地坐着。她发觉自己还是需要行动。她其实并不太关心制度。这样一种或那样一种制度对她来说没有那么大分别，让纤妮娅义愤的系统的恶在她看来也不是那样有感觉，她只是受到那种行动本身的吸引。她喜欢的是在那种行动中看到一个人身体里迸发出的坦率的生命力，一瞬间的释放，不像平时许许多多

374

拘谨、委屈、充满修饰的样子。在那种行动中，一个人是生动有力而与自己的意志合一的。她羡慕那种状态。

她想着他们的行动，下最后的决心。无论如何她觉得值得做一次努力。她十八岁，站在世界的边缘，这个世界不让他们感觉称心，这也许是他们唯一一次与它战斗的机会。她想来想去，还是决定要参加。

行动前的最后一次商议，在洛盈最想踏入又最不想踏入的地方——她父亲的书房。路迪邀请纤妮娅和洛盈其他参与此事的朋友来家里商议。洛盈吃了一惊，她没有想到哥哥竟然如此郑重其事。

洛盈有些踌躇，经过这些日子，父亲的书房已经成为头脑中一座幽深的园子。她已挺长时间没有踏入那里了，她不知道是怕什么，肯定不是怕那些属于死者的纪念品，但就是不想直接面对那些她曾拼命追寻的事物。或许是因为起初的追寻太用心用力，于是遭遇到波折便容易走另一个极端。她跟着哥哥推开书房的门，沉默不语，脚步微微迟滞，身旁经过纤妮娅、龙格和索林，谁也没发觉她的迟疑。

房间还是清冷安静的。

靠着墙的长方桌上睡着画笔、刻刀和没有收拾的茶杯碟，仍然仿佛热闹的筵席刚散，每样物品都带着古董般的朦胧。日光从窗口斜射进来，透过青绿色的窗框，折射出一圈冷而静谧的弧光。日光没有照到的地方，暗影向深远延伸，将窗边的亮烘托得更加明显，给那里晕染出一种夜晚没能显现的出离尘世的圣洁。

"坐吧。"路迪招呼着其他人。

洛盈看到他们依次错落着坐下了，心里赫然一惊。他们散坐在书柜四周，哥哥靠近纤妮娅，索林和龙格坐在他们对面，有人靠着架子，有人脚蹬着台架，胳膊搭在腿上，所有的一切，位置、姿态与神情，都与她头脑中模糊残存的儿时记忆不谋而合。小时候她就是在这里，在所有人的侧面倚着架子一声不吭地看着，而那些快活的人也正是这样散坐着，神态昂扬地讨论某些超越现实的事情。

洛盈看着他们。纤妮娅侧着头，仰头环视房间里悬挂一周的绘画，头发如瀑布般垂落身后，神情好奇而充满兴奋。索林和龙格已经开始端详书架上的书名，尽管没有触碰，眼神却已穿透书脊，低声讨论。路迪靠着书架站着，显得长身玉立，他今天穿了便装，高挑而英俊，嘴角挂着自得的笑容。

"你们行动的日子定了吗？"他问纤妮娅。

"还没有。倾向于四五天之后吧。"

"周日如何？"路迪建议道，"那天有议事院大会，能引起的关注更多。"

"那会不会太挑衅？"索林有一点担忧。

"没事。"路迪说，"我保证你们不会有事，就看你们敢不敢正面行动了。"

纤妮娅挑起眉毛笑笑："那有什么不敢的？"

洛盈没有插话，她一点也不想说话。她只是陷入时空交错的恍惚，看周围不像真实。棕色的书架蒙着金色阳光的纱，墙上的照片自动播放，像现实的映照。妈妈黑头发黑眼睛热情如火在空气里发表演说，爸爸坐在对面手搭在膝上低缓地论述。他们就站在现在的他们身旁，笑靥明媚，目光穿过她的身体。还有另一个人，那个叫阿瑟的身材不高的人，头发深而卷曲、不多话的人。她对他的记忆很浅，但她能记得他抚摸着她的头顶，给她讲水手辛巴达的故事。他们的面容和身影定格在空气里，像透明的幽灵始终在四周呼吸。窗边的台面穿过时间，未完成的雕像沐浴着十年的光。

"哪天去我都不怕，"纤妮娅盯着路迪，"我只想知道你为什么这样帮我们。"

路迪微微笑笑："你想听实话吗？"

"当然。"

"一个原因是，我想我爱上你了。"

纤妮娅嘴角泛起一丝笑："我不相信。谢谢。"

"另一个原因是，我赞同你们说的。"路迪不以为意，仍然平静地笑着，"其实我早就想提出对系统机构的改革，但一直怕太刺耳，从来没对人说过。你们提出的所有弊病，机构僵化、方式单一、个人缺少自由，我都很赞同。你们提到了电路一样的行政机构，在我看来，绝不仅仅是行政机构，而是所有机构都有着电路一样的控制，不给人自由，从一个实验室到另一个实验室，只不过是零件一样的环节，按照设计运行，不需要灵魂。我早就想发起类似的改革了。我们都要求一个更好的世界，绝不能对缺陷视而不见。"

"可是，"索林皱皱眉说，"我想你扩大了我们的主张，我们没打算涉及得那么远。工程机构太复杂了，我们没打算插手。更何况现在不是有实验室自由联络申报项目的制度吗？"

"是，可是你们恐怕不了解。"路迪说，"如果你把每个实验室想象成一个元器件，电阻电容量子晶体管，或者随便什么，那么所谓的自由组合就是自发将自己融进电路，争相让自己成为下一个大电路的一部分，而一旦立项成功，剩下的只有重复与服从。你们知道谁是其中受益的人吗？只有那些功成名就的老人。一旦他们掌握设计下一代社会电路的权力，就会利用身份让人归顺他们画出的轨道。他们的权力太大了。你们说的问题绝不仅仅是行政的问题，而是一个社会运行的哲学问题。我们既然要发起行动，就不能畏畏缩缩，要直接，要尖锐，要像一把刀直接插入这个世界的心脏。"

没有人说话，寂静在等待。纤妮娅微微眯着眼睛，思索地看着路迪。索林和龙格相互看了一眼。

"我觉得你说的问题，"龙格突然插嘴道，"症结在于丰功伟绩崇拜症。"

路迪谨慎地问："那你觉得呢？"

龙格没有回答，而是继续问道："可我们不知道你想做什么。"

"我想做什么？"路迪眼睛里闪过一丝黑色的光，笑了笑，慢慢走到书房另一侧的墙边，用手缓缓拂动，又快速在小屏幕里点选了几个选项，然后向下用力一挥，按动某个按钮，同时手臂滑过整个墙面，仿佛用手在墙上挥出熊熊燃烧的画面，声音冷静地说："我想做的就是我父母曾经做过的事情。一场革命。"

洛盈倒吸了一口气。

她紧盯着对面的墙。墙上是老照片。照片里有她的父母，清晰的面孔，表情激昂，并肩站着，长身玉立。他们穿着庆典时的礼服，只是领口袖口都随意敞开着，显得华丽修长却不修边幅。在他们身后，两台高大的机械探矿车像两座猛兽蹲立潜伏，静静候命，车身上从顶到脚垂下巨幅海报，上面画着旗帜、神像、人群，写着巨大的"我们不要腐坏的压制"。

照片静静地播放着，有更多人出现在画面里，有的人蜂拥着向前跑，有的人挥动手臂向人群说话，有的人举起播映着动画的旗子，有的人围绕着康坦和阿黛尔向他们注视。在所有画面中，都有"要平等"或者类似含义的标语和俏皮话，出现的人群不算广大，但有一种沸水般的热忱一直扑到画面之外。

洛盈看得呆了。她慢慢走到墙边，像是要直接走进照片里。路迪已经离开屏幕回到讨论中了，讨论又开始了，纤妮娅好像说了什么，可是洛盈什么都没有听见。她伸出手抚摸着墙壁，像是透过画面抚摸到时间尽头父母的脸。

她突然想起了眼镜，于是跑到门口，拿来戴上。她已经很久没有走入过全息的影像空间了，全息世界没有哪个时刻像这一刻这样诱惑她进入。她戴上眼镜，全神贯注，在照片突然搭建成的三维立体世界里左右张望，克服暂时眩晕，努力辨认身边的场景和身边的人。

她身边不是父母集会的地方，也没有父母的存在。也许是选错了，也许是刚才的照片没有全息的版本，程序自动为她定位了其他地方。总之她没有看到她想看的场面，而是掉落在一个肃穆却有些阴郁的大厅，周围有很多人沉默地坐着。她认出这是在议事院大厅。周围的沉默显得非常刻意，有一种压抑的氛围在四处蔓延。

这不是她感兴趣的场景。她刚想离开，回到文件夹重新寻找父母的照片，可就在这时她看见了爷爷。他从一个侧门进入，迈着平稳的步子坐到主席台上，在他身后跟着一众叔叔伯伯。他开口说话了，可是她听不见他说什么。照片没有声音，或者是有声音但她没有找到开关。她只看到他的面容非常平静，只是隐隐约约透露出悲伤、疲倦和负疚，他像是在做什么陈述，又像是对着所有听众做自白。他解下了胸前一枚金光闪闪的徽章，静静放在面前的桌子上，环视全场。

接着，她看到了胡安伯伯。她不知道发生了什么，只觉得画面出现了很大的转折。胡安伯伯从他的位置上忽然起立，打了个手势，现场的所有人便都顺着他的手向上望去。洛盈看不到他们在看什么，她只能看到胡安伯伯面容非常严厉，显得气势汹涌，黑亮的脸膛上挂着谁都不敢轻易挑战的强硬和冷峻，挥手镇压全场。

她还想再看，可是突然一下，画面全黑掉了。

她摘下眼镜，看到哥哥站在她面前。他关了控制屏，身旁的墙上也已经空空如也。他接过她的眼镜，她想从他手里夺过来，可是他从容地将眼镜收回到自己的随身口袋，面无愧色，却有一种不容置疑的坚决。他朝她摇摇头，表情和缓却居高临下，似乎在说"听我的，我是为你好"。

洛盈心里气恼，赌气地摇摇头。自从裙子事件之后，她最不喜欢哥哥的态度就是自作主张的"我是为你好"。她渴求地朝他望着，可是他已经转过身，朝房间外走去。她追上他，这才注意到，其他几个男孩女孩已经先他们一步离开了房间，房间又空寂了，像什么人都没有来过一样空寂。

"哥，"下楼的时候，洛盈停在栏杆边叫住路迪，"那是怎么回事？"

"什么怎么回事？"路迪转过身，微微仰头看着她。

"我看到的那些影像。"

"我不知道你看到了什么。"

"哥，发生什么了吗？你的态度为什么不一样了？两个月以前你还反对革命。"

"有吗？"

"有啊。当时我问你为什么爷爷禁止示威革命，你说那太危险，就该禁止。"

"哦。"路迪没有什么表情，想了一会儿，慢慢地说，"也许说过吧，但我有点想不起来了。"

洛盈犹豫了一会儿说："我觉得你变了。"

路迪的嘴角浮起一丝笑容说："我知道我在做什么。"

他们默默地下了楼，纤妮娅他们已经到了门口，点头向他们挥手。路迪和他们似乎又约了什么，但洛盈没有什么心情听。纷繁的画面在脑中盘旋，仿佛替代了现实周遭。

第二天，洛盈来到北区第一飞行中心。这是她第一次来这里。飞行中心建筑宏伟，人影稀少，辽阔的大厅由四十根银灰色的立柱环绕一周撑起，地面交错着静止的滑道。大厅四周有仪器设备自动运转，安静而井然有序。

洛盈远远看见安卡，他正一个人忙碌，没有看到她。这一天是他值班的日子，洛盈在公布的排班表上查到，没有和他预先打招呼，就自己来了。安卡背对着她，低着头像是在修理什么东西，俯身的后背显得宽阔平坦。洛盈轻轻地走过大厅，敞阔的存储空间里躺着两架崭新的飞机，银白色，流线造型细长，外表光滑闪亮，看起来像两只线条完美的搁浅的海豚。高昂的钢架搭在大厅四周，机械臂严谨地收着，带着不怒自威的庄严。大厅里除了安卡一个人都没有，墙壁上一闪一闪的监控小灯像是带有意识的陪伴者。

安卡在侧墙边的架子旁，单膝跪在地上，双肘撑开，双手正在装配什么东西。在他面前，一个拆开的白色部件分两半躺着，如同两块打开的蛋壳，一半几乎空着，另一半布满密密麻麻的电子插件。

"安卡。"洛盈轻轻叫他。

安卡回过头，有点惊讶，用手背蹭了一下鼻尖上的汗珠，将鼻尖蹭脏了。

"你还在修飞机吗？"

"嗯。导航仪。"安卡摊开手指指地下，"快完事了。"

"之后就可以飞了？"

"但愿可以。"安卡叹了口气。

洛盈看着他倦意丛生但专注的面孔，不知该怎么安慰或鼓励。

"你都是这么手动修的吗？"

"那当然不行了，"安卡摇摇头，"集成密封的小部件打不开，都是去维修站申请的操作时间，用机械手臂干的。"

"好厉害！"

"要不然能怎么办呢？"安卡无奈地笑笑。

"费茨上尉还是不肯给你好飞机吗？"

"肯。但要让我当众检讨。"

"这样啊……"洛盈于是不再问了。

安卡看看她，不以为然地笑了一下，又蹲下，手里开始忙碌。洛盈坐到旁边一只小工具箱上，静静地看着他。

"你今天怎么想起过来了？"安卡边修边问。

"有……两件事。"洛盈说，"一件是想问问你，在飞行系统里，胡安伯伯是一个什么样的人？"

安卡抬起头，双手停下："怎么问这个？"

洛盈将她看到的画面大致说了，然后又补充道："不知道为什么，胡安伯伯给我的印象总是每次都不同，有时候那么好脾气，有时候又那么厉害。我不知道那一次发生了什么，所以想来问问你。"

"这个我也没有听说过。"

"胡安伯伯在系统里是什么样子呢？"

"他……"安卡想了想，"是个有思想的人。不过似乎是个反道德主义的人。"

"这是怎么看出来的？"

"我也说不好，只是一种印象。"安卡顿了顿又补充了一句，"他讲话不多，我们平时也不太能见到他。"

洛盈点点头，又问："飞行系统平时可以调兵是吗？"

"是，可以。"

"为什么呢？按理说，飞行系统不是只能决定运输和巡航吗？"

"按理说是的。可是飞行系统的设置从始至终都是军事化的，随时可以调动。"安卡说到这儿，忽然想起了什么，"你还记得我们从山谷飞出时看到的基地吗？"

洛盈仔细回忆了一下："你是说最后我们飞在空中看到的那个？离安其拉峭壁不远的那个？"

"对。"安卡点点头，"我回来以后才知道，那里是一个秘密军事研究中心。"

"军事？"

"是。下属于飞行系统。"安卡说，"据说当初是胡安总长亲自设立的。"

"是吗？怎么从来都没听说过？"洛盈很诧异，"难道爷爷也同意吗？"

"这我就不知道了。"

洛盈沉默了一会儿，近来进入心里的信息越来越多了，都是从前没有听说过的事情。她还不知道该怎么看待它们，只觉得她的世界远比她能看清的复杂。安卡也若有所思，手中的事情暂时停下了，眼睛微微眯着，无焦点地看着地面，胳膊搭在蹲着的那条腿上，像是在琢磨什么问题。

"这周日，你来吗？"洛盈轻轻地问。

"周日？"安卡看看她，"周日做什么？"

"就是我们的游行集会啊。"

"干吗的游行集会？"

"纤妮娅发起的，号召房屋和身份流动起来的游行。群发的邮件不是一直在讨论吗？你没收到吗？"

"哦，"安卡有点无所谓地说，"收到了。但没怎么注意。"

"那你去吗？"

"我不知道，看情况吧。"

安卡显得很淡漠，有点心不在焉，修长的手指又开始忙碌。洛盈看着他忽然觉得他离自己远了。她今天来找他，其实是想说说心里不安而纷乱的感觉，寻求一些温暖慰藉，而不仅仅是谈论一些他们本身并不能很好理解的大事情。可是她不知道该怎么继续了，安卡就坐在她对面，但她没办法让自己的惶惑传递出来。她回想山洞里那个寒冷却温暖的夜晚，觉得似乎已经很遥远了。他们回来之后被隔离了一个月，之后又都在忙，匆匆见了也没几句话。洛盈忽然觉得两个人之间似乎也没什么特殊，曾经若有若无的温情更像是临时的一阵情绪起伏。她想起纤妮娅的话，想起纤妮娅对一切长久感情的悲观态度。

"你关心我做的事情吗？"她一阵冲动，突兀地问。

安卡抬起头，有点迷惑："什么事？周日的事吗？"

"不是。我不关心周日的事。"

"那是什么事？"

"不是任何一件具体的事，而是问你关心不关心。对我。"

安卡看着她，眼神似乎悲伤了一下，又忽然变得遥远："你想让我说什么呢？"

洛盈哽住了，安卡的淡然让她刺痛起来。她有点伤心地说："我想让你说什么呢？我能让你说什么呢？"

安卡没有回答。

洛盈沉默了一会儿问他:"你相信永远的感情吗?"

"不信。"安卡说,"我从来不信这些东西。"

洛盈什么都没有再说。她站起身来说要回去了。安卡点点头,让她小心,说自己还得值班,不能送她了。她其实希望他说些什么或者留她再坐一会儿,可是他什么都没说,于是她默默地离开了,径直走出大厅,一路没有回头。

吉儿

路迪哥哥到底是什么意思呢?

吉儿这一天心情很复杂。路迪的举动很怪,她偷偷思量,像一种暗示,也像一种表白,但有些地方觉得又不像。这世上再没有更复杂的状况了吧,她想。她很想相信她的直觉,但又怕是自己太感性,太小题大做。

一般人都不知道,我其实是个悲观的人。她自言自语。明明期待幸福,但幸福离得稍微近些,就不敢相信了。

她重新在头脑中厘清思绪。

事情发生得一点征兆都没有。路迪就那样走过来,请她第二天跟他去参观实验室,吉儿只觉得满心惊惶。他是当着大家的面来和她说的,就像书里写的一样。她和伙伴们坐在花坛边,他和朋友们从一辆隧道车里出来,看到她,走过来,和她的朋友小声打了招呼,走到她身边,问她愿不愿意第二天一起去新水利方案的工作间。他笑容明朗,态度彬彬有礼,语气又不容置疑,她好半天都不敢相信自己的耳朵。

吉儿不知道当时自己有没有脸红,现在只觉得两颊微微发烫。尽管是在自己的房间里,她还是用手捂着脸,轻轻咬住嘴唇,不让笑意蔓延。

……既然是邀请,就算不当成表白,也至少表示一种好感吧。至于为什么不去音乐厅,却去实验室,那也许是要我了解他的工作呢。……

可是，当我问他明天穿什么好，他为什么眼神显得那么疏远，而且还不时去看旁边的莉莉呢？……路迪哥哥会不会是喜欢莉莉，所以才和我说，故意气她呢？……应该不会，路迪哥哥不是这种人。……但我看着他的时候，他真的显得有点尴尬啊。……从来没听说路迪哥哥喜欢谁呀。

吉儿觉得有些心痛，长长地叹了口气。

有什么办法呢，她想，谁让我太敏感，能注意到那么多别人注意不到的细节呢？她轻轻叹了口气，看着穿衣镜里的自己。她看到镜子里的女孩很伤感，圆圆的脸上挂着不为人知的愁绪。

吉儿从小和洛盈玩，和路迪相熟，受他照顾，了解他的各种习惯。她常常觉得是那时就埋下了种子，虽然随着洛盈离开，见他少了，种子没有很快发芽长大，但却一直在心底孕育埋藏，缓慢生长。心底的梦就像一座神秘花园，一直相信会有那么一个人在某一天降临，照亮自己的一生。

十六岁那年，她等到了那一刻。她在社群的舞会上看到了路迪跳舞，那是所有满二十岁少年的成人礼，路迪在人群中央，吸引所有注意，笑容充满霸气，目光骄傲，半敞开的衬衫，韵律里充满着力量。她从此沉入长久而执着的迷恋，为他笑，为他苦恼，为他修改自己，心甘情愿。

吉儿总想知道路迪喜欢什么样的女孩，贤淑文静的，还是活泼靓丽的？她给路迪看她的画，看她的设计，如果路迪表现出一点点赞许，那么她就会充满幸福感，头脑灵活，才思敏锐。他喜欢上次她给洛盈做的裙子，她便从此设计舞裙和礼服。

她知道路迪很优秀，便希望自己也能同样优秀。她只是设计的新手，还没有知名度，她的创作引用率和成衣的点击量都只是初级水平，为此她又心焦又发奋努力。服装设计和其他大部分行业都不同，这是一个和餐饮类似的竞争很强的市场，不像生产某一种钢铁薄膜或者精密探测器靠工程争夺预算，衣服就是衣服，拼的就是点击量，点击量是实打实的，客人选谁的设计就生产谁的，产量就是受欢迎度，直来直去，一点都遮掩不得。吉儿的成绩很一般，她常常为此灰心气馁，有时候觉得自己这样平凡太不出众，无论如何都配不上路迪哥哥。她费了很多心血，网上的设计总是更新得最勤。

吉儿常常猜想，为什么路迪没有对哪个女孩特别倾心过。她猜他的标准很高，或是先以事业为重，或是他心里藏着特别的想念，也或许他只是不像一般的男孩那么浮夸，相对保守，对情感不善表达。不管是哪一种情形，对于吉儿来说，都是别样的吸引力。吉儿觉得他一定是对感情特别看重，才会这么多年独身一人。

吉儿没来得及多想。今天是山谷模型试水的日子，吉儿是积极的志愿者，要参与集体服务。她原本就对此兴致盎然，这一次有了心满意足的兴奋，更是斗志大涨，带着对次日的约会的快乐期待哼着歌就出了门，脚步雀跃。她看到到处阳光灿烂，花朵烂漫绽放。

试水定在历史馆门前的金光大道，吉儿一边走一边想着这个名字，觉得真是吉利，似乎直接预示了次日的好运气。她到达的时候，已经有很多人到了，每个人都穿着画着卡通画的白色背心，正在忙忙碌碌地布置场地。

"嗨，沃伦！"吉儿笑着招呼一个相熟的同学。

"吉儿。"那个男孩搬着箱子，歪歪头向她招呼示意。

"你这是干什么呢？"

"搭水车模型呢。一会儿就能转了。"

"我能干点什么？"

男孩向历史馆方向努努嘴，说："那边，霍利先生在分配呢。你快去吧，再晚点就没事干了。"

吉儿急匆匆地朝男孩指的方向跑过去，历史馆正门前厅外前围着一大圈人，排着队凑在台阶上，中央的霍利先生正拿着一张电子记事簿大声吆喝，宣布目前需要做的工作和每一样工作需要的人数。底下人员众多却不乱，每一次这样的大型临时活动都这样在现场分配暂时职务，他们早已经轻车熟路。霍利先生每次喊出一个任务名称，就有一批志愿者主动报上名字，旁边便走过来一个稍微年长的研究员，引领他们走向任务地点。吉儿凑在人群后面，焦急地跟着排队，生怕任务分完。

在金光大道正中央，一座颇为壮观的模拟山谷已经搭造完毕，在从前排列高级将领雕塑的圆形下沉广场上，由砂石岩土垒砌而成，倾斜的盆地，山壁上布满蜂窝般的山洞，无论是形态还是表面都逼真而壮阔，土黄色的斜坡反射着太阳光，不耀眼却气势辉煌。山谷从顶到底修筑了沿山脊而下的长而曲折的河道，沿途分枝蔓岔，经过一众依山而建的洞屋，汇入谷底。山谷中央，悬挂有一盏巨大的灯球，仿佛一轮尚未点燃的太阳。

"水闸开关监测！"霍利先生朗声叫道。

几个少年举着手从人堆中挤到一旁。吉儿又向前挪了挪。

吉儿仰着头，踮着脚尖，一面看着霍利先生，一面看着人造的山谷。山谷的粗糙让她觉得有些恐惧，但那壮观还是让她动容。

吉儿开始想象将来在这样的山坡上生活的可能场景，想象着未来的房子，想象到了那个时候怎样出门约会，怎样逛商店。她的思绪飘浮像一朵白云，很快飘到了路迪身上。她一直有一个梦想，梦想着亲自选择她和路迪的房子的样子。这是一个最最隐秘的愿望，她从来没有告诉别人。她不懂建筑，但她觉得自己对细节和美感很有了解。她能从一般人不注意的小东西里发现味道，最喜欢的事情就是一边走一边思考一座花园的妙处，幻想在将来和路迪一起讨论新家的图样。

她总觉得自己最感激的发明家就是加勒满爷爷，他发明这样的房子，发明这样便利的小机械建造程序，一定是为了让每对相爱的人一起选择家的样子。这是多么甜蜜的过程，选一个爱的住所，一生一世不分离。

"农场模型布景！"

吉儿正在畅想，霍利先生的声音又响起来。

吉儿忽然发现身前已经没有多少人了，于是连忙将手举得高高的，叫着："我！我！"她被成功选了出来，欣欣然地跟着一个三十岁左右穿白色实验长袍的女人来到山谷模型的一侧。女人非常和蔼，给她们每人发了一袋子花草与树的模型，指导她们在山谷的一片斜坡上一一插满。吉儿很兴奋，用手指拨沙土，将每个小模型一一细致插入。

"接下来这些天我们可能还需要一些志愿者的协助，"霍利先生的声音仍然嘹亮地穿过人群，"其中很重要的一部分就是实验田的监控和农活，如果有谁愿意，请稍后找马修女士报名登记。"

他的手指向带领吉儿她们的白衣女士。吉儿霍一下站起身来，拍打几下手上的沙土，雀跃着报名："我愿意！"

马修女士温和地笑笑："谢谢小妹妹，不过我们这个工作需要成年人。"

"我满十八岁了！"

"是吗？"马修女士笑了，"那你一会儿就留下名字吧，过几天我们有面试选拔。"

"还要选拔吗？"吉儿恳求道，"就让我去吧。"

"小妹妹，这可是需要很细心的辛苦活，关键的时段要二十四小时监控。"

"我能行！"吉儿想了想，又改口，"我一定努力！"

马修女士笑着拍拍她的头，开始和她交谈。吉儿好奇地问长问短，马修女士耐心地回答她每一个问题。吉儿问这是什么实验田，马修女士说很可能是火星第一块露天田地。吉儿惊喜地叫起来，觉得从来没有这样光荣，若是能去帮工，简直可以写进历史。

红红火火的操劳如火如荼地展开，日头从广场一侧升到头顶又渐渐偏西，整座山岭已经搭建得非常完整，从农田到电站再到居住社区都丰满生动，栩栩如生。一些挑选的动物模型散落在田地林间，若隐若现。山谷里安插的小人模型和山谷外忙忙碌碌的真人交相呼应，像两重神话与人间互为理想的创造。

下午三点整，在所有人的翘首期盼中，一座高高的储水车终于开到模型现场，如同一位巍峨的泰坦大神，以钢铁的身躯撑满生命的甘露，在众人的仰望中缓缓倾斜水罐，让离闸的清水像奔腾而出的神兵车马从天而降，注入模型山谷的谷底，注成一泓波浪翻滚的湖，水面节节上升。同时，悬挂在山谷中央的巨灯开始亮起，明亮的黄色光芒在灯罩的指引下投出方向明确的光束，照向一侧的湖水和紧邻的山岩。整个过程缓慢而庄严，投出一种非凡的气势，超越尺度之局限。

"我亲爱的朋友们，"霍利先生在台阶上大声演讲，"我们都是幸运的人，能够见证这样的历史时刻！这将是人类历史上最光辉最值得记载的历史转折之一，因为这是人类用智慧对宇宙自然的第一次大规模创造，这是人的力量与天的融合，是火星的荣耀，是我们作为一个独立种族向未来迈出的第一步，最重要的一步。能在这样的战役中参与并且奉献，是我们生于这个时代最幸运的光荣！"

吉儿听得心潮澎湃，内心激荡起幸福的志愿。她看着新生的大山和大湖，看着蒸腾而上的水雾和洒满光辉的土地，似乎已经感觉到清风吹到了自己脸上，鸟语花香随处可闻。她的眼角湿了。

湖水已经有了相当的深度，事先植入的虚拟湖藻随波荡漾，让水面泛出蓝绿色泽，微微反光。在大灯强而直接的照射下，山与湖的两侧呈现出截然不同的空气温度，水化为蒸汽升腾流动，在空中渐渐凝聚成云，越积越鲜明，让围绕的观众惊叹地窃窃私语。接着，又经过一段时间游走往复，山谷上空聚集了足够的水汽，凝成水珠，一阵淅淅沥沥的雨在爬升的山坡上温柔降下，刚好洒落在一片绿意之上。所有人一同鼓起掌来，吉儿看到了自己插的树和花沐浴着雨露，激动得说不出话。

这一整天吉儿都太兴奋，以至于完全没有去想第二天她和路迪要去看的地方。

事实上，路迪从一开始就告诉她，他请她去的是光电薄膜实验室，只是她当时太紧张，完全没有注意听。如果她听到了，她应该立刻就反应过来，那不是路迪的实验室，而是皮埃尔的。

皮埃尔

吉儿是我的光。皮埃尔想。

每当他想起这句话，就感觉到一丝微妙的绝望。他和吉儿同年，从小一起上课，一个组做实验，一同参加外出实习。他了解吉儿，就像了解他的花。她是最亮丽的光，他沉默地躲在她身后。她欢乐，充满活力，是他自己的对立面。她总是直率而有勇气，这是他最喜欢她的地方。他自己不具备这些，所以他喜欢看着她，看她笑，看她跺脚。如果能一直站在暗处看着她，如果能做一些东西让她笑，如果能听她清脆的嗓音响起，那该是多么多么美好。

皮埃尔沉默地看着吉儿。她和路迪走在他前面，一边参观一边有说有笑。皮埃尔觉得心中有一种抽紧的压抑感。他不是一个迟钝的人。当路迪带着吉儿走进他的工作室，他就猜到了路迪的意思。可他沉默着一言不发，不评论也不表态，从工作室到制造间，拒绝给出任何意见，从始至终，一直是路迪和吉儿两个人在对话。

"皮埃尔作品非常多。"路迪一边对吉儿说一边回头看了皮埃尔一眼。

"对对，"吉儿扬起眉毛笑道，"他呀，从小就是我们班的好学生。我们都算不出的数学题，他看两眼就解出来了，简直不像正常人！"

路迪又舒缓地说："这一次我们的新方案里，皮埃尔的反光膜占了很重的分量。"

"什么是反光膜？"

"就是一种类似镜子的东西，只不过很轻很薄，可以做得很大，柔性有弧度，又能布置回路，方位和形状都可以调控。我们把它悬挂在太空中，可以反射太阳光。"

"哦。"吉儿说，显得似懂非懂。

"你别小看这种膜，"路迪又看了一眼皮埃尔，说得饶有兴趣而充满耐心，"它可是至关重要，有了它，我们就能随时给湖水保温，即使在夜里，也能用两次反射带来阳光，保持水流不冻。而白天它能指向特定的方向，造成空气局部的冷热不均。"

"然后呢？"吉儿努力做出认真听的样子。

路迪微笑着看看她，说："然后我们就可以有流水，有云，有雨，有森林。"

"啊！就像模拟里看到的那样！"

"对。还有山上的城市。你喜欢吗？"

吉儿用力点头："喜欢啊，我昨天看得好喜欢！"

皮埃尔没有说话，一直望着吉儿。

她还是和平时一样，直冲冲的活泼扑面而来，情绪都写在脸上，笑的时候扬起下巴，就像个娃娃。他就是喜欢看她这个样子，说话时非常投入，对周遭没有意识，随时随地迸发出突发奇想式的惊叹，却完全不知道自己在说什么。她根本不懂她在说什么。这让她显得非常可爱。皮埃尔看着她看着路迪的眼神，内心的压抑变成刺痛，他觉得自己应该愤怒，但不知为什么，那种自伤的绝望却有一种特殊的吸引，让他沉溺其中不想行动。

他不希望自己这样，在心里叹了口气，开口打断了路迪。

"我试了，"他说，"还是不能确定。和那天说的一样，你们要求的面积太大了。"

路迪不动声色地看着他，说："没关系，我们还有很多时间。哪怕这次先申报，通过之后再继续实验也可以。"

皮埃尔转过身对着真空室。制造间里忙碌的机械臂发出低微的嗡鸣。真空室像一间厚重的小城堡，圆筒状的厚墙，透明圆形小窗。他们看到电磁场控制着灵活的操作臂，拉伸一张光洁平滑的薄膜，喷枪附近亮着光焰，多层分子精细搭配、密集铺陈，将薄和不透明的矛盾化于无形。

路迪在一旁看着他，小心地问："现在是在重力环境，如果直接在空间实验室加工，应该能做得更大，没问题吧？"

吉儿充满好奇地俯身看着，脸贴近小窗，手拢在眼睛两侧，撅着屁股。她今天把头发梳得高高的，脸颊两侧垂着几缕卷发，露着宽宽的额头，一说话就能看到眉毛上下翻飞。皮埃尔看着她，她没有发觉。他静静地想，她今天真漂亮，从来没有这么漂亮。如果再少一点故作端庄就更好了，她根本不应该压制自己的笑，她的眼睛很美，弥漫着傻乎乎的天真，她不了解自己，她是一道明亮的光。

他转头对着路迪，说："重力不是最大问题，问题是……面积太大，晶格结构会紊乱。"但他又补充说，"不过……不排除增加脉络骨架的可能性，但还得计算。"

他说得客观，没有夸大，也没有保留。薄膜是他的亲人，他像了解自己的身体一样了解它们。他生活在它们的怀抱里。它们温存地接受他的延展。如果他说它们可以扩大，它们就可以，如果他说不可以，那就一定不可以。这一点他还是有把握的。整个火星都没有人像他这样了解它们。他看着真空室里闪闪发亮的光滑表面，心里有一种隐没的温情。这种温情和对吉儿的温情糅在一起，让他心里的绝望感越来越强。他觉得也许最后什么都不会属于他，无论是他的薄膜还是吉儿。他迷恋的东西都不会属于他。

他知道路迪的用意，但他不想把吉儿牵扯进来。他看得出来，吉儿什么都不清楚，这让他觉得很难过。

当他们三个走出制造间，皮埃尔请求吉儿去取咖啡，吉儿兴高采烈地跑开了，皮埃尔和路迪站在走廊里。

"你不应该带她来。"他说。

路迪笑了一下说："我是真的希望获得你的帮助。"

皮埃尔看着他轻松愉悦的脸，用沉默作为回答。

"也许我不该这样。"路迪说，"不过，我刚才在路上和吉儿谈过，她是真的很喜欢山谷的方案。我不骗你。"

"我信。"

"还有三天……"

"你想让我参加答辩吗？"

"吉儿会坐在台下充满期望地看着你。"

"和她没关系。"皮埃尔说，"我支持不支持都和她没关系。"

路迪注视着他，慢慢收敛了笑容，声音郑重起来："好吧，那我也不多说了。不过再请你认真考虑一下，我们真的很需要你。"

皮埃尔没有说话。吉儿已经端着三杯咖啡和两盘小餐点摇摇摆摆地走了回来，远远地就和他们打招呼。他们没有再谈这件事，路迪也没有跟吉儿提起。

皮埃尔一直没有再说什么，平静地把两个人送了出去。吉儿在门口朝他摆摆手，跟着路迪走远了。皮埃尔能看到她仰起头对路迪笑的样子，心里很疼。他从来不知道自己是这样容易触痛。

皮埃尔沉郁地收拾了实验室，大步离开，坐上开往医院的车子。

他在路上想着吉儿。他不到十九岁，还不知道怎么和一个女孩相处。他喜欢吉儿，但只是喜欢沉默地看她自得其乐的笑容，离得远远的。他从来没有尝试触碰她，除了一次集体出行，吉儿穿了很薄的裙子，裹着圆润的身子，额头出了汗，喘着气去擦，他有一种抱住她的冲动，其他就一次都没有。即便是那一次，他的冲动也只停留在脑海中，没有付诸行动。他没想过她变成他的女朋友，也讨厌听其他男孩讨论勾引女孩的技巧。她是他的光，他不想亵渎。他希望自己的决定是自己的，与她没有关系。

皮埃尔每天从工作室出来都直接到医院。爷爷仍然昏迷，靠设备维持生命，他就在病房里陪他，坐在他旁边看书。需要他做的事情很少，但他没有什么其他地方可以去。爷爷是他唯一的家人，爷爷不在，家就空了。

皮埃尔的朋友不多，活动也不多。他不喜欢与人在一起，参加活动会紧张。他喜欢数学般的纯美，不喜欢人的堕落与庸俗。比起聚会，他宁可一个人在医院推导黎曼几何。

他坐在爷爷床边，按照惯例检查各项读数。一切正常。一连串精巧的小屏幕围成一个半圆，环绕在枕头外面，后面的床头上连接了更多仪器和屏幕。

他双手撑在座椅上，看着爷爷苍老的脸。爷爷，他在心里说，是时候做一个决定了。他们的河流保温方案都有很大问题，只有我的最有希望。他们提出蓄电加热、人造太阳，都耗能而且铺张，他们也想到太阳帆板的反射，但没有人的材料像我的那么薄而强韧。爷爷，如果我说不可以，那么河流派就要获胜了，我们就不会搬走了，白色的冰原会环绕我们的城市，和玻璃房子永远地映照在一起。你说这样好不好呢？

床上的老人没有动，但皮埃尔觉得他的眼珠在眼皮下转动。他知道那是自己的错觉，但他宁愿相信错觉的真实。

他每天都来和爷爷说话，那些话他平时不和别人说。他觉得说来也奇怪，他现在和爷爷说的话比爷爷清醒的时候还要多。

我想我已经决定了，爷爷，这个决定你会同意吗？

爷爷，他接着说，他们不会懂的。我已经能想到各种回应，是的，我能想得到的。但是他们其实都不懂。他们使用已经创造出来的东西，用得那么顺手，当作理所当然，就不愿费心思弄清楚。思考都是懒惰的，只有偏见才勤奋。我们的房子是我们的骄傲，这谁都知道，可是有几个人真的明白呢？谁也不明白。

他边说边给爷爷又盖了盖被子，好像爷爷会把被子抖掉似的。他潜意识里觉得爷爷还是那个易怒而威严的老者，站得笔直，忙碌在万人中，一刻都不得安闲。

有谁知道沙土的美。人们只知道晶莹剔透，曲线流畅，就好像建房子只是为了晶莹和流畅。他们不知道材料真正的美，不知道墙壁是复合玻璃，电池板是无定型硅，墙上的镀膜是金属和硅氧化物半导体，屋子里的氧气是硅酸盐分解的副产品，一切的一切，都是从沙土中来。我们的房子从沙土里面长出来，像一株花朵一样从沙漠里生长出来。谁能明白这些，谁能明白晶莹和粗粝只是一件事的两面，谁才能真正明白我们的房子为什么无法取代。

他说着垂下头去，将头埋在两手中间。雪白的床单在眼睛前面晃着，他有一点点眩晕。他弯着背，身体不自觉地紧张起来，爷爷的面容平静依旧，像在安抚他的焦灼。小屏幕上的淡绿色数字跳动着，三条曲线交错延伸，像沙漏抚过时间的水流。

至少我是明白的，至少我明白事物的本征，至少我明白真正应当延续的是什么。他喃喃地说："爷爷，你会同意我的选择对不对？"

三天后的答辩在议事厅举行。

皮埃尔独自坐在倒数第二排，没有加入任何一个阵营。路迪很热情，从早晨就替他安排，引他认识各位议员，推荐并中肯地赞扬。答辩开始后路迪需要坐到前排，皮埃尔不愿去，一个人留在后面。

他看着穿梭在人群中的路迪，心思漠然。他知道这世上注定有人属于瞩目的焦点，也注定有人不愿意受人关注。他和路迪从来都是不同的人。路迪从小就习惯了一举一动牵动目光，做什么只要随性子，研究提交自然有人评论，没有人注意就仿佛奇耻大辱。但皮埃尔知道，绝大多数人都不是这样，他自己已经算幸运，在他之外，更多人始终是处于暗处，在无人理会中顽强地生存。

只有注意力吸引注意力，只有机会带来机会。他想。这本来就是一个正反馈的过程，再怎么调节也还是变不了。

身边的议员来去匆匆，在开场前做最后的准备。始终有叔叔伯伯经过他面前，向他打招呼，他总是用最少的词语应答，这样的谈话让他觉得尴尬。他一个人坐在会场的最后，看着雕塑环绕的会议大厅一盏一盏灯光亮起，青铜雕塑的头顶被光环照亮。

忽然，一只手拍了拍他的肩膀。他转过头，是洛盈。

"嗨，"洛盈轻声招呼道，"你看见我哥哥了吗？"

皮埃尔向主席台的方向指了一下："刚才一直在那边。"

"嗯。"洛盈点点头，"也许出去了。我等一会儿吧。"

她说着在皮埃尔身边坐了下来，向他笑了笑。

"你今天要做报告吗？"她问他。

"嗯。"他点点头。

"你决定了？"

"嗯。你也听说了？"

"我听哥哥说了。"她像是宽慰似的说，"怎么决定都好，你想好了就好。"

"我不知道。"他说，"我也不知道我想好没有。"

她看了他一会儿，似乎又没想好说什么，犹豫了一会儿最后说："也许这是很大很大的命运，也不归我们说了算，所以别想太多了。"

"嗯。"他低声说，"谢谢。"

洛盈又静了一会儿，问："你爷爷还好吗？"

"还好。没什么变化。"

"大夫说没说过什么时候能醒来？"

"没说。"皮埃尔顿了顿，"不一定能醒。"

洛盈还想说什么，但就在这个时候，路迪从侧门走入了会议厅。皮埃尔指给洛盈看，打断了她安慰的话。洛盈于是点点头，站起身，向他告别，向会场前侧走去。

皮埃尔看着她纤瘦的背影慢慢走下阶梯，头脑中忽然回响起她话里刚提到过的一个词：命运。他似乎看到他们走在某个迷雾中的岔口，分道扬镳，任何方向都视线不明。这种感觉他还从未有过，他不明白为何忽然会有这样一种宇宙歧路的感觉。

命运不是真的，他对自己说，要坚持这一点。他想摆脱心里那种纷乱的不安情绪，命运这个词让他不安。没有什么是真的，除了完美的数学，他想。命运只是对无法解释的因果与现实的逃避性解释，一种非理性叹息，如此而已。再也没有什么事比定律更美。定律就是数学。数学是唯一纯粹的、永恒的东西。与数学定律的绝对相比，人世间的一切规定都是左支右绌的妥协。妥协都是临时的。临时的都是简陋的。

他这么想着，重复着心里一直的信念，心中的不安慢慢安定下来。他开始默念稍后在台上要讲的内容，熟悉的技术参数让他觉得内心稳定。完美的是物质，他又一次想，按照永恒的定律永恒存在的物质。与之相比，制度、风俗、利益算得了什么，不过都是朝生暮死的现象，为什么要对这些付出这么多精力。完美的宇宙才是人的永恒之所。他又看了一眼手中拿着的薄膜样品，薄膜散发出完美的光亮。

答辩会终于开始了。

议事大厅还很少像今日一样几乎每一个座位都坐满了人。议员们都到了，服装严整面目严肃，会场忙碌却鸦雀无声。皮埃尔沉默地坐着。台上的讲话人换了一个又一个。两组提案都集结了强大的团队，一位主讲人介绍，几位技术代表分别展示。演讲很华丽，展示很多样，未来的火星炫目地出现在穹幕上。问题非常尖锐。

过了很久才轮到皮埃尔。他平静地走上台，看着下面庄重的人群，心里有一种出离现实的漠然之感。

"对太阳帆的技术实现，我想负责任地表示：我可以。我可以设计出足够大而坚韧的反光膜，可以保证它在太空中能调整姿态和角度，可以让它全天反射太阳光到地面的特定位置，提供水体保温和蒸发的充分可能性，可以支持移居方案的开展。

"下面是我的详细方案和技术参数……"

台下响起一阵轻微的骚动，他装作没有发现。他知道不同人会有不同评价，这些他早就想过了，也早已不在乎了。他最终做了决定，顶着各式各样的压力，不仅为了吉儿，也更是为了心底埋藏的更为长久的坚持。

他环视了一圈，发现吉儿并不在，这让他心里又开始刺痛。他不喜欢自己这样，他更希望自己能对一切事物漠然看开，可是看到她不在，他还是无法抑制地刺痛了。

索林

索林没想到，现场会出现这么多人。他之前做了场面安排，但突然出现的计划外的参与者却让他的准备显得远远不够了。他有一种不好的预感，心里有点担忧。

龙格仍然在演讲。索林看着龙格棱角分明的侧脸，看不出他是不是对这新局面有所反应。龙格是不懂担忧的人，但索林不是。他清楚一个演员太多的舞台会脱离导演控制，人满为患的集体中会诞生各种意料不到。他觉得嘴里有些干渴，可是找不到水。他也没心情找水，只是略带紧张地观察着广场的每一个角落。

"洛盈！"

他忽然听到一声清脆甜美的呼唤，转过头，看到一个胖乎乎的红发女孩摇摇摆摆地朝洛盈跑过来，兴奋地抓住洛盈的手。索林觉得她很面熟，似乎打过照面。

"吉儿？"洛盈显得很诧异，"你怎么来了？"

"路迪哥哥叫我们来的。"叫吉儿的女孩笑着说。

"哥哥？"洛盈更诧异了。

"嗯。他说你们的集会意义深远，需要更多人的支持，于是组织了我们都来参加。"

"真的吗？他什么时候跟你们说的？"

"昨天。昨天下午。"

"啊？是吗？"洛盈轻轻皱了皱眉，"可是他为什么没跟我说呢？我半个小时之前还见过他，他一个字也没提。"

"也许他是太忙了吧。路迪哥哥总是那么忙。"

洛盈显得疑虑重重，勉强地点了点头。吉儿雀跃昂扬，看周围的一切都很新鲜，问长问短，四处瞅着，注意力迅速被龙格吸引。与她同来的几十个少年早已四下里散开，大部分围着龙格，也有一些孩子主动问其他人需不需要帮忙。

索林大致估计了一下，水星团十几人，之前被吸引过来的路人约莫三四十人，现在又加上这样一个庞大嘈杂的群体，小广场上已经挤入了上百人。若换一个大广场，这也不算太过分，但他们所选的场地只是一个普普通通的换乘花园，容纳这么多人就很挤。仍不断有人从隧道车出口出来，好奇地看着他们，上前打听，一圈一圈围在人群之外。旗帜和影像板被挤到了角落里，广场的行人通路几乎被阻滞了。索林觉得这不是好现象，超出预期的混乱都不是好现象。

龙格仍然在讲，声音慷慨昂扬，似乎无视现场的变化。

"……我们这个世界的控制与服从是与以往的世界都不一样的。"龙格说，"从前的统治者控制被统治者，不外乎三种方式，要么是传统家长式的，要么是律法和武力权威，要么是个人魅力，可是我们的世界都不属于。我们的世界已经演化成一个个庞大复杂的电路，每一个部门都是一个元件，每一个人都只是一个电子。我们所能做的只是服从，服从电压推动，服从设定好的蓝图，无法拒绝也无法逃离，任何自发的所作所为都不被接受。

"对一个人来说，建立一个住所无疑是人的自由权利之一，所有人天然就拥有这样的权利。然而在我们现在的世界，这权利也被系统控制并剥夺了，只有按照系统规定、向系统申请、由系统负责才能建起一座房子，钉死在一个地方。如果不按照规定生活，一个人哪怕再正直善良、有再多人愿意帮他也没有办法。这是什么样的世界？我们不要这样的世界。我们不要系统来决定生活。我们要在自己的土地上自由地呼吸！"

"呜啦！"有人鼓起掌来。他们才刚刚来，还没有听清楚龙格的全部内容，只是有一两个人叫了好鼓掌，一群人就跟着鼓起掌来。

索林听着龙格的声音，坚硬、节奏分明而理性的声音，能感觉到那声音里的力量。他不是情绪煽动的那一类型，但是他的坚决非常鲜明有力。周围的很多人听得很专心，有些人交头接耳，但看得出来不是讪笑也不是闲言碎语，而是意见不一的议论纷纷。这就是达到目的了，这一次行动至少相当大一部分算是成功了。

但是索林无法觉得放心，一方面是他心中隐隐不安的感觉越来越强，另一方面是他看到周围参与集会的人已经开始越来越随意行动，少年的情绪开始像烧至半开的热水，有气泡从内部慢慢升腾。有人散开成一个一个小团队，有人在场边拿着旗子挥舞，有人开始一边喊口号一边喊拿某些人开心的话，索林猜测那是他们的某个老师，非常适合在这样的日子发泄情绪。

所有这些场面都不是索林期待的。他原本不赞成集会示威，而最后之所以会答应，只是因为纤妮娅说只是讨论会，是一场希望唤起人们反思的关于制度与哲学的讨论会，他才同意参加并且负责了组织。他一向是统筹，他们信任他。他尽心尽力地安排了各处，可是他并不希望看到像今天这样的混乱局面。他不知道纤妮娅是不是预先知道这状况，这让他心里有些堵得慌。如果她知道，那么她是故意没有告诉他。

他不知道在整个过程中路迪起了什么样的作用，旁观纤妮娅和路迪的反复交涉让他有些嫉妒。他还没有见过纤妮娅这样受人影响。索林知道，龙格和纤妮娅都希望让事件产生广泛的影响力，规模越扩大越好，可是他不希望。他甚至一直对这次宣讲的主题都心有疑虑。他觉得他们所说的两个主题并不是一回事，房屋建造的自主和电路化的社会是两个主题，他不清楚将它们糅合到一起是不是正确，会不会将问题弄得不清楚了。他只希望讨论，只希望清楚。可是很明显，其他人并不是抱着同样的目标。纤妮娅的热情很执着，有一种非要促成一场变革不可的决心。

此时，纤妮娅正和洛盈在一起，投入地讨论着什么。索林穿过人群，挤到她俩身后，想和她们谈谈。她们没有注意到他，他听到了她们最后几句对谈。

"……你为什么不告诉我？"洛盈问纤妮娅。

"我猜你不会同意。"纤妮娅低头说。

"那你们为什么要这样呢？"

"我们需要支持不是吗？"

索林心头一紧。看来纤妮娅是知道的。她事先得到过路迪的通知，或者这根本就是他们一起发起的。这让他心中不是滋味。他从一开始就是被排除在外的人了。他呆愣了片刻，漏掉了洛盈的一两句话。当他反应过来，只听到一句没头没尾的话。

"……你这次决定相信了？"洛盈问。

"不是你让我相信一次吗？"纤妮娅说得有些勉强。

"为什么变得这么快？"

"……一种热情吧。"

纤妮娅说得短促，说完就止住了，似乎不想在这个时候说这个事情。她迈出一步，低头推起摆放的巨大影像板，开始向龙格的方向走去，试图将影像板推入最集中的人群。她走得很快，一直看着前方的地面，似乎是很小心地看路，也似乎是想快速离开身后的话题。沉重的小车她推得很灵活，索林和洛盈在她身后看着，对她瘦长的身体的力量与敏捷感到惊奇。

她是在说路迪吗，索林想，为了一种热情而相信他。纤妮娅一向是那么坚决固执，对谁都有不安全感，这一次为什么会这么信任路迪呢？是因为他说话时激情的语调吗，还是因为他做了她认为恰好需要的事情呢？

索林又看看洛盈，她静立着，脸色发白，在一袭白色长裙的包裹中更显得白得清透。她仍然没有注意到他，而是一直看着纤妮娅的背影，一只手放在嘴边，显得思绪重重。洛盈今天穿了古希腊风格的长裙，高腰长下摆，显得非常纤长。这是他们一致的主张，需要某人的装扮在集会中塑造一种古典讨论的氛围。她在周围跑动叫嚷的人群中静立，又穿着这样一身衣服，忽然给索林一种感觉，像是一个不属于周围世界的远古的形象，周身亮着柔柔的白。

索林刚想上前与洛盈说话，忽然，一阵骚乱吸引了所有人注意。

索林连忙将目光投向骚乱的方向，定睛看后发现不过是虚惊，只是几个相互不熟悉的孩子因为拥挤踩到撞到，吵将起来。他的心放回肚子，略略舒了一口气。

他想收回注意，可是喧闹却没有结束。小小的冲突似乎拉开了喧闹的序幕，很多人的声音开始越发此起彼伏。其他地方开始有其他争吵，像是一点火星在草场上四处蔓延。有人喊了句话，顿时获得一片欢呼。小广场上的人越聚越多，有个别少年开始和成年人争吵，似乎是他们的家长想劝他们回去，他们不肯。他们的声音很吵嚷，眼睛发亮，甩着手臂躲开上前拉他们的大人的手，表情决绝。小广场上声音混杂成一片，分辨不清，越来越喧哗。

索林越来越担心。人数的超标已经让他觉得不对，争吵和家长对立更是非他所愿。他无法估量这场面的走向，也无法估计会发生的状况。他不喜欢这样。他不喜欢一切他无法估计发展也无法控制局面的场合。

突然，不知道是谁大喊了一声还是去议事院前广场吧，那边又大又平坦，人再多也不怕，而今天又正在开会，不管做什么都更能吸引眼光。

"呜啦！"一大群人高叫起来。少年们本就像咕咕嘟嘟开始沸腾的水，此话一出，更像是点燃一把催动的火，一瞬间应者云集，大家欢呼着响应着，兴奋不已地叫着好。性子急的已经开始进发了，性子稳妥的也积极地收拾着东西。孩子们迅速凑成一条水流，高举着旗子和展板，像一支不正规的军队向前拥挤，带着满腔热忱跑着拥向小路，如同澎湃的大河汹涌着钻入河堤上修出的管型通路。

索林心里一紧。他不希望这样。集会只是集会，去议事院就是直接的挑战了。他想做些什么止住局面，可是他夹在一群兴高采烈的人中间，发觉自己什么也做不到。他想找洛盈谈一下，她没有跟着其他人一起动，在流动的人群中像一根白色的立柱。

索林觉得，如果说有谁可能对众人有所影响，那就是洛盈了。她一直说话不多，但只有她有这个影响力。

"洛盈，"他走上前叫她，"你不走吗？"

洛盈回过头来，看看他，似乎仍有一丝茫然："索林。"

"你怎么了？"

"索林，你能不能告诉我，如果你觉得一个人做的事情是不对的，可是那个人是你至亲的人，你会怎么做呢？"

索林迟疑了一下："你是说你哥哥吗？"

"嗯。"洛盈点点头，"我不知道他为什么这样做。"

"你是说找人来？"

"不仅仅如此。"洛盈显得忧心忡忡，"我有一种感觉。我觉得他安排了很多事情，包括刚才喊大家去议事院的那个男孩，我觉得也是哥哥事先知会好的。"

"真的？你认识他？"

"在我家见过一次。我不确定，什么都不确定，可是我担心。我不知道他为了什么。"

"那你现在阻止大家呢？"

洛盈抬起眼睛凝视着他："拿什么阻止？"

"就说你觉得这是不合宜的？"索林试图用肯定而安慰的声音说，"你有这个力量，他们都认识你，如果你说了他们会愿意听你的。"

"可是我不知道应不应该阻止。"洛盈说，"这是我的另外一个很大的困扰。我不知道人是不是应该努力做一些事情，改善世界的缺陷。纤妮娅的热情是真的。我不喜欢哥哥的方式，可是我还是无法去阻止。"

洛盈看着他，长长的黑色睫毛微微颤动，眼神凝注，写着坦率清明的困扰，微微咬着嘴唇。索林第一次发觉，犹豫和困扰也可以如此明确，他和她一样能看清楚这困扰，可是他和她一样没有答案。他们站在匆匆向前的少年中间，渐渐落在了小广场的最后。他们怀着不一样的心情一样地犹豫着，不知道应不应该跟上大家。

索林忽然发现，他自己早已经不是导演了。从舞台搭好演员登场的那一刻，戏剧就已经脱离了他的控制。他被所有的演员抛下了，他们要激情，不要忧心而保守的导演。他环视着周围只剩下零散杂物的小径和草坪，清楚这已经不再是他的戏剧。他俯身拾捡被人落下的碎片，洛盈和他一起。

"我们也过去吧。"洛盈轻轻说。

索林点点头。他们并肩赶上了欢闹着奔跑着的队伍末尾。

洛盈

洛盈越来越犹豫，不知道该进还是该退。广场被热情高涨又蹦又跳的少年们占满，焕发出一种或许很久不曾有过的激昂的热度。平日里的广场庄严、沉寂而肃穆，此时却是热烈、纷杂而喧闹。旗帜混合着歌声高高飘扬，狂欢般的孩子们一边大笑一边高声怒骂。

洛盈站在一边，有一些瞬间想冲动地和周围人一起欢歌，另一些瞬间想劝他们散去回家。他们让她回忆起从前和回归主义者大笑大唱着游行的情景，她喜欢那样的生命力，可是在此时此刻，她无法让自己这样激动忘我。她仍然感觉不安。他们是被哥哥用激情的话语鼓动而来的，现在却又唱又跳像是自己的主张，这让她觉得有什么地方不对。她说不清楚，但就是觉得这样不对。

她明白，兴奋是可以传染的，不必知道兴奋的缘由，只需要知道感觉。他们一路上将陆续碰到和不知什么人通知到的少年继续拉拢，现在除了水星团也有了上百人，散开在广场，散成呼啦啦一大片，他们兴致勃勃，像平时参加舞会和创意大赛一样兴致勃勃，将龙格和纤妮娅围在中央，手里挥动着巨大的展板。

"要改革! 要自由! "他们像歌唱一样喊着。

哥哥在哪里呢?

洛盈正在迟疑，忽然看见议事院的侧门走出十来个穿制服的人，朝着孩子们走来，边走边散开到广场两侧。她听不清他们和前面的人说了什么，但她能看到少年们渐渐拥了过去。她看不清楚，于是迅速从侧面穿过，绕到人群最前面。

"怎么了? "她试图问身边的人。

没有人理会她的问话，现场嘈杂，大家的注意力被各种状况分散。但当洛盈向前走，很多人都自动给她让开了路。她猜想是自己身上裙子的缘故，让她像一个来自异域的人，穿过人群不必费力。她看到在最前方对峙的双方言谈并不融洽，大人的面孔冰冷，少年的情绪高涨，大人的说话声很低听不清，少年的声音又闹着融成一片同样听不清，情绪从一侧向另一侧冲击。似乎有推搡，有吵吵闹闹，有新人不断加入的混乱。她越来越担忧。有人喊叫起来，广场像一片烧开的沸水。有人开始相互推搡，叫喊声传出来，激怒了更多人。

就在所有人的热情均上升到最高点的时候，议事院大门忽然开了。

大家一齐将目光投过去，只见缓缓打开的大门空空荡荡，透出其中肃静高昂的内门。地面辉煌却无人，两扇门像敞开的山洞，透出一股冷却的凉风。众人暂时都安静了。

好一会儿，一个身影出现在台阶上，向底下招呼了一声。

"洛盈，你过来一下。"

是瑞尼。

洛盈愣了一下。她没有想到会在这里看见瑞尼，也没有想到瑞尼会以这样的方式从人群中将自己叫出来。她看了看四周，四周也看着她。她又看看瑞尼，他面容严肃平静。她点点头，提着裙裾向台阶上走去。在这片刻之间，没有人说话。他们的目光在她身后默默追随，她走到立柱之间，缓缓向底下回身。

"大家等我一会儿。"她说。

声音说出口，有一种连她自己也不曾预料的冰凉的轻柔，在广场上空飘过显得空旷。她来不及看底下的反应，因为瑞尼已经转身走入议事院门厅，她匆匆跟上，议事院大门在他们身后缓缓合拢。

瑞尼一路走在她前面，没有与她说话，直到一个小小的休息室前才停下脚步。

他转过身看看她，推开门，让她先进去。小房间空而干净，一排玻璃柜靠窗摆放，一侧墙上有一幅画，另一侧墙边有一只小桌和两只玻璃纤维软座椅。

瑞尼没有急着说话，示意洛盈坐。洛盈没有坐下。刚从喧哗吵嚷中走出，进入这样清冷的安静，看着斜射入的透明阳光，她觉得耳朵还在鸣响，身子轻飘飘的，有些脱离现实。

"瑞尼医生，"她问，"您怎么在这里？"

"我现在是档案员。这样重大的会议，需要所有可能的档案存储。"

洛盈点点头。她还想说些什么，但不知道该说什么。

瑞尼给洛盈接了一杯水，轻轻放在桌上。

"我会言简意赅，"他说，"不能让他们在外边等得太久。"

洛盈点点头。

"你知道我为什么叫你进来吗？"

洛盈摇摇头。

"是为了给你看这个。"

瑞尼说着，走到墙边，缓缓抬起一只玻璃展柜的盖子，小心翼翼地拿出一样物件，放在手心上，回到洛盈身边，摊开在她眼前。

洛盈低头看过去，那是一只胸针。普普通通的金色金属丝编织，兰花的样子，顶端镶了两颗彩色玻璃，精致但明显不算昂贵。她来来回回端详了半晌，看不出稀奇。

"这是谁的胸针？"

"是一个老妇人。"

"她是什么人？"

"只是一个很普通的退了休的老妇人。"瑞尼长长地叹息了一声说，"她本身没有什么特殊之处，但是她死在一个特殊的场合。差不多是在十年前，她就是在这里，在议事院前广场的一次意外事故中死去。从那天起，这只胸针就被当作那次事件的纪念物保存。"他说到这里又顿了顿，"还差两个月就刚好十年了。"

洛盈从瑞尼的语气中隐隐约约感觉到一些东西，心里开始慢慢发沉，嘴唇也发干，她有点不希望瑞尼再继续说下去，怕他说出的事情她不敢听，但内心更多的却还是希望瑞尼继续讲下去，将她所有的疑问一并托出。所有令人疑惧的秘密都有种特殊的吸引力，她的心跳得越快，就越不愿这讲述停下来。

"她……是怎么死的？"她问。

"空气泄漏。"瑞尼沉静地说，"广场的一个空气阀被撞坏了，广场空气开始泄漏，在这种情况下，联网预警会自动传播，每个空气阀附近的安全门会自动落下，将广场的大部分区域与外界隔绝，保证空间主体的安全。同时，广场与其他区域的连接通道也会自然落下隔离门，以防大规模空气泄漏事件发生。然而在悲剧发生的那天，胸针的主人散步经过广场，在通道的出口刚好接近损坏的空气阀，猝不及防地被两道降下的隔离门夹在中间，空气飞一般冲出，她还来不及惊恐就迅速身体炸裂而死，只留下这只胸针。"

洛盈的脸色变得苍白起来："那天……发生了什么？"

"那天在广场上有一个激烈的集会。比你们的集会更激烈、规模更大。组织者更有经验，更有能力，更有资源，他们当天调来了一辆机械车，在议事院的广场上造出一大片玻璃房屋模型，一个接着一个，排开在草地上。机械车很高，调成了自动运行模式，顶部装了两只闪闪发光的灯，像两只眼睛，威风凛凛。那一天来的集会者很多，都是成年人，情绪非常高涨，喊出的口号比你们喊出的整齐得多。后来治安员出动了，都是审视系统的日常巡查员，但是那天举止也很坏。或许是有谁说了傲慢或刺耳的话，双方吵起来，渐渐演变为混乱的拥挤，机械车就在大家都不注意的时候被人撞倒，砸漏了空气阀。除了老太太，还有两个参加集会的年轻人在冲撞中死去。"

瑞尼平稳而不动声色地讲述着，洛盈屏气凝神地听着，眼睛一眨不眨。

"那么，"她小心翼翼地问，"那天的发起人是谁？"

"是你的爸爸妈妈。"

洛盈暗吸了一口气，心底的担心最终被验证了，她感到一种巨大的空茫。

"那后来呢？"

"后来，他们就受到了处罚。不只是他们，当天参与的主要人员和前去维持秩序的治安员都受到了不同程度的处罚，只是只有你的爸爸妈妈被处罚得最重。"

洛盈觉得自己的脸色正变得惨白："不是因为给阿瑟叔叔电子方案吗？"

"不是的。"瑞尼郑重其事地摇摇头，"他们被罚是因为这件事。罚去半废弃的火卫二是很大的处罚，只有造成死亡的事件才会导致这样的处罚。没有死亡发生的事件，无论是反对工作室还是赠予方案都不会。被罚的还有当天负责维持治安的首席治安官和其下属。他们现在还在火卫二上。这是一次可以预见的事件，因此完全可以处理得不那么糟糕。阿瑟的离开是在这次事件之后。因为你父母被罚，所以他决定回地球，你父亲正是在离开光电实验室的时候将方案带出，送给了他。"

洛盈听到火卫二的名字，眼前又浮现出父母房间里的遗照，浮现出他们死亡之前年轻而无忧无虑的面孔。他们好像半透明的云朵飘浮在她的眼前，像赫然发亮的幻影。瑞尼手里的胸针还在闪闪发亮，像一枚穿透时间迷雾的针。她的目光模糊了。

"是爷爷处罚的吗？"她抬头看着瑞尼。

"是。"瑞尼点点头，"但也不是。处罚决议是三位大法官和审视系统总的决议，你爷爷只是督责。那个时候更重要的是你爷爷自身的问题。那个时候他刚刚担任总督一个月。这是他遇到的第一次大的危机。作为总督，儿女带头反对整个国度的制度，而他并没能维持秩序，造成了混乱和死亡，本身负有无法推卸的责任。在当时的很多人看来，你爷爷应当引咎辞职，或者应当被弹劾。"

"弹劾？"

"他是刚上任的总督，连议会改组都尚未完成，地位完全不稳固。"

"那后来呢？"

"那一年的议会辩论非常激烈，场面近乎失控。你爷爷虽自身有稳定大局的力量，但是远远不够。那一次若不是胡安及时坚决地出面，他的位置就真的岌岌可危了。"

"胡安伯伯？"

洛盈一瞬间想到了父亲书房里看到的老照片。

"是。"瑞尼点点头，"那时他也是刚刚上任的飞行系统总长。他没有做特别的事，只是在议会辩论的时候宣布不对除了你爷爷以外的人效忠。

这影响很大，因为这意味着有可能的兵变。那个时候，胡安在飞行系统中的威信非常高，虽然是刚刚上任，但几乎是全票通过而上任的，这是自建国以来空军中从未有过的事情。你爷爷也是出身空军，投票弹劾的那一天，空军派出了飞机在上空巡航。结果是弹劾失败。这个事件你怎么看都可以，但你爷爷靠这样的背景稳住了总督的位置，这在后来的很多年都让人颇有微词。"

洛盈怔怔地听着，喃喃自语道："……这些事我怎么都不知道？"

洛盈想起全息照片中爷爷的面孔，刀削斧凿，冷静而痛苦。她猜测着当时的情景。她不知道在那个时候哪一种情绪占据了爷爷的主要内心：被儿女反对的痛苦，处罚儿女的痛苦，还是让人诟病受人指责的痛苦？她在想象中内心抽紧了，因为她忽然意识到，正是她的爸爸妈妈给爷爷带来了这些痛苦，而这些痛苦也最终回到了他们身上。

"我哥哥知道所有这些事是吗？"

"应该知道。"

"那他……他这一次为什么还支持我们的行动？"

"这个问题……"瑞尼犹豫了一下，似乎想说什么又没有说，"我们还是先把刚才的事情讲完吧。你知不知道你父母发起的行动以什么为主题？"

洛盈摇摇头。

"为了家家有房子。"瑞尼说，"给每一对夫妻一所房子。"

"啊？"

"没错，就是现在的房屋政策。你父母的行动虽然被制止了，但是这项主张后来被提交成议案，最终获得了通过，就是现在的政策。"

"难道……"洛盈迟疑道，"以前不是吗？"

"之前是凭一个人的研究成绩和地位。"瑞尼叹了口气，似乎看到了遥远的过去，"在刚建立城市的时候物资并不充足，众人都住宿舍，一人一间，只有杰出的研究员才能建自己的房子，依成绩量化。这政策起初没什么，执行了三十年就积累了很大弊病，有人一直没有技术被应用，就一辈子分不到房子，于是人们开始普遍依附于系统领袖，讨好长老以求自己的技术被纳入工程。结果权力被扩大了，房屋不均，科研开始变了味道。"

"可为什么我小时候觉得家家都有房子？"

瑞尼笑了一下："那是因为你居住的社群是开国元勋和长老们集中的社群，已经是得到房子的杰出者了。"

"那爸爸妈妈……"

"他们是为了阿瑟。"

"阿瑟？和珍妮特阿姨？"

"是的。阿瑟没有任何系统地位，因而一直达不到房屋申请的标准。你的父母对此非常不满。他们见过太多滥用权力的不公平，又见到这样的挚友被制度排斥，于是开始渴求一种绝对的平均化的公平。"

"而我们……"洛盈轻声说，"却反对这个。"

"你们想要自己造，想交换。想自由，反对平均。"瑞尼平静地继续道，"这实际上并不新鲜，在战前就是那样的。战前，房屋完全依靠自己建造或者交易。那个时候营地分属于不同公司，每一个人或每一个团体都要自筹工具或者向大公司购买。这是延续了地球的传统，本不新奇。然而火星毕竟不同于地球。火星的资源非常非常稀缺，而且几乎无法直接利用。只有掌握了关键几项铸造和冶炼技术的几家公司有能力建造，于是它们就依靠这种垄断提高了生活成本，控制市场。那个时候，几乎所有有头脑有能力的零散个人都发觉，在这种状态下，一个人获得好生活并不是凭借自己的才能智慧，而是凭借资源支配，于是他们用生命的代价，发誓建立一个国度，给所有人一个平台，让最终的生活不靠资本，全靠才华打拼。"

"也就是说，"洛盈渐渐明白了，"爸爸妈妈反对爷爷，我们反对爸爸妈妈，而爷爷反对的却是我们主张的？"

"可以这么说。"瑞尼的声音还是很平静，"自由、才能与平均，可能所有诱人的词汇总会有某一代人追随。"

"另一代人反对？"

洛盈低下头，心底感到一阵空茫。她不知道现在这一步该向哪里走。行动没有结果，世界不完美总有缺陷，永恒的推倒与重来。下一步该向哪里走，她不知道。她的家族为此付出了这么多，可这个世界究竟有没有一丝改善的痕迹？如果有，那么方向在哪里？如果没有，人又应该做些什么？她觉得世界变空了，她像站在空落落的宇宙边缘，望向前方没有终点，极目四顾没有天国。

"瑞尼医生，"洛盈看着瑞尼，心底有一股隐隐的悲伤，"您知道吗，其实我一开始并不是非常热衷于这一次的行动，我想了很久要不要参加。最后决定参加，是因为我不知道我还能做什么，还能在哪里找到想找的感觉。我想找一种生命力，一种把自己释放出来的澎湃的力量，一种……意义。我想做让自己觉得值得全身心投入的事情。只是想找那种感觉，至于这件事本身，我倒没有想那么多。我甚至没有仔细想过这件事是不是正确，只是非常简单地想让生命燃烧，感觉那种燃烧。"

瑞尼点点头："我想我明白。"

"您觉不觉得这样很幼稚？"

"怎么会呢？"瑞尼说，"一点也不会。我想很多人内心都有这样的希望。你还记得你们说过的丰功伟绩崇拜症吗？这其实并不是什么不寻常的事。"

"因为热爱宏大？"

"不仅仅如此。还有一种更明确的倾向，是想完成自己。"瑞尼轻叹了一声，"你希望寻找的让自身沉醉的感觉和意义，很多人也都想找。他们只是希望在这样遥远的幻景中让自己显得有意义。如果不是这样的希望，那么任何煽动与控制都无法奏效。如果没有很多想要自我融入电路的人，是不可能稳定搭建起一个电路系统的。人们并不都沉醉于那些丰功伟绩，只是需要创造一些大事，才能在其中找到个人的存在感。"

"但实际上没意义是吗？"

"这取决于你怎么定义意义。"

洛盈想了想："那我现在应该做什么呢？"

"这由你自己决定。"瑞尼说，"我只告诉你这些故事，最后的决定由你自己做出。"

瑞尼走到门边，轻轻拉开休息室的金色小门，门框有繁复的花边和一圈岩石纹样，中央镶着一整块晶莹剔透的镜子。

洛盈从镜子里看见自己，白色高腰百褶裙，裙摆曳地，头顶人造枝条编织的花环嵌着白色小花，黑色长发垂散，齐至腰际。她看到自己脸色苍白而迷惘，就像两个月前从镜子里看到的自己一样。她那时希望自己能变得明朗，变得坚强，可是这么多事情过去，现在的自己仿佛更加迷惘而苍白了。她向镜子走过去，向自己走去。走到门边，她停下来看着瑞尼，瑞尼向她点点头，她伸出手触碰镜中的自己，像是触碰另一个时空。

短短的走廊像是走了一个世纪。她一步一步踏在绘有百年历史的地面，足尖能感觉玻璃和彩色金属的冰凉。两侧的走廊有圆形的玫瑰花样的玻璃，筛落一地几何的阳光，彩绘窗被光照亮成圣洁的画，大门肃穆地关着，门外的声响全部隔绝。

开门之前，瑞尼忽然叫住她，想了想说："还有一件事，我想我也还是一并告诉你好了。你还记得上一次你提到过的医院跳楼死去的那个病人吗？"

"嗯，他怎么了？"

"他叫詹金斯，我认识他。那你还记得我被处罚的事情吗？"

"记得。"

"我是在十年前被处罚的。当时的总长就是詹金斯。他是一个刚愎自用、爱慕权力的人，对系统管理并不热衷，只热衷培植个人崇拜的团队，在我被罚的时候他是系统总长。在那辆矿车出事之前，矿车生产线的管理实际上已经十分混乱，安全检测无人重视，那辆车那次不出事也早晚会出事。那一次他没有被处罚，调查报告很模糊，议事院保住了他的地位。然而他并没有吸取教训，改善矿车生产的监管，很长时间系统的局面并没有发生质的改观，安全仍然有很大隐患，一年之后，终于发生重大事故。他被处罚了，终身不得任职。"

"也就是说，他是害了您一生的人？"

"说害我是太重了，只能说是负有责任的人吧。"

洛盈呆呆地望着瑞尼，内心一片茫然。讨厌的人死在她和纤妮娅面前，她们却为他大声疾呼。她不知道自己该如何看待这件事。那个人的刚愎自用让瑞尼一生受处罚，可是他疯了，死了，以一种弱者的姿态博得了她们的同情，让她们为那悲惨的一幕打抱不平。

"他为什么会发疯？"她问瑞尼。

"因为他受不了人们不再称颂他的名字。"瑞尼静静地回答。

他说完拍了拍洛盈的肩膀，宽厚的手掌像从前一样给她坚实的力量。她抬起头悲伤地看看他，他向她点点头，没有说话。他替她按动大门的启动电钮，厚重的金属大门向两侧缓慢地滑开。洛盈望向门外，广场的阳光像一片金色海洋，晃了她的眼睛。

她看着那片阳光，一片灿然的空白，前方什么都看不见。

好一会儿视力恢复，她环视四周，看到台阶下仍然聚集着少年们，一圈圈聚集成堆，或站或坐吵吵嚷嚷地聊天，气氛仍然浓烈。看到她出来，他们一下子都住了声，目光齐刷刷地汇聚到她身上，等着她说话。她向下走了几步，走到他们能听清她的地方，瑞尼没有跟下来，她能感觉他站在背后远远地看着她。

"我们今天都回去吧。"她清了清嗓子说。

她的声音轻灵柔软，虽不洪亮却传得很远，在屏气凝神的广场上空环绕飘荡。所有人都看着她，有很短的一瞬间没人回应。

"都回去吧。"洛盈又说，"理由我以后会解释的。"

广场开始骚动起来，人们面面相觑，议论纷纷，声音由弱渐强。

"总要大体说一个理由吧？"有人大声问她。

"因为……"洛盈没有看清问话的人，犹豫了一下说，"因为……历史。"

"这是什么意思？"

"我以后会解释的。"洛盈又说了一遍。

看到众人还是躁动不安，她又上了两级台阶，提高了声音，用最恳切的语调向大家请求："请听我一次好吗，我回去之后会给大家解释的。今天我们回去吧，都回去吧好吗？"

她带着点哀伤说完，静静地等着大家，心中有一种剧目戛然而止的伤感。剧目正在沉醉的兴头上，她好像一个扫兴的看门人，忽然点亮了观众席的灯光，一切都醒了，舞台从故事变成布景，入迷的感情被生生切断，所有人涌起巨大的不满。她能看到大家的不满，也能看到那种鼓胀起来的兴致是多么不愿意无疾而终。可是她没有别的选择，她只能忠于自己的内心，她不能在自己都不认可的情况下茫然前冲，因此只能去扫兴。她等着大家的反应，大家也都在等着。那一瞬间，广场上忧伤的安静像一片大海。

她站在台阶上，轻轻举起双手，在唇边合十。白色长裙和罗马柱让她像一个古代祭祀的女孩，她觉得自己和自己的声音离得都远了，声音像气泡在阳光里慢慢飘浮。

接着，她看到她的声音在少年们心中起作用了。他们开始慢慢活动了。经过短暂的骚动，他们开始慢慢散向四方，慢慢收拾东西，慢慢陆陆续续走出并不宽广的广场，从四周的小路离开。洛盈一直站在台阶上，什么都没有再说，一直站到整个广场的喧闹随着太阳一起慢慢下沉，沉至寂寥。

她很累，她想回家。瑞尼问她愿不愿意进议事院旁听辩论，她摇了摇头，不想进去。她让纤妮娅和索林替她去听，而她自己只想好好躺下来，将一切的一切压进梦里。

当洛盈回到家，她习惯性地点开信箱，查一遍邮件。她本来没有什么期待，只想看看就睡，可是一封新邮件却闪动着图标，吸引了她的注意，让她一下子睡意全无。

那是一封来自地球的邮件。

洛盈：

收到你的信很高兴。我的事业并不太顺利，正在灰心中，这个时候的问候让我觉得很温暖。你最近怎么样？生活还好吗？

我的事业推行得非常不顺，不顺得让我觉得几乎没办法进行下去。地球的环境还是和火星太不一样，根深蒂固的历史让人觉得似乎很难改变。现在再也不像法国大革命时代了，现在的革命越来越难，全球所有国家的生活方式，很难被一个点的变化改变。每当我对别的艺术家描述公共空间的计划，就会被人怀疑包藏着不为人知的控制阴谋。政府不愿意承担这计划，因为它会使买卖版权的GDP减少上万亿，经济缩水。企业家更不愿意这计划推行实施，因为他们在乎的是利润。当然，这几乎是不言而喻的。有时候实在不明白为什么一种明显有利于人类整体艺术和思想交流的举措，会受到几乎所有人的反对。

你问起回归主义者，刚好最近听到了他们的消息。我们到达地球已经一个多月了。从下飞船的第二天起，泰恩就开始着手布置新主题公园的建设。他没有狂轰滥炸宣传，却借着新闻热度在各种网络社区播放火星城市的影像。那种沙漠绿洲的感觉迅速传播，玻璃房子、花草烂漫、人与环境融为一体，所有这些都成了新的概念，成了一大批环保和回归主义者倾慕的对象，他们热烈地谈论、赞美、查资料、写文章。当他们知道火星的整体房屋技术被带回了地球，立刻开始跟踪、追捧，当作一场新的运动，甚至在建设尚未起步之时就预定了竣工之日的集体前往。他们很积极地筹划，在世界网络发起号召，但是他们没有调查工程的投资方。泰恩对此很满意，他决定新的公园营造良好的自然主义效果，吸引更多人。

现在地球上每天都有太多场运动，很多时候我都分不清哪一种为着什么样的目的，有时候当我想到自己也只是这千百乱流中的一员，也许火星倒是幸福的，走着一条单纯之路的人总是幸福的。

火星的近况怎么样? 希望一切都好。

你的朋友 伊格

洛盈读着信，读了两遍，读完坐上窗台，抱着双腿枕着膝盖，眼望着窗外的夕阳。这一天狂沙飞舞，地平线模糊成一抹金与黑的交融，夕阳已经快要看不见，在飞沙走石的尘烟中显得分外忧伤。

她突然觉得很疲倦，对各种各样热烈的奔走很疲倦。她不知道那些奔走有没有终点，终点在什么地方，是不是一群人的终点总要进入另一群人的起点。她忽然哪里也不想去了，只想看清这一切如何发生，仿佛在一股命运的风中被裹挟，不想随风飘荡，只想站住了呆呆地看着。这是她第一次失去四处流浪的热情，只想静静地坐着，坐到天荒地老。

她这时想起在医院里问过瑞尼的话，仿佛有一点明白了。

瑞尼医生，您以什么为幸福呢?

清醒，以及能够清醒的自由。

洛盈看着天边，开始想念安卡，每一次困扰和无助的时候她就特别想念他。无边的风沙和夕阳像大幕将她包裹在其中，她像一个孤单的独幕演员，在没有观众的辽阔剧场里独坐在地上。她想看清那黑暗，想在风沙席卷的澎湃大幕中拉住另一只安定的手。她非常想念安卡。

这时她想起自己已经几天没有和安卡见面了。他完全没有参与他们的行动，也没有露面。她不知道他在忙什么。她跳下窗台来到屏幕前想和他联系，可是呼叫的终端始终是一串没有应答的忙音。

瑞尼

瑞尼看着洛盈离开，和纤妮娅与索林一起重新回到议事厅。大会仍在继续，他离开了一个小时左右，议程只是短暂地向前行进了一小步。

他带着两个孩子在自己的档案员观察席坐下，自动录制的影像采集设备像深海潜伏的鱼一样，以不为人察觉的节奏呼吸，在话语的波涛下汩汩运转。两个孩子坐在他身后，好奇地打量着周围的一切。他观察这两个孩子，纤妮娅的面容冷然，咬着嘴唇看着台上，似乎心里仍有不痛快的情绪，只是靠坚毅压制。索林的面孔则温和得多，也忧心得多，他一会儿思虑重重地看着台上，一会儿目不转睛地看着纤妮娅。

演讲台被灯火照得金光闪闪。整个议事厅的灯光都亮着，每一个听众身上都有金边闪耀，演讲台的边角和话筒很明亮，吸引所有注视的目光。顶灯由上到下打下光锥，照在巍峨肃穆的青铜雕像头上，给每一座雕像一个圣者的外观。从十个角度布置的激光全息投影仪在舞台中央打出栩栩如生的场景效果，向每一个角度播放，建筑和风景宛如实景实物，在立体丰富的造型中营造似梦似真的美丽幻景。演讲者所站的小讲坛更是光亮的中心，光并不很强却非常集中，从四个方向将演讲人托举在光的中央，仿佛一颗闪烁的星。十几米高的天穹平日里投进阳光，庄严而圣洁，非常引人注目，然而此时却仿佛全然黯淡了，尽管宏伟，却无法与台上耀目的灯光一竞高下。

演讲者激情澎湃，在这样的瞩目中，一个人很难不激情澎湃。正在讲话的是河派的一位著名元老，他从历史出发，将众人知道或不知道的细节声情并茂地描述一番，讲述这座沙漠之城是如何拯救了他们整个种族，讲述这悠宁的生活与过去的艰苦相比是如何天壤之别。他说在这样的城市中所形成的平和的闲适是火星为自己确立的真正的精神，是探讨真理的最好的环境，是奥林匹斯山下的柏拉图花园，放弃它等于放弃精神性格，追逐不属于自己的自然环境，最终会受到命运惩罚。他的话引起很多老人与保守主义者的共鸣，每每被掌声打断，在讲到柏拉图花园时空气里都升腾起一种崇高的感觉。

台下有各种各样的举动。有的人随着台上激情澎湃，有的人不动声色，有的人仍在私语筹划，并不理会台上的演讲，有的人在二层的环绕看台来去匆匆，为接下来的演说做积极的准备。绝大部分人的态度是来以前就抱定了的，只有少数仍在中间犹豫的议员是两方均要争取的对象。瑞尼知道，辩论会从形式上是用方案争取投票的公正形式，但实质的结果却是由辩论会之外层层叠叠深海的工作来完成的。每当他看到这样的场景，就有一种走向神所预言的结局的戏剧之感。

纤妮娅听得很专心，双手趴在前座的椅子靠背上，头枕着手，眼睛注视着台上。她的表情若有所思，遇到不清楚的问题还会小声问瑞尼。相比而言，索林就没那么专心了，他也在认真听，但与其说他是对内容感兴趣，倒不如说他是对纤妮娅注意的东西感兴趣。他注视着她，眉间有几许不安。

这个时候，路迪登台了。路迪是山派倒数第二个演讲者。以他的资历和工程背景，他原本排不到这样靠后的位置，但瑞尼知道，路迪成长得非常迅速。他听说他受到了山派中很多颇有影响的议员的支持，包括理查森和以苛刻著称的弗朗兹，瑞尼不知道路迪是怎样做到的，但他知道他在政治上非常有能力。现在路迪已经不仅仅管他自己的磁力技术了，更是承担起山派这个计划各种实验室的联络与沟通。

路迪走上台，向台下各个方向的听众欠身致意问好。然后他静静地侧过身，等全息影像先播放一段早已准备好的视觉资料。他显得胸有成竹，微微笑着，金发梳向脑后。影像是山坡房屋与滑车生机勃勃的畅想图，带着清晰的乐观气息，显得斗志昂扬。

"尊敬的女士们先生们，下午好。"等影像最终定格，路迪清了清嗓子，微笑着说，"很高兴今天能为大家介绍我们项目总体方案的最后两个部分：交通方式和经济改革。

"如大家刚才所看的，在我们的山谷迁移的方案中，更加自由、更加便利的滑车将是一大亮点。它由磁力控制，简便快捷，依附于山岩，沿精心铺设的道路滑动，不仅能让最为困难的上下山问题变得迎刃而解，而且可以使每一个人拥有驾乘的乐趣。它的原理不复杂，制造工艺也在可接受的范围之内。请允许我做一简单介绍。"

路迪说着，重新启动全息播映，调出一幅静态的图像，是一辆半球形小车的剖面，底面贴着路面，路面下方有盘旋的电路。路迪开始讲解，神态镇定，话语流畅无磕绊，内容精心准备过，一般人理解都不困难。

瑞尼注意到纤妮娅的专注。她的双手十指交叉，握得很紧，眼睛望着台上，显露出一种疑心审视与甜蜜羞涩相混合的表情，偶尔有人为路迪的讲话鼓掌，她还会露出一丝坦率的骄傲的神态。路迪的演讲很出色，语调坚决，有一种说服人的力量。

"除此之外，我还想介绍一下我们的方案带来的一项最大的改进，经济方式改进。"路迪讲完技术，转换了话题，"技术是一种生活的背景，而经济则是与人更密切相关的生活方式。在我们现在的城市里，房屋是城市整体的一部分，每个人都是城市的一部分，没有自己选择自己领地的权利。这主要的原因是技术。现在的房屋使用的是一次整体成型的吹玻璃技术，还要与城市相连，需要整个城市的规划，一个人或一个普通团体无法自行建造，也不能另立门户创建其他房屋样式，给人的自主造成了极大的障碍。

"我们的山谷方案正是针对这个问题提出了我们的主张。正如各位刚才看到的以及我们敬爱的卢克女士刚才为各位介绍的，山谷方案中的岩洞是天然岩洞的打磨，外墙和内饰的材料都可以有多种选择，多种加工，于是我们完全有条件建立很多个与房屋建造有关的工作室，让大家自由选购材料，在对房屋和地点不满意的时候也可以轻易交换，实现真正的居住自主。"

听到这里，瑞尼忽然感觉到纤妮娅拍了拍他的胳膊。

"瑞尼医生，"她的嘴唇有点发白，"他是什么意思？"

瑞尼看看她："我想他是在说房屋市场。"

"房屋自由交换？"

"是。"瑞尼点点头，"变革的几大重点之一。"

"他们计划了很久了吗？"

"也不算太久，只是最近提出的。"

台上，路迪仍然继续着激动人心的蓝图绘制："……如果有人质疑这种自主的意义，那么我请各位看这样一组事实：据不完全统计，在我们实施房屋平均化政策以来，已经有数据库内记录的不满诉状三百一十五起，平均每年三十一起，这还不包括生活中没有将恩怨和不满投诉到数据库的案例。人应当有选择建造和更改房屋的权利，这是基本的自由。

"这一点连十几岁的少年都意识到了。就在今天，便有一大群热情而富有社会正义感的少年聚集在外为这项政策的修改奔走疾呼，他们反映了代表性非常广泛的居民声音。他们的呼声指向整体系统制度的改革，是我们改善整个国度的强烈动力。敬爱的议员们，就让我们听听这些声音，利用这次伟大迁移的契机，勇敢而果断地进行新的社会改革，这对于火星，对于每个人都具有无与伦比的重要意义。"

纤妮娅又开始发问，声音轻得几乎听不清："他这是为了获得选票吗？"

瑞尼看着她不安的脸，谨慎地说："只是增加一条重要的理由吧。"

纤妮娅的双手微微发抖，坐在椅子上，背挺得笔直，能看出强烈的激动从身体内部将她整个人撑了起来。她静静地坐着，一言不发地听着，目不转睛地看着，僵直地等着。索林带着几分忧心看着她，试图和她交谈，可是她充耳不闻，一句也不答。

她一直这样坐着，直到路迪的演讲结束，从舞台的一侧走下来，走到侧面的通道，她才赫然站起身，几步冲下台阶，冲到路迪面前站定，给了他一个响亮的耳光。

耳光声清脆地打破空气，很多人没有准备，被声音一惊，发出低低的惊呼。

纤妮娅什么都没有说，打完就转身从议事厅的侧门冲出去了。路迪愣愣地站在原地，手扶着面颊，好一会儿没有反应。索林站起身，也跑下台阶，跟着她跑了出去。议事厅有些人注意到这激烈的一幕，好奇地观望着，有些人没有注意到，或者是没有兴趣注意，仍然低着头。瑞尼心里浮起一阵同情的叹息。这变化发生得极迅速，可是仿佛已经事先写好。

瑞尼能感觉到纤妮娅愤怒的理由。从她的神情看，她是很认真地看待路迪、看待他们之前的一切。他刚才见到了运动的热火朝天，因此能理解此时此刻她的心情。在今天以前，他已经对山派的策略有所耳闻，只是他没想到这集示威是如此郑重其事，而当事的孩子又对总体这样一无所知。他回想着纤妮娅跑出去的神情，脸色煞白，脸上写着悲伤的愤怒，一种拆穿他后的痛苦、自尊心所承受的伤害，印在她一向高傲的面容上，让人看了非常心疼。

路迪还站在原地，脸色发青，似乎正在犹豫是该追出去还是该留下来继续听大会。他的手仍摸着发烫的面颊，眼睛看着纤妮娅跑出去的侧门。他似乎没有料到纤妮娅在场，面对这样的变故还没有想好对策。看得出来他也很焦灼，内心也被扰乱，大概纤妮娅对他来说也不是无关痛痒的人。他犹豫了好一会儿，两次走了一步又停下，像在与自己斗争。最后他还是没有出去，就在侧面一个不引人注意的位置上坐了下来，虽然注视着台上，但是显得相当心不在焉。

瑞尼望着他后侧面的脸孔，从脸部线条还能依稀辨认出小时候那个活泼泼的男孩。同样的金发高挑，同样的鼻梁直挺。只是从现在这个路迪脸上已经看不到小时候不停向外流出的冒险与好奇的热情，而更多地换成了一种控制，风度翩翩。瑞尼知道，他已经慢慢被束缚了，只是自己还浑然不觉。他用适宜盖住意志，用自由买了野心。活在野心中的人的选择总是唯一的，因此也是没有自由的。

瑞尼叹了口气，将目光重新投回到台上。少年的爱恨他能看到，但他不能也不愿去干预。在台上，河派的倒数第二个演讲人已经讲完大半，接近了尾声。由于刚刚分心的片刻，瑞尼并没有听到他讲的前半部分，只能分辨出大致的基本内容，大体是描述了河流在玻璃顶盖的河道中受控培育实验生物的可能性。演讲人的蓝图也很美好，方案也可行，但讲述相当平庸，没能在听众心里调动起激情畅想。他很快下台了，掌声寥寥，坐了一天的人们开始倦怠。

这时候，胡安登场了。他是山派最后一个演讲人，压轴的人物。他一登场，就给场内带来一道闪电。所有困顿的人都醒了。

瑞尼清楚，胡安总是最严厉与最强势的人物，只要他登场，就不可能不引起他人的注意。他与路迪的风度雅致不同，他总是带着三分迅猛的狂野，无所顾忌地让强大逼人的意志在全场熊熊燃烧。他不高也不强悍，矮胖的身材更像厨房的师傅，可是当他说话，当他在所有人面前用他特有的坚硬冷酷的声音发号施令，他就成为一只闪电般的黑豹，咄咄逼人。他担任飞行系统总长十年，若不是因为这样的个人力量，他是不可能让手下一众桀骜的将领心悦诚服的。

此时此刻胡安登场，无疑是山派最有力量的一张王牌。飞行系统是火星建设的根基，没有飞行系统的采集，很多资源都会在短期内耗尽。

胡安单刀直入地开口，台下鸦雀无声地听着。

"我们今天的抉择，远不仅是一种居住方式的选择。我们的选择，事关我们整个种族的未来，事关人类的未来。

"我们已经是一个种族，无论从生物层次还是从精神层次，我们都已经可以被称为一个种族。我们的身体比地球人更高大、更矫健、更善于跳跃和驾驶飞行，也更能忍受寒冷和酷热，可以说，我们是他们向更完善阶段进化的结果，我们是一种全新的人类。而从精神智慧的角度，我们也无疑比地球人高超了太多。我们这个种族是接受了分享的文明与艺术的种族，我们有延伸到宇宙边缘和时间尽头的穿透性的目光，我们当中就连最小的孩子都有比地球上某一个成年人更宏观的看世界的眼光。我们是活为整体的人，而地球人已经在他们自我分裂的世界体系中裂成了一个又一个碎片，变得鼠目寸光，再也想不起自己作为人类这个整体所应具有的崇高价值。我们是人类的继承者，如果要给我们种族一个名字，再没有比人类族更适宜的名字了。我们是火星人，但我们更是最正统的人类。

"人类最应惧怕的是什么？是狂风巨石？寒冷酷热？还是与困苦搏斗？远远不是！人类最惧怕的应当是腐烂和衰退，是人类的全部强大的生存能力衰退成懦弱、虚弱以及软弱的一摊烂泥！地球人正在往这个方向前进。他们已变成一堆猥琐胆怯的肥胖病患者，在越膨胀越无止境的欲望中醉生梦死，被油脂和麻药蒙蔽了所有感官，再无一点崇高。他们把灵机一动的点子当成智慧，还恬不知耻地倒卖智慧，再也不懂智慧是长久摸索，不懂伟大的心灵总是渴望馈赠与分享。他们也忘记了他们的星球，在人造风景里沉沦，对他们自身地质家园的了解还不及我们普通居民的一半。他们是背叛历史的子孙，我们甚至羞于承认我们和他们来自同一个祖先。只有在我们自己身上，而不是现在占据地球表面的无能的退化者身上，我们才能看到人类真正的勇敢与高傲！

"我们的使命是承担人类命运，这是我们无法推卸的高贵的责任。我们是人类走向宇宙的最前沿，我们已经懂得如何进入未知世界探索，我们在严苛的自然环境中获得锻炼，我们用巴别塔旋起了狂飙突进的智慧风暴。在可以预见的很近的将来，我们即将走入一段伟大戏剧的序幕篇章，这就是人类在广阔宇宙里的自我传播，一段新的大航海时代。人类注定要超越自己，也必须超越自己。人类要学会在新的环境里生存，也要让新环境适应自己。所有的荒芜暴烈都是现在的猛兽、未来的朋友，人类在驯服它们之前可以蛰伏，但永远不可以屈服！

"我们无论如何要走出去，在严苛的寒冷中磨砺自己。永远蛰居在现在的城市里面，早晚有一天我们会变得像地球人一样腐朽退化。这是伟大的历史转折，选择就在我们手里，不管你愿意不愿意，未来一定会到来！"

胡安滔滔不绝地说着，不需要任何影像辅佐。他的声音粗犷激昂，有一种定音鼓般的隆隆作响，在每一个弱起渐强的时刻都给人气势非凡的震撼。他的肢体语言不多，手和身体绷紧着力量，像一只黑色气球随时可能炸裂。

瑞尼看着胡安，心中的大海开始慢慢涨潮。他久已潜藏的危险预感越来越强。终于要来了，他想，这一天终于要来了。

瑞尼和胡安不熟，但他知道他的历史。在胡安还是个孩子的时候，他就展现了与众不同的强硬性格，他是孤儿，但没有一天为此背上沉重的负担。他在祖母死的时候曾拳打脚踢声嘶力竭地哭，但在那之后就几乎不曾落过泪。他丝毫不孤僻，不自卑，不伤感，也不愿意接受别人的帮忙。他从小住在飞行系统的军营里，熟悉飞机比熟悉陆地更多。战争结束的时候他十六岁，除了飞机场，他拒绝去任何地方生活。他一辈子强硬，独来独往，对温和可亲的战争遗骨扶助办公室敬而远之。他不让任何人帮他，也很少帮其他人，只有一个人例外，那就是汉斯。汉斯大他十四岁，是他唯一信赖并依靠的人。没有人知道他们的交情是如何建立的，但人们听说是汉斯将他从祖母身旁营救出来。

胡安是个爱憎分明的人。在他的词典里没有背叛或宽容。爱就忠实，恨就不饶恕，对自己欠的和别人欠自己的记得泾渭分明。他从来没有宽恕过地球人，尽管火星是战争的起因，但地球是敌人。

瑞尼知道，这就是汉斯多年的担心所在。汉斯对权力早已厌倦，但是他多年不退位，就是担心当他不再主持工作，一股无法压抑的冰冷火焰会从平静之海的深处破空而出，冲击到遥远的无法预知的另一个世界。这是火星最大的危险。汉斯比谁都看得清楚。与其他各种琐碎的弊病比起来，这种征服的欲望是更大的危机。系统的问题都可以改进，数据库的反馈与议案提交已经颇为完备，需要的只是耐心。可是征服的欲望不一样，它才是一个没有天国、没有彼岸、在此世又有足够强大的集中智慧的种族最大的危险，这样的种族凝聚而有力量，却没有充满想象的希望，因此没有自足的骄傲，需要用对比征服来证明自己。汉斯担心这件事情很久了，火星人比谁都容易奉献，也比谁都容易被历史使命打动激励。

这一天终于要来了，瑞尼想，汉斯与之搏斗了多年的这一天终于要来了。

汉斯登台了。他是河派最后一位发言人，紧接着胡安，与胡安的下台错身而过，在他掀起的波澜尚未平息的听众的情感大海里默默站定，如同一艘缓缓升起的潜伏已久的黑色潜艇。他显得平静、坚决而苍老，注视着台下，像是注视着久已写好的命运彼端。台下安静了下来，掌声开始平息，只剩稀稀落落几声。

汉斯没有立即说话。他默默地凝立了片刻，伸手将自己肩上佩戴的鹰徽取了下来，托在手心里向全场示意，然后将那两只闪闪发亮的金色苍鹰摆在讲台中央，抬起头来，又一次环视全场。

"首先，我需要说明的是，作为总督，我没有资格参与任何一方的辩论，只能保持整个政治秩序的公平，不能倾向于任何一方。可是我今天想要参与驻留方案的答辩，表达我的个人意见。因此我将我的总督徽章提前取下来，交由所有人保管。还有一个月就是新一轮的总督推选了，我的任期将满，这一次就算我提前卸任了。"

现场出现一片低微的哗然，汉斯恍若不觉。

"我今天除了将陈述我们一派的城市发展设计，还将表达我们对另一方案的质疑。在两种方案的比较中，我们认为，以目前的人类水平还不足以应对开放空间生存。

"河流方案的城市设计并不是简单地照搬现有模式，而是希望在目前已成熟的技术基础上不断拓展出新的形式。有了谷神的天水，有了有所控制的河流，我们就可以沿河建起连串分布的城市，而不是目前唯一的一座。

"在这些新的城市里，我们可以尝试新的模式，尽管仍然以玻璃外壳为基础，但是我们可以发展出各种不同形态，也可以初步尝试与大地相连。到那个时候，房屋建造术将不再由单一工作室和部门掌握，我们的技术公开，势必会有许多有能力的团体学会并发展这项技术，同时获得资费的支持。在新建的城市里，每一个城市都会有一个独立运行的议事院，自行决定城市的资源分配和稳定运行。城市间的交通将由地效飞行器担当，这项技术我们已经应用多年，完全可以信赖。城市将是未来火星的基本单位，封闭河道沿岸将有一连串城市繁荣发展，每一个都可以有自己独特的特色。

"更重要的一点是，在这些平原上封闭的城市空间中，我们可以做更多科学实验，让人体一步一步适应环境，为未来某一天的走出去打下更坚实的基础。比如低压环境、低氧环境、高辐射环境，我们都可以先在实验室做长期多年模拟，直到有一天，人类的体质相比现在发生大幅度变异提高，我们才能有所把握地走出封闭，走入自然。进化是一个漫长且不可预测的过程，人类应当被超越，但肯定不会是现在。"

瑞尼听着，想起前一天下午汉斯和他的对话。当时汉斯来档案馆，亲自查阅资料后来到瑞尼的休息室，与他静静地喝茶。那个时候，汉斯显得相当忧虑。

"瑞尼，"汉斯像是在问一些不相干的问题，"我不了解昆虫，不过我听说昆虫的身体不可能长得很大，是吗？"

汉斯坐在瑞尼对面，眉毛遮住目光，声音低缓，像一条寂静的河。瑞尼看得出汉斯变老的痕迹。他的脸庞有刀凿斧劈的线条，一直给人石像一般的坚硬感觉。他曾经三十年不显老，但变老的过程很迅速。汉斯身后，钟的单摆轻轻摆荡，画出时间的痕迹。

"是。"瑞尼说，"昆虫通过气管呼吸，如果长得太大，就会因为空气供应不足窒息而死。骨骼在体表，也不可能支持太重的躯干。"

"那一个机体如果强行扩张会怎么样？"

"会分裂。"瑞尼静静地说。

"一定会吗？"汉斯问。

"一定会。"

瑞尼时常在幻想画里看到变大变小的动物，就好像它们的实际尺寸只是凑巧，可以随便修改。但瑞尼知道事实不是这样，进化的尽头是提琴般的完善，大一寸小一分都不可以。不是不能变化，而是变化总会不如现状。这是一个双方进化的过程，生物和环境最终会达成协调，正如飞鸟选择筑巢地，而巢穴选择下一代飞鸟。直到一个高度，选择平衡于被选择。这是个常常被人忽略的常识：进化的尽头不是极端，而是恰到好处。

汉斯并不追问细节，他手扶着杯子，过了许久才点点头，不熟悉的人会以为他听力迟缓。瑞尼又给他倒上水，他们坐着，淡绿色的窗帘偶尔在身后随风飘起来。

"那么，"过了许久汉斯问，"在你看来，改变的过程中，什么比较重要呢？"

"慢。"瑞尼说，"我觉得是慢。"

瑞尼能理解汉斯的忧虑，只是他没有问也没有提。他们只说偈语，打命运的哑谜。

今天的汉斯站在台上，比前一日明显情绪波动，不再那样默然思虑，而是在投入的论述中加入了内心澎湃的感情，声音也比一贯的低沉多了几许悲哀的味道。或许他是把这一次的演讲当作了四十年政治生涯落幕时分最后的一场独白，倾尽全力，回忆交织，即使平素冷静坚毅，此刻也难以不露情绪。

摆在汉斯面前的是困难的抉择。他选择支持驻留，不仅是为了加勒满的房子，更是因为对盲目开拓生存环境的不信任。汉斯想到了儿时，想到父亲许多次对他的告诫：冲动的大胆往往只是鲁莽。他还记得儿时几乎让人难以存活的饥饿和寒冷，那是战争的最初几年，不顾一切的反叛者付出了代价。争夺不到地球的物资，又无法让贫瘠开花，热血冲动的叛变几乎造成全军覆没，只靠强韧的意志和零星出现的胜利艰难维持。走出山谷是他们的第一个转折，从此他们可以在室内种植，有空气和温暖，离死亡远了一步。战后初年几乎同样艰难，他们打退的不仅是敌人，也是唯一的物资来源：地球运输船。从此争夺资源都成了过去，所有的一切都要向荒漠求取，而这在某种程度上是不可能完成的任务。又是很多年艰难的挣扎，直到与地球的和谈结束，物资交换第一次步入轨道。经过所有这些，经过这些年目睹的死亡和痛苦的记忆，他的本能让他不相信贸然的走出，他不能相信。他们所缺的东西太多，不是靠意志就能弥补的。

"我希望向山谷方案的代表提出最后的质疑。"汉斯目光直直地看着台下的胡安，"你们是否同意，现在的人类还很脆弱，如果在实验环境里经过更多年训练，再走入开放空间，成功概率会大得多？"

胡安没有回避，从答辩人席位中站起身来，身形笔直而严肃地面对汉斯。

"可是那时候就没有这些水了。"他斩钉截铁地回答，"如果现在将水降入古河道，那么就不可能在未来全部收集起来降入山谷，而在平原上保持大面积水体和气体要比盆地难无数倍，到时候我们又不可能再捕获这样一颗含水的星，所以错过了这次机会，我们就永远难以塑造星球上真正的开放生态了！"

胡安咄咄逼人，可是汉斯并未退让。

"那我再请问你们，在你们的蓝图中，所有必备物资都是从何而来？"

"从矿石。我们的矿石冶炼技术这些年有了很大进展。小行星带也仍有开发余地。"

"可是你们知道，毕竟不是所有物资都能从我们自身的冶炼中取得。"

"大部分可以。"

"不可以。"汉斯断然否定，带着一丝悲凉摇头道，"你们清楚这一点。且不说维持大气压所需要的足够氮气能否全部来自冶炼，就只说建造岩壁房屋所必需的轻质金属，也不可能都从火星提炼。火星铝、镁、钠、钾都很匮乏，充足的只是重元素，很难满足你们设计所需的轻盈与柔韧。地上的城市材料是玻璃，这是我们仅有的无限充足，可你们要放弃。你们还希望在山岩与地下铺设大规模电缆，可是我想问，所有那些必要的绝缘体，塑料和橡胶，所有的有机物，你们又准备从何处取得？现在我们有少量橡胶，还会从地球换取，可是如果大规模改造一片山谷，所需要的物资哪里是这零零星星能满足的呢？"

胡安沉默了片刻，说："这些都是细节问题。"

"不是！"汉斯大喝了一声。

胡安以更长久的沉默来抵抗。

"看着我。"汉斯说，"你们打算去掠夺对不对？"

胡安看着汉斯，仍然没有说话。

"对不对？！"

胡安终于点了点头："对。"

"可是那就意味着战争，你明不明白？"

"不，我不明白。"胡安说得仿佛极端漠然，"我们只需要一定程度的控制与威慑，要求他们交纳就够了。"

"不可能的。"汉斯苍老的声音说得竭尽全力，"你们难道还不明白吗？不可能没有抵抗和交火，一定会有连年的交锋无法停息。"

胡安仍然显得很坚决："我不觉得这是什么大问题。"

"你难道还没受够苦吗？"

"受够了。"胡安说，"所以要变强大！我们就是要回去，要去战胜。我们有权利强大，我不觉得这有什么不妥。没有我们，早晚有一天地球人会因为斤斤计较自取灭亡。我们是去斩断那些懦弱，不让人类在利益的油汤里腐蚀灵魂。地球应该欢迎我们！"

"胡说！"汉斯愤怒地打断他，嗓音已经开始沙哑，"这些不过是托词！你可以强大，可你没有权利剥夺。"

"可是不争夺，我们也没法生存。"

"没有人逼你选择那样的生存方式。"汉斯终于明确地说出了心里埋藏的话，"我不允许战争发生。只要我在位一天，我就不允许这样的事发生！"

胡安静了下来，停了停，指着讲台上金色的鹰，冷冷地说："但您已经退位了。"

这句话像锥子一样划破空气，场内鸦雀无声。

这一幕让瑞尼看得分外痛苦。他看到汉斯像是非常用力，身体向前倾，说到激动的时候双手按在桌上，十个手指都张开，灌满了力量，能看出内心的悲伤，几乎微微颤抖。这是汉斯第一次在公众场合这样流露内心的情感，恐怕也将是唯一一次。他的眉头紧锁，脸部因为用力而显出竖长的肌肉，眼睛在灰白的眉毛下目光炯炯，凝注着无能为力的痛苦和决然。这一幕显得非常悲壮。瑞尼远远地看着，心中也因为自己的无能为力而痛苦。他看到汉斯在和一种注定会到来的命运搏斗。汉斯早已预料到它，可是仍然一步一步迎向它。

瑞尼知道汉斯为何如此执着。在汉斯很小的时候，他的父亲理查就曾经在深夜忏悔自己当初的冲动行为以及由此引发的战争。理查不是一个好的战争领袖，他是被推到了这样的位置的，他不喜欢。他受情感的冲击，他为妻子报仇，可是他没有预料到后来所发生的一切。他不止一次对幼年的汉斯说，他不想这样，很多问题他都不想这样解决。他在深夜在汉斯面前哭泣，五岁的汉斯抹去他脸上的泪水。汉斯在飞行矿船上出生、长大，他不怕死，可是许多死人的哭号成为他夜半的梦魇。当理查年逾花甲最终去世的时候，留给汉斯的唯一遗愿就是止战。汉斯尽一切力量让火星独立，就是为了完成这个遗愿。他批准运来谷神，也是为了避免向地球争夺水源。

胡安知道这些，也在多年里静静蛰伏。他不是个人野心家。他已超越了那种境界。他忠诚于自己的哲学，就像忠诚于救助过他的汉斯。胡安和汉斯是少有的相互了解的人，但也是世界上最大的对手。谁能理解相互尊敬的双方往往是彼此的对手，就能理解他们两个这些年的情谊与对抗。胡安感念汉斯，多年来一直听他的命令，而汉斯也因为胡安曾拼死忠诚于他，一直给了胡安他想要的自主权力。胡安并不软弱，他只是等待机会。汉斯也并不是傻瓜，但他知道，这是整个种族精神的危险，胡安不表达也总会有人表达。胡安一直渴望征服，汉斯明白这一点。但是他一厢情愿地期望，只要克服眼前的困难，维持安好并独立生存，这征服的欲望就没那么强烈。从这一天的局势看来，汉斯终究错了，是人的欲望制造生活，而不是生活制造人的欲望。

瑞尼第一次感到做旁观者的苦痛。在此之前的大大小小事件，他都可以置身事外，不挂怀于心，可是这一天他第一次为自己局外人的身份感到刺痛。身前的录像装置默默运转着，全方位将这一幕完完整整地录了下来，录得如此客观，客观得让人如此痛心。

就在这时，议事院大厅的门突然被一个人撞开了。大家的目光转过去，只见一个穿笔挺军服的上尉大步流星地走入大厅，沿台阶径直走到胡安跟前，俯身到他耳边耳语了几句，胡安脸色变了一变，又迅速恢复正常。上尉说完探询地看着，似乎在等一个批示。胡安犹豫了一下，看了一眼台上的汉斯。

"什么事？"汉斯问道。

"是系统内部的事。"

"告诉我。"

"只是琐碎的事。"

"告诉我！"汉斯厉声喝道，"即便你不再承认我总督的身份，我也仍然是飞行系统终身长老。我有权过问系统内部的事！"

胡安沉吟了一下，镇静地说："地球的两个水利专家坐飞机逃跑了。"

"什么？"

"逃跑了。"

"为什么？"

"我们也不清楚。"

"那还不赶紧去追？"

"不必了。"胡安说得很冷，像是下定了决心，眯着眼睛，"我看不必了。"

安卡

安卡望了望玻璃墙外略显混浊的天空，看到远处的地平线时而尖锐时而模糊。天气确实不太好，他想，气旋图上看到的大风应该不是假的。

他将包里的物品又塞得紧了一点，头灯、随身小刀和压缩干粮塞在边角的侧袋里，氧气罐多带了两个，卷在睡袋卷中央，埋得安稳了，将包放在地上，单膝跪在上面用力压出空气，抬手抽紧气口，勒紧了包裹。包裹压缩到自身的极限，看上去方而平整，他端详了一阵，不是非常满意，但想来想去也没有更好的办法了，便将包提在手里，关上了壁橱。这一次携带的给养比标准计量多，包裹明显比标准尺寸大。他不确定眼前这个方块能不能顺利放进给养匣，用手比画了一下，三掌半，恰好是在极限边缘。

他拉开小屋门，左右张望了一下，楼道里空荡荡的没有人。他拿了一本书走出门，将小屋门在身后轻轻带上，向咖啡厅的方向走去。

窗外的天空变得又混浊了几分，太阳渐渐沉向西方，离日落还有两个多小时，此时的阳光已慢慢变得暗弱。他一边走一边抬头看着穹顶，想从隐隐飞过的细沙判断出风速。风时大时小，大部分时间还算宁静。离起风还有几个小时。他看看墙壁上的数字时钟，距离迫降已经三个多小时了。以一般小型运输机上标配的氧气和给养，应该还能支撑五到六个小时。

天空的暗蓝蒙上了一层薄薄的粉沙。

咖啡厅有四五个人。中间有一个人在吹牛，两三个同伴围在周围听着，远处一个人正在看电子笔记。费茨上尉不在。

安卡从墙边接了一杯咖啡，走到远处那人附近的一张小桌旁坐下，把手中的书摊开平放在桌上，取出记事簿，像是一边读书一边做笔记，在电子纸上写写画画。他没有向那个人张望，那个人也没有抬头看他。他中午就是坐在这个位置上无意中听到了消息，下午比上午人少，不出意外的话应该还能听到。

费茨上尉走了大约一个小时了，不管怎么算都该回来了。如果他还来这里，那时间应该差不多了。如果他半个小时还不来，那么八成也就不会来了。只能再用其他方式去打听。

安卡低头看书，不是很能投入，字字句句片段地进入他的眼睛和头脑。

"我们的弟兄们和我们在同一天空下呼吸，正义是活生生的。帮助生活和死亡的奇特快乐产生了，从此我们拒绝把它推向以后。在痛苦的大地上，它是不知疲倦的毒麦草、苦涩的食物、大海边吹来的寒风、古老的和新鲜的曙光。"

费茨上尉会带什么消息回来呢，安卡想。

"正义是活生生的。……拒绝把它推向以后。"他又读了一遍这两句话。他喜欢这两句话。他喜欢痛苦的大地。喜欢不知疲倦的导航仪，压缩的食物，地平线吹来的寒风，古老的和新鲜的暮色之光。这些词语像大地一样朴素坚实。他深深地吸了口气，觉得空气中有一股凛冽的寒冷气息。

这本书是他上个星期开始读的，一直放在桌上，刚才出门的时候随手抓了起来。他不是很有心情阅读，但是读过的句子会自行跳入视野。

如果现在出城，他算了一下，大概不到两个小时能回来。三十分钟过去，二十分钟转移，再争取在七十分钟之内回来。当然这是最顺利的情形，直来直去，路上没有耽搁。他觉得不出意外的话，应该可以做得到。此时距离天黑还有大约两个半小时。也就是说，半个小时之内，一定要决定要不要出发。他不想飞夜路。夜路相对而言总是危险，尤其是今天，能避免最好避免。

路上的状况他刚才想过一遍了，此时又在脑中过了一遍。根据巡航地图，出事地点并不算太远，而且不难找。几乎就是跨过平原的一条直线，在峭壁边缘，也没有进山谷。他可以设置自动导航，也可以自己飞。这个位置他相信他找得到。

费茨上尉还没有回来，但安卡预感到这一趟自己不得不去。

这种疯狂的慷慨大度就是反叛的慷慨大度。它及时地给出它爱的力量，并永远拒绝非正义。

坐在一旁的那个男人安卡很熟悉。他叫伯格，官职中校，是费茨的上级，因此也是安卡的直属上级。这天中午，当安卡独自午餐，刚好碰到费茨与伯格约在这里汇报紧急情况。费茨是伯格的亲信，他们这一整个脉络也都是胡安的亲信。一般人听不到的消息，会在他们军营专属的这个小咖啡馆里口头传播。费茨见到安卡，迟疑了片刻，安卡装作毫不关心的样子，一直低头看书。费茨低声告诉伯格，这天早上逃跑的两个地球水利专家飞机出了故障，紧急迫降在峭壁边缘一个隘口，请求援助。

安卡又看了一下表。下午四点过了，距那时已经三个半小时了。

费茨回来了。

安卡远远地看到费茨，立刻低下头，做出整个下午一直在读书的样子。

费茨面容严肃，大步流星地走到伯格身旁，没有坐下，只是摇了摇头。

"不用救。"他低声说。

伯格点点头，表情像是对此早有预料，镇定而漠然。他问费茨既然这样，那么具体怎么处理。费茨没有立刻回答，而是又一次质疑地看了看安卡。安卡感觉到他的目光，合上书，站起身来，做出非常合时宜的样子离开了座位。走出咖啡厅的时候，他转身看了看，费茨已经坐在伯格对面，低声说着什么，伯格沉默地听着，偶尔点一下头。

安卡稳步回到自己的小屋,将刚才打好的包裹拿起来,按照计划执行。

他对这个结果不感到诧异,就像伯格不感到诧异一样。这是事先几乎能够预料到的,从听到逃跑消息的那一刻,他就隐约感觉到会出现现在这样的局面。

这两个人是傻瓜,竟然以为自己能开火星的飞机。安卡想。且不说这是不是圈套,就算不是,他们也太高估自己了。要是一架运输机能让窃入的外行人这样随便开走,那这么多年的驾驶训练又还有什么意义。想要飞到玛厄斯上谈何容易,飞了几年的飞行员都做不到,更何况两个外行。

逃跑的理由倒是很明确:这些天飞行系统内战争在即的流言甚嚣尘上,甚至流出到其他系统和一般工程师口中,对两个地球人来说,无疑是天打雷劈的坏消息,两人稍一打听,就萌生了逃回地球报信的念头。他们听说这几天刚好有一次玛厄斯启程,就希望窃一架运输机,偷偷混入货舱。

要说逃跑的念头倒也不算奇怪,安卡想,可谁让他们撞到枪口上了呢?胡安不救人,因为他们是最完美的牺牲。他可以对民众说他们窃取了火星重要机密想逃跑,从而控告地球隐瞒了巨大的对火星的阴谋,激起人们对地球的愤怒,促使出兵的议案得到通过。而同时,即便不成功,他们的死亡也一定会激怒地球人,说不准会首先对火星发难,到时候开战就是水到渠成的事了。胡安一直需要理由,他们就自己奋力充当理由。

他们太小看飞行了,小看飞行的人一定会被飞行捉弄。飞行不是别的,就是赌命。

安卡换好飞行服,拎着包裹出门。锁门之前他环视了一眼小屋,基本上还算整洁,两件衣服搭在椅子上,枕头和睡袋已经摆好,预备着晚上回来直接就寝。他犹豫了一下要不要带上洛盈送他的小飞机模型,掂了掂觉得不好拿，就又放下了。

想到洛盈，他又迟疑了一下。他不知道该不该给她发一封邮件告诉她自己的行动，看了看表，决定还是先走。一方面是时间已经不多了，另一方面是考虑到洛盈她们今天正在集体行动，此刻应该没有时间收邮件。

等晚上回来再发吧，他想，如果能顺利回来的话。

他穿过走廊，选了一条平时走的人不多的略微绕远的路径，不希望在路上遇到熟人。这天没有集体训练，只有零零星星的人三两结伴从机场回来。在几天高密度训练和任务之后，很多人都在抓紧时间休整。走廊清清静静的，白色的宿舍门一一关着。

安卡能听到自己的脚步踏在地板上，像心跳一样规律，听起来很冰冷。他想着洛盈，猜想着水星团其他人此时此刻在做什么。他们的行动应该已经开始几个小时了，不知道结果怎么样。这件事安卡没有参与，但是他们商议的邮件都会群发，他知道总体议程。他没参与讨论，只是一直远远地看着。

他不知道该怎么向洛盈解释清楚自己的感觉，她问过他想不想参与，他没有说明白。他不是不关注他们的事情，只是这样的行动实在不是他想参与的。

他们想怎么样呢，他想，改变制度吗？然后呢，改变生活方式吗？有什么用处呢？真正的问题不在这里。如果说生活方式有坏的地方，有不公正，有偏见，那么换成什么方式都会有。问题不是什么方式。人类尝试过的完美方式都有同样多的不公正，只看你怎么歌功颂德。真正的问题是人。一个人对他人欺侮，在哪里都会欺侮。指望发生什么改变呢？什么也指望不了。

人的问题只能对人解决，可这问题永远解决不了。一个人的问题只能对一个人解决。如果有一件坏事，就对抗这一件事。除了这个，人什么也做不了。

这以后，孩子们总会不公正地受到处罚，即使在完美的社会中也是如此。人竭尽全力只能设法在等差数列上缩小世界的痛苦。

安卡走得快而平静。他并不紧张，只有一点担忧。紧张没有好处，只会破坏坚定，他习惯用关注细节的方式让本能的紧张稀释。让他担忧的是头顶天空的颜色。粉红色变浓了，说明风变大了。远处的风沙正在步步袭来，目前还远，但不知道什么时候会突然加速。他必须抢在时间之前。

机场这个时候已经没有什么人了。没有人在这样的天气出航。他找到自己的飞机，打开舱盖。周围的机位几乎已经停满，远远望去像一片大海，鲨鱼般的机舱排列得整齐，每架飞机机头侧面都印有火焰纹章，宛如鲨鱼露出的银牙闪闪发亮。机场在沉睡。寂静中仿佛有呼吸潜伏。经过前一日盛大的阅兵演练和忙碌的进出，此时的安静很像是猛兽的安眠。

安卡打开给养匣，将刚才打好的包裹尽力塞了进去。有点勉强，但还是塞进去了。他多带了两个人的食物和氧气瓶，以防万一不能顺利回来要在外过夜，这就略略超容了。小战斗机只有两个座位，只能承载两个人的给养。飞机还有一个储存室，以备不时之需，本来也可以贮存物资，但是此时放入了折叠好的一双巨大翅膀和小电动机，就被占得满满的，没有一点多余空间。安卡查了查固体燃料，还算比较充裕。气道指标正常，阀门和火花塞也正常。

飞机是他自己修好的。他对它没有把握，但熟悉无比。就像他自己的身体一样。

前一天的战斗演练他也参加了。飞机总体平稳，没有什么异常，至少看上去和别人没有太大差别。这已经让他很欣慰了。他从来不知道自己还有技术工潜质，他只是不想向费茨低头，又不想做打架这样没有大脑的事。

演练是一场战术阵形排布的试验。二十五架小飞机在空中排出三个不同阵形，分别用激光炮向空中悬浮的喷气飞艇攻击，统计攻克时间，计算阵形中的配合和相互影响。只是很简单的演练，没有对抗，只有飞行和射击。安卡喜欢这样的演练。不管怎样说，他都必须承认，穿梭在空中，和队友相互掩映，准确射中目标，看到自己飞过的弧线，是一个人能体验到的最痛快的事情。即使他讨厌打仗，他也为那种速度狂喜。

安卡已经旁观很多天身边人大声谈论战争了。有人支持，有人反对，但几乎所有人都很狂热。那狂热就像对谷神工程的狂热，惊天地，泣鬼神，除此之外，不谈其他。他能理解他们的狂热，虽然他不赞同。在平庸重复的生活经历了几十年之后，再没有什么比一场真正的战斗更能刺激人的神经了。飞行队平时是矿工，不是亲自开采，就是做运输的骆驼。他们渴望实战，渴望一场生死边缘的、需要调动全部身体与智慧的战斗。

安卡也能理解胡安。他给他们的演讲非常有打动人心的力量。他是真的相信他自己所说的，而不是无耻的谋一己之私的人。像他这样的人最危险，也最有力量。他能积蓄能量很多年，只为了心中的胜利。胡安是一门心思想要强大火星人类，开创一片新的宇宙历史。他自身强大，就希望火星所有人一样强大。安卡并不讨厌胡安，他觉得胡安比他手下许多蛮横或依附于人的士官还是强了很多。有人说胡安专断，可是以安卡在飞行系统的经验，他觉得胡安远远算不上专断。

胡安最大的问题不是专断，而是武断。安卡几乎能赞同胡安对于高贵与卑鄙、强毅与懦弱的看法，如果他没有到过地球的话。他能像胡安一样疾恶如仇，可他见过地球人，他们并不像胡安所说的那样麻木低劣，正如火星人不像地球人所说的那样麻木低劣。他无法蔑视他们全体，正如他不愿他们蔑视火星人的全体。

安卡不能认同胡安，因为根本没有卑下的全体人，只有卑下的一个一个人。只有一件事一件事的解决，根本没有一群人一群人的解决。永远都没有。

安卡坐进机舱，扣好所有安全防护带，调整了一下座位的角度，查看每一个显示屏是否正常。七个小镜子分别反射着机外七个不同角度的视野，风速和气压指针此时静静地守住自己的静态刻度。他开启动力装置，开启地面轨道。飞机开始沿轨道缓缓滑行，一束看不见的电磁波将出行的信号发送到闸门。飞机很平稳，合金钢外壳硬而沉，手触之处让人有坚固的依靠感。

闸门前，安卡刷了指纹和身份标码，等待机器辨识。这道闸门是全城唯一一道没有专人看守的闸门，原因很简单：能从这座机场里将飞机开走的一定有许可证，技术就是最好的防护。安卡有五次出城训练试飞的机会，每个学员都可以自行安排练习。他只用过两次，在飞机修好后出城试飞。

闸门缓缓拉开了。一层，两层，三层。安卡深吸了一口气，面对前方亮起的苍茫的大地，手指在操作台上做好准备。

飞机开始加速，起初是轨道推动，后来变成飞机自身动力的自然过渡。加速到阈值附近，固体燃料开始燃烧，发动机开始向下向后喷出快速的气体，飞机离地，机头扬起，加速很快，向天空扎去，从后视镜里能看到机场建筑迅速变小，喷出的气体在稀薄空气中冷凝为一串四散的白烟。

飞行的感觉很好，机身不抖，各项参数和指标都很平稳，燃烧也充分。安卡望着前方豁然开朗的大地和天空，内心感到一种开阔的舒畅。那种舒畅不是欢乐，却能超越欢乐，它是一种连绵不绝的大起大落，因而也是无起无落，没有尖锐的乐，也没有尖锐的苦。那种舒畅是他每一次飞到空中都能感觉到，也只有飞到空中才能感觉的。他为了这个起飞，为了一望无际的天空和灰黄的大地。

战斗机速度极快，他非常小心地控制着飞机的走向。导航图上画着一条红色的曲线，他控制飞机，沿曲线一点点向前。用于战斗的飞机总能和飞行控制中心相连，一听到求助的信号传到控制中心的消息，安卡就连接系统记下了定位。那个位置距城市并不太远，还没有到达峭壁，只是在离悬崖脚下两百米左右的地方迫降搁浅。

两个地球人还不算太笨，安卡想，能让飞机安全着陆已算不简单。当然，运输机为保证物资完好，通常有超级平稳的着陆系统，也在很大程度上帮了他们的忙。如果人没受伤，那就很好办，直线飞回城市就可以，中间没有太多阻碍。

　　无论如何，把两个活人留在沙子里也是不对的。

　　天边渐渐扬起火焰般的风沙，看上去，这场大风比估计的还大。还看不出沙子什么时候会到，但腾起的尘烟像古战场来袭的奔马。

　　如果让他们留在原处，他们多半会死。这是不成的。不管为了什么理由把两个活人留在沙子里都是不成的。当然复仇除外。那是另一回事，是一对一的恩怨。像现在这样是不对的。为了某种所谓的目标，还是相当可疑的目标。风沙在入夜的时分就会到来，具体的时刻虽然预测不出，但对他们而言没有分别。

　　如果说要反抗，安卡想，那么我只反抗这样的事情。和地球人对抗有什么意义？和想象中的恶人对抗，为此不惜率先作恶，这样的事情是可耻的。

　　他看着天边的沙尘，心中的担忧增强了。看样子沙暴比他想象的更大，来势也更加迅猛。他增加了飞机的速度，全速航行，期望能抢出一点时间。他在心里估计了一下，如果今天返航，半途被沙暴截获的可能性超过一半。这大大高于他出发前的预计。他又考虑了一下其他选择。留在飞机里恐怕更加糟糕。他原本认为可以在飞机里过夜，只要给两个人送上必要的给养。可是现在看这风沙的势头，恐怕是能将他们飞机掩埋或掀翻的那种。乱石会伴随沙子狂飙突降，城市的房屋都曾经被掀翻了边角。如果留下过夜，明早仍安全的可能性不超过两成。另一个选项是开入山谷内部找一个山洞，躲过这一夜，可是那样的话大概只有他一个人能活下来。他只带了一件防护服，运输机上也应该没有第二件。防护服是相当珍稀的资源，一般人很难弄到。上一次他们出行成功得益于龙格矿船的配备，采矿常常需要外出勘探，储备物资多，然而运输机多半不会有这等奢侈。没有防护服，进入山洞就是死路一条，脚还没踏出舱，人就在稀薄大气中迅速死亡。他不能选择这条路，这是让那两人送死的路，如果那样，他全部的出行意义也就没有了。

他权衡来去，还是决定今天返航。四成的平安概率已算不小，虽然不大，但是值得一搏。

他问自己这一趟出来是不是太冒失、对危险估计不足，琢磨了一会儿，得到的结论是这危险他已经预料到了。他对此感到非常惊讶。出发以前，他以为自己是想好了平安无虞才出来，可是现在，当他面对思绪进行检索，他发现自己对这危机竟然不感到惊奇。他潜意识里已经想到了此时此刻，但是为了让自己坚定，便刻意没有用力去想。飞行是赌命，他内心深处明白这一点。

无论如何，这正是出来的意义。他安慰自己。在这样的天气，如果没有援助，没人能平安撑过一整夜。

他看着天边越腾越高的沙旋风，忽然升起一股带着笑意的斗志。倒是可以比一比，看看是你快还是我快。

他看见运输机了，和定位的地点分毫不差，可见自从迫降，两个地球人就没敢多鼓捣，一直在原地等待。他猜想他们心里肯定抱着充分的希望，相信火星人不会让他们轻易死掉，说不准他们还一直盘算着被救回去该怎么解释，两人没准还在机舱里商量着对台词。

安卡让飞机减速了，改变航向在运输机上空盘旋，减小发动机喷气量，让飞机一圈一圈自然下降，同时向运输机发了信号，让他们准备接受救援。飞机平稳地降落，在接近地面的时候，发动机改变了喷气方向，让飞机慢慢地缓冲降落，停在运输机一旁。

安卡选了伸出后门的出舱通道，亲自操纵着管型通道直接找到运输机舱门，让管口稳稳地吸上机舱外壁。然后，他以最快速度解开所有安全带，从后舱取出翅膀和防护服，穿好衣服扣上头盔，打开前舱门，从自己的舱位中爬出。他站在机身上，关紧了前门，戴上翅膀，绑好小腿上的发动机，用绳子将自己的腰和机翼尾部固连。

这一切完成了，他透过运输机的玻璃，向两个地球人打手势，让他们开门钻到他的飞机里来。两个人原本带着不安趴在运输机前窗向外张望，此时看到这样的信号，大喜过望，连忙开舱转移进安卡的战斗机，一前一后，坐进驾驶室。

安卡蹲在机身上，打着手势指挥坐在前侧的人，教他按顺序按下起飞的按钮。那人领悟力不算高，反复指了好几遍才算明白。他打着手势问安卡还做什么，安卡笑笑，让他不用管。

当最后一个起航的按钮按下，战斗机忽然升高了。机身下探出四个支脚，将飞机托离地面一米有余。然后发动机开始燃烧喷气，巨大的气流超过了飞行过程中的每一个时刻。这是战斗机灵活的适应性能，也是制约其体形的最大瓶颈。为了喷气起飞，不仅发动机要强，而且机身必须轻巧。只能坐两个人，只能带一包给养。

安卡很镇定，有一丝莫名的兴奋，掩盖了担忧。他蹲在机身后侧，双手撑住机舱，像百米运动员起跑的姿势。飞机升入了半空，开始加速，他能感觉翅膀在身后撑开了，拉拽着腰背，有一种向四面延伸的张力。他开始兴奋，身体收紧了，眼睛紧盯着航向，在某一个时刻感觉力道够了，双手双脚同时用力，将自己向空中送去。突然的一下坠落之后，他感觉自己被翅膀托入了天空。

这感觉是熟悉的，迎风飘扬如一面旗帜，这感觉让他又回到了和洛盈一起飞的那天。今天比那天速度更快。尽管他早已经将飞机速度的挡位调到巡航，只等于平时速度的不到一半，但还是很快，比龙格的矿船全速还快。飞机处于自动驾驶，自行寻找飞行中心。所有战斗机都被设置了这个功能，无论在哪里，都可以自动朝程序设定的基地方向飞行，这一点在战斗时飞行员遇难的情况中尤其有用，正如骑兵牺牲的老马将尸首驮回己方的大营。

安卡觉得自己是战士。天边奔腾的黄沙的战队已经越来越逼近了，就像敌人的马队终于翻过了山岗，滚滚尘沙终于呈现了狰狞的面孔。他的背部肌肉开始用力，调整着翅膀的角度，尽力避开正面的冲击，翅膀有一定强度，但仍然很薄，很容易破碎，一旦破碎就非常危险了。他需要强风托住自己，但不能过强。

天色越来越暗了，距离日落只有不到半个小时了。按照现在的速度，最后的小半程将在夜幕里飞行。安卡觉得无妨，只要到了城市附近，他们就算安全了。他看着天边，暮色中的夕阳褪去了耀眼的光芒，骄傲的亮白开始变成沉郁的金色，狂风大作卷起的沙尘偶尔遮掩天空，太阳就成为模糊不清的一轮光晕。黑色天空和金色大地在地平线交融，沙尘如潮水，一浪一浪卷起由地入天的波涛。风沙向自己进攻，他的身体在风中上下起伏。有几次剧烈的冲撞，他从一端摆到另一端，犹如风中的芦苇，在黑色与金色之间摆荡。整个世界随着身体波动，大地一会儿倾斜，一会儿恢复平素的端庄。

在天空中飞翔，他的内心忽然感觉到一种因为孤独而产生的骄傲。天地间空无一物，只有他一个人迎着风沙作战。他为这突然而降的孤独肃然起敬，一下子变得平静了。

沙从同一个方向一波又一波吹向他的身体，他凭身体的本能腾挪闪躲，保持平衡。这是一个人的战役，他绷紧力气，调动每一点精神。他知道他必须相信自己的选择。在没有支持、没有同伴，也没有救援团队的风沙中间，他必须相信自己。如果不这样，他一定会失去力量。自己是自己唯一的伙伴。

痛苦销蚀着希望和信念，它因而是孤独的、得不到解释的。

安卡相信自己。他虽然没有和任何人说过，但是他觉得他能相信自己。他不信那些关于拯救的话，拯救一种文明，拯救一个星球，拯救人类。不，这些东西他一样也不信。没有什么拯救人类，更没有为了拯救人类而让一些人死去的理由。这么说的人就算不是骗别人也是骗自己。只有拯救一个人。除此之外，什么都没有。

"如果他们全体没有得救，单解救一个人又有什么用"，这是卡拉马佐夫说的吗，卡拉马佐夫是谁？我能明白他指的是什么，安卡想，可是我更想说，如果单独一个人都不能得救，那么解救他们全体又有什么用？

他们为着将来忘记了现在，因为强权的烟雾而忘记存在的猎获物，因为五光十色的城市而忘记城郊的贫困，为着一块空洞的土地忘记每天的正义。

安卡的身体开始累了，动作开始力不从心。他能感觉到风一阵强似一阵，而背上的翅膀积累了沙子变得越来越沉。他用尽力气抵抗着，在慢慢变黑的暮色中眼望着前方。城市还是看不清踪影。他觉得已经飞了很久，可是似乎还要飞很久。他伸开了手和脚，像拥抱希望一样拥抱夜色的真空。那一瞬间他感觉到密集刀锋般的敲击，疼痛让他清醒，他又收回手脚，护在胸前。

他想到了洛盈，上一次这样飞行是和她一起，可是现在只有自己一人。他后悔没有带上她送他的模型，也没有给她发一封邮件。他觉得他是隐隐感觉到了什么，因此故意没有发。可是现在他后悔了，他想再对她说些什么。她是他现在唯一的遗憾。她上一次问他相信不相信永远的感情，他说他不信。他本以为洛盈不会像其他女孩子一样问这些问题，可是她问了，而且似乎很失望。是的，他不相信永远，他没有瞎说。他不信什么天长地久，他只知道某时某地。她是和其他人都不一样的。一个人一辈子能和几个人一起飞翔呢？她是独一无二的，她始终在心里那个地方。

黑暗与风沙终于像层层叠叠的大幕从四面八方笼罩而来。他闭上眼，感觉海涛汹涌地飘荡。他仍然鼓足了勇气，绷紧身体，在上下洪荒风吹怒号的剧烈摆动中保持希望。他又睁开眼，看到远方终于出现的蓝色城市，心中默默念出此时能想起来的唯一的句子：

"在一个人终于诞生的时刻，必须留下时代和他青春的狂怒。弓弯曲着，木在呼叫着。弓在紧张状态的顶点马上将直射出最沉重而又最自由的一箭。"

汉斯

汉斯坐在加勒满身旁，屋子里寂静得像夜晚的沙地。他坐了很久很久，像一尊雕像，比床上沉睡的老人更像一尊雕像。屋子里没有点灯，漆黑的夜晚隐藏所有物体，宁静的月光洒下苍白的晕，像一层薄纱，披在相对而坐的两尊雕像身上，为雕像中静默的悲伤罩上一层凄冷的安慰。

"加勒满，"汉斯说，"你能想到吗，最后的结局竟然是这样？"

汉斯低下头，双肘撑在床沿上，将脸埋在双手中，许久没有动。他没有发出声音，也没有抽噎或发火，可是能看出他体内包含着无比深重的痛苦，以至于不得不用尽力气，才能不让自己情绪失控。床上躺着的老人也没有动。老人皮肤苍白，发丝稀疏，身上插着许多根精细的导管。

"人的一生是不是注定有太多遗憾，"汉斯问加勒满，"你说是吗？"

他伸手握住床上老人的肩头，就像四十年前常常做的那样。触手之处，骨瘦如柴，仿佛睡衣包裹的只是一副木头架子。他长时间地握住他的肩膀，似乎想将自己的热度和情感通过手掌传递到加勒满的体内，将他唤醒，重新找回生命。可是过了很久，黑暗中的老人都没有任何反应。

汉斯最后静静地放开手，心里的起伏无法停息。他站起身，走到窗前，将窗推开，双手撑在窗台上。窗边的钟表似乎不流动了，生命静止的地方，时间仿佛也静止了。

汉斯不知道该如何回忆刚刚过去的这二十四小时。在他生命里，这二十四小时可能是最重要的二十四小时，可他无法面对，不知道如何回忆。

在二十四小时之前，他还坐在议事院大厅里，带着虚脱的疲倦看着辩论大会收场，看工作人员在眼前忙忙碌碌。那个时候的他疲乏却不悲伤，困扰却心含坚定。他不知道未来会怎样，但他觉得自己做了自己能做的一切。

那个时候他刚刚和胡安吵过，他不同意胡安对两个地球人的处置，他认为应当派人去追，胡安说不用，汉斯问为什么，胡安说他们并没有拿走有用的情报，汉斯不同意，胡安也不松口。汉斯于是命令胡安召集飞行系统长老们在大会之后加开一次讨论，胡安不情愿地答应了，但口中仍然说着没有必要。那时汉斯还不知道地球人的飞机已经搁浅，他只是凭直觉认为，在这个时候不闻不问不是好的处理，无论地球人是不是成功逃脱，不闻不问都是不够严肃的，会遭人诟病的。

他坐在会场里等着胡安，灯光熄灭的会议大厅有一种喧嚣散尽时必然出现的空旷，他心里有一种不安的预感，他当时以为那只是精疲力尽后的余音绕梁。

坐了多久他不知道，一整天的画面飞过他的脑海，许多年的往事也一一掠上心头，他回忆着各种朋友，回忆火星与地球这四十年的分分合合。工作人员在他身旁清理会场，小心翼翼地避开他，不想打扰他的沉思。他看着他们，觉得自己像一个局外人，像观众看着舞台大幕落下，戏剧散场。

就在这时，他等到了那个消息。他本来等的是胡安和长老，可是怎么也没想到最终等到的却是这样一个消息。他无法相信自己的耳朵，双手像钳子一样紧紧抓住报信人，他希望听到更多细节，希望从中发现这消息是假的。他多希望那消息是假的。

"加勒满，你知道吗，"汉斯忽然转过身，从窗口看向床上的老人，"当我看到那个男孩尸体的时候，我多么希望躺在那里的人不是他，而是我。"

他的手攥紧了拳头，砸在自己的心口，仿佛这样可以让心脏好受一点。

他又一次看到那个场景，那个他害怕想起却一遍又一遍想起的场景。他忘不掉它，也不让自己忘掉。回忆显得很可怕，可是他强迫自己面对这种可怕。

那个男孩躺在病房中央，孤零零地只有这一张床。病房不大，暗蓝色墙壁，半遮着窗帘，只透进一小半阳光，打在侧面空空荡荡的墙上。

男孩躺在阴影里。汉斯一步一步向他走去。男孩身上盖着白色的床单，在病房中央躺得安详，乍看起来像平和地死去，可是走近了才发觉，这是巨大冲撞之后人为摆好的平和，只有床是平和的，而身体的扭转和破碎透过被单显露出来，让人看了心惊胆战。汉斯掀起被单的一角，看了一眼又蒙上眼睛。

男孩躺在那里，像一架被人拆散的机器。头和脸已经辨不清样貌，胳膊和腿都折了，断掉的肋骨像凸起的刀子从身体内部向外顶撞。他身上有红色鲜明的几道刀口，像决斗后身上留下的疤痕。那是手术的痕迹。汉斯知道医生们尽力了，只是从半空跌落的躯体，不是尽力就能起死回生的。整个躯体完整却断裂，僵直却松散。原本清秀硬朗的面孔，此时只剩下撞击后的扁平与错位。所幸当时防护服没有损坏，否则就连完整的尸首都不能找回了。汉斯一生目睹过无数死亡，但此时却像是最惊心动魄的一次。

汉斯站在男孩床前，颤抖着伸出手，想要抚摸他的额头，但手却一直无法下落。他没有失声痛哭，可是渐渐地，全身都跟着手一起颤抖了起来。

"这是我的错，加勒满，你明白吗，这是我的错。"

汉斯的手掌按在窗台上，按得那么用力，仿佛要将窗台按到地上似的。

"死去的那个人应该是我，是我在年轻时就想过的应该走向的结局。

可是我最终失掉了勇气，是我的过失让他替我去死。不，你别说不是这样的。就是这样的。是我的错。我念叨着空洞的志愿，没有作为。我说着止战、交流，可是我一直纵容着征服的欲念。我以为下一道禁令就能阻止战争，可是当军队的欲火燃烧起来，我又能怎样阻止，不过是自欺欺人。这不是胡安一个人的过错，他只是一整片火焰的火舌。我已经被火焰吞没。当他们说地球人逃跑的时候我在想什么，我没有想到他们的安全，只想到了他们的作用和在与地球谈判时所处的地位。我已经开始用作用来衡量，这竟然是我当时的想法。安卡本不应当死去。如果当时义无反顾地派遣搜救舰艇，那是不用有人牺牲就能平安营救的。可是我们都在想什么呢，我们在想怎样的局势更加稳妥。

"安卡是替我死去的，他是替年老而虚弱的我的年轻岁月死去的。我应该感到羞惭。"

汉斯的拳头紧紧地攥住了，皱着眉闭上了眼睛。他将身体探向窗外，扬起头，像是要将身体里压抑的郁气长啸而出。可是过了很久，他都没有发出任何声音。月光从头顶洒在他的肩上，他的手臂和肩膀绷紧得像一块铁板。

过了很久，他的身体松弛下来，显得更加精疲力竭。他又转过身，重新回到加勒满身旁坐下，双手撑住下巴，无限悲伤地看着加勒满始终平静的面孔。

加勒满，你可能不知道，他在心里说，这个男孩是小盈心爱的人。这一点我知道。你不知道，但我知道。我真的觉得没有办法再面对她，此时此刻的她不知道有多伤心。我这辈子负了太多我最珍惜的人，也许我才是最大的罪人。

汉斯在窗边站了很久很久。当他重新坐回到加勒满身旁，他的情绪平复了很多。夜深了，医院其他房间的灯火一盏一盏灭掉了。

"加勒满，"汉斯说，"这辈子我负了太多人，最终连你也辜负了。

"我最终通过了决议，把你的城市放弃了。你会生我的气吗，你会怪我不经你的同意就擅自决定吗，你会像从前一样据理力争吗，你会在醒来之后看到这一切暴跳如雷吗？加勒满，我希望你会，我多么希望你会。那样你就还是你。那样我才能舒服一些。"

汉斯轻轻垂下头，对他来说，所有的事情似乎都赶在同一天到来，就是为了冲击他最后的神经底线。先是下午洛盈像当年的康坦一样反抗，然后是和胡安多年的分歧在台上爆发，紧跟着是安卡出事的消息，再然后，经过夜晚的搜救和彻夜不眠的抢救，清晨看到他的尸体，而最后是几近崩溃的早上在议事院主持了最终的投票。

"也许这一天，"他对加勒满说，"就是你我一生的结局。"

最终的两项重大议案的投票中，一项获得了通过，一项被否决。获得通过的是山谷方案，这几乎是在预料之中，走入真正的自然对于封闭在盒子里四十多年的火星人来说，实在是一种莫大的诱惑。被否决的项目是胡安提出的出兵议案，这项议案已经悄悄地进入提案区两个月，一直在波澜不惊的潜伏中暗暗造势，几乎获得了优势，只是在最后的表决中被多数反对。安卡的死亡消息传到了议事院，为清早的会议蒙上了一层无法忽视的哀伤。没有人能不正视他的付出。地球人平安地回来了，千恩万谢中，答应回到地球替火星谈判添砖加瓦。

剩下的许多细节议案流于形式。作为一年一度最严肃的投票会议，绝大多数议案早已在数据库中获得了充分的讨论，此时只是走一个过场。只有最重大的方案才会有最严重的分歧。

汉斯坐在台上，履行自己卸任前最后一次重要职责。清早的阳光仍像往常一样安宁，从会议厅的穹顶普照到每个人头上，不为任何动荡与悲哀动容。汉斯觉得有一点讽刺，在无悲无喜的日光中，悲喜都没有位置。他按照熟悉的程序处理议案，讲话像平时一样威严，态度像平时一样不偏不倚。经过一夜的动荡，他在会上心如止水。

当汉斯最终在正式议案的通过书上签字并打上烙印的时候，他的手犹豫了一下。他知道，当他的烙印落下，他与加勒满付出一生的城市就将成为历史。

他那个时候镇定自若，将所有的心潮澎湃留到了此时此刻夜的深渊。

汉斯平时避免回忆，避免回忆带来的软弱和犹疑。只有少数时刻，他会缓慢而庄严地打开心里的闸门，仿佛一场仪式一般，让记忆冲泻而下。他站在瀑布里，让看不见的水将全身拍击。

童年时，他住砂石房子。他在电影中见过半地下的掩体房屋，但他没有住过。自从他有记忆，就一直住在冰冷的山洞。那时身边总是战火纷飞，总是备战、迎战、作战、观战，总是等待、恐惧、再等待、再恐惧，总是有人死去，房屋在眼前坍塌。

起初的房屋在山洞，洞口的门由金属打造。金属太薄不能防辐射，太厚又会消耗过多金属，而且一旦有炮轰，金属炮弹从天而降，瞬间裂开，将洞口堵死，人就无处逃脱。他们在困难中坚持了二十年，直到战争后期，加勒满的设计出现。

玻璃是沙漠里最容易提取的材料，而且塑造容易，组装方便，靠气压定型，一旦毁掉，可迅速重建。加勒满的房子不是单纯的建筑，而是一个完整的小型生态系统。生产能量、换气、水循环、生物培养、垃圾分解，它就像一个杂技演员，轻巧地平衡了许多只碟子。他们在炮火中躲入地下，在废墟上第一时间吹起新的家园。

汉斯没有见过古代书中的屠杀场面，他们的战争在太空中进行，即使后来他自己成为飞行员，他也没有见过敌人的脸。在童年的记忆中，战争就是偶发的轰炸，没有火焰，没有轰鸣，没有蒸腾而起的浓云，只有沉重的金属炮弹，将猝不及防刚刚醒来的人打入永远的沉睡。这样的时刻几个月才有一次，但恐惧撑起了两次轰炸间的每一天。越是偶发，越令人提心吊胆。他们习惯了在密闭的山洞里暗自猜想，不见天空，直到加勒满的房子出现，让他们正视来袭的炮火。它让他们直面夜空，将他们的恐慌暴露给苍穹，也将心暴露给苍穹。

"加勒满，"汉斯说，"你那个时候可真勇猛啊。你还不到二十岁，就敢于拍着桌子宣传自己的方案了。也真是奇怪了，老先生们竟然没有恼怒，连你自己都不相信呢。这些事，你还记得吗? 你是一个天才，怒吼的雄狮一般的天才。

"你能想到我们的今天吗，加勒满，那时候我们都是二十多岁。你还记得我们一起喝酒说笑话吗，我们都盼着成为对未来国度重要的人物，那时只是说笑，你有没有想到，我们真的都做到了。走到今天，我们都曾是重要的人，这一点谁也不能否认。你觉得满意了吗，今天的一切和当时我们的遐想相差了多少呢?

"加勒满，你太骄傲。你所有让人记恨让人生气的地方就是你的骄傲，而你所有让人记住让人折服的地方也是你的骄傲。你太骄傲，以至于从来不屑于吹嘘你的功绩。你嫌那太低劣，会抹杀你的骄傲，以至于你甚至从来都不主动去提你做出的贡献。你让人以为一切不过是区区小事，不足挂齿，哪怕对于你自己也只是无所谓的小事，可是只有我知道你心里对这一切是多么执着。加勒满，你为什么就不肯放下你的骄傲坦然地承认呢，你爱你的技术，你爱你的作品，你对它们执着到了不放过每一个细节的程度，你甚至到病倒以前的最后一个周末还在研究硅基材料的热力性质，以求继续修改房屋性能。这些事情你为什么不坦然地公之于众呢? 你看重你的心血，这没有什么不好意思承认的。如果你不那么骄傲，也许那些不了解你的人就不会把你看成一个霸占地位的过气之辈，而会更愿意帮你一起，改进我们的未来。

"加勒满，我最终批准放弃了你的城市，我们的城市，你会怨恨我吗? 我一直热切地盼望你能醒来，可是今天，我宁愿你永远不要醒，这样你可以永远活在你理想的梦中，不必面对沧海桑田和一座废弃的空城。我不知道哪一个更加难以承受，是一生的波折，还是临终时的一切成空。

"加勒满，我在这里，你能听得见吗？"

汉斯默默地在心里说着。他知道加勒满听不到，可是他想把一切说出来。他知道，躺在这里的已经不是那时候那个猛冲的青年，而是一个赤子般没有力量的老者。他已经像孩子一样沉沉地睡了。他已经收起了所有峥嵘的秉性，收起了所有昨天。

每当汉斯回忆自己一生的往事，他最感到欣慰的就是他和几个朋友都成了火星历史上重要的人。他担任总督，加勒满造房子，朗宁走遍星空各地，一生照顾谷神，加西亚做玛厄斯的船长三十年，与地球谈判建交，签署协议互派学生。他们一直并肩协同作战，从战争的最后十年一直战斗到今天。

整整五十年，他们没有相互背离，没有决裂，没有欺骗，这是汉斯这么多年最大的、也是几乎唯一的骄傲与幸福。他辜负了他们很多期望。他没能阻止加西亚被官僚化排挤，没能保住朗宁爱的谷神镇，甚至最终没能守住他们共同付出的火星城。他不是一个称职的伙伴，可是他们始终没有记恨他。汉斯觉得，这是他一辈子最感激的馈赠。

朗宁和加西亚长年浪迹天涯，汉斯最近的伙伴就是加勒满。他们一起经过战后初年的政治变动，一起带领新城建设，一起挺过失去子女的痛苦。加勒满的儿子和儿媳死于一场飞船事故，飞船从火卫一飞回，盘旋时爆炸在天空里。这和康坦与阿黛尔非常相似。因此他们是彻底的同伴，尽管他们宁愿不要这样的相同，但有人做伴仍然是撑过岁月的最佳良药。

五年前，汉斯让洛盈与加勒满的孙子皮埃尔交换，让她替他踏上了前往地球的路。那个时候他并不确定前往地球是吉是凶，而加勒满相依为命的只有这一个独生的孙子，汉斯不愿让他冒险。他想让洛盈去，因为她从那时起就是一个想得很多的孩子。

"加勒满，"汉斯说，"皮埃尔是个好孩子。你有这样的孙子应该感到满足了。这一回，他顶的压力很大，比谁都大，在立项辩论会之后，老朋友们都摇头说他背叛了你的事业，他一个人承受来自各个方向的非议。可是加勒满，我知道，你不会这么想。我听了他的答辩，他没有放弃你的执着，而是将它转换，带到了天上。只有皮埃尔最懂你的事业，最懂你的技术。他继承了你的卷发和你的发明，却没有你狮子一样的凶悍，将来他会成为一个有作为的人，这一点你可以放心。

　　"皮埃尔比路迪优秀，他懂得什么对他是重要的。汉斯握住加勒满骨瘦如柴的手说。这件事情显得很讽刺。你的孙子支持了我的孙子，而我下令放弃了你的房子。我们说过要做最好的兄弟和一生的战友，我们做到了吗？他们呢？他们愿意吗？我们在乎的东西，他们还在乎不在乎呢？

　　"也许我们该把世界交给后辈了。他们和我们的思路不同，也许现在需要他们的思路。他们不理解安全的意义，因此不理解我们的一生所求。他们想要的是舞台，只想要舞台。他们羡慕我们的唯一理由是我们曾经拥有舞台。也许该给他们舞台了。"

　　"加勒满，"汉斯说，"可能是时候歇歇了。我们都该歇歇了。朗宁已经死了，加西亚在玛厄斯上也进入了弥留，而你在这里……我们的路都走得差不多了。我了解我自己，如果你们都不在了，我也就不愿再走下去了。我们都该去了，去另一个天国再聚了。"

　　汉斯握着加勒满的手，握了好一会儿，才把他的手又轻轻塞回被子底下。墙壁仍然是平稳的海蓝，夜无声无息，环绕地板的墙基中，一圈百合静默盛开。

　　"加勒满，"汉斯说，"别人都说你给这项事业贡献了多少，但其实你我都知道，不是人贡献事业，而是事业贡献给人。那些事情是我们自身的一部分，我们因此才能完整。孩子们看到老人重复念叨业绩就厌烦，他们不知道，我们只是不想把自己弄丢了。所以加勒满，你可以知足了，你陪你的事业走到了终点，你的事业也陪你走到了终点。你是幸运的。"

汉斯把脸埋进双手，肘支在膝盖上。而我呢，他想，我一生都在做决定，可我的决定都是什么呢？我决定送一个兄弟到外太空，决定毁掉另一个兄弟的城市，决定让儿子去火卫二，而瑞尼是年青的一代中我最欣赏的一个，可是却亲自将他打入冷宫。这算是什么样的事业呢，我这样的一生算不算是失败的一生呢？

"加勒满，"汉斯说，"我对未来并不乐观。这话我只和你说，因为你已经和我一样，成了世外的人。孩子们一直在讨论数据库，但其实他们不懂我们的数据库为什么可行。我们的人口只有五百万，还不到地球上一个中等城市。他们不了解这数字的意义，只是津津乐道于当年两百万对抗二十亿的功绩。其实这数字是我们的根基，我们的一切稳定、有序都建筑在交流无障碍的基础之上，而这样的方式是有上限的。我们这些年已经增长得太多了，加勒满，我担心在迁徙的过程中就会分裂了。沙堆太高就会崩塌，细胞太大就会分裂，这是宇宙里的必然，不需要外力。文明的裂解也不需要理由，社会就像昆虫，结构决定了尺度。这个国度一定要分裂了。"

"加勒满，我只能做到这一步了，"汉斯最后说，"我还记得你说过的话，你说我们生于大地，归于大地。我们终究是对这片土地宣誓。你说天空不言，大地见证我们的诚实。"

汉斯站起身来，又替加勒满盖了盖被子，接了一杯清水，放在床头。床边放着叠得整齐的制服，汉斯知道那是皮埃尔所为。皮埃尔在衣服上别上了徽章，一枚枚金光闪闪的荣誉勋章。汉斯知道皮埃尔很希望爷爷醒来，他也想和皮埃尔一样，不管怎样，做好加勒满醒来的一切准备。这样万一他醒了，无论他面对什么，至少不会面对被人遗忘。

汉斯打点好一切，察看了一下床头读数，确定没有问题了，决定离开。他身体站得笔直，端端正正地敬了个军礼，就像第一天入学时对着他们的星旗，庄严有力。

汉斯转身，大跨步离开病房，如同第一天走上战场。

洛盈

洛盈一遍又一遍地喊安卡的名字，可是没有回答。除了她自己，也没有人能听到。头盔被声音震得嗡嗡响，进而震动了头颅，让她的大脑处于一种嗡鸣的状态。她仰着头斜对着天空，仿佛这样就能让声音传得远一分，传到已经听不到声音的那个人耳朵里。

洛盈在她和安卡曾经度过夜晚的山洞口，面前是他们曾经飞翔的山谷，身后是当时坐过的地面，地上是临走时拆下的薄膜，眼前是清晨张望过的圣迹，脚下是并肩坠落过的山岭。她能在所有地方看到细节，每一丝，每一毫，像冰冷而刺骨的气流顺着缝隙沁入身体。她睁开眼，安卡就蹲在她身前改造翅膀，抬起头，向她微微一笑。她闭上眼，就看到他向山崖下坠去，砰一声撞过谷底，血肉模糊。她再次睁开眼，他还在她面前，手指沉着忙碌，仍然在笑，眉眼淡然洒脱。而她向那身影幻象伸出手去，他却在她眨眼间消失到风里。她再也不敢睁眼，也不敢闭眼，她在挥之不去的幻影中全身虚脱。

山谷非常宁静，没有一丝风。阳光明亮耀眼，空气中似乎仍然有她和安卡飞行的痕迹。她记得飞行的时候，安卡和她曾经在空中跳舞。风来了，安卡救她落到山岩上。那个时候她的心怦怦撞击，而安卡的身体伏在她之上，用胳膊替她遮挡落石，他的身体有踏实的重量，四周有砂石簌簌滚落。

安卡的眼睛是纯蓝色，清澈的眼睛。他的眼睛总是有一点半睁半闭，看着她的时候能说很多话。她还记得他们从档案馆出来的那天，他搂着她，他们坐在隧道车里，假想着多年前那个风沙飞卷的夜晚，她说也许她会遇到灾难，他说不会的，一定不会的。他看着她让她镇定，他的眼睛就是他的笑容。

还有摔断腿的那个晚上，当她回到走廊，看到那一盏亮着的孤灯，看到他的身影靠着墙站着，微微笑着，手里是布丁，她知道她又有勇气了。他那样斜斜地站着，一个肩膀靠着墙，像是不经意也不在乎的样子，眼睛里写着安慰。

他在她家前的小径，和她面对面站着。她拿掉他鼻子上的一丝叶子，他微微笑了。他告诉她好好休息，跳舞的事情压力不要太大。

他在她掉队并恐惧的时候拉上她的手，镇定地看着她，说跟我来。他带着她穿过很多很多路，很多年。他回头看她的时候，总是那样淡然的蓝眼睛，说跟我来。他出现在每一个她惶惑的时刻。他带着她飞，带她看到最美的晚霞和夕阳。那是最美的晚霞，那样美的晚霞再也不会有了，永远也没有了。他向上飞着，飞着，飞到了晚霞里，飞到了云里。

洛盈不能再想了。她的心越来越满，满得受不住。几天以来她是麻木的，拒绝一切回忆，可是此时此刻，当她坐在旧日的土地上，所有的一切都随着土地的气息侵入她的身体，她终于支撑不住了。

她站起身，开始在平台跳舞。她把所有跨跳改成了原地旋转。她想在舞蹈中让身体里积攒的痛苦释放。她从来没有跳得如此有力度。尽管她已经很多天没有跳舞，可是此时她跳得比当初更加有力。她必须如此用力，否则就跟不上情绪。她觉得情绪在漫溢，指尖和足尖都充满着向外流出的回忆。她旋转着，向上腾起，向下压地，把蕴蓄的力量向外抛出，而同时不得不拼命控制，以便不让自己摔倒，也不让过猛的转动将自己带下山崖。她第一次忘记了动作，只让情绪与身体合一。这是这一天最痛苦也最拼命的释放。

她想着安卡，世间一切的布景似乎都消失了，留下的只是安卡，其余的都烟消云散。没有任何一个世界，没有革命，也没有光荣。只是一个人站在宇宙洪荒的中央，愤怒与悲伤，露出桀骜不驯的笑容。他就在那里。这是她真正的舞蹈，也是唯一的舞蹈。

她跳不下去了。她太累了。她停下来，又站在山岗上，用尽一切力气向山下大喊。没有声音。群山无言，稀薄的空气不传声音。

她只有闭上眼睛向山下喊去。心脏撞击肋骨，撞得生疼。

安卡。

安卡。

安卡。

有那么一瞬间，她忽然有一种就这样跳下去的欲望。洞口的小平台探出山崖，仿佛一个完美的天然跳板。山崖斜向下铺开，如同一条前往地底的平坦大道。土黄色的山谷顶天立地，气势恢宏，在那一刻宛如唯一博大且安慰的怀抱。阳光像催眠的歌声，风吹过身体，似乎带来风中他召唤的气息。

她头脑发晕，向下倒去。她似乎希望自己就这样跌到山崖下面，可是一只手臂从她身后伸过来，紧紧地扶住她，稳稳地扶她坐到地面上。她抬起头，瑞尼充满同情的目光看着她。她恍惚了一下，慢慢回到现实，晃了晃头，突然侧倒在瑞尼的肩头，剧烈地哭了起来。

她终于哭了。她的眼泪大滴大滴落下来，越想忍住越忍不住，到最后汇流成澎湃的河。她将一切释放出来，埋下头呜呜地哭了。她哭得那么用力，像是要把心脏都哭出来，将记忆都哭出来。瑞尼一直拍着她的后背，一言不发，任凭她哭，哭到天昏地暗。

这是他死后她第一次哭。整整三天，她第一次哭。

一周后，洛盈和爷爷、哥哥一起参加葬礼。葬礼是三个人的，安卡、加勒满和加西亚。加勒满正式停止了心跳与呼吸，大夫诊断不可能醒来。加西亚在玛厄斯上平静地离去，由船员护送到地，在故土安息。三个人先后死去，给城市带来一种巨大的、无可名状的悲哀。即使再不敏感的人也能感觉到，这是一个时代结束了。安卡与两位老人葬在一起，葬在英雄的土地。

安卡没有任何表彰。他是为地球人而不是火星人而死，按规矩不能得到任何荣誉。让他葬入英雄墓园是汉斯的意思，他把原来给自己预留的位置给了安卡。英雄墓园进入很严格，每一座墓碑都等于一座竖立的雕塑。汉斯打算让自己火葬，再把骨灰撒入无垠的太空。那样他就自由了，就永远飞行了。

葬礼的当天，洛盈和皮埃尔坐在一起。吉儿和她的妈妈坐在一起，眼睛都哭肿了。尽管加西亚已经很多年没有降落到地面，吉儿对爷爷还是有很深的感情，哪怕只是儿时记忆，也依然触景生情，悲不自胜。皮埃尔没有哭。他仍然像往常一样，弓着身子安静而漠然地坐着。他低着头看双手，手中是一张加勒满的照片。周围的人来来往往喧哗，他只是不闻不问，不理不睬。

"节哀。"洛盈轻轻对他说。

"谢谢。"皮埃尔镇定地回答。

洛盈看着皮埃尔。他似乎又长高了，比之前显得成熟了。他仍然不与人打交道，但是他的眼神比从前坚定多了。他现在已经是新工程项目的一个领导小组组长了，也是最年轻的领导组长。他的太阳薄膜将会投入生产，而他也会做出更多的发明。

洛盈已经知道了交换的事情。她不知道皮埃尔知道不知道。她从没有问过他，而他也默契地从来没有提。她有时候会假想如果是他，而不是她去了地球会怎么样，他会和现在有什么不同，她又会过着什么样的生活。假想是没有结果的，一旦命运在某一时刻分岔，就永远没有退回再试验的机会。

她又一次问自己，地球对自己的影响究竟在哪里？这已经是她第一百次发问，但不清楚是不是最后一次。地球给了她太多困扰，但也给了她太多欢乐的记忆。她不知道该相信哪一边，但她也获得一种理解双方差异的愿望与能力。她一直在差异之间摇摆，对二者都能共情。她从前为此困惑不已，然而今天她却觉得这是可以坦然接受的地方。她从未清晰地想过这件事，但今天她觉得这就是命运。

也许这就是命运，她想，被某一个偶然改变，再走向属于自己的必然。

她向皮埃尔打了个招呼，站起身，向前方走去。汉斯和路迪正站在灵堂的前端，向前来献花的人致意，组织现场秩序。路迪忙碌地照顾方方面面，显得干练而有职业素养，汉斯则一动不动地站在中央，只向每一个献花的人欠身致以感谢。汉斯已经卸任总督，路迪则是新工程刚刚上任的工程分项指挥之一。两个人的气息感觉形成鲜明对比，一个是肃穆沉静的寂寥，一个是掌控一切的勃发。

洛盈慢慢走到爷爷跟前，仰起头，轻声说："爷爷，我决定了。"

"嗯？"汉斯等着她继续。

"我想和您一起上玛厄斯。"

"你想好了？"

"我想好了。"

洛盈不知道这样的决定将会面对怎样的一生，但是她觉得这是目前她最愿意接受的未来。汉斯决定接替加西亚，到玛厄斯上终老一生，洛盈决定跟随爷爷。一方面是因为她想做爷爷晚年身边最亲近的陪伴，另一方面也是因为她想要沟通火星与地球。如果能相互沟通，也许一些冲突也就能化解，安卡的死也就不是白费了。很多时候为了阻止最后关键性的一刻，也许必须阻止之前一系列无名的事情。她已经见过了巴别。所有的差异也许能进入另一座高塔，在那里星球和星球也没有分别。

她要回到玛厄斯，回到卡戎，在冥河的渡船上，与死者共生。

火星正在进入一个热情高涨的建设阶段，但是洛盈不想参与。火星的绝大部分精力都集中在改天换地的宏大工程上，可此时的洛盈开始更关心一个人的、脆弱单薄的命运。她不是为了什么样的伟大而选择玛厄斯，她是为了自己。当她清楚地看到自己一步一步走入由命运决定的命运，她在那承担的勇气中第一次找到一种平静和坦然。

是结束也是开始

洪水日将成为历史的转折。过去的一切冲刷干净，留恋的目光冻结成雕像，生命的方舟载满重生的力量。

当洪水降下，所有歌声都出现暂时的中止，人们在不同角落紧盯屏幕，用不同姿态仰望苍穹。

天空寂然无声，某个看不见的角落里，某颗流离失所的星星又失去了一半的躯体。环绕火星的轨道上，一块泥土与冰的混合物飞速运行，像一柄巨大的火炬，在聚变发动机的推动下散发出隐形的光芒，从母体上脱落，向一片陌生的土壤坠落，在环绕很多圈之后将直指一片山谷的中央。

与此同时，天空中一片薄薄的帆板正在悄无声息地打开，伸展铺延，精确而轻巧地调整着迎接太阳的姿态。它像一只眼睛，与地上的眼睛目光相对，它让阳光倾泻而下，光柱笼罩忙碌的人群。远古的坑洞中机械井然，无人的房间铺满山岩，水轮机整装待发，上上下下的升降机奏响沉默的音符。

在这样井然有序的忙碌中，拉克总督在议事厅发表演说。这是他作为新就任的火星总督发表上任后的第一次重大事件演说。议事厅空无一人。他的目光越过花纹繁复的地板，越过祖先雕像，投向敞开的大门无尽的远方。他知道他的面孔将被转播到每个房间，映射在每一个窗口。他能感到此时的重要，但他很久不曾如此平静。

"今天，请容许我首先纪念四位我们都很熟悉的火星的功臣。他们也是今天的功臣。如果没有他们，就不可能有我们今天这伟大的时刻。

"第一位是朗宁。他曾在几十年的时间里，牵起了火星与谷神星连接的纽带，并且伴随他们一起流浪到太阳系外的星空。现在他已经去世，而谷神星正在朝向比邻星的路上奋勇前行。我要向他以及他们致以一颗星球的敬意。没有他们深厚的勇气，就没有我们今日的生存。

"第二位要纪念的是加西亚，他一直担任玛厄斯的船长和地球的使节，是他的努力让我们获得了谈判的机会和必要的技术，这一次最核心的水利合闸技术也是由他带来。现在他已经长眠，不能享受我们的新居，但我要向他致以一颗星球的敬意，没有人比他更接近我们界限的前沿。

"第三位是加勒满。是他设计并指导建设了我们目前的房屋，也就是我们即将舍弃的城市建筑。他一生致力于改善我们的生活环境和生态系统。他因肺癌晚期，久治不愈，七天前去世于萨利罗第一医院。尽管我们即将离开他的设计，但我要向他致以一颗星球的敬意，火星永远不会忘记，我们的文明开始于他的城市。

"而最后一位是我们所有人最熟悉也最敬爱的汉斯·斯隆。他是我们前一任和前前任总督，领导整个火星十年之久。从年轻的时候，他就不遗余力地飞行，建设城市。到了晚年，他又果敢而沉着地主持了谷神捕捉方案和洪水降临方案的定夺，最终确定了现在的结果。他的大公无私、视野开阔和行为耿直是我们所有这些年繁荣稳定的重要保证，也是我们这一次能迈出这历史性步伐的重要推动。他现在正在玛厄斯上接替加西亚与地球谈判。请允许我向他致以一颗星球的敬意，他将一生献给火星，火星也会将一生献给他。"

此时此刻，路迪在控制室中抬起头，悬挂的屏幕中映出拉克的面容。吉儿在路迪身边，轻轻拉住他的手，他不动声色地将手抽出，注意力没在她身上，思考了一阵，又把注意力投回到控制屏上的数据。吉儿红了脸，想跺着脚撒娇却最终没有。皮埃尔从门口经过，停了片刻，眼神伤感，然后又向前走去。

纤妮娅在水池边抬起头，水草缠绕她温柔的手指，模拟的湖光山色陈列在身旁，像她的心情轻轻地悠荡。在她身旁，索林轻轻搂着她的腰，与她并肩坐着。他们一边听着拉克的演说，一边一起给玛厄斯上的洛盈写邮件。纤妮娅有时抬起头，看着索林笑笑，眉眼的凌厉少了很多，幸福的笑容让眼神温柔。

瑞尼在书架间抬起头，看着墙上的拉克，拉克也注视着他的眼睛。一阵音乐声响起，书页哗啦啦翻动，他望向门口，看到珍妮特暖阳般的微笑。她向他打了招呼，但没有说什么，瑞尼也没说什么，一股共同的风雨过后尘埃落定的沉和连接了他们。

　　胡安在第四基地的训练场抬起头，看拉克讲话时露出的面无表情的深沉。拉克不是能够支持胡安的人，他的风格胡安比谁都了解，对此他不甘心，但无可奈何。他想了想，并没有气馁或退缩，仍然继续挥手指挥阅兵的开始。无论如何，在改天换地的工程中，没有任何人能否认飞行系统始终是领袖核心。他仍然身强力壮，有整个系统的支持，未来有的是发挥的时机。

　　拉克停了一会儿，空荡荡的大厅阳光敞亮，他注视着空气，仿佛看到了人影逡巡。八根洁白的立柱带着希腊式的骄傲，带着人类从古至今的梦想与忧愁，高昂耸立。拉克曾经无数次到过这里，坐在台下参加各种大小会议，站在台上发表无数演说，包括决定少年们留学的那场最重要的辩论，可是站在主席台上作为总督发表长达一小时的讲话，对他而言还是第一次。因此，他没有一次像这次一样从容，能够将议事厅每个细节一览无余，铭记在心。

　　"我们和我们的星球一起进化。从人类踏足的第一天，这片土地就是我们生存的依据。我们种出衣食住行，造出机器和各种气体。从今天起，这种相互关系将更加紧密。我们将减慢岩石风化，增加空气厚度，提升地面温度，改善土壤质量，而我们的星球将给我们孕育生命的可能，给我们自由呼吸的可能。从今天起，我们将不再是孤独的物种，我们和星球将一起进化。

　　"我们可以懒惰，但不可以对我们的星球撒谎。

　　"前任总督汉斯·斯隆曾经向我转述过一句加勒满的话，今天我想转述给每一个人。我想，在这个时机，没有哪句话比这一句更合适：天空不言，大地见证我们的诚实。"

此时，土色火炬接近了地表，反向发动机开始工作喷气，将速度缓缓降低。人们看得到明亮的光轮，平稳而不迟缓地向山峰接近。它将投入一片高地，引起一次不算猛烈的撞击，冻水融化，顺山谷流向远方的陨石坑底，形成瀑布，形成河，形成湖。

在地球上的个别角落，此时此刻也有同样的画面映在屏幕中，只是画面一扫而过，作为财经新闻的余兴节目，调节人们疲惫的神经。一两个身影抬头仰望，在喧哗的人群中幻想着另一个世界上演的神话。火星的故事永远是神话，即使是真的也是神话。

地球上的伊格也坐在自己的卧室，看着自己的个人电脑，心潮澎湃。一颗火一样的星球在画面里燃烧，一颗水一样的小石头环绕在一旁。他一想到自己曾经亲身踏足那颗星球，就有一种无与伦比的梦幻之感和自豪之情。

太空中，玛厄斯沉稳飘浮，一如往昔。

洛盈和汉斯都在飞船尾部的失重球舱，只有这个角度正面朝向火星。洛盈一个人躺在球舱里，飘浮在空旷的中央，身上的衣服没有重量，衣角轻飘飘地浮在空中，头发像长而柔软的飘带，随着身体摇摆左右荡漾。她最终还是回到了这里，纯粹的欢乐与动感的地方，美好的集体回忆，全宇宙唯一的不变的依托。她仰着头看着舱顶，穹幕上映出火红的大地和拉克伯伯的脸。球舱边的栏杆旁，汉斯装扮整齐，盛装站立，以军礼面对穹顶的屏幕。洛盈看着爷爷，她觉得爷爷今天很英俊，皱纹像雕刻的刀痕，白发飘扬。她觉得爷爷从来没像今天一样英俊。

玛厄斯在向地球驶去，此时空荡的扇形区域将很快再装满货物。墙上的照片已经又换了一轮，依然是每日洁净如新，只是换了另一位擦拭的老人。

此时，拉克已经进行到讲话的最后一段了，他的声音凝重，目光如火焰在水底燃烧。他仿佛看到了每一张注视他的面孔，他们都在对他说话，而他也在对他们每一个人说话。

"作为尘埃的凝聚，人类的躯体如转瞬的烟花。然而我们每个人身上都记着全宇宙的历史，我们的每一次举手投足，也已是亿万年天空和海洋的烙印。我们今天的行动将被天空记录，我们的灵魂将写入土壤。

"天空不言，大地见证我们的诚实！"

阳光中，大洪水从天而降。

一个故事结束了，另一段历史刚刚开始。没有人知道未来会怎样，每个人都看着天空，辽阔的土地一片寂然。

【全书完】

流浪苍穹

作者_郝景芳

产品经理_曹俊然　冯晨　　装帧设计_张一一　孙莹　　技术编辑_丁占旭
责任印制_梁拥军　　出品人_于桐

果麦

www.guomai.cc

以 微 小 的 力 量 推 动 文 明

图书在版编目（CIP）数据

流浪苍穹 / 郝景芳著. -- 杭州 : 浙江文艺出版社, 2022.5（2022.8 重印）

ISBN 978-7-5339-6732-1

I.①流⋯ II.①郝⋯ III.①幻想小说－中国－当代 IV.①I247.7

中国版本图书馆CIP数据核字(2021)第269278号

流浪苍穹

郝景芳 著

责任编辑 罗　艺

装帧设计 张一一　孙　莹

出版发行 浙江文艺出版社

地　　址　杭州市体育场路347号　邮编 310006

经　　销　浙江省新华书店集团有限公司
　　　　　果麦文化传媒股份有限公司

印　　刷　河北鹏润印刷有限公司

开　　本　880毫米×1230毫米　1/32

字　　数　395千字

印　　张　14.75

印　　数　9,001— 14,000

版　　次　2022年5月第1版

印　　次　2022年8月第2次印刷

书　　号　ISBN 978-7-5339-6732-1

定　　价　49.80元